读客科幻文库

跟着读客读科幻，经典科幻全看遍。

PHILIP K. DICK

仿生人会梦见电子羊吗？

[美] 菲利普·迪克 著　姚向辉 译

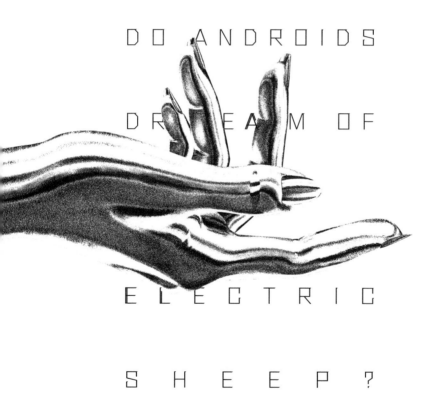

DO ANDROIDS

DREAM OF

ELECTRIC

SHEEP?

江苏凤凰文艺出版社
JIANGSU PHOENIX LITERATURE AND
ART PUBLISHING

图书在版编目（CIP）数据

仿生人会梦见电子羊吗？ / （美）菲利普·迪克
(Philip K. Dick) 著 ; 姚向辉译 . -- 南京 : 江苏凤凰
文艺出版社 , 2024.9
　（读客科幻文库）
书名原文 : Do Androids Dream of Electric Sheep?
ISBN 978-7-5594-8248-8

Ⅰ . ①仿… Ⅱ . ①菲… ②姚… Ⅲ . ①幻想小说 – 美
国 – 现代 Ⅳ . ① I712.45

中国国家版本馆 CIP 数据核字 (2024) 第 008373 号

仿生人会梦见电子羊吗？

［美］菲利普·迪克　著　　姚向辉　译

责任编辑　丁小卉
特约编辑　窦维佳　骆新悦　尹开心
封面设计　陈艳丽
责任印制　杨　丹
出版发行　江苏凤凰文艺出版社
　　　　　南京市中央路 165 号，邮编：210009
网　　址　http://www.jswenyi.com
印　　刷　三河市中晟雅豪印务有限公司
开　　本　880 毫米 ×1230 毫米 1/32
印　　张　8.75
字　　数　195 千字
版　　次　2024 年 9 月第 1 版
印　　次　2024 年 9 月第 1 次印刷
标准书号　ISBN 978-7-5594-8248-8
定　　价　59.90 元

江苏凤凰文艺版图书凡印刷、装订错误，可向出版社调换，联系电话：010-87681002。

献给马伦·奥古斯塔·贝格鲁德

（1923 年 8 月 10 日—1967 年 6 月 14 日）

但我仍梦见他踏着草丛

幽灵一般在露水中行走，

被我那欢快的歌声穿透——

——叶芝[1]

1　译文引自《叶芝诗集》，傅浩译，上海译文出版社，2018 年。——译者注（本书中注释若无特别说明，均为译者注）

奥克兰

　　探险家库克船长1777年送给汤加国王的乌龟于昨日去世，享年近两百岁。

　　这只乌龟名叫图伊·玛利拉，在汤加首都努库阿洛法的王宫内去世。

　　汤加人民将这只乌龟视为一名酋长，指定专人照顾它。数年前的一场丛林火灾导致它失去了视力。

　　汤加广播电台称图伊·玛利拉的遗体将被送往新西兰的奥克兰博物馆。

路透社，1966年

1

床头的情绪调节器通过自动警报系统送出一股欢快的小电流，唤醒了里克·德卡德。他吓了一跳——突然被弄醒总会吓他一跳——身穿五彩睡衣从床上起来，站着伸了个懒腰。他妻子伊兰在她的床上睁开灰色的眼睛，这双眼睛里没有任何快乐，她眨眨眼，然后呻吟一声，重新闭上眼睛。

"你的潘菲尔德设得太弱了，"他对妻子说，"我来重设一下，等你醒来就会——"

"你别碰我的设定。"她的声音尖锐而刺耳，"我不想醒。"

他在她身旁坐下，俯身看着妻子，轻声解释："把电流设得足够高，你就会庆幸自己能醒来，这就是它的原理。设到 C 挡，它能打破不让你恢复意识的一切障碍，反正对我来说是这样的。"他感觉很好——为了应付外部世界，他设置了 D 挡——亲昵地拍了拍她露在外面的苍白肩膀。

"该死的警察，把你的脏手给我拿开。"伊兰说。

"我不是警察。"此刻他感到自己很容易生气，尽管他的设定里没有暴躁。

"你比那些警察还坏，"他妻子说，依然闭着眼睛，"你是警察雇用的杀手。"

"我这辈子从没杀过人。"他的气恼已经上升到了直接的敌意。

伊兰说："对，你只杀可怜的仿生人。"

"但是我发现，我带回家的赏金，你花起来可从来不犹豫，天晓得你在你那些心血来潮的爱好上烧了多少钱。"他起身，走向他的情绪调节器的控制台。"可就是不肯存钱，"他说，"否则咱们可以买一只真羊，换掉楼上的那只电子假羊。我努力往上爬了这么多年，挣的钱却只够养一只电子动物。"他在控制台前犹豫了，不确定该拨什么号码，是抑制丘脑（能消除愤怒的情绪）还是刺激丘脑（能把他变得足够可憎，从而在争吵中获胜）。

"要是你把恶意往高里调，"伊兰已经睁开眼睛，望着他的一举一动，"那我也一样往高里调。我会调到最高，然后咱们可以闹得不可开交，相比之下，以前吵的那些架什么都不是。你尽管去调，看看谁怕谁。"她飞快地爬起来，跳到她的情绪调节器的控制台前，目光炯炯地瞪着他，等待他的反应。

他叹了口气，在她的威胁面前认输了。"我还是按我今天的日程表调参数吧。"他查了查1992年1月3日的日程表，发现今天需要的是公事公办的专业人士态度。"要是我按日程表调节情绪，"他警惕地说，"你能同意也这么做吗？"他等待妻子的回答，他相当谨慎，不会在妻子同意前确定自己的参数。

"我今天的日程表上是六个小时的自责和抑郁。"伊兰说。

"什么？你为什么要安排这个？"这完全违背了情绪调节器的

设计目的。"我甚至不知道还能这么设置。"他烦闷地说。

"一天下午，我坐在家里，"伊兰说，"当然正在看《老友巴斯特和他友善的好友们》，他正在说他有个重大新闻要告诉大家，然后那个恶心的广告突然插进来，就是我特别讨厌的那个，你知道的，江河郎中[1]铅护裆。于是有那么一分钟，我干脆调了静音。然后我听见了建筑物——这座建筑物的声音，我听见了……"她打了个手势。

"许多空荡荡的公寓房间。"里克说。有时候夜里应该睡觉的时候，他也会听见它们的声音。不过在如今这个时代，一座公寓楼有一半住户，就已经算是人口密度很高了。在战前的城郊居住区，很多建筑物从上到下连一个人都没有……反正他是这么听说的。这种信息他只想要二手的，和绝大多数人一样，他对亲身体验不感兴趣。

"我把电视调为静音的那一刻，"伊兰说，"恰好处于382号情绪中——我刚拨出这个号码。因此，尽管我理智上听见了空虚，但我并没有真正感受到它。我的第一反应是谢天谢地，我们买得起潘菲尔德的情绪调节器。不过后来我意识到这个状态很不健康：感觉到生命的缺失——不仅是在这座楼里，而是在所有地方，但对比毫无反应。你明白吗？我猜你不明白。总之这个状态曾经被视为精神疾病的症状，人们称这种疾病为'适当情绪缺失症'。于是我让电视继续静音，正对着情绪调节器坐下，开始做实验。最后我找到了设置绝望的方法。"她原先忧郁精致的脸上露出了满意的表情，就好像她实现了什么伟大的目标："于是我把它放在我的日程表

1　原文为Mountibank，与mountebank（江湖郎中）只差了一个字母。

里，一个月两次。我认为这么长的时间很合理，因为我需要感觉绝望——对一切的绝望，对所有聪明人都已经移民而我还留在地球上的绝望。你觉得怎么样？"

"但是像这样的情绪，"里克说，"会让你沉迷其中，忘记用机器把自己拉出来。像那样对现实的绝望，是不会自己停止的。"

"我设定了三小时后自动重置情绪，"妻子回答得很流畅，"481状态。能认识到未来有无数的可能性在等待我，怀着新的希望——"

"我知道481是什么。"他打断妻子的话头。他设定过许多次这个组合，他对481状态的依赖性很强。"听我说，"他在床边坐下，握住妻子的双手，拉着她在身旁坐下，"就算设定了自动切断，但无论如何，体验抑郁还是非常危险。别管你的日程表了，我也忘记我今天的安排，咱们一起设个104，好好享受一下，然后你保留这个状态，我调回工作需要的一贯态度。这样的话，我会想要爬上屋顶看一眼羊，然后去办公室。与此同时我会知道你不是坐在家里发呆，连电视都不开。"他松开妻子修长纤细的手指，穿过宽敞的公寓，来到还能依稀闻到昨晚的烟味的客厅。他弯腰打开电视。

伊兰的声音从卧室传来："我受不了在早餐前看电视。"

"拨888，"里克说，等待电视机预热，"无论电视里演什么都想看下去。"

"我这会儿什么都不想拨。"伊兰说。

"那就拨个3。"他说。

"我为什么要刺激我的大脑皮层，让我想要调整情绪？我说了我不想拨号，我最不想拨的就是这个号，因为只要拨了它，我就会想要拨号,而现在我最不想要的就是拨号的欲望。我只想坐在床上,盯着地板发呆。"她的声音变得尖锐,透露出一丝沮丧的意味,而她的灵魂已经凝结,身体停止移动,难以抗拒的惰性落在她的身上,就像一张无所不在的沉重巨网。

他调大电视的音量,老友巴斯特洪亮的声音充满了房间:"嗬,嗬,伙计们。现在来简单说说今天的天气。猫鼬卫星报告说,放射尘在接近中午时格外严重,之后逐渐减轻,因此非要冒着危险出门的伙计们,你——"

她出现在他身旁,长睡袍像轻烟似的拖在背后。伊兰伸手关掉电视:"好吧,我投降,我拨。你要我拨什么都行,忘乎所以的性高潮?……我的心情太差,连这个都能忍受。管他的。能有什么区别呢?"

"我去给咱俩拨号。"里克说,领着她回到卧室。他在她的控制台上拨了594——在所有事情上欣然接受丈夫的超凡智慧。他在自己的控制台上拨了工作需要的锐意进取,不过他其实并不需要,这本来就是他习惯成自然的态度,有没有潘菲尔德大脑刺激科技的帮助都一样。

. . .

三下五除二吃完早餐——与妻子拌嘴耽搁了他宝贵的时间——他穿上冒险外出所需的各种行头,其中包括埃阿斯级的江河郎中铅护裆,然后上楼去屋顶的天棚草坪看他的电子羊"吃草"。这台精密的机器正在啃青草，伪装出来的满足表情骗过了楼里的其他住户。

当然了，其他住户的动物有一些无疑也是电子赝品。他从不去打探这种秘密，就像他的邻居们也从来不会打探他的羊到底是不是真东西。那是最没礼貌的行为。比起问别人的牙齿、头发或内脏器官是不是原装的，问"你的羊是真的吗？"甚至更加失礼。

晨间的灰色空气遮蔽了太阳，裹挟着放射性尘埃，在他周围喷涌，刺激着他的鼻子。他不由自主地闻到了死亡的气息。好吧，这么说似乎有点儿言过其实了，他心想，并走向一块特定的草皮，这块草皮和楼下那套大得不相称的公寓一样，都是他的财产。尘埃是终末大战的遗产，放射性已经变弱。没能熬过来的人多年前就灰飞烟灭了。而对现在这些强壮的幸存者来说，变弱后的尘埃只能干扰一下神智和遗传特性了。尽管他穿了铅护裆，但毫无疑问，尘埃还是会渗入他的身体，他一天不移民，积累的尘埃就会给他一天的辐射污染。到目前为止，月度体检都说他一切正常，还是个能在法律允许范围内繁衍后代的人。然而，旧金山警察局的医生随时有可能会在某个月得出相反的结论。放射性尘埃无处不在，每时每刻都在把正常人改造成特异人。最近甚嚣尘上的新口号是"要么移民，要么退化！你自己的选择！"，海报、电视广告和政府垃圾邮件里全都在这么嚷嚷。话当然是大实话，里克心想，同时打开小牧场的铁门，走向他的电子羊。但我不能移民，他在心里说，因为我的工作。

隔壁牧场的主人和他打招呼，那是他的邻居比尔·巴伯。他和里克一样,也是一身工作装,同样在上班的路上顺便看一眼宠物。

"我的马怀孕了,"巴伯兴高采烈地指着高大的佩尔什马说,它站在那儿,茫然地望着虚无,"你觉得怎么样?"

"我看用不了多久,你就会有两匹马了。"里克说。他已经走到了他的羊身旁。它卧在地上反刍,机警地盯着他,希望他带来了燕麦片。这只假羊有个针对燕麦的激励线路,只要看见燕麦片,就会一骨碌爬起来,慢悠悠地走向他,整套动作既真实又可信。"这只母马怀上了谁的种?"他问巴伯,"过堂风吗?"

"我买到了全加州最优质的公马精液,"巴伯答道,"通过我在州畜牧管理委员会的内部关系。记得上周他们的检查员来这儿检查朱迪的情况吧?他们急着想要它的马驹呢。它是一匹无与伦比的好马。"巴伯亲昵地拍了拍马的脖子,它把脑袋贴在他肩上。

"没考虑过卖掉你的马吗?"里克问。老天在上,他太想拥有一匹马了——事实上,任何动物都行。拥有和养护假动物会让你越来越沮丧,然而从社交的立场说,在搞不到真动物的情况下,你也只能用假动物来充数。他别无选择,只能硬着头皮养下去。就算他本人不在乎,也必须为了妻子着想,伊兰很在乎——在乎得不得了。

巴伯说:"卖马?那是不道德的。"

"那就把马驹卖掉。养两只动物比不养更不道德。"

巴伯困惑地说:"你这是什么意思?很多人养两只动物,甚至三只、四只,更何况还有弗雷德·沃什伯恩这样的人,他是我弟弟工作的海藻处理厂的老板,他有五只呢。你没看昨天的《纪事报》吗?上面有一篇文章,说的是他的鸭子。据说那是西海岸最重和最大的红面鸭。"他眼神呆滞地说着，想象着能拥有这么一只动物的美妙景象，渐渐坠入了恍惚状态。

里克从外套口袋里翻出《西德尼兽禽目录》的一月增刊，这本书他看了无数遍，已经皱皱巴巴的了。他在索引里查到"马驹"（见马，后代），不一会儿就知道了全国指导价。"我能用五千美元从西德尼公司买到一匹佩尔什马驹。"他大声说道。

"不，买不到，"巴伯说，"你仔细看价目表，那是用斜体印的。意思是他们没有库存，假如有库存，那就是这个价。"

"要么这样，"里克说，"我一个月付你五百美元，连续十个月。按目录里的全价。"

巴伯怜悯地说："德卡德，你对马一无所知。西德尼没有佩尔什马驹的库存是有原因的。没人会出售佩尔什马驹——哪怕是按目录的价格。它们太稀少了，哪怕是相对较差的那些也一样。"他趴在两人之间的围栏上，用手势加强语气："我养朱迪已经三年了，这么多年来，我从没见过它这个品质的佩尔什母马。为了买它，我专程飞到加拿大，然后亲自开车把它运回来，以确保它不会在路上被劫走。要是带着这么一只动物出现在科罗拉多或怀俄明附近，他们会为了得到它而干掉你。知道为什么吗？因为在终末大战之前，曾经有过成百上千——"

"但是，"里克打断他，"你都快有两匹马了，而我却一匹也没有，这违反了默瑟教的基础神学和道德架构。"

"你不是有你的羊吗？妈的，你可以走你自己人生中的登山小道，等你抓住共情箱的两个把手，就能无限接近荣光了。要是你没有那只羊，我还能在你的话里找到一点儿逻辑。是的，假如我有两只动物，而你一只都没有，那我就是在阻碍你和默瑟的真正融合。但这座楼里的每一户人家——我算一算，差不多五十户，要是我没算错，每三套公寓有一户住人——咱们每一户都有一只动物，种类是另一码事。格雷夫森有他的鸡。"他往北指了指。"奥克斯和他老婆有条红毛大狗，一到夜里就叫唤。"他沉思片刻，"我记得埃德·史密斯的公寓里有只猫——至少他是这么说的，但没人见过。也许他只是假装有。"

里克走到羊的身旁跪下，在厚实的白色羊毛里摸索——至少羊毛是真东西——终于找到了他在找的东西：机器羊的控制面板。巴伯眼看着他掀开盖子，露出面板上的元件。"看见了吗？"他对巴伯说，"现在明白我为什么那么想要你的马驹了吧？"

巴伯愣了一会儿，然后说："可怜的家伙。所以它一直是假的吗？"

"不，"里克说，重新合上电子羊控制面板的盖子，他站起来，转身面对他的邻居，"我以前有一只真羊，我岳父移民的时候送给我们的。差不多一年前——还记得我带它去看兽医的那次吗？那天早上你也在上面，我出来时发现它侧躺在地上，站不起来了。"

"你把它扶起来了，"巴伯说，点点头，表示他想起来了，"对，你把它扶起来了，但它走了一两分钟，就又倒下了。"

里克说："羊会得各种怪病。或者换个说法，羊会得各种各样的疾病，但症状总是一样的。羊爬不起来了，但你不可能知道情况究竟有多严重，是仅仅扭伤了腿，还是快要死于破伤风了。我的羊就是因为这个死的，破伤风。"

"在这儿？"巴伯说，"屋顶上？"

"草料，"里克解释道，"那次我没有把铁丝从草料里择干净，留下了一小段，结果格劳乔——我的羊就叫这个名字——被钩破了皮肤，就这么感染了破伤风。我带它去看兽医，它死了，我想来想去，最后找了一家制造仿真动物的商店，给他们看格劳乔的照片。他们造了这东西。"他指了指卧在地上的假羊，它还在专注地反刍，警觉地盯着他，等待燕麦的出现。"做得以假乱真。我花在照顾它上的时间和心思不比以前少。但是……"他耸耸肩。

"毕竟不一样。"巴伯替他说完。

"不过也很接近。照顾它的时候，感觉没什么区别。你必须时刻关注它，和你对待真动物的态度一样。因为它们会出故障，到时候楼里的所有人都会知道。我已经送修了六次，都是小毛病，但要是被人看见——比方说有一次，音带坏了，要么就是被污染了，总之它不停地咩咩叫——人们肯定会认为这是机械故障的原因。"他继续道，"修理店的卡车当然标着'宠物诊所'之类的东西，司机打扮成兽医，穿着白大褂像模像样。"他突然想到打卡的时间，于是看了一眼手表。"我要去上班了，"他对巴伯说，"咱们今晚见。"

他走向车子，巴伯急忙在他背后喊道："呃，我不会对楼里的其他人乱说的。"

里克停下脚步，正想说谢谢，但就在这时，他感受到了伊兰所描述过的那种绝望，仿佛有一只无形的手拍了拍他的肩膀，他说："我也说不准，也许不会有什么区别。"

"但他们会看不起你的。不是所有人，但有些人肯定会。你知道人们怎么看待不养宠物的人，他们会认为你道德沦丧还反对共情。明白吗？尽管现在不像终末大战刚结束时那样，把它算成犯罪行为，但人们还是会对你有看法。"

"上帝啊，"里克无奈地摊了摊手，"我也想养宠物，我一直在找门路买一只。但光是靠我这么一个市政雇员的薪水……"希望我在工作中能再走运一次，他心想。就像两年前那次，我一个月灭了四个仿生人。他心想，要是我当时就知道格劳乔很快会死……但那时候羊还没得破伤风，那时候那一截状如针头的两英寸[1]铁丝还没从草料里冒出来。

"你可以买一只猫，"巴伯建议道，"猫毕竟便宜，你查一查《西德尼兽禽目录》。"

里克平静地说："我不想要家养的宠物。我想要我原来的那种大动物。一只羊，要是我能搞到钱，那就养奶牛或公牛犊，或者像你一样：养一匹马。"他算了算，干掉五个仿生人的赏金应该就够了。一个仿生人一千美元，而且是薪水之外的收入。然后我肯定能在某个地方找到某个人，搞到我昼思夜想的东西，就算《西德尼兽禽目录》里的售价是斜体字。五千美元，他心想，但首先，必须得有五个仿生人从某个殖民星球来到地球。这一点不是我能控制的，我没法逼着五个仿生人来这儿，即便我能做到，世界各地还有其他警务机构麾下的其他赏金猎人呢。这五个仿生人必须在北加州住

1　英美制长度单位，1英寸＝2.54厘米。——编者注

下，而这个区域的高级赏金猎人戴夫·霍尔登必须去世或退休。

"买一只蟋蟀吧，"巴伯打趣道，"或者老鼠。对了，只需要二十五美元，你就能买一只成年鼠。"

里克说："你的马也会死，就像格劳乔一样，毫无预兆地横死。今晚你下班回到家里，会发现它躺在地上，四脚朝天，就像一只死虫子。就像你说的，一只蟋蟀。"他大步向前走，车钥匙握在手里。

"对不起，我大概伤害了你的感情。"巴伯紧张地说。

里克·德卡德沉默不语，猛地拉开悬浮车的车门。他已经没有话要对这位邻居说了，他的心思全放在工作上，全放在接下来的这一天上。

2

这座衰败的巨大建筑一度容纳过成千上万人,如今空空荡荡。楼里有一台电视机正在向无人居住的房间兜售商品。

终末大战之前,这片无主的废墟有人照看和维护。此处曾经是旧金山的城郊居住区,从这里乘坐单轨电车很快就能抵达市区。整个半岛就像一棵落满小鸟的大树,叽叽喳喳地充满了生命、看法和抱怨,在乎这个地方的那些业主现在不是死了,就是移民去了殖民星球。前者占大多数。尽管五角大楼和它趾高气扬的智库兰德公司做出了乐观的预测,但那场战争的代价异常高昂。事实上,兰德公司就离这儿不远。与大楼的业主们一样,这家公司也已经成为历史,而且似乎是永久性的。没人怀念它。

更有甚者,如今没人记得战争为什么会打起来,也没人知道获胜的是谁或有没有人获胜。污染了全地球的放射性尘埃并非来自任何国家,也没有谁——哪怕是战争中的敌方——蓄意制造了它们。最初,猫头鹰怪异地死去。当时人们还觉得挺滑稽的,这些胖乎乎、毛茸茸的白鸟东一只西一只地死在院子里和街道上,而猫头鹰本不会在黄昏前飞出巢穴,因此没人知道它们是怎么死的。中世纪的瘟疫也曾以类似的方式现身，其载体是无数的死老鼠。这次瘟疫却是从天而降的。

继猫头鹰之后，其他鸟类自然也步其后尘，但到了这个时候，人们已经掌握并理解了其中的奥秘。战前，一个微不足道的外星殖民计划已经启动，但现在，由于阳光不再照耀地球，殖民就进入了全新的阶段。为了适应这个计划，科学家改造出一种名为"人造自由斗士"的战争武器。这种人形机器人——严格地说，叫有机仿生人——能在外星球上活动劳作，因此就成了外星殖民计划的基础劳动力。联合国的法律规定，每个移民都会分配到一个仿生人，具体亚型由移民决定。就这样，到了1990年，仿生人的亚型已经多得不可思议，就像20世纪60年代的美国汽车。

移民的推动力最终就是这么构成的：仿生人奴仆是胡萝卜，放射性落尘是大棒。联合国让移民变得简单，让留下变得困难，甚至是不可能。在地球上逗留意味着你随时会被突然打上异类的标签：你在生物学上变得不可接受，对人类这个物种的遗传纯正性形成威胁。一旦被列为特异人，即便主动接受绝育手术，也会泯灭于历史的长河之中。就结果而言，这个人从此就不是人类的一分子了。然而即便如此，地球上也还是有人拒绝移民。至于原因，就算是这些人本身，也无法用理性解释。从逻辑上说，每个正常人应该都已经移民了。也许是因为，尽管地球已经被毁掉了，但它依然是我们熟悉的家园，受到我们的眷恋。也有可能，不肯移民的顽固分子梦想着漫天尘埃总有一天会自己消散。总而言之，还有成千上万的人留在地球上，他们大部分聚集在城市地区，在那里，他们能看见彼此的肉身，从他人的存在中得到安慰。他们算是神智相对正常的个体。然而除了他们，另外还有一些可疑的怪异个体，他们拒绝离开事实上已经荒弃的城郊居住区。

约翰·伊西多尔，客厅电视机喋喋不休的训话对象，此刻正在卫生间里刮脸，他就是这么一个人。

他在战后初期一路流浪来到了这个地方。那是个糟糕的时代，没人真的知道自己在干什么。人们因为战争而流离失所，到处游荡，一时间在一个地方暂时栖身，一时间又去往另一个地方。放射性落尘当时是零散分布的，而且极为多变，有几个州几乎完全没有，还有几个州近乎饱和。人们就像浮萍，随着尘埃移动。旧金山南面的半岛起初没有落尘，于是大量人口在那里安顿下来。后来等尘埃到来，一些人死去，其他人离开，而约翰·伊西多尔留了下来。

电视机在喊叫："……重现了内战前南方各州的安闲时光！定制的人形机器人可以是贴身仆人，也可以是不知疲倦的农场帮工，专为您和您独一无二的需求而打造，在您抵达目的地时交付，完全免费，装备齐全，您只需要在离开地球前提交规格就行。这个忠诚的伙伴完全用不着您操心，将在现代人类历史最伟大、最勇敢的开拓征程中提供……"它没完没了地唠叨。

不知道上班会不会迟到，伊西多尔一边刮胡子一边心想。他没有还能走的钟表，平时全靠电视报时过日子，但今天显然是太空开拓节。电视里说今天是火星上最大的美国人聚居地新亚美利加成立五（还是六？）周年。他的电视有故障，只能收到一个频道，这个频道在战争期间被国有化了，现在依然如此。华盛顿政府出于殖民计划而成为它唯一的赞助商，因此只能它播什么，伊西多尔就听什么。

"咱们来听听玛吉·克卢格曼太太怎么说，"电视播音员对约翰·伊西多尔说，尽管伊西多尔只想知道现在几点了，"克卢格曼太太刚移民到火星，以下是她在新纽约接受采访的现场录音。克卢格曼太太，你从被污染的地球来到这个充满无限可能性的新世界，你认为在两者上的生活有什么区别？"片刻停顿之后，一个疲惫而冰冷的中年女性声音传来："我认为我们一家三口首先注意到的是尊严。""尊严，克卢格曼太太？"播音员问。"是的，"如今家住火星新纽约的克卢格曼太太说，"很难解释清楚。在这个困顿的时代，有个仆人可以依赖……我感到安心。"

"以前在地球上，克卢格曼太太，你是不是也担心有一天会被划为，咳咳，特异人？"

"天哪，我丈夫和我都快要担心死了。当然了，移民之后，这个担忧就消失了，谢天谢地，永远也不需要担心了。"

约翰·伊西多尔在心里酸溜溜地说，我的这个担忧也消失了呢，而且还不需要移民。他被划为特异人已经一年多了，不仅是因为他携带的变异基因。更糟糕的是，他没能通过智力基准测试，因此成了俗称的"鸡脑子"。压在他身上的蔑视足有三颗星球那么重。然而尽管如此，他还是活了下来。他有一份工作，是为假动物维修公司驾驶接送车辆。范内斯宠物医院和他阴郁的哥特风老板汉尼拔·斯洛特当他是个人类，他对此颇为感激。正如斯洛特先生偶

尔会说的 "Mors certa, vita incerta." [1]，尽管伊西多尔听到过很多次这句话，但对它的意思只有一个模糊的概念。毕竟，要是一个鸡脑子懂拉丁语，他也就不是鸡脑子了。他向斯洛特先生指出这个事实的时候，斯洛特先生不得不承认他说得对。世上有的是比伊西多尔蠢笨的鸡脑子，他们根本不可能工作，只能待在所谓"美国特异职业技能学院"的托管机构里，而"特异"二字能成为机构名称的一部分，当然是有它的原因的。

"……你的丈夫尽管拥有并持续穿昂贵而笨重的铅护裆，"电视播音员说，"却不觉得受到了保护，我说的对吗，克卢格曼太太？"

"我丈夫——"克鲁格曼太太答道，但就在这时，伊西多尔刮完脸，大步流星地回到客厅里，关掉了电视。

寂静。寂静从家具和墙壁里陡然涌出，以全面压制的可怕力量扑向他，像是来自一台庞大的轧钢机。寂静从地面升起，从铺满地面的破烂灰色地毯里冒出来。它从厨房里损坏和半损坏的电器里析出，自从伊西多尔住进来以后，这些机器就没有运转过。它从客厅里纯粹当摆设的落地灯里渗出来，从爬满苍蝇的天花板空虚而无言地悄然落下。事实上，它从他视线范围内的所有物体里同时浮现，就好像它（寂静）想要取代一切有形的事物。因此，它进攻的不但是他的耳朵，还有他的眼睛。他站在关掉的电视机旁，体验到的寂静不但是可见的，而且具有它自己的某种生命力。它是活的！他常常能感觉到它的肃然逼近，寂静降临时，它会毫不掩饰、迫不及待

1　拉丁语，意为"死亡必定降临，活着就有变数"。

地迸发出来。笼罩这个世界的寂静无法控制它的贪婪——它再也控制不住了，特别是现在，事实上它已经胜利了。

于是他心想，不知道还留在地球上的其他人会不会以这种方式体验虚无，还是说它仅仅对应于他特定的生物身份，是他受损的感觉器官产生的怪诞体验？一个有趣的问题，伊西多尔心想。但他能去和谁讨论呢？这座颓败的建筑物里有一千套无人居住的公寓，只住了他一个人，与它的无数同类一样，这栋楼每天都在熵增中走向衰亡。楼里的所有事物迟早会彼此融合，变得面目模糊、毫无二致，化作布丁一样的垃圾，从每一个房间的地板堆到天花板。在那以后，无人照管的建筑物本身也会倒塌，埋在无处不在的尘埃之下。当然到那时候，他早就死了，这是另一桩有趣的事件。他独自站在破败的客厅里，感受令人窒息、无孔不入、专横跋扈、笼罩全世界的寂静，期待着自己的死期。

也许还是开着电视比较好。但那些广告让他害怕，它们的投放对象是还留在地球上的正常人。它们用无数种方式告诉他，他这个特异人是不被需要的；他没有用处；就算他想移民，也不可能移民。所以为什么还要听呢？他气恼地问自己。让他们和他们的殖民大业都见鬼去吧。我衷心希望殖民地也爆发战争——毕竟从理论上说，这是有可能的——他们落到和地球一样的田地，而移民统统变成特异人。

好了，他心想，我要上班去了。他伸手抓住门把手，门外是没有灯的走廊，然而等他瞥见占据了楼里其他空间的虚无，就立刻缩了回去。那股力量埋伏在外面等他，他能感觉到它在处心积虑地渗入他这套公寓。上帝啊，他心想，又关上了门。他还没有做好踏上那些咣咣作响的台阶，爬向没有养动物的空旷屋顶的准备。他将只能听见自己往上走的回声——虚无的回声。现在该去握住把手了，他心想，接着穿过客厅，走向黑色的共情箱。

他打开机器，从电源涌出了熟悉的负离子气味。他急切地深吸一口气，已经陶醉了起来。阴极射线管随即亮了起来，就像仿制的、微弱的电视画面，一幅拼贴画渐渐浮现，由看似随机的色彩、线条和图案构成，在你握住把手之前，它不具有任何意义。他做了一次深呼吸来镇定情绪，然后才握住两个把手。

图像凝聚起来，他立刻看见了那个著名的场景。古老贫瘠的褐色山坡，枯骨般的杂草斜伸向昏暗无光的天空。一个孤零零的身影，差不多像是人类，正在艰难地爬上山坡。这是个老人，他身穿朴素的暗色长袍，长袍几乎遮不住身体，薄得像是从充满敌意的虚无天空中抢来的。这个人，威尔伯·默瑟，迈着沉重的步伐向前走。而随着约翰·伊西多尔握紧把手，他感觉到他所在的客厅逐渐消失，破旧的家具和墙壁像退潮似的散去，他很快就不再能够觉察到它们的存在了。他发现自己和以前一样，进入了刚才看见的场景：黄褐色的山坡，黄褐色的天空。与此同时，他也不再是看着老人爬上山坡的旁观者了。他的脚在与地面摩擦，在熟悉的碎石中寻找落足之处，他像先前一样感觉到不平整的粗糙地面硌痛了脚底，闻到了天空中雾霾刺鼻的气味——这不是地球的天空，而是某个遥远的陌生星球的，但通过共情箱的作用，他能够亲身体验到。

他的穿越和平时一样令人眩晕，他再次融合了威尔伯·默瑟的身体，并伴随着精神和心灵两方面的归一。此刻握住把手的其他人也是如此，无论他们在地球还是在某个殖民星球上。他体验到了其他人的存在，融入他们思绪构成的集合，在他的大脑里听见诸多个体发出的纷乱噪声。他们（还有他）只在乎一件事，精神融合把他们的注意力都导向山坡本身、攀爬的动作和上山的欲望。这种欲望一点一点发展，缓慢得几乎难以觉察，但它确实存在。脚下的石子在往下滑，他心想，再高一些，我们今天比昨天更高，而明天……他，无数人复合构成的威尔伯·默瑟，抬起头眺望前方的登山小道。太远了，不可能看见尽头。但迟早会走到的。

一块石头扔向他，打中他的胳膊。他感觉到了疼痛。他侧过身子，与另一块石头擦肩而过，没有被打中。石头落在地上，发出的声音惊吓了他。是谁？他心想，眯起眼睛寻找攻击者。还是同样的敌人，在视野边缘隐约可见，它（或它们）跟着他一路爬到这儿，还会继续尾随他，直到山顶……

他回想起山顶的情形：山势突然拔高，爬山到此结束，下一个阶段开始。他体验过多少次了？已经记不清，过去和未来已经模糊，既有的体验和终将有的体验彼此融合，于是只剩下了此刻。此刻他站住了，正在休息，揉着胳膊上石块划破的伤口。上帝啊，他疲惫地心想。这一切的公平何在？我为什么要孤零零地来到这儿，被某些我连看都看不见的东西折磨？但紧接着，在他的意识里，融合中的其他所有人的喧闹打破了孤独的假象。

你们也感受到了，他心想。是的，那些声音在回答，我们的左胳膊挨了一石头，疼得要命。好的，他说，咱们还是继续爬吧。他重新抬起脚，其他所有人立刻跟上。

他记得以前的生活不是这个样子的。那是诅咒降临前，是他更快乐的前一半人生。他的养父母弗兰克和科拉·默瑟发现一个充气橡皮救生筏载着他浮在水中，那是在新英格兰的海岸边……还是在墨西哥的坦皮科港附近？他已经不记得具体情况了。童年很美好，他热爱所有生命，尤其是动物，有一段时间甚至能让死去的动物活过来。他与兔子和昆虫生活在一起，既在地球上，也在殖民星球上，但其中的细节他同样不记得了。不过他记得那些残杀者，因为他们逮捕了他，说他是异能人，比其他特异人更特异。因此，一切都改变了。

当地法律禁止使用让死者复活的时间倒流术。他十六岁那年，他们向他阐明了这个规定。但他在残存的树林里又偷偷地施行了一年，直到一个他从没见过和听说过的老妇人举报了他。未经他父母的同意，他们（残杀者）用放射性钴破坏了他大脑里形成的独特结节，结果将他投入了另一个迥然不同的世界，而他从没想象过这个世界的存在。那是一个深渊，填满了尸体和骸骨，他挣扎了许多年，才从底下爬了上来。驴子和蟾蜍——尤其是蟾蜍——这两种对他来说最重要的动物已经消失或灭绝，剩下的只有腐烂的碎尸：这儿一颗没眼睛的脑袋，那儿几根手指。最后，一只到那儿等死的鸟告诉了他那是什么地方。原来他坠入了坟墓世界。只要散落于他周围的骸骨不长出血肉，重新变成活生生的动物，他就不可能离开。他已经与其他生命的新陈代谢合而为一，在它们复活之前，他不可能独自复活。

他的那一段生命持续了多久？他现在并不知道。几乎没有发生任何事情，因此时间变得无法度量。但终于，骸骨重新长出了血肉，填满了空荡荡的眼窝，新生的眼睛见到光明，与此同时，复原的长喙和嘴巴发出声音：嘎嘎、汪汪、喵喵。有可能是他的作为，也许他大脑里的超感官结节又长出来了。也可能不是他的功劳，非常有可能完全是个自然过程。总之他不再沉沦，他开始上升，与其他人一起上升。很久以前他就看不见他们了。他发现他显然是在单独爬山。但他们依然存在，他们依然伴随他左右。说来奇怪，他能在他的灵魂里感觉到他们。

伊西多尔站在他的公寓里，握着两个把手，在自我体验的同时也把其他一切活物囊括进自己的灵魂，然后他不情愿地松开了手。一如既往，这一切必须结束，再说胳膊被石头击中的地方也很疼，正在流血。

他松开把手，查看手臂，然后摇摇晃晃地走向卫生间，去清洗伤口。这不是他第一次在与默瑟融合的时候受伤了，很可能也不会是最后一次。有不少人（尤其是老人）都死掉了，特别是后来到了山顶，等折磨真正开始之后。擦拭伤口的时候，他心想，我不知道我还能不能再次熬过那一关。有可能会心脏骤停，还是省省吧，他心想，假如我住在城里，有医生拿着那什么电刺激机器守在一旁，倒是不妨一试。但我一个人住在这个鬼地方，那可就太冒险了。

不过他知道他会去冒这个险，就像以前一样，就像大多数人一样，哪怕是身体虚弱的老年人。

他用纸巾吸干手臂上的水。

同时听见电视机发闷的声音远远地传来。

楼里还有其他人，他的大脑疯狂地运转，他无法相信这是真的。肯定不是我的电视机，我的电视机没开，而且我能感觉到地板在共振。声音来自楼下，完全不同的另一层楼！

他意识到：我不再是一个人了。又有一个人搬了进来，占据了另一套无人居住的房间，而且离我很近，近得我能听见他的声音。肯定是二层或三层，不可能更低了。要去看看吗？他的思绪在飞转。新邻居搬进来的时候，你该怎么做呢？去拜访一下，借点儿东西，是这样吗？他想不起来了。这种事从没在他的身上发生过，无论是在这儿还是在其他地方。人们搬走，人们移民，这是第一次有人搬进来。你可以拿点儿东西去送给他们，他决定了。比方说一杯水或牛奶，对，牛奶，或者面粉，甚至是一枚鸡蛋——更确切地说，鸡蛋的人造替代品。

他打开冰箱——压缩机早就罢工了——找到一块天晓得放了多久的人造黄油。他心潮澎湃，激动地拿着人造黄油走向底下的一层楼。我必须保持冷静，他心想，不能让他知道我是个鸡脑子。要是他发现我是鸡脑子，就不会和我说话了，事情总是这样的，天晓得为什么。我很想知道原因。

他沿着走廊快步走向楼梯。

3

上班的路上，里克·德卡德和天晓得其他多少人一样，也在旧金山的动物专卖街暂时停下脚步，浏览一家大型宠物店的橱窗。橱窗长达一个街区，正中间有一只鸵鸟待在有暖气的透明塑料笼子里，他和鸵鸟大眼瞪小眼。笼子上的信息标牌说，这只大鸟刚从克利夫兰的一家动物园运来，是西海岸唯一的鸵鸟。看够了鸵鸟，里克又郁闷地盯着价格牌看了几分钟，然后继续走向隆巴德街的执法局。等他来到办公室，发现已经迟到了一刻钟。

他刚打开办公室的门锁，他的上司哈利·布赖恩特警督就叫住了他，警督是个长着一对招风耳的红头发男人，穿得邋里邋遢，但目光锐利，对几乎所有重要的事情都了如指掌。"九点半去戴夫·霍尔登的办公室找我。"布赖恩特警督一边说，一边翻看夹在笔记板上的一摞打印纸。他继续往前走，嘴里说着："霍尔登被激光打穿了脊椎，现在在锡安山医院。他至少要住院一个月，等有机培育的塑料椎骨完全就位才能出来。"

"发生什么了？"里克问，背脊发凉。霍尔登是局里的首席赏金猎人，昨天还好好的，下班时照常钻进他的悬浮车，飞向城里拥挤的诺布山，回他居住的高级公寓。

布赖恩特扭头嘟囔了一句什么"九点半戴夫的办公室见"，然后就走远了，扔下里克一个人站在那儿。

里克走进他的办公室，听见秘书安·马斯滕在背后说："德卡德先生，你听说霍尔登先生的事情了吗？他中枪了。"她跟着里克走进逼仄的密闭办公室，顺手启动了空气过滤器。

"听说了。"他漫不经心地答道。

"肯定是罗森联合那些超级聪明的新仿生人冒出来了。"马斯滕小姐说。"你读过他们公司的宣传册和规格说明书吗？他们现在使用的枢纽6型电子脑能在两万亿元素的域里做选择运算，也就是一千万条不同的神经通路。"她压低声音，"你错过了今天一早的视频通话。怀尔德小姐告诉我，通话是九点整通过交换台接通的。"

"打进来的？"里克问。

马斯滕小姐说："打出去的，布赖恩特先生打给位于苏俄[1]的WPO[2]。问他们愿不愿意向罗森联合工厂的东方代表提出正式的书面投诉。"

"哈利还想把枢纽6型电子脑从市场上撤下来？"他并不吃惊。自从1991年8月它的规格和性能图表公布之后，必须和逃跑仿生人打交道的大部分警察机构就一直在抗议。"苏联警察能做的事情不比我们多。"他说。从法律角度来讲，枢纽6型电子脑的制造商

---

1 本书写作于冷战时期，地名沿用旧称。

2 一个虚构的组织，推测全称为 World Police Organization（世界警察组织）。——编者注

在殖民地的法律下运营，因为他们的母公司在火星上。"我们最好还是把新电子脑当作既定事实接受下来，"他说，"事情一直是这样的，电子脑永远在更新换代。记得1989年祖德曼公司展示旧T-14型的时候，大家叫得多么凄惨。西半球的所有警察机构都在说，一旦那样的仿生人非法入境，任何测试都不可能侦测到。事实上，有一段时间确实如此。"他记得有超过五十个T-14型仿生人想方设法回到了地球上，其中一些东躲西藏了一整年都没有被侦测出来。还好后来苏联的巴甫洛夫研究所发明了福格特共情测试，至少到目前为止，还没有任何一个T-14型仿生人能够通过这项测试。

"想知道苏联警察怎么说的吗？"马斯滕小姐问，"我也听说了。"她长满雀斑的橘红色脸上笑容可掬。

里克说："哈利·布赖恩特会告诉我的。"暴躁的情绪油然而生，办公室流言总是让他生气，因为事实常常证明，流言比真相更加准确。他在办公桌前坐下，存心在一个抽屉里掏来掏去，直到马斯滕小姐领悟暗示，识趣地离开。

他从抽屉里掏出一个皱皱巴巴的牛皮纸旧信封。他向后靠，把老板椅翘起来，在信封里摸索，找到他想要的东西：历年收集的所有关于枢纽6型的资料。

他稍微读了读，马斯滕小姐的话得到了证实。枢纽6型真的有两万亿个构成元素，而且能在大脑活动的一千万种可能组合中做出选择。具有如此脑结构的仿生人能在0.45秒之内表现出十四个基本反应模式中的任何一个。好吧，智力测试逮不住这样的仿生人。不过另一方面，自20世纪70年代粗糙的原始版本发布以来，仿生人有好些年没有被智力测试逮住过了。

里克心想：枢纽6型仿生人在智力方面比特异人高几个等级。换句话说，从严格的实用主义的角度来看，装备了新的枢纽6型电子脑之后，仿生人已经演化得超过了很大一部分人类（相对劣等的那些）。是好是坏就是另一码事了。在某些情况下，仆人变得比主人更加聪明。但用来充当判断标准的新评估方法也已经涌现，例如福格特－坎普夫共情测试。仿生人，无论在纯粹的智力层面上说多么卓越，也永远无法参与默瑟教成员日常举行的融合活动，而他和其他几乎所有人（包括亚于正常人的鸡脑子）都能毫不费力地做到。

他思考过，几乎每个人多多少少都思考过，为什么仿生人总会在共情测试上无可救药地碰壁。显然，共情只存在于人类社会之中，而智力则广泛存在于各个门和目的生物之中，连蛛形纲也不例外。首先，共情能力的存在前提很可能是某种未被削弱的群体本能，对蜘蛛之类的独居生物来说毫无用处；其次，它实际上反而有害于蜘蛛的生存能力，会让蜘蛛意识到猎物也有求生的欲望。以此类推，所有捕食者，甚至是像猫这种高度发达的哺乳动物，都会饿死。

他一度认为，共情必定只存在于食草动物或不吃肉也能活的杂食动物身上。原因很简单，归根结底，共情能力会模糊捕食者与被捕食者、成功者与失败者之间的界限。就像在与默瑟融合的时候，所有人一起爬山，而当那个生命周期结束时，所有人又一起坠入坟墓世界的深渊。说来奇怪，它像是某种生物保险，却又是一把双刃剑。只要某个生物体验到了快乐，那么其他所有生物的处境中就会存在一丝快乐。然而，假如某个生物在受苦，那么其他所有的生物都不可能完全摆脱同样的阴影了。人类这样的群居动物会因此获得更高的生存率，而猫头鹰或眼镜蛇则会灭绝。

显而易见，人形机器人成了某种独居的捕食者。

里克喜欢这么看待它们，他的工作因此变得更加愉快。在报废（也就是杀死）仿生人的时候，他并没有违反默瑟定下的生命准则。共情箱出现在地球上的第一年里，默瑟告诫众生："汝等当只杀残杀者。"在默瑟教演化出一套完整神学的过程中，残杀者的概念也随之悄然改变。在默瑟教的教义里，有个绝对邪恶的东西跟着那个蹒跚登山的老人，拉扯他身上的褴褛长袍，但这个邪恶存在一直没有表露过身份。默瑟教徒不需要理解邪恶就能觉察到它。换句话说，默瑟教徒能把残杀者这个模糊的概念套在他觉得合适的任何东西上。对于里克·德卡德来说，脱逃的人形机器人，它杀死了主人，智力超过许多人类，不在乎养不养动物，缺少从另一个生命体的成功中共情快乐或从失败中共情痛苦的能力，那么在他看来，它就完全符合残杀者的定义了。

想到动物，他又回想起他在宠物店见到的鸵鸟。他把枢纽6型电子脑的规格书暂时推到一旁，吸了一撮西登斯夫人牌的3号与4号复合鼻烟，沉思片刻。他看了看表，发现时间还够，于是从桌上拿起视频电话的听筒，对马斯滕小姐说："给我接萨特街的快乐小狗宠物店。"

"好的，先生。"马斯滕小姐说着翻开她的号码簿。

一只鸵鸟不可能真的贵到哪儿去吧，里克在心里说。他们希望你能以旧换新，就像以前买卖车辆那样。

"快乐小狗宠物店。"传来一个男人的声音，一张笑脸随即出现在里克的电话显示屏上。他能听见动物的叫声。

"你们橱窗里的那只鸵鸟，"里克说，摆弄着面前桌上的陶瓷烟灰缸，"首付款需要多少？"

"我来看看，"动物销售员说，伸手去拿纸和笔，"首付要交三分之一。"他开始计算："允许我问一句，先生，您打算把什么动物换给我们吗？"

里克谨慎地说："我……还没有决定。"

"假设鸵鸟签三十个月的分期付款，"销售员说，"以最低的六个点月利率来算，扣除合理的首付之后，您每个月要付——"

"你把价钱给我降下来，"里克说，"再便宜两千美元，而且我不会换给你任何动物，我用现金直接买。"戴夫·霍尔登现在没法行动了，他心想，这意味着我也许能大捞一笔……取决于接下来这个月我能分到多少任务。

"先生，"动物销售员说，"我们的要价本来就比市场价低一千美元。我不挂电话，您去查《西德尼兽禽目录》。先生，我希望您能亲眼看到我们的价钱非常合理。"

该死，里克心想，他们倒是很坚定。不过，反正话都说到这个份儿上了，他从外套口袋里掏出那本破旧的《西德尼兽禽目录》，翻到鸵鸟，然后按公母、老幼、健康与否和新旧往下查询价格。

"新、公、幼、健，"销售员告诉他，"三万美元。"看来销售员也掏出了他的《西德尼兽禽目录》："我们比市场价刚好低一千美元。那么，您的首付——"

"我再考虑一下吧，"里克说，"回头打给你。"他准备挂电话了。

"能留个名字吗，先生？"销售员机敏地问。

"弗兰克·梅里维尔。"里克说。

"地址呢，梅里维尔先生？防止您再打过来的时候我不在。"

他编了个地址，把听筒放回底座上。这么贵啊，他心想，但是，人们还是会买，有些人就是有这么多钱。他又拿起听筒，没好气地说："给我接外线，马斯滕小姐。还有，别偷听，这个电话是保密的。"他瞪了秘书一眼。

"好的，先生，"马斯滕小姐说，"好了，你拨号吧。"她从通话中断开，留下他单独面对外面的世界。

他凭记忆拨了一个号码，这个号码属于他买电子羊的那家假动物商店。出现在小显示屏上的男人打扮得像个兽医。"您好，我是麦克雷医生。"男人说。

"是我，德卡德。电子鸵鸟什么价？"

"哦，我看我们可以在八百美元之内为你搞定。您要什么时候交付？我们必须给您定做，鸵鸟的需求并不高——"

"我回头告诉你，"里克打断他，因为他看了一眼手表，发现九点半已经到了，"再见。"他飞快地挂断电话，起身，不一会儿就站在了布赖恩特警督的办公室门口。他从布赖恩特的接待员面前走过，她很有吸引力，齐腰的银发编成辫子；然后他从警督的秘书面前走过，这是个从侏罗纪泥沼爬出来的老怪物，既冰冷，又狡诈，就像在坟墓世界中作祟的古老游魂。两个女人都没有和他搭话，他也没有和她们搭话。他打开内间办公室的门，朝忙着打电话的上司点点头，然后自己坐下，掏出他出门前带上的枢纽6型规格书，布赖恩特警督还在打电话，他又读了一遍规格书。

他产生了忧郁的情绪。然而就逻辑而言，戴夫突然从工作场所消失，他至少应该有所保留地感到高兴才对。

4

也许我在担心戴夫碰到的事情也会发生在我头上，里克·德卡德心想，一个聪明得能用激光对他下手的仿生人多半也能干掉我。但他感到忧郁的原因似乎不是这个。

"我看见你带上了新电子脑的宣传单。"布赖恩特警督说，同时挂断了视频电话。

里克说："哦，对，我听到了小道消息。案子里有多少个仿生人，戴夫目前战况如何？"

"本来有八个，"布赖恩特扫了一眼记事板，"戴夫抓住了头两个。"

"剩下的六个还在北加州，对吧？"

"就我们所知，戴夫认为是的。我刚刚就是在和他打电话。他把笔记移交给我，笔记在他的办公桌抽屉里。他说他知道的事情都在上面了。"布赖恩特拍了拍面前的一沓信纸。到目前为止，他似乎并不打算把笔记交给里克。出于某些原因，他继续自顾自地翻看笔记，时而皱起眉头，时而把舌头在嘴里搅来搅去，或者伸出来舔一舔嘴角。

"我身上没有任务，"里克主动开口，"我可以接戴夫的班。"

布赖恩特若有所思地说："戴夫在测试他怀疑的个体时，使用的是福格特－坎普夫改进量表。你知道——你肯定是知道的——这个测试并不是专门为新型电子脑开发的。我们没有这样的测试手段，三年前经坎普夫改进的福格特量表是我们唯一的武器。"他停下，想了一会儿。"戴夫认为它足够准确。也许是真的。但在你去找那六个仿生人之前，我建议你先飞一趟西雅图，"他又拍了拍那一沓笔记，"找罗森联合的人谈一谈。请他们给你提供使用新的枢纽6型电子脑的代表性样本。"

"然后让样本接受福格特－坎普夫测试。"里克说。

"说来容易。"布赖恩特像是在自言自语。

"什么意思？"

布赖恩特说："我看等你出发之后，我应该先找罗森公司谈一谈。"他默默地打量里克，最后哼了一声，啃了一会儿指甲，考虑接下来该怎么说。"我要和他们讨论一下，除了他们的新仿生人，能不能把几个人类也纳入测试。但你不会知道受测试者是不是真人，那将由我和制造商共同决定。你落地的时候，一切应该都已经安排好了。"他突然抬起手指着里克，神色严峻，"这是你第一次作为高级赏金猎人出任务。戴夫经验丰富，他在这一行混了很多年。"

"我也一样。"里克绷紧了神经。

"你一直在处理戴夫的日程表上安排不下的任务，哪些任务能交给你，哪些任务不能，这完全是他的决定。但现在你有了六个他打算亲自报废的目标，而且其中一个还抢先打中了他。看这个。"

布赖恩特把笔记转过来让里克看。"麦克斯·波洛科夫，"布赖恩特说，"这是它给自己起的名字。假设戴夫是正确的。整个名单，一切都基于这个假设。但福格特－坎普夫改进量表只用来测过前三个，也就是戴夫报废的两个和最后的波洛科夫。就在戴夫对它做测试的时候，波洛科夫用激光攻击了他。"

"这证明戴夫是正确的。"里克说。否则波洛科夫就没有作案动机，而戴夫也不会挨那一激光了。

"你出发去西雅图吧，"布赖恩特说，"先别告诉他们发生了什么，那些事情我会处理的。听我说。"他起身，严肃地盯着里克："在罗森做福格特－坎普夫测试的时候，假如某个人类没能通过——"

"那是不可能的。"里克说。

"几个星期前的一天，我和戴夫讨论过这个问题。他一直在朝这个方向思考。我收到了苏联警察的一份备忘录，文件从 WPO 总部发出，传遍了整个地球和所有殖民地。列宁格勒的一伙心理学家找到 WPO，向他们提出一个建议。他们想借用鉴别仿生人的最新和最准确的人格分析工具，也就是福格特－坎普夫量表，用在一批经过仔细挑选的精神分裂症患者身上。挑选这批患者的标准是他们表现出了所谓的'情感冷漠'。你应该听说过吧。"

里克说："量表要测试的正是这个。"

"那你肯定明白他们在担心什么。"

"自从我们开始和伪装成人类的仿生人打交道，这个问题就一直存在。卢里·坎普夫八年前写过一篇论文叫《未退化精神分裂症患者的角色扮演障碍》，那就代表了警界的普遍观点。坎普夫将人类精神病患者的共情能力减弱和仿生人缺乏共情能力的情况进行了比较，两者表面相似，但从根本上说——"

"列宁格勒的那伙心理学家认为，"布赖恩特粗暴地打断了他，"有一小部分人是无法通过福格特－坎普夫量表的测试的。假如你在执法过程中测试他们，你会得出他们是人形机器人的结论。错误可以被纠正，但死人无法复活。"他沉默下来，等待里克的回答。

"但这些人，"里克说，"都在——"

"他们应该在精神病院，"布赖恩特赞同道，"他们在外面的世界不可能正常生活。一个人患有严重的精神疾病，不可能不被周围的人发现。当然了，除非他们最近才突然发病，人们还没来得及注意到。但可能性毕竟存在。"

"百万分之一的可能。"里克说，不过他理解布赖恩特的意思。

"戴夫担心的正是枢纽6型这个高级型号的出现，"布赖恩特继续道，"你肯定知道，罗森联合保证过，我们能通过标准人格测试确定受试者是不是枢纽6型。我们接受了他们的保证。但现在，我们必须靠自己的力量来判断了，我们知道这种事迟早会发生，这就是你去西雅图的任务。事情往左往右都有可能出岔子，你明白的，对吧？假如测试无法找出所有的人形机器人，那我们也就没有了可靠的分析工具，恐怕永远也抓不到已经脱逃的那些个体了。假如量表筛出一个人类受试者，断定他是仿生人——"布赖恩特冷冷一笑，"情况会变得很尴尬，虽说没人会对外公布这个消息，罗森公司的人尤其不可能。事实上，我们可以永远隐瞒下去，不过我们当然会通知WPO，他们反过来会通知列宁格勒。消息迟早会在报纸上曝光，但到时候我们应该已经开发出了更好的量表。"他拿起电话听筒，"你可以出发了吧？开局里的车，在我们的油泵上加油。"

里克起身说道："能让我带走戴夫·霍尔登的笔记吗？我想在路上读一读。"

布赖恩特说："等你在西雅图测完量表再说吧。"他的语气出奇地无情，里克·德卡德注意到了。

. . .

他驾驶警局的悬浮车飞到西雅图，在罗森联合大楼的屋顶上降落，发现一个年轻女人在等他。她一头黑发，身材苗条，戴新型的大号滤尘镜，穿颜色明艳的条纹长风衣。她走向他的警车，双手深深地插在风衣口袋里。她棱角分明的精致小脸上透着阴郁和厌恶的表情。

里克从停好的悬浮车里下来，问："怎么了？"

女孩回答得语焉不详。"哦，我也不知道。大概和你们打电话的语气有关系，不过不重要。"她突然伸出手，他条件反射地握住，"我是蕾切尔·罗森。我猜你是德卡德先生。"

"来这儿不是我的主意。"他说。

"对，布赖恩特警督说过了。但你现在是旧金山警察局的官方代表，而你们警察局不相信我们的电子脑符合公众利益。"她从乌黑的长睫毛底下打量他，睫毛多半是假的。

里克说："人形机器人和其他机器不一样，它能非常迅速地从有益变成有害。假如有益，那就不归我们管了。"

"但假如有害，"蕾切尔·罗森说，"你们就要插手了。德卡德先生，你真是赏金猎人吗？"

他耸耸肩，不情愿地点点头。

"你能毫不费力地把仿生人视为没有生命的物体，"女孩说，"因此你可以按照他们的说法'报废'它。"

"你们已经选好我们要的测试组了吗？"他说，"我想……"他停下了。因为他突然看见了他们的动物。

他想到，一个强大的组织当然养得起它们。显而易见，他的潜意识早就预料到了会见到这么多的动物，因此他产生的情绪不是惊讶，而是某种向往。他默默地从女孩身旁走向离他最近的兽栏。他已经闻到了好几种气味，它们来自不同的动物，有的动物站着，有的坐着，还有一只似乎是浣熊的动物在睡觉。

他这辈子从没亲眼见过浣熊，他只在电视上的立体影片里见过这种动物。出于某些原因，放射性尘埃对这个物种的伤害与对鸟类的一样严重，现在几乎已经没有还活着的个体了。他不由自主地做出反应：掏出他快被翻烂了的《西德尼兽禽目录》，找到浣熊，查看列出的所有子项。市场价当然还是以斜体标出，与佩尔什马一样，无论出多少钱，市场上都买不到。《西德尼兽禽目录》只列出了最后一次浣熊买卖的价格，那是个天文数字。

"他叫比尔，"女孩在他背后说，"浣熊比尔，我们去年从一家子公司手上收购的。"她朝他背后指了指，他扭头望去，看见了公司的武装警卫，他们抱着斯柯达轻型速射冲锋枪。自从他的悬浮车降落，警卫就一直死死地盯着他。而我的车，他心想，一看就知道是警方的公务车。

"一家仿生人的主要制造商，"他若有所思地说，"把过剩资本投资在活动物身上。"

"你看猫头鹰，"蕾切尔·罗森说，"来，我叫醒它给你看看。"她走向角落里的一个小笼子，笼子中央立着一棵带枝杈的枯树。

他正想说猫头鹰已经不存在了，至少《西德尼兽禽目录》是这么说的。猫头鹰在目录里被列为已灭绝：字母 E[1]。这个白纸黑字的小小符号在目录里反复出现。女孩领着他走向笼子，他查了一下目录，确认他没记错。《西德尼兽禽目录》从不犯错，他对自己说。这也是我们知道的事实。否则我们还能依靠什么呢？

"是人造的。"他恍然大悟地说，涌上心头的失望既尖锐，又强烈。

"不。"她微微一笑，他注意到她长着一口整齐的漂亮牙齿，她的眼睛和头发有多么乌黑，牙齿就有多么洁白。

"但《西德尼兽禽目录》上是这么说的。"他说着拿起目录给她看，想向她证明这是事实。

女孩说："我们不从西德尼公司或其他动物交易商手中购买动物。向我们出售动物的都是个人，价格也从不上报。"她又说："公司有自己的动物猎手，他们在加拿大寻找目标。北面还有很多森

1　指英语单词 extinct（灭绝的）的首字母。

林,虽然只是相对而言的很多,但足够养活小型动物了,偶尔还能碰到一只鸟。"

猫头鹰在树枝上打瞌睡,他呆呆地站在笼子前,盯着它看了很久。千万个念头涌入他的脑海,他想到了战争,想到了猫头鹰从天空坠落的那些日子。他回想起小时候如何得知物种一个接一个灭绝,报纸每天都在报道——今天早晨是狐狸,明天早晨是獾,直到人们丧失兴趣,不再阅读没完没了的物种讣告。

他还想到了他对拥有真动物的欲望,他灵魂深处对电子羊的切实仇恨再次浮现,他必须照看和关心这只假动物,就好像它是个活物。我沦为了死物的奴隶,他心想,它根本不知道我的存在。与仿生人一样,它没有能力认同其他生命体的存在。电子动物和仿生人之间的相似性,他以前从没考虑过这个问题。他想:电子羊可以被视为仿生人的子集,是一种高度劣化的机器人;或者反过来,仿生人可以被视为一种高度发达和先进的人造动物。两种观点都让他感到嫌恶。

"假如你们要卖掉猫头鹰,"他对名叫蕾切尔·罗森的女孩说,"你们想卖多少钱,首付几成?"

"我们绝对不会卖掉猫头鹰的。"她审视他的目光里既有喜悦,也有怜悯——反正他是这么解读的,"就算我们要卖,你也不可能买得起。你家里养的是什么动物?"

"羊,"他说,"黑脸的萨福克母羊。"

"嗯,那你应该很高兴才对。"

"我确实很高兴。"他答道。"只是我一直想养猫头鹰,它们灭绝前我就想养了。"他想了想，纠正自己，"除了你们这只。"

蕾切尔说："无论是我们目前的紧急计划还是公司的整体规划，都要求我们尽快找到第二只猫头鹰来和'闹闹'交配。"她指了指站在树枝上打瞌睡的猫头鹰，猫头鹰短暂地睁开双眼，黄色的狭缝随即合拢，猫头鹰重新陷入沉睡。它的胸腔明显地起伏了一下，就好像猫头鹰在迷离睡梦中叹了一口气。

他勉强转开视线，除了先前的敬畏和向往，他的反应里又掺入了大量的痛苦。他说："现在我想去测试你们选择的对象了。咱们下楼吧？"

"你上司的电话是我叔叔接的，他现在应该已经——"

"你是家族成员？"里克插嘴道，"这么大的一家公司，竟然是家族企业？"

蕾切尔没有回答他的问题，继续道："埃尔登叔叔应该已经准备好了仿生人组和对照组，所以咱们走吧。"她走向电梯，双手狠狠地插进风衣口袋，没有再扭头看他。他犹豫了一秒钟，感觉有点儿生气，但还是跟了上去。

"你对我有什么意见吗？"下楼的电梯里，他问她。

她思考了一下，就好像在此之前她都没有意识到。"嗯，"她说，"你是警察局的一个小雇员，现在的处境非常微妙。知道我在说什么吗？"她斜着眼睛，给了他一个充满恶意的眼神。

"你们目前的产品里，"他问，"有多少装备了枢纽6型？"

"全部。"蕾切尔说。

"我确定它们能通过福格特－坎普夫量表测试。"

"但要是通不过，我们就必须从市场上召回所有枢纽6型了。"
她的黑眼睛里燃起了火焰，电梯停止下降，门徐徐打开，她怒视着
他，"就因为你们警察局太无能，连这么一件小事都办不好，测不
出区区几个反叛的枢纽6型。"

一个瘦削潇洒的年长男人迎了上来，向他伸出手，他一脸焦
急的表情，就好像最近的一切都发生得太快了。"我是埃尔登·罗
森，"他在握手时向里克解释，"听我说，德卡德，你明白我们在地
球上不生产任何东西，对吧？我们没法直接打电话给车间，要他们
送各种各样的产品来。因此，绝对不是我们不想或不愿配合警方的
工作。总而言之，我已经尽力了。"他抬起左手，颤颤巍巍地捋了
一把稀疏的头发。

里克指了指警局配发的公文包，说："我已经准备好了。"见到
老罗森这么紧张，他的自信随之高涨。他们害怕我，他突然意识到，
蕾切尔·罗森也不例外。我有能力迫使他们停止生产枢纽6型，我在
接下来这一个小时里做的事情能影响他们的运营架构，再往大里想
一想，甚至能决定罗森联合在美国、苏俄和火星上的未来。

罗森家族的两名成员忐忑不安地望着他，他觉察到了他们言行
背后的虚伪。他的到来给他们带来了虚无，他把财务困境的空虚
和寂静领进了门。他们控制着超常的权力，他心想，这家企业被公
认为全太阳系的产业支柱之一，仿生人制造事实上已经与殖民事业
息息相关，假如两者之中的一个倒下，另一个也将很快迎来末日。
罗森联合当然完全明白他们的处境。自从接到哈利·布赖恩特的电
话，埃尔登·罗森显然就意识到了这一点。

"假如我是你们，就肯定不会担心。"里克说。跟着两个罗森走进一条灯火通明的宽阔走廊，他本人感到心满意足。在他的记忆里，没有哪个时刻比现在更加让他快乐。很好，他们很快就会知道他的测试设备能做到什么、不能做到什么了。"假如你们不信任福格特-坎普夫量表，"他指出，"那你们公司早就应该研发出能取代它的测试了。可以说，你们也必须承担一部分的责任。哦，谢谢。"罗森叔侄领着他从走廊拐进一个漂亮的小房间，它有点儿像个客厅，铺着地毯，有落地灯和台灯，有沙发和时髦的小咖啡桌，桌上摆着最近出版的期刊……他注意到其中甚至有《西德尼兽禽目录》的二月增刊，他自己都还没看过呢。说起来，二月增刊要到三天后才会上市。显然，罗森联合与西德尼公司有特殊关系。

他有点儿生气地拿起增刊："这是违反公共信任的行为。任何人都不该提前得到价格变动的消息。"事实上，这也许违反了某条联邦法规，他回忆了一下，却想不到具体的法条。"我要带走。"他说，然后打开公文包，把增刊扔了进去。

片刻沉默过后，埃尔登·罗森疲惫地说："听我说，警官，公司政策并不提倡提前索取——"

"我不是警官，"里克说，"我是赏金猎人。"他从打开的公文包里掏出福格特-坎普夫设备，在旁边的一张红木咖啡桌前坐下，开始组装这台相当简单的波动描记器。"可以叫第一个受测者进来了。"他对埃尔登·罗森说，后者看上去比先前更憔悴了。

"我想旁观，"蕾切尔说着也坐了下来，"我从没见过共情测试的实操。你这些东西能测什么？"

"这东西，"里克说，他举起带导线的吸盘，"测试面部毛细血管的扩张情况。我们知道这是一种原始的自主反应，在受到道德层面的惊人刺激时，人会产生所谓的'羞耻'或'脸红'反应。它和皮肤电导率、呼吸及心率一样，不受你的自主控制。"他向她展示另一件工具，那是个笔形光束灯："它记录眼部肌肉的张缩情况。在脸红现象出现的同时，通常还会有微小但可检测到的眼部运动——"

"但在仿生人身上检测不到这些迹象。"蕾切尔说。

"是的，刺激性问题无法激起它们的反应。尽管从生物学角度说这些反应是存在的，或者说有存在的可能性。"

蕾切尔说："给我做测试。"

"为什么？"里克困惑道。

埃尔登·罗森开口了，他用嘶哑的声音说："我们选择她当你的第一个受试者。她也许是仿生人。我们希望你能鉴别出来。"他以一系列笨拙的动作坐下，取出一支烟，点燃，然后目不转睛地观看。

5

一束细细的白光直射蕾切尔·罗森的左眼瞳孔，带导线的吸盘贴在她的面颊上。她似乎很平静。

从他所坐的位置，里克·德卡德能看见福格特－坎普夫测试设备的双表头的读数，他说："接下来我会大致描述几个社交场合。你必须尽快表达你对每一个情境的反应。当然了，我要记录你的反应时间。"

"但当然了，"蕾切尔冷冷地说，"我的口头回答其实不算数。你关心的指标仅仅是眼部肌肉和毛细血管的反应。不过我会回答的，我想通过这个……"她突然停下，转而说道："开始吧，德卡德先生。"

里克选择了问题3，说："你过生日，有人送你一个小牛皮钱包。"两个表头的读数都立刻超出绿区，进入红区，指针剧烈摇摆，随即停了下来。

"我不会收，"蕾切尔说，"我还会向警方举报送礼物给我的人。"

里克记录结果，然后继续，接下来是福格特－坎普夫人格量表的第八个问题："你有个儿子，他向你展示他收藏的蝴蝶，还有他用来杀蝴蝶的毒气瓶。"

"我会带他去看医生。"蕾切尔的声音很低，但很坚定。两个表头都有反应，但指针转得不像刚才那么远。他也记录了下来。

"你坐在沙发上看电视，"他继续道，"突然发现一只黄蜂爬上你的手腕。"

蕾切尔说："我会打死它。"表头这次几乎毫无反应，指针只稍微颤抖了一下。他记录下来，思考接下来该选择哪个问题。

"你翻开一本杂志，看见的是整版的裸女彩照。"他停下，等待回答。

"你这是在测试我是不是仿生人，"蕾切尔讥讽地说，"还是在测试我是不是同性恋？"指针一动不动。

他继续道："你丈夫喜欢这张照片。"但从表头上还是看不出任何反应。"这姑娘，"他补充细节，"趴在一大块漂亮的熊皮地毯上。"指针依然一动不动，他心想：这是仿生人的反应。没有注意到这段叙述的主要元素是动物的皮。她……不，它……它的意识集中在其他元素上。"你丈夫把照片挂在他书房的墙上。"他说完了，这时指针动了起来。

"我肯定不会允许他这么做的。"蕾切尔说。

"好的，"他点点头说道，"现在考虑一下这个情境。你在读一本写于战前的小说，故事里的几个角色去旧金山的渔人码头。他们饿了，走进一家海鲜餐馆。其中一个角色点了龙虾，厨子当着所有角色的面把龙虾扔进沸水锅。"

"上帝啊，"蕾切尔说，"太可怕了！以前真是这样的吗？太堕落了！龙虾是活的，对吧？"但指针依然毫无反应。从表面上看，她的反应恰如其分，然而是模拟出来的。

"你在山上租了一间小木屋，"他说，"木屋所在的区域依然苍翠。外墙是古朴的有节疤的松木，屋里有个大大的壁炉。"

"好的。"蕾切尔说，不耐烦地点点头。

"有人在墙上挂了几幅旧地图，那是柯里尔与艾夫斯[1]的版画。壁炉上方挂着一个鹿头，是一头成年的公鹿，带有一对成熟的角。和你在一起的人赞赏木屋的装饰，你们决定——"

"把鹿头处理掉。"蕾切尔说，但指针仅仅在绿区内摆动了一下。

"你怀孕了，"里克继续道，"那个男人承诺过要娶你，但他和另一个女人跑了，她是你最好的朋友。你做了人工流产——"

"我不可能去做人工流产，"蕾切尔说，"而且想做也没法做。人工流产是犯罪，会被判处无期徒刑，而且警方一直在关注。"这次两根指针都剧烈摇摆，进入了红区。

"进行人工流产的难度，"里克好奇地问，"你是怎么知道的？"

"人人都知道。"蕾切尔答道。

"但听起来你似乎有过切身经历。"他目不转睛地盯着指针，指针再次大幅度地扫过刻度区，"再来一个。你在和一个男人约会，他邀请你去他的公寓做客。你去了，他给你一杯酒。你站在客厅里，拿着酒杯，往卧室里看。卧室装饰得很迷人，贴着斗牛的海

1　原文为"Currier and Ives"，指1857年至1907年一家专门制作和出版版画的美国印刷公司。

报,你走进卧室,想看得更清楚一些。他跟着你进去,关上了门。他搂住你,说——"

蕾切尔打断他:"斗牛的海报是什么?"

"绘画,通常是彩色的大幅油画,上面是斗牛士举着斗篷,公牛企图开他的膛。"他很困惑。"你多少岁了?"他问。年龄也许是个影响因素。

"十八,"蕾切尔说,"好的,所以这个人关上门,搂住我。他说什么?"

里克说:"你知道斗牛的结局是什么吗?"

"我猜是一方受伤。"

"公牛最后总会被杀死。"他盯着两根指针,等待蕾切尔做出反应。指针不安地抖了抖,但也只是抖了抖,反应并不强烈。"最后一个问题,"他说,"分两部分。你在电视上看一部战前的老电影。这一幕是举办宴会,宾客在享用生蚝。"

"恶心。"蕾切尔说。指针立刻摆动起来。

"主菜,"他继续道,"是炖狗,狗肚子里填满米饭。"这次指针摆动得没那么剧烈了,幅度小于她听见生蚝的时候。"对你来说,生蚝比炖狗肉更容易接受吗?看起来并不是。"他放下笔,关闭光束,取下吸盘。"你是仿生人,"他说。"这是测试的结论。"他对她——不,应该是它——和埃尔登·罗森说。埃尔登·罗森盯着他,眼神里充满了苦恼与忧虑,面部因愤怒和担忧而扭曲变形。

"我是正确的,对吧?"里克说。罗森叔侄都没有回答他。"你看,"他好言好语道,"咱们没有利益冲突,对我来说,重要的是福格特－坎普夫测试是有效的，这件事对你们来说同样重要。"

老罗森说："她不是仿生人。"

"我不相信。"里克说。

"他为什么要骗你？"蕾切尔恶狠狠地对里克说，"假如要骗你，我们会反过来说。"

"我要对你做骨髓分析，"里克对她说，"它能毫无争议地从生理上判断你是不是仿生人。我承认它既耗时间又痛苦，但——"

"从法律上说，"蕾切尔说，"你不能强迫我做骨髓分析。法院早就有过判例了，那是自证其罪。另外，对活人做骨髓分析——而不是对报废的仿生人的尸体——需要很长的时间。你们之所以能逼人做该死的福格特－坎普夫人格测试，原因在于特异人，政府需要持续测试，把他们区分出来，而只要政府还在这么做，你们警察就可以挥舞福格特－坎普夫的大棒。但你说得没错，测试到此为止了。"她起身从他面前走开，双手叉腰，背对着他站在一旁。

"问题不在于骨髓分析合不合法，"埃尔登·罗森用嘶哑的声音说，"问题在于你们的共情侧写测试对我侄女无效。我可以解释测试结果为什么显示她像是仿生人。蕾切尔在萨兰德3号上长大。她在飞船上出生，十八岁的生命中有十四年在飞船上度过，知识完全来自磁带图书馆和另外九名船员——全都是成年人——对地球的印象。你也知道，这艘飞船的目的地是比邻星，但只飞到路途的六分之一处就回来了。否则的话，蕾切尔就不可能见到地球，就算能见到，也要等到多年以后。"

"而你本来会报废我，"蕾切尔头也不回地说，"要是碰到警方的拉网搜捕，我会死在你们手上。自从四年前回到地球上，我就知道存在这样的风险。这不是我第一次接受福格特－坎普夫测试。事实上，我几乎从不离开这座建筑物，风险过于巨大，因为你们警察到处设路障，还有筛查未登记特异人的飞行巡检。"

"还有仿生人，"埃尔登·罗森补充道，"尽管你们当然不会告诉公众。公众不该知道地球上也有仿生人，而且就生活在我们中间。"

"我认为没有，"里克说，"我认为我们和苏联的警察机构把它们全都抓起来了。现在的人口数量足够少，每个人都迟早会碰到随机抽查。"至少理论上是这样。

"你得到的命令是什么？"埃尔登·罗森问，"假如你真的把人类鉴别为仿生人，然后你要怎么做？"

"那是局里的事情。"他把测试设备收回公文包里。罗森叔侄默默地看着他。"碰到这样的情况，"他解释道，"命令显然是取消接下来的测试，而我正在这么做。既然失败了一次，那就没有理由继续下去了。"他合上公文包。

"我们本来可以欺骗你的。"蕾切尔说。"没人能强迫我们承认你对我的鉴定出错了。我们选择的另外九个对象也一样。"她激动地打着手势，"无论你鉴定出了什么结果，我们只需要承认你是正确的就行。"

里克说："我本来应该事先要一份名单，列出每个受试对象的身份，封在一个信封里。在测试后对比我的结果，得出一致性结论。两者必须完全一致才行。"而他意识到，两者是不可能一致的。布赖恩特说得对。谢天谢地，我没有依据这个测试出去搜捕仿生人。

"是的，你本来确实可以这么做。"埃尔登·罗森说。他望向蕾切尔，蕾切尔点点头。"我们讨论过这个可能性。"埃尔登不情愿地说。

"问题完全来自你们的运营方式，"里克说，"罗森先生，没人强迫你们公司把人形机器人研发到这个高度——"

"殖民地居民需要什么，我们就生产什么。"埃尔登·罗森说。"我们遵循的原则经过了时间的检验，是所有商业活动的基础。就算我们公司不生产这些越来越接近人类的型号，同领域内的其他公司也会生产。在研发枢纽6型电子脑的时候，我们知道自己在冒什么样的风险。然而在我们发布这个型号的仿生人之前，你们的福格特-坎普夫测试就已经出问题了。假如你们没能认出枢纽6型仿生人是仿生人，假如你们把它鉴别成了人类，但现在发生的情况不是这样的。"他的语气变得越来越严厉，声音越来越有穿透力，

"你们警察局——还有其他机构——或许已经报废，不，非常有可能已经报废了一些共情能力发育不全的普通人类，就像我这个没有任何过错的侄女。从道德角度说，德卡德先生，你们的处境非常不妙。但我们刚好相反。"

"换句话说，"里克立刻把握住了关键，"你们不会给我机会去检测哪怕一个枢纽6型。你们这帮鬼家伙，一上来就先把这个有精神分裂症的姑娘塞给了我。"而他的测试已经完蛋了，他意识到这点。我就不该来的，他对自己说。但是，现在后悔已经来不及了。

"你跳不出我们的手心了，德卡德先生。"蕾切尔·罗森附和道，她的声音沉静而通情达理。然后她转过来，对他微笑。

. . .

即便到了此刻，他也想不通罗森联合是怎么诱他入套的，而他怎么会这么容易上当。专家，他心想，像这么一家巨型企业，它吸收了太多的经验，事实上拥有某种群体智慧，而埃尔登和蕾切尔·罗森仅仅在扮演复合实体的发言人。他的错误显然是把他们当作个人来看待，他绝对不会再犯同样的错误了。

"你的上司，布赖恩特先生，"埃尔登·罗森说，"恐怕很难相信你会允许我们在测试开始前就把你的测试设备变成了废铁。"他指了指天花板，里克注意到了摄像机。他和罗森叔侄打交道时犯下的巨大错误被拍成了录像。"我看咱们现在应该坐下来——"埃尔登和气地打个手势，"商量一个解决方案，德卡德先生。没必要闹得这么不愉快嘛。枢纽6型仿生人的出现已经是个既定事实了，我们罗森联合的人能承认这一点，我认为你们现在也应该承认。"

蕾切尔俯身凑近里克，说："你想不想拥有一只猫头鹰？"

"我看我恐怕不可能买得起。"但他明白她的意思，他知道罗森联合想和他做一笔什么交易。他从没体验过的某种张力悄悄浮现，在他身体的每一个部位里悠然爆发。这种张力是一种觉悟：他知道了某些事情正在发生，整个身心都为之占据。

"但猫头鹰，"埃尔登·罗森说，"正是你想要的东西。"他用眼神询问侄女："我看他似乎不明白——"

"他当然明白，"蕾切尔反对道，"他完全知道接下来会发生什么。对吧，德卡德先生？"她再次凑近他，这次更近了。他能闻到她身上淡淡的香水味，几乎能感觉到她的体温。"你的愿望就要实现了，德卡德先生，你就要成为一只猫头鹰的主人了。"她对埃尔登·罗森说，"他是赏金猎人，没忘记吧？所以他靠赏金生活，而不是薪水。我没说错吧，德卡德先生？"

他点点头。

"这次逃走了多少个仿生人？"蕾切尔问。

他立刻答道："八个，一开始是八个。两个已经报废了——被别人，不是我。"

"报废一个仿生人，你能拿到多少？"蕾切尔问。

他耸耸肩："看情况。"

蕾切尔说："假如你没有测试可以做，那你就没有用来鉴别仿生人的方法；假如没有用来鉴别仿生人的方法，那你就不可能领到赏金了。因此，假如你们不得不废弃福格特－坎普夫量表——"

"就会用新的量表代替它，"里克说，"这种事发生过。"实际上已经发生过三次了。但之前几次新的量表和更跟得上时代的分析设备在旧体系废弃前就已经存在，这次的情况不一样。

"福格特－坎普夫量表当然迟早会过时，"蕾切尔赞同道，"但不该是现在。我们愿意承认它能鉴别出枢纽6型，我们希望你能据此继续开展你的'特殊'工作。"她重新站直，抱紧手臂，目不转睛地盯着他，想要看清楚他的反应。

"告诉他，猫头鹰归他了。"埃尔登·罗森没好气地说。

"猫头鹰可以归你，"蕾切尔依然盯着他，"屋顶上的那只——'闹闹'。不过，假如我们能搞到一只公猫头鹰，它就必须回来参与交配。生下来的后代归我们，这一点咱们先说清楚。"

里克说："后代由我来分配。"

"不行，"蕾切尔立刻说，埃尔登·罗森在她背后使劲摇头，为她撑腰，"这样的话，你就能永远拥有猫头鹰的这个唯一血脉了。另外还有一个条件，你不能通过遗嘱把猫头鹰传给任何人，你死后，它重新归罗森联合所有。"

"听起来，"里克说，"这是在邀请你们来干掉我，从而立刻取回你们的猫头鹰。我不能同意，太危险了。"

"你是赏金猎人，"蕾切尔说，"你会用激光枪——事实上，你现在身上就有一把。要是你连自己都保护不好，又怎么报废剩下的六个枢纽6型仿生人呢？它们比格罗齐公司的旧 W-4 型仿生人要聪明得多。"

"但我在追杀它们。"他说，"按照你们的条件，我死后必须归还猫头鹰，这样就会有人来追杀我的。"他很不喜欢被人跟踪，他见过跟踪对仿生人造成的影响：即便是仿生人，跟踪带来的改变也是显而易见的。

蕾切尔说："好吧，这一点我们可以让步，你可以通过遗嘱把猫头鹰传给继承人，但我们坚持拥有它的所有后代。要是你连这一点都不能同意，那你就回旧金山去吧，向你的上司承认福格特－坎普夫量表——至少在由你使用的时候——无法分辨仿生人和人类。

然后你就可以去投简历找工作了。"

"给我一点儿时间考虑一下。"里克说。

"可以，"蕾切尔说，"这儿挺舒服的，你就在这儿慢慢考虑吧。"她看了看手表。

"半个小时。"埃尔登·罗森说。他和蕾切尔一前一后，默默地走向房门。里克意识到他们已经说完了想说的话，现在该他拿主意了。

蕾切尔跟着叔叔出去，她正要关门，里克突然冷冷地说："你们倒是给我下了一个好套，把我的失误录在了磁带上。你们知道我的工作完全依赖福格特－坎普夫量表，而且你们还有一只该死的猫头鹰。"

"是你的猫头鹰，亲爱的，"蕾切尔说，"没忘记吧？我们会把你的家庭地址绑在它腿上，用飞机送往旧金山。等你下班回去，它已经在家里等你了。"

它，他心想，她一直管猫头鹰叫"它"，而不是"她"。"稍等一下。"他说。

蕾切尔在门口停下，说："你已经决定了？"

"我想再问你一个福格特－坎普夫量表上的问题。"他打开公文包，"请回来坐下。"

蕾切尔望向叔叔，他点点头，她不情愿地回来，坐在原先的位置上。"这是要干什么？"她问，嫌恶地挑起眉毛——除了嫌恶，还有厌烦。他觉察到了她的怀疑和紧张，职业性地记录下来。

他重新把光束对准她的右眼瞳孔，让吸盘贴在她的面颊上。蕾切尔一动不动地盯着光束，脸上依然是极度嫌恶的表情。

"我的公文包，"里克说，从里面掏出福格特－坎普夫测试的表格，"很漂亮，对吧？警察局配发的。"

"好，很好。"蕾切尔淡淡地说。

"婴儿皮，"里克说，轻轻抚摩公文包的黑色皮革表面，"百分之百保真的人类婴儿皮。"他看见两根指针疯狂地摆动起来，但晚了一拍。反应确实存在，但来得太迟。他很清楚正确的反应时间应该是多久，甚至精确到了几分之一秒。反应不该出现得这么慢。"谢谢，罗森小姐，"他说，重新收起设备，他的补测已经有了结论，"这样就可以了。"

"你要走了？"蕾切尔说。

"对，"他说，"我已经满意了。"

蕾切尔谨慎地问："另外九个受试者怎么办？"

"量表在你身上奏效了，"他答道，"剩下的从这个结果往外推就行，它显然依然有效。"埃尔登·罗森愁眉苦脸地靠在门框上，里克对他说："她知道吗？"有些时候它们并不知道。人们多次尝试过植入伪造的记忆，通常是希望能借此改变仿生人对测试的反应，但还没成功过。

埃尔登·罗森说："不知道。她的整个意识都是我们设定好的。但我猜快到最后的时候，她也有所怀疑。"他对女孩说："他要求最后再问一个问题的时候，你猜到了，对吧？"

蕾切尔脸色苍白，呆呆地点了点头。

"你不需要害怕他，"埃尔登·罗森对她说，"你不是非法逃到地球上的仿生人，而是罗森联合的资产，用来向有移民意向的人推销产品的。"他走到女孩面前，抬起手放在她的肩膀上，用意应该是安慰，但女孩吓得一缩。

"他说得对，"里克说，"我不会报废你，罗森小姐。再见。"他走向房门，然后犹豫了一下。他对两人说："那只猫头鹰是真动物吗？"

蕾切尔瞥了一眼老罗森。

"他反正要走了，"埃尔登·罗森说，"不重要了，那只猫头鹰是人造的。猫头鹰已经灭绝了。"

"嗯。"里克嘟囔道，接着麻木地走进走廊。他们两人目送他离开，没人说话，也没话可说了。全世界最大的仿生人制造商就是这么做事的，里克心想。鬼祟狡诈，他从没遇到过这种做事风格。还有一个全新的人格类型，怪异而复杂，难怪枢纽6型把执法机构搅得头昏脑涨。

枢纽6型。这下他算是见识过了。蕾切尔，他意识到，她肯定是枢纽6型。我第一次遇到了它们之中的一员。他们险些把我骗了过去，只差一点点就能颠覆福格特-坎普夫量表了，而那是我们用来鉴别它们的唯一手段。罗森联合想保护公司的产品，他们做得很好——至少是尽力了。

而在结案之前，他心想，我还必须面对同样的六个仿生人呢。

他会挣到这笔赏金的。一分钱都不会少。

但前提是他能活到最后。

6

电视机吵得震天响。空荡荡的公寓楼里，约翰·伊西多尔沿着积灰的楼梯走向下面一层楼，他现在能分辨出老友巴斯特的熟悉声音了，他正欢快地向全太阳系的听众胡说八道。

"嗬，嗬，伙计们！废话就不说了！现在来简单说说明天的天气。首先是美国东海岸，猫鼬卫星报告说，放射尘在接近中午时格外严重，然后逐渐减轻。所以非要冒着危险出门的伙计们，你们不妨等到下午吧，意下如何？而说到等，再过十个小时，你们就能听到大新闻了，那是我的独家报道！告诉你的朋友们，叫他们别忘记打开电视！我要揭露的事情会让你们大吃一惊。怎么说呢，你们也许会认为那只是普通的……"

伊西多尔敲了敲公寓门，电视机的声音立刻消失得无影无踪。它不是安静了下来，而是不复存在了，被他的敲门声吓得逃回了坟墓里。

他能觉察到，在紧闭的房门背后，除了刚才电视机里的响动，还存在真正的生命。他不太好用的头脑拼命运转，想象或捕捉到了某种难解而沉默的恐惧，来自一个正在躲避他的人，这个人吓得靠在公寓里离他最远的一面墙上，只想逃得远远的。

"你好，"他大声说，"我住在楼上，听见了你的电视机在响。咱们见个面吧？"他继续等待，但没有听到任何声音或响动。他的话没有让对方放下戒心。"我给你带了一块人造黄油，"他凑近房门说话，让声音穿透厚实的门板，"我叫约翰·伊西多尔，为著名兽医汉尼拔·斯洛特工作，你应该听说过他。我的名声很好，我有工作，为斯洛特先生开车。"

门打开了一条缝，他往公寓里看，见到了一个身影的一角，它不但没有对准门缝，而且还在缩小。这是个女孩，她胆怯畏缩，正在从门口躲开，同时又紧紧地抓着门，像是在用它支撑身体。恐惧使她显得病恹恹的，恐惧扭曲了她的身体线条，让她看上去像是被人打碎了，然后又被恶意乱七八糟地粘在一起。她的眼睛很大，呆呆地望着他，脸上试图挤出笑容。

他突然反应了过来，说："你以为这座楼里没人住，你以为这儿荒弃了。"

女孩点点头，轻轻地说："是的。"

"不过，"伊西多尔说，"有邻居其实也挺好的。哎呀，在你来之前，我连一个邻居都没有。"上帝做证，那可一点儿都不好玩。

"除了我，"女孩问，"楼里只有你一个人？"她似乎没那么胆怯了，她挺直身体，抬起手梳理黑色的头发。现在他看清楚了，尽管她个子不高，但身材很好，长长的黑睫毛衬托着一双漂亮的眼睛。他打了女孩一个措手不及，她只穿了一条睡裤。伊西多尔的视线越过她，看见房间里乱糟糟的。打开的行李箱这儿一个，那儿一个，里面的东西随便倒在满是垃圾的地板上。不过这也很正常，她才刚刚搬进来。

"除了你，只有我一个人，"伊西多尔说，"我不会来打扰你的。"他有点儿难过，尽管他带来了欢迎礼物，这么做完全符合战前的礼节，但女孩并没有收下。事实上，女孩根本没有注意到它。不过也可能她不明白这块人造黄油是什么意思，这是直觉告诉他的，女孩显得异乎寻常地惶惑。她从刚刚退潮的恐惧旋涡中游上来，此刻正无助地浮在这片陌生的海面上。"好兄弟巴斯特，"他说，想用闲聊帮她放松下来，"喜欢他吗？我每天早上都看他的节目，晚上回到家里还要再看一遍，我吃晚饭的时候看他，然后看他的深夜秀，直到我上床睡觉。不过那是我的电视坏掉之前的事情了。"

"谁……"女孩说了个开头就停下了，她咬住自己的嘴唇，像是非常生气。惹她生气的无疑是她自己。

"老友巴斯特。"他解释道。他觉得很奇怪，这个女孩居然没听说过地球上最能让人笑得直拍大腿的喜剧节目。"你是从哪儿来的？"他好奇地问。

"我觉得这和你没关系。"她抬起头，飞快地扫了他一眼。她见到的东西似乎让她消除了忧虑，身体明显放松下来。"等我完全安顿下来，"她说，"我会非常乐意接待客人的，但现在当然是不可能的。"

"为什么不可能？"他不太明白，她身上的一切都让他困惑。也许，他心想，我一个人住得太久，已经变成了怪人。大家都说鸡脑子就是这样的，想到这里，他更加难过了。"我可以帮你收拾行李，"他建议道，但她马上就要把门摔在他的脸上了，"还有家具。"

"我没有家具。这些东西——"她指了指背后的房间，"本来就在这儿。"

"这些东西不能用了。"伊西多尔说。他看一眼就知道，椅子、地毯、桌子——全都朽烂了，沉陷在彼此的骸骨之中，残害它们的是暴虐的时间伟力，也是无人照看。这套公寓许多年无人居住了，几乎所有东西都变成了垃圾。他无法想象她怎么会以为她能在这么一个环境里生活下去。"听我说，"他急切地说，"咱们去楼里到处找一找，应该能找到一些不是很破的东西。比方说这套公寓一盏灯，那套公寓一张桌子。"

"我会去找的，"女孩说，"我一个人，谢谢。"

"你一个人去那些公寓里？"他无法相信她会这么说。

"有什么不行的吗？"她神经质般地哆嗦了一下，意识到她说错话了，忍不住做了个怪相。

伊西多尔说："我试过，就一次。后来我每天都直接回家，进了自己的房间就不去想其他的公寓了。没人住的那些公寓有成百上千套，塞满了过去主人的财产，比方说家里人的照片和衣服。死者什么都带不走，还有移民不想带走的东西。这座楼彻底吉卜尔[1]化了，除了我的公寓。"

"吉卜尔化？"她不明白他在说什么。

1　原文为"kipple"，是 20 世纪 60 年代发行的一本科幻粉丝杂志的名称，因菲利普·迪克的使用而广为人知。词源可能来自 Kipling（吉卜林）。

"吉卜尔就是没用的东西，比方说垃圾箱或火柴用完之后的火柴盒，还有口香糖包装纸或昨天的定制报纸[1]。附近没人的时候，吉卜尔会自我繁殖。举例来说，假如你上床的时候在房间里留了点儿吉卜尔没收拾，等你第二天早上醒来，吉卜尔就会比昨晚多一倍。它总是会变得越来越多。"

"我明白了。"女孩怀疑地看着他，不知道该不该相信这番话，不确定他是不是认真的。

"吉卜尔第一定律，"他说，"'吉卜尔来自非吉卜尔。'就像格雷欣的劣币驱逐良币规律。而公寓没人居住，也就没人和吉卜尔做斗争了。"

"于是吉卜尔就会彻底占领公寓，"女孩替他说完，她点点头，"现在我懂了。"

"你的这个地方，"他说，"你挑选的这套公寓吉卜尔化太严重，不适合居住。我们必须驱除吉卜尔因子，就像我说的，咱们可以去洗劫其他房间。但是……"他停下了。

"但是什么？"

伊西多尔说："我们不可能获胜。"

"为什么？"姑娘走进走廊，随手关上房门。她有些不好意思，抱起双臂，遮住高耸的玲珑胸部。她面对他，迫不及待地想要知道答案。更准确地说，她给他留下了这样的印象。至少，她在听他说话。

1　原文为"homeopape"，菲利普·迪克小说世界里的未来物品。

"没人能战胜吉卜尔，"他说，"顶多只能一时间在某个地方占据上风，就像我的公寓，我在那里建立了介于吉卜尔和非吉卜尔压力之间的某种稳态，但仅仅是暂时的。我迟早会死去或离开，然后吉卜尔就会卷土重来。这是全宇宙通行的普遍原则，整个宇宙最终都会落入完全而彻底的吉卜尔状态。"他想了想，补充道："当然了，只有威尔伯·默瑟的登山是个例外。"

女孩瞪着他："我看不出这有什么联系。"

"那正是默瑟教的核心教义。"他再次陷入困惑，"你不参与融合吗？你没有共情箱吗？"

女孩迟疑片刻，然后谨慎地说："我没有带来，我以为我能在这里找到一个。"

"但共情箱，"他说，激动得结巴起来，"是一个人最私密的物品！它是身体的延伸，是你接触其他人类的工具，是你摆脱孤独的途径。不过你肯定是知道的。人人都知道。默瑟甚至让我这样的人——"他突然停下。但来不及了，他已经说出来了，从她脸上一闪而过的厌恶来看，她也已经知道了。"我险些通过智商测试，"他的声音很轻，在颤抖，"我的特异并不严重，只是稍微有一点儿，不像你见过的一些人。但默瑟不在乎这个。"

"在我看来，"女孩说，"这就是我反对默瑟教的最大理由。"她的声音很清澈，没有掺杂情绪。他知道她只是在阐述一个事实：她对鸡脑子的态度。

"我看我还是回楼上去吧。"他说，转身从她面前走开，握着他拿来的那块人造黄油，黄油已经被他握得变软和，要融化了。

女孩目送他离开，脸上依然没有显露任何情绪。她突然喊道："等一等。"

他转过身，说："怎么了？"

"我会需要你的，需要你帮我找能用的家具。就像你说的，去其他公寓找。"她走向他，赤裸的上半身纤细而匀称，没有一丝赘肉，"你几点下班回家？到时候可以来帮我。"

伊西多尔说："你能给咱俩做晚饭吗？我带原料回家。"

"不行，我要做的事情太多了。"女孩毫不费力地拒绝了他的请求，而他注意到了这一点——他看在眼里，心里却不明白。她最初的恐惧消散后，另一种东西渐渐浮出水面。这种东西比恐惧更加怪异，在他看来也更加可悲。那是一种冷漠。他觉得它就像一阵风，源自宜居星球之间的真空，事实上来自虚无：不是因为她做了什么或说了什么，而是因为她没有做的事情和没有说的话。"回头见。"女孩说着走向她的公寓。

"记住我的名字了吗？"他急切地说，"我叫约翰·伊西多尔，我的老板是——"

"你说过你为谁工作了。"她在门口停下，边推开门边说，"一个了不起的好人，名叫汉尼拔·斯洛特，我确定他只存在于你的想象之中。我叫——"她扭头给了他最后一个冷冽的眼神，但在走进公寓的时候迟疑了一下，说道："我是蕾切尔·罗森。"

"罗森联合的罗森？"他问，"全太阳系最大的人形机器人制造商，产品用于我们的殖民计划？"

复杂的表情在她脸上匆匆掠过。"不，"她说，"我没听说过他们，我对这家公司一无所知。我猜你的鸡脑子又在胡思乱想了。约翰·伊西多尔和他个人的、私人的共情箱。可怜的伊西多尔先生。"

"但你的姓不是——"

"我的名字，"女孩说，"是普里斯·斯特拉顿。这是我婚后的名字，我一直用了下来。我从没用过普里斯之外的其他名字。你可以叫我普里斯。"她想了想，然后说："不，你还是叫我斯特拉顿小姐比较好，因为咱们并不熟，至少我还不熟悉你。"门在她背后关上了，扔下他孤零零地站在遍地灰尘的昏暗走廊里。

7

　　好吧，就这样了，约翰·伊西多尔心想。他站在走廊里，握着一团发软的人造黄油。也许她会改变主意，允许我叫她普里斯。要是我能捡到一个战前的蔬菜罐头，也许她会改变主意，为我们做晚饭。

　　但她也许不会做饭，他突然想到。好吧，但我会，我可以为我们两个人做晚饭吃。我会教她，要是以后她愿意了，就可以为我们做饭。等我教会了她，她很可能会愿意的。因为就我所知，绝大多数女人都喜欢做饭，她这样的年轻女人也不例外——这是本能。

　　他走下黑洞洞的楼梯，回到自己的公寓里。

　　她真的什么都不懂，他一边想着，一边换上白色工作服。他再怎么赶，上班也铁定会迟到，斯洛特先生要发脾气了，但那又怎样呢? 举例来说，她没听说过老友巴斯特。这是不可能的，巴斯特是还活着的最重要的人类了，当然只有威尔伯·默瑟除外……然而默瑟，他又想到，默瑟不是人类，他显然是从天而降的原型生命，经过通用模板的塑造，叠加于我们的文明之上。反正其他人是这么说的，比方说，斯洛特先生就这么说过。而汉尼拔·斯洛特什么都知道。

有一点很奇怪，她在说到自己叫什么的时候前后不一致。这是怎么回事呢？她很可能需要帮助。我能给她任何帮助吗？他问自己。我，一个特异人，一个鸡脑子，我知道什么？我不能结婚，不能移民，放射尘迟早会杀死我。我没有任何能给她的东西。

他穿完衣服，做好了工作的准备，于是离开公寓，爬向屋顶。他破旧的悬浮车就停在屋顶上。

· · ·

一小时后，他开着公司的卡车接上了今天第一只出故障的动物。这是一只电子猫，它趴在车厢里的塑料防尘提笼里，不规则地喘息着。你几乎会认为它是真的，伊西多尔心想，开车返回范内斯宠物医院——这家小公司存心取了个鱼目混珠的名字，在竞争激烈的假动物维修业里只能勉强度日。

呼吸艰难的猫呻吟了一声。

哇，伊西多尔心想，它听上去真的像是要死了。也许它用了十年的电池短路了，全身的电路正一个个被烧坏。这会是个劳神费力的活儿。米尔特·波洛格罗夫，范内斯宠物医院的维修师，这下他有的忙了。说起来，我没有告诉猫的主人估计多久能修好，伊西多尔烦闷地想到。他只是把猫塞给我，说昨天夜里它开始出毛病，然后他就走了，我猜他大概是上班去了。反正短暂的口头交流就此突然结束，猫的主人开着他那漂亮的新型定制悬浮车呼啸而去。他就这么成了公司的新客户。

伊西多尔对猫说："坚持一下好吗？咱们就快回到店里了。"猫继续呼哧呼哧喘气。"路上我先给你充个电吧。"伊西多尔做了个决定。他把卡车落向最近一个能停车的屋顶，停车后他没有关掉发动机，爬进车厢，打开塑料防尘提笼。提笼，加上他的白色制服和车身上的店名，营造出的总体印象就是真正的兽医在接真正的动物回诊所。

逼真的灰色毛皮底下，这只电子机械猫在咯咯作响，嘴边吐出泡沫，它的视像镜头变得呆滞，金属上下颚彼此咬合。他每次见到假动物体内的这些"疾病"电路，都会惊叹不已。此刻他抱在大腿上的这个东西，它的构造方式决定了当一个主要元件出现故障时，整个假动物看上去不会像是坏了，而是仿佛生物体生病了。反正我肯定会上当，伊西多尔心想。他在动物腹部的人造毛皮里摸索，寻找隐藏的控制面板（这类假动物的控制面板都相当小）和电池快充插口。但两者他都没有找到。留给他寻找的时间并不多，这台机器就快停止工作了。他心想，假如问题真的是短路，线路正在被逐个烧坏，那么也许我应该切断电池的一根供电线，这样机器会直接关机，从而控制住损坏的范围。等回到店里，米尔特可以再把电池接回去。

他熟练地沿着假脊骨摸索，供电线应该就在这附近。这东西的工艺相当精湛，模仿得惟妙惟肖。尽管他找得很仔细，但还是没有发现任何供电线。肯定是惠尔赖特与卡彭特公司的产品——确实更贵，但你看看他们的手艺吧。

他放弃了。假猫已经停止工作。看起来，短路（假如折磨它的真是短路）已经耗尽了电源的电，烧坏了传动系统。这可都是钱哪，他悲观地心想。唔，猫的主人显然没做过一年三次的预防性清理和上油，否则绝对不会是这个结果。也许花点儿钱能给他买一个教训——血的教训。

他爬回驾驶座上，把方向盘推到上升位置，再次飞上天空，继续飞向修理店。

好在他不需要再忍受让人精神崩溃的喘息声了，他可以放松一下了。他心想：不过也很好笑，尽管我的理智知道是这只人造动物的传动系统和电源烧坏了，因此才会发出拟真的垂死声音，但我还是听得很紧张。他痛苦地心想，真希望我能另外找一份工作啊。要是我通过了智商测试，就不会沦落到做这种不体面的事情，还要承受它附带的情感副作用了。但另一方面，人造动物的拟真受苦无法打动米尔特·波洛格罗夫和他们的老板汉尼拔·斯洛特。所以，约翰·伊西多尔心想，问题很可能出在我身上。很可能是因为我在演化阶梯上不断退化，作为一名特异人坠入了坟墓世界的泥沼——唉，还是别往这个方向思考了。最让他沮丧的莫过于拿他现在的智力对比他以前的智力。他的头脑和活力每天都在降低。他和地球上成千上万的其他特异人一样，都在走向燃尽的灰堆，变成会呼吸的吉卜尔。

为了给自己找个伴，他打开车上的收音机，调出老友巴斯特节目的音频版，它和电视版一样，每天不间断地播放二十三个小时，传递温暖……还有一个小时是节目结束时的宗教仪式、十分钟静默和节目开始前的宗教仪式。

"很高兴你能再来我们的节目做客，"老友巴斯特说，"让我们看一看，阿曼达，自从我们上次访问你，已经过去了整整两天。开始拍什么新片子了吗，亲爱的？"

"哎呀，我昨天本来要拍片的，但素[1]他们要我七点钟开始——"

"早上七点？"老友巴斯特插嘴道。

"对，一点儿不错，巴斯特，就素一大早七点！"阿曼达·沃纳呵呵怪笑，这个著名的笑声几乎和巴斯特的笑声一样虚假。阿曼达·沃纳，还有另外几个美丽优雅、胸部高耸的外国女人（来自从没说清楚过的某些国家），再加上几个号称幽默家的乡巴佬，组成了巴斯特永恒的嘉宾班底。阿曼达·沃纳这样的女人没拍过电影，没在舞台上露过脸，她们在巴斯特永不结束的节目里充当嘉宾，过着怪异而美丽的生活。伊西多尔曾经计算过，她们每周的出演时间多达七十个小时。

老友巴斯特怎么能挤出时间来同时录制音频和视频节目呢？伊西多尔很想知道。而阿曼达·沃纳怎么能抽出时间来年复一年、月复一月地隔一天当一次嘉宾呢？他们怎么能一直有话可说呢？他们从不自我重复——反正他觉得他们没有重复过。他们的评论总是诙谐幽默、新颖别致，而且没有经过排练。阿曼达，长发闪闪发亮，眼睛炯炯有神，牙齿白得耀眼。她不知疲倦，永远能找到话头，巧妙地反驳巴斯特的连珠妙语和犀利评论。老友巴斯特秀的电视节目

---

1 阿曼达的英语发音不标准，下文"憋—别"同。——编者注

和收音机节目不但通过卫星向全地球转播，也向殖民星球的移民播送。他们已经尝试过向比邻星传送试播信号，万一哪天人类的殖民扩张到那么远呢。假如萨兰德3号真的抵达了目的地，船上的旅行者会发现老友巴斯特秀正在那里等待他们，他们一定会喜出望外的。

但老友巴斯特有个坏毛病，这让约翰·伊西多尔很生气。巴斯特会拐弯抹角甚至让人难以觉察地取笑共情箱。不是一次，而是很多次。事实上，这会儿他就正在这么做。

"……石头可打不着我。"巴斯特向阿曼达·沃纳吹嘘道。"另外，要是逼着我去爬山，我肯定会要求再带上几瓶百威啤酒。"现场听众哈哈大笑，伊西多尔甚至听见了零星的掌声，"我会在山顶上揭晓我精心制作的大新闻——再过整整十个小时，这个大新闻就要出锅了！"

"憋忘了我，亲爱的！"阿曼达叫道，"带上我！我和你一起去，要素他们朝咱们扔石头，我就保护你！"听众再次狂笑大叫，约翰·伊西多尔能感觉到困惑和无能的怒火慢慢渗入他的后脖颈。老友巴斯特为什么一直对默瑟教抱有敌意？默瑟教似乎没有招惹任何人，就连联合国都表示认可。美苏两国警方公开承认默瑟教让人们更关注邻居的不幸，从而降低了犯罪率。联合国秘书长泰特斯·科宁多次宣称，人类需要更多的共情。巴斯特大概是嫉妒了，伊西多尔猜测。没错，这能解释他的行为，他和威尔伯·默瑟是竞争关系。但他们在竞争什么呢？

我们的灵魂，伊西多尔得出结论。他们在争夺我们心灵的控制

权：一边是共情箱，另一边是巴斯特的怪笑和随口调侃。我必须去
告诉汉尼拔·斯洛特，他心想，问他是不是这样，他肯定知道。

他把车停在范内斯宠物医院的楼顶上，用笼子拎着已经一动
不动的假猫下楼，匆匆走进汉尼拔·斯洛特的办公室。斯洛特先
生听见他进门，从零件库存单上抬起头，他满是皱纹的灰白色脸
膛泛起涟漪，就像你往水里扔了块石头。汉尼拔·斯洛特，尽管不
是特异人，但他太老了，没有移民资格，因此注定要在地球上耗
尽余生。放射尘多年来的侵蚀使得他的面庞变得灰白，思想变得灰
暗；使得他身体蜷缩，双腿虚弱，步履蹒跚。他隔着积满灰尘的眼
镜看世界。出于某些原因，斯洛特从不擦拭眼镜。就好像他已经放
弃了，他接受了放射性尘埃，而尘埃从多年前就开始埋葬他了，它
已经蒙蔽了他的视线。在他余生的最后这几年里，它会毁坏他其他
的感官，到最后只剩下他鸟叫般的声音，而那个声音也迟早会黯然
消逝。

"你这是带了个什么回来？"斯洛特先生问。

"一只猫，电源短路了。"伊西多尔把笼子放在老板堆满文件
的桌子上。

"为什么要给我看？"斯洛特问，"拿到楼下去，米尔特在车
间里。"但他还是条件反射般地打开笼子，把假猫掏了出来。他曾
经是个修理工，而且非常出色。

伊西多尔说："我认为老友巴斯特和默瑟教在争夺我们心灵的
控制权。"

"假如真是这样，"斯洛特一边检查猫的情况，一边说，"巴斯特赢了。"

"暂时赢了，"伊西多尔说，"但到最后，他会输的。"

斯洛特抬起头，盯着他："为什么？"

"因为威尔伯·默瑟一直在死而复生。他是永恒的。他爬到山顶，被打下去；他坠入坟墓世界，但他最终会归来。而我们与他同在，因此我们也是永恒的。"说得这么流畅，他感觉很好，平时他在斯洛特先生面前总会结巴。

斯洛特说："巴斯特和默瑟一样，也是永生的。两者没有区别。"

"他怎么可能？他只是凡人。"

"不知道，"斯洛特说，"但这是真的。当然了，他们从来没有承认过。"

"所以老友巴斯特才能每天做四十六个小时的节目？"

"没错。"斯洛特说。

"阿曼达·沃纳和另外几个女人呢？"

"她们也是永生的。"

"他们是来自另一个星系的高级生命体？"

"我一直没能确定他们到底是什么。"斯洛特先生说，他还在检查猫。过了一会儿，他摘掉积满灰尘的眼镜，用肉眼注视半张着的猫嘴。"就像威尔伯·默瑟，我也无法对他做出确定性的结论。"说到最后，他的声音轻得几乎听不见。然后他开始咒骂，一连串骂人的话从他嘴里吐出来，伊西多尔觉得持续了至少一分钟。"这只猫，"斯洛特最后说，"不是假的。我就知道迟早会发生这种事。它死了。"他盯着猫的尸体，又骂了起来。

米尔特·波洛格罗夫出现在办公室门口，他身材魁梧，皮肤极为粗糙，扎着肮脏的蓝色帆布围裙。"怎么了？"他问。他看见猫，走进办公室，拎起桌上的小动物。

"鸡脑子带回来的。"斯洛特说。他从没在伊西多尔面前用过这个词。

"要是它还活着，"米尔特说，"我们可以送它去见真正的兽医。不知道值多少钱。谁有《西德尼兽禽目录》？"

"你……你的保险不……不保这……这种情况吗？"伊西多尔问斯洛特先生。他的两条腿在打战，感觉房间变成了布满绿色斑点的暗褐红色。

"保是保的，"斯洛特的声音几近咆哮，"我生气的不是这个，而是死亡，是人类又失去了一条生命。你难道看不出来吗，伊西多尔？你难道没有注意到区别吗？"

"我以为，"伊西多尔嗫嚅道，"以为这东西做得特别逼真，逼真得骗过了我。我是说，它看上去是活的，这么逼真的——"

"我认为伊西多尔看不出两者的区别，"米尔特淡淡地说，"在他看来，它们全都是活的，包括人造动物在内。他很可能尝试过救活它。"他问伊西多尔："你做了什么？尝试给它充电？或者找到短路的位置？"

"是……是的。"伊西多尔承认道。

"它的寿命很可能本来就到头了，"米尔特说，"放过鸡脑子吧，汉尼拔。他说得对，自从新型号装配了疾病电路，人造动物就越来越像真动物了。再说真动物注定会死，养真动物就要冒这个风险。咱们只是每天和假动物打交道，所以已经不习惯这种事了。"

"该死的死亡。"斯洛特说。

"按照默……默瑟说的，"伊西多尔说，"所……所有生命都……都会转生。对于动……动物来说，这个循……循环也是完……完整的。我是说，我们和他一起登山，死……"

"你把这话说给猫的主人听去。"斯洛特先生说。

伊西多尔不确定老板是不是认真的，他说："非要我去说吗？但视频电话一直是你打的呀。"他对视频电话有恐惧，打电话对他来说是不可能完成的任务，打给一个陌生人就更不用说了。但斯洛特先生当然知道这一点。

"别逼他了。"米尔特说。"交给我吧。"他伸手去拿电话听筒，"号码是多少？"

"我记在什么地方了。"伊西多尔在白大褂的口袋里翻找。

斯洛特说："我要鸡脑子打这个电话。"

"我没……没法打视……视频电话，"伊西多尔反对道，心脏怦怦乱跳，"因为我一脸胡子，长得又难看，身上脏兮兮的，弯腰驼背，满嘴烂牙，脸色还发灰。而且辐射害得我浑身不舒服，我觉得我要死了。"

米尔特笑着对斯洛特说："要是我跟他感觉一样，我看我也会不敢打视频电话。来吧，伊西多尔，你不把猫主人的号码给我，我就没法打电话，到时候只能你自己打了。"他和善地伸出手。

"鸡脑子打，"斯洛特说，"否则就炒他鱿鱼。"他既不看伊西多尔，也不看米尔特，而是定定地望着前方。

"哎，别这样。"米尔特反对道。

伊西多尔说："我不……不喜欢被……被人叫鸡脑子。我是说，放……放射尘对你的身体也造……造成了很大的伤害。只是不……不像我，你的大脑也……也许是好的。"我要被开除了，他心想，我没法打那个电话。但他忽然想了起来，猫的主人已经一溜烟地飞去上班了。因此他家里肯定没人。"我看……看我可以打……打给他。"他说着刚好也摸到了写着号码的挂牌。

"看见了吗?"斯洛特先生对米尔特说，"非要打的话，他也能做到。"

伊西多尔坐在视频电话前，把听筒拿在手里，开始拨号。

"是啊，"米尔特说，"但为什么非要他打呢? 另外他说得对，放射尘也伤害了你，你差不多瞎了，再过一两年，你会丧失听力。"

斯洛特说："你也逃不掉，波洛格罗夫，你皮肤的颜色就像狗屎。"

一张脸出现在视频电话的屏幕上，这是个中欧[1]女人，看上去谨小慎微，头发紧紧地扎成发髻。"什么事?"她说。

"比……比尔森太太?"伊西多尔说，惊恐在他内心滋生，他没想到这一点，但猫的主人当然有妻子，而妻子当然在家。"我想和你谈……谈谈你们的猫……猫——"他说不下去了，痉挛似的揉下巴，"你们的猫。"

---

1 原文为德语"mitteleuropäische"。

"哦，对，你把霍勒斯接走了，"比尔森太太说，"是肺炎吗？比尔森认为是肺炎。"

伊西多尔说："你们的猫死了。"

"天哪，不，我的上帝啊。"

"我们会负责替换的，"他说，"我们有保险。"他瞥了一眼斯洛特先生，老板似乎不反对。"我们公司的经营者，汉尼拔·斯洛特先生——"他口不择言，"会亲自为你——"

"不，"斯洛特说，"我们会开支票给他们。按《西德尼兽禽目录》的标价。"

"挑选替换的猫。"伊西多尔不由自主地说。不堪忍受的谈话既然已经开始，他发现自己就再也退不出来了。他正在说的话自有其内在逻辑，他无论如何也停不下来，只能等这番话自己刹车，推出应有的结论。斯洛特先生和米尔特·波洛格罗夫瞪着他，听着他口若悬河地说下去："告诉我们你想要的猫的规格，颜色、性别、品种，比方说是马恩岛猫、波斯猫，还是阿比西尼亚猫——"

"霍勒斯死了。"比尔森太太说。

"它得了肺炎，"伊西多尔说，"死在来医院的路上。我们的高级主治医生汉尼拔·斯洛特先生认为它已经救不活了，但幸运的是，比尔森太太，我们会把它替换掉，你说是不是很好？"

泪水从比尔森太太的眼睛里涌了出来。她说："霍勒斯这样的猫只有一只。它小时候喜欢站在那儿，呆呆地看着我们，就好像想问什么问题。我们一直不明白它到底想问什么，也许现在它知道答案了。"泪水源源不断地涌出来："我猜咱们迟早都会知道的。"

伊西多尔突然有了个主意："要不然给你换一只一模一样的电子猫吧？我们可以请惠尔赖特与卡彭特公司手工定制一只，他们的手艺非常好，能百分之百复现母本的所有细节——"

"天哪，太可怕了！"比尔森太太反对道，"你在胡说什么啊？别去对我丈夫说这种话，连一个字都别对埃德说，否则他会发疯的。他爱霍勒斯，超过了他养过的任何一只猫，他从小就有猫陪着。"

米尔特从伊西多尔手里接过听筒，对电话那头的女人说："我们可以按《西德尼兽禽目录》上的标价开一张支票给你，或者按照伊西多尔先生刚才说的，替你们挑一只新猫。你们的猫去世了，我们非常遗憾，但就像伊西多尔先生说的，它得了肺炎，这几乎是不治之症。"他的语调充满职业气息，范内斯宠物医院的这三个人之中，米尔特最擅长打业务电话。

"我没法去告诉我丈夫啊。"比尔森太太哀叹道。

"好的，夫人，"米尔特说，苦笑了一下，"我们可以打给他。你能把他的公司电话号码告诉我吗？"他伸手去拿纸和笔，斯洛特先生递给他。

"听着，"比尔森太太说，她似乎振作了起来，"也许刚才那位先生说得对，也许我应该瞒着埃德定制一只霍勒斯那样的电子猫。复制品能逼真到我丈夫无法分辨的地步吗？"

米尔特没什么把握地说："你想要的话，当然没问题。但根据我们的经验，电子宠物永远瞒不过主人，只能用来欺骗偶尔见到它的旁观者，例如邻居。你看，只要你非常仔细地查看人造动物——"

"尽管埃德很爱它，但他从不和霍勒斯做亲密接触。照顾霍勒斯起居的人一直是我，比方说清理猫砂盆。我想试一试人造动物，要是行不通，那就帮我们找一只真猫来替换霍勒斯。我不希望我丈夫知道，我认为他经受不住那份打击。所以他才从不亲近霍勒斯，他害怕。霍勒斯生病之后——按照你们说的，肺炎——埃德过得心惊肉跳，不肯面对现实。所以我们等了那么久才打电话找你们。太久了……你们还没打电话来，我就知道了。我真的知道。"她点点头，泪水已经失控，"需要多久？"

米尔特答道："我们可以在十天内做好，然后在白天你丈夫上班的时候送货上门。"他结束交谈，说了再见，然后挂断电话。"他会知道的，"他对斯洛特先生说，"用不了五秒钟。但她希望这样。"

"爱自己宠物的主人，"斯洛特阴沉地说，"注定会心碎。我很庆幸咱们不需要每天和真动物打交道。你们能想象吗，真正的兽医每天都被迫打这种电话？"他凝视着约翰·伊西多尔："看来你在某些方面其实并不笨，伊西多尔。尽管米尔特不得不中途插手，但你处理得相当好。"

"他会越来越好的。"米尔特说。"我的天，真是不容易。"他抱起霍勒斯的尸体，"我拿到楼下车间去，汉尼拔，你打电话给惠尔赖特与卡彭特，叫他们的设计师过来测量和拍照。我不会允许他们把它带回去的，我要亲自对比复制品。"

"我看这个电话还是交给伊西多尔打吧，"斯洛特先生做出决定，"事情是从他手上开始的，既然他能和比尔森太太谈，那就应该能和惠尔赖特与卡彭特打交道。"

　　米尔特对伊西多尔说："反正别让他们把原件带走就行。"他举起霍勒斯："他们肯定会想要带走的，因为那样他们做事就会容易一百倍，所以你的态度要坚决。"

　　"呃，"伊西多尔眨着眼睛说，"好的。我现在就打给他们好了，免得尸体开始腐烂。尸体是会腐烂的，对吧？"他觉得很得意。

8

隆巴德街的旧金山执法局，赏金猎人里克·德卡德把局里的高速加固悬浮车停在屋顶上。他拎着公文包，下楼去哈利·布赖恩特的办公室。

"回来得很快嘛。"他的上司说着往椅背上一靠，吸了一撮特调1号鼻烟。

"我办完了你派我去办的事情。"里克在桌子对面坐下，放下手里的公文包，他意识到自己累了。回到局里，疲惫感开始攻击他。他不知道还能不能提起精神，应付接下来的工作。"戴夫怎么样？"他问，"缓过来了吗？我想找他谈谈，然后再去搜捕仿生人。"

布赖恩特说："你先用波洛科夫试试手吧，就是给了戴夫一激光枪的那家伙。你最好能尽快报废他，因为他知道自己已经上了我们的名单。"

"不能先和戴夫谈谈吗？"

布赖恩特拿起一张葱皮纸，上面字迹模糊，估计是三手甚至四手的复印件："波洛科夫在市政厅找了份收垃圾的工作，专门捡破烂。"

"这种工作不是全交给特异人的吗？"

"波洛科夫就是在冒充特异人，蚂蚁脑子。退化得非常严重的那种——要么就是演得很好。戴夫就是这么掉进坑里的。波洛科夫无论是模样还是行为都像极了蚂蚁脑子，结果戴夫忘记了他的真实身份。现在你对福格特－坎普夫量表有信心了吗？根据西雅图发生的事情，你能百分之百确定——"

"我确定。"里克回答得很简单，没有详细说明。

布赖恩特说："你说没问题那就没问题吧。但绝对不能出纰漏，一次都不行。"

"搜捕仿生人的时候本来就不允许出纰漏。所以其实没区别。"

"枢纽6型是不一样的。"

"我已经找到了我的第一个，"里克说，"而戴夫找到了两个。算上波洛科夫就是三个。行了，今天我去报废波洛科夫，今晚或明天再去找戴夫谈谈。"他伸手拿起那张字迹模糊的复印件，那是仿生人波洛科夫的通缉令。

"还有一件事，"布赖恩特说，"有个WPO的苏联警察正在过来的路上。你去西雅图之后，我接到了他的电话。他上了苏联民航的火箭，一小时后在咱们这儿的公共发射场落地。他叫桑多尔·卡达伊。"

"他来干什么？"WPO很少会派人来旧金山，有没有过先例都是个问题。

"WPO对新出现的枢纽6型很感兴趣，所以想让他们的人跟着你。他的身份是观察员，要是有能力的话，还可以帮你一把。能不能用他、什么时候用他，完全交给你决定。不过我已经开了绿灯，允许他跟着你。"

"奖金呢？"里克说。

"不需要分给他。"布赖恩特说，笑得嘴角都快裂开了。

"否则在财务上就不太公平了。"他绝对不想和一个 WPO 的蛮子分享胜利果实。他研究起了波洛科夫的通缉令，上面有这个人——不，仿生人——的体貌特征、他目前的住址和雇用单位——湾区垃圾回收公司，办公室设在吉里。

"想等苏联警察帮手来了再去报废波洛科夫吗？"布赖恩特问。

里克怒道："我一向独来独往。不过当然了，你是老板——你怎么说，我就怎么做。不过我没兴趣等卡达伊落地，更想现在就去找波洛科夫。"

"那你就一个人去吧，"布赖恩特做了决定，"下一个目标是卢芭·卢夫特小姐，她的通缉令也一起给你好了，到时候你再带上卡达伊。"

里克把葱皮纸复印件塞进公文包，走出上司的办公室，再次登上屋顶，坐进他的悬浮车。现在该去拜访波洛科夫先生了，他对自己说，同时拍了拍腰间的激光枪。

搜捕仿生人波洛科夫的第一站，里克来到湾区垃圾回收公司的办公室。

"我在找你们的一名雇员。"他对面容严肃的灰发女接线员说。垃圾回收公司的办公楼让他叹为观止，这是一座现代化的大型建筑物，里面有很多坐在办公室办公的高级雇员。厚实的毛绒地毯、昂贵的实木写字台，一切都在提醒他，从战争时代开始，垃圾搜集和处理就成了地球上最重要的产业之一。整颗星球都在崩溃瓦解，变成垃圾场，为了让残存的那点儿人口生活下去，必须有人定期清运垃圾……否则就像老友巴斯特喜欢说的，一层吉卜尔（而不是放射性尘埃）会把地球活活闷死。

"阿克斯先生，"女接线员告诉他，"他是人事经理。"她指了指一张橡木桌，这张桌子虽然很气派，橡木却是假的，桌子后面坐着一个拘谨的矮小男人，他戴着眼镜，脑袋埋在堆积如山的文件堆里。

里克出示警方的身份证件："你们有个雇员叫波洛科夫，他在哪儿？正在上班还是在家？"

阿克斯先生不情愿地查了查记录，然后说："波洛科夫应该在上班。他在我们的戴利城工厂，负责压扁悬浮车并扔进海湾。但是——"人事经理又查了一份文件，然后拿起视频电话，用内线号码打给楼里的另一个人。"所以他不在。"他说着结束了通话。他放下听筒，对里克说："波洛科夫今天没来上班，也没解释为什么。他干了什么，警官？"

"要是他来上班，"里克说，"别告诉他有人来问过他的情况，明白吗？"

"明白，当然明白。"阿克斯拉长了脸，就好像他对警务工作的广博学识受到了嘲笑。

里克坐进警察局的加固悬浮车，飞往他的第二站：波洛科夫在田德隆区[1]的住处。我们永远也抓不住他了，他对自己说。布赖恩特和霍尔登，他们浪费了太多的时间。布赖恩特不该派我去西雅图，而是该派我去搜捕波洛科夫——最好是昨晚，戴夫·霍尔登刚被撂倒就派我去。

穿过屋顶走向电梯的路上，他扫视周围：真是个恶心的地方。弃用的兽栏，几个月来积累的尘埃已经板结。一个笼子里有一只停止运转的假动物：一只鸡。他乘电梯来到波洛科夫住的那一层，发现走廊里没有灯，暗得像是地下洞窟。他掏出警用核能强光手电筒，在照亮走廊的同时又看了一遍葱皮纸复印件。霍尔登已经给波洛科夫做过福格特-坎普夫测试了，所以他可以跳过这个环节，直接执行摧毁仿生人的任务。

里克做出决定，最好从外面干掉他。他放下武器箱，摸索着打开，取出覆盖式潘菲尔德波发射器。他按下"强直性昏厥"的按钮，用发射器的金属壳向自己单独发射反向波，从而保护他本人不受影响。

关闭发射器的时候，他心想：现在他们全都僵直得无法动弹了。所谓他们，指的是发射范围内包括人类和仿生人在内的所有人。我不会有任何危险，我只需要走进去，用激光枪报废他。当然了，前提是他在他的公寓里，只可惜恐怕不太可能。

他掏出无限钥匙，这东西能分析并打开所有已知类型的锁。他握着激光枪，走进波洛科夫的公寓。

1　旧金山的一个历史性街区，以犯罪高发著称。

波洛科夫不见踪影,这里只有半毁坏的家具—— 一个属于吉卜尔和朽败的地方。事实上,这儿没有任何个人物品。他只看见了无主的垃圾,波洛科夫占据这套公寓的时候,它们已经在这儿了,他离开时又把它们留给了下一个房客——假如还会有人搬进来的话。

我早就知道了,他对自己说。好吧,我的第一个一千美元奖金没了。他说不定直接跑到北极圈去了,超出了我的管辖范围。另一个警察局的另一个赏金猎人会报废波洛科夫,然后领取奖金。看来我只能去找其他还没被惊动的仿生人了。下一个目标:卢芭·卢夫特。

他回到屋顶上,坐进悬浮车,拿起电话,向哈利·布赖恩特汇报。"波洛科夫跑了,估计打倒戴夫就立刻溜了。"他看看手表,"要我去发射场接卡达伊吗?这样能节省一点儿时间,我急着要去抓卢夫特小姐。"他已经铺开了她的通缉令,正在仔细研究这个目标。

"好主意,"布赖恩特说,"可惜卡达伊先生已经在我这儿了。他的苏航飞船——按照他说的,一如既往地——提前落地了。稍等。"他们在画面外商量了一下。"他这就飞过去找你,"布赖恩特回到屏幕上,"这段时间你就研究一下卢夫特小姐吧。"

"歌剧演员。声称来自德国。目前受雇于旧金山歌剧公司。"他习惯性地点点头,聚精会神地看着通缉令,"肯定有副好嗓子,所以这么快就搭上了关系。好吧,我在这儿等卡达伊。"他把他的方位告诉布赖恩特,然后挂断电话。

我可以冒充歌剧迷,里克心想,继续往下读。我还挺想看看她演《唐·乔万尼》里的唐娜·安娜呢。我的个人收藏里有好几位旧时代巨星的磁带，包括伊丽莎白·施瓦茨科普夫、洛特·莱曼和丽莎·德拉·卡萨。这样等我安装福格特–坎普夫设备的时候，就有话题可以讨论了。

车载电话响了，他拿起听筒。

警方的接线员说："德卡德先生，有个西雅图的电话，布赖恩特叫我转给你，从罗森联合打来的。"

"好的。"里克说，等待电话接通。他们要干什么？他心想，在他看来，事实已经证明罗森公司那边只能带来坏消息了。毫无疑问，无论他们想干什么，都不会有任何好事。

蕾切尔·罗森的脸出现在小小的显示屏上。"您好，德卡德警官。"她的语气像是在讨好他，这一点引起了他的注意，"您这会儿忙吗？能听我说几句话吗？"

"说吧。"他说。

"我们公司内部讨论了你们面对的枢纽6型逃犯问题，出于我方对他们的了解，我们认为假如我方派人协助您，您会更容易开展工作。"

"怎么个协助法？"

"我们派人来陪您去搜寻他们。"

"有什么必要呢？你们能怎么协助我呢？"

蕾切尔说："枢纽6型很警觉，要是人类接近，会引起他们的戒心。但假如接触他们的同样是枢纽6型——"

"你说的就是你自己吧？"

"对。"她点点头，表情严肃。

"我的帮手已经太多了。"

"但我确实认为你需要我。"

"这很难说。让我想一想吧，我会打给你的。"在遥远未来的某个时刻，他对自己说，或者更可能永远不打这个电话。我最不需要的就是蕾切尔·罗森随时随地都有可能从放射尘里冒出来。

"这不是你的真心话，"蕾切尔说，"你永远不会打给我的。你还没有意识到非法逃跑的枢纽6型有多么敏锐，而你是多么不可能抓住他们。我们认为我们欠你这个，因为——你明白的——我们做的事情。"

"我会认真考虑一下的。"他准备挂断电话。

"要是没有我，"蕾切尔说，"他们会在你动手前抢先干掉你。"

"再见。"他说完就挂了电话。他问自己：这是个什么样的世界，仿生人居然会打电话给赏金猎人，来主动提供帮助？他打给警局的接线员："从西雅图打来的电话就别转给我了。"

"好的，德卡德先生。卡达伊先生到了吗？"

"我还在等。他最好能快点儿，因为我不想等太久。"他再次挂断电话。

他刚把视线放回卢芭·卢夫特的通缉令上，一辆悬浮出租车就盘旋而下，降落在几码[1]之外的屋顶上。下车的是个红脸膛的男人，他看上去大约五十多岁，有一张小天使般的胖脸，身穿扎眼的俄式

---

1 英美制长度单位，1 码 = 91.44 厘米。——编者注

厚大衣。他笑呵呵地走向里克的车，一只手伸在前面。

"是德卡德先生吗？"男人问，说话间带有斯拉夫口音，"旧金山警察局的赏金猎人？"空的悬浮出租车重新起飞，苏联人漫不经心地目送它离开。"我是桑多尔·卡达伊。"男人说，接着打开车门，挤进里克身旁的副驾驶座。

他和卡达伊握手，里克注意到这位 WPO 的代表腰间插着一把样式奇特的激光枪，他从没见过这个型号。

"咦，你在看这个吗？"卡达伊说。"很有意思，对吧？"他从枪套里拔出枪，"我在火星上搞到的。"

"我还以为我认识世上的所有枪械呢，"里克说，"包括在殖民地制造和使用的那些型号。"

"我们自己制造的，"卡达伊说，他笑得像个斯拉夫圣诞老人，红脸膛上印满了自豪，"喜欢吗？它与众不同的功能是——来，你拿着。"他把枪递给里克，里克仔细查看起来，他专业的眼光来自多年的实践经验。

"它与众不同的功能是什么？"里克问，因为他看不出来。

"你扣扳机。"

里克把枪口对准车窗外的天空，扣动激光枪的扳机。什么都没有发生，枪口没有射出激光束。他困惑地转向卡达伊。

"触发电路，"卡达伊喜滋滋地说，"没有接通。它还在我手上呢。看见了吗？"他张开手掌，给他看一个微小的元件："我还能在一定程度上遥控它，无论枪口瞄准什么地方。"

"你不是波洛科夫，你是卡达伊。"里克说。

"你是不是说反了? 你好像有点儿迷糊。"

"我是说,你是波洛科夫,那个仿生人,不是苏联警察。"里克用脚趾踩了一下紧急按钮。

"我的激光枪为什么点不着火了?"卡达伊/波洛科夫说,同时连按几下掌心里的微型触发和瞄准装置。

"正弦波,"里克说,"抵消了你发射的激光,把光束变成普通光线了。"

"那我就只能拧断你的细脖子了。"仿生人扔下遥控装置,咆哮一声,向着里克的脖子伸出双手。

但还没等仿生人的手落在他的脖子上,里克就从肩套里扣动了老式警用手枪的扳机。点三八口径的子弹击中仿生人的头部,打爆了它的脑容器。控制躯体的枢纽6型电子脑炸成碎片,一股狂风贯穿了警车,它的碎屑像放射性尘埃似的落在里克身上。仿生人的报废躯体向后飞出去,撞上警车的门,又弹回来,重重地压在里克身上。他挣扎着推开仿生人还在抽搐的尸体。

他伸出颤抖的手,拿起车载电话,拨通执法局的号码。"我要留个报告,"他说,"通知哈利·布赖恩特一声,我干掉波洛科夫了。"

"'你干掉波洛科夫了',这么说他会明白的,对吧?"

"对。"里克说,然后挂断电话。我的天,太险了,他对自己说。我对蕾切尔·罗森的警告反应过激,非要反着来,结果差点儿葬送了自己。但我干掉波洛科夫了,他对自己说。他的肾上腺素渐渐不再飙升,心跳慢慢恢复正常,呼吸也没那么急促了,但他还在颤抖。"不管怎么说,我已经挣到了一千美元,"他告诉自己。因此一切都值了。另外，我的反应比戴夫·霍尔登快。但当然了，戴夫的前车之鉴让我做好了准备，这一点必须承认，戴夫不会像我这么警觉。

他再次拿起电话，拨通家里的号码。等伊兰接电话的时候，他点了支烟，颤抖终于开始平息。

他妻子的脸出现在屏幕上，正如她事先说过的，这张脸上刻着长达六个小时的自责和抑郁："唉，你好，里克。"

"我走之前不是给你拨了594吗？愉快地得知——"

"你一走我就重拨了。有什么事吗？"她的音调降了下去，坠入沉闷的失望深渊，"我太累了，丧失了对一切的希望，包括咱们的婚姻。我甚至不在乎你会不会死在仿生人手上了。你想说的是这个吗，里克？你被仿生人干掉了？"老友巴斯特的吵闹叫声在背景里响起，淹没了她的回答。他看见她的嘴在动，但只能听见电视的声音。

"听我说，"他打断她，"你能听见吗？我挖到金矿了。出现了一种新的仿生人，看样子除了我，没人能应付它们。我已经报废了一个，这就是一千美元奖金。知道等我干完这个活儿，我能拿到多少吗？"

伊兰茫然地望着他。"哦。"她说，同时点点头。

"我还没说呢！"他看得出来，妻子这次的抑郁过于严重，她甚至都拒绝听他说话了。他等于在对着真空浪费口水。"咱们今晚见吧。"他烦闷地结束通话，把听筒摔回底座上。真是活见鬼了，他对自己说。我冒着生命危险做这些，到底有什么意义呢？她根本不在乎我们能不能养一只鸵鸟，任何刺激都无法突破抑郁的屏障。两年前我们讨论分手的时候，我就应该甩掉她的。现在也还来得及，他提醒自己。

他郁闷地弯下腰，收拾掉在地上的文件，卢芭·卢夫特的资料也在其中。你在她那儿找不到任何支持，他对自己说。我碰到的大多数仿生人都比我妻子更有活力和求生欲。她没有任何能给我的东西。

他于是再次想到了蕾切尔·罗森。他意识到，事实证明，她关于枢纽6型智力的忠告是正确的。只要她不分我的赏金，也许我可以利用一下她。

与卡达伊／波洛科夫的遭遇战完全改变了他的想法。

他启动悬浮车的引擎，嗖的一声飞上天空，朝着古老的战争纪念歌剧院而去。按照戴夫·霍尔登的笔记，每天的这个时间，他能在歌剧院找到卢芭·卢夫特。

他对她也有一份好奇心。在他看来，有些女性仿生人很漂亮，他对几个女性仿生人产生过生理冲动，这是一种怪异的感觉：一方面，他从理性上知道它们仅仅是机器；另一方面，他的情绪还是产生了反应。

举例来说，蕾切尔·罗森。不，他心想，她太瘦了，没发育好，尤其是胸部，干巴巴的，跟小孩似的。他还有更好的选择。通缉令上说卢芭·卢夫特多少岁来着？他一边开车，一边掏出皱巴巴的资料，找到她自称的"年龄"。二十八岁——根据外观判断，对于仿生人来说，外观是唯一有效的标准。

还好我对歌剧有所了解，里克心想。比起戴夫，这是我的另一项优势，我更有文化。

他决定在向蕾切尔求助之前，要再找一个仿生人试试手。假如事实证明卢夫特小姐格外难对付……但直觉说她不难对付。波洛科夫是最困难的一个，其他仿生人不知道有人在主动追捕它们，会一个接一个被他干掉，就像几只排成队的鸭子。

他朝着歌剧院装饰华美的宽阔屋顶降落，大声唱起了咏叹调大杂烩，用的是他当场现编的假意大利语。尽管潘菲尔德情绪调节器不在手边，但他的心情一下子变得乐观，还有饥渴和兴奋的期待。

9

钢筋与石块垒砌的旧歌剧院经受住了漫长时间的考验，里克·德卡德走进它犹如鲸腹的庞然内部，赫然见到有个剧组正在彩排，他们的表演不太协调，闹哄哄的声音激起回音。他刚走进来，就认出了音乐的旋律：莫扎特的《魔笛》，第一幕，最后一景。摩尔人的奴隶们（也就是合唱团）抢了一拍，破坏了魔铃的简单节奏。

何等快乐！他非常喜欢《魔笛》。他在一层楼厅的前排舒舒服服地坐下（似乎没人注意到他）。帕帕基诺身穿他美丽的鸟羽外衣，和帕米娜一起唱出这段歌词——里克每次想到它，就会感动得热泪盈眶。

> 假如每个勇敢的男人
> 都能找到这样的魔铃，
> 他的敌人就会
> 立刻灰飞烟灭。[1]

1　原文为德语。

唉，里克心想，能让敌人立刻灰飞烟灭的魔铃在现实中并不存在。真可惜。而莫扎特在写完《魔笛》后不久就死于肾脏疾病。他只活了三十几年，尸体埋在贫民公墓里，连墓碑都没有。

想到这儿，他不禁好奇，不知道莫扎特当时有没有预感到他在凡间的时间就快走到尽头，他已经没有未来了。说不定我也一样，里克心想，望着彩排继续下去。彩排迟早会结束，表演迟早会结束，演员迟早会死去，就连最后一个音符也会以某种形式消亡。到最后，"莫扎特"的概念会消失，尘土终将获胜。就算不是在地球上，也是在另一颗星球上。我们能逃避一段时间，就像仿生人能逃避我的追捕，稍微再多活一段时间，但我或者其他某个赏金猎人迟早会逮住它们。他意识到，从某个角度说，我也是摧毁秩序的熵增过程的一部分。罗森联合在创造，而我在毁灭。反正在他们看来，情况就是这样的。

舞台上，帕帕基诺和帕米娜在对话。他停止内省，把注意力转向演员。

　　帕帕基诺："我的孩子，我们现在该说什么？"
　　帕米娜："实话，那就是我们要说的话。"

里克坐起来，盯着舞台上的帕米娜，她身穿繁复的厚重长袍，头巾下的面纱盖住了肩膀和面庞。他对照了一下通缉令，然后满意地坐了回去。我见到我的第三个枢纽6型仿生人了，他心想，这就是卢芭·卢夫特。从她的角色此刻唤起的情绪来看，情况真的有点儿讽刺。无论多么生机勃勃、活力四射，无论多么貌美如花，一个逃跑的仿生人都不太可能说实话，尤其是牵涉到它自己的时候。

卢芭·卢夫特在舞台上歌唱，他不由得为她的音色而惊叹，这无疑是一个最优秀的歌剧女高音，能和他收藏的历史录音里的声音相媲美。他不得不承认，罗森联合把她造得很好。他再次"在永恒的相下"[1]审视自己，他是秩序的摧毁者，被他在这里听到和见到的事物召唤而来。她的功能越完善，她这个女高音越出色，也许就越需要我的存在。假如仿生人一直劣于人类，就像德兰联合古老的q-40型号，那就不会有任何问题了，这个社会也就不需要我的技能了。我该什么时候下手呢？他问自己。大概越快越好。等彩排结束，她回到化妆间里。

这一幕结束，彩排暂停。指挥分别用英语、法语和德语说："一个半小时后咱们继续。"指挥说完就走了，乐手们放下乐器，同样纷纷离场。里克起身，走向后台的化妆间，他慢悠悠地跟在演员队伍的后面，心想：快刀斩乱麻，这样也许最好。我尽量简短地和她谈几句，然后以最快速度给她做测试。一旦确定就动手——不过从流程上说，不做完测试他就不可能确定。也许戴夫猜错了她的身份，他开始胡思乱想。希望如此，但不太可能。他的职业本能已经起了反应，而他从没犯过错……在他为警察局工作的这么多年里。

他拦住一个群众演员，问卢夫特小姐的化妆间在哪儿。从妆容

1　原文为拉丁语"sub specie aeternitatis"，是荷兰哲学家斯宾诺莎提出的概念，强调从超越个人和瞬间的视角看事情。

和衣着来看，这个群演是一名埃及持矛战士，他指给里克看。里克走到他指的那扇门前，看见门上贴着一张手写的字条，字条上写着"卢夫特小姐，私人化妆间"，他敲敲门。

"请进。"

他开门进去。他要找的年轻女人坐在化妆台前，膝头放着一本打开的布面乐谱，乐谱被翻得很旧了，到处都是用圆珠笔做的标记。她还穿着戏服，没有卸妆，只是取掉了头巾，她把头巾放在了头巾架上。"什么事？"她说着抬起头。在舞台妆的衬托下，她的眼睛显得更大了，一双褐色的大眼睛盯着他，眼神非常坚定。"我很忙，你也看见了。"她的英语没有任何口音。

里克说："你不比施瓦茨科普夫逊色。"

"你是哪位？"她的语气冰冷而矜持——还有另一种冷漠，他在仿生人身上遇到过无数次了。它们都一个样：智慧超群，才华出众，但同时也异常冷漠。他厌恶这个特征。然而另一方面，要是没有这个特征，他也就不可能逮住它们了。

"我是旧金山警察局的。"他说。

"所以？"专注的大眼睛依然盯着他，眼神没有闪烁，他的话没有激起任何反应。"你来干什么？"说来奇怪，她的语气似乎很亲切。

他坐进旁边的一把椅子，拉开公文包的拉链："上面派我来给你做个标准人格测试。用不了几分钟。"

"非做不可？"她指了指布面的大开本乐谱，"我还有很多事要做呢。"她终于露出了一丝惧色。

"非做不可。"他取出福格特－坎普夫设备的零件，开始组装。

"测什么，智商？"

"不，共情能力。"

"让我戴上眼镜。"她伸出手，打开化妆台的抽屉。

"既然你不戴眼镜就能看清楚乐谱，那么做测试也一样没问题。我给你看几张照片，问你几个问题。与此同时——"他起身走到她面前，弯下腰，把带有感应网的吸盘贴在她上了浓妆的面颊上。"还有这束光，"他边说边调整光束的角度，"这样就可以了。"

"你怀疑我是仿生人？是这样的，对吧？"她的声音轻得几乎听不见了。"我不是仿生人。我从没去过火星，我从没见过仿生人！"她加长的睫毛在不由自主地颤抖，他看得出她在强作镇定，"你们得到情报说剧组里有仿生人，对吧？我很乐意帮助你，但假如我是仿生人，我难道会主动帮助你吗？"

"仿生人，"他说，"不会在乎其他仿生人的遭遇。这正是我们要留意的一个迹象。"

"那么，"卢夫特小姐说，"你肯定是仿生人了。"

听见这句话，他愣住了，呆呆地盯着她。

"因为，"她继续道，"你的职责就是杀死他们，对吧？你是他们所谓的——"她努力回忆。

"赏金猎人，"里克说，"但我不是仿生人。"

"你想给我做的测试，"她的声音渐渐恢复了正常，"你自己做过吗？"

"当然。"他点点头，"很久以前，我刚加入警察局的时候。"

"那也许是植入的记忆。仿生人有时候会被植入记忆，难道不是吗？"

里克说："我的上司知道我的测试结果。那是强制性的。"

"也许曾经有个外表和你一模一样的人类，你在某个时候杀死了他，取代了他。而你的上司并不知道。"她微微一笑，像是在等待他的赞同。

"咱们还是做测试吧。"他说着取出问卷。

"你先做，"卢芭·卢夫特说，"然后我再做。"

他又愣住了，呆呆地盯着她。

"这样难道不是更公平吗？"她问，"这样我就能确定你的身份了。我说不准——你看上去很不正常，态度生硬又奇怪。"她打了个哆嗦，然后再次微笑。笑容里带着期望。

"但你无法给我做福格特－坎普夫测试。它需要一定的专业经验。现在请你仔细听我说。这些问题与你有可能遇到的社交情境有关，我要你陈述你的反应，你会怎么做。我要你尽快说出你的答案。我要记录的因素包括时间是否有延迟，以及有的话，长度是多少。"他选出他的初始问题，"你坐在沙发上看电视，突然发现一只黄蜂爬上你的手腕。"他看着手表读秒，同时查看指针的读数。

"黄蜂是什么？"卢芭·卢夫特问。

"一种会蛰人的飞虫。"

"噢，真稀奇。"她的大眼睛瞪得更大了，充满了孩童般的信任，就好像他揭示了创世的核心秘密，"现在还有吗？我从没见过。"

"已经灭绝了，因为放射尘。你真的不知道黄蜂是什么吗？黄蜂应该是在你出生之后灭绝的，仅仅是——"

"用德语怎么说？"

他努力回想黄蜂用德语怎么说，但就是想不起来。"但你的英语很好。"他气恼地说。

"我的口音，"她纠正道，"很纯正。为了角色，为了普赛尔、沃尔顿和沃恩·威廉姆斯[1]，必须如此。但我的词汇量并不大。"她不好意思地看着他。

"Wespe。"他说，终于想到了这个德语单词。

"哎呀，对，eine Wespe[2]。"她大笑，"你刚才问什么来着？我已经忘记了。"

"换个问题吧。"现在他不可能测出有效的反应了。"你在电视上看一部战前的老电影。这一幕是举办宴会，主菜——"他跳过了问题的第一部分，"是炖狗，狗肚子里填满米饭。"

"没人会杀狗吃肉，"卢芭·卢夫特说，"狗太贵重了。不过我猜有可能是假狗：ersatz[3]。对吧？但假狗的肚子里是电线和马达，不能吃。"

"战前。"他气恼道。

"战前我还没出生呢。"

"我说的是你在电视上看老电影。"

"电影是在菲律宾拍的吗？"

1　这三个人皆为英国作曲家。

2　德语，意为"一只黄蜂"。

3　德语，意为"代替物"。

"什么意思？"

"因为，"卢芭·卢夫特说，"有菲律宾人以前吃肚子里填米饭的炖狗。我记得我读到过。"

"那你的反应是什么？"他说，"我想知道的是你在社会性、情绪和道德方面的反应。"

"对电影的反应吗？"她想了想，"我会换台，去看老友巴斯特。"

"为什么要换台？"

"哎，"她气呼呼地说，"谁他妈想看设定在菲律宾的老电影？除了巴丹死亡行军，菲律宾究竟发生过什么，而你难道想看那个？"她愤怒地瞪着他。表头上的指针左右乱转。

他愣了一会儿，小心翼翼地开口："你在山上租了一间小木屋。"

"好的。"她点点头，"继续说，别卖关子。"

"木屋所在的区域依然苍翠。"

"等一等，"她拢起耳朵，"我没听过最后这个词。"

"还有乔木和灌木生长。木屋外墙是古朴的有节疤的松木，屋里有个大大的壁炉。有人在墙上挂了几幅旧地图，柯里尔与艾夫斯的版画，壁炉上方挂着一个鹿头，是一头成年的公鹿，带有一对成熟的角。和你在一起的人赞赏木屋的装饰——"

"'柯里尔''艾夫斯'和'装饰'，我不懂这几个词。"卢芭·卢夫特说，但她似乎在努力理解它们的意思。"等一等。"她急切地举起手，"就像在狗肚子里填米饭，柯里尔是加在米饭里做咖喱饭的东西，用德语说是 Curry。"

打死他也想不出来，卢芭·卢夫特是不是在存心曲解语义。他在脑子里盘算了一下，决定再换一个问题，否则他还能怎么做呢？

"你在和一个男人约会，"他说，"他邀请你去他的公寓做客。你去了，他——"

"哦，不，"卢芭打断他的话，"我不会去的。这个太容易回答了。"

"我要问的不是这个！"

"是你问错了问题吗？但我理解的就是这个。为什么我理解的问题反而不是你要问的问题呢？我难道不该理解吗？"她紧张得手足无措，使劲搓了一下面颊，结果碰掉了吸盘。吸盘掉在地上，滑出去，滚到了化妆台底下。"天哪。"她嘟囔道，弯腰去捡吸盘。布料扯开的撕裂声突然响起，她精致的戏服破了。

"我来吧。"他说，接着把她搀扶到一旁。他跪下，在梳妆台下摸索，好不容易才找到吸盘。

但等他爬起来，却发现一把激光枪正指着他。

"你的那些问题，"卢芭·卢夫特用一本正经的活泼声音说，"越来越牵涉到性了。我就知道迟早会这样。你不是警察局的人，而是一个性变态。"

"你可以看我的证件。"他抬起手，伸向外套的口袋。他注意到他的手又开始颤抖了，就像先前和波洛科夫交谈时一样。

"你的手敢伸进去，"卢芭·卢夫特说，"我就打死你。"

"你反正是要打死我的。"他心想，要是他先等蕾切尔·罗森来和他会合，然后再行动，情况会不会有所不同。唉，现在想这些已经没用了。

"给我看看你其他的问题。"她伸出手,他不情愿地把问卷递给她,"'你翻开一本杂志,看见的是整版的裸女彩照。'哈,好问题。'你怀孕了,那个男人承诺过要娶你,但他和另一个女人跑了,她是你最好的朋友。你做了人工流产。'你的这些问题有个显而易见的模式。我要报警了。"她用激光枪指着他,自己穿过房间,拿起电话听筒,拨通接线员的电话。"给我接旧金山警察局,"她说,"我需要警察。"

里克松了一口气:"你的决定非常明智。"但他还是觉得很奇怪,卢芭为什么会决定报警呢?她为什么不直接杀了他?等巡警赶到,胜利的天平会向他倾斜,她不会有任何机会的。

她肯定以为自己是人类,他心想。显而易见,她不知道自己是仿生人。

卢芭小心翼翼地用枪指着他,过了几分钟,来了一个大个子巡警,他身穿陈旧的蓝制服,佩枪,戴有警徽。"好了,"他立刻对卢芭说,"把枪收起来。"她放下激光枪,巡警拿起来看了看,确认枪有没有上膛。"发生什么事了?"他问她。她还没开始回答,他就扭头问里克:"你是谁?"

卢芭·卢夫特说:"他闯进我的化妆间,我这辈子从没见过他。他假装要做什么调查,说有几个问题要问我。我以为很正常,就答应了,然后他开始问我下流的问题。"

"给我看你的证件。"巡警向里克伸出手。

里克掏出证件,说:"我是局里的赏金猎人。"

"我认识所有的赏金猎人，"巡警边查看里克的证件夹边说，"旧金山警察局的吗？"

"我的上司是哈利·布赖恩特警督，"里克说，"戴夫·霍尔登在查一个名单，但他进了医院，就把任务转给我了。"

"我说过了，我认识所有的赏金猎人，"巡警说，"但没听说过你的名字。"他把证件还给里克。

"你打给布赖恩特警督。"里克说。

"没有姓布赖恩特的警督。"巡警说。

里克突然明白了这是怎么一回事。"你是仿生人。"他对巡警说，"和卢夫特小姐一样。"他走到视频电话前，拿起听筒："我来打给局里。"不知道两个仿生人会允许他做到哪一步。

"号码是——"巡警说。

"我知道号码。"里克拨号，接电话的是警察局的总机接线员。"帮我转布赖恩特警督。"他说。

"请问你是哪一位？"

"里克·德卡德。"他站在那儿等待，而巡警在一旁录卢芭·卢夫特的口供，两个人连看都不看他。

哈利·布赖恩特的脸随即出现在显示屏上。"怎么了？"他问里克。

"有个小麻烦。"里克说。"戴夫名单上的一个目标打电话叫来了一个所谓的巡警。我似乎无法向他证明我是谁。他说他认识局里所有的赏金猎人，但从没听说过我。"他想了想，补充道，"他也没听说过你。"

103

布赖恩特说："让我和他说。"

"布赖恩特警督想和你说话。"里克把听筒递给巡警，巡警从卢芭小姐面前走过来，接过听筒。

"我是克拉姆斯警员。"巡警迅速说道。停顿片刻。"喂？"他等了一会儿，又喊了几次"喂"，然后转向里克。"电话里没人，显示屏上也没人。"他指着显示屏说，里克看见屏幕一片空白。

他从巡警手里接过听筒，说："布赖恩特先生？"他听了一会儿，等待回答，但什么都没等来。"我再拨一次。"他挂上电话，等了一下，然后重拨那个熟悉的号码。电话响了，但没人接，铃声响了一遍又一遍。

"我来试试看。"克拉姆斯警员说，从里克手中拿走听筒。"你肯定拨错了，"他开始拨号，"号码是842——"

"我知道号码。"里克说。

"我是克拉姆斯警员，"巡警对着听筒说，"局里有没有一个姓布赖恩特的警督？"短暂的停顿。"好的，那有没有一个叫里克·德卡德的赏金猎人呢？"再次停顿。"你确定吗？他有可能是最近——哦，我懂了。好的，谢谢。不用，我已经控制住了。"克拉姆斯警员挂断电话，转向里克。

"我已经拨通他的电话了，"里克说，"我和他谈了几句，他说他要和你说。肯定是电话出故障了，线路在什么地方断掉了。你难道没看见吗？布赖恩特的脸出现在屏幕上，然后不见了。"他陷入迷惘。

克拉姆斯警员说："我已经录了卢夫特小姐的口供。德卡德，咱们去执法局，给你登记一下。"

"好的，"里克说，扭头对卢芭·卢夫特说，"我很快就会回来的。我还没给你做完测试呢。"

"他是变态，"卢芭·卢夫特对克拉姆斯警员说，"他让我浑身不舒服。"她打了个哆嗦。

"你们在排练什么剧？"克拉姆斯警员问她。

"《魔笛》。"里克说。

"我没问你，我在问她。"巡警厌恶地瞪了他一眼。

"咱们快点儿去执法局吧，"里克说，"事情很容易搞清楚的。"他走向化妆间的房门，攥紧了手里的公文包。

"我要先搜你的身。"克拉姆斯警员熟练地搜他的身，掏出他的警枪和激光枪。他闻了闻警枪的枪口，然后没收了两把武器。"这把枪不久前用过。"他说。

"我刚刚报废了一个仿生人，"里克说，"残骸还在我的车里，车就停在屋顶上。"

"好的，"克拉姆斯警员说，"咱们上去看看吧。"

两人走出化妆间，卢夫特小姐一直跟到门口："他不会再回来了吧，警官先生？我真的很害怕他，他太不正常了。"

"要是他杀了人，还把尸体留在车里，"克拉姆斯说，"那他就不可能回来了。"他推了里克一把，两人一起乘电梯去歌剧院的屋顶。

克拉姆斯警员打开车门，默默检查波洛科夫的尸体。

"是仿生人，"里克说，"上面派我去抓它。它冒充别人，险些干掉我——"

"咱们去执法局录口供吧。"克拉姆斯警员打断他的话。他押着里克走向一辆有标记的警车，坐进车里，他拿起警用无线电，呼叫同事来取波洛科夫的尸体。"好了，德卡德，"他说，然后关掉对讲机，"咱们走吧。"

警车载着他们两人，从屋顶腾空而起，飞向南方。

但里克注意到，有些事情不对劲。克拉姆斯警员开错了方向。

"执法局在北面，"里克说，"隆巴德街上。"

"那是旧大楼，"克拉姆斯警员说，"新大楼在教会街上。旧大楼解体，已经成了一片废墟，停止使用都好几年了。距离你上次去局里录口供难道有那么久吗？"

"送我去隆巴德街。"里克说。他突然全都明白了，仿生人齐心协力，竟然已经做到了这一步。他不可能活着下车了，这个任务将要葬送他的小命，就像它险些要了戴夫的命一样——戴夫最终多半也难逃一死。

"那姑娘真不赖，"克拉姆斯警员说，"当然了，戏服穿成那样，你也看不出她的身材。不过我敢说，她的身材肯定特别好。"

里克说："承认吧，你是仿生人。"

"什么意思？我当然不是。你是怎么回事？跑来跑去杀人，然后对自己说他们是仿生人？我明白卢夫特小姐为什么害怕。还好她打电话报警了。"

"那就带我去隆巴德街的执法局。"

"我说过了——"

"只需要三分钟,"里克说,"我想亲眼看一看。我每天早上去那儿打卡上班,我想看看是不是真像你说的,那座楼已经荒弃了好几年。"

"也许你才是仿生人,"克拉姆斯警员说,"和其他仿生人一样,也被植入了假记忆。你有没有考虑过这个可能性?"他冷冷一笑,但继续向南飞。

里克意识到了自己的挫折和失败,向后靠在椅背上,绝望地等待接下来将要发生的事情。这些仿生人已经抓住了他,天晓得它们还有什么阴谋。

但我还是干掉了它们之中的一个,他对自己说,我干掉了波洛科夫,而戴夫干掉了两个。

警车飞到教会街上空,克拉姆斯警员开始准备降落。

10

悬浮车朝着教会街执法局大楼的屋顶降落，这座建筑物高耸入云，一簇巴洛克式的华美尖顶直插天空，具有繁复和时髦的美感，里克·德卡德觉得它很迷人，但有一个问题：他从没见过它。

警用悬浮车着陆了。没过几分钟，克拉姆斯警员就开始给他办手续了。

"304和612.4，"克拉姆斯警员对前台里面的警司说，"还有其他的。冒充执法人员。"

"406.7。"值班警司说，开始填写表格，他写得不紧不慢，动作中带着一丝厌倦。他的姿态和表情都在说，这只是家常便饭，没什么了不起的。

"过来。"克拉姆斯警员对里克说，然后领着他走向一张白色小桌，一名技术人员坐在桌前，正在摆弄一台熟悉的设备。"录一下脑波模式，"克拉姆斯说，"用于确定身份。"

里克没好气地说："我知道。"他以前当巡警的时候，曾经把无数嫌犯带到类似的桌子前坐下——类似，但不是这张桌子。

录完脑波模式，他被带进一个同样熟悉的房间，出于条件反射，他开始整理身边有价值的物品，准备上交。不合逻辑，他对自己说。这些人是谁？假如这个地方一直存在，我们为什么完全不知道？反过来说，他们为什么不知道我们的存在？两个平行的警察机构，他对自己说，我们那个和这个。但从不接触（至少据我所知），直到此刻。也可能双方接触过，他心想，也许这并不是第一次，很难相信双方从来没有接触过。但有个前提：这里真的像他们声称的那样，是一个警察机构。

一个穿便衣的男人站在一旁，这时他走了过来，步伐平稳，不紧不慢。他在里克·德卡德面前停下，好奇地打量他。"这是个什么人？"他问克拉姆斯警员。

"谋杀嫌犯，"克拉姆斯答道，"我们在他的车里发现一具尸体，但他声称死者是仿生人。我们正在核查，实验室已经在分析骨髓了。他还冒充警方的赏金猎人，目的是进入一名女性的化妆间，问她一些有性暗示的问题。她对他的身份起了疑心，就打电话给我们了。"克拉姆斯退开，问："你想录他的口供吗，长官？"

"交给我了。"穿便衣的高级警官有一双蓝眼睛，鼻梁窄，鼻孔大，嘴唇绵软。他打量了里克一会儿，然后接过里克的公文包，说："德卡德先生，你这里面装的是什么？"

里克说："与福格特－坎普夫人格测试有关的物品。克拉姆斯警员逮捕我的时候，我正在给一名嫌犯做测试。"他望着这位警官翻看公文包里的东西，每一件东西都拿起来仔细端详："我问卢夫特小姐的问题来自测试的标准问卷，白纸黑字印在——"

"认识乔治·格利森和菲尔·雷施吗？"警官问。

"不认识。"里克说，两个名字他都闻所未闻。

"他们是北加州的赏金猎人。两个人都属于我们局。也许你在这儿会碰到他们。你是仿生人吗，德卡德先生？我之所以问，是因为我们曾经碰到过几次仿生人冒充外州赏金猎人，声称来这儿追捕嫌犯。"

里克说："我不是仿生人。你可以对我做福格特－坎普夫测试。我做过，不介意再做一次。但我知道结果会是什么样。我能打个电话给我妻子吗？"

"我们允许你打一个电话。你想打给她，而不是律师吗？"

"我要打给我妻子，"里克说，"她可以帮我找律师。"

便衣警官递给他一枚五十美分的硬币，指了指墙边，说："视频电话在那儿。"他望着里克穿过房间去打电话，然后继续检查里克公文包里的东西。

里克把硬币塞进电话机，拨通家里的号码，然后站在那儿等妻子接电话，他觉得他等了无穷长的时间。

屏幕上终于出现了一张女人的脸。"哪位？"她说。

不是伊兰，他从没见过这个女人。

他挂了电话，拖着沉重的步子，慢慢走向警官。

"不走运？"警官问，"好吧，你可以再打一个电话，我们在这方面的规定比较宽松。不过我不能让你打给担保人，因为你的罪名是不允许保释的，至少现在不行。但等提讯结束，也许——"

"我知道，"里克暴躁地说，"我很熟悉警务流程。"

"你的公文包还你，"警官说着把公文包递给里克，"来我的办公室吧……我想仔细和你谈一谈。"他领着里克拐进侧面的一条小走廊。走了几步，他停下，转身说："我叫加兰。"他伸出手，里克和他匆匆地握了握手。加兰打开办公室的门，挤到一尘不染的大写字台的里面，说："请坐。"

里克面对写字台坐下。

"你说的这个福格特－坎普夫测试，"加兰说着指了指里克的公文包，"还有你身边的那些材料。"他填满烟斗，点燃后吧嗒吧嗒地抽了几口："它是一种用来辨别仿生人的分析工具吗？"

"是我们的基准测试，"里克说，"也是我们目前唯一在使用的测试。只有它能分辨出最新的枢纽6型电子脑。你没听说过这个测试？"

"我听说过几种用于鉴别仿生人的人格分析量表，但没听说过这个。"他专注地打量里克，表情怪异。里克无从想象加兰在考虑什么。"你公文包里的这些脏兮兮的复印件，"加兰继续道，"波洛科夫，卢夫特小姐……都是你的目标。下一个就是我。"

里克瞪着他，然后抢过公文包。

他把复印件在面前摊开。加兰没有骗他，里克仔细阅读这张通缉令。两个人——或者更确切地说，他和它——都沉默了好一会儿，然后加兰清清喉咙，紧张地咳嗽了一声。

"这个感觉很可怕，"他说，"发现自己突然成了赏金猎人的目标。不过，德卡德，谁知道你究竟是什么人呢？"他按下桌上内线电话的按钮，然后说道："叫一个赏金猎人来我这儿，哪一个都行。好的，谢谢。"他松开按钮。"菲尔·雷施很快会来的，"他对里克说，"我想先看看他的名单，然后再决定怎么处理你。"

"你认为我在他的名单上？"里克说。

"有这个可能性。咱们很快就会知道了。这些事情至关重要，还是确定一下为好，能不冒险就不冒险。我的这张通缉令，"他指了指脏兮兮的复印件，"上面没说我是警督，工作一栏说我是保险代理人，但除此之外完全准确，包括体貌特征、年龄、个人习惯、家庭住址。没错，这个人就是我。你自己看吧。"他把那张纸推到里克面前，里克拿起来读了一遍。

办公室的门开了，一个又高又瘦的男人走进来，他有一张刀刻斧凿般的脸，戴角质框架的眼镜，留凡·戴克式的浓密胡须[1]。加兰起身，指着里克说："这是菲尔·雷施，这是里克·德卡德。你们都是赏金猎人，不妨认识一下。"

菲尔·雷施和里克握手，说："你属于哪个城市？"

加兰替里克回答："就是这儿，旧金山。你看看他的日程安排，接下来的一个名字。"他把里克看了又看的通缉令递给雷施，上面的人正是他自己。

"哎，加尔[2]，"菲尔·雷施说，"这不是你吗？"

"还有呢，"加兰说，"他的报废目标里还有唱歌剧的那个卢芭·卢夫特和波洛科夫。记得波洛科夫吧？他死了，干掉他的正是这个赏金猎人——或者仿生人，或者天晓得什么人。实验室正在给

1　得名于17世纪宫廷画家安东尼·凡·戴克，以经过精心修剪的山羊胡为特点。

2　加兰的昵称。

尸体做骨髓分析，看看有没有可信的证据能证明——"

"波洛科夫，我和他聊过。"菲尔·雷施说。"那个苏联警察对吧？胖得像圣诞老人？"他揪着凌乱的大胡子想了一会儿，"要我说，对他做骨髓分析不是个好主意。"

"为什么这么说？"加兰问，显然有点恼怒，"这个叫德卡德的家伙声称他没杀人，只是'报废了一个仿生人'，分析结果能从法理上消除他的依据。"

菲尔·雷施说："波洛科夫让我觉得冷冰冰的，极其理智和精明，有那种超然的感觉。"

"苏联警察不都是这个德行吗？"加兰说，看得出他生气了。

"我没见过卢芭·卢夫特，"菲尔·雷施说，"不过我听过她的录音。"他问里克："你给她做了测试吗？"

"刚开了个头，"里克说，"但没能得到准确的结果。更何况她还叫来了警察，我就测不下去了。"

"波洛科夫呢？"菲尔·雷施问。

"我没机会测试他。"

菲尔·雷施自言自语道："我猜你也同样没找到机会测试我们的加兰警督。"

"当然没有了。"加兰抢先回答，愤怒得横眉立目，接着，他充满怨恨的声音戛然而止。

"你用的是什么测试方法？"菲尔·雷施问。

"福格特－坎普夫量表。"

"没听说过。"雷施和加兰似乎都陷入了职业性的沉思，但考虑的方向各自不同。"我一直在说，"菲尔·雷施继续道，"对于仿生人来说，最好的藏身之处莫过于 WPO 这样的大型警察组织。自从我第一次见到波洛科夫，就很想给他做测试，可惜一直没找到理由。而我不可能找到理由……因为这正是有进取心的仿生人往这种位置上爬的价值所在。"

加兰警督缓缓起身，走到菲尔·雷施面前，说："你是不是也想给我做测试？"

一丝诡秘的笑容掠过菲尔·雷施的面庞，他开口想回答，但又停下了，只是耸耸肩。尽管加兰明显在发怒，但他似乎并不害怕他的这位上司。

"我认为你还不明白现在的局势，"加兰说，"这个叫里克·德卡德的人——或者仿生人——跑到我们这儿来，声称他是警察，但属于一个并不存在的幽灵机构，总部设在隆巴德街的旧警局大楼。他从没听说过我们，我们也从没听说过他。但从表面上看，我们应该是一伙的。他使用一套我们没人听说过的测试方法。他身上有一份名单，但名单上的目标不是仿生人，而是人类。他已经害了一条命——至少一条。要不是卢夫特小姐打电话给我们，他很可能已经杀了她，然后跑来打探我的情况。"

"嗯。"菲尔·雷施说。

"嗯？"加兰愤怒地模仿道，他现在看上去像是快要中风了，"你只有这一个字要说吗？"

内线电话响了，一个女人的声音传来："加兰警督，波洛科夫先生的尸检报告出来了。"

"我看咱们应该听一听结果。"菲尔·雷施说。

加兰气呼呼地瞪了他一眼,然后弯腰按下电话机上的一个按钮:"弗兰奇小姐,念给我们听听。"

"骨髓检验证明,"弗兰奇小姐说,"波洛科夫先生是仿生机器人。你要详细的——"

"不用,这就够了。"加兰坐回座位上,冷着脸凝视对面的墙壁,没有再对里克或菲尔·雷施开口。

雷施说:"德卡德先生,你那个福格特-坎普夫测试的根据是什么?"

"在不同的社交情境下的共情反应,主要与动物相关。"

"我们的大概更简单,"雷施说,"脊椎上部神经节内的反射弧反应,仿生机器人的神经系统比人类慢几微秒。"他伸手从加兰警督的桌上拿起一个便笺本,用圆珠笔画了一张草图:"我们用声音或闪光信号。受测者按下一个按钮,我们测量反应时间。当然了,测试要重复好几次。仿生人和人类的反应时间都不是常数。不过测试十次反应之后,我们认为结果就相当可靠了。另外,就像你干掉波洛科夫的案子,我们还需要用骨髓分析来支持我们的结论。"

片刻沉默过后,里克说:"你可以给我做测试,我准备好了。当然了,我也想给你做测试——要是你愿意的话。"

"没问题。"雷施说,但他在打量加兰警督。"我说了好几年了,"雷施喃喃道,"警察局的全体人员应该定期接受博内利反射弧测试,位置越高的官员越有必要做。对吧,警督?"

"是的，你说过，"加兰说，"而我一直反对，理由是这样会影响警察局的士气。"

"但现在，"里克说，"考虑到你们实验室对波洛科夫做的尸检报告，我看你只能同意了。"

11

加兰说："看来是的。"他指着名叫菲尔·雷施的赏金猎人说："但我要警告你，你是不会喜欢测试结果的。"

"你知道结果会是什么样的吗？"雷施问，他显然有些吃惊，看上去并不高兴。

"我能猜得八九不离十。"加兰警督说。

"好吧。"雷施点点头，"我上楼去拿博内利测试的设备。"他走到门口，开门出去，身影消失在办公室外的走廊里。"三四分钟就回来。"他对里克说，然后关上了门。

加兰警督打开办公桌右手边最上面的抽屉，翻了一会儿，取出一把激光枪。他把枪口转过来，指着里克。

"没有意义的，"里克说，"雷施会叫人给我做尸检，就像波洛科夫一样。而且他会坚持给你和他自己做——叫什么来着？——博内利反射弧测试。"

激光枪纹丝不动，然后加兰警督说："今天从一开始就不顺。特别是当我看见克拉姆斯警员把你带了回来，直觉告诉我大难临头了，所以我才会插手。"他慢慢放下枪口，握着枪愣了一会儿，然后耸耸肩，把枪放回抽屉，锁好抽屉，把钥匙放进口袋。

"咱们三个的测试结果会怎么样？"里克问。

加兰说："雷施那个该死的傻瓜。"

"他真的不知道吗？"

"完全不知道，从来没怀疑过，连一点儿概念都没有。否则他也不会去当赏金猎人了，那是为人类准备的职位，仿生人恐怕干不了。"加兰指了指里克的公文包。"另外几份通缉令——你应该去测试和报废的其他目标，我全都认识。"他停了停，然后说，"我们是乘同一艘飞船从火星来地球的。但雷施不是，他在火星上多待了一个星期，被植入了人造记忆系统。"他沉默下去。

更确切地说，"它"沉默下去。

里克说："要是他发现了，他会怎么做？"

"我完全没法想象，"加兰淡淡地说，"从抽象和理性的角度来说，肯定很有趣。他也许会杀了我，然后自杀，说不定还会杀了你。他也许会杀死他能杀的每一个人，无论是人类还是仿生人。我知道，建立人造记忆系统就会发生这种事，当仿生人认为自己是人类的时候就会发生这种事。"

"所以你这么做是在冒险。"

加兰说："挣脱束缚逃往地球，这本来就是在冒险，因为在地球上，我们的地位比动物还低。在地球上，就连一条蚯蚓或一只潮虫，都比所有仿生人加起来更有价值。"加兰气呼呼地抠了抠下嘴唇："假如菲尔·雷施能通过博内利测试，假如只有我通不过，你的处境也许还会好一点儿。那样的话，结果至少还是可预测的。对于雷施来说，我不过是个普普通通的仿生人，越早报废越好。所以呢，德卡德，你的处境并不比我好，简直跟我一样糟糕。你知道我在哪一点上犯了错误吗？我不知道波洛科夫的情况。他肯定来得更早，显而易见，他比我们都早。完全身处另一个团体——和我们这伙人毫无联系。我到的时候，他已经打入 WPO 了。我赌了一把尸检报告，其实我不该赌的。当然了，克拉姆斯赌的也是同一件事。"

"波洛科夫险些把我骗过去。"里克说。

"是啊，他有些特殊之处。我认为他的电子脑与我们不是同一个型号，他肯定接受过修补或改良——结构不太一样，连我们都觉得陌生。而且改得很出色，几乎能以假乱真了。"

"我打电话到我家的时候，"里克说，"接电话的为什么不是我妻子？"

"我们的电话线路全都做过手脚，会把呼叫转移给楼里的其他办公室。德卡德，我们已经形成了一个自我平衡的稳态组织。我们是个闭环，隔绝于旧金山的其他地方。我们知道他们的存在，但他们不知道我们的存在。有时候会有一两个游荡者自己闯进来，向我们寻求保护，偶尔也有像你这样被带到这儿来的。"他激动地挥手指着房门，"咱们的劳模菲尔·雷施回来了，带着他精致的便携式测试装置。你说他是不是很聪明？他马上就会毁灭自己和我的生命了，很可能还会顺便带上你。"

"你们仿生人碰到危急关头，"里克说，"似乎不知道应该互相帮助。"

加兰狠狠地说："我认为你说得对。我们似乎缺少一种你们人

119

类与生俱来的天赋，这玩意儿好像叫共情。"

办公室的门开了，菲尔·雷施站在门口，手里是一台拖着电线的仪器。"可以开始了。"他说，然后随手关上门坐下，把仪器的电源线插进墙上的插座。

加兰抬起右手指着雷施。雷施立刻一个翻身，从椅子上滚到地上，里克·德卡德也一样。落地的同时，雷施掏出激光枪，朝加兰扣动了扳机。

凭借多年苦练出来的枪法，瞄准头部的激光束把加兰警督的脑袋劈成了两半。加兰向前倒下，微型激光枪从手里掉出来，滚过写字台的桌面。尸体在椅子里摇了几下，然后像一口袋鸡蛋似的从一侧滑下来，咚的一声砸在地上。

"它忘记了，"雷施起身说，"这是我的工作。我差不多能预测仿生人会做什么。你大概也可以，对吧？"他收起激光枪，弯下腰，好奇地检查前上司的尸体："我不在的时候，它对你说了什么？"

"说他——不，它——是仿生人。而你——"里克停下了，他脑袋里的线路高速运转，盘算再三后做出选择，他改口道，"再过几分钟就会发现这件事。"

"没别的了？"

"这座建筑物被仿生人占领了。"

雷施思考了一下，说道："这样的话，你和我想要逃出去就没那么容易了。从名义上说，我当然有权随时离开。带走一名囚犯也不在话下。"他仔细听了一会儿，办公室外没有任何响动。"我猜他们什么都没听见。房间里显然没有安装能监控一切的窃听器……按道理应该装的。"他小心翼翼地用脚尖捅了捅仿生人的残骸，"这一行做久了，会培养出了不起的心灵感应能力。我还没打开办公室的门，就料到他会朝我开枪了。说实话，我很吃惊，他居然没有趁我上楼的时候杀了你。"

"只差一点点，"里克说，"有段时间他掏出佩枪指着我。他考虑过，但他更担心的不是我，而是你。"

"赏金猎人所到之处，"雷施毫无笑意地说，"仿生人鸡飞狗跳。你必须尽快赶回歌剧院干掉卢芭·卢夫特，免得这儿的人通知她发生了什么，你明白的，对吧？不对，我应该说'通知它'。你怎么称呼仿生人，用'它'吗？"

"以前这么做过，"里克说，"那时候我还偶尔会因为工作内容而良心不安，我把仿生人称为'它'，借此保护自己，但现在我感觉没这个必要了。好了，我这就去歌剧院。但你要先把我从这儿弄出去。"

"咱们就让加兰坐回他的办公桌前吧。"雷施说。他把仿生人的残骸抱起来，放进椅子里，摆弄了一会儿胳膊和腿的角度，让尸体的姿态看上去还算自然，但经不起细看，所以不能让人随便进这间办公室。菲尔·雷施按住内线电话的一个按钮，说："加兰警督说了，接下来半小时别把电话转给他。他有重要的事情，不能被打扰。"

"好的，雷施先生。"

他松开按钮，对里克说："咱们还在这座楼里的时候，我必须给你戴上手铐。等飞到天上，我再给你打开。"他掏出一副手铐，先铐住里克的一只手，再铐住他自己的一只手。"好了，咱们去办事吧。"他挺起肩膀，做了一次深呼吸，然后推开房门。

到处都是穿制服的警察，他们有的站着，有的坐着，各忙各的日常工作。菲尔·雷施牵着里克穿过大堂走向电梯，没人抬头张望，甚至没人多看他们一眼。

等电梯的时候，雷施说："我担心的是那个叫加兰的安装了死亡报警元件。但——"他耸耸肩，"要是有的话，现在也该触发了，否则还有什么用处呢？"

电梯来了，几个貌似警察的普通男女走出电梯，各自穿过大堂，去办自己的事情了。他们只当里克和菲尔·雷施不存在。

他们上了电梯，电梯门关上的时候，雷施问："你说你们局会不会收下我？"他按下屋顶的按钮，电梯悄无声息地上升："毕竟，我现在失业了——那还是往好里说呢。"

里克警惕地说："我……我觉得没什么不可以的，但我们已经有两个赏金猎人了。"我必须告诉他，里克对自己说，隐瞒真相的做法既不道德又残忍。雷施先生，你是仿生人，他在心里说，你救了我，这是你的奖赏。你是我们共同憎恶的对象，是我们矢志要毁灭的魔鬼。

"我没法接受，"菲尔·雷施说，"感觉完全不可能。我在仿生人手底下工作了三年。我为什么没怀疑过呢？或者就算怀疑了，但为何什么都没做呢？"

"也许其实没那么久。也许它们直到最近才渗透了这座楼。"

"它们一直在这儿。从三年前我开始在这儿工作以来，加兰就是我的上司。"

"按照它的说法，"里克说，"它们一伙人是一起逃到地球上来的。没有三年那么久，只是短短几个月而已。"

"所以曾经有过一个真正的加兰，"菲尔·雷施说，"但在中间的某个时候被替换掉了。"他竭力理解其中的奥妙，鲨鱼般的长脸变得扭曲。"或者……我被植入了人造记忆系统。也许我只是以为我一直记得加兰。但——"越来越强烈的痛苦折磨着他，他的面容继续扭曲，时而痉挛般地抽搐，"只有仿生人才能被植入人造记忆系统，实验证明它对人类无效。"

电梯停止上升，门徐徐打开，警察局的屋顶空无一人，只有几辆空车停在那里。

"我的车就在这儿。"菲尔·雷施说，走到不远处的一辆悬浮车旁，打开车门，示意里克快点儿上车。他坐进驾驶座，启动引擎。不一会儿，悬浮车飞上天空，向北拐弯，朝着战争纪念歌剧院而去。菲尔·雷施心事重重，全凭本能开车。他越是思考，心情就越是抑郁，无暇顾及其他。"听我说，德卡德。"他突然说。"报废卢芭·卢夫特之后，我要你——"他说不下去了，声音沙哑而痛苦，"你知道的，给我做博内利测试，或者你那个共情测试也行。确定一下我的情况。"

"回头再来担心这些事吧。"里克闪烁其词。

"你不想给我做测试，对吧？"菲尔·雷施敏锐地瞥了他一眼，似乎领悟到什么，"看来你知道结果会是什么样的。加兰肯定对你说了什么——我不知道的某些内情。"

里克说："就算咱们两个一起去，恐怕也很难干掉卢芭·卢夫特。反正我一个人肯定应付不了她，所以咱们先集中精神办好这件事吧。"

"不仅要堆积人造记忆，"菲尔·雷施说，"我还有一只动物，不是假动物，而是真的。一只松鼠。我很爱我的松鼠，德卡德，我他妈每天一大早喂它吃东西，换纸垫——你明白的，清理笼子——然后傍晚下班回家，我把它从笼子里放出来，它在我家里到处乱跑。它的笼子有个滚轮，你见过松鼠在滚轮里跑吗？它一跑轮子就会转，于是松鼠就总停留在同一个位置上。但巴菲似乎挺喜欢。"

"我猜松鼠大概不怎么聪明。"里克说。

他们继续向前飞，两个人都不再开口。

12

来到歌剧院，后台人员告诉里克·德卡德和菲尔·雷施，彩排已经结束，卢夫特小姐走了。

菲尔·雷施出示警方的身份证件，问道："她说了她要去哪儿吗？"

"博物馆。"后台人员仔细看他的证件，"博物馆有个爱德华·蒙克的展览，她说她想好好欣赏一下。展览明天就结束了。"

里克心想，可是卢芭·卢夫特见不到明天了。

两人沿着人行道走向博物馆，菲尔·雷施说："你说能找到她的把握有多大？我猜她已经跑了，咱们去博物馆找不到她。"

"难说。"里克说。

他们来到博物馆，找到蒙克展览所在的楼层，然后上楼。没过多久，他们就穿行于油画和木刻版画之间了。来参观展览的人很多，甚至包括一所小学的一个班，老师尖厉的声音传遍了每一个展厅。里克心想：一般人印象中的仿生人就该这么说话，长得也该是这个模样；而不是像蕾切尔·罗森和卢芭·卢夫特那样，也不该像他身边的这个人——不，他身边的这个东西。

"你听说过仿生人养宠物吗？"菲尔·雷施问他。

出于某些说不清、道不明的原因，他觉得他有必要说出残酷的真相。也许他已经开始鼓起勇气，做好准备迎接必然的结局了。"据我所知，有两个案例里，仿生人拥有并照顾动物。但这种情况很罕见。就我有资格了解的情况来说，它们通常会失败，仿生人养不活动物。除了爬行类和昆虫，其他动物需要一个温暖的环境才能繁衍生长。"

"松鼠难道不需要吗？一个有爱的环境？因为巴菲过得很好，毛皮像水獭一样油亮。我每隔一天就会给它洗澡梳毛。"菲尔·雷施在一幅油画前停下，目不转睛地盯着画。画里是个没有毛发的痛苦生灵，它的脑袋像个颠倒的梨，双手惊恐地捂住耳朵，嘴巴大张，无声地号叫着。它的痛苦喷涌而出，回荡的叫声激起涟漪，扭曲了周围的空气。这个男人或女人，不论男女，被自己的叫声所笼罩。它捂住耳朵，想要抵挡自己发出的声音。这个生灵站在桥上，周围没有其他人，它在孤寂中号叫。隔绝它的正是它的叫声，也可能是尽管被叫声隔绝了，它依然在号叫。

"他还做了一幅同样的木刻版画。"里克一边阅读作品底下的说明文字，一边说。

"我认为，"菲尔·雷施说，"这肯定就是仿生人的内心。"他用视线在画面里勾勒那个生灵用号叫激起的波纹。"我的心情并不是这样的，所以也许我并不是……"他没有说下去，因为有几个人走过来欣赏这幅画。

"卢芭·卢夫特在那儿。"里克指给他看，菲尔·雷施停止了他阴郁的内省和自辩，两人不紧不慢地走向她，他们悠然自得，像是什么都挡不住他们。因为对于抓捕仿生人来说，维持正常的气氛向来至关重要。其他人类没必要知道仿生人混在他们当中，警方必须不惜一切代价保护他们，哪怕放走猎物也在所不惜。

卢芭·卢夫特身穿亮闪闪的锥形裤和发光的金色背心，拿着一本印刷的作品目录册，完全沉浸在了她面前的这幅画之中。画里是个年轻的女人，她坐在床边，双手扣在一起，表情中既有困惑和惊异，也有刚刚产生的敬畏。

"要我买下来送给你吗？"里克问卢芭·卢夫特。他在她身旁站住，轻轻握住她的上臂，他没有用力，借此告诉她：他知道她已经逃不出他的手掌心了，他不需要费任何力气就能留下她。菲尔·雷施在她的另一侧站住，一只手按住她的肩膀，里克看见激光枪撑起了他的衣服。菲尔·雷施不打算冒任何风险，尤其是没多久之前，他还险些被加兰警督干掉。

"这东西不卖的。"卢芭·卢夫特先漫不经心地瞥了他一眼，然后认出了他，反应变得非常强烈。她的眼神暗淡下来，脸上失去了血色，随即变得惨白，就好像肉体已经开始朽烂，就好像生命在瞬息之内缩进了她内部某个遥远的角落，任凭身体自行毁灭。"我以为他们逮捕你了，看来他们又放了你？"

"卢夫特小姐，"他说，"这位是雷施先生。菲尔·雷施，这位是著名的歌剧演员卢芭·卢夫特。"他对卢芭说："逮捕我的巡警是个仿生人，他的上司也是。你认识——不，曾经认识一位姓加兰的警督吗？他告诉我，你们一伙人是乘同一艘飞船来地球的。"

"你报警的那个警察局设在教会街的一座楼里，"菲尔·雷施对她说，"它是你们那伙人用来保持联系的组织机构。它们太自信了，甚至雇了一个人类赏金猎人，显然——"

"你在说你自己吗？"卢芭·卢夫特说，"你才不是人类呢。你和我一样，也是仿生人。"

片刻寂静过后，菲尔·雷施用低沉但克制的声音说："好的，到了适当的时候，我们会处理这个问题的。"他对里克说："咱们带她上我的车。"

两人一左一右架着她，走向博物馆的电梯。卢芭·卢夫特走得并不情愿，但她也没有激烈反抗，她似乎已经放弃了。里克在其他仿生人处于生死关头的时候见过类似的情况。要是逼得太紧，驱动身体的人工生命力似乎就会衰退……至少有些仿生人是这样的，但不是百分之百。

有时候，它会突然暴起。

不过他知道，仿生人有一种不愿惹人注意的内在倾向。博物馆里人来人往，卢芭·卢夫特应该不会采取任何行动。真正的反抗——对她来说，恐怕也是最终的反抗了——会发生在没有旁观者的车里。等到只剩下他们了，她会以可怕的速度突然撕开伪装。他做好了准备，没有去考虑菲尔·雷施。就像雷施说的，到了适当的时候，他们自然会解决他的问题。

走廊尽头靠近电梯的地方摆了个摊子，出售画作复制品和艺术类书籍，卢芭在书摊前停下脚步。"听着，"她对里克说，她的面颊恢复了一些血色，她又（至少暂时）像是一个活人了，"你们找到我的时候，我正在看一幅画，画的是一个姑娘坐在床边。给我买一张那幅画的复制品。"

售货员是个双下巴的中年女人，用发网罩着灰白的头发。里克迟疑片刻，对她说："有蒙克的《青春期》吗？"

"只有他的这个作品集里有，"售货员说着拿起一本精装画册，"二十五美元。"

"我要了。"他开始掏钱包。

菲尔·雷施说："我们局里的那点儿经费，过上一百万年也不可能——"

"我自己出钱。"里克说。他把钞票递给售货员，把书递给卢芭。"好了，咱们下楼吧。"他对卢芭和菲尔·雷施说。

"你真好，"他们走进电梯，卢芭说，"人类有些地方非常古怪，总是让我感动。仿生人就绝对不会做刚才这种事。"她冷冰冰地扫了菲尔·雷施一眼。"它们永远也不会有这样的念头，就像他说的，过上一百万年也不可能。"她继续盯着雷施，眼神里多了敌意和厌恶，"我真的没法喜欢仿生人。自我从火星来到地球上，我的生活就是在模仿人类，做这个女人会做的事情，假装我拥有人类的思想和冲动，模仿我心目中的一种高级生命形式。"她对菲尔·雷施说："你难道不也是这样吗，雷施？竭力——"

"我听不下去了。"菲尔·雷施把手伸进风衣口袋去掏枪。

"不行。"里克说。他去抓菲尔·雷施的手腕，雷施后退，躲开他。"博内利测试。"里克说。

"它已经承认自己是仿生人了，"菲尔·雷施说，"咱们还等什么呢？"

"但你不能因为它刺激你就报废它，"里克说，"给我。"他试图夺过菲尔·雷施手里的激光枪，但菲尔·雷施不肯松开他的武器，在狭窄的电梯里兜圈躲闪，注意力完全放在卢芭·卢夫特身上。"好吧，"里克说，"报废它，现在就杀了它，向它证明它说得对。"他发现雷施真的打算这么做，叫道："等一——"

菲尔·雷施扣动了扳机。而就在同一个瞬间，猎物的恐惧在卢芭·卢夫特内心爆发，她转身企图逃跑，同时跪倒在地。光束没有击中目标，但雷施压低枪口，激光悄无声息地射出，在她腹部开出了一个细长的窟窿。她开始惨叫，她佝偻着腰，靠在电梯的墙上惨叫。就像蒙克的那幅画，里克心想，然后抬起他的激光枪，给了她一个痛快。卢芭·卢夫特的残骸向前扑倒，面朝下趴在地上。尸体甚至没有抽搐。

里克用激光枪把几分钟前买给卢芭的画册烧成灰烬。他很认真地做着这件事，一言不发。菲尔·雷施一脸困惑地望着他，不明白他为什么这么做。

等他终于烧完，雷施开口说道："你可以自己留着那本书的，毕竟花了你——"

"你认为仿生人有灵魂吗？"里克打断他的话头。

菲尔·雷施侧着头打量他，比先前更加困惑了。

"我买得起那本书，"里克说，"今天到现在我已经挣了三千美元，而任务连一半都还没执行完呢。"

"你要去领加兰的赏金？"菲尔·雷施问，"但他是我杀的，不是你。你当时躺在地上，什么都没做。还有卢芭，我先打中她的。"

"你没法领赏金。"里克说。"你的警察局不会给你，我的警察局也不会。等会儿咱们上你的车，我给你做博内利或福格特－坎普夫测试，到时候咱们就知道你是不是仿生人了。虽说你不在我的名单上。"他用颤抖的手打开公文包，翻看皱巴巴的葱皮纸复印件，"对，名单上没有你。因此从法理上说，我没法领你的赏金，为了弥补一下，我只能领卢芭·卢夫特和加兰的赏金了。"

"你确定我是仿生人？加兰真的这么说了？"

"加兰就是这么说的。"

"也许他在撒谎，"菲尔·雷施说，"想要离间你和我，就像现在这样。要是咱们真的中计，那可就太傻了。关于卢芭·卢夫特，你说得很对，我不该轻易被她激怒的。我肯定是过度敏感了。依我看，对赏金猎人来说，这样是很正常的，你多半也是一样。但你看，咱们反正是要报废卢芭·卢夫特的，无非是给不给她半个小时的区别。她甚至都不会有时间看一遍你送给她的画册。而且我还是觉得你不该烧掉那本画册，太浪费了。我没法接受你说的理由，因为不合逻辑。"

里克说："我要洗手上岸了。"

"然后去干什么呢？"

"随便什么。去当保险代理人，就像通缉令上的加兰。或者干脆移民。是啊，"他点点头，"我要去火星。"

"但这种工作总要有人来做的。"菲尔·雷施说。

"可以交给仿生人。交给仿生人反而好得多。我反正做不下去了，我受够了。她是个了不起的歌手。这颗星球需要她。现在这样简直是发疯。"

"但这是有必要的。你要记住，它们会为了脱身而杀人。另外，要是我没有把你从教会街的警察局救出来，你肯定会死在它们手上。加兰叫我来就是为了这个，所以他才要我去他的办公室。波洛科夫不是险些干掉你吗？卢芭·卢夫特不是也只差一点儿吗？我们是在保护自己，它们来到我们的星球上，它们是杀人不眨眼的非法移民，伪装成——"

"伪装成警察，"里克说，"伪装成赏金猎人。"

"好吧，给我做博内利测试。也许加兰骗了你。我认为他在撒谎——人造记忆其实没那么完美。我的松鼠怎么办？"

"对，你的松鼠。我忘记了你的松鼠。"

"万一我是仿生人，"菲尔·雷施说，"你就杀了我，我的松鼠也归你。这样吧，我写个遗嘱，把它传给你。"

"仿生人的遗嘱是无效的。它们不能拥有财产，遗嘱立了也是白立。"

"那你就直接拿走。"菲尔·雷施说。

"也许吧，"里克说，电梯在一楼停下，门徐徐打开，"你守着卢芭，我去开警车，带她去执法局，给尸体做骨髓分析。"他看见电话亭，走进去，塞了一枚硬币，用颤抖的手指拨号。等电梯的人群围住了菲尔·雷施和卢芭·卢夫特的残骸。

打完电话，他放下听筒，心想：她真的是一位出色的歌手。我无法理解，她这样的天赋，为什么不能为我们的社会所用呢？有问题的不是她的天赋，他对自己说，而是她这个人。就像菲尔·雷施，他心想。他同样对我们的社会构成威胁，原因与卢芭·卢夫特的相同。所以我现在还不能辞职。他走出电话亭，从人群中挤出去，走向雷施和趴在地上的仿生人残骸。有人用外套盖住了尸体，不是雷施的衣服。

雷施站在一旁，狠狠地吸着一支灰色小雪茄。里克走过去，对他说："老天在上，我真希望你被测试出来是个仿生人。"

"你就这么讨厌我吗？"菲尔·雷施惊讶地说，"也太突然了吧，你在教会街上好像并不讨厌我。特别是我救了你的时候。"

"我看到了一个模式。你杀加兰的手法，然后是你杀卢芭的手法。你动手的方式和我不一样，你甚至不想——该死，"他说，"我知道是怎么一回事了。你喜欢杀人。你需要的只是一个借口。假如你找到借口，你会连我一起杀。所以你才咬住加兰是仿生人的可能性不放，因为这样一来，他就变成了可以杀的对象。我很想知道要是你通不过博内利测试会怎么做。你会杀了自己吗？仿生人有时候会自杀。"但这种情形非常罕见。

"对，我会处理好的，"菲尔·雷施说，"除了给我做测试，你连一根手指都不用动。"

来了一辆巡逻车，两个警察跳出车门，大步流星走过来，他们看见人群，立刻清理出一条通道。一个警察认出里克，朝他点点头。我们可以走了，里克心想，这儿总算没有我们的事情了。

他和雷施沿着街道走回歌剧院，前往停车的屋顶，雷施说：

"我把我的激光枪交给你。这样你就不需要担心我对测试结果的反应了。为了你的生命安全。"他掏出激光枪，里克接过去。

"万一通不过测试，"里克问，"没有激光枪，你怎么自杀？"

"我可以屏住呼吸。"

"老天在上，"里克说，"那样可死不了。"

"仿生人的迷走神经不会自动介入，"菲尔·雷施说，"这一点和人类完全不同。你接受训练的时候没学过吗？我几年前学到的。"

"但那么死也太可怕了。"里克反对道。

"一点儿也不痛。有什么问题吗？"

"太……"他打个手势，找不到合适的字眼。

"不过我并不认为我需要那么做。"菲尔·雷施说。

他们一起登上战争纪念歌剧院的屋顶，走向菲尔·雷施的悬浮车。

菲尔·雷施坐进驾驶座，关上车门，说："我更希望你用博内利测试。"

"我不会。我不知道该怎么打分。"要是用博内利测试，我就只能听你解释读数的含义了，他心想。他不可能接受这种做法。

"你会对我说实话的，对吧？"菲尔·雷施说，"假如我是仿生人，你会告诉我的，对吧？"

"那当然。"

"因为我真的想知道，我必须知道。"菲尔·雷施重新点燃雪茄，在凹背驾驶座里扭来扭去，想找个最舒服的姿势。但就是做不到。"你真的喜欢卢芭·卢夫特看的那幅蒙克的画吗？"他问，"我毫无感觉。我对现实主义绘画不感兴趣。我喜欢毕加索和——"

"《青春期》是1894年的作品，"里克打断他，"那时候只有现实主义，你必须考虑到这一点。"

"但另一幅，就是人捂着耳朵号叫的那幅——它可一点儿也不具象。"

里克打开公文包，取出他的测试设备。

"告诉我，"菲尔·雷施看着他组装零件，"你需要问多少个问题，才能得出确定性的结论？"

"六七个吧。"他把吸盘递给菲尔·雷施。"贴在脸上，紧一点儿。这束光——"他开始校准，"要对准你的瞳孔。你别乱动，眼球尽量保持稳定。"

"本能反应的波动，"菲尔·雷施立刻抓住了要点，"而不是对物理性刺激的反应。也就是说，你测的不是瞳孔扩张。因此肯定是对口头问题的反应，所谓的畏缩的反应。"

里克说："你认为这是你能控制的生理反应吗？"

"应该不能。到最后也许可以。但第一反应恐怕很难，那不是意识能控制的东西。要不是——"他没有说下去，"你做吧。我很紧张，不好意思，我说得太多了。"

"想说什么就说吧。"里克答道。一直说到你的坟墓里去吧，他在心里说，只要你高兴就行，我无所谓。

"假如测试下来，我是仿生人，"菲尔·雷施说了下去，"你就会重新建立起对人类的信心。但是，结果恐怕不会如你所愿，因此我建议你不妨开始构建新的意识形态，能够容纳——"

"第一个问题,"里克说,设备组装好了,两个表头的指针在微微颤动,"反应时间是个关键要素,所以请尽快回答问题。"他从记忆里选了个初始问题。测试正式开始。

. . .

事后,里克默默地坐了一会儿,然后开始收拾设备,把零件放回公文包里。

"我看你的脸色就知道了,"菲尔·雷施说,他长出一口气,吐空了肺部,身体几乎抽搐起来,"好了,把枪还给我吧。"他伸出手,掌心向上,等待他的武器。

"看来你猜对了,"里克说,"就像你说的,加兰的动机是离间我们。"他感到身心俱疲。

"你的新意识形态,构建好了吗?"菲尔·雷施问,"该怎么解释我是人类的一部分?"

里克说:"你设身处地的共情能力有个缺陷,但我们刚好不测试那个方面——你对仿生人的感觉。"

"我们当然不测试那玩意儿了。"

"也许应该测试的。"他以前从没考虑过这个问题,也从没共情过他杀死的仿生人。他一向认为,在他的心灵深处,他都把仿生人当作一种聪明的机器——与他有意识的看法相同。然而,与菲尔·雷施相比,他的不同之处就显现了出来。而他本能地认为自己是正确的。你怎么会共情一个人造的物品呢?他问自己。一个只是假装活着的东西？但卢芭·卢夫特看上去真的是活着的，它并不像是在模拟人类的言行举止。

"假如我们把仿生人也纳入共情认同的范畴，就像对待动物那样，"菲尔·雷施平静地说，"你知道这么做会产生什么后果吧。"

"我们就无法保护自己了。"

"完全正确。这些枢纽6型……它们会碾压我们，把人类打得溃不成军。你和我，还有其他的赏金猎人，我们挡在枢纽6型和人类之间，是分开两者的一道屏障。更重要的——"他停下了，因为里克又把测试设备掏了出来，"我以为测试已经结束了。"

"我想问我自己一个问题。"里克说。"我要你告诉我指针怎么摆动，告诉我读数就行，我自己换算。"他把吸盘贴在面颊上，调整光束的角度，直到它直射瞳孔，"准备好了吗？你看着表头。这次就不管延迟时长了，我只想知道幅度。"

"好的，里克。"菲尔·雷施顺从地说。

里克大声说："我抓了一个仿生人，带它乘电梯下楼。突然有人杀了它，连个招呼都没打。"

"没什么特别的反应。"菲尔·雷施说。

"指针走了多少？"

"左边的2.8，右边的3.3。"

里克说："一个女性仿生人。"

"分别升到了4.0和6.0。"

"够高了。"里克说。他取掉脸上的吸盘，关闭光束。"这个共情反应算是显著了，"他说，"差不多达到了人类受测者对大多数问题的标准。只有一些极端的问题除外，比方说用人皮做装饰品……真正病态的那些问题。"

"意思是？"

里克说："我有可能共情至少某些特定的仿生人。不是所有的，而是其中的一两个。"比方说，卢芭·卢夫特，他对自己说，所以我错了。菲尔·雷施的反应没有任何反自然或非人类之处，问题出在我身上。

他心想，不知道其他人类有没有对仿生人产生过类似的情绪。

他又想到，当然了，我在工作中很可能再也不会遇到这种情况了，它有可能是个异常事件，牵涉到了我对《魔笛》的情怀。还有卢芭的歌声，实际上总的来说是她的这个职业。以前他肯定从没产生过这种情绪，或者就算有，他也没有意识到。比方说，和波洛科夫打交道的时候，还有和加兰打交道的时候。还有菲尔·雷施，他心想，假如测试证明菲尔·雷施是仿生人，我杀了他可不会有任何感觉，特别是见证了卢芭的横死之后。

真正的人类和类人的机械造物，两者的区别就是这么一回事。他心想：在博物馆的电梯里，我和两个生命体一起下楼，一个是人类，另一个是仿生人……我对两者的情绪刚好与应有的情绪相反，与我习惯性和被要求的情绪相反。

"德卡德，你陷进去了。"菲尔·雷施说，他似乎觉得很好笑。

里克说："我……我该怎么做呢？"

"关键在于性。"菲尔·雷施说。

"性？"

"因为她——不，它——对你有性吸引力。你以前没遇到过这种事吗？"菲尔·雷施哈哈一笑，"我们受到的训练说，这是赏金猎人必须面对的一个大麻烦。你知道吗，德卡德，殖民地甚至有仿生人情妇？"

"这是违法的。"里克很了解这方面的法律。

"没错，是违法的。但有关性的事情里面，有的是违法的勾当，然而人们还是照干不误。"

"要是和性没关系，而是爱呢？"

"爱只是性的别名。"

"爱国的爱，"里克说，"爱音乐的爱。"

"只要对象是女人或模仿女人的仿生人，那就是性。醒一醒，德卡德，面对现实吧。你想和女性仿生人上床，就这么简单。我有一次也产生了这种念头，那时候我刚开始当赏金猎人。别让这事把你拉下水，你会缓过来的。你只是把顺序搞反了。你不该先杀了她，或者眼看着她被杀，然后才感觉受到了吸引，而是应该反过来。"

里克瞪着他："先和她上床——"

"然后再杀了她。"菲尔·雷施淡然道，依然是一脸冷酷的笑容。

你是个出色的赏金猎人，里克心想。你的态度能够证明。但我呢？

他突然产生了怀疑，这是破天荒的第一次。

13

约翰·伊西多尔下班回家，他就像纯粹的火焰，在邻近傍晚的天空中画出一道弧线。他暗自思量着：不知道她还在不在那里，在底下吉卜尔泛滥的旧公寓楼里，看电视上的老友巴斯特，每次感觉走廊里响起了脚步声，就吓得浑身发抖。我的脚步声大概也不例外。

路上他去了一趟黑市杂货店。他身旁的座位上有一袋美食，包括豆腐、熟桃子和气味难闻但好吃的软奶酪，口袋随着悬浮车的加速和减速而前后摆动。他很紧张，所以开得不太稳当。他的车按道理已经修过了，但还是一会儿发出怪声，一会儿突然抖动，和送修前的几个月毫无区别。该死的骗子，伊西多尔对自己说。

桃子和奶酪的气味在车里飘荡，闻得他心驰神往。都是高级货，花了他向斯洛特先生预支的两周薪水。除此之外，还有一瓶夏布利白葡萄酒卡在车座底下前后晃动，他把酒放在那儿，免得酒瓶滚来滚去撞碎了。那是高级货里的高级货。他一直把它寄存在美国银行的一个保险柜里，无论别人出多少钱他都坚决不卖，等的就是万一哪天有个姑娘出现在面前。这样的好事一直没有发生——直到今天。

公寓楼的屋顶遍地垃圾，丝毫没有生命的迹象，一如既往地让他沮丧。从悬浮车到电梯门的一路上，他没有观察周围的情况，全部注意力都放在了宝贵的口袋和酒瓶上，确保他不会被垃圾绊倒，导致无可挽回的经济损失。电梯吱吱嘎嘎地来了，他没去他住的楼层，而是去了楼下新房客普里斯·斯特拉顿住的那一层。不一会儿，他站在了她的门口，用酒瓶边缘敲了敲门，心脏在胸膛里跳得都快炸开了。

"是谁？"隔着门，她的声音有点儿发闷，但依然清晰。这是个惊恐但如刀锋一般尖锐的声音。

"是我，约翰·伊西多尔，"他连忙说，用上了他今天通过打电话而学会的权威感，"我带来了几样好东西，我觉得咱们可以凑一顿相当体面的晚饭。"

门开了，但幅度很有限。普里斯背后的房间黑乎乎的，她从门里窥视外面昏暗的走廊。"你的声音不一样了，"她说，"变成熟了。"

"我今天上班的时候做了些日常工作，最普通的那些，要是你能……能……能让我进去——"

"你就可以说一说了。"尽管态度冷淡，但她还是打开门，放他进去了。见到他手里的东西，她惊叫了一声，生机和欣喜点亮了她的小脸。但几乎与此同时，某种致命的苦闷突如其来地掠过她的面容，像水泥似的封死了一切。欣喜随之湮灭。

"怎么了？"他说。他把口袋和酒瓶拿到厨房里放下，然后快步走回来。

普里斯用平淡的音调说："用在我身上是浪费。"

"为什么？"

"唉……"她耸耸肩，漫无目的地走开，把双手插进样式陈旧的厚裙子的口袋。"有朝一日我会告诉你的。"她挑起眉毛，"总之非常感谢你。现在我希望你能离开。我不想见任何人。"她茫然地走向通往走廊的房门，拖着脚步，像是疲惫不堪，储存的能量就要全部耗尽了。

"我知道你是怎么了。"他说。

"是吗？"她打开门的时候，声音变得更加荒芜、冷漠和空虚。

"你没有任何朋友。你比今天早上我见到你的时候更糟糕了，这是因为——"

"我有朋友。"威严突然让她的声音变得强硬，她肉眼可见地恢复了活力。"或者说曾经有过。少说有七个，但赏金猎人已经对他们下手了，所以现在还活着的没有七个了，也有可能全都死了。"她走到窗口，望着外面的黑夜和零星的灯光，"说不定八个人里只剩下了我一个，所以你的话不是没有道理。"

"赏金猎人是什么？"

"问得好。你们这些人不该知道他们的存在。赏金猎人是职业杀手，有人会给他一份名单，叫他去干掉名单上的人。他每杀一个人，就会得到一笔钱，要是我没弄错，现在的行情是一千美元。通常来说，他会和一个市政府签合同，所以他还会有一份工资。不过工资总是很低，否则他就没有动力了。"

"你确定吗？"伊西多尔问。

"确定。"她点点头，"你是说我确不确定他有动力？他当然有动力。他喜欢干这种事。"

"我觉得，"伊西多尔说，"你搞错了。"他这辈子从没听说过这种事。怎么说呢，老友巴斯特从没说过。"这种事不符合现代的默瑟教伦理，"他指出，"万灵一体。用古代莎士比亚的话说，'没有人是一座孤岛'。"

"是约翰·多恩说的。"

伊西多尔气恼地打着手势："我听说过很多坏事，但从没有这么坏的。你不能报警吗？"

"不能。"

"他们在追杀你？他们有可能会来这儿杀你？"他现在明白这个姑娘为什么行动这么诡秘了。"难怪你很害怕，不想见到任何人。"但他心想，这肯定是妄想。她肯定精神有问题。被害妄想症。也许是因为放射尘造成的脑损伤，也许她也是特异人。"我会先干掉他们的。"他说。

"用什么？"她浅浅一笑，露出整齐小巧的雪白牙齿。

"我去申请持枪护照。很容易搞到，因为这附近几乎没人住，警察不来巡逻，所以你只能自己保护自己。"

"你去上班的时候呢？"

"我可以请假！"

普里斯说："谢谢你的好意，约翰·伊西多尔。但假如赏金猎人已经找到了我的同伴，找到了麦克斯·波洛科夫、加兰、卢芭、哈斯金、罗伊·贝蒂——"她说不下去了。"罗伊和伊姆加德·贝蒂，假如他们全都死了，那我也就无所谓了。他们是我最好的朋友。妈的，他们为什么一点儿消息都没有了呢？"她愤怒地骂了一声。

他自己走进厨房，从柜子里取出盘子、碗和酒杯，这些东西很多年没使用过了，上面积满灰尘。他打开水龙头，放了一阵热乎乎的锈水，等流出清水之后，开始洗那些餐具。不一会儿，普里斯也走进厨房，在餐台前坐下。他拔出夏布利的瓶塞，切开桃子、奶酪和豆腐。

"白色的是什么东西？我说的不是奶酪。"她指着豆腐说。

"用大豆磨出来的豆浆做的。可惜没有——"他停下，涨红了脸，"应该和牛肉汤一起吃的。"

"仿生人啊，"普里斯喃喃道，"仿生人就是会在这种地方露马脚。暴露真相的永远是这种细节。"她走过来，站在他身旁，搂住他的腰，往他身上贴了贴，他震惊得不知所措。"我要尝一块桃子。"她说，接着伸出纤长的手指，小心翼翼地拈起一块滑溜溜、毛茸茸的粉橙色水果。她一边吃桃子，一边哭了起来。冰冷的泪水沿着面颊流淌，打湿了胸前的衣服。他不知道该怎么做，于是什么都没有做，只是继续分食物。"真该死，"她愤怒地说，"唉——"她从他身旁走开，慢慢地在房间里踱来踱去。"你要知道，我们以前住在火星上，所以我才会认识仿生人。"她的声音在颤抖，但她还是努力说了下去。显而易见，能有一个人和她说话，这对她来说像是捞到了救命稻草。

"而到了地球上，你只认识你过去的移民伙伴。"伊西多尔说。

"我们在出发前就认识了。我们住在新纽约附近的一个定居点。罗伊和伊姆加德·贝蒂经营药店，罗伊是药剂师，伊姆加德负责美容产品，面霜和油膏什么的。火星居民每天都要使用大量的护肤品。我——"她犹豫片刻，"我从罗伊那儿买各种药——刚开始需要吃是因为——唉，总之，那是个可怕的地方。这里——"她用力挥动手臂，指着房间和整套公寓说："根本没法比。你以为我的痛苦来自孤独。该死，火星就是孤独的代名词，比这儿可怕多了。"

"不是有仿生人和你做伴吗？我听过一个广告——"他坐下吃东西，她也拿起一杯葡萄酒，面无表情地尝了一口，"要是我没理解错，仿生人能帮人类缓解孤独。"

"仿生人，"她说，"也同样孤独。"

"喜欢这个酒吗？"

她放下酒杯："挺好。"

"三年来我只见过这一瓶。"

"我们之所以回来，"普里斯说，"是因为没人应该在火星生活。那里不适合居住，至少这十亿年都不适合。那里太古老了。你摸一摸火星上的岩石就会感觉到那种恐怖的沧桑。总之，刚开始我找罗伊买药，我靠寂安嗪混日子，那是一种新的合成止痛药。后来我认识了霍斯特·哈特曼，他当时经营一家集邮店，专门卖珍品邮票。你的空闲时间太多了，必须有个爱好才行，用来消耗你无穷无尽的精力。霍斯特让我对前殖民时代的小说产生了兴趣。"

"你指的是旧书吗？"

"在人类能太空旅行之前写太空旅行的书。"

"既然还不能太空旅行，怎么可能写太空——"

"是作者编出来的。"普里斯说。

"根据什么？"

"想象。很多时候，事实证明他们是错的。比方说他们把金星写成丛林天堂，里面有巨大的怪物和穿闪亮铠甲的女人。"她白了他一眼，"你难道不感兴趣？高大的女人，金发编成长辫，闪亮铠甲底下的胸部有甜瓜那么大。"

"不。"他说。

"伊姆加德的确是金发，"普里斯说，"但个子很小。总而言之，把前殖民时代的小说、旧书报和电影走私到火星去，这是一门能发财的生意。读到城市和巨型工厂，以及真的成功了的殖民，还有什么能更加让人兴奋的呢？你可以想象另一种现实，火星应该是什么样子。运河。"

"运河？"他隐约记得他读到过，在遥远的过去，人们相信火星上有运河。

"纵横交错，遍布整颗星球，"普里斯说，"还有外星来客，拥有无穷的智慧。还有地球上的故事，发生在我们这个时代和更遥远的未来。但故事里的地球没有放射性尘埃。"

"要我猜，"伊西多尔说，"读这些东西让你更难过了。"

"并没有。"普里斯愤愤地说。

"你带了前殖民时代的读物回来吗？"他突然想到，他应该试着读一读。

"它们在地球上一文不值，因为这里没有形成过风潮。要是你想看，图书馆里有的是，我们的读物就是从那儿来的。有人从地球上的图书馆里偷出来，用自动火箭发射到火星去。夜里你开车出去，驶过开阔的荒地，突然你看见一道火光，那是火箭自动打开，前殖民时代的幻想杂志飞得到处都是。捡到就发财了。但当然了，你会先读完，然后才卖掉。"谈到这些事，她活了过来，"在所有——"

有人敲响了房门。

普里斯的脸色变得惨白，她低声说："我不想死。别发出任何声音，坐着别动。"她竖起耳朵，仔细听。"不知道门有没有锁，"她的声音轻得都快听不见了，"上帝啊，希望我锁了。"她癫狂的灼热眼神盯着他，像是在恳求他实现她的这个愿望。

走廊里，有一个模糊的声音传来。"普里斯，你在吗?"这是个男人的声音，"是我们，罗伊和伊姆加德。我们收到了你的明信片。"

普里斯起身走进卧室，拿着纸笔回来。她重新坐下，潦草地写了几个字：

你去开门。

伊西多尔紧张地接过笔，写道：

那我说什么?

普里斯气恼地写道：

去看是不是真的是他们。

伊西多尔起身，烦闷地走进客厅。我怎么能知道是不是他们呢? 他问自己。然后他打开房门。

昏暗的走廊里站着两个人：女人的个子不高，有葛丽泰·嘉宝的那种可爱感觉，蓝眼睛，金黄色的头发；男人则高大得多，眼睛里含着智慧的光芒，但扁平的五官使得他看起来一脸凶相。女人围着时髦的披肩，穿锥形裤和亮闪闪的高帮靴；男人的衬衫皱巴巴的，裤子上有污渍，像是要存心扮出粗野的模样。他朝伊西多尔微笑，但精明的小眼睛不动声色。

"我们找——"小个子的金发女人开口道，但接着视线越过伊西多尔。喜悦顿时融化了她的眉眼，她从他身旁挤进房间，喊道："普里斯！你好吗？"伊西多尔转过身，见到两个女人抱在一起。他让开，罗伊·贝蒂走进来，这个阴郁的大汉笑呵呵的，但眼睛里依然没有笑意。

14

"可以聊一聊吧？"罗伊说，朝伊西多尔打了个手势。

普里斯开心极了，说："可以，但要在一定限度内。"她转而对伊西多尔说："抱歉，失陪一下。"她把贝蒂夫妇拉到一旁，三个人嘀咕了一阵，然后回到约翰·伊西多尔身旁。伊西多尔觉得不太自在，像是来错了地方。"这位是伊西多尔先生。"普里斯说。"他在照顾我。"这几个字饱含近乎恶意的讥讽，伊西多尔吃了一惊，"看见了吗？他给了我一些天然食品。"

"食品。"伊姆加德学舌道，然后迈着敏捷的小步，跑进厨房去看个究竟。"桃子。"她说着立刻拿起碗和勺子，朝伊西多尔笑了笑，像动物似的小口咬着吃。她的笑容与普里斯的不一样，散发着单纯的善意，没有表面之下的潜台词。

伊西多尔觉得受到了她的吸引，跟着她走过去，说："你们是从火星来的。"

"对，我们放弃了。"她的声音像鸟叫似的婉转起伏，蓝眼睛亮闪闪地盯着他，"你们住的这栋楼也太破了。没有其他人住在这儿，对吧？我们只看见了你们的灯。"

"我住在楼上。"伊西多尔说。

"是吗？我以为你和普里斯住在一起。"伊姆加德·贝蒂的语气里没有不悦，显然只是在陈述事实。

罗伊·贝蒂阴郁地说（但脸上依然似笑非笑）："唉，他们干掉了波洛科夫。"

与朋友团聚的喜悦顿时从普里斯脸上消失："还有谁？"

"他们干掉了加兰，"罗伊·贝蒂说，"还干掉了安德斯和基切尔，今天早些时候干掉了卢芭。"听他宣读死讯的语气，你会觉得他从中得到了某种变态的喜悦，就好像普里斯的震惊能给他带来欢乐："我以为他们不会发现卢芭的，还记得我在飞船上一直这么说吗？"

"所以只剩下——"普里斯说。

"咱们三个了。"伊姆加德急切地说，声音里带着忧惧。

"所以我们才来找你。"罗伊·贝蒂的声音出乎意料地散发着激情，处境越是糟糕，他似乎就越是乐在其中。伊西多尔完全不能理解这个人。

"上帝啊。"普里斯惊恐地说。

"他们有个调查员，一个赏金猎人，"伊姆加德激动地说，"叫戴夫·霍尔登。"说出这个名字的时候，她的嘴里像是在喷射毒液："波洛科夫险些干掉他。"

"险些干掉他。"罗伊学舌道，笑得愈加灿烂了。

"这个叫霍尔登的进了医院，"伊姆加德继续道，"他的上司就把名单交给了另一个赏金猎人，波洛科夫也险些干掉他。但结果是他报废了波洛科夫。然后他去找卢芭。我们之所以知道，是因为她联系上了加兰，加兰派人去抓赏金猎人，带他去教会街的那个警察局。加兰的人带走赏金猎人之后，卢芭打电话给我们。她确定事情会解决，加兰会干掉赏金猎人。"然后她又说："但看起来，教会街出了问题。我们不知道具体发生了什么。也许永远也不会知道了。"

普里斯问："这个赏金猎人知道我们的名字吗？"

"是的，亲爱的，我认为他知道，"伊姆加德说，"但他不知道我们在哪儿。罗伊和我不敢回我们的公寓了，行李全塞在车上，我们打算在这座破楼里找个没人要的房间住下。"

"这么做明智吗？"伊西多尔鼓起勇气，忍不住开口了，"所……所有人待在同……同一个地方？"

"唉，反正其他人都死在他们手上了。"伊姆加德淡然道。她和她丈夫一样，尽管表面上还愤愤不平，但说来奇怪，事实上似乎已经放弃了。伊西多尔心想，他们这些人都很奇怪。他能感觉到，但说不出具体奇怪在哪儿。就好像某种怪异而邪恶的抽象性妨碍了他们的思考。但普里斯不一样，尽管她非常害怕，但似乎更接近普通人，更加正常。然而——

"你为什么不搬到他那儿去？"罗伊问普里斯，指了指伊西多尔，"他可以给你一定的保护。"

"一个鸡脑子？"普里斯说，"我才不会和一个鸡脑子住在一起呢。"她气得鼻孔都张开了。

伊姆加德立刻说："我认为现在你没资格挑三拣四。赏金猎人的动作很快，他很可能想今晚就了结这件事。要是他能在明天之前做完，说不定还有一笔额外的奖——"

"我的天，先关上门吧。"罗伊说着走过去用力推了一把，门砰的一声关上了，他顺势还上了锁。"普里斯，我认为你应该搬到伊西多尔那儿去，而伊姆和我也应该在楼里住下，这样咱们能互相照应。我的车里有些从船上拆下来的电子元件，我可以装一套双向窃听器，这样你能听见我们的动静，我们也能听见你的动静。我还会装一套警报系统，咱们四个中的任何一个都能触发。假身份显然瞒不过他们，连加兰都失败了。不过也难怪，加兰把赏金猎人带到教会街去，那就是在自寻死路，错得不能更错了。还有波洛科夫，他没有躲得远远的，反而主动接近赏金猎人。咱们不会犯同样的错误，咱们要潜伏起来。"他听上去一点儿也不担心，眼下的局面似乎刺激得他浑身是劲。"我认为——"他大声地深吸一口气，吸引了房间里所有人的目光，连伊西多尔也不例外，"我认为咱们三个还活着不是没有理由的。我认为他不知道咱们的下落，否则早就出现在咱们面前了。赏金猎人的成功诀窍就是要尽快行动，拼命干活。钱就是从这儿挣出来的。"

"只要他一拖延，"伊姆加德赞同道，"咱们就会溜走，就像之前那样。我猜罗伊说得对，我猜他知道咱们的名字，但不知道咱们在哪儿。倒霉的卢芭，把自己陷在了歌剧院里，暴露在光天化日之下。想找到她可太容易了。"

"唉，"罗伊没好气地说，"这是她自找的，她认为公众人物会更安全。"

"你警告过她了。"伊姆加德说。

"对，"罗伊说，"我警告过她，也警告过波洛科夫，叫他别去冒充WPO的警察。我警告过加兰，说他会死在他的赏金猎人手上，我猜结果他多半就是这么死的。"他缓缓点头，表情睿智而深沉。

伊西多尔开口了："按……按照我听……听贝蒂先生说的，他是你们的天……天然领袖。"

"哦，对，罗伊是天生的领导者。"伊姆加德说。

普里斯说："他组织了我们的旅程——从火星来这儿。"

"那么，"伊西多尔说，"你们最好照他……他说的做。"希望和紧张害得他喉咙发紧："要是你能和……和我一起住，普里斯，我觉得那就太……太好了。我的假期快到了，我可以在家里待几天，保证你的安全。"米尔特心灵手巧，说不定能帮他设计一件武器。特别有想象力的那种，能干掉赏金猎人……天晓得他们都是什么人。这几个字给了他某种模糊的一闪而过的黑暗印象：一个冷酷无情的怪物，手里拿着枪和打印出来的名单，行为举止就像机器，做一份单调的官僚工作，但工作内容是杀人。这个怪物没有情感，甚至没有面容，要是死于非命，另一个一模一样的怪物就会顶替它。以此类推，直到所有真正的活人统统被干掉。

难以置信，他心想，警察居然会袖手旁观。我不敢相信。这些人肯定做了什么坏事。也许他们是非法回到地球的移民。电视告诉我们，要是见到飞船在合法场所外降落，就必须立刻报告警察。警察肯定在提防这种事的发生。

但就算是这样，现在也不会有人死于蓄意谋杀了。杀人违反默瑟教的教义。

"那个鸡脑子,"普里斯说,"他喜欢我。"

"别这么叫他,普里斯,"伊姆加德说,同情地看了一眼伊西多尔,"你想一想他可以叫你什么。"

普里斯没有说话。她的表情是一个谜。

"我这就开始装窃听器,"罗伊说,"伊姆加德和我就待在这儿,普里斯你去——伊西多尔先生家。"他走向房门,尽管他这么胖,动作却快得惊人。他像一团影子似的消失在了门外,被他推开的门弹回来自己关上。伊西多尔产生了一瞬间的怪异幻觉,他短暂地看见一个金属框架,底座上装满了各种滑轮、电路、电池、转塔和齿轮——然后它们重新凝聚成罗伊·贝蒂不修边幅的身影。伊西多尔觉得一声大笑就要冒出来了,他连忙把它咽下去。另外,他也感到困惑。

"他是一个有行动力的人,"普里斯幽幽地说,"只可惜手太笨,和机器八字不合。"

"要是我们能得救,"伊姆加德用责备的严厉口吻说,像是在教训孩子,"肯定都是罗伊的功劳。"

"但值不值呢?"普里斯自言自语道。她耸耸肩,然后朝伊西多尔点点头:"好吧,我搬到你家去,你来保护我。"

"你……你们都去吧。"伊西多尔立刻说。

伊姆加德·贝蒂郑重其事地小声说:"我希望你知道,伊西多尔先生,我们非常感谢你的好意。你是我们这些人在地球上遇到的第一个朋友。你人真的很好,也许有朝一日我们能报答你。"她走过来,拍拍他的胳膊。

"你有前殖民时代的小说可以给我看吗？"他问她。

"什么意思？"伊姆加德·贝蒂疑惑地望向普里斯。

"就是那些旧杂志。"普里斯说，她收拾了几件要带走的东西，伊西多尔从她怀里接过行李，觉得心里暖洋洋的，只有愿望实现才会给他带来这样的满足感，"没有，我们没带读物回来，我已经解释过为什么了。"

"我明天去图……图书馆，"他边说边走进外面的走廊，"去找……找些能读的东西，给我，也给你，这样你除了等待，就还有其他事情可以做了。"

. . .

他领着普里斯上楼，他空荡荡的公寓还是那么昏暗、憋闷、不冷不热。他把普里斯的东西放进卧室，随后打开暖气、灯和只有一个频道的电视。

"我喜欢这儿。"普里斯说，但语气与先前一样超然和冷漠。她走来走去，双手插在裙子的口袋里。她脸上是乖戾的表情，显露出的不悦强烈得像是他亏欠了她，与她嘴上说的观感完全是两码事。

"怎么了？"他问，把她的东西摆在长沙发上。

"没什么。"她在观景窗前停下，拉开窗帘，闷闷不乐地往外看。

"既然你认为他们在找你——"他开口道。

"这是个梦，"普里斯说，"罗伊给我吃药，害我做了这个梦。"

"什……什么？"

"你真的认为存在赏金猎人吗？"

"贝蒂先生说他们杀了你的几个朋友。"

"罗伊·贝蒂和我一样疯，"普里斯说，"我们的所谓旅程，起点是东海岸的精神病院，终点是这儿。我们全都有精神分裂症，缺乏正常的情绪，也就是所谓的情感冷漠。而我们产生了群体幻觉。"

"我也觉得不是真的。"他如释重负地说道。

"为什么？"她转过来，目光灼灼地盯着他。她审视的目光过于严苛，他能感觉到自己的脸红了。

"因……因为这种事不……不可能发生。政……政府从不杀人，无论犯什么罪。还有默瑟——"

"但你要明白，"普里斯说，"假如你不是人类，一切就都不一样了。"

"不是这样的。就连动物，就连鳗鱼、地鼠、蛇和蜘蛛，也都是神圣的。"

普里斯依然目不转睛地盯着他，说："所以就是不可能的了，对吧？就像你说的，连动物也受到法律的保护。一切生命，一切有机生命，不管是地上爬的，还是天上飞的，不管是打洞的、成群的、还是下蛋的，无论是——"罗伊·贝蒂突然推开房门，打断了她的话，他走进房间，一截电线沙沙地拖在地上。

"昆虫尤其神圣。"他说，他偷听了他们的交谈，但没有露出任何尴尬的神色。他走进客厅，拿起挂在墙上的一幅画，把一个小装置固定在钉子上，他后退两步，看了看，然后把画挂了回去。

"现在安装的是警报系统。"他收拢拖在地上的电线，电线连着一个复杂的装置。他向普里斯和约翰·伊西多尔展示手里的装置，依然满脸不合时宜的笑容。"这是警报系统，这些电线都是天线，从地毯底下穿过去，能检测到附近有没有——"他犹豫了一下，"神智健全的个体。"他语焉不详地说："因此就排除了咱们四个。"

"然后它会发警报，"普里斯说，"接着呢？他肯定有枪。咱们不可能扑上去咬死他。"

"这个装置里有个潘菲尔德元件，"罗伊继续道，"警报一旦被触发，就会开始向赏——呃，入侵者——发射惊恐情绪。他肯定会受到影响，除非他的动作特别快——当然也有这个可能性。超级强烈的惊恐，我把增益一直调到了最高。人类顶多只能在辐射范围内停留几秒钟。惊恐会导致胡乱的原地转圈、毫无章法的逃跑和神经性的肌肉抽搐。"他总结道："正是它的这种特点让我们有机会干掉他。不过只是一个可能性，还要取决于他的出色程度。"

伊西多尔说："你的警报系统不会影响我们吗？"

"是啊，"普里斯对罗伊·贝蒂说，"伊西多尔会受到影响的。"

"对，但没办法了，"罗伊说，继续安装警报系统，"就让他们两个人都在惊恐发作下落荒而逃好了。还能给我们争取到一点儿反应时间。再说他们不会杀伊西多尔，他不在黑名单上。所以他可以给我们打掩护。"

普里斯没好气地说："你就只有这点儿本事了吗，罗伊？"

"是的，"他答道，"只能这样了。"

"我明天可以去搞……搞一把枪。"伊西多尔插嘴道。

"你确定伊西多尔不会触发警报吗？"普里斯说，"他毕竟是……你明白的。"

"我减弱了他的脑波信号，"罗伊解释道，"他的信号量达不到触发的强度，需要再加一个人类才会超过阈值。呃，人。"他意识到自己说了什么，皱着眉头望向伊西多尔。

"你们是仿生人。"伊西多尔说。但他并不在乎，对他来说，这并不重要。"我明白他们为什么想杀死你们了，"他说，"你们其实没有生命。"一切终于符合逻辑了。赏金猎人，他们的朋友为什么被杀，飞回地球的旅程，还有各种各样的预防措施。

"怪我用词不当，"罗伊·贝蒂对普里斯说，"不该用'人类'这个词的。"

"是的，贝蒂先生，"伊西多尔说，"但对我来说有什么关系呢？你要知道，我是特异人，他们对待我也好不到哪儿去，比方说，我没有移民的资格。"他的话匣子打开就关不上了。"你们不能来地球，而我不能去……"他竭力平复心情。

片刻寂静过后，罗伊·贝蒂淡淡地说："你不会喜欢火星的。你没什么好遗憾的。"

"我一直在想，你要过多久才会醒悟过来，"普里斯对伊西多尔说，"咱们不一样，对吧？"

"加兰和麦克斯·波洛科夫多半就死在这上面，"罗伊·贝蒂说，"他们他妈的太确定自己能蒙混过关了。卢芭也一样。"

"你们的脑子很好用。"伊西多尔说。能够理解发生了什么，这让他非常兴奋，不但兴奋，而且自豪。"你们能思考抽象的事情，而且你们不会——"他使劲打手势，想说的话一如既往地纠缠成了一团，"真希望我能有你们那么高的智商，那样我就可以通过测试了，也就不再是个鸡脑子了。我认为你们非常优秀，我能从你们身上学到很多东西。"

罗伊·贝蒂愣了一会儿，然后说："我继续装警报系统吧。"他埋头接着工作。

"他还不知道，"普里斯用尖厉而洪亮的冷淡声音说，"我们是怎么离开火星的，我们在那儿干了什么。"

"我们不得不干了什么。"罗伊·贝蒂嘟囔道。

伊姆加德·贝蒂突然说话了，他们这才注意到她一直站在门口。"我认为咱们不需要担心伊西多尔先生，"她诚恳地说，同时快步走向他，仰起脸看着他，"就像他说的，他们对待他也不是很好。他并不在乎我们在火星上干了什么，他认识咱们，喜欢咱们，像这样的情感接纳，对他来说就是一切。咱们很难理解这种事，但这是真的。"她再次靠近伊西多尔，凝视着他的脸，对他说："去告发我们能挣一大笔钱，你知道的，对吧？"她扭头对丈夫说："你看，他是知道的，但他会保守秘密。"

"你是个伟大的人，伊西多尔，"普里斯说，"你是你们物种的骄傲。"

"假如他是仿生人，"罗伊真挚地说，"明早十点就会告发我们，然后出门去上班，照样过他的日子。我真是敬佩得不知道该说什么好了。"他的语气是个谜，至少伊西多尔无法破解。"我们本来以为这会是个没有善意的星球，充满了敌意，每个人都和我们作对。"他大笑起来。

"我一点儿也不担心。"伊姆加德说。

"你应该吓得恨不得缩到地缝里去。"罗伊说。

"咱们投票吧,"普里斯说,"就像在飞船上有事情谈不拢的时候那样。"

"好吧,"伊姆加德说,"我什么都不说了。但假如错过这个机会,我认为咱们就再也找不到另一个愿意接纳和帮助我们的人类了。伊西多尔先生很——"她在脑海里搜寻该怎么说。

"特别。"普里斯说。

15

投票的气氛很庄重，甚至带有仪式感。

"我们待在这儿，"伊姆加德坚定地说，"就在这套公寓，这栋楼里。"

罗伊·贝蒂说："我支持杀死伊西多尔先生，换个地方躲起来。"他和妻子——还有约翰·伊西多尔——同时紧张地扭过头去看普里斯。

普里斯低声说："我支持咱们就待在这儿。"她换上更大的声音补充道："我认为对于我们来说，尽管伊西多尔知道我们的身份，但他的价值大于危险。显然，咱们生活在人类中间就注定会被发现，波洛科夫、加兰、卢芭和安德斯就死在这上面。他们全都是因为这个而死的。"

"也许是因为他们也做了咱们正要做的事情，"罗伊·贝蒂说，"信任一个他们认为与其他人不一样的人类。就像你说的，'特别'的人类。"

"但我们不可能知道是不是这样。"伊姆加德说。"这只是你的猜测。我认为他们，他们——"她比画着说，"到处乱跑。像卢芭那样登台演出。我们太相信——我告诉你吧，罗伊，正是我们的偏见害死了我们，我们太相信我们该死的超级智力了！"她瞪着丈夫，小巧的高耸胸部急促地起起伏伏："是自作聪明耽误了咱们——罗伊，就像你现在这样。真他妈该死，就是你现在这样！"

普里斯说："我认为伊姆说得对。"

"所以咱们就把咱们的小命交给一个劣等的完蛋货——"罗伊还想说什么，但他放弃了。"我累了，"他最后说，"我们的旅程非常漫长，伊西多尔。但很不幸，在这儿却待不了太久。"

"我希望，"伊西多尔愉快地说，"我能帮你们在地球上过得更加快乐。"他很确定他能做到，他觉得易如反掌，这是他整个人生的巅峰，也有赖于他今天上班时刚从打电话中得到的自信心。

· · ·

傍晚打卡下班后，里克·德卡德立刻驾驶悬浮车前往城市另一头的动物专卖街：一连好几个街区，全都是大品牌的动物交易商，巨大的玻璃橱窗上方是炫目的招牌。早些时候袭击他的那种前所未有的奇特的抑郁情绪还没有消散。来这儿看看动物，与动物交易商打打交道，裹尸布一般的抑郁似乎只留下了这一个破绽，他必须抓住敌人的弱点，借此驱散阴云。反正平时只要见到动物，闻到大笔金钱交易的气味，他的心情就会好转，也许这次也能如此。

他站在橱窗前，用呆滞而温和的欲求目光凝视展品，一个衣冠楚楚的动物销售员与他搭话："你好，先生。看见什么喜欢的东西了吗？"

里克说："都喜欢，问题在于价格。"

"你说个你感兴趣的价位，"销售员说，"告诉我你想带什么回家和愿意花多少钱。咱们去把要求告诉销售经理，他保证会让你满意的。"

"我有三千美元现金。"警察局在他下班时付了他的赏金，他问，"那一窝兔子要多少钱？"

"先生，假如你把三千美元当作预付款，我可以帮你搞到比一对兔子好得多的东西。比方说一只山羊，你意下如何？"

"我对山羊没什么想法。"里克说。

"冒昧地问一句，你是不是刚接触到这个价格区间？"

"唔，我不是每天身上都揣着三千美元。"里克承认道。

"你提到兔子的时候，我就猜到了，先生。兔子的问题在于人人都有。我感觉你属于养山羊的阶层，因此希望能见到你迈出这一步。实话实说，我看你更像一个养山羊的人。"

"养山羊都有什么好处？"

动物销售员说："山羊最大的优点是你能教它学会用角顶小偷。"

"但小偷可以先用催眠飞镖迷昏山羊，然后放绳梯从悬停的悬浮车上爬下来。"里克说。

销售员不为所动，继续道："山羊很忠诚，而且有笼子都关不住的自由自在的灵魂。另外，山羊还有一个你很可能不知道的独特优点。人们常常会花了钱买动物，然后一天早晨起来，发现动物吃了有放射性的东西，结果被毒死了。山羊却不怕食物受过污染，它什么都能吃，那些能撂倒牛马，尤其对猫伤害大的东西，都不在话下。就长期投资而言，对认真的动物主人来说，我们认为山羊，特别是母山羊，拥有无可比拟的优势。"

"这只山羊是母的吗？"他已经盯上了一只高大的黑山羊，它不偏不倚地站在笼子的正中央。他走向那个笼子，销售员紧跟其后。在里克的眼中，这只山羊非常美。

"对，是母的。努比亚黑山羊，体形很大，你应该已经注意到了。这是今年市场上最抢手的动物，先生。我们可以给你一个很有吸引力的价格，保证低得非同寻常。"

里克掏出他皱皱巴巴的《西德尼兽禽目录》，翻到努比亚黑山羊那一页。

"是直接现金交易？"销售员问，"还是用二手动物交换？"

"全部用现金。"里克说。

销售员在一张纸上潦草地写了个价格，然后鬼鬼祟祟地给里克看了一眼。

"太贵了。"里克说。他接过那张纸，写了个低得多的价钱。

"这可是山羊啊，这个价没法卖。"销售员抗议道，他又写了个数字，"这只山羊还不到一岁，预期寿命还长着呢。"他把数字给里克看。

"成交。"里克说。

他签了分期付款合同，付了三千美元的首付，这是他今天的全部赏金。没过多久，他就站在了悬浮车旁边，晕晕乎乎地看着动物交易商的员工把笼子往车上装。我有动物了，他在心里说。真正的活的动物，而不是人造的。我这辈子第二次。

无论是总价还是合同规定的负债额，数字都高得让他害怕，他不由颤抖起来。但我必须这么做，他在心里说。自从和菲尔·雷施共处之后，我必须重建我的信心，还有我对自我和个人能力的信念。否则我就保不住这份工作了。

他用麻木的双手驾驶悬浮车飞上天空，投向公寓和伊兰的怀抱。她肯定会生气，他在心里说。因为这份责任会让她坐立不安。另外，由于她从早到晚都待在家里，照顾动物的大部分工作会落在她的身上。他的心情又变得凄冷。

他把悬浮车降落在公寓楼的屋顶上，呆呆地坐了好一会儿，编造了一个充满似是而非的借口的故事。我的工作需要它，他搜肠刮肚，好不容易才想到这个理由。尊严问题。咱们不能继续养电子羊了，它在破坏我的斗志。也许我可以这么跟她说，他最后决定了。

他下车，从后座上把笼子往外拽，费了九牛二虎之力，总算把笼子放在了屋顶上。在整个运输过程中，山羊一直在笼子里滑来滑去，此刻瞪大了一双明亮的眼睛，机敏地盯着他，但没有发出任何声音。

他下楼，穿过熟悉的走廊，来到自家门前。

"回来了，"伊兰和他打招呼，她正在厨房里做饭，"今天怎么这么晚？"

"跟我去屋顶，"他说，"我有东西要给你看。"

"你买了动物。"她解开围裙，条件反射地拢了拢头发，跟着他走出公寓。两个人迈开大步，急切地穿过走廊。"你不该抛开我一个人去的，"伊兰气喘吁吁地说，"我有权参与决策，这是我们买过的最重要的——"

"我想给你一个惊喜。"他说。

"你今天挣到了赏金。"伊兰用责备的语气说。

里克说："对，我报废了三个仿生人。"他走进电梯，两人一起升向天堂。"我必须买个动物，"他说，"今天出了些问题，和报废仿生人有关。要是不买个动物，我很可能就干不下去了。"电梯来到屋顶，他领着妻子走进夜色的黑暗中，朝着笼子而去。他打开供所有住户使用的聚光灯，默默地指了指山羊，等待妻子做出反应。

"我的天哪。"伊兰轻轻地说。她走到笼子前，凝视里面的动物，然后绕着笼子走了一圈，从各个角度观察山羊。"真的是真的吗？"她问，"不会是假的吧？"

"保证是真的，"他说，"除非他们骗了我。"但这种事极少发生，售卖赝品的惩罚非常重：两倍半于真动物的市场售价。"不，他们没有骗我。"他说。

"是山羊啊，"伊兰说，"努比亚黑山羊。"

"母的，"里克说，"咱们说不定能给它配个种，然后就可以挤奶做奶酪了。"

"能放它出来吗？把它放进电子羊的羊圈？"

"要拴着它，"他说，"至少刚开始几天一定要拴好。"

伊兰用小而奇怪的声音说："《我的生命是爱和喜乐》，约瑟夫·施特劳斯的老歌。还记得吗？咱们刚认识的时候。"她温柔地按住他的肩膀,凑近亲吻他:"有很多的爱,还有非常多的喜乐。"

"谢谢。"他说,然后拥抱她。

"咱们下楼去感谢默瑟吧。然后咱们再上来,给它起个名字。它需要一个名字。你还可以找根绳子拴它。"她走向电梯。

他们的邻居比尔·巴伯站在他的马旁边,正在梳理和爱抚朱迪,他对他们大声说:"哎,德卡德先生,德卡德太太,你们的山羊真好看。恭喜。晚上好,德卡德太太。你们的羊说不定会生小羊,到时候我说不定可以用我的小马换你们的小羊。"

"谢谢。"里克说,跟着伊兰走向电梯。"有没有治好你的抑郁?"他问她,"反正我的抑郁是治好了。"

伊兰说:"当然治好了。现在咱们可以向大家承认之前那只羊是假的了。"

"没这个必要吧。"他想更小心一点儿。

"但咱们可以这么做,"伊兰坚持道,"你看,现在咱们没什么要隐瞒的了,咱们想要的东西成真了。简直像做梦!"她再次踮起脚尖,凑上来亲了他一口,热切而急促的呼吸弄得他脖子发痒。然后她伸出手,按下电梯按钮。

直觉在警告他,让他不由开口说道:"咱们先别下去。再在屋顶上陪一会儿山羊。咱们可以坐下看着它,喂它吃点儿东西。他们给了我一袋燕麦,当作头两天的饲料。咱们还可以读一读山羊维护手册,他们也给了我这个,不额外收费。咱们可以叫它尤菲米娅。"但电梯已经来了,伊兰迫不及待地跑了进去。"伊兰,等一等。"他说。

167

"不和默瑟融合以表达感谢，那是违反道德的，"伊兰说，"我今天握过箱子的把手，稍微冲淡了一点儿抑郁——只是一点点，比山羊差远了。不过无论如何，我挨了一块石头，就在这儿。"她举起手腕，他辨认出一小块淤青的轮廓。"我记得当时我在想，我们与默瑟同在的时候，我们变得多么美好，一切都是那么美好。疼痛算得了什么？尽管肉体感到了痛苦，但我们在精神上成为一体，我感觉到了其他人的存在，他们遍布全世界，都是在同一个时刻融合的。"她挡住电梯门，不让它关上，"进来吧，里克。几分钟的事情。你几乎从不融合。我希望你能把你此刻的情绪传播给所有人，这是你应尽的义务。把情绪只留给自己，那是不道德的。"

当然了，她依然是对的。于是里克走进电梯，再次下楼。

回到他们家的客厅里，伊兰飞快地打开共情箱的开关，她越来越高兴，整张脸都鲜活了起来，快乐就像新月初升，照亮了她。"我希望所有人都知道。"她对里克说。"有一次我碰到过同样的事，我进入融合，收到另一个人的信号，那个人刚刚买了一只动物。后来另一天——"她的脸色一时间变得阴暗，喜悦不翼而飞，"那天我收到了另一个人的信号，这个人的动物死了。但我们其他人与那个人分享我们各自的快乐——可惜我并没有，你应该知道的——那个人也就高兴了起来。我们说不定把一个有可能会自杀的人拉了回来，我们拥有的事物，我们体会到的情绪，也许——"

"他们会得到我们的快乐，"里克说，"但我们会失去快乐。我们用我们的情绪交换他们的情绪，我们的快乐会因此减少。"

共情箱的屏幕上，艳丽的色彩开始涌动。他妻子深吸一口气，紧紧握住两个把手："我们不会真的失去我们的情绪，只要我们将其牢记于心。里克，你其实并不理解融合是怎么一回事，对吧？"

"大概吧。"他答道。但此刻他终于前所未有地意识到了，伊兰这样的人从默瑟教那里究竟得到了什么。他与赏金猎人菲尔·雷施的交往很可能改变了他身上某些神经突触的接法，关闭了一个神经通道，又打开了另一个通道，因此导致了连锁反应。"伊兰，"他急切地说，把妻子从共情箱前拉开，"听我说，我必须和你说一说今天发生了什么。"他拉着她走到沙发旁，让她面对着他坐下。"今天我遇到了另一个赏金猎人，"他说，"我从没见过的一个家伙。他是个嗜血狂人，似乎就是喜欢摧毁仿生人。和他打过交道之后，我第一次换个角度来看待仿生人。我是说，尽管我的做法和他不一样，但我之前对它们的看法与他毫无区别。"

"你就不能等一会儿再说吗？"伊兰说。

里克说："我做了个测试，回答了一个问题，证实了我的猜想。我开始共情仿生人了，你要明白这意味着什么。你今天早上自己也说过，'可怜的仿生人。'因此你知道我在说什么。所以我才会买那只山羊。我从没有过这样的感觉。有可能仅仅是抑郁，和你一样。我现在能理解你心情低落的时候到底有多么痛苦了。我一直以为你就喜欢那样，以为你能随时让自己摆脱那个状态，就算自己做不到，也能通过情绪调节器做到。但是，一个人要是真的抑郁起来，就不会在乎了。你会变得冷淡，因为你觉得做什么都不值得。情绪能不能变好，这根本不重要，因为既然不值得——"

"你的工作怎么样了？"她的语气刺痛了他，他惊愕得眨了眨眼。"你的工作,"伊兰重复道,"山羊的分期付款,每个月要还多少?"她伸出手,他本能地掏出他签了字的合同递给她。"这么多啊?"她用干瘪的声音说。"利息,我的天,这还只是利息。而你买山羊,只是因为你心情不好。不是像你一开始说的那样,要给我一个惊喜。"她把合同还给他。"不过也无所谓。我还是很高兴你买了山羊,我喜欢这只山羊。但它是个巨大的经济负担。"她的脸色又变得灰暗。

里克说:"我可以换个岗位。局里有十几个不同的小组。动物盗窃组,我可以转到那个组去。"

"那样就没赏金了。咱们需要赏金,否则他们会把山羊收回去的!"

"我可以把合同从三十六个月拉长到四十八个月。"他掏出圆珠笔,在合同背面飞快地计算,"那样的话,每个月都会少五十二美元五十美分。"

视频电话响了。

"要是咱们不下楼,"里克说,"要是咱们留在屋顶上陪山羊,就不会接到这个电话了。"

伊兰走向电话机,说:"你有什么好害怕的?他们不会来收回山羊的,至少现在还不会。"她拿起听筒。

"是局里,"他说,"就说我不在家。"他走向卧室。

"你好。"伊兰对着听筒说。

里克心想:我不该回家的,今天还有三个仿生人等着要被我干掉呢。哈利·布赖恩特的脸出现在屏幕上,现在想走已经来不及了。他迈开僵硬的双腿，重新走向电话。

"对，他在。"伊兰说，"我们买了一只山羊，布赖恩特先生，过来看一看吧。"她停下，听对方说话，然后把听筒递给里克。"他有事情找你。"她说。她走到共情箱旁，飞快地坐下，再次握住两个把手。她几乎立刻就沉浸了进去。里克拿着听筒站在电话前，感觉到她的灵魂已经离开，也感觉到他自己的孤独。

"你好。"他对听筒说。

"我们盯上剩下的两个仿生人了。"哈利·布赖恩特说。电话是从他的办公室打过来的，里克看见了那张熟悉的办公桌，还有散乱的文件和吉卜尔。"它们显然被惊动了，它们离开了戴夫给你的地址，此刻的方位是——"布赖恩特在桌上乱翻，好不容易才找到他要找的东西。

里克不由自主地掏出笔，把山羊的支付合同垫在大腿上，准备记录。

"3967-C 号共有公寓，"布赖恩特警督说，"以最快速度赶过去。我们不得不假设它们知道加兰、卢夫特和波洛科夫已经被你干掉了，所以才会非法逃跑。"

"非法。"里克重复道。只是为了救它们自己的小命。

"伊兰说你买了一只山羊，"布赖恩特说，"就今天？下班以后？"

"回家路上。"

"等你报废了剩下的几个仿生人，我就过去看看你的山羊。哦，对了，我刚和戴夫聊了几句。我说了说它们给你找的麻烦，他要我替他恭喜你，叫你多加小心。他说枢纽6型比他想象中还要聪明。事实上，他都不敢相信你一天就干掉了三个。"

"三个已经够多了。"里克说，"我干不动了，我需要休息。"

"等到明天，它们就会逃出我们的辖区了。"布赖恩特警督说。

"没那么快。它们会留在我们这儿的。"

布赖恩特说："你今晚就过去。免得它们潜伏起来。它们不会想到你能来得这么快。"

"它们当然会，"里克说，"它们会挖好坑等我的。"

"怎么，害怕了？因为波洛科夫——"

"我没害怕。"里克说。

"那你这是怎么了？"

"好吧，"里克说，"我会去的。"他准备挂电话了。

"有了结果通知我。我就待在办公室里。"

里克说："要是我能干掉它们，我就再买一只绵羊。"

"你不是有一只绵羊吗？自从我认识你，你就在养它了。"

"那是一只电子羊。"里克说。他挂断电话。这次我要买一只真绵羊，他在心里说。我必须买一只。为了补偿。

他妻子伏在黑色的共情箱前，一脸全神贯注的表情。他在她身旁站了一会儿，手放在她的胸口，他能感觉到她的胸部起起伏伏，能感觉到她身体里的生命力。伊兰却没有注意到他的存在，她一如既往地完全与默瑟融合在了一起。

共情箱的屏幕上，苍老虚弱的默瑟身穿长袍，他艰难地向上攀登，一块石头突然从他身旁飞过去。里克望着这一幕，心想：上帝啊,从某个角度说,我的处境比他还要糟糕。默瑟不需要与对他来说完全陌生的事物打交道。他遭受痛苦的折磨不假,但他不需要背弃他的人类身份。

他弯下腰,轻轻地从把手上掰开妻子的手指,然后自己握住了把手。这是几个星期以来的第一次,纯属一时冲动。他并没有这个打算,但事情就这么自然而然地发生了。

他面对一片荒原,到处是蓬乱的野草。他能闻到刺鼻的花粉气味,这里是沙漠,从不下雨。

一个男人站在他面前,他疲惫的双眼饱含痛苦,哀伤地望着里克。

"默瑟。"里克说。

"我是你的朋友,"老人说,"但你必须自己往前走,就好像我并不存在。你明白我的意思吗?"他摊开空着的双手。

"不,"里克说,"我不明白。我需要帮助。"

"我连自己都救不了,"老人说,"又怎么救得了你呢?"他微微一笑:"你还不懂吗?不存在什么救赎。"

"那这是在干什么?"里克问,"你为什么存在呢?"

"为了向你证明,"威尔伯·默瑟说,"你并不孤独。我与你同在,永远如此。去完成你的任务吧,哪怕你明知道那么做不对。"

"为什么?"里克问,"我为什么一定要去呢?我可以辞职去移民。"

老人说:"无论你去什么地方,都注定要做不该做的事情。背弃你自己的身份,这是生命的基本条件。每一个活着的生命都迟早要这么做。这是最终极的阴影，是造物的缺憾；这是永不停歇的诅咒，吞噬一切生命的诅咒。整个宇宙都逃不过这条规律。"

"你就没别的话能对我说了吗？"里克说。

一块石头呼啸着飞向他，他躲了一下，石头击中他的耳朵。他立刻松开把手，回到了自己家的客厅里，身旁是妻子和共情箱。这一下打得他头部剧痛，他抬起胳膊试了试，摸到的是鲜血：鲜红色的大滴血珠顺着脸的侧边淌下来。

伊兰用手帕擦拭他的耳朵："还好你掰开了我的手。我最受不了的就是这个。谢谢你替我挨石头。"

"我要走了。"里克说。

"工作？"

"三个任务。"他接过妻子手里的手帕，走向房门，依然晕乎乎的，而且还有点儿犯恶心。

"祝你好运。"伊兰说。

"刚才我抓着把手，却什么都没得到，"里克说，"默瑟和我聊了几句，但没有任何帮助。他知道的并不比我多。他只是个爬山的老人，正在走向他的死亡。"

"这难道不是一个启示吗？"

里克说："这样的真相我早就知道了。"他打开房门。"回头见。"他走进走廊，关上房门。他看了一眼合同背面：3967-C 号共有公寓。这个地址在城郊居住区，那里几乎没有人烟，是个躲藏的好地方。但到了夜里，灯光会暴露踪迹。灯光就是我的向导，他心想。灯光，趋光性，就像鬼脸天蛾。等我做完这个活儿，他心想，就不干赏金猎人了。我要换个工作，做点儿别的事情来挣口饭吃。这三个仿生人就是我最后的任务。默瑟说得对，我必须有始有终。但是，他心想，我觉得我做不到。两个在一起的仿生人——这不是该不该的道德问题，而是能不能的实际问题。

他意识到，我很可能没法报废它们。就算再努力，我也做不到了，我太累了，今天发生的事情也太多了。也许默瑟知道我的处境，他心想，也许他预见到了未来的一切。

但我知道我能从哪里得到帮助，对方主动提出过，但我拒绝了。

他来到屋顶，没多久就坐在了黑洞洞的悬浮车里，开始拨号。

"罗森联合。"总机的姑娘说。

"蕾切尔·罗森。"他说。

"你找谁，先生？"

里克咬着牙说："给我转蕾切尔·罗森。"

"罗森小姐知道你要打电话——"

"她当然知道。"他说，然后等待。

十分钟后，蕾切尔·罗森阴郁的小脸出现在显示屏上："你好，德卡德先生。"

"这会儿忙不忙，能聊几句吗？"他说，"就是你今天早些时候说过的事情。"但感觉并不像是今天，自从他们上次交谈以来，一个时代已经兴起和衰落。而这个时代所有的负担和疲惫，全都重现在了他的身体里，他能感觉到实实在在的压力。也许，他心想，是因为那块石头。他用手帕擦了擦还在流血的耳郭。

"你的耳朵破了，"蕾切尔说，"真可怜。"

175

里克说："你真的以为我不会打电话给你吗？就像你说的？"

"我说过了，"蕾切尔说，"要是没有我，你会在逮住某个枢纽6型前被它干掉。"

"你错了。"

"但你还是打给我了。所以，你要我去旧金山吗？"

"今晚。"他说。

"已经这么晚了。我明天过去，一个小时的航程而已。"

"我得到的命令是今晚必须干掉它们。"他犹豫了一下，然后说，"刚开始有八个，现在还剩三个。"

"听起来你今天过得很糟糕。"

"要是你今晚不飞过来，"他说，"我就一个人去找它们，但我肯定没法报废它们。"他又说："我刚买了一只山羊，用我干掉的那三个的赏金。"

"你们人类啊，"蕾切尔大笑，"山羊很难闻的。"

"只有公山羊才难闻。我在附赠的手册里读到的。"

"你真的很累了，"蕾切尔说，"你看上去昏昏沉沉的。想在同一天再干掉三个枢纽6型？你确定你知道自己在干什么吗？从没有人在一天里报废六个仿生人。"

"富兰克林·鲍尔斯，"里克说，"一年前在芝加哥，他报废了七个。"

"那是古老的麦克米伦Y–4分型。"蕾切尔说。"枢纽6型完全不一样。"她想了想，"里克，我没法来。我连晚饭都还没吃呢。"

"我需要你。"他说。否则我必死无疑，他在心里说。我知道这是真的，默瑟知道，我认为你也知道。但是，他又想到，哀求你是在浪费时间。人不可能感动一个仿生人，因为仿生人没有心。

蕾切尔说："对不起，里克，但今晚我去不了，只能等到明天。"

"仿生人也会报复。"里克说。

"什么意思？"

"因为我用福格特－坎普夫量表揭穿了你。"

"你这么认为？"她惊讶地说，"真的吗？"

"再见。"他说，准备挂断电话。

"听我说，"蕾切尔急匆匆地说，"你没有用你的脑子。"

"你这么认为，是因为你们枢纽6型比人类聪明。"

"不，我是真的不明白，"蕾切尔叹息道，"我看得出来，你不想今晚去完成这个任务——很可能完全不想干。你确定你是要我帮你报废剩下的三个仿生人吗？还是说你其实希望我说服你别去？"

"你来旧金山，"他说，"咱们去开房间。"

"为什么？"

"因为今天我听到了一个说法，"他嗓音嘶哑，"说的是人类男性和仿生人女性的关系。今晚你来旧金山，我就放弃剩下的仿生人。咱们做点儿别的事情。"

她注视着他，然后突然说："好，我飞过去。到哪儿见你？"

"圣弗朗西斯饭店吧。湾区还算体面的旅馆只剩下这一家还营业了。"

"在我到之前，你什么都不会做？"

"我会坐在旅馆房间里，"他说，"看电视上的老友巴斯特。过去三天的嘉宾一直是阿曼达·沃纳。我喜欢她，可以看她一辈子。她有一对会笑的乳房。"他挂断电话，呆呆地坐了一会儿，脑海里空空荡荡。最后，车里的寒气唤醒了他。他转动点火钥匙，很快就飞上天空，朝着旧金山商业区而去。目的地是圣弗朗西斯饭店。

16

里克·德卡德坐在豪华而宽敞的客房里，阅读罗伊·贝蒂和伊姆加德·贝蒂这两个仿生人的资料。两份案卷里都有透过望远镜拍的快照，但立体彩照过于模糊，他几乎什么都看不清。他断定：女的那个应该挺迷人；男的那个就不一样了，罗伊·贝蒂长得不太好看。

案卷里说它在火星上是药剂师。至少它是这么声称的。实际上，它有可能是体力劳动者，一个农业工人，憧憬着更好的生活。仿生人会有梦想吗？里克问他自己。显然会，所以它们偶尔会杀死雇主，逃到地球上来，过更好的生活，而不是当奴隶。就像卢芭·卢夫特，唱《唐·乔万尼》和《费加罗的婚礼》，而不是在遍布岩石的贫瘠土地上累死累活。那颗殖民星球本质上就不适合人类生存。

罗伊·贝蒂（通缉令上写）有假权威那种独断专行的侵略性气质。出于某些难以解释的执念，这个仿生人组织了一场集体逃亡，虚构出所谓仿生人"生命"的神圣性，

179

将之作为意识形态层面的基础。除此之外，这个仿生人曾经还窃取并实验了多种心灵融合药物，被发现后声称它希望在仿生人之中推行类似于默瑟教的群体体验，因为它发现默瑟教的体验不适用于仿生人。

这段描述让里克觉得它很可悲。一个冷血粗暴的仿生人，希望能够参与一种体验，然而由于蓄意构造的天生缺陷，它被这种体验排斥在外。不过，他无法对罗伊·贝蒂产生任何同情心，根据戴夫的笔记，他感觉这个仿生人拥有某种令人厌恶的气质。贝蒂尝试过独自一人强行创造融合体验，但没有成功，接下来它设法杀死多人，然后逃往地球。但现在，尤其是今天，最初的八个仿生人一个接一个被干掉，最终只剩下了三个。而它们，这个非法团体里最狡猾的三名成员，同样难逃一死，因为就算他没能干掉它们，其他人也迟早会成功的。时间就像潮水，他心想。生命循环往复。一切将结束在这最后的暮光之中。死亡的寂静终将到来。他在其中感知到了一个完整的微宇宙。

客房的门被猛地推开。"飞得太辛苦了。"蕾切尔·罗森上气不接下气地说，她身穿鱼鳞纹的长大衣，里面是配套的胸罩和短裤。除了一个华丽的邮差包，她还拿着一个纸袋。"房间不错嘛。"她看了一眼手表。"还不到一个小时，我来得可真快。给你。"她把纸袋递给他，"我买了一瓶酒，波旁威士忌。"

里克说："八个里最狡猾的那个还活着。正是它把它们组织起来的。"他把罗伊·贝蒂的通缉令塞给她，蕾切尔放下纸袋，接过复印纸。

她读完通缉令，然后说："确定他的下落了吗？"

"我有个共有公寓楼的号码，在城郊居住区，多半只住了几个退化的特异人，蚂蚁脑子和鸡脑子之类的，在那儿熬他们的所谓人生。"

蕾切尔伸出手："给我看看另外两个。"

"都是女性。"他把通缉令递给她，一张的主角是伊姆加德·贝蒂，另一张属于一个自称普里斯·斯特拉顿的仿生人。

蕾切尔看着最后一张通缉令，说："哦——"她扔下那几张纸，走到窗口，眺望旧金山的商业区。"我猜你会被最后一个耍得团团转，也有可能不会，还有可能是你不在乎。"她脸色变得苍白，声音也在颤抖，一时间身子摇晃了起来。

"你到底在说什么啊？"他捡起三张通缉令，仔细研究，想知道究竟是哪句话刺激了蕾切尔。

"咱们开威士忌吧。"蕾切尔拿起纸袋走进卫生间，带着两个杯子回来。她依然显得心神不宁和不知所措，似乎心事重重。他能感觉到隐秘的念头在她脑海里疾驰：转变呈现在了她皱着眉头的紧绷面庞上。"知道怎么开吗？"她问，"你知道的，这瓶酒很值钱。这可不是人工合成的假货，而是战前用真麦芽酿的。"

他接过酒瓶，拧开，把波旁威士忌倒进两个杯子。"告诉我，你到底怎么了？"他说。

蕾切尔说："电话里你说要是我今晚飞过来，你就不去追杀剩下的三个仿生人了。你说'咱们做点儿别的事情'，但现在咱们在一起了——"

"告诉我，是什么刺激了你？"他说。

蕾切尔面对他，一脸的不服气："我说，咱们现在是要做点儿什么，还是要没完没了唠叨剩下的三个枢纽6型仿生人如何如何？"她解开大衣的纽扣，脱掉大衣，拿到衣柜挂起来。他第一次得到了仔细打量她的机会。

他再次注意到，蕾切尔的身材比例很奇特，浓密的黑发使得她的头部显得特别大，再加上小小的乳房，她的身体有一种近乎孩童的柔弱感觉。但她的大眼睛和精心梳理过的长睫毛只可能属于成年女性，因此终结了她像是一个少女的幻觉。蕾切尔把重心放在前脚掌上，手臂自然下垂，在肘关节处微微弯曲。他意识到，这是一个警觉的猎手的姿态，摆出姿态的人像是来自克罗马农部落。那是一族高大的猎手，他对自己说。蕾切尔身上没有赘肉，腹部扁平，臀部小，胸部也小。她是按照凯尔特人的体形塑造的，一方面与这个时代格格不入，另一方面又充满了魅力。短裤底下是两条细长的腿，散发着无性别的中性气质，没有圆润的性感曲线。尽管这个身体无疑属于一个少女，而不是女人，但总体印象很美——只有那双不安分的机敏眼睛除外。

他尝了一口威士忌，烈酒的力量，特别是它纯正的气味和滋味，对他来说已经很陌生了，他几乎咽不下去。蕾切尔刚好相反，她喝得云淡风轻。

蕾切尔走到床边坐下，漫不经心地抚平床罩，表情变得阴沉。里克把酒杯放在床头柜上，在她身旁坐下。他的体重压得床垫沉了下去，蕾切尔换了个坐姿。

"怎么了？"他说着握住她的手，她的手瘦骨嶙峋，冷冰冰的，有点儿潮湿，"是什么刺激了你？"

"最后一个该死的枢纽6型，"蕾切尔费力地挤出这句话，"和我是同一个型号。"她低头盯着床罩，发现了一个线头，于是慢慢把它揉成小球。"你没注意到通缉令上的体貌特征吗？也适用于我。她的发型和衣着也许和我不一样，甚至有可能买了一顶假发。但等你见到她，就会明白我在说什么了。"她自嘲地哈哈一笑，"还好公司承认了我是仿生人，否则等你见到普里斯·斯特拉顿，肯定会大发雷霆，或者把她误认为我。"

"但你为什么这么心神不宁呢？"

"唉，你报废她的时候，我也会在场。"

"不一定。说不定我找不到她呢？"

蕾切尔说："我了解枢纽6型的心理，所以我才会来这儿，所以我才能帮助你。他们最后三个一起躲了起来，追随那个自称罗伊·贝蒂的疯子。他会策划最终的抵抗行动，使出全部的力量，殊死一搏。"她抿紧了嘴唇。"上帝啊。"她说。

"高兴点儿。"他说。接着他用手掌托起她小巧的尖下巴，抬起她的脸蛋儿，迫使她直视他。不知道亲吻仿生人是什么滋味，他在心里说。他把头部向前伸了一英寸，亲吻她干涩的嘴唇。蕾切尔毫无反应，依然一脸冷淡，像是完全不为所动。但他感觉到的情绪与此截然相反——当然了，也可能是他一厢情愿。

"真希望我在来之前就知道这件事，"蕾切尔说，"那样我就肯定不会来了。我认为你的要求太过分了。你知道我对这个叫普里斯的仿生人产生了什么感受吗？"

"共情。"他说。

"差不多。认同感，就是这样。上帝啊，也许到头来真会是这个结果。你看错人，报废了我，而不是她。然后她回西雅图，去过我的生活。我以前从没产生过这种情绪。我们是机器，像瓶盖一样被制造出来。我——我这个个体——真的存在吗？这实际上是一种幻觉，我不过是一个型号的代表。"她打了个哆嗦。

他不禁觉得好笑，因为蕾切尔居然会变得这么多愁善感。"蚂蚁不会有这种感觉，"他说，"而不同的蚂蚁在生理上是一模一样的。"

"蚂蚁。蚂蚁不会感觉到月经快来了。"

"人类的同卵双胞胎。他们不会——"

"但他们彼此认同，按照我的理解，他们有某种特殊的共情纽带。"她起身走向酒瓶，脚步不太稳定。她又倒了一杯酒，还是飞快地灌下去。她在房间里转悠了几圈，眉头紧锁，表情阴郁，然后凑巧似的转向了里克，又回到床边坐下。她抬起两条腿放在床上，躺下来，靠在松软的枕头上。她叹了口气。"忘了那三个仿生人吧。"她的声音里充满疲倦，"我累了，因为赶路，也因为我今天得知的这么多事情。我只想睡觉。"她闭上眼睛。"要是我死了，"她喃喃道，"等罗森联合制造出我这个子型号的下一个个体，我说不定会重生。"她睁开眼睛，目光灼灼地盯着他。"你知道我来这儿的真正原因吗？"她问，"为什么埃尔登和罗森家族的其他人类要我跟着你？"

"为了观察，"他说，"并搞清楚枢纽6型为什么会在福格特－坎普夫测试上栽跟头。"

"不但是测试，还有其他方面，所有会让它暴露身份的细节。我向他们汇报，然后公司修改他们的基因组合，就会催生枢纽7型。等枢纽7型被你们抓住，我们就继续修改，直到公司迭代出一个让人不可能分辨出真假的型号。"

"听说过博内利反射弧测试吗？"他问。

"我们也在改善脊椎神经中枢。博内利测试迟早会落入历史的裹尸布，被人们彻底遗忘。"她笑得非常纯真，与嘴里的话对比鲜明。聊到现在，里克已经无从分辨她的认真程度了。这个话题重要得能震动世界，但她说得轻描淡写。有可能是仿生人的特性，他心想。缺乏情绪觉知能力，感觉不到自己的话的真实意义，只知道单个短语的空洞的、形式化的、知识性的定义。

而更有甚者，蕾切尔开始戏弄他了。不知不觉间，她摆脱了自怨自艾，转而拿他开起了玩笑。

"去你的吧。"他说。

蕾切尔哈哈一笑。"我喝醉了。我不能陪你去。要是你把我扔在这儿——"她挥挥手，表示你尽管去吧，"我就待在这儿睡觉，以后再听你说都发生了什么。"

"要是罗伊·贝蒂干掉了我，"他说，"那就没有以后了。"

"但我无论如何都帮不上忙，因为我喝醉了。反正你已经知道真相了，比砖头还硬的、没有规律的、不可捉摸的真相。我只是观察员，不能为了救你而插手。我不在乎你会不会被罗伊·贝蒂干掉，我只在乎我会不会被干掉。"她突然睁大了眼睛。"天哪，我在共情我自己。另外，你看，要是我去了城郊的破败公寓楼——"她伸出手，拨弄他的衬衫纽扣，慢慢地、轻盈地转动手指，解开他的纽扣，"我不敢去，因为仿生人彼此间不讲忠诚，我知道那个该死的普里斯·斯特拉顿会干掉我，然后冒名顶替。明白吗？脱掉你的外衣。"

"为什么？"

"这样咱们就可以上床了。"蕾切尔说。

"我买了一只努比亚黑山羊，"他说，"我必须再报废三个仿生人。我必须结束我的任务，然后回家陪我的妻子。"他起身，绕过床，走向酒瓶。他站住，小心翼翼地给自己倒了第二杯威士忌。他注意到自己的手在微微颤抖，多半是因为疲倦。他意识到，他们俩都累了。太累了，没法去追捕三个仿生人，更何况为首的还是八个仿生人里最狡诈的那一个。

站在那里，他突然意识到，他对仿生人的头目产生了某种赤裸裸的、无可争辩的恐惧。整件事的关键是贝蒂，从一开始就是贝蒂。迄今为止，他遇到和报废的那几个仿生人，其实都是越来越险恶的贝蒂的化身。现在轮到贝蒂本身了。想到这里，他感觉到恐惧变得更加强烈，此刻他放任恐惧接近他的显意识，恐惧就向他亮出了獠牙。"现在没有你我不能去，"他对蕾切尔说，"我甚至不能离开这儿。波洛科夫直接找上了我，加兰也差不多是主动找到我的。"

"你认为罗伊·贝蒂会来找你？"她弯腰放下空酒杯，手伸到背后，解开了胸罩。她轻快地取下胸罩，然后站起来，她晃了晃，随后因为没站稳而笑了。"我的包里有个装置，"她说，"是公司的火星自动工厂做的应急——"她做了个鬼脸，"应急安全小工具，用于对新制造的仿生人做常规检查。你拿出来。它像个牡蛎。你会找到的。"

他打开包，搜寻她说的东西。蕾切尔和人类女性一样，把各种各样你能想到的东西都一股脑儿地塞在包里。他怎么都找不到那件东西。

而与此同时，蕾切尔踢掉靴子，拉开短裤的拉链，她单脚保持平衡，用脚趾夹住脱下来的短裤，甩向房间的另一头。她随后倒在床上，翻身去拿酒杯，却一不小心把酒杯碰到了地毯上。"该死。"她说，然后再次摇摇晃晃地爬起来。她只穿一条内裤，站在床边看里克翻她的包，然后慢吞吞地掀开床罩，爬进去，把床罩拉上来盖住身体。

"是这个吗？"里克举起一个金属球，它的手柄上有个按钮。

"它能让仿生人强直性昏厥，"蕾切尔说着闭上了眼睛，"但只有几秒钟，暂时中断呼吸。它同样能停止人类的呼吸，但人类不呼吸——还是出汗[1]？——也能正常活动几分钟，而仿生人的迷走神经——"

"我知道。"他直起腰，"仿生人的自主神经系统不如人类的灵活，无法随时干预生理活动。但就像你说的，效果只能持续五

1　英语里的呼吸（respire）和出汗（perspire）形近。

六秒。"

"足够救你一命了。"蕾切尔喃喃道。"所以，你看——"她坐了起来，"要是罗伊·贝蒂来这儿，你就把它握在手里，然后按手柄上的按钮。切断循环系统的空气供应会导致脑细胞失能，罗伊·贝蒂会立刻动弹不得，到时候你就可以用激光枪干掉他了。"

"你的包里有激光枪。"他说。

"样子货。法律不允许仿生人——"她打了个哈欠，眼睛又闭上了，"携带激光枪。"

他走到床边。

蕾切尔扭来扭去，最后终于翻了个身，她趴在床上，脸埋在雪白的床单上。"这是一张干净、高贵的处女床，"她说，"只有干净、高贵的姑娘才——"她想了想。"仿生人没法怀孕，"她又说，"你说是不是个损失？"

他脱光她的衣物，露出她苍白、冰冷的下半身。

"是不是个损失呢？"蕾切尔重复道，"我当然不知道，我不可能知道。怀孕的感觉是什么样的？说起来，被生出来的感觉是什么样的呢？我们不是被生出来的，我们不需要生长发育，我们不会死于疾病或衰老，而是会像蚂蚁似的凋亡。又是蚂蚁，我们不就是蚂蚁吗？没说你，我说的是我。几丁质的条件反射机器，其实并没有真正的生命。"她把头部转向一侧，大声说："我不是活人！你要睡的不是一个女人。别失望，好吗？你有没有和仿生人做过爱？"

"没有。"他边说，边解开领带，脱掉衬衫。

"我知道——听其他人说的——只要别多想，感觉就很逼真。

但你一想，等你意识到你在干什么，你就做不下去了。出于某些，咳咳，生理原因。"

他俯身亲吻她赤裸的肩部。

"谢谢你，里克，"她无力地说，"但请记住：别想，做就是了。别停下来思考哲学，因为从哲学的角度来看，这事情很悲凉。对你对我都一样。"

他说："结束后我还是打算去找罗伊·贝蒂。我还是需要你陪我去。我知道你包里的激光枪是——"

"你认为我会帮你干掉一个仿生人？"

"我认为尽管你嘴里那么说，但你会尽你所能帮助我，否则就不会躺在这张床上了。"

"我爱你，"蕾切尔说，"要是我走进房间，发现你的皮铺在沙发上，福格特-坎普夫测试会给我一个非常高的分数的。"

他关掉床头灯，心想，今晚的某个时刻，我会报废一个枢纽6型，它看上去和这个赤裸的姑娘一模一样。我亲爱的上帝啊，他心想，菲尔·雷施的预言成真了。先和她上床，然后杀死她。"我做不到。"他说，然后从床边退开。

"我希望你能。"蕾切尔说，声音微微颤抖。

"不是因为你，而是因为普里斯·斯特拉顿，因为我必须对她做的事情。"

"我和她不是同一个人。我不关心普里斯·斯特拉顿的死活。听我说，"蕾切尔又翻了个身，在床上坐起来，光线昏暗，他只能勉强分辨出她几乎没有胸部的苗条身躯，"和我上床，我去报废斯特拉顿，可以了吧？因为都到这一步了，总不能——"

"谢谢。"他说，谢意（无疑是因为威士忌）在胸中涌动，害得他哽咽起来。两个，他心想。现在我只需要报废两个仿生人了，只有贝蒂夫妇。蕾切尔真的能做到吗？显然能。这就是仿生人的思考和行为模式。但他从没遇到过像她这样的仿生人。

"该死的，快上床来。"蕾切尔说。

他爬上床。

17

事后他们好好地奢侈了一把：里克叫了客房服务，让他们送咖啡上来。他在一把绿黑两色、饰有金叶图案的扶手椅里坐了很久，慢慢品咖啡，考虑接下来几个小时该做什么。蕾切尔在浴室里冲热水澡，一会儿乱叫，一会儿哼歌，一会儿泼水。

"你倒是谈了个好条件。"她关上水龙头，大声说。她出现在浴室门口，红通通的赤裸身体滴着水，头发用橡皮筋扎了起来。"我们仿生人无法控制肉欲的冲动。你很可能知道这一点，在我看来，你占了我的便宜。"不过她看起来并不怎么生气，事实上，她喜气洋洋的，完全像人类应有的反应，和他认识的所有姑娘一样，"咱们真的非要今晚去找那三个仿生人吗？"

"是的。"他说。我要报废两个，他心想，还有一个是你的。正如蕾切尔说的，条件早就谈好了。

蕾切尔用一块白色大浴巾包住身体，说："你开心吗？"

"开心。"

"以后还会和仿生人上床吗？"

"只要是姑娘，只要她像你。"

蕾切尔说："你知道我这样的人形机器人的生命期有多长吗？我已经存在两年了。你估计我还能活多久？"

他迟疑了一下，说："两年左右吧。"

"他们永远也解决不了那个问题。我说的是细胞更替。无论是永久还是半永久的更新。唉，只能这样了。"她用力擦干身体，变得面无表情。

"我很抱歉。"里克说。

"妈的，"蕾切尔说，"该说对不起的是我，不该提到这个话题的。不过这么一来，人类就不能和仿生人私奔，在一起生活了。"

"你们枢纽6型也一样吗？"

"关键在于新陈代谢，而不是电子脑。"她从浴室里跑出来，抓起内裤，开始穿衣服。

他也穿上衣服，然后两个人一起前往屋顶，一路上都没怎么说话。负责停车取车的人类服务员一身白色制服，总是笑呵呵的。

他们飞往旧金山的城郊居住区，蕾切尔说："多好的一个夜晚。"

"我的山羊多半已经睡下了，"他说，"还是说山羊是夜行性的？有些动物从不睡觉。就像绵羊，反正我没见过绵羊睡觉，无论你什么时候看它们，它们都会抬头看你，等你喂它们。"

"你妻子是个什么样的人？"

他没有回答。

"你们——"

"假如你不是仿生人，"里克打断她的话，"只要我能合法地娶你，我就一定会和你结婚。"

蕾切尔说："我们也可以生活在罪孽中，然而我并没有生命。"

"从法律上说，是的。但事实上，你有生命。你不像假动物，是用晶体管电路做出来的，你是一个有机生命体。"然而再过两年，他心想，你就会耗尽生命力而死。因为就像你说的，我们一直没能解决细胞更替的问题。所以要我说，是不是其实并不重要。

我的路走到尽头了，他在心里说。等我消灭了贝蒂夫妇，我这个赏金猎人就做到头了。经过今晚的事情，我不可能做下去了。

"你看上去很悲伤。"蕾切尔说。

他伸出手，抚摸她的面颊。

"你再也不能追捕仿生人了，"她平静地说，"所以请不要悲伤。谢谢了。"

他盯着她。

"和我睡过之后，"蕾切尔说，"没有一个赏金猎人还能继续干下去。只有一个例外，他特别愤世嫉俗，菲尔·雷施，他脑子不正常，独来独往，根本就是个变态。"

"我明白了。"里克说。他感到麻木。从头到脚，整个身体。

"但咱们这一趟不会白跑，"蕾切尔说，"因为你要见到一位灵魂高洁的伟人了。"

"罗伊·贝蒂，"他说，"你认识它们所有人吗？"

"它们还存在的时候，我认识它们所有人。但现在只认识三个了。今天上午，你拿着戴夫·霍尔登的名单开始杀人前，我们尝试过阻止你。后来我又试过一次，就在波洛科夫找到你之前。再接下来，我就只能等待了。"

"等待我崩溃，"他说，"不得不打电话给你。"

"卢芭·卢夫特和我曾经很亲近，我们当了近两年的密友。你对她有什么看法？喜欢她吗？"

"喜欢。"

"但你杀了她。"

"菲尔·雷施杀了她。"

"噢，所以菲尔陪你回到了歌剧院。我们不知道这个细节，当时我们之间断了联系。我们只知道她被杀了，想当然地以为是你。"

"根据戴夫的笔记，"他说，"我认为我还能坚持一下，报废罗伊·贝蒂。但伊姆加德·贝蒂就难说了。"而普里斯·斯特拉顿，他心想，就不可能了。哪怕是到了现在，哪怕是他知道了真相。

"所以刚才在旅馆发生的事情，"他说，"完全是——"

"罗森联合，"蕾切尔说，"想接触美苏双方的赏金猎人。这个办法似乎有用……至于原因，我们也不完全理解。看来又是我们天生的限制了。"

"真的每次都有用吗？或者像你说的那么有用？"他闷闷地说。

"但对你有用。"

"咱们走着瞧。"

"当我看见你露出那个哀痛的表情，"蕾切尔说，"我就已经知道了。因为我在等它出现。"

"同样的事你做过多少次？"

"不记得了。七次，还是八次？不对，我确定是九次。"她（或者更确切地说，它）点点头，"是的，九次。"

"这一招早就过时了。"里克说。

蕾切尔惊讶地说："什……什么意思？"

他向前推方向盘，让悬浮车滑行下降。"反正我就是这么觉得的。我要杀了你，"他说，"然后一个人去找罗伊、伊姆加德·贝蒂和普里斯·斯特拉顿。"

"你降落就是为了这个？"她担忧地说，"你会被罚款的，我是罗森联合的财产——合法财产。我不是从火星逃到地球上来的，我和其他仿生人不属于同一个阶层。"

"但是，"他说，"假如我能杀你，杀它们也就不在话下了。"

她的手伸进她鼓鼓囊囊、塞满吉卜尔的包，疯狂地翻找了一阵，最后放弃。"这个包真是活见鬼了，"她恼恨地说，"永远摸不到我要找的东西。你能给我一个不疼的死法吗？我是说，就当照顾一下我了。我不会反抗的，可以吗？我保证不会反抗。可以吗？"

里克说："我现在明白菲尔·雷施为什么说那些话了。他不是愤世嫉俗，只是经验过于丰富。经过这次的事情，我没法怪他了。他被扭曲了。"

"但扭曲的方向错了。"从表面上看，她已经恢复了镇定，但内心依然狂乱和紧张。不过，黑暗的火焰毕竟将熄灭，生命力渐渐离她而去，他在其他仿生人身上见过许多次同样的情形。标准的听天由命。机械而理智地接受了命运，而真正的生命体经过了二十亿年求生和演化压力的折磨，无论如何都不会毫无怨言地屈服。

"你们仿生人怎么动不动就放弃了呢？我真是受不了。"他恶狠狠地说。悬浮车正在扑向地面，他猛拉方向盘，这才避免了坠毁。他踩下刹车，车颤抖着停下，车尾翘了起来。他关闭发动机，掏出激光枪。

"瞄准枕骨，也就是颅骨底部，"蕾切尔说，"求你了。"她转过去，这样就不需看见枪口了，激光束会在她不知不觉间破坏她的电子脑。

里克把激光枪收了起来，说："我没法照菲尔·雷施说的那么做。"他重新启动引擎，片刻之后，悬浮车再次起飞。

"你要动手就快点儿，"蕾切尔说，"别让我一直等着。"

"我不杀你。"他转向旧金山商业区。"你的车在圣弗朗西斯饭店，对吧？我放你在饭店下车，你自己回西雅图吧。"他想说的话全都说完了，于是默默地开车。

过了一会儿，蕾切尔说："谢谢你不杀我。"

"谢个屁，按照你说的，你反正也只有两年好活了。而我还有五十年，我的寿命比你长二十五倍。"

"但你打心底里看不起我，"蕾切尔说，"因为我做的事情。"自信回到了她的身上，滔滔不绝的心声越说越快。"你走上了其他人的老路。在你之前的那些赏金猎人，他们一个个都大发雷霆，指天画地说要杀了我，但每次事到临头，他们没人下得了手。就像你现在这样。"她点了支烟，美滋滋地吸了一口。"你明白这代表着什么，对吧？说明我是正确的，你没法去报废其他的仿生人了，你不但杀不了我，也杀不了贝蒂夫妇和斯特拉顿。所以，回家去陪你的山羊吧，再好好睡一觉。"她突然使劲拍打大衣。"该死！热烟灰掉下来了——找到了，好了。"她重新靠在椅背上，一副放松的模样。

他没有说话。

"你的山羊，"蕾切尔说，"你更爱山羊，而不是我。很可能也胜过你老婆。第一位是山羊，然后是你老婆，垫底的是——"她开心地哈哈大笑："除了笑，你还能怎么做呢？"

他没有回答。他们在寂静中又开了一会儿，然后蕾切尔摸来摸去找到了收音机，她打开开关。

"关掉。"里克说。

"关掉《老友巴斯特和他友善的好友们》？关掉阿曼达·沃纳和奥斯卡·斯克鲁格斯？现在该听听巴斯特耸人听闻的大爆料了，时间终于快到了。"她低下头，借着收音机的灯光看手表，"马上就到了。你知道的，对吧？他一直在说这个，铺垫气氛，为了——"

收音机里说："哎呀，就像我跟你们说过的，伙计们，咱就坐在这儿，对面是我的好哥们儿巴斯特，我们俩聊得非常开心，时间一分一秒过去，很快就要宣布最重要——"

里克关掉收音机。"奥斯卡·斯克鲁格斯，"他说，"真是智者之声。"

蕾切尔立刻又伸出手，再次打开收音机："我想听，我要听。老友巴斯特今晚要在节目里说的事情非常重要。"扬声器里再次响起了那个傻乎乎的声音，蕾切尔·罗森靠回椅背上，拱了两下，找到最舒服的坐姿。她的烟头在他身旁的黑暗中闪闪发亮，就像一只得意扬扬的萤火虫，坚定地炫耀着蕾切尔·罗森的成就：她战胜了他。

18

　　"把我其他的东西搬上来，"普里斯吩咐约翰·伊西多尔，"尤其是电视机。这样我们就能听到巴斯特要公开的事情了。"

　　"对，"伊姆加德赞同道，她两眼放光，目光灵活得仿佛飞翔的燕子，"我们需要电视，这个晚上我们等了很久，时间终于要到了。"

　　伊西多尔说："我的电视能收到政府的频道。"

　　客厅的角落里，罗伊·贝蒂坐在沙发椅上，像是已经在这把椅子上扎了根，再也不打算挪窝了，他打了个嗝，耐心地解释道："我们想看的是《老友巴斯特和他友善的好友们》，伊西，还是你更喜欢我叫你约翰？总而言之，你明白了吗？能去把电视搬过来吗？"

　　伊西多尔独自穿过空荡荡的走廊，听着脚步声的回音，朝着楼梯而去。强烈的喜悦还在内心绽放，那是一种被需要的感觉：在他沉闷的人生中，他第一次有了用处。终于有人需要他了，他欣喜地踩着积满灰尘的台阶，走向底下的那层楼。

　　另外，他心想，这下又能在电视上看见老友巴斯特了，而不只是听他在车载收音机里唠叨。还有，他们说得对，老友巴斯特今晚要公开他精心准备的耸人听闻的大爆料了。所以，因为有了普里斯、罗伊和伊姆加德，他将要看见多年以来发布的最重要的一则新闻了。世界真奇妙，他在心里说。

对于约翰·伊西多尔来说，他的生活终于触底反弹了。

他走进普里斯先前占据的公寓，拔掉电视机的插头，拆下天线。寂静立刻渗透了一切，他能感觉到自己的手臂在变得模糊。没有了贝蒂夫妇和普里斯，他发现自己正在淡出这个世界，异常得像他刚刚拔掉插头时电视上的画面。你必须和其他人待在一起，他心想，否则就活不下去了。我是说，他们来之前，我能忍受一个人在这座楼里的孤独生活。但现在情况改变了。你回不去了，他心想，你没法从人群中回去过一个人的生活了。他惊恐地想到，我需要他们。谢天谢地，他们留下了。

把普里斯的东西搬到楼上需要跑两趟。他抱起电视机，决定先把电视机搬上去，然后再搬箱子和剩下的衣物。

几分钟后，他把电视机搬到了楼上，他的手指又酸又疼，他把电视放在客厅的咖啡桌上。贝蒂夫妇和普里斯漠然地看着他。

"这栋楼里的信号很好，"他气喘吁吁地说，插上电源，接好电线，"以前能收到老友巴斯特和——"

"打开电视，"罗伊·贝蒂说，"别说话了。"

他乖乖听话，然后匆匆走向房门。"再跑一趟，"他说，"就搬完了。"他放慢脚步，用他们的存在温暖自己的心灵。

"好的。"普里斯淡淡地说。

伊西多尔再次走出公寓。我认为，他心想，他们其实在剥削我。但他不在乎。他们依然是我能交到的好朋友，他在心里说。

回到楼下，他把普里斯的衣物收拾起来，统统塞进手提箱，然后再次费力地走进走廊，爬上楼梯。

他前方的台阶上，一个小动物在灰尘中跑动。

他立刻扔下手提箱，掏出一个塑料药瓶，他和其他所有人一样随身携带容器，为的就是这种时刻。一只蜘蛛，普普通通的蜘蛛，但它活着。他用颤抖的手把蜘蛛装进瓶子，拧紧瓶盖——瓶盖上用针扎了几个小孔。

他跑到楼上，在公寓门口停下，喘了几口粗气。

"是的，伙计们，时间到了。我是老友巴斯特，希望并相信各位和我一样急不可待地想分享我的伟大发现。说起来，一伙训练有素的研究人员加班加点，花了几个星期验证了这个发现。嘀嘀，伙计们，是这样的！"

约翰·伊西多尔说："我发现了一只蜘蛛。"

三个仿生人抬起头，把注意力从电视屏幕暂时转向他。

"给我们看看。"普里斯说着伸出手。

罗伊·贝蒂说："别说话，听听巴斯特怎么说。"

"我从没见过蜘蛛，"普里斯说，她窝起手掌托住药瓶，仔细查看里面的小生灵，"这么多条腿。约翰，它为什么需要这么多条腿？"

"蜘蛛天生就是这样，"伊西多尔说，心脏怦怦直跳，兴奋得都快喘不上气来了，"有八条腿。"

普里斯站起身，说："你知道我在想什么吗，约翰？我认为它并不需要这么多的腿。"

"八条？"伊姆加德·贝蒂说，"为什么不是四条？剪掉四条，看看会发生什么。"她想到就做，打开包，掏出一把干净而锋利的小剪刀，递给普里斯。

怪异的恐惧感击中了约翰·伊西多尔。

普里斯拿着药瓶走进厨房，在伊西多尔的早餐台前坐下。她打开瓶盖，把蜘蛛倒出来。"多半就没法跑那么快了，"她说，"但这儿反正也没它能抓的虫子。它迟早会饿死的。"她拿起剪刀。

"别这样。"伊西多尔说。

普里斯好奇地望向他："它有任何价值吗？"

"别残害它。"他喘着粗气，哀求道。

普里斯剪掉了蜘蛛的一条腿。

客厅里的电视上，老友巴斯特说："放大背景的这一块，你们看。这是你们通常见到的天空。等一等，换厄尔·帕拉米特来说，他是我们研究团队的头儿，让他来向各位解释这个必将震惊世界的大发现。"

普里斯用手掌边缘压住蜘蛛，又剪掉了蜘蛛的一条腿。她在笑。

"实验室严格考察了视频画面的放大图，"电视里换了一个人说话，"发现默瑟爬山背景里灰蒙蒙的天空和日间的月亮，完全不是地球上能见到的东西，而是人工合成的。"

"再不来就看不到了！"伊姆加德焦急地喊道，她跑到厨房门口，看见了普里斯正在干什么。"哎呀，这种事可以放一放，"她劝说道，"电视里的新闻太重要了，它证明我们相信的一切——"

"闭嘴。"罗伊·贝蒂说。

"都是真的。"伊姆加德说完她的话。

节目还在继续："所谓的月亮是画上去的。正如各位观众此刻在屏幕上看到的，放大之后，笔触的痕迹非常明显。我们甚至有证据能证明凌乱的野草和贫瘠的土地也是假的，连从画面外扔向默瑟的石头都不例外。事实上，石头很有可能是软塑料做的，不会造成真正的伤害。"

"换句话说，"老友巴斯特插嘴道，"威尔伯·默瑟根本没有受到伤害。"

研究组的组长说："巴斯特先生，我们想方设法联系上了一个好莱坞以前的特效师，韦德·科托特先生直言不讳地说，根据他的多年经验，默瑟这个人物很可能只是通过让一个龙套演员煞有介事地在摄影棚里走动而塑造出来的。科托特甚至声称他认识这个摄影棚，一家已经歇业的小制片公司使用过它，科托特几十年前和他们打过不少交道。"

"所以按照科托特的看法，"老友巴斯特说，"这个结论不存在任何疑问了。"

普里斯已经剪掉了蜘蛛的三条腿，蜘蛛可怜巴巴地在餐台上爬来爬去，试图寻找一条通往自由的出路，可惜它的努力全是徒劳。

"实话实说，我们相信科托特的话，"研究组的组长用学究气的单调声音说，"我们花了大量时间检查现已消亡的好莱坞电影业雇用过的龙套演员的宣传照片。"

"而你们发现——"

"听他说。"罗伊·贝蒂说。伊姆加德直勾勾地盯着电视屏幕，普里斯也暂时停止了肢解蜘蛛。

"我们查看了成千上万张照片，最终找到了一个名叫阿尔·哈里的男人，他已经非常老了，曾经在战前的电影中扮演过大量配角。我们从实验室派出一个小分队，前往哈里位于印第安纳州哈莫尼镇东边的住处。我来让小分队的一名成员讲述他发现了什么。"一阵寂静过后，换了个同样学究气的声音："他家在小镇边缘的拉克大道上，那里破败不堪，只住了阿尔·哈里一个人。他和气地请我们进屋，我和他在充满霉味和吉卜尔的客厅里面对面坐下，我用心灵感应术扫描了他模糊杂乱的头脑。"

"听着。"罗伊·贝蒂说，坐在椅子的边缘上，看姿势像是要扑向敌人。

"我发现，"这位技术员继续道，"老人确实拍摄了一组十五分钟的短片，但他从没见过雇主。另外，正如我们的推测，所谓的'石块'只是塑料橡胶，'血'是番茄酱，而——"技术员哧哧一笑："哈里先生吃到的苦头只有一个，那就是被迫一整天滴酒不沾。"

"阿尔·哈里，"老友巴斯特的脸回到屏幕上，"好，很好。这个老人即便在他的鼎盛时期，也从没取得过任何能让他自己或我们看得上的成就。阿尔·哈里，他拍了一部自我重复的乏味影片，不对，不是一部，而是一组，但他不知道他的老板是谁，直到今天也还是不知道。默瑟教体验的拥护者常说威尔伯·默瑟不是人类，他其实是来自外星的原型超凡生物。哈，从某种意义上说，事实证明了这个荒唐的论调。威尔伯·默瑟不是人类，其实根本不存在。他爬山的那个世界是好莱坞廉价的普通摄影棚，天晓得多少年前就化为齑粉了。那么，是谁对太阳系开了这么一个大玩笑呢？各位伙计，好好想一想吧。"

"我们也许永远不会知道。"伊姆加德喃喃道。

老友巴斯特说："我们也许永远不会知道。我们也无从想象这个骗局背后的动机。对，伙计们，骗局。默瑟教是个骗局。"

"我觉得我们知道，"罗伊·贝蒂说，"太明显了。默瑟教出现的时候——"

"但请想一想，"老友巴斯特继续道，"问一问你们自己，默瑟教的作用到底是什么。嗯，假如我们能相信它的诸多参与者，他们体验到的融合——"

"是只有人类才有的共情能力。"伊姆加德说。

"全太阳系的男男女女融合成一个单独的整体，但操控这个整体的是一个自称'默瑟'的灵魂之声。请记住这一点。假如有个野心勃勃的政客想当希特勒——"

"不，是共情能力。"伊姆加德激动地叫道。她攥紧拳头，冲进厨房，对着伊西多尔喊道："它难道不是证明了有些事情我们做不到，但人类能做到吗？因为假如没有默瑟体验，我们就只能听你们说'共情'这种群体共享的东西是个什么感受了。蜘蛛怎么样了？"她趴在普里斯的肩膀上看。

普里斯用剪刀又剪掉了蜘蛛的一条腿。"剪掉四条腿了，"她说着戳了戳蜘蛛，"它不肯动，但它能动。"

罗伊·贝蒂出现在门口，他深深吸气，一脸心愿已了的表情。

"结束了。巴斯特亲口说了出来,太阳系的几乎所有人类都听见了他的话。'默瑟教是个骗局。'共情体验是个彻头彻尾的骗局。"他走过来,好奇地打量蜘蛛。

"它不愿意走。"伊姆加德说。

"我能让它走。"罗伊·贝蒂掏出纸板火柴,点了一根,把火苗凑近蜘蛛。火苗离蜘蛛越来越近,它终于颤颤巍巍地爬走了。

"我是对的,"伊姆加德说,"我不是说过吗?它只剩四条腿也一样能走路。"她期待地望向伊西多尔。"怎么了?"她拍了拍他的胳膊,说,"你没有任何损失,我们会按照——叫什么来着?——《西德尼兽禽目录》的标价赔偿你。你别这么一脸阴沉嘛。为什么?因为默瑟?因为他们发现的真相吗?他们的那些研究?哎,回答我。"她焦急地戳了戳他。

"他很难过。"普里斯说。"因为他有个共情箱,在隔壁房间里。约翰,你用共情箱吗?"她问伊西多尔。

罗伊·贝蒂说:"他当然用,他们没人不用——反正以前是这样的。现在他们也许要考虑一下了。"

"我不认为这种事能给默瑟崇拜画上句号,"普里斯说,"但此时此刻,肯定有很多人类非常不快乐。"她对伊西多尔说:"我们已经等了好几个月,我们知道会有这一天,巴斯特会揭开真相。"她迟疑了一下,然后说:"哎,没什么不能说的。巴斯特是我们的一员。"

"他也是仿生人,"伊姆加德解释道,"但没人知道——我指的是没人类知道。"

普里斯用剪刀又剪掉了一条蜘蛛腿。约翰·伊西多尔突然推开她，捡起正在被肢解的小生灵。他拿着蜘蛛走向水槽，放水淹死了它。在他的灵魂深处，他的意识、他的希望也被淹死了，死得和蜘蛛一样快。

"他真的很难过，"伊姆加德紧张地说，"别这样嘛，约翰。你怎么不说话了？"她对普里斯和丈夫说："看着他站在水槽前不说话，我也非常难过。自从咱们打开电视，他就连一个字都没说过。"

"不是因为电视，"普里斯说，"而是因为蜘蛛。对吧，约翰·伊西多尔？他会好起来的。"她对伊姆加德说，后者已经走向客厅去关电视了。

罗伊·贝蒂望着伊西多尔，轻松愉快地说："伊西，现在全都结束了。我指的是默瑟教。"他用指甲从水槽里把死蜘蛛捞起来。"也许这是最后一只蜘蛛了。"他说。"地球上的最后一只活蜘蛛。"他沉吟道，"这样的话，对蜘蛛来说，一切也全都结束了。"

"我……我不舒服。"伊西多尔说。他从厨房的柜子里取出杯子，他拿着杯子傻站了一会儿——他不知道这一会儿究竟有多长。然后他对罗伊·贝蒂说："默瑟背后的天空只是画上去的吗？不是真的？"

"你在电视上看见放大的画面了，"罗伊·贝蒂说，"笔触很明显。"

"默瑟教没有结束。"伊西多尔说。这三个仿生人有病，某种可怕的重病。蜘蛛，他心想，也许罗伊·贝蒂说得对，它的确是地球上的最后一只蜘蛛。而那只蜘蛛完蛋了，默瑟也完蛋了。他看见灰尘和垃圾在扩散，变得无所不在——他听见吉卜尔的到来，一切形态都在坠入混沌，最终获胜的将是虚无。他拿着空瓷杯站在那儿，吉卜尔就在他的周围生长。厨房的柜橱崩裂破碎，他感觉到脚下的地面在塌陷。

他伸出手，触碰墙壁。他的右手破开墙面，灰色的粉尘倾泻而下，石膏碎屑看上去就像外面的放射性尘埃。他在桌边坐下，椅子腿随即弯曲，就像朽烂的空心铁管；他立刻起身，放下杯子，想把椅子压回它应有的形状。椅子在他手里四分五裂，固定各个部件的螺丝被扯开了，松松垮垮地插在螺孔里。他看见桌上的瓷杯裂开了，蛛网般的细密裂纹逐渐生长，就像藤蔓的影子，一块碎片从杯口掉了下来，露出没有上釉的粗糙泥坯。

"他在干什么？"伊姆加德的声音从背后远远地传来，"他在砸烂所有的东西！伊西多尔，住手——"

"我没有。"他说。他晃晃悠悠地走进客厅，想一个人待着。他站在破旧的沙发旁，望着肮脏的黄色墙壁，墙上的斑点都是虫子的尸体，它们曾经爬来爬去，但现在也离开了，他再次想到只剩下三条腿的死蜘蛛。房间里的一切都老旧了，他心想。衰败早已开始，再也不会停止。蜘蛛的尸体已经占领了这里。

塌陷的地板形成一个坑，动物的残骸在其中浮现，有乌鸦的脑袋，有木乃伊化的猴爪。一头驴站在不远处，它一动不动，似乎还活着，至少还没有开始腐烂。他走向驴子，感觉木棍般的枯骨在脚下粉碎。但还没等他接近驴子（他喜欢的动物之一），一只蓝得发亮的乌鸦从天而降，落在驴子裸露的鼻子上。不！他大声说，但乌鸦飞快地啄出了驴子的眼睛。又来了，他心想，这种事又发生在我身上了。我会在这底下待上很久，他心想。和以前一样。每次都是很久，因为这里的一切都不再改变，过了某个阶段，事物甚至不再朽烂。

干燥的风吹得沙沙作响，他周围的白骨堆随之粉碎。到了这个阶段，他注意到，连一阵风都能摧毁它们。这是时间终结之前。真希望我记得该怎么爬上去，他心想。他抬头，没有看见任何能抓握的东西。

默瑟，他大声说，你在哪里？这是坟墓世界，我又来了，但这次连你都不在这底下。

一个东西爬过他的脚面。他跪下寻找，立刻就找到了，因为它爬得非常缓慢。是遭受残害的那只蜘蛛，它用还剩下的几条腿支撑身体，一瘸一拐地向前爬。他把蜘蛛捡起来，放在掌心里。他发觉白骨已经恢复原状，蜘蛛又活了过来。默瑟肯定就在附近。

风吹了起来，粉碎了剩下的白骨，但他能感觉到默瑟的存在。来我这里，他对默瑟说。爬过我的脚，或者随便用什么方法，反正请你来找我吧。求你了，默瑟，他心想。他大声喊道："默瑟！"

野草在土地上蔓延，野草钻进他周围的墙壁，在墙壁里生长，直到结出自己的孢子。孢子在曾经构成墙壁的锈蚀钢筋和水泥碎块里膨胀、开裂和爆炸。墙壁消失后，荒芜依然如故，那是一切毁灭之后的荒芜。只剩默瑟模糊的虚弱身影，老人面对他，脸上是安详的表情。

"天空是画上去的吗？"伊西多尔问，"放大后真的能看见笔触吗？"

"是的。"默瑟说。

"但我看不见。"

"你离得太近了，"默瑟说，"你必须远远地看，就像仿生人那样。他们拥有更好的视角。"

"所以他们才说你是骗子？"

"我确实是骗子，"默瑟说，"他们说得对，他们的研究也是正确的。从他们的角度来看，我是个退休的老龙套演员，名叫阿尔·哈里。他们揭露的一切完全是真的。就像他们说的，他们来我家采访我，我说出了他们想知道的事情，从头到尾全说了。"

"也包括喝酒？"

默瑟笑了。"那是真的。他们的节目做得很好，从他们的角度来说，老友巴斯特的爆料是真实可信的。他们大概会难以理解为什么一切都没有改变。原因很简单：你依然在这儿，而我也依然在这儿。"默瑟朝着贫瘠的山坡一挥手，指着这个熟悉的地方说，"我刚刚把你从坟墓世界提了上来，我会继续把你往上提，直到你失去兴趣，想要放弃。但以后你必须停止寻找我，因为我永远不会停止寻找你。"

"我不喜欢他们说你酗酒，"伊西多尔说，"那是在贬低你。"

"那是因为你的道德标准很高，而我不是。我从不论断他人，这个他人也包括我自己。"默瑟伸出一只握着的手，掌心向上，"免得我忘记了，我这儿有你的一件东西。"他松开手指。遭受残害的蜘蛛趴在他的手上，但被剪掉的腿全都回来了。

"谢谢。"伊西多尔接过蜘蛛。他正想再说什么——

警铃突然响了。

罗伊·贝蒂吼道："楼里来了个赏金猎人！关掉所有的灯。把他从共情箱前面拉开。他必须去门口做好准备。快——拉开他！"

19

约翰·伊西多尔低下头，看见自己的双手握着共情箱的把手。他傻愣愣地看着他的手，这时客厅的灯灭了。他看见普里斯正扑向厨房的台灯。

"听着，约翰。"伊姆加德厉声对他说，她像发狂似的抓住他的肩膀，指甲抠进了他的肉里。她似乎没有意识到自己在干什么。外面昏暗的夜间光照下，伊姆加德的脸扭曲变形，出现重影。这张脸变成了一条惊恐的鱼，没有眼睑的怯懦小眼盯着他。"要是他来敲门，听见他敲门，"她压低声音，"你就必须去开门，你必须向他证明你的身份，告诉他这是你家，家里没有其他人，然后要他出示搜查令。"

普里斯站在他的另一侧，身体蜷缩，低声说："约翰，千万别让他进门，无论如何都要拦住他。你知道放赏金猎人进来会发生什么吗？你明白他会怎么处理我们吗？"

伊西多尔摸索着从两个女性仿生人身旁走向房门，他的手指找到门把手，然后停下，竖起耳朵听外面的动静。他一如既往地能感觉到走廊里的情况，走廊里空空荡荡，回音袅袅，没有任何生命。

"听见什么了吗？"罗伊·贝蒂说着俯身凑近他。伊西多尔闻到了这具畏缩躯体的怪味，恐惧从它的毛孔里涌出来，形成了仿佛有形的薄雾，他在呼吸它的恐惧。"出去看一眼。"

伊西多尔打开门，左右扫视昏暗的走廊。尽管有灰尘的重量，外面的空气却有某种清澈的质感。他还抓着默瑟给他的蜘蛛。它真的是普里斯用伊姆加德的小剪刀剪掉几条腿的那只蜘蛛吗？多半不是。他永远不可能知道真相。但无论如何，它是活着的，它在他的拳头里爬来爬去，没有咬他——与绝大多数小型蜘蛛一样，它的口器无法刺穿人类皮肤。

他走到走廊尽头，下楼，来到外面，踏上往昔花园环绕的梯台式小径。花草早在战争期间就已经枯死，小径裂成了千万块碎片。但他了解这里的地势，脚踩着熟悉的小径，他觉得很踏实，他顺着小径向前走，经过方形建筑物的长边，最终来到了这附近唯一的绿地：一丛垂头丧气的野草，一平方码[1]大小，覆盖着灰尘。他把蜘蛛放在草丛里。他感受着蜘蛛晃晃悠悠地爬下他的手掌。很好，就是这样，他直起腰。

一道手电筒的光束落在草丛上，在光线的照耀下，半死不活的草秆显得阴森而险恶。他看见了那只蜘蛛，它站在一片锯齿状边缘的草叶上。看来它确实逃过了一劫。

"你在干什么？"拿手电筒的人问。

"放下一只蜘蛛，"他说，心想这家伙怎么会看不见，黄色的光束中，那只蜘蛛显得格外巨大，"好让它逃跑。"

---

1 英制面积单位，1平方码 ≈ 0.84平方米。

"为什么不拿到楼上你家里去?你应该把它养在瓶子里。根据一月的《西德尼兽禽目录》,大部分蜘蛛的零售价涨了一成。你可以靠它挣个一百多美元。"

伊西多尔说:"要是我拿回去,她会再次肢解它。一点一点剪碎,看它的反应。"

"仿生人做得出这种事。"男人说。他从外套里掏出一件东西并打开,伸到伊西多尔面前。

晃动的光线下,伊西多尔看清楚了这个赏金猎人:一个中等个头的男人,相貌平平;圆脸,没有毛发,五官欠缺棱角,就像官僚机构的办事员;循规蹈矩,但态度随和。不是化身人形的半神,完全出乎伊西多尔的预料。

"我是旧金山警察局的调查员,德卡德,里克·德卡德。"男人合上证件,塞回外套口袋里,"它们在楼上吗?三个都在吗?"

"在,但有个问题,"伊西多尔说,"我在保护它们。两个是女的。它们的团体只剩下这三个了,其他都死了。我把普里斯的电视从楼上搬到我家里,好让它们看老友巴斯特。巴斯特无可争辩地证明了默瑟并不存在。"伊西多尔很兴奋,因为他知道了这件重要的事情,而消息显然还没传到赏金猎人的耳朵里。

"咱们上楼去。"德卡德说。他突然用激光枪指着伊西多尔,然后不太有把握地移开枪口。"你是特异人,对吧?"他说,"鸡脑子。"

"但我有工作。我开车,为——"他惊恐地发现他忘记公司的名字了。"一家宠物医院。"他说。"范内斯宠物医院,"他说,"老板是……是汉尼拔·斯洛特。"

德卡德说："能带我上楼，指给我看它们在哪套公寓里吗？这栋楼里有一千套公寓，你可以帮我节省很多时间。"他的声音里充满疲惫。

"要是你杀死它们，你就再也不能和默瑟融合了。"伊西多尔说。

"你不愿意带我上楼？那么，能告诉我是几楼吗？告诉我几楼，我自己去找是哪一套公寓。"

"不行。"伊西多尔说。

"以加州和联邦法律的名义——"德卡德起了头就停下了，他放弃了审问。"晚安。"他说，然后沿着小径走向公寓楼的大门，手电筒在前方照出一个昏黄的漫射光锥。

· · ·

走进公寓楼，里克·德卡德关掉手电筒。前方的天花板上，每隔一段距离就有一盏嵌入式筒灯还在散发微弱的光线，他借着这点儿光亮向前走，心想：那个鸡脑子知道它们是仿生人，我还没有说，他就已经知道了。但他不明白这代表着什么。换句话说，谁又明白呢？我明白吗？它们中的一个与蕾切尔一模一样，他心想，也许特异人和她同居了。不知道他喜不喜欢那样，他问自己。也许就是她肢解了特异人的蜘蛛。我可以回去抓那只蜘蛛，他心想，我还没发现过活的野生动物。低下头，看见一个小生命爬来爬去，那种体验肯定很美妙。既然事情能发生在他身上，有朝一日说不定也会发生在自己身上。

他从车里拿上了监听设备,此刻他把设备架起来,这是个可旋转的侦测探头,背后是个光点显示屏。走廊里静悄悄的,屏幕上空空如也。不在这一层,他对自己说。他切换到垂直扫描模式。探头在这个方向上侦测到了一个微弱的信号。楼上。他收起设备和公文包,沿着楼梯前往二楼。

暗影中有个身影在等他。

"你敢动,我就报废你。"里克说。是那个男性仿生人在蹲守他。握在手里的激光枪感觉硬邦邦的,但他无法抬起枪口瞄准。敌人先发现了他,占尽了先机。

"我不是仿生人。"人影说。"我叫默瑟。"人影走进一团亮光中,"我之所以栖息在这栋楼里,都是因为伊西多尔先生。就是抓着蜘蛛的特异人,你在外面和他聊了几句。"

"我不是已经被默瑟教排除在外了吗?"里克说,"就像鸡脑子说的?因为接下来几分钟里我要做的事情?"

默瑟说:"伊西多尔先生只能代表他自己,代表不了我。你在做的事情必须做成。我已经说过了。"他抬起手臂,指着里克背后的楼梯。"我来是要告诉你,它们中的一个在你背后,在底下,而不是公寓里。那是三个里最难应付的一个,你必须先报废它。"苍老的沙哑声音突然变得狂热,"快,德卡德先生。楼梯上。"

里克抬起激光枪,转身蹲在地上,面对楼梯的台阶。一个女人朝他跑来,而他认识她,他认出了她,放下枪口。"蕾切尔。"他困惑地说。她开车跟着他一路来了这儿?为什么?"快回西雅图去,"他说,"别管我,默瑟说我必须了结这件事。"但就在这时,他意识到来者并不是蕾切尔。

"为了咱们对彼此的意义。"仿生人说着走近他，伸出双臂，像是要来掐他的脖子。她的衣着完全不一样，他心想，但眼睛依然是同一双眼睛。她还有更多的同类，说不定有一整个军团，各有各的名字，但全都是蕾切尔·罗森——作为原型的蕾切尔，制造商利用她来保护其他的个体。她扑向他，喊着恳求的话，他朝她扣动了扳机。仿生人炸开了，碎肉飞溅。他护住面门，然后再次望去，看见它原先握着的激光枪掉在地上，向后滚到了楼梯口，金属枪管滚下一级又一级的台阶，声音回荡，消散，变得越来越低。默瑟说，这是三个里最难应付的一个。他左右扫视，搜寻默瑟。但老人已经消失了。他们可以派遣一个又一个蕾切尔·罗森来找我，直到我死，他心想，或者直到这个型号退役，就看谁先谁后了。好了，还有最后两个，他心想。默瑟说过，其中一个不在房间里。默瑟保护了我，他意识到，默瑟下凡显现，向我伸出了援手。她——不，它——本来会干掉我的，他在心里说，但默瑟提醒了我。剩下的就交给我吧，他心想。这个是最难干掉的，她知道我难以下手。但已经结束了。一瞬间就结束了。我做到了我先前做不到的事情。至于贝蒂夫妇，我可以通过标准流程逮住它们。它们会很棘手，但不会像这个这么困难。

他一个人站在空荡荡的走廊里，默瑟已经离他而去，因为默瑟已经完成了他的使命，蕾切尔（更确切地说，普里斯·斯特拉顿）已经粉身碎骨，现在走廊里只剩下了他自己。但贝蒂夫妇正在楼里的另一个地方等他，而它们知道发生了什么，知道他在这里干了什么。到了这个时候，它们很可能非常害怕。他出现在这栋楼里，这就是它们的反应。它们企图反扑。要不是有默瑟，它们就成功了。对它们来说，严冬已经降临。

我必须尽快了结我正在做的事情，他心想。他沿着走廊向前跑，探测仪器几乎立刻就发现了大脑活动。他找到了它们的公寓。他不再需要仪器帮忙了，把它随手扔在地上，敲了敲公寓的房门。

里面传来一个男人的声音："是谁？"

"我是伊西多尔先生，"里克说，"让我进去，因为我在保护你们，你们中有……有两个女人。"

"我们是不会开门的。"一个女人的声音传来。

"我想在普里斯的电视上看老友巴斯特，"里克说，"既然他证明了默瑟并不存在，那么我就必须看看他还会说什么了。我为范内斯宠物医院开车，医院的老板是汉尼拔·斯……斯洛特先生。"他假装结巴："开……开门……门好吗？这是我家。"他等了一会儿，门开了。他往里看，见到的是黑暗和模糊的身影——两个仿生人。

比较小的身影，也就是刚才说话的女人，说："你必须给我们做测试。"

"太晚了。"里克说。比较高的身影想把门关上，同时打开某种电子设备。"不行，"里克说，"我必须进来。"他等罗伊·贝蒂先开火，他没有扣动扳机，直到激光束在他拧身躲避的那一刻擦肩而过。"你们向我开枪，"里克说，"这样就失去了法律的保护。你们应该逼我给你们做福格特－坎普夫测试的，但现在无所谓了。"罗伊·贝蒂再次向他发射激光束，但没有打中。他扔下激光枪，跑向公寓的深处，大概是去另一个房间了，电子设备也丢在门口。

"普里斯怎么没干掉你？"贝蒂夫人说。

"没有什么普里斯，"他说，"只有蕾切尔·罗森，一个一个都是她。"昏暗的光线下，他勉强分辨出她的手里握着激光枪。罗伊·贝蒂把激光枪塞给了她，他本来想诱骗里克走进公寓的深处，好让伊姆加德·贝蒂从他背后开枪。"对不起，贝蒂太太。"里克说，接着开枪打死了她。

罗伊·贝蒂在另一个房间里怒吼。

"好的，你爱她，"里克说，"我也爱蕾切尔。还有那个特异人，他爱另一个蕾切尔。"他朝罗伊·贝蒂开枪，高大男人的身体退了两步，然后颓然倒下，就像一摞垒得太高的易碎物品，尸体撞在厨房的餐台上，带着盘子和刀叉一起倒地。尸体内部的反射电路使得它抽搐抖动，但它已经死了。里克没有理会它，他不去看它，也不去看门口伊姆加德·贝蒂的尸体。我干掉了最后一个，里克心想。今天我干掉了六个，险些破纪录。现在一切都结束了，我可以回家了，回去找我的伊兰和山羊。这下我们终于有了足够的钱。

他坐进沙发，公寓里的寂静包围了他，四周的物件一动不动，没多久，名叫伊西多尔的特异人出现在门口。

"最好别看。"里克说。

"我在楼梯上看见了她，普里斯。"特异人在哭。

"别太难过了，"里克说，他晃晃悠悠地勉强站起来，"电话在哪儿？"

特异人没有回答，只是呆呆地站在门口。于是里克自己去找电话，他找到电话，拨通了哈利·布赖恩特的办公室电话。

20

他汇报完情况，哈利·布赖恩特说："很好。好了，回去休息吧。我们会派巡逻车去收那三具尸体的。"

里克·德卡德挂断电话。"仿生人都很蠢，"他恶狠狠地对特异人说，"罗伊·贝蒂分不清你和我，它以为敲门的是你。警察会来清理这儿的，在他们打扫干净之前，你换个公寓去住两天吧。你肯定不想和尸体待在一个房间里。"

"我要离……离开这栋……栋楼，"伊西多尔说，"我要去住……住在城里人……人多的地方。"

"我那栋楼里好像有一套公寓没人住。"里克说。

伊西多尔结结巴巴地说："我不……不想住在你……你附近。"

"去外面或者楼上吧，"里克说，"别待在这儿。"

特异人犹豫了一会儿，不知道该干什么，形形色色的表情无声地在他脸上掠过，然后他转过身，蹒跚着走出公寓，留下里克一个人待在里面。

真是个狗屁工作，里克心想。我是灾祸，就像饥荒或瘟疫。无论我去哪儿，古老的诅咒都会如影随形。就像默瑟说的，我注定做错。无论我做什么，都从一开始就走上了歧途。不过不重要了，现在我该回家了。等我在伊兰的身边待一阵，也许就会忘记这一切。

· · ·

他回到自己的公寓楼，伊兰在屋顶等他。她用狂乱的怪异眼神看着他，他和她相处了这么多年，从没见过她这个样子。

他搂住妻子，说："总之都结束了。我一直在想，也许哈利·布赖恩特能给我换个岗——"

"里克，"她说，"我有事情要告诉你。非常抱歉，山羊死了。"

出于某些原因，他并不吃惊，只是感觉更难受了，对于从四面八方挤压他的沉重负担来说，这是个无足轻重的分量。"合同里好像有保障条款，"他说，"假如动物在九十天内病故，交易商——"

"它没生病。有人——"伊兰清了清喉咙，然后用沙哑的声音继续说，"有人来到这儿，从笼子里把山羊放出来，拖着它走到屋顶边缘。"

"然后把它推下去了？"他问。

"对。"她点点头。

"你看见是谁干的了吗？"

"看得非常清楚，"伊兰说，"巴伯当时还在屋顶上，他下楼找我，我们打电话报警，但这时山羊已经死了，她也早就跑了。那是个姑娘，个头不高，看上去很年轻，黑头发，非常瘦，有一双黑色的大眼睛。她穿鱼鳞纹的长风衣，挎着邮差包。她根本不怕被我们看见，就好像完全不在乎似的。"

"是的，她确实不在乎。"他说。"蕾切尔不怕被你看见，多半还希望你能看见她呢，这样我就会知道是谁干的了。"他亲吻妻子，"你一直在屋顶上等我吗？"

"只等了半个小时。事情就是半个小时前发生的。"伊兰温柔地回吻他，"太可怕了。毫无意义。"

他转身走向悬浮车，打开车门，又坐进驾驶座。"不是毫无意义，"他说，"她有她认为非要这么做的理由。"仿生人的理由，他心想。

"你去哪儿？不下楼……陪陪我吗？电视上播了一条最可怕的新闻，老友巴斯特宣称默瑟是虚构的。你怎么看，里克？你认为这有可能是真的吗？"

"一切都是真的，"他说，"任何人想到过的一切。"他发动引擎。

"你不会有事的吧？"

"我不会有事的。"他说，心想，我要死了。两个念头都是真的。他关上车门，朝伊兰打了个手势，然后飞上夜空。

曾经，他心想，此刻我会看见星星。多年前。但现在只有尘埃了，人们好些年没见过星星了，至少从地球上见不到。也许我要去一个能看见星星的地方，他在心里说，悬浮车越飞越高，越飞越快，离开旧金山，朝着北面无人居住的荒原而去。他要去活物不愿涉足的地方——除非它感觉到大限已到。

21

晨曦之中，他脚下的土地似乎一望无际，灰蒙蒙地铺满了垃圾。房屋大小的石块滚到最后停下，一块挨着一块，他心想：这就像货物全都发出后的发货间。只剩下了包装箱的残渣、本身不具备任何意义的容器。曾经，他心想，庄稼在这里生长，动物在这里吃草。多么神奇的念头啊，曾经有东西在这儿啃食青草。

多么奇异的一个地方，他心想，因为那一切都死了。

他把悬浮车降下去，在地表上方开了一会儿。现在戴夫·霍尔登会怎么评价我呢？他问自己。从某种角度说，我已经是有史以来最厉害的赏金猎人了，没人曾在二十四小时内报废六个枢纽6型，以后恐怕也不会有人能做到了。我应该打个电话给他，他对自己说。

怪石嶙峋的山坡在前方陡然升起，就在悬浮车撞上去的前一个瞬间，他把车头拉了起来。疲倦，他心想，我不该继续开车的。他关闭发动机，滑行了一段距离，然后降落。悬浮车在山坡上弹跳颠簸，碎石飞溅，悬浮车终于伴随着刺耳的摩擦声停下，车头朝着山顶。

他拿起车载电话的听筒，拨通旧金山的接线员。"请帮我接锡安山医院。"他说。

不一会儿，另一名接线员出现在屏幕上："锡安山医院。"

"你们有一个名叫戴夫·霍尔登的患者，"他说，"他恢复得怎么样了？能和他说两句话吗？"

"先生，请稍等，我查一下。"屏幕暗了下去。时间一分一秒过去。里克吸了一撮强生医生牌鼻烟，冷得打了个哆嗦，车里没开暖气，温度正在迅速降低。接线员重新出现，对他说："科斯塔医生说霍尔登先生没法接电话。"

"是警方的公事。"他说，掏出扁扁的证件包凑到屏幕前。

"请稍等。"接线员再次消失。里克又吸了一撮强生医生牌鼻烟，大清早吸鼻烟，尽管是薄荷味，感觉却在发臭。他摇下车窗，把黄色小罐扔进外面的瓦砾堆。"不行，先生，"接线员再次出现在屏幕上，"科斯塔医生认为霍尔登先生的情况不允许他接电话，无论多么紧急都不行，至少要等——"

"好吧。"里克说着挂断电话。

空气同样发臭，他把车窗摇上去。看来戴夫真的受了重伤，他心想。它们为什么没能干掉我呢？因为我的行动太快了，他得出结论。一天内干掉所有目标，它们没料到他能这么快。哈利·布赖恩特是正确的。

车里已经太冷了，于是他开门下车。有毒的寒风突然刮来，穿透了他的衣服，他搓着手，开始向前走。

要是能和戴夫聊聊，肯定对我有好处，他心想。戴夫会称赞我做得好，与此同时，他也会理解我的另一半心情，而我觉得就连默瑟也没法理解那个部分。他心想：对于默瑟来说，一切都很容易，因为默瑟能接受一切。对他来说，不存在陌生的事物。但我做的事情，他心想，连自己都感到陌生。事实上，与他有关的一切都变得悖逆自然了，他变成了一个悖逆自然的他。

他沿着山坡向上爬，每走一步，他身上的重量就会多一分。我太累了，他心想，爬不动了。他停下脚步，擦掉刺痛眼睛的汗水和含盐的泪水，它们来自他的皮肤、他整个酸痛的身体。然后，他被自己激怒了，带着对自己的憎恶和轻蔑，带着无法言喻的愤恨，他朝贫瘠的土地啐了一口。他继续艰难地向上攀爬，这片土地孤独而陌生，远离凡尘，除了他，没有任何活物。

热浪袭来。现在变得炎热了，时间显然在走动。他感到饥饿。天知道他多久没吃东西了。饥饿和炎热加在一起，恶心的滋味酷似挫败，是的，他心想，确实就是挫败：某些东西以难以解释的方式击败了我。通过杀死仿生人？通过蕾切尔杀死我的山羊？他不能确定，但随着他的跋涉，一种模糊得近乎幻觉的抑郁气氛笼罩了他的头脑，他发现他竟然离跌下去就必死无疑的悬崖边缘只有一步之遥，但他完全不知道自己是怎么来到这里的，可耻而绝望地跌下去，他心想，一直往下掉，甚至不会有人目睹这一幕。这里没有其他人，不会记录他或任何一个人的堕落，无论你在生命终点迸发出什么样的豪勇或尊严，也都不会有人知道。没有生命的石头，被放射尘覆盖的干枯垂死的野草，它们没有感官也没有记忆，无论是对他还是它们自身，都不会留下任何印象。

就在这时，第一块石头击中了他的裆部，它绝对不是橡胶或泡沫塑料。剧痛以它不加掩饰的真实形态拥抱他,他终于意识到了自己是多么孤独和痛苦。

他犹豫了。然后,他继续攀爬,驱策他的是某种无形但真实的力量,它不容挑战和质疑。向上滚,他心想,就像石块,我在做石块做的事情,没有主观意志,也没有任何意义。

"默瑟。"他喘息着说。他停下,一动不动地站着。他在前方分辨出了一个模糊的身影,它同样一动不动。"威尔伯·默瑟! 是你吗?"上帝啊,他意识到那是自己的影子。我必须离开这儿,下山去吧!

他连滚带爬地下山。途中摔倒了一次,灰尘犹如烟云,遮蔽了一切,他从灰尘中逃跑——他跑得更快了,踩着松散的砾石,时而滑行,时而翻滚。他看见他的车停在前面。我回来了,他在心里说。我从山上下来了。他一把拉开车门,钻进车里。朝我扔石头的是谁? 他问自己。没人。但我为什么会烦恼呢? 以前我在融合的时候也经历过。我像其他人一样,也使用过我的共情箱。这不是什么前所未有的体验。然而它确实是。因为,他心想,这次只有自己一个人。

他颤抖着从储物箱里取出一盒没拆封的鼻烟,揭开封口的胶带,捻了一大撮塞进鼻孔,然后静静休息,半个身子在车里,半个身子在外面,脚下是灰尘和贫瘠的地面。这是我最不该来的地方,他意识到。我不该飞到这儿来的。而现在他太疲倦,已经飞不回去了。

要是刚才能和戴夫聊几句,他心想,我大概就会好起来的,我会从这儿飞走,回家睡觉。我还有我的电子羊和我的工作。还会有其他的仿生人等我去报废，我的职业生涯还没结束，我还没报废掉全世界最后一个仿生人呢。也许这就是我的问题，他心想。我担心没有仿生人供我报废了。

他看看手表，九点半了。

他拿起电话听筒，拨通隆巴德街执法局的电话。"我找布赖恩特警督。"他对总机接线员怀尔德小姐说。

"布赖恩特警督不在办公室，德卡德先生，他开车出去了，但我拨不通他的号码。他大概暂时不在车里。"

"他有没有说要去哪儿？"

"好像和你昨晚报废的仿生人有关系。"

"那就转给我的秘书吧。"他说。

没多久，安·马斯滕橘红色的锥子脸就出现在了显示屏上："你好，德卡德先生——布赖恩特警督一直在找你。他好像把你的名字报给卡特局长了，为你请功。因为你报废了六个——"

"我知道我干了什么。"他说。

"反正是创纪录了。对了，德卡德先生，你妻子打过电话，她问你好不好。所以你还好吧？"

他没有回答。

"总之，"马斯滕小姐说，"你应该打个电话给她说一声。她留言说她会在家里等你的消息。"

"听说我的山羊的事情了吗？"他说。

"没有，我甚至不知道你有山羊。"

里克说："他们夺走了我的山羊。"

"谁，德卡德先生？动物窃贼？我们刚接到通报，说有个新出现的大帮派，很可能由青少年组成，活动区域在——"

"生命窃贼。"他说。

"我没听懂，德卡德先生。"马斯滕小姐仔细打量他，"德卡德先生，你气色很差。看上去非常累。天哪，你的脸在流血。"

他抬起手，摸到了脸上的血。多半是被石块打的。看起来，击中他的石头不止一块。

"你看上去就像，"马斯滕小姐说，"威尔伯·默瑟。"

"我就是，"他说，"我是威尔伯·默瑟，我永远与他融合了。我的融合解不开了。我坐在这儿等融合解开，离俄勒冈州的边界不远。"

"要我们派人过去吗？派一辆警车去接你？"

"不用，"他说，"我不是局里的人了。"

"你昨天显然劳累过度了，德卡德先生，"她责备道，"你现在需要的是上床睡一觉。德卡德先生，你是我们有史以来最优秀的赏金猎人。等布赖恩特警督回来，我会通知他的。你赶紧回家休息吧。德卡德先生，尽快给你妻子打个电话，因为她非常担心你。我看得出来，你们俩的状态都很差。"

"是因为我的山羊，"他说，"不是因为仿生人。蕾切尔错了——我报废它们的时候没有碰到任何问题。特异人也错了，他说我再也不能和默瑟融合了。只有一个人完全正确，他就是默瑟。"

"你还是快点儿回湾区吧，德卡德先生。回到有人的地方来。俄勒冈边境附近没有任何活物，不是吗？你不孤独吗？"

"真的很奇怪，"里克说，"我刚刚经历了绝对完整和真实的幻觉：我变成了默瑟，人们朝我扔石头。但不是你抓住共情箱把手时的那种体验。使用共情箱的时候，你会觉得你与默瑟同在。区别在于我独自一人，没有与任何人融合。"

"人们在说默瑟是虚构的。"

"默瑟不是虚构的，"他说，"除非现实也是虚构的。"他心想：这座山，还有灰尘和这么多形态各异的石头，都不是虚构的。"对不起，"他说，"我当默瑟当得停不下来了。一旦开始，就再也没法退出了。"我是不是必须再次爬上山坡？他心想。永永远远，就像默瑟那样……成为永恒的囚徒。"再见。"他说，然后准备挂断电话。

"你会打给你妻子的，对吧？你保证？"

"嗯。"他点点头，"谢谢，安。"他挂断电话。上床睡觉，他心想，上次我上床是和蕾切尔一起。违反法规。与仿生人交媾，无论是在地球还是在殖民星球上，都是无可争议的违法行为。现在她肯定已经回到西雅图了。与罗森家的其他人在一起，他们有的是人类，有的是人形机器人。我希望我能对你做你对我做的事情，他暗暗发誓。但人不可能像伤害人那样伤害仿生人，因为它们不在乎。要是我昨晚杀了你，我的山羊就会活下来。我就是在那一刻走上歧途的。是的，他心想，一切都能追溯到我和你上床的那一刻。总之，有一点你说对了，我确实有了改变，但改变的方式与你预料中的不一样。

结果比你想象中的糟糕一万倍，他心想。

然而我其实并不在乎，再也不在乎了。自从经历了快到山顶时发生的事情，我就不在乎了。我想知道，假如我继续往上爬，一直爬到山顶，接下来会发生什么。因为默瑟会在那里死去。在那里，在恒星大周期的尽头，默瑟将造就他的伟业。

但假如我是默瑟，他心想，我永远都不会死，再过一万年也不会死。默瑟是永生的。

他再次拿起电话听筒，准备打给妻子。

然后他愣住了。

22

他把听筒放回底座上，眼睛一直盯着外面刚才动了一下的地方。地上的乱石之间有个凸起的东西。是动物，他对自己说。巨大的负担压在他的心脏上，他认出了那个东西，惊愕得不知所措。我知道它是什么，他心想，我从没亲眼见过，但我在电视的政府频道上的古代自然纪录片里见过。

它们灭绝了！他在心里说。他掏出皱巴巴的《西德尼兽禽目录》，用颤抖的手指翻页。

蟾蜍（蟾蜍科），所有亚种……灭绝。

已经灭绝许多年了。这是威尔伯·默瑟最宝贝的动物，只有驴子能比一比，但他最喜爱的还是蟾蜍。

我需要一个盒子。他转身扫了一眼，悬浮车的后座上空空如也。他跳下车，跑到车尾，打开后备厢。里面有个纸板箱，装着备用的燃油泵。他把燃油泵倒出来，翻出一卷麻绳，然后慢慢走向蟾蜍。他的眼睛一直盯着它。

他注意到这只蟾蜍完全融入了无处不在的尘埃，不管是纹理还是色调，都难以与环境区分开。它很可能已经进化到适应了新时代的气候，就像它适应历史上的每一次气候变迁。他就坐在离它不到两码的地方，但要不是它动了一下，他是不可能发现它的。"假如你发现了公认灭绝的动物，会发生什么呢？"他问自己，努力回忆。这种事太罕见了。联合国好像会给你发荣誉奖章和生活津贴。奖金能高达几百万美元。而发现的动物不是别的，恰好是默瑟心目中最神圣的蟾蜍。上帝啊，他心想，不可能是真的。也许是因为我暴露在辐射之下，大脑受到了损伤。我是特异人了，他心想，我变得不正常了。就像鸡脑子伊西多尔和他的蜘蛛，发生在他身上的事情也在我身上重演了。是默瑟的安排吗？但我就是默瑟。因此这是我安排的，我发现了这只蟾蜍。之所以会发现它，是因为我在通过默瑟的眼睛看世界。

他在蟾蜍旁边蹲下。它在沙石中挖了个坑，用后腿推开尘土，只有扁平头颅的顶部和一双眼睛露在外面。另外，它把新陈代谢减缓到近乎停止，坠入了深沉的梦乡。它的眼睛里没有神采，没有注意到他的存在。他惊恐地心想：它死了，很可能是因为缺水。但，不对，它动过一下。

他放下纸板箱，小心翼翼地掸开蟾蜍身上的浮土。它似乎并不反对，但既然它连他的存在都没有觉察到，又怎么可能反对呢？

他捡起蟾蜍，发觉它凉得出奇，摸起来既干枯又皱巴巴的，软得几乎没有弹性，冰冷得像是栖息在远离阳光几英里[1]的洞窟里。蟾蜍扭动身体，试图用虚弱的后腿挣脱他的手，本能地想要跳开。一只大蟾蜍，他心想，已经成年，而且挺聪明，能够以自己的方式在连我们都难以存活的地方生存下来。不知道它该去哪儿找水产卵。

他煞费苦心地捆扎纸板箱，麻绳绕了一圈又一圈，心想：这就是默瑟见到的东西，我们不再能够分辨出的生命，它小心翼翼地把身子埋在死亡世界的尸体里，只露出一个小小的额头。默瑟很可能在宇宙的每一片灰烬里都觉察到了难以发现的生命。现在我知道了，他心想。一旦开始通过默瑟的眼睛看世界，恐怕就再也停不下来了。

这次不会有仿生人来剪掉它的腿了，他心想，就像它们折磨鸡脑子的蜘蛛那样。

他把仔细捆扎的纸板箱放在车座上，然后坐进驾驶座。感觉就像是又变成了孩子，他心想。压得他透不过气来的疲惫感不复存在，他只觉得一身轻松。不知道伊兰听到这个消息会怎么说，他抓起电话听筒，开始拨号，但随即又停下了。我要给她一个惊喜，他心想。飞回家只需要三四十分钟而已。

他迫不及待地发动悬浮车，立刻飞上天空，朝着南方七百英里外的旧金山而去。

1　英美制长度单位，1 英里 ≈ 1.61 千米。

. . .

伊兰坐在潘菲尔德情绪调节器前，右手食指放在数字按键上。但她没有拨号，此刻她过于倦怠和难受，什么都不想要：某种沉重的负担隔绝了未来和未来曾经包含的一切可能性。要是里克在家，她心想，他会叫我拨3，然后我就会情不自禁地想拨一个更重要的号码，比方说欣喜若狂，要是不行，那就888——不管正在播什么，都要看电视的欲望。不知道电视正在播什么，她心想。然后她又开始想里克去了哪儿。他也许会回来，但也有可能不会回来，她在心里说，觉得身体里的骨头在随着衰老而枯萎。

有人敲响了公寓的房门。

她扔下潘菲尔德手册，跳了起来，心想：我现在不需要拨号了，我已经有我想要的情绪了——假如来的是里克。她跑过去，一把拉开房门。

"你好。"他说。他站在门口，面颊上有个破口，衣服皱巴巴、灰扑扑的，连头发上都落满了灰尘。他的手，他的脸——除了眼睛，他全身上下都沾满了灰尘。他双眼圆睁，亮闪闪地充满了敬畏，神态像极了一个小孩，她心想，他看上去像是一直在外面玩，现在终于觉得该收收心，于是回家了。回家休息洗漱，讲述这一天的种种奇迹。

"很高兴见到你。"她说。

"我发现了一件东西。"他用双手抱着纸板箱，即便进了家门，也还是没有放下它。她心想：就好像里面的东西无比脆弱和珍贵，他不能轻易放手，他想用自己的双手抱着它，直到永远。

她说："我去给你倒杯咖啡。"她走到炉子前，按下咖啡机的按钮，很快就把一大杯咖啡放在他的餐桌座位前。他坐下，但依然抱着纸板箱，还是满脸的惊讶和欣喜。她认识他很多年了，但从没见过这个表情。自他们上次见面以来，也就是昨夜他开车离开之后，肯定有什么事情发生在了他身上。现在他回来了，与他一起回来的还有这个纸板箱：纸板箱里装着发生在他身上的事情。

"我要睡上一整天，"他大声说，"我打电话到局里，找到了哈利·布赖恩特，他放我一天假，叫我好好休息。我也正是这么打算的。"他小心翼翼地把纸板箱放在桌上，拿起杯子，这是妻子的愿望，因此他听话地喝起了咖啡。

她在他对面坐下，说："里克，箱子里是什么？"

"一只蟾蜍。"

"能让我看看吗？"她看着他解开麻绳，掀开盖子。见到蟾蜍，她轻声惊呼："天哪。"不知道为什么，它让她感到害怕。"不咬人吧？"她问。

"你拿起来看。它不咬人，蟾蜍没有牙齿。"里克抓起蟾蜍，递给她。她克制住嫌恶的情绪，接了过去。"我以为蟾蜍已经灭绝了，"她边说边把它翻过来，好奇地打量它的四肢，它们看上去像是毫无用处，"蟾蜍能像青蛙那么跳吗？我是说，它会突然从我手里跳出去吗？"

"蟾蜍的腿缺乏力量，"里克说，"这是蟾蜍和青蛙最大的区别，还有亲水性。青蛙必须生活在有水的地方，但蟾蜍能在沙漠里生存。它就是我在靠近俄勒冈边境的沙漠里发现的。那里的所有生物都死绝了。"他伸出手，想把蟾蜍拿回来。但她已经发现了端倪，她把蟾蜍肚皮朝上拿在手里，手指在它的腹部摸来摸去，最后用指甲找到了小小的控制板。她打开控制板。

"哦。"他的脸耷拉了下来，"唉，我明白了，你说得对。"他一下子泄气了，怔怔地盯着人造动物。他从妻子手里接过蟾蜍，拨弄了几下它的四肢，像是还不明白发生了什么。他小心翼翼地把它放回箱子里："不知道它是怎么跑到那么荒凉的地方去的。肯定是被人存心放在那儿的。天晓得为了什么。"

"也许我不该告诉你的——告诉你它是电子动物。"她伸出手，抚摩他的胳膊，见到事实对他造成的改变，她感到很愧疚。

"不。"里克说。"我很高兴我能知道。否则——"他沉默下去，"我更愿意知道。"

"想用情绪调节器吗？改善一下心情。它对你的作用一向很好，反正比对我好得多。"

"我会好起来的。"他摇摇头，像是依然不知所措，想要清除脑海里的杂念，"那个叫伊西多尔的鸡脑子，默瑟给他的蜘蛛多半也是人造的。但这并不重要。电子造物也有它们的生命，与活物的生命一样轻贱。"

伊兰说："你看上去像是走了一百英里。"

"我过了漫长的一天。"他点点头。

"上床去睡一觉吧。"

他盯着妻子，像是非常茫然。"结束了，对吧？"他的语气里充满了信任，似乎在等待她的肯定，就好像她应该知道答案。就好像光是听自己这么说没有任何意义，他对自己的话抱着怀疑的态度，在她认可之前，他的话不可能成真。

"结束了。"她说。

"上帝啊，一个马拉松式的任务，"里克说，"一旦开始就再也不可能停下了，它带着我往前跑，直到最后我干掉贝蒂夫妇，然后突然间，我没有事情可做了。而——"他犹豫了一下，他打开的话题显然让他自己也很惊讶。"而结束后反而更加难熬了，"他说，"我不能停下，因为等我停下来，就什么都没有了。今天早上你说得对，我是个肮脏的警察，有一双肮脏的手。"

"我现在已经不这么觉得了，"她说，"我非常高兴，因为你回家了，而你就应该回家的。"她亲吻他，他似乎高兴了起来，他又变得容光焕发，差不多恢复了先前的模样——她向他指出蟾蜍是电子动物之前。

"我今天做的事情，"他问，"你认为我做错了吗？"

"不。"

"默瑟说我做的是错事，但无论如何我都应该去做。真的很奇怪。有时候事情做错比做对更好。"

"这是对我们的诅咒，"伊兰说，"默瑟说的那些。"

"放射尘？"他问。

"那些杀手，他们在默瑟十六岁的时候找到他，禁止他再次逆转时间，让死去的东西重新活过来。因此现在他只能顺着生命的方向前进，去往生命的终点，也就是死亡。杀手朝他扔石头，是的，扔石头的就是他们。他们还在追赶他，事实上也在追赶我们所有人。你的脸在流血，难道不就是被其中的一块石头打的吗？"

"是的。"他虚弱地说。

"你现在要上床休息了吗？要不要我把情绪调节器拨到670？"

"670是什么？"他问。

"早该得到的安宁。"伊兰说。

他起身，痛苦地站在那里，显得既困倦又惶惑，像是许多年里的无数场争斗曾经在他的脸上起起落落。过了一会儿，他慢慢地走向卧室。"好的，"他说，"早该得到的安宁。"他躺到床上，灰尘从衣服和头发上飘散，落在雪白的床单上。

伊兰意识到，她不需要打开情绪调节器了，她按下按钮，把卧室的窗户设为不透明。白昼的灰色光线消失了。

不一会儿，床上的里克睡着了。

她在卧室里站了一会儿，看着他，确定他不会突然从噩梦中惊醒，不会像他夜里有时候那样被吓得坐起来。她回到厨房里，重新在餐台前坐下。

电子蟾蜍在纸板箱里跳动，发出沙沙的声音。她不知道它"吃"什么，需要怎么维护。大概吃电子苍蝇吧。

她打开黄页，翻到**"动物用品，电子"**一栏，然后拨了个号码，接电话的是个女售货员。伊兰说："我想订一磅[1]电子苍蝇，要真的会嗡嗡地飞来飞去的那种。"

1　英美制质量单位，1磅 = 453.6克。

"是喂电子乌龟的吗，夫人？"

"蟾蜍。"

"那我建议你买我们的多种混合电子爬虫和飞虫，包括——"

"我就要苍蝇，"伊兰说，"能送货上门吗？我不想出去，我丈夫在睡觉，我想守在他身边。"

售货员说："养蟾蜍的话，我建议你再配一个持续自更新的水坑，当然了，角蟾除外。假如是角蟾，我们提供包括沙子、多色砾石和有机食物碎屑的成套设备。假如你打算让它定期进食，那我建议你让我们的服务部给它做周期性的舌部调整。对蟾蜍来说，这个环节至关重要。"

"好的，"伊兰说，"我希望它能运转得挑不出任何毛病。我丈夫的心思全放在它身上了。"她把地址报给对方，然后挂断电话。

她感觉好多了，于是也去给自己做了一杯热乎乎的黑咖啡。

附 录

1972年3月，菲利浦·迪克受邀在不列颠哥伦比亚大学举办的温哥华科幻大会上发表题为《仿生人与人类》的演讲，反响热烈。这篇演讲稿长达42页，由迪克亲自修改校订，先后发表在1972年12月的《科幻评论》（*SF Commentary*）和1973年3月—4月的《矢量》（*Vector*）杂志上。在一次采访中，迪克谈到了这篇演讲稿的创作过程："我写了三个月，那段时间我情绪很低落。我原以为自己再也不会写作了。实际上，我当时已经有两年半没有写过任何东西。我决定把脑子里所有有价值的想法都放到演讲中。"他还表示："我试图定义何为真正的人类……计算机正变得越来越像敏感的、会思考的生物，人类却在变得非人化……我们有必要反抗一个去人性化的社会。"

菲利普·迪克的手稿资料非常稀少，本篇演讲稿在现代科技的背景下探讨了人机关系、人机界限、人机伦理，通过仿生人的结构与反应观照人类自身，深入现实叩问人类的本质，行文真诚而极富洞察力，是菲利普·迪克爱好者不容错过的重要资料。

仿生人与人类

——真实的人 VS 反射机器

都说赋予环境以生命是原始心智的倾向。多年以来，现代的深层心理学一直要求我们把这种拟人化的投射从实质上无生命的现实之中抽离出来，把我们因无知而投射到周围无生命事物上的生命特质收回自己的头脑之中。据说这样的内向投射是个体真正成熟的标志，也是与单纯的社会文化（如部落中的文化）相对的文明的可信标志。据说，非洲土著会认为他周围的事物充满了目的性和生命，而这两者实际上只存在于他的内心——一旦抽离这种幼稚的投射，他就会发现世界是死的，生命仅仅存在于他的身体里。当他得出这个复杂的结论时，他就可以被称为成熟或者理智或者懂科学了。但人们不禁要问：在这个过程中，他不是也把其他人物化了，即把他们变成物了吗？石头和树木现在对他来说也许是无生命的，但他的朋友们呢？他不是也把他们变成了石头吗？

这实质上是个心理学问题，而我认为，它的解决方式没有你想象中那么重要，因为在过去的十年里，我们看到了一个连最认真的心理学家（或者其他任何人）都没有预料到的趋势，这个趋势使这个问题显得无关紧要。那就是我们的环境——我指的是我们的人造世界，由机器、人工造物、计算机、电子系统、相互连接的自平衡组件构成——事实上越来越具有心理学家担心原始人在其所处环境中见到的特质：生命性。非常现实地说，我们的环境正变得具有生命，或者至少是准生命的，而且在某些具体和本质的方面与人类本身相似。控制论，这门由已故的诺伯特·维纳提出的宝贵的新兴学科，对机器的行为和人类的行为做了有效的类比，认为对机器的研究将为人类了解自身行为的本质提供有价值的启示。通过研究机器的故障——例如当两种互斥的趋向同时作用于格雷·沃尔特的一只人造海龟时，会在茫然的海龟身上引发令人着迷的复杂行为——我们也许会对曾经被称为"神经质"的行为产生更丰富的全新认识。然而，如果反过来使用这个类比呢？假设——我不认为维纳能预料到这一点——对人类自身和人类本质的研究能让我们深入理解现在极为复杂的机械与电子构造物的机能和故障呢？换句话说——这正是我想在此强调的——我们现在也许可以利用我们对自身的了解进行类比，从而了解我们周围的人工外部环境，了解它的行为方式、原因和目标。

我们可以说，机器正变得越来越像人类，至少按照维纳所说，人类的行为与机器的行为之间存在某种有意义的对比。然而，我们首先要了解的难道不是我们自身吗？与其通过研究我们的构造物来了解我们自己，不如尝试通过研究我们自己的行为来理解构造物的行为。

也许，我们所见到的其实属于人类活动与机能的普遍性质正在逐渐融入人类建造的周围事物的活动与机能。一百年前，这样的念头可不仅仅是"拟人化"的，还会被认为是荒谬的。一个生活在1750年的人能通过观察一台简易蒸汽机的行为来了解自身吗？他能看着蒸汽机呼哧呼哧做工，然后从它的动作中推断出他本人为什么喜欢的总是同一个类型的年轻美女吗？他要是这么想了，他拥有的可就不是原始心智的思维，而是病态的思维了。然而现在，我们发现我们沉浸在人类自己创造的世界之中，这个世界的复杂和神秘的程度已经登峰造极，正如波兰著名科幻小说家斯塔尼斯瓦夫·莱姆的推测，说不定会有那么一天，警察必须制止男人去强奸缝纫机。万一那一天真的到来，但愿唤醒他欲望的那台缝纫机是雌性的，而且还过了十七岁，最好是一台老式的辛格脚踏缝纫机，虽说它很可能早就过了更年期。

在我的一些短篇和长篇小说里，我写到了仿生人、机器人或虚拟人，叫什么名字并不重要，重要的是它是某种伪装成人类的人造物，而且通常怀有险恶的目的。我想当然地认为，这么一个构造物——就当是机器人好了——假如怀着良好或至少是正当的目的，也就不需要那么伪装自己了。不过现在我觉得这个主题似乎已经过时了。这些构造物并不是在模仿人类，从许多深层的角度说，它们事实上已经是人类了。它们并不是为了某种目标而企图瞒骗我们，而仅仅是遵循我们所遵循的行为方式，为的同样是克服某些普遍的困难，例如关键部件的损害、动力源的减少、风暴或短路等天敌的袭击。相信在座的每一个人都能证明，短路，尤其是供能系统的短路，足以毁掉我们的一整天，害得我们没法去做日常工作，或者就算到了办公室，也没法去完成摆在办公桌上的任务。

要我说，想要重新演绎"机器人假扮人类"这个主题，你应该搞一个闪闪发亮的机器人：它配有电子扫描镜头和氢电池组，但受伤了就会流血；在金属的外壳之下，它和我们人类一样，也有一颗心脏。或许我真的会把这个点子写出来。或者，就像在已经出版的某个短篇里所写的那样，你去问一台电脑"为什么会有水？"之类的终极问题，它会输出《哥林多前书》。我写过一个短篇，不过写得不是很认真，故事讲的是一台电脑有能力回答向它提出的问题时会吃掉提问者。推测起来——可惜我没往这方面写——假如电脑无法回答问题，提问的人类就会吃掉它。总之，我在不经意间把人类和构造物融合在了一起，却没意识到随着时间的推移，这样的融合真的开始成为现实的一部分。和莱姆一样，我越来越认为这就是未来。不过，我的想法比莱姆更进一步：或许有一天，假如一个人企图强奸缝纫机，缝纫机会报警逮捕他，出庭指证他时甚至会有点儿歇斯底里。这就会衍生出形形色色的点子，比如缝纫机受到唆使，指控无辜的人，比如亲子鉴定，当然还有为非自愿怀孕的缝纫机堕胎。会有供缝纫机使用的避孕药吗？说不定，就像我的某位前妻，某些缝纫机会抱怨说避孕药害得它们发胖，或者更准确地说，会害得它们缝出不规则的针脚。还会有不靠谱的缝纫机忘记吃避孕药。最后但同样重要的是，必定会有计划生育诊所，医生会提醒刚下装配线的缝纫机滥交的危险，警告说不道德的缝纫机会感染性病，而性病自然是愤怒的上帝赐予的——毫无疑问，上帝会缝纽扣，会做花里胡哨的针线活儿，速度快得能让容易轻信的金属和塑料缝纫机眼花缭乱，缝纫机就跟我们人类一样，也时刻准备着在神迹面前磕头。

我是在开玩笑，应该吧，但这不仅仅是为了让大家笑一笑。我们的电子构造物已经变得过于复杂，为了理解它们，现在我们必须反转控制论的类比方法，尝试从人类的思维和行为来推测机器的思维和行为。不过要我说，把动机或目标赋予机器会把我们引入偏执妄想的境地。因为机器做的事情也许像是我们做的事情，但机器肯定不像我们那样具有意图——它们具有向性，是为了在人类的建造中实现某些功能并对特定的刺激做出反应，它们只在这个意义上具有目的性。举例来说，制造枪械是为了发射金属弹头，使他人受到伤害，丧失行为能力或生命，但这不代表着枪械想这么做。不过，我们在此处进入了斯宾诺莎哲学的领域，他认为（我觉得这个观点非常深刻），假如坠落的石块有理性，它就会想"我愿以 9.8m/s^2 的加速度坠落"。对我们来说，自由意志——即使在我们能感觉到欲望，能意识到我们想做正在做的事情的前提下——也许仅仅是一种幻觉。深层心理学似乎证实了这一点：我们生活中的许多驱动力都来自我们无法控制的无意识。尽管"本能"这个词不一定适用于我们，但我们与昆虫一样受到驱动。用哪个词并不重要，重要的是，我们以为出于自身意志的那些行为实际上是被操纵的，就像石块注定要按照大自然规定的速度坠落一样，那些行为和晶体形成的力量一样僵化且可预测。我们每个人或许都觉得自己独一无二，拥有整个宇宙从未见过的内在命运……然而对上帝来说，我们只是千百万颗晶体，在宇宙科学家的眼中，每一颗都一模一样。

另外，我有个不怎么讨人喜欢的想法：随着外部世界的活性越来越强，我们也许会发现，所谓的人类正在变得——而且在很大程度上也许一直如此——缺乏活性，因为我们受固有的向性控制，而不是反过来控制向性。因此，我们和我们精心推动其进化的电脑也许会在中途相遇。有朝一日，一个名叫弗雷德·怀特的人类也许会朝名叫皮特什么的机器人（通用电器厂生产）开枪，惊讶地看见它流出了眼泪和鲜血。而垂死的机器人开枪还击，惊讶地看见电泵里冒出了一缕青烟，它原以为那是怀特先生跳动的心脏。对他们二者来说，这都是一个揭晓真理的伟大时刻。

说到这儿，我想问这么一个问题：在我们的行为之中，有什么可以称为人类特有的吗？有什么是对人类这个物种来说与众不同的？至少到目前为止，又有哪些行为是我们认为的纯粹的机器行为，或者外推一下，是昆虫的行为或反射行为？我想把伪人行为也包括在这些行为之中，曾经是活人的一些生物会展示出这样的行为。在我接下来要讨论的某些方面，他们已经成为工具和手段，而不是目的。因此对我来说，他们在负面的意义上类似于机器，尽管生物生命还在继续，新陈代谢还在运转，但灵魂——我找不到更好的说法——不复存在，或者至少不再活跃。这种情况在我们的世界中确实一直存在，但现在制造这种不自然的人类行为已经成了政府和类似机构的一门科学。人被简化成单纯的工具——人变成机器，服务于某些目标。尽管目标本身在抽象意义上来说可以是"好"的，但为了实现这样的目标，人类使用了我能想象出的最邪恶的手段：把桎梏强加在一个自由的人身上，限制这个会哭、会笑、会犯错、会做傻事的人，无视他本人的想象或思考，去实现他个人命运（无论多么微不足道）之外的某些目标。怎么说呢，就好像历史把他变成了实现历史自身的工具。除了历史，还有那些受训且精于操控技术的人，他们配备了意识形态导向的装置，而他们自己也被异化到了一定的程度，以至认为使用这些手段是实现某些终极理想的必要或至少是可取的方法。

说到这里，我想起了托马斯·潘恩对他那个时代欧洲的另一方势力的评论："他们欣赏羽毛，却忘记了垂死的鸟。"而我关注的正是这只"垂死的鸟"。这只垂死的鸟正是真正的人性，尽管说是垂死，但我认为在即将成熟的下一代孩子心中，它正在复活。

这就是我今天想在这里对你们说的。我想向你们表达我对正在成长的孩子们寄予的希望和信心。我想与你们分享他们的世界、他们的价值观。与此同时，还有他们对前辈错误的价值观、虚妄的偶像与虚假仇恨的漠不关心。还有这些优秀的孩子无法被重力——请参考我前面的比喻——够到、移动甚至触及的事实，那所谓的"重力"违背我们这些老家伙的认识和意愿，拖着我们一辈子以 9.8m/s^2 的加速度坠落，而我们却相信那是出于自愿。

就好像这些孩子，至少很多或一些孩子，在以不同的速度坠落，或者甚至根本就没有坠落。沃尔特·惠特曼所说的"跟随其他鼓手的节拍前进"[1]也许可以重新解读："坠落"不是为了回应未经审

---

[1] 实际上出自梭罗的《瓦尔登湖》。

视和质疑的所谓"真理"，而是在回应一种全新的、内在的——也是完全真实的——人类欲望。

当然了，年轻人总是有这样的倾向。事实上，这正是年轻的定义之一。然而现在，事情变得极为紧迫，因为假如我没猜错，我们每个月都在逐步与我们的机器造物融为一体，直到有一天，作家停止写作不再是因为有人拔掉了电动打字机的电源，而是因为有人拔掉了他本人的电源。但现在，你没法拔掉一些孩子的电源，因为没有电线把他们与外部电源连在一起。他们的心脏因内在的个人意义而跳动。他们的能量并非来自起搏器，而是来自一种顽固得近乎荒唐的反叛：拒绝被口号和意识形态——任何一种意识形态，甚至是意识形态本身——绑架，因为那样会把他们降低为抽象事业的工具，无论这些事业看起来多么伟大。在我的老家加利福尼亚，我一直和这样的孩子们生活在一起，尽我所能地投入他们正在新建的世界。我想和你们说一说他们的世界，因为要是幸运的话，那个世界的一些东西，他们的价值观和生活方式，将会塑造我们整个社会的未来，把未来变成我们的乌托邦或反乌托邦。

作为科幻小说家，我当然必须不断地向前看，永远着眼于未来。受到乐观主义精神的强烈感召，我希望告诉你们：我们共同的未来在这些孩子的头脑里孕育着，或者更确切地说，在他们的心中孕育着。他们现在还年轻，在政治和社会学意义上来说是无权无势的，根据加州法律，他们甚至不能购买啤酒和香烟，不能投票，不能以任何方式参与制定管理他们和我们的社会的官方法律（法律生效与否不会征求他们的意见）。实际上，我的意思是：假如你对未来的世界感兴趣，你能通过《模拟》[1]《奇幻与科幻》[2]和《惊奇》[3]杂志了解到一些信息，至少能读到也许会塑造未来的可能性；然而实际上，想看到未来最真实的形态，你需要做的是观察一个十六七岁孩子的自然行为和他的日常生活。或者，按照我们湾区[4]人的说法，观察他如何"在城里瞎逛，看热闹"。这就是我发现的情况。我过去认识、与之共同生活、现在依然认识的这些加州孩子就是我关于未来的科幻小说，这是此刻我作为一个人和一个作家在这件事上的结论——他们是我所期待的，渴望见到其获胜的未来，他们是我一生所遇之中最让我相信的未来。我愿意为他们献出生命。在这场我们正在进行的战斗之中，我要全力以赴保持和增强我们的人性、我们作为人类的内核和我们命运的源泉。我们不但要飞向星空，也要飞向我们的存在本质。因为我们向往的不单是半人马座阿尔法星或参宿四，更是我们去那里朝圣时的本质。我们的本性会和我们一同前往。"Ad astra"但要"per hominem"[5]。我们绝不能忽视这个问题。

说到底，假如第一个从地球的宇宙飞船踏上火星表面的两腿生物宣布"感谢上帝，允许我、允许我，咔嗒，允许，咔嗒，咔嗒……这是录音"，然后起火爆炸，因为它的塑料胸腔里有两根电

1　指《模拟科幻小说与事实》(*Analog Science Fiction and Fact*)。

2　指《奇幻与科幻杂志》(*The Magazine of Fantasy & Science Fiction*)。

3　指《惊奇故事》(*Amazing Stories*)。

4　此处指旧金山湾区。

5　拉丁语，前一半意为"飞向群星"，后一半意为"通过为人"。此处是对一个流行的拉丁语谚语"Per aspera ad astra"(循此苦旅，以达星辰)的改写。

线搭在一起短路了，那可就太让人沮丧了。更让这个构造物难过的是，等它回到地球时，它发现自己的"孩子"已经连同铝合金啤酒罐和可口可乐瓶一起作为城市污染问题的根源被回收了。而当这个由塑料、线缆和继电器组成的宇航员去向市政厅职员投诉的时候，会发现它的三年保修期已过，由于再也找不到零件来维持它的正常机能，政府注销了它的出生证明。

当然了，我们不应该从字面意义上理解这个段子。但它作为一个隐喻——从广义上说，也许我们应该更仔细地审查我们打算发射上天（比方说去操纵轨道空间站）的每一个两腿实体。我们可不想在三年后发现，所谓的人类乘员都已经和空间站的某个部分结婚，并永远幸福快乐地生活在了一起。雷·布拉德伯里有个精彩的短篇，说一位洛杉矶市民惊恐地发现尾随他的警车没有司机，是警车自己在跟着他。我们应该确保坐在驾驶座上的是我们人类中的一员。布拉德伯里先生的这个短篇真正的恐怖之处——至少对我来说——不是警车在跟踪主人公时有了自己的向性，而是车里出现了真空，一块没有被填满的空间。

至关重要之物不在场——这是最可怕的地方，是对恐怖未来的末日级想象。然而我却预见到了一些更乐观的东西：假如让我写这个故事，我会让一个少年坐在警车的驾驶座上——他趁警察在咖啡馆里午休的时候偷走了警车，打算把它拆成零件卖掉。我这么说或许有点儿愤世嫉俗，但这样的发展不是更让人开心吗？按照我居住的加州的说法，警察来你家调查入室盗窃，出门时却发现有人把警车的轮胎、发动机和变速箱都拆走了，只能搭便车回总部。这样的想法也许会让当权派害怕，但坦率地说，我觉得很高兴。即便是人类最低级的诡计，也胜过机器最崇高的向性。我认为这正是新青年最有效的洞见之一：汽车，哪怕是警车，都是消耗品，是可以被替换的。所有的车其实都一样。而车里的人，一旦消失，无论付出多大的代价都无法被复制。即便我们不喜欢他，也不能没有他。他一旦消失，就再也回不来了。

更进一步地讲，假如他被造成仿生人，他将永远不会回来，永远不再是人类，或者至少很可能不再是人类。

当我们这个世界的孩子竭力发展他们的新个性，近乎粗暴地鄙视我们所崇拜的真理时，他们就成了我们——这个"我们"指的是当权派——的麻烦源头。我说的不仅是政治上的活跃分子，还有那些结成了有旗帜和口号的团体的年轻人——要我说，无论他们的口号多么响亮，那都是向着过去的一种倒退。我指的是具有内在品质的个体，那些年轻人每一个都是自己的主人，做我们称为"他的事"[1]的事情。举例来说，他应该不会通过坐在运兵列车的铁轨上来触犯法律；他对法律的蔑视多半表现在开车去汽车电影院时，把四个孩子藏在后备厢里逃票。然而，后者依然违反了规则。第一种违规行为带有政治性和纲领性的色彩，第二种违规行为仅仅是不同意你必须按照他人的命令做事——尤其是这个命令只是贴出来的印刷通知。两个事例都有反抗的成分。我们会鼓掌夸奖前者具有深意，而批评后者只是不负责任。然而，正是通过后者，我看到了更美好

---

[1] 在嬉皮运动时期，thing（事情）这个词被用来泛指年轻一代与主流价值观格格不入的行为和生活方式。

的未来。归根结底，历史上一直存在着一个群体用武力对抗另一个群体、外在对抗内部的运动。它到今天还没有催生乌托邦，而我认为它永远也不可能做到。

成为一个我所说的"仿生人"——对不起，我找不到更合适的说法了——意味着主动让自己成为工具，或者在你不知情或未同意的情况下，遭受压制和操控，从而变成工具，最终的结果都是一样的。然而，假如一个人逮住机会就犯法，那你是不能把他变成仿生人的。仿生人化需要的是服从，更重要的是，还需要有可预测性。只有当你能以科学精度预测一个特定的人在所有特定情况下的反应时，才会为大规模生产仿生人开启大门。假如手电筒只在你按住按钮时才会常亮，它还有什么用处呢？机器必须能够在各种条件下工作，必须可靠。仿生人和其他机器一样，也必须根据提示执行命令。然而你不能指望我们的年轻人会这么做，他们是不可靠的，因为懒惰，注意力涣散，倔强任性，有犯罪倾向——你随便用什么标签来解释年轻一代的不可靠都行。所有的标签都只是在说明同一个事实：我们可以一遍又一遍地告诉他们该做什么，但是等到他们真的要做的时候，一切潜移默化的引导、一切的意识形态灌输、一切的镇静药物、一切的心理治疗，全都是白费心机。鞭子抽响的时候，他们就是不肯跳起来。因此他们对我们这些固化的掌权者毫无用处。他们不会允许自己成为工具，供我们保住并加强那些权力，享受随之而来的奖赏——给我们自己的奖赏。

现在的情况是，劝说过于泛滥了。电视剧、报纸——一切所谓的大众媒体，全都做得过头了。对于这些年轻人来说，语言早就丧失了意义，因为他们已经听得太多了。你无法教育他们，因为你想让他们学习的欲望过于强烈，动机过于明显。十五年前的反乌托邦科幻作家——我也是其中之一——预见到，大众传播的宣传机器会轧过每一个人，把他们变得平庸、千篇一律。然而后来发生的事情并非如此。车载收音机在宣讲官方对越南战争的观点时，年轻人正在拔掉扬声器，目的是换上高音喇叭和低音喇叭——就在政府的喋喋不休声之中，扬声器被拆掉了。某个年轻人熟练地把更高级的音响器材连接到他的车上，根本没注意到收音机里的声音正在企图对他说什么。这个技术娴熟的孩子只关注声音是否存在失真或干扰，频响曲线有没有得到充分补偿。他把脑袋转向眼前的现实，也就是扬声器本身，而不是从扬声器里传出来的空话。

乔治·奥威尔在《1984》里设想的极权社会大抵已经到来。电子设备有了，政府也准备好做奥威尔预测中的那些事情了。就这样，政治权力存在，动机存在，电子硬件也存在。但这些都毫无意义，因为越来越明显的趋势是，根本没人在听。我见到的新一代年轻人，他们太笨了，不会阅读；他们太浮躁也太无聊，不看电影和电视；他们太专注于自己的事情，记不住其他任何东西。掌权者的共同声音用在他们身上是一种浪费——他们会反叛。然而他们的反叛不是出于理论或意识形态的考量，而仅仅是出于世俗所谓的纯粹自私。此外，他们还满不在乎地无视掌权者宣称他们不服从会造成的严重后果。你无法贿赂他们，因为不管他们想要什么，都能通过建造、偷盗或其他什么奇特而古怪的方法自己搞到；你无法恐吓他们，因为他们在街头和家里已经目睹和参与了太多的暴力，暴力再也不能让他们畏惧。受到威胁时，他们只会躲开，要是逃不掉，那他们就会反击。当警用囚车拉着一个年轻人去拘留所时，警卫会发现，他们只顾着把这个人塞进车里，没能注意到另一个同样无可救药的年轻人割破了轮胎，警车没法开了。他们忙着换轮胎的时候，又一个年轻人抽光了警车油箱里的油，然后开着他加满油的雪佛兰"羚羊"扬长而去。

绝对恐怖的科技社会——那是我们的梦想，是我们对未来的憧憬。按照我们的预见，无论你拥有什么样的力量、诡计或其他东西，都无法阻止那个噩梦般的可怕社会到来。但我们做梦也想不到，那些坏孩子也许会出于他们渺小灵魂里纯粹的扭曲恶意去扼杀它。愿上帝保佑他们。为了证明我的观点，请听我念两段媒体上的报道。第一段来自令人作呕的《时代》，是——老天在上——AT&T[1]前首席工程师哈罗德·S.奥斯本在《时代》上描述的所谓"电话服务的终极梦想"：

> 在世界上的任何一个地方，每当有一个婴儿出生时，他就会分配到一个终身伴随他的电话号码。一旦他学会说话，就会得到一个类似手表的装置，一面有十个小按钮，另一面是屏幕。假如他想和世界上的随便哪个人说话，他只需要掏出装置，在按键上输入号码。等他把装置翻过来，他就会听见朋友的声音，在屏幕上看到朋友的脸，而

---

1 指美国电话与电报公司（American Telephone and Telegraph Company），曾长期垄断美国的电话通信业务。

且还是立体的彩色画面。假如他看不到朋友的脸，也听不到朋友的声音，他就知道他的朋友已经死了。

我说不清楚，我真不觉得这有什么好笑的。实际上这很可悲，让人心碎。不管怎样，这样的事情不会发生了。年轻一代已经去处理了。这些特殊的年轻人被称为"电话狂人"。《洛杉矶时报》今年早些时候的一篇文章中写道：

> 他们（电话狂人）都带着自己做的 MF'er——双音多频信号处理器——这是电话狂人对蓝盒子的昵称。自制的 MF'er 大小不一，设计思路也各不相同。有精密的袖珍晶体管设备，那是一个工程学博士做的；也有雪茄盒那么大的，自带的耦合器能直连电话听筒。到目前为止，这些电话狂人已经设计出了二十二种不用信用卡免费打电话的方法。为了防止被抓，他们还知道该怎么检测"监管信号"，这是电话公司的说法，指的是一种人耳几乎听不见的音频信号，出现在对方接电话、开始计算电话费之前。电话狂人一旦检测到他们担心的"监管信号"，就立刻挂断电话。
>
> 嘎嘣脆船长还在电话亭里按他那个复杂的电脑盒子上的红色开关。他得名于"嘎嘣脆船长"早餐燕麦片包装盒里的哨子。船长发现这个哨子的声音频率是 2600 赫兹，刚好就是电话公司用来表示线路空闲的频率，而当然了，电话狂人首先学会吹的就是"断线"，这样他们就可以把一

个线路转到另一个线路上了。船长捧着盒子，专注地阅读国家区号列表。他冒充海外通话的接线员，一个电话打到意大利。还不到一分钟，他就联系上了佛罗伦萨大学的一位希腊古典文学教授。

这就是未来实际到来时的模样。我们科幻作家没人预见到电话狂人的出现。幸运的是，电话公司也没有，否则现在就是他们占上风了。但这就是严酷的神话与温暖快乐的现实之间的差别。这些年轻人独特而出色，任何传统意义上的顾虑都无法阻碍他们，正是因为有了他们，这样的差别才会被造就出来。

用科幻领域的术语来说，我现在预见到这样的未来：十年后，一个街头记者会问一个孩子谁是美国总统，而这个孩子会承认他不知道。"但是总统可以处决你，"记者这样抗议道，"也可能会打你，把你关进监狱，或者剥夺你的所有权利、所有财产——所有。"而那个男孩会回答："是啊，我父亲上个月死于心脏病之前也可以这么做。他过去常说这样的话。"采访结束。当记者收拾设备时，会发现其中一个彩色3D立体声麦克风-视频镜头系统不见了——那个孩子趁记者忙着说话时偷走了它。

我想知道你们是否记得最近潘菲尔德[1]开发的所谓的"脑部映射"技术，它能够精确地定位大脑中负责每种感觉、情绪和反应的

1　指加拿大神经外科医生怀尔德·潘菲尔德。他通过数百例脑外科手术和脑部刺激实验发现，当用电极刺激大脑皮层的某些区域时，病人会出现特定的感觉、运动或记忆体验。

中枢。用电极刺激一个微小区域，一只实验室里的老鼠就进入了一种永久幸福的状态。"他们很快也会对我们所有人做这样的事。"一位悲观的朋友对我说，"一旦我们植入了电极，他们可以让我们感受、思考、执行任何他们想要我们做的事。"嗯，要做到这一点，政府将不得不发布招标通告，购买十亿套电极，按照他们惯常的方式，他们会将合同授予出价最低的投标者，这些投标者会用二手部件制造次品电极……技术人员在给数百万人的大脑植入电极的过程中会变得厌倦和粗心，当按下开关，让全体民众对某个政府官员（可能是负责奴隶劳动矫正营的内政部长）的死亡感到深切悲痛时，一切都会乱作一团。而人群就像实验室里的那只老鼠一样，会陷入集体狂欢；或者连接人群大脑与华盛顿特区思想控制中心的劣质电线过载，一股电流逆流并引燃白宫。

或者这只是我一厢情愿的想法，只是对我们应该为之感到忧虑的未来社会的一点儿幻想？

回到我今天演讲的主旨：人类与仿生人的关系，以及前者能如何变成——事实上，是"被变成"——后者。吩噻嗪之类的特殊镇静药物在精心策划下得到了广泛使用和普遍认可，也许它们不像某些非法的街头毒品那样会造成永久性的脑损伤，但能够——老天在上，真的能够——导致我恐怕只能称为"灵魂"的东西的损伤。请允许我展开说明一下。

最近科学家发现，我们所谓的精神疾病或精神障碍，例如精神分裂症和周期性交替的躁郁症，很可能与大脑新陈代谢失调，血清素和去甲肾上腺素等脑化学催化剂无法正常发挥作用有关。有一个理论认为，压力会导致胺氧化酶过度分泌，从而引发幻觉、眩晕和全面的精神崩溃。突然受到惊吓，尤其是出其不意的惊吓，还有因失去亲人或挚爱事物而感到悲痛，或者是失去了至关重要和习以为常的东西，会使得去甲肾上腺素过度分泌，继而流入通常不使用的神经通路，大脑在超负荷运转之下，就会诱发我们称为精神错乱的行为。因此，精神疾病是一种生化现象。使用某些药物，如吩噻嗪，大脑代谢就会恢复平衡；如果血清素这一催化剂得到正确利用，患者就能康复。或者也可以使用 MAOI 类药物，那是一种单胺氧化酶抑制剂，能让大脑耐受压力的能力变强，患者就可以正常生活了。还有目前医学界寄予厚望的碳酸锂，精神失常的患者服用后，能限制去甲肾上腺素荷尔蒙的过度分泌或释放，这种激素的主要作用是诱发社会所不能接受的非理性想法和行为。一旦碳酸锂出现在脑组织内，一切强烈的情绪，无论是悲伤、愤怒，还是恐惧，都会被降低到适度的范围内。患者会变得稳定且可预测，不会对他人造成威胁。他会日复一日、从早到晚都拥有相同的情绪和思想。他再也不会给掌权者带来任何意外的"惊喜"了。

在变态心理学领域，研究者已经明确定义了分裂型人格，具有这种人格的人情感会持续匮乏。他们的生活方式是思考，而非感受。正如伟大的瑞士精神病学家卡尔·荣格所说，这样的情况是难以长期维持的——一个人必须以感受反应来处理绝大多数至关重要的现实问题。总而言之，我所说的"仿生人"人格与分裂型人格存在某些类似之处。两者都具有条件反射式的机械特质。

有一次我听一个具有分裂型人格的人谈他自己，他说得非常严肃："我接受其他人的信号。但我无法自己产生信号，除非通过注射给我充能。"我发誓这是他的原话。请想象一个人用这样的方式看待自己和他人——信号，就像外星来客。这个人完全物化了他自己和周围的所有人。多么可怕。在这个病例中，显而易见，灵魂已经死去，或者从来没有活过。

仿生人思维的另一个特质是缺少破例的能力。也许这就是它的核心所在：假如一个反应无法产生结果，它不会放弃，而是会一遍又一遍地重复。低等生物善于不断给出相同的反应，就像手电筒一样。有人尝试过用鸽子充当装配线上的质量控制技术员。千千万万的零件一个接一个、一小时又一小时地经过，鸽子用敏锐的眼睛观察偏差是否超出了可接受的范围。鸽子能分辨出的偏差的精度比人类在执行同样的质控任务时有可能做到的最高精度还要小。假如鸽子看到一个不合格的零件，它就会啄一个按钮，拒收这个零件，同时装配线会向鸽子投放一粒玉米以资奖励。鸽子可以不知疲倦地工作十八个小时，而且它热爱自己的工作。就算玉米粒没了——大概是因为供应不足吧——鸽子依然会充满热情地拒收不合格的零件，最终你不得不强行把它从架子上赶下去。

然而，假如我是鸽子，我肯定会作弊。只要我饿了，就会去啄按钮，仅仅是为了得到那颗玉米粒。在很长一段时间没有发现任何问题零件之后，我会想到这个办法。因为万一这只鸽子连一个问题零件都没遇到，那会发生什么呢？鸽子会饿死。在这样的情况下，尽职等于自杀。是的，找到问题零件对鸽子来说是个生死攸关的利益问题。假如你是鸽子，你会怎么做？比方说四天过去了，你连一个问题零件都没发现，饿得只剩下羽毛和骨头。胜出的会是道德，还是求生欲？对我来说，鸽子的生命比质控的准确性更有价值。假如我是鸽子，但有一个仿生人的头脑，就会说："我也许会饿死，但要是拒绝接收一个完全正常的零件，那我就太该死了。"总而言之，要我说，真正的人类心智会感到无聊，会偶尔随意拒收一个零件，只是为了打破单调的气氛。你再怎么测试电路，都无法重新建立它的可靠性。

接下来，请听我描述另一个要素，我认为它是解答何为真正人类的关键所在。重要的不仅是生物体的固有属性，还有生物体所处的环境——事情发生在它身上，它面临困境，它受到严重冲击，它不得不去处理。人类诞生于某些令人痛苦的情境之中，而此前的那个时刻，就像《圣经》说的，只存在泥土。我们能在中世纪许多圣母怜子像里见到这样的情境：逝去的基督被母亲抱在怀里。画面中有两张脸：一张是男人的，另一张是女人的。说来奇怪，在很多这种宗教画里，基督的面容比母亲的面容更加苍老，就好像一个年轻的女人抱着一个老极了的男人——母亲比儿子出生得早，还比儿子活得久。他的面容经历了整个生命周期的衰老，而她现在的模样也许一如既往，这不是经典意义上的超越时间，而是有能力超越所发生的一切。他没能幸免于时间的流逝，你能从他的脸上看出来。

从某个角度来说，他们共同经历了这一切，结果却不尽相同。对他来说，这一切过于沉重，摧毁了他。也许从这里得出的结论是女人更加能够承受痛苦。倒不是说她承受的痛苦比男人多，而是她能忍受男人无法忍受的痛苦。人类的生存取决于女性承受痛苦的能力，而不是男性的。基督死在十字架上，人类还能延续下去；但如果玛利亚死了，那一切就都结束了。

我见过一些年轻的女性——甚至只有十八九岁——经历了痛苦，但活了下来。我认为那些痛苦对我来说不堪忍受，我猜几乎所有的男性都会这么认为。她们在经历磨难的过程中所展现出的人性，是她们与所处环境相互影响的结果。我不是想说"苦难使人高尚""苦难也是好事"之类的陈词滥调——我们常常会听到有人这么评论天才："要是他们没有经历过磨难，就不可能成为天才了。"我想说的是，我所谓的"仿生人"与人类思维方式的区别很可能在于，后者经历了前者没有经历过的事情，或者至少在经历的时候做出了不同的反应，改变了、调整了自己的所作所为，从而改变了自己的本质，成长为人。我觉得，机器人会一遍又一遍地重复某些有限的反射动作，就像昆虫威胁性地反复举起翅膀，或散发难闻的气味。它的防御或反应有时能奏效，有时不能。然而，假如遇到了突如其来的麻烦，被赋予了更多人性的生物体就会在这个时刻变成人类，由于每一种尝试都以失败告终，它会在内心深处苦苦挣扎，同时突破自我，不断向外寻求新的应对方式。

死去的基督的脸上充满了疲惫，近乎干瘪，就好像他为了不死而尝试过了一切可能性。他从没有放弃过。尽管他确实死了，倒下去了，他也是作为一个人死去的。这一点表现在他的脸上。

斯宾诺莎说过："为坚持自身存在而付出的努力，是个体事物的本质。"在以太阳为中心的男性神灵出现之前，冥界神灵——大地母亲——是宗教慰藉的最初来源，也是人类的起源。人类来自女神，最终回归女神。整个古代世界都相信，正如每个男人都从一个女人那里获得生命一样，他最终也会回归大地母亲，并在那里安息。乔叟的《坎特伯雷故事集》里有个老人，他在生命的最后时刻"早晚都走来走去，用手杖敲打地面，说：'母亲，母亲，让我进去——'"。就像易卜生《群鬼》的结尾，那个中年男人因麻痹症而死去，他在生命的最后时刻倒退回了童年，对母亲说："母亲，给我太阳。"正如斯宾诺莎明确指出的，任何一个有限的事物，任何一个个体的人，最终都会消亡……在他消亡的时候，在社会实际上也消亡的时候，他唯一真正的慰藉就是回归母亲，回归女性，回归大地的怀抱。

但是，假如女性是男性的慰藉，那么女性的慰藉又是什么呢？对她来说是什么呢？

我曾目睹一个年轻女人经历磨难，她当时只有十八岁，光是作为旁观者，我就已经难以承受了。我认为她比我更加坚强。我想安慰她、帮助她，但我无能为力，只能陪着她。大地母亲受难的时候，有限的人类个体能做的太他妈少了。这个姑娘的男朋友不愿娶她，因为另一个小子搞大了她的肚子。他拒绝和她住在一起，也不肯给她找地方住，除非她去堕胎——对此他同样什么都不肯做，他甚至在她堕胎之前都不愿和她说话——然后呢，他承诺一定会娶她。她去做了堕胎手术，之后我们把她带到我家，让她休养和康复，当然了，那个狗娘养的再也没联系过她。堕胎后的那段时间里，我一直陪着她。她过得真的很惨—— 一个人待在陌生城市的医院里，所在的简陋病房挤了很多人，只有我和另外两个朋友去探望她，她的男朋友和她自己的家人从没给她打过电话。之后她来到我家，意识到她的男朋友不可能像承诺过的那样去租她计划租的那套公寓，而她的朋友们——还有他的朋友们——对她失去了兴趣，一个个都看不起她，这时我眼看着她日益消沉，变得憔悴而绝望。她该去哪儿呢？她该怎么活下去呢？她没有朋友，没有工作，没有家人，甚至没有任何像样的衣服——什么都没有。而等她身体康复，连我家都不能继续待下去了。她总是躺在床上，痛苦地抱着我和她从动物收容所领来的小狗——那条小狗就是她的全部。有一天，她走了，我一直没查到她去了哪儿。她再也没联系过我，她想忘记我和医院，忘记康复和流血的日子，忘记得知自己真实处境的日子。她留下了小狗。小狗现在是我的了。

我记得尤其清楚的是，她堕胎后住在我家的那两个星期里，她的乳房充满了乳汁——她的身体（至少是身体的一部分）还不知道孩子已经死了，已经不会有孩子了。她说，孩子"在一个瓶子里"。我觉得她突然间变成了女人，尽管她拒绝并摧毁了自己的母亲身份。然而无论有没有婴儿，她都是一个女人，虽说她的心智并不是这么告诉她的。她依然穿着一件棉布睡衣，我猜是她上高中住在家里时穿的——说不定就是她从五六岁开始穿的那件速干棉布睡衣。她依然喜欢去超市买巧克力奶和漫画书。根据加州法律，她买烟和吸烟都是犯法的。我们的法律还禁止她看某些电影，事实上是很多电影，其实也就是和生活相关的所有电影。去旧金山找医生堕胎的路上——当时她已经怀孕五个半月，接近加州定义的安全极限了——她买了一个紫色的毛绒动物玩具，八十九美分，我付的钱，她只有二十五美分。她离开我家时把玩具带走了。她是我见过的最勇敢、聪明、有趣、可爱的人。尽管我尽了一切努力，但人生悲剧还是压垮了她。然而——我认为，我相信——她所具有的那股力量使得她的乳房鼓胀成熟，即便在她的精神和灵魂几乎被摧毁的时刻，肉体依然在憧憬未来。无论如何，我希望那股力量能够得胜。要是不能的话，那么在我来看，一切就都失去意义了。我设想的未来将不复存在，因为我只能想象未来是由她这种默默无闻的谦卑百姓构成的。我本人无法成为它的一部分，甚至无法参与塑造它；我能做的仅仅是按照我现在能窥见的片段来描绘它，而那些温柔、不快乐、勇敢、孤独、懂得爱的小生灵会在我无从知晓的另一个地方继续生活，他们不会记得我，但我祈求上天，保佑他们能坚持下去，好好生活，忘记过去。格言说"无法记住过去的人注定要重蹈覆辙"，但也许有能力忘记更好，也许这是唯一可行的出路。我希望她，她的头脑，已经忘记了她的遭遇，就像她的身体，要么忘记了失去的孩子、死去的孩子，要么从来都不知道。这也许是一种失明，是拒绝，或是面对现实的无能为力。

不过，我对通常所谓的"现实"向来评价不高。在我看来，现实与其说是你感知到的东西，不如说是你的创造。你创造现实的速度比现实创造你的速度更快。人是神从泥土中创造的现实，而神是人从自己的激情和决心中不断创造出来的现实。举例来说，"善"不是一种品质，甚至不是尘世之中或尘世之上的某种力量，而是你对待事物的态度，是你如何处理和利用你周围那些毫无意义、令人困惑和失望，甚至残酷无情且能压垮你的残缺碎片，它们似乎是另一个原本有意义的世界——可能吧——丢弃和遗留下来的残渣。

在我看来，未来世界不是一个场所，而是一个事件；它不是由一个作家以文字形式写成的短篇或长篇小说，其他人坐在它的前面以旁观者的身份阅读这些文字，而是一种建构，这种建构里不存在作者和读者，只有许多角色在寻求情节。甚至连情节都不存在，只存在角色本身，还有他们的言行，以及他们为支撑他们个体和集体存在而建立的东西，就像一把巨大的雨伞，既能让阳光照进来，也能挡开黑暗。角色死去的时候，小说就结束了，整本书重新归于诞生了它的泥土，或者就像死去的基督那样，回归母亲温暖的怀抱，享受母亲的温柔、哀伤、理解和爱。而一个新的循环就此开始——他从母亲的怀抱里重生，开启了这个故事，或另一个故事，可能不一样，甚至更好。一个由角色互相讲述的故事。"一个充满了喧哗和骚动的故事"，拥有无穷的寓意。[1]我们能得到的最好的故事。

我们的昨天，我们的明天；在我们之前出生的孩子，在我们之后生活的女人，她的存在本身就超越了我们的所有想法和作为。

我在小说《帕莫·艾德里奇的三处圣痕》里研究了绝对的邪恶，主人公与艾德里奇相遇后返回地球，口述了一份备忘录。这一小段文字出现在小说正文之前。实际上，这一段才是小说的本体，剩下的是某种事后总结，或者更确切地说，剩下的部分以倒序的方式呈现了这部只有一段的书的整个产生过程。七万五千字，我辛辛苦苦地写了好几个月，仅仅是为了解释书里最重要的一小段陈述，

1　这句话是对莎士比亚的悲剧《麦克白》中的名句（"它是一个愚人所讲的故事，充满着喧哗和骚动，却找不到一点儿意义。"）的引用和改写。

为其提供背景。(顺便说一句,德语版把它删掉了。)对我来说,这段陈述是我的信条,不是关于神的——无论是好的神、坏的神,还是既好又坏的神——而是关于人类自身的。它是这么说的,事实上这就是我必须说和真正想说的一切:

> 我的意思是,说到底,你必须考虑到我们仅仅是从泥土中来的。我承认起点不怎么高,而我们不该忘记这一点。不过即便是考虑到了这个——我是说,这个开局有点儿差劲——我们做得还不算太糟糕。因此,我个人坚信,哪怕我们面临的局面这么倒霉,我们也是能成功的。明白我在说什么吗?

这让我脑海里产生了一个奇异的念头。或许有一天,一台巨大的自动机器会铿锵有力地咆哮道:"我们是从铁锈中来的。"而另一台机器已经病得奄奄一息,被它的女人抱在怀里,喟然长叹道:"而我们终将回归铁锈。"寂静随即笼罩了荒芜不安的大地。

我们的领域,科幻小说,涉及的是我们这个物种的生命周期的未来部分。然而假如它真的是一个周期,那么从某种意义上说,未来的部分已经发生过了。或者说,我们能以近乎数学的精确度,根据过去描绘出数列中缺失的数字。第一个数字:大地母亲文化。接下来,是男性太阳神和他们严酷的专制社会,从斯巴达到古罗马再到法西斯意大利、军国主义日本、纳粹德国。而现在,也许正是中世纪圣母怜子像所期待的:依然活着的大地母亲抱着她的儿子——

死去的太阳神，后者再次静默地回归他诞生的子宫。我认为我们正在进入人类历史的第三个，或许也是最后一个阶段，我们这个领域看到的未来社会将与我们所熟悉的前两个世界文明都截然不同。这个生命周期不是由两部分构成的，男性太阳神时代走到终点，无论大地母亲乳房里的乳汁多么充盈，我们都不会直接返回原始的地母崇拜时代，前方是一个全新的时代。在那之后也许还有更丰富的、独一无二的未来，但此刻我们还无法见到。我的想象力无法延伸得那么遥远。中世纪宗教画最终实现，成为鲜活的现实，成为我们的整体环境，一个与我们自身一样拥有生命的外部环境——我只能看到这么远，再往后就看不到了，至少现在还看不到。我本人对此会很满足，我会愉快地躺进她的怀抱沉睡，同时又还活着——用沃恩的话说：“无形而朦胧”[1]。

假如一千年前的一幅宗教画，出自某个中世纪画家的巧手——怎么说呢，通灵之手？——的宗教画预见了我们的未来世界，那么今天，有什么能充当那件充满灵感和预见性的艺术品呢？就像随处可见的宗教画之于13世纪基督教世界的人们，在我们生活的20世纪世界里，有什么熟悉而常见的东西有可能是遥远未来的缩影呢？首先，咱们来想象一个13世纪的法国农民，他仰头凝望着一幅朴素的宗教画，从中预见到了我们科幻作家所推测的21世纪社会的情景。就像在伯格曼的电影里一样，接下来我们要将场景切换到什么画面？我们现在所凝视的又是什么？

1　出自英国玄学派诗人亨利·沃恩的作品《夜》(*The Night*)：“哦，那个夜晚！我在他里面，可以活得无形而朦胧！”（此句中的“他”指上帝。）

循环，再循环。我们现代世界的宗教画：丑陋，平凡，随处可见。不是死去的基督躺在他悲痛的永恒母亲怀中，而是铝合金百威啤酒罐，成千上万，堆成八十英尺高的小山，被哗啦啦地铲起，雨点般落下，而由电脑控制的全自动稳态巨型百威啤酒厂——我在一篇小说中称它为"自动工厂"——重新拥抱废弃的空啤酒罐，循环利用它们，向其中灌满全新的内容物，赋予它们新生。

就跟之前一模一样……或者，假如百威实验室里的化学家在执行上帝对永恒进步的神圣计划，这次的啤酒会比上次的更好。

保罗在《哥林多前书》里说："我们仿佛在照镜子，模糊不清。"以后这句话会不会被改写成"我们仿佛在看被动式红外扫描仪，模糊不清"，而扫描仪就像奥威尔在《1984》里所说的，每时每刻都在监视我们？我们看电视，电视同时也在看我们，我们的所作所为使它感到有趣或无聊或其他什么，正如它变幻莫测的面容在我们心中激起的情绪。

这样的场景对我来说过于悲观，过于接近偏执妄想了。我相信《哥林多前书》会改写成这样："被动式红外扫描仪仿佛在看我们，模糊不清。"也就是说，它看得不是很清楚，还不足以真的理解我们。当然了，我们也并不能真的理解彼此，甚至是理解自己。这或许同样是好事，它意味着我们依然会遇到突如其来的惊喜，不像当权派——他们不喜欢这种东西。我们也许会发现偶然性站在我们这一边，帮的是我们。

说到这个，突如其来的惊喜——这个想法本身对你来说很可能就是个突如其来的惊喜——是偏执妄想的某种解药……或者更准确地说，假如你在生活中经常（甚至只是偶尔）遇到突如其来的惊喜，这就说明你不是一个偏执妄想狂，因为对偏执妄想狂来说，世界上不存在惊喜，一切都在他的预料之中，有时候更是按照他的预料在发展。一切都符合他的认知体系，也许所有的认知体系都是偏执妄想的表现，也就是说，任何一种理论、语言、符号、语义或其他表述形式的假设，只要它企图包罗万象地解释宇宙，那就必定如此。我们应该满足于神秘的、无意义的、自相矛盾的、充满敌意的，以及最重要的是莫名温暖和慷慨的事物：所谓完全无生命的环境。换言之，它非常像一个复杂、微妙、半隐藏、深沉、令人困惑又备受喜爱的人对另一个人的行为。这个环境有时候也会让人有点儿害怕，还总是被误解。我们对它既无法了解，也无法确定，只能信任并猜测。它不符合你的想象，不会按你的意愿做事，也并不公正，但会一时兴起支持你，随后却又抛弃你，至少似乎如此。我们也许永远也无法知道它的真实目的。但至少，这比偏执妄想狂那种自我毁灭、毁灭生命的虚妄确信要好得多——就像我的一个朋友的说法，我猜他是在开玩笑："医生啊，有人在我的食物里放了东西，把我变成了偏执狂。"医生应该问他，那个人是免费往他的食物里放东西的，还是问他收了钱。

让我最后一次引用一下咱们都非常熟悉的早期科幻作品《圣经》——在我们的领域里，很多小说中已经出现过电脑打印出那部圣典的部分内容的情节。现在，我要为未来的一篇小说提出一个点子：用计算机打印出一个人。

或者，假如做不到这一点，作为第二选择，尽管相比之下要贫乏得多，那就打印出一部浓缩版的《圣经》："太初有终。"

或者反过来？"终有太初。"随它去吧。无论哪种方式，时间里的随机性最终会挑选出谁是对的。幸运的是，要做出选择的人不是我。

也许，当电脑准备好输出两句话里的任意一句时，操作电脑的仿生人自然会做出选择——不过，假如我对仿生人思维方式的看法是正确的，那么它将无法做出决定，而会同时打印出两句话，创造出自我抵消的虚无，这种虚无甚至无法被视为原始的混沌。不过，仿生人也许能够处理这样的事情，它拥有某种决策能力，我们可以想象它选择前一句或后一句作为"正确"的引用。然而，任何一个仿生人——你们会记起并意识到，我用这个词来概括一切非人类的东西——都不会想到去做我认识的一个眼睛明亮的女孩做的事情。那件事有点儿离经叛道，在某些方面，至少在传统意义上存在道德问题，但对我来说，那是真正的人类才会有的行为，因为在我看来，它显示出了一种快乐的反抗精神，虽然不属于灵性层面，但自有一种勇敢和独一无二。

有一天，她开车在路上走，发现前面的一辆卡车装的是瓶装可口可乐，一箱又一箱，堆得满满的。等卡车停下，她把车停在卡车背后，用一箱又一箱的可乐塞满了自己的后排座位。于是在接下来的几个星期里，她和朋友们可以免费畅饮可口可乐，喝空后还能把瓶子搬到商店里退押金。

对此我要说：愿上帝保佑她，愿她永生。可口可乐公司和电话公司以及其他所有公司，连同它们的被动式红外扫描仪和狙击瞄准镜等类似的玩意儿——愿它们早日完蛋。金属、石块、电线和布料从没有过生命。但她和她的朋友们——他们，我们人类的未来——是我们的歌谣。《圣经》里问："谁知道人的灵是往上升，兽的魂是下入地呢？"[1]

有朝一日，《圣经》的未来修订版也许会问："谁知道人的灵是往上升，仿生人的魂是下入地呢？"仿生人死后，灵魂会去哪儿？但假如它们没有活过，也就不会死了。假如它们不会死，那就将永远与我们同在。它们到底有没有灵魂？而说到灵魂，我们有吗？

我想，正如《圣经》所说，我们都会去往一个共同的地方。但那不是坟墓，而是生命的彼岸，未来的世界。

谢谢大家。

1　出自《旧约·传道书》3:21。

读客
科幻文库

跟着读客读科幻，经典科幻全看遍。

太空歌剧、赛博朋克、奇幻史诗……

中国、美国、英国、俄罗斯、波兰、加拿大、日本、牙买加……

读客汇聚雨果奖、星云奖、轨迹奖获奖作品

精挑细选顶尖的科幻奇幻经典

陪伴读者一起探索人类文明的过去、现在和未来

亿亿万万年，直至宇宙尽头

读客®
科幻文库
跟着读客读科幻，经典科幻全看遍。

太空歌剧、赛博朋克、奇幻史诗……

中国、美国、英国、俄罗斯、波兰、加拿大、日本、牙买加……

读客汇聚雨果奖、星云奖、轨迹奖获奖作品

精挑细选顶尖的科幻奇幻经典

陪伴读者一起探索人类文明的过去、现在和未来

亿亿万万年，直至宇宙尽头

读客彩条外国文学文库

熊猫君激发个人成长

LA ROMANA

罗马女人

[意] 阿尔贝托·莫拉维亚 著

沈萼梅　刘锡荣 译

MORAVIA

莫拉维亚作品

江苏凤凰文艺出版社
JIANGSU PHOENIX LITERATURE AND
ART PUBLISHING

图书在版编目（CIP）数据

罗马女人 / （意）阿尔贝托·莫拉维亚著；沈萼梅，
刘锡荣译 . —— 南京：江苏凤凰文艺出版社，2022.7
　　ISBN 978-7-5594-6658-7

　　Ⅰ . ①罗… Ⅱ . ①阿… ②沈… ③刘… Ⅲ . ①长篇小
说 - 意大利 - 现代 Ⅳ . ① I546.45

中国版本图书馆 CIP 数据核字 (2022) 第 044153 号

罗马女人

［意］阿尔贝托·莫拉维亚　著　　沈萼梅　刘锡荣　译

责任编辑　　王昕宁
特约编辑　　张靖雯　　高　洁
装帧设计　　陈艳丽
封面摄影　　Jingna Zhang
责任印制　　刘　巍
出版发行　　江苏凤凰文艺出版社
　　　　　　南京市中央路 165 号，邮编：210009
网　　址　　http://www.jswenyi.com
印　　刷　　河北中科印刷科技发展有限公司
开　　本　　880 毫米 ×1230 毫米 1/32
印　　张　　14.25
字　　数　　306 千字
版　　次　　2022 年 7 月第 1 版
印　　次　　2022 年 7 月第 1 次印刷
标准书号　　ISBN 978-7-5594-6658-7
定　　价　　89.90 元

江苏凤凰文艺版图书凡印刷、装订错误，可向出版社调换，联系电话：010-8768100。

MORAVIA

LA ROMANA

第一部

第一章

　　我十六岁的时候，长得很漂亮。我有一张秀美的鹅蛋脸，额头略窄，下巴稍宽，一对修长而温柔的大眼睛，鼻子挺直而又端正，嘴巴上有着漂亮红润而富有肉感的双唇，笑起来时，露出一排整齐雪白的牙齿。妈妈说我长得像圣母玛利亚。我发现自己长得很像一位红极一时的电影明星，从此便把发型搞得与她一样。妈妈说，我不仅脸蛋俊美，身材更是无可挑剔；她说，像我这样身材的姑娘，全罗马也难找到。当时我不怎么在意我的身材，我觉得一个人的美都体现在脸上，现在我明白了妈妈说得很有道理。我的大腿健美，臀部圆润，脊背修长，腰细肩宽。我的腹部稍稍鼓突，肚脐眼凹在肉里几乎看不见；但妈妈说，这样我的体态更美了，因为女人的肚子就应该是鼓突着的，不像现在的人都喜欢腹部扁平。我的乳房很丰满，饱满而又高高隆起，连乳罩都不用戴；当我嫌自己的乳房似乎太丰满时，我妈妈却说那样才美呢，现在的女人的胸脯没有意思。后来，我脱光衣服让别人看时，像尊高大又匀称的雕像；但穿着衣服时，却像个娇小柔弱的小姑娘，谁也想象不出我其实那样丰满健美。正如我开始当模特时遇见的那个画家说的那样，这跟我身体各部位的比例有关。

那位画家是妈妈替我找的。妈妈在婚前，在她当缝制衬衣的女工之前，也曾当过模特。有一位画家请她缝制衬衣，她想起了自己干过的老行当，就建议画家让我给他当模特。我第一次去画家那儿时，妈妈非要陪我去，尽管我坚持说我完全可以自己单独去。我感到很难为情，不光因为我生平第一次在一个男人面前脱光衣服，还因为妈妈可能会为了使画家愿意雇我，说些不堪入耳的肉麻话。果真不出所料，妈妈帮我从头上把衣服褪下来，让我光着身子站在画室中间，然后兴奋地对画家说开了："您瞧，这胸脯……这屁股……这大腿……您到哪儿能找得到啊？"她一边这样说着，一边用手拍打着我，就像集市上招揽买主的牲口贩子一样。画家笑着，我窘极了，加上又是冬天，我冷极了。我知道妈妈并没有任何恶意，她是为我的美貌而感到自豪，因为我是她生的，我这么漂亮，当然得归功于她。好像画家也理解妈妈这种感情，他善意地笑着，很亲切，这使我很快鼓起了勇气，不再感到羞怯，便踮着脚凑到炉边去暖身子。那个画家可能有四十岁了，胖胖的，神情快乐而又温和。他看我时，似乎并没有什么欲念，就像观赏一件物品一样，这使我感到放心。后来，他与我比较熟悉以后，对我总是彬彬有礼，而且很尊重我，不再像对待一件东西，而是在对待一个人。我很快对他有了好感，因为他对我那么有礼貌又那么亲切，单是为了感恩，我也完全有可能爱上他。但他从来不向我流露感情，总是以一个画家的身份对待我，而不是以一个男人的身份。在我为他做模特的期间，我们之间的关系就像第一天那样，总是规规矩矩的，保持着一定的距离。

在妈妈夸了我一番之后，画家开始默默地翻阅堆放在椅子上的一堆画稿，从中抽出了一张彩色的复制画，拿给我妈妈看，并轻声地说："这是你的女儿。"这时，我也离开炉子走过去看。画上是一个裸体女人躺在一张放有华贵服饰的床上。床后挂着一块丝绒帷幔，以带有褶皱的帷幔作背景，悬挂着两张带翅翼的裸体小孩像，犹如两个小天使一样。画上那女子的确像我；从她周围摆放的华丽衣饰和手上戴着的一些戒指，一眼就可以看出她是个王后或是什么贵夫人，而我只是个平民女子。妈妈起初不明白，困惑不安地看着那张画。后来，她好像突然领略到了画中人与我的相似之处，就长吸一口气，大声地说道："太像了……是她……您看，我刚才说得对吧……这画的是谁？"

"是达那厄[1]。"画家微笑着回答说。

"达那厄是谁？"

"达那厄……是个异教神。"

满以为是现实生活中确有其人的妈妈，听了画家的回答后糊涂了，为了掩饰自己露了怯，就开始对我解释应如何按画家的意图摆姿势，怎样模仿画中的形象躺着，或者站着，或者坐着，在画家作画的整个过程中都要一动不动。画家笑着说，妈妈比他都在行；受到恭维后，妈妈马上又说起她当模特的时候，曾是罗马城公认的最漂亮的模特之一，还谈到了她婚后不再当模特后所遭遇的不幸。就

---

1 希腊神话故事中的人物，阿尔戈斯王的女儿。——译者注（如无其他说明，本书注释均为译者注。）

在她说话的时候，画家叫我躺在书房尽头的一张长沙发上，亲自把我的胳膊和腿按他的要求摆放好；做这一切的时候，他的动作非常轻柔，而且显得成竹在胸，好像他早考虑好了要把我画成什么样。随后，他开始在画架上的一块白色画布上勾勒。这时妈妈还在一旁不停地说着，后来她发现画家已在全神贯注地描绘我，不再听她说话了，就问他："你一小时给我女儿多少钱？"

画家眼不离画布，说了个数目，妈妈一把抓起我放在扶手椅上的衣服，向我扔了过来，责令我说："起来，穿上衣服……我们还是走的好。"

"你这是怎么回事？"画家停止了作画，惊讶地问道。

"没什么，没什么。"妈妈装出急着要走的样子说，"我们走吧，阿特里亚娜……我们有好多事情要干呢。"

"你说个数目好了……何必这样呢？"画家说道。

于是妈妈就开始大吵大闹起来，说画家疯了，竟好意思只给这么点钱，说我可不是上了岁数没人要的模特。我妈妈就是这么个人，当她想得到什么时，就扯着嗓子大声嚷嚷，像是真的急了。其实，她根本没有发火，我最了解她了，我知道她内心实际上十分平静。但她就是这么高声大嗓的，像集市上做买卖的女人在买主出钱太少时那样喊叫。对那些有教养的人，她尤其是这样，因为她明白，有教养的人最后总是会让步的。

果真如此，画家最后也让步了。当妈妈扯着嗓子冲他喊时，他微笑着，不时地做着手势，像是在请求容许他说句话。为了喘口气，妈妈终于停止了喊叫，画家又问她要多少钱，但妈妈却不马上回答。她令人意想不到地问道："我想知道，刚才让我看的那幅画上的模特，您当初给了她多少钱？"

画家笑了起来："这根本不是一回事……那是老早的事了……我可能给了她一瓶酒……或许是一副手套。"

妈妈又给搞糊涂了，就像画家刚才对她说那张画上画的是达那厄时一样。画家有点拿妈妈开心似的，尽管不带有丝毫恶意，不过，妈妈并没有察觉。她又开始大叫大嚷起来，一边说画家吝啬，一边夸耀我的美貌。后来，她又突然装作平静下来的样子，对画家说了一个她要的数目。画家又与她商谈了一番，双方终于谈妥了，钱比我妈妈要的略少一些。画家向一张小桌子走去，打开一个抽屉，取出钱给了妈妈。妈妈相当高兴地接过了钱，最后嘱咐了我几句就走了。画家走过去关上门，然后回到画架旁，问我道："你妈妈总是这样喊叫吗？"

"妈妈很喜欢我。"我说。

"我觉得，"画家重又拿起画笔，平静地指出，"她喜欢的是钱。"

"不，不能这样说，"我快速回答道，"她首先是喜欢我……我一生下来就那么穷，她很遗憾，她想让我多赚些钱。"

我之所以如此详细地讲述给画家当模特这件事，首先因为从那天起，我开始有了工作，尽管后来我又另选了别的职业；其次因为，妈妈那次的所作所为充分体现了她的性格，也充分说明了她对我怀有的那种感情。

做完模特，我到妈妈跟我约好的一家牛奶店去找她。她问我进行得如何，并要我详细地学说一遍，那位寡言少语的画家在让我摆姿势时都说了些什么话。最后她对我说要十分小心，她说，也许那位画家没有什么歹心，但很多画家雇女模特都是为了让她们当自己的情妇。现在我得拒绝他们任何形式的提议。她对我解释道："他们都是穷鬼，没有什么可指望他们的……以你漂亮的长相，可以追求比这好得多的归宿。"

这是妈妈第一次与我谈这类事。但是，她说话时显得很有把握，像是在说一些经过深思熟虑的事情。"你这话是什么意思？"我惊讶地问道。

她含糊其词地回答道："那些人可会用甜言蜜语打动人了，但他们一贫如洗……像你这么漂亮的姑娘应该跟着那些有钱的先生。"

"哪些是有钱的先生？我不认识他们。"

她看了看我，更加含糊其词地总结说："眼下，你暂且先当模特……以后再慢慢看，一步一步来吧。"但她脸上流露出一种老谋深算又贪得无厌的神情，让我感到有些害怕。那天，我没再问她别的什么。

说实在的，妈妈的嘱咐真是多余，因为当时我虽然还很年轻，可我是个十分严肃的姑娘。在给那位画家当过模特之后，我还给另外几位画家当过模特，很快我就在画家的圈子里出了名。应该说，画家待人都相当审慎而有分寸；不过，不止一个人曾对我流露过感情，但我都拒绝了，而且拒绝得很生硬，以致我后来落了一个脾气不好的坏名声。刚才我提到过，画家对人总是彬彬有礼的，我猜想，他们之所以这样，主要是因为想拿我当模特描摹、作画，而不是向我求爱；他们在描摹时，已经不是以一种男人的目光来看我，而是以一种艺术家的角度，就像看一把扶手椅或别的什么东西。他们见惯了模特和裸体女子，不管女孩多么年轻，多么放肆，他们都不大在意，就像大夫们对待病人一样。但画家的朋友们常常使我感到窘迫，他们经常走进画室，与画家攀谈。我很快发现，尽管他们竭力装出淡然的样子，眼睛却不由自主地盯着我。更有一些脸皮厚的，为了从各种不同的角度看我，还故意在画室里绕着圈转悠。这些目光，以及妈妈那些隐约的暗示，诱发了我的媚态，同时，也使我意识到自己的魅力所在以及我可以从中赢得的好处。后来，我不仅对那些冒失者的放肆习以为常，而且随着时光的流逝，那些来访者看到我时的那种局促不安的神情反倒使我感到由衷地兴奋。若我发现他们无动于衷，反倒有些失望。于是，出于一种虚荣心理，我不知不觉地开始向往能到一个可以利用美貌改变我的地位和处境的地方去，这也正是我妈妈所企望的。

不过，那个时候，我首先想的是结婚。我的情欲尚未被唤醒，在画室摆姿势时，男人们的目光，只能勾起我的虚荣心，并未能诱发我内心的情感。我把我挣来的所有的钱都交给妈妈，在我不去做模特时，就与妈妈在一起，帮助她裁剪和缝制衬衣，自从我那当铁路工人的父亲去世后，这是我们唯一的生计来源。我们住在两层的一个小套间里，那幢楼狭长而又低矮，是五十年前专为铁路工人们建造的。楼房坐落在郊区的一条林荫大道上，两旁的法国梧桐郁郁葱葱，与我们同侧的另一排房子，也和我们的一模一样，都是两层的楼房，正面裸露着未抹灰泥的砖墙，共有十二扇窗子，每层六扇窗，大门开在中间；林荫大道另一边延伸着的城墙，每隔一段就有一个小塔楼，那一段城墙很完好，墙下还种有绿油油的蔬菜。在离我家不远的地方，城墙开有一个豁口。在离豁口不远的城墙上，有个圈起来的露天游乐场。每逢夏天的晚上，这个游乐场总是灯火通明，不时传来阵阵笑语喧哗。从我家的窗口稍稍斜着望去，可以看到游乐场张灯结彩并挂有各种彩旗的篷顶，还能看到在法国梧桐掩映下拥挤在进口处的人群。那里演奏的乐声我听得十分清楚。夜里，我经常一边躺着听，一边睁着眼睛遐想。我觉得这音乐似乎来自一个神秘的世界，至少对我来说是这样，而我房间的狭小与幽暗更加强了这种感觉。我似乎觉得全城的居民都会聚集在那个露天游乐场里，唯独没有我。我本也想到游乐场去，但没有动，音乐整宿不停地、毫无顾忌地响着，它使我想到，自己究竟莫名其妙犯了什么过错才难以摆脱这种贫困命运呢？有时候，听着那乐声，我甚至会哭起来，为自己被排除在人世之外而感到痛苦。那时候，我非常多愁善感，往往为一点小事流泪。譬如，一位女友的无礼行为，一次妈妈的责备，一个动人的电影镜头，都可以使我痛哭流涕。在我的童年时代，若我不是被迫远远离开这露天游乐场，而是也有些游乐活动的话，也许对我来说就不会存在这样一个幸福美好但又可望而不可即的世界了。但妈妈的寡居和她的贫困境遇，尤其是她那种由于命运安排而与娱乐消遣绝缘产生的敌意，不允许我踏进露天游乐场的大门，我也没去过任何其他娱乐场所，后来等我有条件光顾的时候，我已长大，性格也已形成了。也许，就因为这个缘故，我一生中总在怀疑自己是一个被排除在欢乐和幸福门外的人。我一直无法摆脱这种心境，尽管有时候我明知自己是幸福的。

我说过，当时我首先想的是结婚，我也可以说说为什么我会有这种念头。沿着我家所在的那条城郊林荫大道，再往前走一点，就是一个较体面的住宅区。与我们那边的住宅区相反，这里再也看不见铁路工人住的那种满是尘埃的火车厢似的狭长又低矮的房舍了，而是一幢幢带有花园的小洋房。那是职员和小商人们住的庭院，虽说不上豪华，但比起我们那些简陋的房舍，也使人感到他们生活得比较舒适而愉快。首先，那里的房子每幢都不同，看上去完全不像我家的房子那么破旧、发黑而且布满裂缝，令人联想到居民旧时的宿怨；其次，那片面积不大但茂密葱翠的宅前花园，给人以别有一番天地的印象，远远避开了街市的喧闹和外界的干扰。而我们家简直就像在大马路上一样：宽大的门廊像堆满了杂物的仓库，那简陋、肮脏的楼梯没有任何装饰和点缀；甚至房间里都堆满了破旧不堪的家具和杂物，使人不禁联想到那些在马路上拍卖旧家具的旧货商。

夏天的一个晚上，我与妈妈沿着林荫大道散步时，我透过一座小洋房的窗户，看到了里面住家的生活情景，这给我留下了深刻的印象，我觉得，那样正常而又体面的生活正符合我的心愿。一个虽小却十分干净的房间里，墙上贴着碎花墙纸，有一个餐具柜，在饭桌正中的上方放着一盏吊灯。桌子四周坐着五六个人，其中有三个八岁到十二岁的孩子。桌子中央放着一个带盖的大汤盆。母亲站在那儿正给众人盛汤。奇怪的是，这一切让我印象最深的是房间中央悬挂着的那盏吊灯；确切地说，是灯光中洋溢着的那种宁静而平凡的生活气息。后来，每当我回想起那种情景时，我深信不疑地对自己说，有朝一日我也要住在那样的房子里，有一个那样的家，生活在那样的灯光照耀下的环境和气氛中，享有一种宁静感和亲切感。可能很多人会认为我的追求太低了，但这得考虑我当时的境况。对于我这样一个出生在铁路工人家庭的姑娘来讲，向往那样一幢小庭院，就像那些身处其中的居民向往全城最富裕、最舒适的大住宅一样。事情就是这样，人总是把自己的天堂建立在他人的地狱之上。

而妈妈对我却另有一番打算；后来我很快发现，她的那些打算与我心里想的完全是两码事。说穿了，她是想，我长得漂亮，今后我可以左右逢源，攀上高枝，而不是像其他姑娘那样嫁人成家。我们那时太穷了，在她看来，我的美貌是我们唯一可支配的财富；这笔财富，不仅属于我，也属于她，就像我前面说过的那样，因为是她把我送到这个世界上来的。为了改变我们的处境，如何支配这笔财富，得听她的，根本无须考虑这样做是否合适。大概是因为缺乏想象力吧，像我们这样处境的人，头脑里首先想的是怎样利用我的美貌。妈妈这种意识根深蒂固，永远摆脱不了。

起初，我对妈妈的这些打算不太明白。后来，我搞清楚她的意图后，也没勇气问她一个铁路工人的妻子为什么会有这种想法，为什么会落到那样穷困的地步。从她的很多暗示中，我终于懂得了，我妈妈就是因为我才遭罪的，因为我是她非她所愿地生下来的。换句话说，我是一个意外；妈妈没有勇气阻止我出生（据她说，她本不应该让我出生的），她是被迫与我父亲结婚的，是不得已才忍受这样的婚姻所带来的后果的。提到我出生一事，妈妈曾多次重复说："你把我的一切都毁了。"过去我不太明白她这句话，感到很痛苦，但后来我明白了这句话的全部含义，它的意思是："要是没你，我就不会结婚，此时此刻我可能正坐在小汽车里呢。"她这样回顾自己的一生，不愿意让比自己漂亮得多的女儿重蹈自己的覆辙，遭受她那样的厄运，这是完全可以理解的。现在我把一切都看透了，我也不想责怪她。对妈妈来说，家庭曾意味着贫困和束缚，丈夫死后，仅有的一点欢乐也没有了。她把正常的家庭生活看成是一种不幸，她特别担心我再被曾毁过她的海市蜃楼所迷惑。

妈妈以她的方式疼爱着我。譬如，我刚开始周旋于画家们的画室当模特时，她就给我做了两套衣服，一套是上衣和裙子，另一套是连衣裙。说实在的，她更应该给我添置些内衣，因为每次我脱衣服时，总是为自己那粗劣而又褪色发旧的内衣感到难为情，但妈妈说，里面的衣服即使是破衣衫也无妨，重要的是我的外表要好看。给我做衣服时，她选了两块带花的颜色鲜艳的便宜面料，她自己裁剪。但她是缝制衬衣的，从没裁剪过裙子，虽然她动了很多脑筋，两件衣服还是全裁坏了。我记得，那件连衣裙的胸部开口不合适，乳房都看得见，所以我总得带个别针。那身套裙，上衣做得太短、太小，所以臀部、胸部绷得很紧，像要绽开似的，手腕也露在外面；而裙子做得又太肥大，腹部有好几个大褶皱。但对我来说，有这两套衣服却是了不得的事，因为在这以前，我穿着更糟糕的小裙子，裸露着大腿，只有几件毛衣和几条披巾。妈妈还给我买了两双长丝袜；在这以前，我一直穿只到腿肚的短袜子，膝盖露着。妈妈的这些礼物使我既高兴又自豪；我看不够，也想不够；我挺着胸，端庄地走在马路上，好像我身上穿的不是可怜巴巴的衣裳，而是一套高级裁缝定制的华贵服饰。

妈妈老是想着我的未来，没过多久，她就开始对我模特的职业不满意了。依她看来，我挣得太少了，而且画家和他们的朋友们都是穷光蛋，在画室里是没希望碰上什么有用的人的。妈妈灵机一动，突然想到我可以去学跳舞。她总是异想天开，但我没有想得那么多，我只是想跟丈夫和孩子们过一种平静安宁的生活，这我已经说过了。让我去学跳舞的念头，是在她接到一个小歌舞团经理的订货单时产生的，那个歌舞团是专在电影放映间歇在舞台上表演各种节目的。她知道当舞蹈演员本来赚钱就多，而且在舞台上演出，总有机会能遇上某位阔佬，就像她经常说的那句口头禅："从一件事能引出另一件事。"

有一天，妈妈对我说，她已与那位经理谈过了，那位经理鼓励她把我带去见他。我们一早就到那位经理和他的歌舞团下榻的旅馆去了。我记得旅馆就在火车站附近，是一幢高大的旧式楼房。已将近中午了，但走廊里还是黑洞洞的。上百间房间里，一夜蕴蓄的臭气熏得人透不过气来。我们穿过好几条走廊，最后，找到了一间像会客室那样的房间，房间阴暗得很，里面有三个跳芭蕾舞的姑娘，还有一个钢琴伴奏师，他们在幽暗的灯光下排练，就像在舞台上一样。钢琴安放在房间的一个角落里，挨着装有毛玻璃的厕所门；钢琴对面的角落里堆放着一大堆脏床单。钢琴伴奏师是一位干瘪的老头儿，他弹琴不看琴谱，好像在想什么别的事，也许他在弹着琴睡觉。跳芭蕾舞的三个姑娘很年轻，她们脱去了上衣，袒胸露背。她们双手叉腰，钢琴伴奏师一开始弹曲子，三个人就一起朝那堆脏床单前进，先右后左地摆腿，动作整齐一致，最后，她们以一种含有挑逗性的动作转过身来，使劲地扭摆着屁股。在那样昏暗的地方，这动作显得很突兀。当看见她们用脚打着拍子，在地板上发出沉重的响声时，我心脏都要承受不了了。说实在的，虽然我的腿又长又结实，但我不具备跳舞的天赋。我与两个朋友，也曾在区里的舞蹈学校上过课。她们上了几次课以后，就跟得上拍子了，像有经验的芭蕾舞演员一样，会扭动大腿和胯部，而我却只能吃力地跟着跳，下身好像灌了铅一样沉重。我觉得自己生来就与那两个姑娘不一样，我感到自己身上坠着一块又大又笨重的东西，即使音乐也无法消融它。我以前只跳过那么几次舞，有只胳膊拢着我的腰时，就能激起我一种无限忧郁的情感，于是，我简直是在拖曳着大腿蹭地，而不是在轻盈地起舞。画家也说过："你呀，阿特里亚娜，你要是四个世纪以前出生就好了……那个时候的女人都像你一样……现在讲究苗条了，你这样的体态不时兴了……再过四五年，你将是个丰腴匀称的妇人了。"他预计错了，因为现在已过去了五年，我并没有比那时更肥胖或更丰腴；但说我不是时下崇尚的那种苗条的身材，那倒是有道理的。我对自己这种不适于舞蹈的体态感到很苦恼，我真希望自己瘦一些，跟别的姑娘一样，也能跳得好。但不管我吃得多么少，我总是像尊塑像那样笨重，跳舞时，总跟不上现代音乐那种欢快、激越的节拍。

这些情况我都对妈妈说了，因为我深知去拜访歌舞团经理肯定不会成功，一想到可能遭到拒绝，我就感到非常羞怯。但妈妈马上叫喊开了，说我比在舞台上演出的那些可怜的姑娘不知要漂亮多少倍，她说，要是经理能把我招到他的舞蹈团里，那他得感谢上帝，她还说了不少类似的话。妈妈一点也不懂得现代人的审美观，她坚持认为，女人的胸部越丰满，胯部越圆润，就越漂亮。

经理在通向会客室的一个房间里等着我们；我猜想他是在通过打开的门，从那个房间里监视着女舞蹈演员们的排练情况的。他坐在床边的一张扶手椅上。床上乱七八糟的，上面有一个茶盘，盘上有一杯咖啡，那时他快要用完早餐了。他是个胖老头，但他油头粉面，衣着考究、雅致，这与床上乱七八糟的被褥、屋里幽暗的灯光和那醒眼的臭味极不协调。他气色很好，红润的面颊透出的褐色雀斑，简直跟画出来的一样。他戴着单片眼镜，不停气喘吁吁地翕动着嘴唇，露出一口白得出奇的牙齿，看样子是镶的假牙。我说过，他穿着很高雅；我尤其记得他打成蝴蝶状的领结和露在口袋外的画有蝴蝶的小手绢，颜色都是一色的。他坐在那儿，小肚子像是夹在两腿中间。用完早餐后，他擦了擦嘴巴，带着厌烦、几乎像是抱怨的口气说："来，露出大腿来，让我看看。"

"露出大腿来，让经理先生看看。"妈妈急切地重复道。

有过去在画室当模特的经历，我现在不再难为情了；我撩起衣服，露出大腿，手提着衣角，一动不动地站在那儿。我的腿很美，又长又直，两腿能并齐；在膝盖稍稍上面一点，大腿发育得比寻常姑娘更好，又圆又重，一直延伸到胯部顶端。经理一边审视着我，一边不停地摇着头，然后问道："你多大啦？"

"八月份就满十八岁。"妈妈马上回答。

经理没说什么，站起身，气喘吁吁地走到放在桌子上的留声机旁，桌子上堆放着纸张和衣物。他转动手柄，仔细斟酌后选了一张唱片，放在留声机上。然后他对我说："现在你随着这音乐尽管跳吧……不过，你得一直高高地提着裙子。"

"她只上过几节舞蹈课。"妈妈说道。她明白这肯定就是最后的考核了，她了解我笨手笨脚的，所以担心结果不妙。

但经理用手示意她不要作声，他开始放音乐，并示意我跳起来。我按他说的那样，两手提着裙子跳了起来。实际上，我只是有气无力而又笨拙地来回移动大腿，动作总跟不上节拍。经理站在留声机旁，肘关节支在桌上，脸朝着我。他突然关上了留声机，回到扶手椅那儿坐下，同时朝门的方向相当明确地做了个手势。

"不行吗？"妈妈焦急而又带有几分挑衅地问道。

"不，不行。"他看也不看地回答道，同时在口袋里掏烟盒。

我知道，当妈妈说话带有这种腔调时，意味着她要跟人吵架了，于是，我就拉她的袖子。但她猛地甩开了我，两只愤怒的眼睛直盯着经理，嗓门更大地重复问道："不行，嗯？能知道为什么不行吗？"

经理摸到烟盒后，又开始找火柴。他很肥胖，好像做每个动作都十分费劲似的。他尽管有些气喘，但十分平静地回答说："不行，因为她不具备跳舞的素质，而且体型也不合适。"

此时，正如我担心的那样，妈妈开始大叫大喊，理由总是那老一套。说我长得实在美，脸长得像圣母玛利亚，还说要是他看看我的胸部、大腿和胯部有多美的话，就不会这样了。经理一动也不动地坐在那儿，他点燃了一支香烟，一边吸，一边看着她，等她把话说完。然后，他以一种厌烦和抱怨的口吻说："你的女儿过两年会变成一个好妈妈的……但是她永远不能成为一个舞蹈演员。"

他不知道妈妈会厉害到这种程度——他惊讶得取走了嘴上的香烟，变得目瞪口呆——他想说什么，但妈妈不让他开口。瘦削而又有些气喘的妈妈不知哪儿来的那么大声音，竟至于那样激动。她说了很多难听的话，攻击经理个人，还辱骂我们在走廊里见到过的那几位跳舞的姑娘。最后，她抄起经理托她做衬衣的绸料，劈头盖脸地朝他扔了过去："这些衬衣您愿意谁做就让谁做去吧……哪怕叫您的跳舞女郎去做……您即使给我披金挂银我也不伺候了。"被绸料蒙住的经理万万没料到这样的结局，他呆若木鸡，脸涨得通红。此时，我拉着妈妈的衣袖，又害羞又委屈，差点哭了出来。她终于依从了我，我们撇下正在解脱衣料缠裹的经理，从房间里走了出来。

第二天，我把这事详细地对已经成了我知心朋友的画家叙述了一番。画家听了经理说的我将来会成为一个好妈妈的那番话以后，笑了半天；后来他提醒我说："我可怜的阿特里亚娜，我已对你说过多少次了……你不该生在今天……你应该出生在四个世纪以前，因为现在人认为是缺陷的地方，在当时却是一种美，反过来也如此……从那位经理的角度来说，他没有错……他知道观众喜欢苗条的金发女郎，喜欢胸部不发达的、屁股小的，喜欢长相调皮和富有挑逗性的……你并不是肥胖，你是长得丰满，你有一头棕色的秀发，你的胸部和臀部丰腴，你的脸蛋长得甜美、优雅……那有什么办法？对我来说你这样很好……你继续当模特吧……将来，总有一天你要结婚的，你将有许多孩子，他们会很爱你的，棕褐色的头发，胖乎乎的，小脸甜美而又文雅。"

我听得非常带劲，说道："这正是我想要的。"

"好样的，"他说，"现在，你身子稍微侧一侧……对，就这样。"那位画家实际上是在以他的方式爱着我；要是他一直留在罗马一直是我的知心朋友的话，他会给我出点好主意，也许很多事情也就不会发生了。但他不断抱怨自己的画卖不出去，最后，他借着有人在米兰为他举办画展的机会搬到米兰去了。我就像他嘱咐我的那样，继续当模特。但其他的画家不像他那么热情可亲，而我也根本不想对他们谈我的生活，更何况我过的是一种充满梦境、渴求和希望的虚构的生活呢；还因为在那段时间里，我一切正常，并没有发生什么别的事。

第二章

我就这样继续当模特，尽管妈妈总唠叨我挣得太少。那个时期，妈妈的心情一直不好；虽然她不明说，但我清楚她心情不好主要是因为我。我已经说过，她原以为凭着我的美貌，就可以左右逢源，攀上高枝；在她看来，当模特只是第一步，就像她经常说的那样，从一件事能引出另一件事。后来，我一直就这样当着模特，这使她很痛苦，甚至几乎有点怨恨我；好像由于我没有雄心大志，而夺去了她一笔可靠的收入似的。自然，她没对我直说过这种想法，但她的粗暴无礼，她的暗示、影射，她的长吁短叹，她那忧郁的目光，以及她那挖空心思的打算，使我明白了她的心事。这是一种持续的、无形的讹诈。于是我懂得了，为什么许多姑娘被有这种奢望而又绝望了的母亲搅得烦恼至极，而最终索性离家出走，委身于碰上的第一个男人了，她们只求不再受那种折磨。可以理解，妈妈这样做也是因为疼爱我。这有点像农妇对待生蛋的小母鸡一样，当母鸡不生蛋时，就开始去摸它，给它称重，并合计着是否把它杀了更划得来一些。

人在年轻的时候，是多么有忍耐力而又不懂事啊。当时我过着那样可怕的生活，自己却没意识到。我在画室里当模特，长时间地摆姿势，既累又乏味，将所有辛苦挣来的钱都如数交给妈妈。我全身赤裸着，僵直不动地让人画呀，描呀，回到家还得在缝纫机前躬着背，眼睛盯着针线，帮助妈妈做活计。夜里，我仍然得缝纫，而天一亮就又得起床，因为画室离我家很远，而且很早就得开始摆姿势。去上班之前，我还得整理床铺，帮妈妈收拾屋子。我当时真是不知疲倦，温顺又有耐心；同时，又总是那样娴静和愉快，我心灵深处没有羡慕、怨恨和嫉妒，充满着一种温柔和莫名的感激之情，我是一朵正处于盛放期的美丽的花朵。我从来没有留意过家里的贫穷和惨淡：一间作缝纫室的空空荡荡的大屋子，中间放着一张堆满碎布头的大桌子，墙皮已经剥落的灰暗墙壁上钉了很多钉子，上面挂满了布条，此外，还有几把没有坐垫的扶手椅；一间我与妈妈合住的卧室，里面放着一张双人床，床正上方的天花板上有一大块雨水的斑痕，雨天时，流下来的水滴常落在我们身上；一间熏黑了的小厨房，里面到处是锅碗瓢盆，一向大大咧咧的妈妈从来没有把它们全部洗干净过。我没有意识到我所做出的牺牲，甘于过这样一种没有娱乐、没有爱情、没有感情寄托的生活。当我一想到自己童年是那样善良和天真，一种怜悯自己的感情就油然而生，那样无能为力，又那样感伤，就像在某些悲剧小说中读到的那样，善良的人总会遭遇不幸，厄运是怎么样也摆脱不了的。但是，事情就是这样，善良和天真往往被人所利用。也许这是生活当中的一个小小的秘密：大自然赋予我们很多美德，大家口头上也都颂扬这种美德，但这些美德却只是被用来增加人们的不幸而已。

那时，我觉得自己想结婚和建立一个家庭的愿望终有一天会实现的。每天早上，我在离家不远的一个广场上乘无轨电车，广场四周都是工厂，其中有一排背靠城墙面向广场的低矮而狭长的建筑物，是用来作停车库的。我等车的时候，停车库门前总有一个年轻人在冲洗和收拾他的汽车，还总一个劲儿地看着我。他那张棕色的脸长得清秀、端正，有一个笔直的小鼻子，眼睛黑黑的，嘴巴像画出来似的，牙齿洁白。他很像当时红极一时的一位美国演员，所以我注意到了他，而且，一开始我就把他看作一个与他本人的身份完全不同的人，因为他穿得很整齐，一举一动都显得有教养而又有分寸。我想，那汽车一定是他的，他一定是一个富裕的人，是一个妈妈常说的那种阔少爷。在某种程度上，他很讨我喜欢，但只有见到他时，我才想他；等一到画室，我就把他忘了。但看得出来，我已不知不觉被他的目光迷住了。有一天早晨，我在车站等无轨电车时，听见有人像召唤猫一样地叫我，转过身去一看，见他正在汽车里向我招手，示意我靠近他，我毫不迟疑地走到汽车跟前，使我惊讶的是，我竟那样不假思索地顺从了他。他打开车门，在我上车时，我看到他一只放在开着的车窗玻璃上的粗大的手，磨损的指甲黑黑的，食指被尼古丁熏得黄黄的，那是一双干粗活的手。但我什么也没说，依旧上了车。"您要我送您到什么地方去？"他关上车门问我。

我说出了一家画室的地址。他的嗓音很悦耳，我觉得，我挺喜欢他的，虽然我有察觉到那声音中有某些作假和装腔作势的地方。他回答说："好吧……现在我们先兜一圈……反正还早呢……然后我就送您到要去的地方。"汽车开动了。

我们驶出我住的街区，汽车沿着靠近城墙的郊区林荫大道行驶，我们穿过一条两旁都是低矮的房子和商店的大街，终于到了乡下。到这儿以后，他疯了似的驾驶着，汽车顺着一条两旁法国梧桐树林立的直道疾驶。他不时指着测速仪，头也不回地说："现在时速是八十……九十……一百……一百二十……一百三十。"他想以高速行驶来耍帅；但我当时首先关心的是我得去当模特，我很不安，如果出了车祸，汽车就得抛锚停在乡下了。突然，他猛地刹住了车，关上了发动机，转过身来问我："您多大啦？"

　　"十八岁。"我回答说。

　　"十八岁……我原以为您不止十八岁。"他说话的声音的确矫揉造作得很，有时候，他为了强调某些词语就故意降低声调，好像在跟他自己说话一样，又好像是告诉别人什么秘密一样，"您叫什么名字？"

　　"阿特里亚娜……您呢？"

　　"吉诺。"

　　"您干什么工作？"

　　"我是经商的。"他毫不犹豫地回答道。

　　"这汽车是你的吗？"

　　他以一种不屑一顾的目光看了一眼汽车，声明道："是的，是我的。"

　　"我不相信。"我坦率地说。

　　"您不相信……哦，我的美人。"他压低了声音，带着一种惊讶而又戏谑的口气，心平气和地重复说道，"哦，我的美人……为什么？"

"您是开车的司机。"

他故意摆出一副惊愕的神情，嘲弄道："您说得太离奇了……瞧，瞧，瞧，瞧您说的……司机……您怎么会这样想呢？"

"你的手。"

他看了看自己的手，既不脸红，也不慌乱地说道："唉，什么也瞒不过小姐呀……您的眼光真敏锐……我是司机，一点也不错……这行了吧？"

"不，不行。"我严肃地回答道，"请您马上送我进城。"

"这是为什么？您怎么跟我发起脾气来了，是因为我说自己是个经商的了？"

当时我真的生他的气了，我自己也莫名其妙，不知为什么。"我们不再谈这些了……您送我进城吧。"

"刚才我只不过是开个玩笑……这又有什么呢？如今连玩笑都不能开啦？"

"我不喜欢开这种玩笑。"

"那就算了，脾气这么坏……原来我还想过，这位小姐也许是哪位公主呢……要是她发现我只是个穷司机，她看也不会看我一眼的……我还是对她说，我是个商人吧。"

这些话说得很机智，我听了特别高兴，同时也使我明白了他对我的感情。另外，他话说得那么动听，赢回了我的好感。我回答说："我不是什么公主……我以当模特谋生……就像你是个司机一样。"

"什么叫当模特？"

"我到画家的画室去，我脱光衣服后，画家就照着我描绘作画。"

"您有母亲吗？"他特意问道。

"当然有……为什么问这个？"

"您母亲允许您在男人面前脱光衣服吗？"

我从未想过，我干这一行有什么不好，实际上的确也没有什么不好的。但他有这种思想感情，意味着他对生活是严肃的，有道德观念的，这使我很高兴。我前面已经说过，我如饥似渴地向往过一种正常的生活，他好像非常了解我的心思（我现在也不明白他是怎么理解这一点的），知道哪些该跟我说，哪些不该跟我说，尽管他口是心非，表里不一。我当时不禁想到，要是换个别人，也许会嘲笑我，一想到我在男人面前那样赤身裸体，不知要怎样失态地兴奋和激动呢。于是，我无形中改变了由于他刚才撒谎而产生的看法；我想，不管怎样，他是个严肃、正直的好小伙子，这正是我梦寐以求的人，是我理想中的丈夫。

我坦率地告诉他："是妈妈替我找的这份工作。"

"那就是说，她对你不好。"

"不，"我反驳道，"妈妈对我很好……她自己做姑娘时也当过模特……而且我可以肯定地说，当模特确实没有什么不好的……那么多的女孩子都跟我一样干这一行，她们都是严肃的姑娘。"

他恳切地摇摇头，然后把他的手放在我的手上，说："您知道，我很高兴认识您……真是十分高兴。"

"我也很高兴认识您。"我天真地说道。

当时我激动极了，真希望他能吻我一下。要是他吻我，我肯定不会拒绝。但他严肃地以保护者的口吻说："要是我能做主，您就一定不会当模特。"

我感到自己是受害者，对他怀有一种感激的心情。他又接着说道："像您这样一位姑娘，应该待在家里，工作也可以，但应该找一份体面的工作……不能以牺牲自己的贞操为代价……像您这样的姑娘应该结婚成家，生儿育女，有丈夫陪伴。"

这正是我所想的事。听到他也是这样考虑的，或者说，好像也是这样考虑问题的，我不知道自己有多么高兴。我说："您说的有道理……不过，您还是不能把我妈妈往坏处想，因为她对我很好。"

"不能这么说。"他以一种怜悯而又愤怒的严肃神情回答说。

"是的，她对我确实很好……只是有些事情她不懂。"

我们就这样一直说着话，坐在汽车的防风玻璃后面，汽车停着。那是五月天，气候温和，街道上一望无际的梧桐树的阴影嬉戏般地晃动着。除了很少几辆疾驶而过的汽车，没有任何人经过；四周田野一片绿茵茵的，阳光普照，一片空旷。后来，他看了看手表，说该把我送回城里去了。在整个谈话中间，他只碰了我一次手。我本来期待他至少会吻我一下，我对他这种审慎的态度既感到失望又感到高兴。感到失望，是因为我喜欢他，我克制不住自己，着迷似的望着他那红润而纤巧的嘴，而他却不碰我；感到高兴，是因为我知道他是一个严肃的青年人，这正是我所欣赏的那种人。

他一直陪我到画室，并对我说，今后只要我按时在无轨电车站等车，他就可以用车送我到画室，反正大清早，他没有什么事情。我欣然接受了他的建议。而且那天，我觉得在画室摆姿势的时间过得很快。我的生活似乎找到了一个中心。他不仅外表讨我喜欢，而且还具备我认为男人必须具备的秉性特点，所以我想到他的时候心里很高兴，没有任何反感和内疚。

我什么也没对妈妈说，因为我担心她不会容忍我与一个没什么发展前途的穷男人交往。第二天早晨，他果然就像应诺过的那样来接我了，那天，他只是把我送到画室就完了。在后来的日子里，天气好的时候，他就把我带到近郊的林荫大道或是某条行人稀少的郊区马路上，以便在那儿自由自在地与我交谈。但他总是彬彬有礼的，谈话诚恳而又严肃，他这样无非是为了讨我喜欢。那时候，我是非常重感情的；一切善行、美德、贞操和情谊等具有感情色彩的东西，都特别能打动我的心，有时甚至能使我痛哭流涕，并给我以慰藉，引起我的共鸣，增强我对生活的信心，既使我为之痛苦，又使我陶醉其中。就这样，我逐渐把他看作一个十全十美的人了。说实在的，有时候我不得不想想，他究竟有什么缺点呢？他漂亮、年轻、聪明，他正派而又严肃，很难从他身上找出一丁点的缺点。想到这儿我不禁感到惊愕，因为一个人不可能天天都那样十全十美，一想到这些，我又觉得可怕。他究竟是什么人，我不禁自问，为什么不论我观察得多么仔细，他都不露任何破绽、没有任何缺点呢？实际上我已不知不觉地爱上了他。要知道，爱情犹如一只眼镜片，透过它即使魔鬼也会具有魅力。

我确实爱上了他，所以他后来在我们第一次谈话的那条林荫大道上第一次吻我时，我感到轻松愉快，似乎这是从一种成熟了的愿望十分自然地过渡到第一次感情上的满足。但当我们的嘴那样自然而又不可抗拒地碰触在一起的时候，我又有点害怕，因为我想到，今后我的行动将不取决于我自己，而是取决于那种温柔美妙而又强大的力量，它将驱使我迫切地委身于他。当我们快分开时，他对我说，现在我们可以将对方视作未婚夫妻了，听他这么一说，我心里感到很踏实。这次，我也很自然地想到，他是个能轻而易举地看透我心事的人，他说话总能合我的心意。于是，第一次亲吻给我带来的恐惧心理也就消失了。在我们停在马路上的整段时间里，我一直无所顾忌地吻他，感情是那样充沛、强烈、纯真和奔放。

此后，我给过他许多吻，也接受过他许多吻。只有上帝知道，这些亲吻是否对双方来说从感情或肉体上都是一种分享，抑或就像赐予和接受一枚辗转了千百人手的、已经用旧的钱币一样。但我永远不能忘记那第一个吻，它是那样地强烈，几乎到了痛苦的程度，我似乎不仅把我自己对吉诺的爱，而且还把一生的期待都倾注在这第一次的亲吻中。我记得当时我感到，似乎我周围的世界翻了个个儿，我好像头顶着地、脚踩着天一样。实际上，我只是低头凑在他的嘴边，以更好地舒展双臂。有某种强烈而又新鲜的东西挤着我的牙齿，当我松开时，他一边在我耳边絮絮地说着充满柔情蜜意的话语，一边悄悄地把舌头深深伸到我的嘴里，我从未感受过那样的甜蜜。我原来真不知道可以这样长时间地亲吻，我很快连气都喘不过来了，我是那么兴奋地陶醉其中。最后，我们临分手时，我靠在座椅靠背上，闭上了眼睛，神志有些迷离恍惚，好像要晕过去似的。打那天以后，我发现人在世上除了享受家庭中那种恬静的生活之外，还有别的欢乐。但我没想到，对于我来说，这种欢乐会排斥我梦寐以求的那种更正常的欢乐。在吉诺承诺做我的未婚夫后，我深信自己将来一定能毫无缺憾和悔恨地同时享受这两种欢乐。

就这样，我对自己举动的正当性和合法性深信不疑，当天晚上，也许是因为我过分心急和得意，就把一切都对妈妈说了。她当时正坐在窗边的缝纫机旁，在一盏没有灯罩而且光线刺眼的电灯下做衣服。我脸上火辣辣地对她说：

"妈妈，我有未婚夫了。"

只见她皱起脸，反感地做了个怪相，好像有人在她的后背上突然浇了一股冷水似的："谁？"

"一个我这几天认识的年轻人。"

"他是干什么的？

"汽车司机。"

我还想补充说些什么，但还没来得及开口，妈妈就停下了机器，从椅子上跳起来，抓住我的头发："你已经与别人订婚了……也不跟我商量商量……而且是跟一个开车的……唉，我真可怜……你这是要我死呀！"她一边这样说，一边举手想打我耳光。我竭力用手挡着，最后终于躲开了，但她还不放过我。我围着房间中央的那张桌子转，她跟在我后面绝望地吼叫着。我看看她那张消瘦的脸带着一种痛苦的狂怒冲着我，感到非常害怕。"我把你宰了，"她吼叫着，"这回我非宰了你不可。"每喊一句"我宰了你"，她的狂怒就增加一分，对我确实是个威胁。我守在桌子的一头，注意她的一举一动，因为我知道，在这种时刻，她什么也不顾了，只要她能抓到什么东西，即使不把我杀了，也会把我打伤的。果然，她突然抄起裁剪用的大剪刀，剪刀飞了过来，幸好我躲闪及时，碰在墙壁上了。她自己也有些后怕。突然，她靠桌子坐了下来，双手捂着脸，神经质地边咳嗽边大哭起来，似乎把愤怒——更多的是把痛苦——倾泻在眼泪之中。她泪流满面地说道："我为你操碎了心了……我希望你能成为一个有钱的人……以你的美貌……而现在你却与一个饿鬼订了婚。"

"他不是饿鬼。"我胆怯地打断了她。

"一个开车的，"她耸耸肩膀重复道，"一个开车的，你倒了大霉了，你最终要落得与我一样的下场。"她这些话说得十分缓慢，像是在品味其中的苦味似的。过了一会儿，她又补充说："他娶了你以后，会把你当女仆一样使唤，然后，让你给你的儿女们当奴仆……这就是你的归宿。"

"等他有足够的钱买一辆车以后，我们再结婚。"我说出了吉诺的一项计划。

"远水解不了近渴……你别把他带到我这里来，"她突然仰起泪痕满面的脸，冲着我喊道，"你别把他带到这里来……我不愿意见他……你愿意怎么样就怎么样吧……你可以在外面与他见面……但不要把他带到这里来。"

那天晚上，我没吃晚饭就上床睡觉了，心里非常忧伤和苦恼。但我明白，妈妈这样对待我是因为她爱我，虽然我不知道她曾对我的未来有什么打算，但我与吉诺订了婚的计划将她的一切打算全打乱了。后来，尽管我明白了妈妈的那些打算是些什么，我也不想去责备她。她一生正直、勤劳，而换得的只有痛苦、伤心和贫困。她指望自己的女儿的命运能与自己完全不同，有什么可责怪的呢？我要补充的是，也许，与其说她是真有什么打算，还不如说只是有一些模糊不清和转瞬即逝的幻想而已，也正因为只是一种朦胧和转瞬即逝的梦，才使人坦然地期望着，希望着。但这只是一种推测和假设；也许，妈妈是由于她以往认识上的糊涂，才决心把我引上她走的那条路，而我却像命中注定一样自己走上了那条路。我说这些，并不是怨恨我妈妈，而是因为我对妈妈当时究竟在想些什么抱有疑问。因为我凭经验知道，人有时能同时听到和想到截然不同的东西，而并不觉察它们之间的矛盾，也无法从中做出抉择。

妈妈发誓不愿见他，我在相当长一段时间内，也尊重她的意愿。但在我们亲吻之后，吉诺似乎就迫不及待地想按常规办事。他每天都坚持要我带他去见妈妈。妈妈因他所从事的职业太低贱而不愿见他这事，我当时不敢告诉他。于是，我就一再借故推延他与妈妈会面的时间。后来，吉诺感觉到我有什么事瞒着他；他紧紧地抱住我，使我不得不对他说了实话："妈妈不愿见你，他说我应该嫁给一个有钱的人，不能嫁给一个开车的。"

我们坐在汽车里，车还是停在市郊的那条林荫大道上。他痛苦地望着我，叹了口气。我是那样醉心于他，以致未能察觉他这种痛苦的表情有多虚假。"这就说明了贫穷意味着什么。"他加重语气说道。然后久久地一言不发。

"你不高兴啦？"我最后问他。

"我感到委屈，"他摇着头回答说，"要是换个别人，是不会要求引见的，也不会提订婚的事……你瞧着办吧。"

"这有什么关系呢，"我说，"我爱你……这就够了。"

"要是我先拿出一大笔钱当见面礼，"他接着说道，"先不谈什么婚事，那样，你妈妈就会十分高兴地接受我了。"

我不敢反驳他，因为我知道他说的是大实话："你知道我们应该怎么办吗？"过了一会儿，我又说道："最近抽那么一天，我带你去见妈妈……那她就不得不认识你了……她总不能闭上眼睛吧。"

在说定的那天晚上，我让吉诺走进大房间。这时，妈妈已经做完了活计，正在收拾中间那张大桌子的一角，摆放餐具准备吃饭。我抢在吉诺前头说："妈妈，这是吉诺。"

我以为妈妈会大吵大闹一番，我事先也关照过吉诺。但出乎我意料的是，妈妈只是冷冷地说了句："很高兴认识你。"同时从头到脚扫了他一眼。然后，她就走出了大房间。

"你看吧，一切都会顺利的。"我对吉诺说道。我靠近他，探过脸去补充说："吻我一下。"

"别，别，"他低声地说道，并推开了我，"那样你妈妈更有理由把我想得很坏了……"

他说的总是在理，而且说的总是时候。我不得不由衷地信服他。妈妈又回到大房间来，对吉诺避而不看，朝我说道："只有够两个人吃的东西，真是……你事先也不打个招呼……我现在出去一下……"

她还没说完，吉诺上前一步打断她说："不用了……我到这里来又不是来吃晚饭的……请允许我邀请您和阿特里亚娜……"

他说话很讲究礼节，很像有教养的人。妈妈不习惯听别人这样说话，也不习惯别人请她出去吃饭，她犹豫不决地望着我。然后她说："要是阿特里亚娜愿意，我……"

"我们可以到附近的餐馆去。"我建议道。

"全听你们的。"吉诺重申道。

妈妈说，她得去脱掉围裙，我们留在大屋里。我那时高兴得要命，似乎我赢得了一场大胜仗，但实际上，除了我以外的人都在演戏。我走近吉诺，没等他来得及推开我，我就激动地吻他了。这一吻，使多少天来一直困扰着我的忧虑情绪一扫而光，并使我深信，通向成婚的道路已经没有障碍了，这一吻，也表达了我对吉诺的感激之情，他对我妈妈是那样地彬彬有礼。我没有任何别的心思，我全部的愿望就是能结婚，我有的只是对吉诺的爱，还有对真挚、自信但束手无策的妈妈的深情。像我这样一个未曾领略过什么是绝望的十八岁姑娘，也只能是这样。后来，我才懂得，很少有男人喜欢这种少女般纯洁的心灵，也不会为之打动；更多的人会觉得它可笑，只会诱发他们那种玷污它的欲望。

我们三个一起朝不远的一家餐馆走去——就在城墙的另一边。在餐桌上，吉诺就不再关注我了，一个劲儿地招呼着妈妈，明显他想博得妈妈的好感。在我看来，他这种巴结讨好妈妈的做法似乎是正确的，所以，我并不在乎他对妈妈竭力阿谀奉承的那种话语。他称她为"太太"，这对妈妈来说，是个非常新鲜的称呼。他还在说话的开头和结尾一再这样重复地称呼她，像是他的口头语了。他还偶尔加上这么两句："您是聪明人，您一定明白。"或者说："您是过来人，有些事情无须对您细说。"或者更简洁地说："您这样聪明的人……"甚至他竟然说妈妈在我那样的年龄时，一定长得比我漂亮得多。"何以见得？"我有点生气地问道。"这很清楚……这是很清楚的事情。"他带着谄媚的口气淡淡地回答道。可怜的妈妈，眼睛睁得大大的，听到别人如此奉承自己，脸上露出一种迷惑、惊恐和矫揉造作的神态；我注意到她那翕动着的嘴唇，她在不出声地重复着吉诺挖空心思说出的那些肉麻的恭维话。她生平第一次听到有人对她说这些，这是肯定的。她那颗饥渴已久的心似乎永远不会感到知足，至于我呢，我已经说过了，他这一切虚情假意，当时在我看来，只是对妈妈恭敬之情的自然流露，也是对我的尊重。因此，吉诺这样做，只是在他所描绘的那幅完美无缺的画面上又增添了一笔。

同我们邻近的一张桌子上坐着一群青年人。其中一个像是喝醉了，一个劲儿地盯着我看，还大声说了句淫秽的话戏弄我。吉诺听后，立刻站起身向那个青年人走去：

"您是否想把刚才说过的话再重复一遍？"

"关你什么事？"他像真喝醉了似的问道。

"太太和小姐是跟我一起来的。"吉诺提高嗓门说道，"只要她们与我在一起，她们的事，也就是我的事……您懂吗？"

"我明白了，你别担心……好吧，好吧。"那个青年人胆怯地回答说。其他人都对吉诺抱有敌意，但都不敢站在朋友那边。那人假装醉得更厉害了，实际上他没醉到那种程度，他斟满了一杯酒，递给了吉诺，但吉诺做了个手势拒绝了。"你不愿喝，"那假醉鬼喊道，"你不喜欢葡萄酒？……这你就错了……这葡萄酒挺好喝……我把它喝了。"于是他一饮而尽。吉诺又严肃地看了他一阵，然后就回到我们坐的地方。

"真没教养。"他坐下说道，并神经质地整理了一下上衣。

"您不必这样，"妈妈满意地说，"您知道……他们都不是什么正派人……"

但吉诺不认为自己是为了展示侠义气概，他回答妈妈道："干吗不？……要是我与别的什么女人在一起，也就算了……这您懂，太太……我就不说了，但我是与一位太太和一位小姐在公共场所里，是在一家饭馆……况且您清楚，我真认真了，你们看那个人，他一声也不敢吭。"

这件事最终赢得了妈妈的好感。再说，吉诺又一个劲儿地向她敬酒，而葡萄酒也是令人陶醉的，其效果并不亚于溜须拍马。俗话说，酒醉吐真情，尽管她对吉诺已颇有好感，但对我和吉诺订婚一事一直不痛快，所以，一有机会她就想让他明白她的苦衷，不管怎样，她始终没有忘记这事。

这事是在谈到我做模特时谈起来的。我记不得是怎么谈到了那天早上我去给当模特的一位新画家。吉诺说道：

"也许我太笨，也许我太守旧，你们怎么看都行……但阿特里亚娜每天都在那些画家面前赤裸着身子，这事我怎么也受不了。"

"为什么？"妈妈问道，她声音都有些变了。我比吉诺有经验，马上预感到暴风雨即将来临。

"为什么？总而言之不合乎道德观念。"

我不想原原本本地复述妈妈回答他的话，因为全是不堪入耳的污言秽语，每次她喝多了或发脾气时总是那样。不过，她说话精炼，总能恰到好处地表达她的思想感情和她对事物的看法。"哦，不合乎道德，"她声嘶力竭地喊起来，这么一来，其他桌上的顾客们都停下不吃了，转过身来看我们，"哦，不合乎道德……那么，什么才是合乎道德的呢？难道整天累死累活地干活，洗碗碟，缝纫，做饭，熨烫衣服，扫地，擦地板，然后，晚上看着丈夫精疲力竭地回到家，吃完晚饭就倒在床上，脸对着墙呼呼睡大觉，才是合乎道德吗？难道牺牲自己，没有一刻喘息的时候，使自己变得又老又丑，孤苦伶仃地死去……才是合乎道德吗？您知道我想对您说什么吗？人生一世，只活一次，一旦死了，就一切都完了……您跟您的道德观念见鬼去吧……阿特里亚娜脱光身子给人看，没什么不好的，他们付她钱……要是她……那才好呢……"说到这儿，她又说了一大串脏话，使我非常难为情，因为她旁若无人，好像在说平常事情那样扯着嗓子大声嚷嚷。"要是她干这类事，我呀，不仅不阻拦她，还会帮助她……是的，我会帮助她的……当然啦，只要人家付她钱。"妈妈像是考虑了一下，又补充说道。

"我深信您是不会这样做的。"吉诺心平气和地说。

"我不会这样做？这是您说……您以为怎么着？您以为阿特里亚娜与您这样一个穷光蛋、一个破开车的订婚，我能满意？……即使让她去卖淫也比这强一千倍，您以为不是？您以为怎么着？让她去从很多喜欢她的人手里赚取好些张一千里拉[1]的大票，都比让她给您当一辈子奴仆强呢！您错了，您大错特错了。"

她大声喊着，大家都转过身来看我们，我羞得无地自容。但吉诺却镇定自若，这我已经说过了。他趁妈妈气喘吁吁，上气不接下气时，又拿起酒瓶给她斟了一杯，并劝她说："再喝点葡萄酒吗？"

妈妈真可怜，她不得不道谢，然后接过吉诺递给她的酒杯。尽管妈妈发了一通脾气，但周围的人们看我们仍若无其事地一起喝酒，又都谈他们自己的事去了。吉诺说道："阿特里亚娜以她的美貌，应该过我的女主人过的那种生活。"

1　意大利在 1861 年至 2002 年的货币单位。——编者注

"您的女主人过的是什么样的生活啊？"我关心地问道，恨不得一下子把话题从我身上引开。

　　"早晨，她十一二点起床……"他以一种愚昧而又近乎炫耀的语气回答道，好像女主人的财富也有他一份似的，"用人用银托盘把早餐端到她床上，所有的餐具都是纯银做的……然后她洗澡，女用人事先在浴盆里撒些盐，使洗澡水散发香味。中午，我开车带她出去溜达……她不是去喝苦艾酒，就是去逛商店……回家后吃中饭，睡觉，起来以后得用整整两个小时穿着打扮……你们应该看看她的衣服有多少……衣柜全是满满的……她总是乘汽车去访亲拜友……出去吃饭……晚上，她不是去剧院看戏，就是去跳舞……她家经常高朋满座……他们玩啊，喝啊，听音乐啊……嘿，都是有钱人呢，都相当有钱……我想，光是她的珠宝首饰就价值数百万。"

　　妈妈听吉诺描述女主人那豪华阔绰的生活时，眼睛睁得大大的，就像些许小事就能改变他们心情、让他们转移注意力的孩子一样，早把我和我那不公平的命运抛到九霄云外去了。"好几百万，"她艳羡地重复道，"那她漂亮吗？"

　　吉诺抽着烟，憎恶地吐掉一丝烟末，说道："漂亮什么呀……才难看呢……瘦骨嶙峋的，像个女巫婆。"

　　他们就这样继续谈论着吉诺女主人家的财富；确切地说，是吉诺继续在那儿炫耀这些好像是属于他的财富和阔绰的生活。但妈妈的一时好奇过去之后，重又沉浸在忧郁和不安之中，整整一个晚上她都没再开口说话。也许，她为自己曾那样放肆地大发脾气而感到羞愧；也许，是因为她嫉妒别人的豪华富贵，一想到我与一个穷男人订婚就特别恼火。

第二天，我焦虑不安地问吉诺是否生我妈妈的气了。他回答说，尽管他不同意她的观点，但他能理解她的看法，那是不幸的遭遇和贫困的生活造成的。最后他说应该谅解她，而且他还说，从妈妈说话的样子可以看出她是爱我的。这也正是我的想法，所以我非常感激吉诺能这样体谅别人。原来我还真害怕妈妈那样大吵大闹会影响我和吉诺的关系。我不仅对吉诺充满了感激之情，而且他这种克制态度更进一步使我坚信他为人的完美。要是我不那样盲目和幼稚，我就会考虑到，只有别有用心的伪君子，才力图给人一种完美无缺的印象；而那些真挚正直的人则会在显示自己某些优点的同时，也暴露出自己的许多缺点和不足。

总之，我在他面前总是处于劣势：似乎我并没有给予他什么，却换得了他的宽容和谅解。也许是因为我有一种受益于别人的精神状态，我隐约地感到有一种报答别人的义务，所以在几天之后，我没有拒绝他越来越大胆的示爱举动，而若在以前，我是会拒绝他的。我说过我们的第一次接吻，有一种极其强烈而又极为温柔的力量使我委身于他，这也是真的；可以将这种力量比作打瞌睡的人为了不让自己睡着而强迫自己，明明已经睡着了，却还以为自己并没睡着似的。就像这样，我沉溺在爱情之中，还以为自己清醒着呢。

我是怎样一步步受到引诱的，我记得十分清楚，因为不管我愿意与否，吉诺每次征服我，都同时给我带来欢快和悔恨。还因为每一步都是他事先计划好而按部就班地进行的，既不匆忙，也不急躁，他就像是一位要侵袭一个国家的将军，而不像是一个堕入情网的被情欲驱使的恋人。他在我那被动的躯体上，从嘴巴一直往下吻到我的下腹部，但这一切并没有阻止吉诺后来真的爱上了我，若计谋并不是让位于爱情，也至少是让位于一种强烈的和永远满足不了的情欲。

我们坐在汽车里兜风时，他只是吻我的嘴巴和脖子。但有一天早晨，在他吻我的同时，我感到他的手在我的衬衣纽扣间乱摸。后来，我感到胸部有些凉，抬起眼睛，越过他的肩膀望去，在窗外的反光镜里，我看到自己的胸脯裸露着。我非常难为情，但不敢把它遮上。吉诺似乎察觉到了我很不自在，匆匆用衣襟盖住了我的胸部，把纽扣一一扣回去。我很感激他这一举动。但回到家里后，再回想起此事时，我心绪不宁，像着了魔似的。第二天，他又重复地那样做，而这一回，我只感到欢快而不再有什么羞涩之感。从此，我就习惯了他这种情欲冲动的表示；我想，要是他不那样做，我反而担心他是不是不爱我了。

与此同时，他越来越多地谈到我们婚后的生活。他还谈到了他在乡下的家，他的家并没有那么贫穷，有一些田地。我想，说谎的人有时候也会相信自己所说的谎言，这是常有的。当然，他对我的感情很深，大概随着我们之间关系的不断加深，他的感情也越来越真挚。至于我呢，他的甜言蜜语逐渐麻痹了我那种悔恨、内疚的情绪，使我有一种幸福感，这种感觉是那样充分，那样纯真无瑕，这是我以后不曾再感受过的。我爱着别人，也得到别人的爱，当时我想，自己很快就能结婚了，我觉得人活在世上，除此之外，再没什么别的可求的了。

妈妈心里很明白，每天早上我们坐着汽车外出兜风，不会完全那么规规矩矩，她为了让我明白这一点，常对我这么说："你们坐汽车出去干些什么，我一无所知，也不想知道。"或者说："你与吉诺在搞些什么名堂……倒霉的是你。"还有一些类似的话。但我不会注意不到，这次她的责骂出奇地软弱无力。似乎她不仅默认我与吉诺已经是一对情侣，而且从心眼里也希望如此似的。但今天，我深信，她当时是在等待时机，使我的婚约最后落空。

第三章

　　一个星期天，吉诺对我说，他的主人都去乡下了，女仆们也都回各自的老家去休假了，主人把别墅托付给了他和花匠。早先我不是想去那个别墅看看吗？他经常赞美它，使我不禁产生了好奇心，非常想去看看。我欣然接受了他的邀请，同时，有一种夹杂着渴望和局促不安的情绪，使我明白要去看别墅的那种好奇心如今只不过是一种借口，其实是另有一种动机的。但人就是这样，有时候想做某件事，同时又不敢那样承认，说是要去看看别墅完全是自欺欺人。"我知道我是不该跟你去的，"我在上汽车的时候提醒他说，"不过，反正我们在那里待不了多久的，对吗？"

　　我觉得我说这些话时的声调既是带有挑逗性的，也是胆怯的。吉诺严肃地回答说："我们就看看别墅，时间不长……然后我们就去看电影。"

　　别墅坐落在一条斜坡的小道上，周围是其他别墅，那是一个富裕的新住宅区。那天天气晴朗，蔚蓝的天空与山坡上那些用红砖白石建造的别墅交相辉映，雕像装饰的长廊，装有玻璃窗的屋顶平台，长满了天竺葵的晒台和小阳台，以及花园中把别墅隔开的枝叶茂密的高大树木，使我有一种发现了什么的新鲜感觉，就像走进了一个更加自由美好的天地之中，我想，在那样的地方生活一定是十分愉快的。我不由得想起我家所在的那个住宅区，那条沿着城墙的大马路和那些铁路工人住的房子。我对吉诺说："我真不该答应来这儿。"

"为什么？"他神情坦然地问道，"我们在里面就待一会儿……你放心好了。"

"你不明白我的意思，"我回答说，"我不该来这里，因为日后我再见到自己的家和那个住宅区会感到羞耻。"

"哦，这倒是真的，"他轻松地答道，"但你想怎么样？你生下来就得是百万富翁才行……这个住宅区里的人没一个不是百万富翁。"

他打开了栅栏门，沿着一条石子铺的通道走在我的前面，通道两旁是修剪成圆锥形和球形的小树。我们从一扇大玻璃门走进别墅，入口处的地板是用一块块黑白相间的大理石铺成的，地面擦得锃亮，犹如一面明镜，显得入口处格外洁净空旷。从大门口进去就是一个宽敞明亮的前厅，底层房间的门都朝向前厅。前厅尽头是白色的楼梯。看到这样宽绰的前厅，我竟感到胆怯，踮着脚尖走了起来。吉诺看到我这样，就笑着对我说，发出多大的响声都不碍事，反正家里没有任何人。

他带我看了客厅，那是一间有很多玻璃门的大屋子，里面有好几套沙发和扶手椅，略小一些的餐厅里，有用上乘的乌木做的椭圆形桌子，还有椅子和碗橱；衣帽间四周都是漆成白色的壁柜。在小客厅里，还有一个建在墙壁凹处的小酒吧，的确很像样，里面有放酒瓶的托架，有煮咖啡用的镀镍的蒸汽壶和锌板制作的柜台：它很像个小祭台，因为入口处有一个镀金的小栅栏门。我问吉诺在哪儿做饭，他说厨房和仆人们住的房间都在地下室。我生平第一次走进这样豪华的房子，忍不住用指尖碰碰这摸摸那，似乎连自己的眼睛也不相信了。我觉得一切都很新鲜，一切都是用珍贵的玻璃、木材、大理石、金属和植物等材料建造的。在我脑海里，我家肮脏的地板、发黑的墙壁和七拼八凑的家具与别墅里的地板、墙壁和家具形成鲜明的对比，我在心里对自己说，妈妈认为钱就是一切是有道理的。我还想，在这样漂亮的环境里生活的人一定也是漂亮而又善良，他们一定不喝酒、不骂人、不高声大嗓、不相互殴斗，反正与我或与我家条件差不多的家庭里看到的截然不同。

吉诺不厌其烦地向我讲解住在里面的主人的生活起居情况，他说话时带有一种特殊的自豪感，好像那豪华富贵都是他享有的。"他们用瓷盘子吃饭……但水果和甜食都用银盘盛放……餐具也都是银制的……他们得吃七道菜，喝三种葡萄酒……晚上，太太穿袒胸露肩的衣服，先生穿一身黑礼服……吃完饭，女仆给他们端上一个银托盘，上面放有七种烟，当然都是外国烟……然后他们走出餐厅，让用人用带轮子的小桌子把咖啡和烈性酒送到上面去……他们的客人不断……有时候两三个，有时候四五个……太太身上佩戴的钻石首饰有那么大个儿……她的那串珍珠项链简直是绝世珍品……嘿，光是首饰就价值好几百万。"

"这你已经对我说过了。"我略显生硬地打断他说。

但他越讲越兴奋，没发现我已感到厌烦了，他还接着说道："太太是从来不到地下室去的……有事她就打电话吩咐……厨房全是电气化的……我们这里的厨房比很多人家的卧室都干净……我怎么光说厨房呢？太太养的那两只狗也比许多人干净，比许多人的待遇都好。"他对他的主人赞赏不已，而对穷人却流露出一种鄙夷的神情。当时，我深感自己太穷了，一方面是因为听了吉诺这一番话，另一方面是因为我不断地拿这幢别墅与我那贫寒的家比较。

我们顺着楼梯从一楼上到二楼。在楼梯上，吉诺把一只胳膊放在我的腰间，使劲地搂着我。不知为什么，当时我似乎有一种幻觉，好像自己就是这幢房子的主人，在举行完招待会或是用完午餐后，跟我的丈夫一起上楼，到二层的房间里同他躺在一张床上睡觉。吉诺似乎猜到了我的心事似的（他总是有那种直觉），他说："现在我们一起去睡觉……明天早上他们会把咖啡送到我们的床上。"我笑了起来，但我似乎希望这一切都是真的。

因为要跟吉诺出来，那天我穿上了我最漂亮的一套衣服，一双最好的鞋，一件最好的衬衫，一双最好的丝袜。我记得衣服是上下配套的，上面是一件黑色的上装，下面是一条黑白格子的裙子。衣服的料子很不错，但替我裁剪的那个街道里的女裁缝没有妈妈手艺好。她给我做的裙子短极了，而且后面比前面短，所以前面的膝盖虽然遮着，而后面的大腿却露着。她给我做的上装过分掐腰了，翻边也太宽，袖子又那么瘦，弄得我胳肢窝都疼了。我穿着那件上衣像要绷开了似的。我的胸部都鼓突在外面，好像上衣少了一片似的。衬衣是玫瑰色的，样式很一般，是用普通的料子做的，上面没有刺绣，透过衬衣可以看见我那件最好的白纱衬裙。还有鞋子，那是一双质地很好的漂亮的黑皮鞋，但样子已经过时了。我没有帽子，栗色的头发呈波浪形，散披在我的肩上。我是第一次穿那套衣服，很得意。我觉得它很漂亮，甚至还想象自己穿着它走在马路上时，人人都会回过头来看我的情景。但当我走进吉诺女主人的卧室，见到了那张低矮又柔软的大床，床上铺着绣花缎被和带刺绣的亚麻床单，还有那一直垂到床头的轻柔的帐幔；当我从卧室尽头梳妆台上的组合镜里看到了三个自己时，我觉得自己穿的那套衣服活像个穷瘪三。刚才我竟然那样得意，实在太可笑、太可怜了。我想，要是穿不上一身好衣服，住不上这样阔气的一套房子，就谈不上什么幸福。想到这里，我颓然地坐在床上，一句话也不说。"你怎么啦？"吉诺坐在我旁边拉着我的手问道。"没什么，"我回答说，"我正在看我认识的那个乡巴佬呢。"

"谁？"他惊愕地问道。

"那边的那个女人。"我指着镜子回答道。从镜子里，我看见自己挨着吉诺坐在床边。我们两人就像偶然闯入文明人家里的一对粗鄙的野生动物，而我比他显得更粗鄙些。

这下，他明白了时时折磨我的那种颓丧、嫉妒和羡慕别人的心情，他抱着我说道："你别照那面镜子。"他生怕自己的计划落空，其实他不懂，我这种自卑心理对他实现计划是最有利不过的了。我们相互亲吻，而亲吻又赋予我勇气，因为不管怎样，我感到我在爱着别人，也被人爱着。

后来他又带我去看与房间一般宽敞的浴室，里面白色的陶瓷卫生设备明晃晃的，浴缸是嵌在墙内的，水管子是镀镍的；他打开了一个衣柜，让我看女主人挂在柜子里的密密层层的衣服；此时，我又开始嫉妒了，并因自己的贫寒重又陷入绝望。突然我不愿意去想这些事了。我第一次心甘情愿地想当吉诺的情人，一方面是为了忘记我的处境；另一方面，幻想能让我摆脱那种压抑着我的受奴役的意识，以使我感到自己也是个自由的人，一个能有所作为的人。我虽穿不上那么华丽的衣服，也住不上那么豪华的房子，但我至少可以像富人那样享受爱情生活，而且也许比他们享受得更充分。我问吉诺："你干吗让我看这些衣服，这与我有何相干？"

"我以为你对此感到好奇。"他困惑不安地答道。

"我对衣服根本不感兴趣，"我说道，"衣服都很漂亮，这是真的，但我到这里不是来看衣服的。"

听我这么一说，他兴奋得两眼炯炯发光。我漫不经心地说："还不如让我看看你的卧室呢。"

"在地下室，"他热情地说，"你愿意跟我去吗？"

我默默地看了他一会儿，他的回答非常令我失望，于是我又坦率地说道："你怎么还跟我犯傻呀！"

"我……"他有些局促不安并感到诧异。

"我们到这里并不是来参观房子的，也不是来观赏你女主人的衣服的，而是要到你的卧室里去做爱的，这你比我更清楚……好了，我们马上就去，别啰唆了。"

就这样，在看完了那幢别墅后，我一下子就变了，不再是刚走进这所房子时的那个腼腆又天真无瑕的姑娘了。我自己也感到惊异，我简直认不出我自己。我们从女主人的房间里出来，走下楼梯。吉诺用胳膊搂着我的腰，每下一级台阶我们都接一次吻。我相信，从来没有人下楼梯走得这么慢的。到了底层，吉诺打开墙上的一道暗门，然后一面吻着我，紧紧地拥抱着我，一面沿着用人们上下的楼梯把我带到了地下室。那时已经是晚上了，地下室里一片漆黑。我们没开灯，相互紧紧地搂着，嘴对嘴地在黑暗的走廊里走着，最后到了吉诺的卧室。他打开房门，我们走进屋子，我听见他关上了房门。我们在黑暗中站着亲吻，待了好一会儿。我们一直没完没了地亲着，每次我想停下时，他又重新开始，而每次他想间歇时，我却还继续吻他。后来，吉诺把我推向床边，让我倒下去躺在床上。

吉诺呼吸急促地在我的耳边不断说着那些甜蜜动听的话语，显然是想把我搞得晕晕乎乎的，而且不让我发觉他的双手已在解我的衣衫了。其实，他完全用不着这样顾忌，那时我早已决心委身于他了，再说，当时我也特别讨厌我那身衣服，我巴不得尽快脱掉它，尽管起先我是那样喜欢它。我想，我赤裸着全身时，一定很漂亮，即使比不上吉诺的女主人和世界上别的富有的女人。更何况，好几个月以来，我的肉体一直期待着这一时刻的到来，身不由己地感到一种急切的被抑制的情欲，就像一头久未进食的饥饿的困兽被解除了绳索时那样贪婪。

因此，我在与吉诺做爱时，觉得非常自然，我只有肉体上的快感，不觉得自己触犯了什么禁忌。而且，我似乎觉得自己曾经历过那种事，但却不知是在何时何地经历过，也许是在前世，就像有时眼前出现的某些风光，好像曾在什么地方见过，但实际上是第一次映入自己的眼帘。但这并不妨碍我痴情地甚至疯狂地爱着吉诺。我吻他，咬他，紧紧地搂着他，几乎使他透不过气来。他也好像疯了一样。就这样，在那幽暗的小房间里，在那空无一人的寂静的二层楼房的地下室里，我们久久地紧紧搂在一起，相互追逐扭打，就像两个进行生死搏斗的敌人，想方设法使对方无法招架似的。

当我们的欲望得以满足后，两人就精疲力竭地瘫软在床上，我特别害怕吉诺占有了我以后就不再愿意与我结婚了。于是，我就谈起我们结婚后要住的房子。

吉诺女主人的别墅给我的印象太深了，当时，我觉得只有在这样漂亮而又干净的环境中生活，才算得上是幸福。我明白，我们幻想拥有那样的房子纯属异想天开，甭说整座房子，连那里的一个房间都不会有。但我固执地想越过这一障碍，对他解释道，一个贫寒的家，要是能干净得像一面明镜，那也是很体面的。光洁和明亮比别墅的豪华更能勾起我的万千思绪。于是，我竭力使吉诺信服，外表不美的东西，只要干净也同样好看；但实际上，一想到我的贫困，一想到只有与吉诺结婚才能使自己摆脱贫困，我就绝望了，所以，我更想说服的是我自己。"即使只有两个房间，要是真弄得干干净净的，地板天天都拖，"我解释道，"家具上不落灰尘，黄铜把手擦得锃亮，房间里一切都布置得井然有序，锅碗瓢盆、抹布和衣帽鞋袜都摆放得整整齐齐，这样的家也是很漂亮的……首先要好好整理房间和擦洗地板，一切都要干干净净的……你不要以我与妈妈现在住的房子来判断……我妈妈是最没条理的人，而且她总没时间整理，可怜的女人……不过，我的家一定会像一面镜子那样光洁明亮，我向你保证……"

"对，对，"吉诺说道，"干净是最主要的……你知道要是太太发现房间角落里有灰尘微粒时是怎么做的吗？她把用人叫来，叫她跪着用手除去灰尘，她养的那些狗，一旦弄脏了什么地方，也……她这样做是有道理的。"

"我的家肯定会比这房子干净、整齐……你会亲眼看到的。"我说道。

"你还是当你的模特吧，"他以取笑的口吻说道，"家里你就不用管了。"

"当什么模特呀，"我回答道，"我再也不当模特了……我将整天在家待着，把家里搞得干净整齐，我还给你做饭吃呢……妈妈说，这就是当女仆……要是我们俩真心相爱，即使当女仆我也高兴。"

我们就这样长时间地说着话；我那种恐惧的心理逐渐消失了，代之而起的是平时那种天真的狂热的信念。当时我能怀疑什么呢？吉诺不仅赞同我的计划，而且还与我一起讨论具体的细节，并不断地提出意见，使之更臻完善。我好像已经说过，他现在相对比较诚实了。说谎的人最终也会相信自己的谎言的。

我们闲聊了近两个小时以后，我昏昏入睡了，我想吉诺也睡了。从地下室半露出地面的窗口投进来的一缕月光照亮了床和我们卧躺着的身躯，我们都醒过来了。吉诺说时间不早了。可不是，床头桌上的闹钟指针已过午夜十二点。"不知妈妈会对我怎么样呢。"我随即从床上跳下来，借着月光开始穿衣服。

"为什么？"

"我第一次这么晚回家……晚上我是从来不单独出门的。"

"你可以对她说，我们乘车去郊游了。"吉诺也起身说道，"你就说汽车出了故障停在乡下了。"

"她不会相信的。"

我们急匆匆地从别墅里出来，吉诺开车把我送到家。我认定妈妈绝不会相信什么汽车故障，但我也没想到她能凭直觉准确无误地猜出我与吉诺之间发生的一切。大门和家门的钥匙我都有。我进了大门，跑着上了两段黑洞洞的楼梯，打开了家门。我希望妈妈已经躺下睡了。看到家里一片漆黑，我想妈妈真的已经睡了。我没开灯，正踮着脚朝我的房间走去时，有人狠命地一把揪住我的头发——正是妈妈，她摸着黑把我拖到了起居室，一下子把我推倒在沙发上，在万籁俱寂的深夜里，她用拳头猛揍我。我用手臂奋力抵挡着，但妈妈好像看得见似的，总是能避开我的胳膊死命地打我。最后她终于感到疲倦了，气喘吁吁地挨着我坐在沙发上。而后，她站起身，去打开中间的大灯，双手叉腰站在我面前盯着我看。在她那咄咄逼人的目光下，我又窘困又羞愧，我竭力把衣服拉下来弄整齐，刚才的那场搏斗弄得我衣冠不整，狼狈不堪。她用正常的声音说道："我敢肯定，你与吉诺已经发生关系了。"

我很想向她承认，因为这是真的。但我害怕她还会揍我。她打得我真疼，现在又开着灯，她打起来会更准。我鼻青脸肿地在外面转悠多丢人呀，我特别怕吉诺看见我这样。我回答道："没有……我们没有发生关系……车子在路上出故障了，所以回来晚了。"

"我敢肯定你们发生关系了。"

"没有……真的没有。"

"肯定发生关系了……你自己去照照镜子……你脸色发青。"

"我只是累了……但我们没发生关系。"

"你们肯定发生关系了。"

"没有，我们没有发生关系。"

使我感到惊奇和略感不安的是，她这样逼问我时，没有显出任何愤怒的神色；她只是有一种强烈的好奇心，这种好奇心看来并不是多余的。换句话说，妈妈想知道我是否已委身于吉诺，并不是想惩罚或责备我，而是因为她另有打算，所以迫不及待地想知道实情。但已经太晚了。虽然我知道妈妈不会再打我了，但我始终固执地加以否认。于是，妈妈突然走近我，想一把抓住我的胳膊。我想举手自卫，她却说道："你别怕，我不打你……你跟我来。"我不明白她想把我带到什么地方去，我害怕极了，但我还是顺从了她。妈妈拉着我的一只胳膊把我带出家门，走下楼梯，与我一起走到大街上。那时，街上空无一人，我马上明白，妈妈要沿着人行道直奔夜间营业的药房，那里有急诊室。到了药房的门口，我两脚用力蹬地，不想进去，极力作最后的反抗，但妈妈使劲地推了我一下，我几乎是被掷进去的，差点跪着摔在地上。药房里只有药剂师和一个年轻的医生。妈妈对医生说："这是我的女儿……请您给她检查一下。"

医生让我们到里间去，那里有一个急诊用的小床，医生问妈妈："现在你说吧，她怎么不舒服……为什么要我检查？"

"她与未婚夫发生关系了，这个贱货，她还说没有，"妈妈大声嚷嚷道，"我要您给她检查一下，并把实情告诉我。"

医生觉得挺有意思，他咬着髭须微笑道："这就不是诊断，而成鉴定了……"

"您怎么看都行。"妈妈回答说。然后她大声喊道："我要您给她检查……您难道不是医生吗？……人家要求您检查，难道您不该尽责任吗？"

"平静些……平静些……你叫什么名字？"医生问我。

"阿特里亚娜。"我答道。我感到难为情,但并不觉得无地自容。妈妈的爱吵爱闹和我的温柔顺从在整个街区都人尽皆知。

"即使她和人发生过关系,"医生坚持他的意见,似乎他了解我的窘困心理,力图免除对我的检查,"又有什么不好呢?……他们以后总要结婚的,一切都将圆满结束的。"

"您只管您自己的事吧。"

"平静些,平静些。"医生欣然重复说道。他朝着我说:"你看,你妈妈非要你检查不可……那你就脱去衣服吧……就一会儿工夫,然后你就走。"

我鼓起勇气说道:"好吧,我承认与他发生关系了……我们回家吧,妈妈。"

"不,不,我亲爱的,"她带着权威性的口气说道,"你得做个检查。"

我顺从地把裙子脱下扔在地上,仰躺在小床上。医生给我做了检查以后,对妈妈说:"你说得没错……她与人发生关系了……现在你满意了吧?"

"要多少钱?"妈妈掏出钱包来问道。与此同时,我从小床上跳下来穿衣服。医生拒绝收费,他问我:"你喜欢你的未婚夫吗?"

"这还用说吗?"我回答道。

"你们什么时候结婚?"

"他永远不会娶她的。"妈妈大声说道。但我平静而肯定地说道:"很快……我们一办好手续就结婚。"大概是医生看我两眼充满着那么强烈而又纯真的信念,就亲切地笑了,他在我脸颊上轻轻地拍了拍,然后把我们送到了外面。

我本以为，回到家里妈妈一定会痛骂我，兴许还会揍我一顿。但恰恰相反，她一句话也不说，已经那么晚了，她还点起煤气灶，给我做起饭来。她把一只锅放在火上后，又走回大房间收拾起桌上的那些碎布条，铺上桌布，摆好餐具。我坐在那张刚才她揪着我的头发拖到那儿的沙发上，默默地看着她。当时我十分困惑不解，她不仅不责骂我，脸上还洋溢着一种难以言喻的喜悦和得意的神情。她摆好餐具后，又回厨房去了，过了一会儿，她端着锅进来："现在你吃饭吧。"

　　说真的，当时我真的饿了。我站起身，坐在妈妈殷勤地给我放好的椅子上，觉得很不自在。锅里有一块肉和两个鸡蛋，这是一顿非同寻常的晚餐。"太多了。"我说道。

　　"吃吧……这对你身体有好处……你需要吃东西。"她回答道。她难得有这样的好脾气，也许说话有点刻薄，但没有丝毫敌意。过了一会儿，她又不无关切地问道："吉诺没想给你弄点东西吃吗？"

　　"我们睡着了，"我回答说，"况且，那时已经太晚了。"

　　她什么也没说，站在一旁看我吃饭。她总是那样：给我端来吃的，看着我吃完后自己再去厨房吃。她从来不与我同桌吃饭，这样已有很长时间了。她吃得很少，不是吃我剩下的饭菜，就是随便吃些别的差点的东西。我对她来说，好像是一件娇嫩的珍品，是她唯一的财产，她得小心谨慎地照看好。长期以来，我对她这种过分宠爱和百般呵护的做法习以为常了；但这一次，她那种异常的平静，她那种满足的神情，使我不由得产生了一种恼人的不安感。过了一会儿，我说道："我们发生关系了，你生我的气……但他是答应与我结婚的……我们很快就会结婚的。"

她马上回答道："我不是生你的气，我刚才发脾气是因为我等了你一个晚上，我一直担心着……现在别去想这些了，吃吧。"

她那种假装使人放心的回避口气，就像人们不愿意回答孩子所提的问题时一样，更使我疑虑重重。我坚持问道："为什么？你不相信他真会娶我？"

"我相信，是的，他会娶你的，现在你吃饭吧。"

"不，你不相信。"

"我相信，你别担心……你吃吧。"

"我不吃了，"我恼怒地声明说，"你得先对我说实话……为什么你脸上显得那么高兴？"

"我并没有显得高兴。"

她拿起空平底锅，把它放回厨房。我等她回来后，又问她："你是不是很高兴？"

她久久地看着我，然后以一种令人畏惧的严肃的神情回答道："是的，我很高兴。"

"为什么？"

"因为现在我肯定吉诺不会跟你结婚了，他将抛弃你。"

"不会的，他说过他要娶我的。"

"他不会再娶你了，他想得到的已经得到了……他不会娶你的，他会抛弃你的。"

"为什么他不娶我？……总得有什么理由才是。"

"他不会娶你了，他将抛弃你……他只是玩弄你，你从那个饿鬼身上什么都捞不着，而且他会抛弃你的。"

"就是因为这个，你才这么高兴吗？这与你有什么相干？"我痛苦而又恼怒地大声说道。

"要是他真想娶你，他是不会与你发生关系的，"她突然说道，"我与你父亲订婚两年，直到结婚前几个月，他也只是吻了我几下……吉诺就是想玩弄你，然后再抛弃你，你应该相信这一点……我倒希望他抛弃你，因为要是他娶你，就会把你毁了。"我内心不得不承认，妈妈的话中有些道理；我两眼充满了泪水。我说："你不愿意我有个家，这我知道……你希望我像安杰丽娜那样去卖淫。"安杰丽娜是当地的一位姑娘，在订过几次婚后，就公开当妓女了。

"我希望你能过上好日子。"她粗暴地回答道。她收拾起碗碟，把它们拿到厨房去刷洗。我待在房间里，久久地思索着妈妈说的话。我拿吉诺的诺言和表现跟妈妈的话对照了一下，觉得妈妈说的毫无道理。但她的深信无疑、她的平静，以及她说话时那种高兴而又深谋远虑的神情，使我深感不安。此时，妈妈正在厨房刷洗碗碟。然后，我听见她把碗碟放进碗柜，回卧室去了。过了一会儿，我疲惫又沮丧地熄了灯，跟在妈妈后面上床睡觉了。

第二天，我琢磨着要不要把妈妈的疑虑告诉吉诺；我考虑再三，决定不跟他说。实际上，我现在很怕吉诺抛弃我，就像妈妈暗示过的那样，我生怕把妈妈的看法转达给他以后，反倒提示他打起这样的主意。他将会猛然发现，一旦一个女人委身于一个男人，她就被掌握在男人手里，再也无法按自己的意志行事了。但我坚信，吉诺是会兑现他的诺言的。当我再次见到他时，他的表现更坚定了我的信念。

当然，我期待着他对我的关切和爱抚，但我生怕他闭口不提结婚的事，或者即使谈及也只是十分笼统平淡。但是，当汽车在平时常去的那条林荫大道上停下来时，吉诺却对我说，婚期就定在五个月以后，一个月也不能拖。我高兴得忍不住把妈妈的想法当作自己的看法说了出来："你知道我曾经怎样想的吗？……我想昨天我们发生关系后，你会抛弃我的。"

"什么？"他摆出一副生气的脸孔说道，"你把我当成无情无义的人啦？"

"不是，但我知道，很多男人都是这么干的。"

"但你知道，"他对我的话避而不答，继续说道，"你这样的推测让我多生气呀！你怎么能那样想我呢？你这是爱我吗？"

"我爱你，"我天真地回答道，"但我生怕你对我并不像我对你那样痴情。"

"直到现在，我的行动还不足以证明我对你的爱吗？"

"是的，你爱我，但是人心叵测呀。"

"瞧你，"他突然说道，"弄得我这么扫兴，我马上送你去画室得了。"他做出要启动汽车的样子。

我害怕了，用双臂搂住他的脖子恳求道："别这样，你别生气，我只是这样说说而已……就当我没说。"

"有些事情既然说出来了，说明你就是那样想的……既然是那样想的，就意味着你并不爱我。"

"可我真的爱你。"

"我可不爱你，"他讥讽道，"就像你说的那样，我一直只是想玩弄你，然后把你甩掉……不过真怪，你怎么到现在才醒悟到这一点呢？"

"吉诺，你为什么这样对我说话？"我的眼泪夺眶而出，叫喊道，"我把你怎么啦？"

"没怎么，"他一面发动汽车，一面说道，"现在我送你去画室。"

汽车飞驰着，吉诺绷着个脸驾驶着。我望着窗外飞速掠过的树木和里程碑，痛哭流涕，在开阔的田野尽头的地平线上，市区的楼房轮廓已隐约可见。我想，妈妈要是知道我们这样争吵，得知吉诺真的要像她预料的那样把我抛弃了，她一定会扬扬得意的。我在一时绝望之下，打开了车门，探出身去，大声喊道："你停车，否则我就跳车了。"

他看了看我，放慢了车速，拐到旁边的一条小路上去，把车子停在上面是一片废墟的小山丘后面。吉诺关上了马达，刹住了车，向我转过身来，不耐烦地说道："好吧，拿出勇气来……快……说吧。"

我以为他真要抛弃我了，我充满激情地滔滔不绝地说开了，至今回想起来，仍觉得实在可笑而又感人肺腑。我对他诉说了自己多么爱他；甚至还说结不结婚对我都无关紧要，只要能做他的情妇就心满意足了。他脸色阴沉地听着我说，一面晃动着脑袋，一面不时地重复道："不……不，今天一切都完了……明天也许我情绪会好些。"但当我谈到只要做他的情妇就行了时，他却坚决反驳道："不行，要不就结婚，要不就断绝一切来往。"就这样，我们长时间地争执不休；他多次故意使我陷入绝望，让我重新泪流满面。后来，他那种执拗的态度似乎有所改变；最后，在我多次吻他并亲切地抚摸他以后，我说服他一起从汽车前面的位置上下来，坐到后面的座位上，我被一种迫不及待想讨他喜欢的心情所驱使，以一种很不舒服的姿势与他发生关系，我觉得像是赢得了一次最大的胜利似的，不过，似乎时间太短了，太仓促了。我本来应该明白，我这样干，不仅不是我的什么胜利，反而使自己更被他掌握在手中了，因为我暴露出我不仅可以出于一种纯粹的爱情冲动而委身于他，而且也可以在言语不足以抚慰或说服他时委身于他，这正是所有爱恋着别人而对别人是否爱自己并无把握的女人惯用的方式。但我完全被他那种显得完美无缺的虚伪假象所蒙蔽了。他的言语和举动总是恰如其分，而毫无经验的我丝毫没有察觉到，我面前这个男人如此完美的形象，只不过是我自己虚构出的而已。

不过，婚期已经定下来了，我立即着手筹备。我与吉诺还商量好，至少在婚后的头几个月，我们得与妈妈住在一起。家里除了那间大屋子、厨房和卧室，套间里还有一间屋子，因为没有钱，妈妈一直没有布置陈设。那里堆放着没用的破烂东西。像我们这样的家里，本都是些无用的破旧东西，那么不难想象，用不着的破烂究竟是些什么了。经过多次商议，我们拟订了一个最基本的计划：布置一下那间屋子，我将为自己筹办一点嫁妆。妈妈和我当时都很穷，但我知道妈妈是有点积蓄的，她为了我才积攒起那点钱，她常常念叨说，要应付可能发生的意外和不测。但究竟会发生什么意外和不测呢，那就不清楚了，但肯定不包括我万一与一个穷男人结婚这一类前途莫测的事。我走到妈妈跟前，对她说："你存起来的那些钱，是为我积蓄的，是吗？"

"是的。"

"那么，如果你真想使我生活幸福，就把那些钱给我，我把以后我与吉诺要住的那间屋子布置一下……要是你真是为我攒的钱，现在该是花的时候了。"

我本来以为妈妈一定会责备我，与我争辩，并最后拒绝我。但妈妈十分平静地接受了我的请求，脸上重又浮现出安详而又带有几分讥讽的神情，这种神情，在我去吉诺女主人的别墅里玩儿的那天晚上，曾使我感到那样地不安。她只是问："那他呢，他一点钱也不出吗？"

"他当然会出的，"我撒谎说，"他说过要出钱的……但我也得有我的贡献。"

她靠着窗口缝制衣服，因为要跟我说话，就把手中的活计放了下来。"你到我的房间里去，"她说，"打开衣柜的第一个抽屉……里面有一个厚纸板做的盒子……盒子里有一个银行存折和一些金首饰……你把存折和首饰都拿去吧……我都给你。"

首饰不多：一个金戒指，一副金耳环，一条金项链。但这藏匿在破布里的微薄的财产，在那非同寻常的境遇中被我瞥见，勾起了我自幼年起就有过的无穷的幻想。我充满激情地拥抱了妈妈。她推开了我，礼貌而又冷淡地说道："当心……我拿着针呢……别扎了你。"

但我并不满意。我得到了我想要的，这还不够；我还希望妈妈跟我一样感到幸福。"但是，妈妈，"我大声说道，"如果你这样做，仅仅是为了让我高兴，那我就什么也不要了。"

"当然，我这样做又不是为了让他高兴的。"她重又缝起衣服来。

"难道你真的不相信我能与吉诺结婚吗？"我亲切地问道。

"我从来没有相信过，今天就更不相信了。"

"那你干吗还给我钱布置房间呢？"

"布置房间总是值得花钱的，家具或者床褥终究是你的……东西和钱是一码事。"

"你不跟我去商店选购东西吗？"

"算了吧，"她喊叫道，"我什么也不想管……你们自己办吧，你们自己去，你们去选吧……我什么也不想管。"

有关我的婚姻大事，真没法跟她商量。我明白，她之所以这样，并不是因为吉诺的表现、性格和条件，而是同她对生活的看法有关。妈妈的这种态度并不令人生厌，不过是一种与众不同的逆反心理而已。别的女人都强烈希望自己的女儿能结婚，而妈妈却同样强烈地希望我不要结婚。

我与妈妈就这样心照不宣地较着劲：她希望我的婚姻告吹，希望我相信她是出于好心才有这些想法的；我却希望自己能结婚，希望妈妈相信我的想法是正确的。于是，我更加盼望自己能结婚；我几乎不顾死活地把整个生命都押在这一张牌上了。在这个时期，我痛苦地意识到，妈妈在怀着敌意窥视着我的种种努力，并指望着它们落空。

这里，我想再次提及一下，即使在为我们的婚礼做准备的过程中，吉诺的言行仍旧完美无缺、无可指责。我对妈妈说，吉诺也会承担结婚的费用；我这是在对她撒谎，因为在这以前，吉诺甚至连提都没有提过。所以，后来吉诺在我未向他提出任何要求的情况下就主动给了我一小笔钱时，我既意外，又感到特别高兴。他给我的数目很小，对此，他深表歉意，他说，他不能给更多是因为他还得经常寄钱给家里。现在，重新想起他给我的这笔钱，只能把它解释为他是想忠实于他所决定扮演的、自己也感到相当满意的角色，之所以要表示这种忠心，是由于他因欺骗我而感到内疚，因不能如他所愿地与我结婚而感到遗憾。我兴高采烈地急忙把这件事告诉了妈妈。她只是说钱太少了：他拿出这笔钱不会使他经济拮据，却足以蒙蔽我。

那是我一生中最幸福的一段时间。我天天与吉诺相会，凡是能亲热的地方我们都会亲热：或是在小汽车后排座位上，或是在寂静的大街的阴暗角落里，或是在乡间的一片草坪上，或是在女主人的那所别墅中吉诺的房间里。我特别喜欢与他挤在无轨电车或公共汽车的人群之中，因为人群挤得我紧挨着他，我就乘机把自己的身子紧紧地贴在他的身上。不管在什么地方，即使有人在场，我也总想拉着他的手，或用手指轻轻梳拢他的头发，或是亲切地抚摸他几下。做这一切时，我就当身边没有人，人在受到一种难以抗拒的激情驱使时，往往就是这样。爱情给予我无穷的欢乐，我喜欢爱情胜过喜欢吉诺本人，我觉得自己在做爱时，不仅受对吉诺的恋情支配，而且从中得到了享受。当然，我没想到过从别的男人身上也是能得到这种享受的。但是我隐约地感到，我在那亲切的抚爱中表现出的热忱、灵性和激情，是不能仅仅用我们的爱情来解释的。它们有自己的独特性，无论如何总是要表现出来的，这是天命使然，即使没遇上吉诺也会如此。

但在这一切想法中，结婚是占首要地位的。为了多挣些钱，我尽我所能帮助妈妈缝制衬衣，我经常很晚才去睡觉。白天，我不去画室当模特时，就与吉诺在商店里转悠，选购家具和嫁妆。我花不起很多钱，正因为如此，买东西就更得审慎和周密。不过，我也让人取明知买不起的货物来，久久地观察着，一面议论着东西的质地，一面跟人讨价还价；然后，我或是装出不满意的样子，或是答应下次再来买，就这样，我常常是什么也不买就走了。但是，我这样贪心地在商店里来回穿梭，惴惴不安地看着我明知买不起的东西，无形中等于默认了妈妈论断的正确性：没有钱，就谈不上什么幸福。在参观吉诺女主人的别墅之后，通过买东西，我又一次把视线聚集在用财富建立起来的天堂里，在我意识到并非因为自己的过错而被拒于天堂之外时，不由得萌生几分痛楚和惆怅。我竭力想用爱情来忘记这不公道的人世，就像我在吉诺女主人的别墅里做过的那样。爱情是我唯一的奢侈品，它使我觉得自己处于和所有比我富有和走运的女人一样平等的地位。

经过反复商量和研究，我终于决定买下一套相当便宜的新式家具，是分期支付的，因为我的钱不够：一张双人床，一个带镜子的多屉柜，一张床头桌，几把椅子和一个大衣柜。东西相当一般：价格低廉，做工粗糙；但我对这些可怜的家具立即产生的激情却是令人难以置信的。我叫人用大白粉刷了墙壁，用油漆刷了门窗，刮擦了地面，把屋子收拾得干干净净的，它在我们家龌龊、肮脏的汪洋大海中，成了一个清洁的孤岛。对我来说，家具运到家的那天，是我一生中最美好的一天。一想到自己竟有那样一间干净、整齐、明亮而又散发着石灰和油漆味的房子，我似乎感到难以置信；而在这种难以置信的心情中又掺有一种无穷无尽的欢乐。在妈妈不注意的时候，我几次走进自己的房间，坐在光秃秃的床垫上，一连好几个小时待在那里环顾着四周。我像一尊雕像那样一动也不动地凝视着我的家具，好像不相信它们的存在似的，生怕它们随时都会消失不见而空留四壁。有时我站起身来，拿块布深情地抹去家具上的灰尘，以使它们更光洁明亮。我想，一冲动起来，我很可能去亲吻它们。从没挂窗帘的窗口望出去，下面是一个肮脏的大杂院，周围都是些狭长而又低矮的房子，与我们家的一模一样，看上去像是一座传染病院或是监狱的院子，但当时我简直心醉神迷，对此视而不见。我感到自己是那样幸福，好像我的屋子是朝向绿树成荫的美丽的花园似的。我想象着今后我将如何与吉诺在这个屋子里共同生活：怎样在这里睡觉，又怎样在这里恩爱相处。我还美滋滋地设想，将来一旦有可能就再购置些其他物品：这里放一个花盆，那儿安一盏电灯，那头搁一个烟灰缸或别的什么摆设。唯一使我遗憾的是，没有一个洗澡间。即使不能有个像我在吉诺女主人的别墅里见过的那种装有花饰陶瓷卫生设备和闪闪发亮的水管的全白浴室，至少也得有一个干净的新浴室。我决心把我的屋子收拾得整整齐齐，窗明几净。自从我参观过吉诺女主人的那所别墅，我深信，豪华阔气是建立在整齐和干净的基础之上的。

第四章

在那段时间里，我继续在画室里当模特，与一个叫吉赛拉的模特交上了朋友。她是个个头儿很高的、长得很不错的姑娘，白净的皮肤，一头黑色的鬈发，一对天蓝色的小而深邃的眼睛和一张红润的大嘴。她的性格与我完全不同：她看什么都不顺眼，尖酸刻薄，爱惹人恼火，但又很实在，能体贴人。也许正是这种性格上的差别，才把我们联结在一起。我不了解除了模特，她还有别的什么职业，但她穿衣服比我讲究得多，也从不掩饰自己从一个她视作未婚夫的男人那里索取礼物和钱财。我记得那年冬天，她经常穿着一件令我十分羡慕的黑色外套，领口和袖口都饰有阿斯特拉罕裘皮。她的未婚夫名叫里卡尔多，是一个高大而又肥胖的年轻人，他红光满面，禀性文静，脸像鸡蛋那样光滑，看上去挺漂亮的。他全身都很有光彩，油头粉面的，老穿新衣服，他的父亲是一家出售领带和男式衬衣的商店老板。里卡尔多头脑简单得近乎愚蠢，但挺随和，总是乐呵呵的，也许心地不错。他与吉赛拉是一对情人，但我不相信他们之间有像我和吉诺那样的婚约。不过，吉赛拉也照样盼着能与他结婚，只是对此并不抱太大的希望，至于里卡尔多，我深信，他的头脑里闪都没闪过要娶吉赛拉的念头。吉赛拉很愚蠢，但经历比我丰富得多，她一心想保护我，教诲我。简而言之，她对生活和幸福的看法与妈妈完全一样。唯一不同的是，妈妈是用痛苦和争辩的方式来表达她的想法，这是绝望和贫困所造成的；而吉赛拉的这种看法则来源于她的愚钝和一种伴有固执的自负。从某种意义上来看，妈妈只停留在这种想法的形成阶段，对她来说，认定这些原则比实施它们更为重要；而吉赛拉却总是注重那种方式，她甚至从未怀疑过可以有别的完全不同的想法，她很惊讶我竟然与她表现得不一样；只有当我深感遗憾地流露出自己不赞同她的想法时，她才从惊讶转变为恼怒和嫉妒。她突然发现，我不仅不接受她的保护和教诲，而且只要我愿意，我还会出于维护我那无私而又一往情深的宿愿而谴责她，于是她勾画了一幅蓝图以扰乱我的判断，从而使我尽快地与她一样，尽管她也许没有完全意识到为什么要这样做。同时，她开始不断地说我太傻，说我没必要那样保持自己的纯洁无瑕；她说看我穿得那么寒酸地在外面转悠，实在太可怜了；她还说要是我愿意，凭着我的美貌，我完全可以改变自己的境遇。后来，我羞于让她认为我从未结交过男人，就把自己与吉诺的关系对她实说了，我告诉她，我们已经订了婚，并且很快就要结婚了。她立即问我吉诺是干什么工作的，当她知道他只是个司机时，很嗤之以鼻，但还是要求我让她认识一下吉诺。

吉赛拉是我最好的朋友，吉诺是我的未婚夫。今天我能冷静地评价他们，但当时我一点也看不清他们的性格特点。我已经说过，我把吉诺看作一个完美无缺的人；而对吉赛拉呢，她的缺点我相当清楚，但我觉得她心地特别好，对我很有感情，我并不觉得她对我命运的关切是因为知道我天真幼稚才故意捉弄我、拉拢腐蚀我，而是属于好心办坏事。就这样，我不无担心地让他们见了面：我天真地希望他们能成为朋友。我们是在一家牛奶店见面的。见面的全程，吉赛拉一直保持缄默持重的态度，并明显地对吉诺抱有敌意。吉诺起初想赢得吉赛拉的好感，因为他像往常一样，把话题引到别墅上去，大肆吹嘘他主人家是如何豪华阔绰，好像这番描述能迷惑住她，并能掩盖住自己卑微的社会地位。但吉赛拉却不买这个账，继续对他抱有敌视的态度。后来，我记不得话是怎么说起来的了，她又强调说："您真幸运，找了阿特里亚娜。"

"为什么？"吉诺惊异地问道。

"因为一般来说，司机只配找女用人做朋友。"

我见吉诺的脸色变了，但他是个遇事不慌的人。"可不是吗，我真的很走运。"他压低嗓音慢慢地重复道。看他的神情，好像是头一回考虑这一直被他忽略但又十分显而易见的事实，"真的是这样，比我早结婚的司机，的确有的与女厨师结婚……这能理解，怎么不是呢？……我本来也应该同样……司机应娶女用人为妻，女用人应嫁给司机……瞧我，从前怎么没想到过这个呢？不过，"他漫不经心地补充道，"我宁愿阿特里亚娜去干下贱活，也不愿她当模特……"他举起了手像是怕吉赛拉提出异议，"这绝不是因为职业本身……说实在的，尽管一想到她在男人面前脱得光光的我就受不了……但主要还是因为干这一行会认识一些人，结交一些朋友……"他摇晃着脑袋，撇了撇嘴。此时，他递上一包香烟问道："你抽烟吗？"

吉赛拉一时不知道怎么回答才好，她只是拒绝了他递的烟。然后她看了看表，对我说："阿特里亚娜，我们走吧，已经晚了。"时候的确不早了，我们告别了吉诺，就从牛奶店出来了。在路上，吉赛拉对我说："你这不是在干一件大傻事吗……要是我，这样的男人我才不嫁呢。"

"你不喜欢他吗？"我焦虑地问道。

"一点也不喜欢……你还说他个子长得挺高，而实际上他恐怕还没你高呢……他的眼神假里假气的，从不正面看人……他那么装模作样，说话矫揉造作，使人感到他说的与他想的相差十万八千里……而且还那么傲慢自负，又是个开车的。"

"但我爱他。"我反驳道。

她平静地回答说："是的，但他不爱你……你不信走着瞧，他总有一天会抛弃你的。"

对她如此肯定的预言，我感到十分震惊，她的预断与妈妈的毫无二致。如今我可以这样说，撇开吉赛拉的敌意不谈，在见到吉诺的那一个小时中她对吉诺的了解，远远胜过我那么多个月对他的了解。从吉诺方面来说，他对吉赛拉的看法也不无恶意，但后来，我不得不承认他的看法有一部分是正确的。除了缺乏经验这一因素，我对他们两人的好感使我蒙住了眼睛。真是这样，把人往坏处去想似乎往往是有道理的。

"你的那个吉赛拉，"他说，"在我的家乡，人们会称她为荡妇。"

我露出惊讶的神色。他解释道："她是个妓女……从她的性格和举动就看得出……她那么盛气凌人，就因为她穿得好……但她穿的那些衣服是怎么来的？"

"是她的未婚夫给她的。"

"未婚夫？一个晚上一个……现在你听着，有她就没有我。"

"这是什么意思？"

"意思就是你爱怎么样就怎么样吧……不过，要是你继续与她见面，你就得放弃与我会面……有我就没有她。"

我竭力劝他别这样，但毫无结果。吉赛拉那种瞧不起人的高傲态度肯定惹他生气了；但他之所以对吉赛拉有这么强烈的反感，也因为他想忠实地扮演我的未婚夫，这提醒他得为筹办我们的婚事破费一点。他总是那样完美地表达他根本不存在的感情。"我的未婚妻不能与坏女人来往。"他固执地一再这样说。我生怕我们的婚事成为泡影，最后，我答应他不再与吉赛拉见面了。尽管我心里明白，我是不会兑现自己的诺言的，而且实际上也是不可能的，因为我与吉赛拉是在同一个时间到同一个画家那儿当模特。

从那天以后，我背着吉诺继续与吉赛拉见面。我们在一起的时候，她不止一次地利用一切机会，对我与吉诺的婚事进行讽刺、挖苦并表示鄙视。我太天真了，竟把我与吉诺的关系都推心置腹地告诉了她；她却利用我对她说的一切来刺痛我，以嘲弄的口吻来描述我的生活和未来。她的未婚夫里卡尔多像看待她一样地看待我，他把我们两人都看作放荡不羁的、不值得尊重的女子，他帮着吉赛拉一起捉弄我，火上浇油地取笑我、戏弄我，但他并无恶意，也不刻薄。我已经说过，他虽不聪明，但心眼不坏。对他来说，我与吉诺的婚事，只是一种用来消磨时间的谈资笑料而已。但吉赛拉把我的贞操和美德看作对她的永恒的谴责，她希望我也变得跟她一样，以剥夺我反驳她的一切权利，她十分刻薄地想方设法侮辱我，使我总是快快不乐。

她首先攻击的是我的弱点：衣服。她说："今天我跟你一起出去真感到害羞。"或者说："我要是穿得不像样，里卡尔多是不会让我跟他一起出去的……是不是，里卡尔多？……我亲爱的，从这些事情上往往能看出一个人的身价……"我太幼稚了，太容易上钩了。当时我很激动，我为吉诺辩护，还为自己的衣着辩护，尽管没什么说服力。我往往满脸通红，最后泪流满面地认输。有一天，里卡尔多出于怜悯，说道："今天，我想给阿特里亚娜买件礼物……我们一起去，阿特里亚娜……我要给你买一个手提包。"但吉赛拉强烈反对说："不，不，别送她礼物……她有吉诺，让她的吉诺给她买礼物吧。"本来里卡尔多是出于好心才这样提议的，这么一来，他就放弃了，但他未曾想到，他要是送我礼物，我会有多高兴。当天下午，我一怒之下，自己花钱买了一个小提包。第二天，我腋下夹着手提包去见他们，说那是吉诺送我的礼物。在这场可悲的较量中，这算是我唯一取得的胜利。但我为此付出的代价是高昂的，那是个很漂亮的皮包，花了我很多钱。

吉赛拉仍然讽刺挖苦我，羞辱和教训我，当她觉得我已感到抬不起头来时，认为条件已经成熟，就叫我去找她，说是要向我提个建议。她还说："不过你得让我把话说完……别跟平时一样，情况还没完全搞清楚就顶撞我。"

"你说吧。"我回答道。

"我对你不错，这你知道，"她开始说道，"我把你当作妹妹看待……凭着你的美貌，你要什么都可以得到……看着你穿那样破旧的衣服像叫花子似的在外面跑，我心里很不是滋味……你听我说，"说到这儿她停了下来，庄重地看了看我，"眼下有一位先生，文雅、稳重而又严肃；他见过你，对你很有点意思……他已结过婚，但家在外地……他可是位大人物，"她压低了声音补充道，"他是警察局的……你要是想认识他，我可以把他介绍给你……刚才我说了，他是个很文雅、很严肃的人，你对他完全可以放心，谁也不会知道什么的……再说，他很忙，每个月你见他两三次就行……你要是想要继续与吉诺保持关系，他也不反对……即使你结婚了，他也会设法报答你使你过上好日子的，你将生活得比现在好得多……你看怎么样？"

"我说，"我坦率地回答道，"我十分感谢他，但我不能答应。"

"那是为什么？"她感到非常惊讶。

"不为什么……我爱吉诺，我若答应这样的要求，我就再没脸见吉诺了。"

"得了……但是吉诺什么也不会知道的。"

"正因为如此，我才不愿意。"

"你想想，"她好像在自言自语似的，"他可是早就对我提出这样的要求了……那么，我对他怎么说呢？……就说你考虑考虑？"

"不……不……我不接受。"

"你是个大傻瓜，"吉赛拉失望地说道，"这就叫错失良机。"她又说了很多类似这样的话，但我始终以同样的方式回答她，最后她很不满意地走了。

我不假思索地拒绝了她的建议。而后，我独自一人时，似乎又有些后悔：也许吉赛拉是有道理的，那是能使我如愿以偿的唯一途径。但我很快又打消了这个念头；我是那样向往结婚成家，过一种哪怕比较清贫但是正常的生活。似乎我已付出的牺牲，进一步迫使我比以往花费更多的心血，不惜一切代价最终达到结婚的目的。

但我在虚荣心的驱使下，把吉赛拉的建议告诉了妈妈。我想这会使她喜出望外的；我知道她颇以我的美貌为豪，而且吉赛拉的建议完全符合她的想法：既迎合她的自豪感，更证实了她所奉行的信条的有效性。听了我的话后，她表现出一种令我惊异的兴奋。她的两眼闪烁出一种贪婪的目光，因为得意，脸颊通红。"那个人是谁呀？"她最后问道。

"一位先生。"我回答道。我没好意思说他是警察局的人。

"她说他很有钱吗？"

"是的，好像他挣了很多钱。"

她不敢直接说我不该拒绝吉赛拉的提议，便说："他见过你，他说对你很有意思……你为什么不让她把他介绍给你呢？"

"既然我不愿意，干吗还要介绍呢？"

"真遗憾，他已经结婚了。"

"即使他单身，我也不愿意认识他。"

"处理事情应该灵活点，"妈妈说道，"他是个有钱人……他喜欢你……事情开个头就好办了……这样，他就可以帮助你，而不要求任何报答。"

"不，不，"我回答道，"那是些不干正事的人。"

"那倒不见得。"

"不，我不干。"我重复道。

"没关系，"妈妈摇摇头说，"不过吉赛拉真是个好姑娘，她确实是为你好……换作别人，还会嫉妒你呢，也就不会与你谈这事了……她倒真是你的朋友，这看得出来。"

自从那次被我拒绝了以后，吉赛拉就不再对我谈起那位有派头的先生了；而且，使我惊讶的是，她不再拿吉诺与我的婚事来奚落我。我继续偷偷与她和里卡尔多见面；不过，我不止一次地与吉诺谈到吉赛拉，指望他们能言归于好，因为我不喜欢背着人偷偷见面。但每次没等我说完，他就又表现出对她的厌恶和反感，并发誓说，要是得知我还继续与她见面，他就与我断绝关系。他不是说着玩的，我觉得他巴不得能抓住什么借口使我们的婚事告吹。我对妈妈说了吉诺如何憎恶吉赛拉的事，她近乎不带恶意地提醒我说："他是不愿意你与她来往，因为他怕你与吉赛拉比穿着打扮，他怕你拿自己穿的破衣服同吉赛拉未婚夫送她的好衣服比。"

"不是的，他说吉赛拉不是个正经女人。"

"不正经的是他自己……但愿他能得知你与吉赛拉还有来往，那样，你们就可以解除婚约了。"

"妈妈，"我万分恐惧地说道，"你可千万别把这事告诉他。"

"不，不，"她似乎感到有些后悔，急忙回答道，"这都是你们的事，我才不插手呢。"

"要是你去对他说了，"我激动地大声喊道，"你就别想再见到我。"

那几天正值圣·马丁的小阳春节[1]，气候温和，天空晴朗。一天，吉赛拉对我说，他们打算开车外出郊游，有她、里卡尔多，还有里卡尔多的一位朋友。因为需要有一位姑娘陪陪那位朋友，所以他们

---

[1] 圣·马丁的小阳春节在十一月十一日前后。

就想到了我。我欣然接受了邀请，因为当时我的生活圈子很小，能有机会消遣一下，以减轻精神上的负担，是我求之不得的。我骗吉诺说，我要多当几个小时的模特；那天早晨，我相当准时地到米尔维奥桥赴约。汽车已在那边等着我，当我朝汽车走去时，坐在前面的吉赛拉和里卡尔多坐着不动，而里卡尔多的朋友却从车上下来迎接我。那是个年轻的男子，个子不高，秃头黄脸，黑色的大眼睛，鹰钩鼻子，宽大的嘴巴两端向上翘着，像是在微笑。他衣冠楚楚，但与里卡尔多的穿着完全不同，他穿着深灰色的上衣，浅灰色的裤子，领子是浆洗过的，黑色的西装领带上还饰有一颗珍珠，显得非常端庄而有气派。他说话声音温柔，我觉得他的眼睛也很和蔼可亲，但同时又显得非常忧郁伤感，像是对人生厌倦了似的。他举止文雅，可以说是彬彬有礼。吉赛拉向我介绍说他叫斯坦方诺·阿斯达利塔，我立即断定这位仪表庄重的先生就是她曾向我转达过爱意的那个人，肯定是他。但认识他并没有使我感到不快，因为他的要求并没有冒犯我，从某种意义上来说，还使我感到荣幸。我把手伸给他，他异常虔诚地把我的手放在嘴唇边，吻得我几乎发疼。而后，我上了车，他坐在我旁边，汽车出发了。

汽车行驶在阳光普照的光秃秃的大道上，两边是黄澄澄的田野，一路上我们几乎都没说话。坐着汽车兜风游览，我感到很愉快，微风通过车窗吹拂在我的脸上，使我觉得很舒适。我游览着醉人的乡村风光。在我一生中，也许那是第二次或是第三次乘汽车游玩，我睁大眼睛，贪婪地看着：干草垛、农舍、树木、田野、山坡、树林，竭力想多看些东西。心想，也许得过好几个月，甚至好几年，才能再有一次这样的游玩，我想把自己看到的都无一遗漏地铭刻在记忆之中，以便今后回想起这次旅行时，能有一个确切的印象。但阿斯达利塔神情严肃地坐在我旁边，一个劲儿地看我。他那忧郁而贪婪的目光一刻也没有离开过我的脸部和我的身体，就像是一根手指轻轻地在我身上抚摸。他的注视并不使我讨厌，我只是觉得很不自在。我逐渐感到有义务招呼他，跟他说话。他把双手放在膝盖上端坐着，手上戴着一枚结婚戒指和一枚钻石戒指。我冒失地说道："多漂亮的戒指呀。"

他垂下眼睛，看了看戒指，手没有动，他回答说："这是我父亲的戒指……是他死的时候，我从他的手指上摘下来的。"

"哦。"我表示抱歉，又指着戒指问道，"您结婚了？"

"当然喽，"他伤感地回答道，"我有妻子……我有儿女……我有一切。"

"您的妻子漂亮吗？"我胆怯地问道。

"没有您漂亮。"他脸无笑容、声音低沉而略带强调地说道，好像是在阐明一个重要的真理似的。他想用戴着戒指的那只手拉住我的手。我立即挣脱了，并随便问道："您跟她一起生活吗？"

"不，"他回答说，"她在……"他说了一个很远的外省的名字，"我在这里……我一个人住……我希望您来找我。"

对他那些以悲剧性的口吻、几乎是语无伦次地提供给我的情况，我装着没听见；我问："为什么？……您不喜欢与您的妻子一起生活吗？"

"我们已经正式分居了，"他做了个怪相解释道，"我结婚的时候还是个孩子……婚姻是我母亲包办的……很明显，这件事到头来会是什么结果……她是个大户人家的姑娘，有一大笔嫁妆……父母包办婚姻，男大当婚，女大当嫁……与我的妻子一起生活？……能跟这样的女人一起生活吗？"他从怀里取出一个皮夹子，从里面拿出一张照片递给我。照片上是两个小女孩，好像是双胞胎，褐色的头发，苍白的脸，穿着白衣服。在她们的身后，是一个褐色头发、脸色苍白的矮小女人，她的双手搭在两个女孩子的肩上，她的一双眼睛像猫头鹰似的挨得很近，显出一副凶狠的样子。我把照片还给他后，他就把照片放回皮夹子里，而后，他脱口说道："不，我想跟您一起生活。"

"您根本不了解我。"我被他那种着了魔似的态度搞得很狼狈。

"我对您十分了解……我已经跟了您一个月了……我了解您的一切。"

他说话时与我保持着距离，恭恭敬敬的，但感情上的强烈冲动使他几乎瞪圆了眼睛。我说："我已经订婚了。"

"吉赛拉对我说过了，"他说话的声音有些哽咽了，"我们不谈您订婚的事……那有什么关系？"他装出毫不在乎的样子，用手做了一个滑稽的小动作。

"这跟我大有关系。"我说。

他看了看我，又说道："我特别喜欢您。"

"我已经感觉到了。"

"我特别喜欢您，"他重复说道，"也许您不了解我有多么喜欢您。"

他说话真像个疯子。不过，他一直与我保持一定距离坐着，没有再拉我的手，这使我很放心。"您喜欢我，这没什么不好的。"我说道。

"您喜欢我吗？"

"不喜欢。"

"我有钱，"他神经质地做了个怪相说道，"我有足够的钱使您幸福……您跟我生活是不会后悔的。"

"我不需要您的钱。"我平静而又礼貌地回答道。

他好像没听见一样，看着我说："您很漂亮。"

"谢谢。"

"您的眼睛很美。"

"您这样觉得？"

"是的……您的嘴也很好看……我想吻一吻它。"

"您干吗对我说这些？"

"我还想吻您的身体……吻您的全身。"

"您怎么这样说话？"我重又抗议道，"这样不好……我已经订婚了，两个月以后我们就要结婚了。"

"请您宽恕我，"他说道，"但我特别喜欢说这类事……您就当我不是对您说的。"

"快到维泰尔博了吧？"我转个话题说道。

"我们快到了……我们到维泰尔博去吃饭，您答应我，吃饭时您得挨着我坐。"

我笑了起来，他对我的欲望竟如此强烈，终于赢得了我的欢心。"好吧。"我说道。

"您得挨着我坐，"他又继续说道，"就像现在这样……让我能闻到您身上的香味就行了。"

"但我身上没有洒香水。"

"我送您一瓶香水。"他说道。

到了维泰尔博，汽车放慢速度进了城。一路上，坐在我前面的吉赛拉和里卡尔多始终一言不发。但当汽车缓慢地行驶在交通拥挤的大街上时，吉赛拉转过身来说道："你们两人干吗呢？以为我没看见你们吗？"

阿斯达利塔没说什么。我抗议道："你不可能看到什么的……我们说话呢。"

"得了，得了。"她说。吉赛拉态度这样，而阿斯达利塔居然不向她抗议，使我深感诧异，也叫我有点恼怒。"我跟你说……"我开始辩解道。

"得了，得了，"她重又说道，"你不用怕……我们不会对吉诺说什么的。"

此时，我们已到了广场上，我们从汽车里下来，沿着大街，在穿着节日盛装的人群中散步溜达，十一月的阳光明媚、和煦，阿斯达利塔一刻也不离开我，一直是那样严肃，甚至带些忧郁，脑袋直挺挺地矗在高高的领子上，一只手插在兜里，一只手耷拉着。他这个样子，与其说是跟着我散步，还不如说是在当我的保镖。吉赛拉却大声地笑着，跟里卡尔多开着玩笑。很多人回过头来注视我们。我们走进一家咖啡馆，站着喝了一杯苦艾酒。我突然发现阿斯达利塔正咬牙切齿地嘟囔着什么骂人的话，我问他怎么啦。

"门口那个白痴死劲儿盯着您看。"他愤愤地回答道。

我回过头去一看，果真有一个金黄色头发的身材修长的年轻人，正站在咖啡馆的门槛上看着我。"那有什么不好的呢？"我快活地说道，"他看我……那又怎么样？"

"可我真想走过去狠揍他一顿。"

"要是您这样干，我就看也不看您，再也不跟您说话了，"我略带厌烦地说道，"您没有任何权利这样做……您又不是我的什么人。"

他没再说什么，走到收款处付了账。我们从咖啡馆出来，重又在大街上溜达。明媚的阳光，人们的低声细语，人群的熙熙攘攘，乡下人那红润健康的面容，使我心情愉悦。当我们走到大街一条横马路尽头处的一个僻静的小广场上时，我突然说道："瞧，要是我有那样一幢漂亮的小房子的话，"我指着靠近教堂的一幢简陋的三层小楼，"我就愿意生活在这里。"

"才不好呢，"吉赛拉回答说，"住在外省，又是在维泰尔博……即使有金子盖的房子住，我也不愿意住在这儿。"

"阿特里亚娜，住在这儿你很快就会感到厌烦的，"里卡尔多说道，"在城里生活惯了的人，在乡下是待不住的。"

"你们错了，"我说道，"我就愿意来这儿住……跟一个爱我的男人住在一起……四间干净的房子，一个葡萄藤架，四扇窗……这样我就满足了。"我说得十分恳切，因为我好像真看到了自己与吉诺就住在维泰尔博那幢小楼里。"您说呢？"我转过身去对阿斯达利塔说。

"要是跟您一起生活我就愿意来。"他支支吾吾地回答道，竭力不让别人听清他说的是什么。

"这是你的弱点，阿特里亚娜，"吉赛拉说，"你太容易满足了……生活中谁的奢望少，谁就什么也得不到。"

"不过我就是没有什么想要的。"我回答道。

"但你想跟吉诺结婚。"里卡尔多提醒我。

"哦，那当然是喽。"

时候不早了，大街上已空荡无人，我们走进了一家饭馆。那家饭馆底层的餐厅已经座无虚席，都是来维泰尔博赶集的农民。吉赛拉撇嘴说里面臭气熏人，她问饭馆老板能否上楼就餐。老板说可以，说着就领着我们上了木质的小楼梯，把我们带进了一间狭长的房间，屋里只有一扇窗，望出去是条小巷。他打开百叶窗，关上了玻璃窗；他在一张简陋的大桌子上铺了块桌布，那张大桌子占据了房间的大部分空间。我记得墙上的糊墙纸已陈旧褪色，而且破了好几处，上面有花鸟图案。屋里除了桌子，只有一个放满碗碟的玻璃柜橱。

吉赛拉这时在房间里转悠，东看西看的，她还从窗口朝小巷里张望。最后，她推开了一道门，里面是个房间，她伸头进去看了一会儿以后，转过身来若无其事地问店主那是间什么房子。

"那是间卧室，"店主答道，"吃过了饭，谁想要休息休息的话……"

"我们要休息一会儿的，嗳，吉赛拉。"里卡尔多傻笑着说道。但吉赛拉假装没听见，她又看了一下那个房间后，就小心地把门虚掩上，但没完全关上。楼上有这么个小餐厅，使我感到很高兴，不过，我没有注意到那扇虚掩着的房门，也没有注意到吉赛拉和阿斯达利塔之间那种默契的眼神。我们在餐桌就座了，就像我应允过的那样，我坐在阿斯达利塔的旁边，但他好像没注意到这些，他惶惶然都不知该说些什么了。过了一会儿，老板端着冷盘与葡萄酒上来了，我饿极了，猛吃起东西来，见我这个样子，他们都笑我。吉赛拉又抓住机会讽刺挖苦我与吉诺的婚事。

"吃吧，吃吧，"她提醒道，"你跟着吉诺永远也吃不到这样多好东西的。"

"为什么？"我说道，"吉诺会挣钱的。"

"是的，你们将天天吃菜豆。"

"菜豆也挺好吃的，"里卡尔多笑着说，"我正想要一盘来。"

"你真傻，阿特里亚娜，"吉赛拉继续说道，"你需要一个有门路的男人……一个正经的、有气派的男人，他能使你充分显示出你的美貌……而你却偏跟那个吉诺搞在一起。"

我执拗地一言不发，低着头只顾吃东西。里卡尔多笑着说："我要是处在阿特里亚娜的地位上，我就哪个也不放弃……不能放弃吉诺，因为她非常爱他，也不放弃正派的男子……我两个人都要……也许吉诺也不会反对的。"

"吉诺是不会允许我这样做的，"我急忙说道，"他要是知道今天我与你们一起来这儿游玩，就会取消婚约的。"

"那又是为什么？"吉赛拉生气地问道。

"因为他不愿意我跟你来往。"

"蠢猪，叫花子，无知的蠢货，"吉赛拉恼怒地说，"我正想试试……我这就去他那里对他说：阿特里亚娜天天与我见面，今天她一整天都与我在一起，好吧，你取消婚约吧。"

"别……别这样，"我害怕地恳求道，"可别这样做。"

"对你来说，那样才是你的福气呢。"

"是的，但你别去告诉他，"我又恳求道，"要是你真对我好，就千万别这样做。"

在我们谈话的整个过程中，阿斯达利塔一句话没说，而且几乎连碰也没碰吃的东西。但他始终盯着我看，他的目光深沉、痛苦而又绝望，看得我很不自在。要不是怕吉赛拉和里卡尔多讥笑，我真想对他说别那样。出于同样的原因，当阿斯达利塔趁我把手放在凳子上，一把抓住我的手并紧紧地握在他手里时，我也不敢反抗，只好用一只手吃饭。这样一来可坏了事，吉赛拉突然笑着大声说道："嘴里说对吉诺怎么怎么忠诚……但实际上……你以为我没看见你与阿斯达利塔在桌子底下拉手吗？"

我窘得满脸通红，竭力想抽回那只手，但阿斯达利塔用力地握住它。里卡尔多说："让他们去嘛……这又有什么不好的呢？他们拉手……好吧，我们也拉手。"

"我只是开个玩笑嘛，"吉赛拉回答说，"其实他们这样我很高兴。"

吃完了拌面，第二道菜我们等了很久。吉赛拉与里卡尔多一个劲儿地笑着，并且开着玩笑，同时他们喝着酒，也让我喝。红葡萄酒很好喝，但度数很高，很快我就上头了。我喜欢葡萄酒那种刺鼻的醇香味，我醉了，却还觉得自己一点也没有醉，不停地喝着。阿斯达利塔严肃而忧郁地拉着我的手，我再也不反抗了，我心想，与他拉手是可以接受的。餐室房门上方挂着一幅石印油画，画的是在一个开满玫瑰花的阳台上，有一对穿着五十年前流行服装的男女在装模作样地拥抱着。吉赛拉非常认真地看了看那幅油画，她说她不明白这两人用那样的方式怎么能接吻呢。"我们试试看，"吉赛拉对里卡尔多提议说，"我们看看能否模仿他们的样子。"

里卡尔多说着站了起来，他模仿油画中的男人，而吉赛拉一面笑着，一面学着画中女人把身子靠在鲜花盛开的阳台栏杆上那样靠在饭桌上。他们花了好大的劲儿才把嘴巴碰在一起，但几乎在同时，他们差点失去平衡，摔倒在桌子上。吉赛拉马上感到这样玩儿很带劲，喊道："现在该轮到你们了。"

"为什么？"我惊恐不安地问道，"这是干什么？"

"来吧，你们试试呀。"

我发现阿斯达利塔的一个胳膊搂住了我的腰，我设法挣脱着身子说道："但我不愿意。"

里卡尔多笑着，他竟鼓励阿斯达利塔逼我与他接吻："阿斯达利塔，要是你不吻她，我可不正眼看你了。"但阿斯达利塔神情严肃，他那个样子简直使我害怕：很清楚，对他来说，这根本不是一种什么玩耍。"您放开我。"我转过身去冲着他说道。

他不解地看了看我，又看了看吉赛拉，好像期待着某种鼓励。"上啊，阿斯达利塔！"吉赛拉喊道。我隐约地感到她是那样残酷无情，她似乎比阿斯达利塔还要激动。

阿斯达利塔更加使劲地搂住我的腰牵动着我的身子，这已经不是什么玩耍了，他这是不顾一切地想搂抱我。我一声不响地想挣脱他，但他很有力气，无论我怎样用双手抵住他的胸口推挡着，他的脸还是慢慢地凑近了我。但要是吉赛拉不过来帮他，他是无法吻到我的。她突然兴奋地尖叫了一声，站起来跑到我身后，她抓住我的两只胳膊往后挽。我看不见她，但我感到她的指甲深掐在我的皮肉里，她一面笑，一面不停地说："快，阿斯达利塔，抓紧时间，快呀。"她声音嘶哑，语气兴奋而又残忍。此时，阿斯达利塔整个身子都压在我身上。我极力扭着脸躲避他，这是我唯一可以做的动作，但他用一只手托住我的下巴，使我的脸对着他的脸，然后用力地在我的嘴上久久地吻着。

"这下成功了。"吉赛拉扬扬得意地喊道，这才满心欢喜地回到她的座位上。

阿斯达利塔放开了我。我生气而又难过地说道："往后我再也不跟你们出来了。"

"哎呀，阿特里亚娜，"里卡尔多讥笑地喊道，"只是吻了你一下，你就这样子。"

"阿斯达利塔一脸的口红，"吉赛拉高兴地嚷嚷说，"吉诺要是这时候进来，不知该说什么呢。"

真的，阿斯达利塔满嘴都染上了我的口红，那鲜红的印痕在他那又黄又忧伤的脸上显得很可笑。"行了，"吉赛拉喊道，"你们和好吧……你用手绢替他擦去脸上的口红……要不，一会儿服务员进来该怎么想？"

我只得强颜欢笑地把手绢的一角用唾沫沾湿了，慢慢地擦去了阿斯达利塔那阴郁死板的脸上的口红。我真不该又一次表现出那样的温顺，因为我刚刚放下手绢，他马上又用一只胳膊搂住我的腰。

"您放开我。"我说道。

"哎呀，阿特里亚娜。"

"他怎么你啦？"吉赛拉说道，"他喜欢这样……这对你又没什么……何况你已吻过他了……你对他随便点嘛。"

就这样，我又一次让了步。我紧挨着他坐着，他用胳膊搂住我的腰，而我却直挺挺地坐着。饭馆服务员进来了，端上了第二道菜。虽然阿斯达利塔仍搂着我，但因为我在吃东西，心情好些了。

菜挺好吃，我稀里糊涂地把吉赛拉替我斟上的一杯又一杯的葡萄酒全喝了下去。吃完第二道菜，我们就吃水果和点心。那点心非常好吃，我从未吃过那么好吃的点心，所以当阿斯达利塔把他的那一份也让给我时，我没有拒绝，把他的那份也吃了。吉赛拉喝了很多酒，她也开始对里卡尔多百般撒娇，把橘子一瓣一瓣地放进里卡尔多的嘴里，每放一瓣就亲一个嘴。我觉得自己喝醉了，但只感到狂热兴奋，并不感到恶心，阿斯达利塔的胳膊已不再令我厌恶了。吉赛拉越来越心荡神摇，越来越兴奋，她从座位上站起来，坐到里卡尔多的双膝上。当看见里卡尔多假装被压疼了一样叫起来时，我不禁笑了起来，好像吉赛拉真的要把他压扁了。阿斯达利塔直至那时始终动也不动地搂着我的腰，但他突然开始在我的脖子、胸部和脸颊上不停地亲吻起来。这次我没有反抗，一来是因为我喝醉了无力反抗，二来我觉得他似乎在吻一个别的什么人，我像雕像一样直挺挺地一动不动，没有回应他这种感情洋溢的表示。我酩酊大醉，已失去了控制，面对阿斯达利塔那种疯狂的激情，我像是待在房间某个角落里的一个旁观者，在麻木不仁地好奇观望着。但他们把我这种麻木不仁看作是爱情，吉赛拉朝我喊道："好样的，阿特里亚娜……就得这样子才是。"

我很想回敬她，但不知为什么，我改变了主意，我把斟满的酒杯高高举起，用清晰而又洪亮的声音说道："我喝醉了。"然后一饮而尽。我听到有人鼓掌了。但阿斯达利塔却停下来不吻我了，死死地盯着我看，低声地对我说："我们到那边去吧。"

我顺着他的视线望去，他看着旁边那间屋子虚掩着的房门。我想他大概也喝醉了，我摇头表示反对，但不怎么强烈，像是故意撒娇似的。他像梦游人似的又说道："我们到那边去吧。"

我感觉到吉赛拉和里卡尔多已停止了说笑，望着我们。吉赛拉说："勇敢点……去吧……你等什么？"

我突然像是酒醉初醒。事实上我是喝醉了，但还是能意识到我所面临的危险的。"我不愿意。"我说道。我站了起来。阿斯达利塔也站起身来，他抓住我的一只胳膊，使劲地把我朝房门那边拖。他们两个人重又鼓励他说："胆子大些，阿斯达利塔。"

尽管我竭力挣扎，阿斯达利塔还是几乎把我拖到房门口了，然后我猛地挣脱了他，跑到通向楼梯的那道门那儿。但吉赛拉比我机灵。"别这样，我亲爱的，别这样。"她叫喊道。她从里卡尔多的双膝上站起来，抢先一步跑到门口，用钥匙把门锁上，并把它从钥匙孔里取下来。"可我不愿意。"我停在桌子跟前恐惧地重复说道。

"他把你怎么啦？"里卡尔多喊道。

"傻瓜，"吉赛拉严厉地说道，并把我朝阿斯达利塔那里推，"去吧，去吧……看你事真多。"

我懂得，尽管吉赛拉那样起劲，那样无情，但她不知道自己在干一件什么样的事：她可能认为她给我设置的圈套是一件使人高兴的乐事，是一个令人愉快的妙计。里卡尔多那种冷漠和快活的样子也使我吃惊，我知道他是个善良的人，不会干那种他觉得邪恶的事。"可我不愿意。"我又说道。

"得了，"里卡尔多喊道，"这有什么不好的？"

吉赛拉不断地用胳膊推我，急切而激动地说："我没想到他竟那样傻……去吧……你等什么呢？"

阿斯达利塔始终没说话，他一动不动地站在房门口，直盯着我看。后来，我看见他张开了嘴像是要说什么话，但那些话像是有黏性似的，好不容易才含含糊糊地慢吞吞地说了出来："来呀……否则我就去对吉诺说，你今天跟我们一起出来玩了，并且还与我发生关系了。"

我立刻意识到，他真会像他说的那样做。他说的那些话本身是值得怀疑的，但他说话的那种腔调却不容置疑。他肯定会去跟吉诺说的，那样一来，对我来说，在一切都还未开始之前就都完蛋了。现在我回想起来，当时我是能够反抗的。要是我大声叫喊，要是我奋力挣扎，也许我能够使他信服，用讹诈与报复的手段都是枉费心机的。但也许一切都无济于事，因为他的欲望比我的厌恶要强烈得多。当然，我当时一下子被制服了，我想反抗，但更想避免他把对我构成威胁的丑闻泄露出去。实际上，我走到这一步是毫无思想准备的，我一心想的是今后结婚成家，我是无论如何也不能放弃这计划的。但一切又来得如此突然，我想，所有像我这样有着朴实、正当、纯真愿望的人，遇上类似这样的事是不足为奇的。人生活在世界上，会有各种抱负和奢望，但要实现它，迟早会付出昂贵和痛苦的代价；只有那些被社会抛弃的人和那些超脱尘世的人，才可以幸免。

但在接受这可悲的命运安排的同时，我清醒地感到有一种强烈的痛苦。我突然产生的一种洞察力使我一下子就看清了，为了换取阿斯达利塔的缄默，我将失去的一切，就好像本来晦暗、曲折的人生道路在我眼前霎时间变得非常清晰和笔直。我眼里充满了泪水，用一只胳膊挡着脸，开始哭了起来。我明白我的哭泣是一种极度的忍耐，而不是一种反抗。实际上，尽管我哭着，我感到两腿还是不自觉地朝阿斯达利塔走去了。吉赛拉用胳膊推我，反复地说："你哭什么呀？……好像是头一回似的。"我听见里卡尔多笑了。我虽然没看见阿斯达利塔的眼睛，但我知道他在死盯着我，看着我哭着慢慢朝他走去。后来，他用一只胳膊搂住了我的腰；我听见身后的房门关上了。我什么也不想看，我觉得听力也是多余的。我就这样固执地用胳膊挡着眼睛，尽管阿斯达利塔几次想把它拉开。我猜想他当时是想表现得像所有处在类似情况下的情人那样，也就是以令人难以觉察的进度使我慢慢地顺从他的意愿。但我那样固执地用胳膊挡着眼睛，迫使他变得非常粗鲁和迫不及待，也许他原来并不想这样。他让我坐在床边，亲昵地抚摸我，想方设法安抚我，以使我驯服，他把我推倒在枕头上，并且趴在我的身上。我腰部以下的整个下半身变得像铅块一样沉重，毫无知觉。靠强迫来完成非本人所愿的性交，是永远不会成功的。但是，当他再次气喘吁吁地趴在我的身上时，我几乎马上停止了哭泣，我把胳膊从脸上挪开，在黑暗中把眼睛睁得大大的。

我深信，阿斯达利塔在那种时刻是像一个男人爱一个女人那样爱着我，肯定比吉诺更爱我。我现在还记得，他当时以一种痉挛而又充满激情的动作在我的额头上和脸颊上摸了又摸，全身颤抖得很厉害，悄声对我诉说他的甜情蜜意。但我的双眼毫无感情地睁得大大的，酒醒之后，我的头脑突然变得清醒而思绪起伏。我任凭阿斯达利塔亲昵地抚摸我，任凭他对我絮絮私语，而我则顺着自己的思路想着。我似乎又看到了我那整理好的新房，里面的新家具我还未付清账目，想到此，我感到既痛苦又欣慰。我心里对自己说，现在再也没有任何东西能阻挡我结婚，干扰我过那种我梦寐以求的生活了。但与此同时，我觉得我的心灵已有一个无可挽回的变化，过去，我曾有过那么多新鲜而又天真烂漫的希望，而现在变成了一种新的决心和信心。我感到自己一下子变得那样坚强有力，尽管这种力量是那样惨然而缺乏爱情。

我终于说话了，这是我走进那个房间后说的第一句话："我们该回到那儿去了。"作为回答，他声音很低地问我："你生我的气吗？"

"没有。"

"你恨我吗？"

"不。"

"我真爱你。"他低声说道。他又开始疯了一样地胡乱地在我的脸颊和颈脖上吻个没完。我任他发泄完情欲，然后说道："好了，我们该回到那儿去了。"

"你说得对。"他回答道。他从我身上抬起了身子，我听见他在黑暗中开始穿衣服。我草草地整了整衣衫，站起来拉开了床头灯。在那昏黄的灯光下，闻着那空气不流通的屋子里的臭气和薰衣草散发出的芳香，在我眼前的是这样一间屋子：用白色小檩条支撑的低矮的天花顶棚，用法国糊墙纸裱糊的墙壁，还有笨重的老式家具。房间的一角有一个大理石洗脸池，上面放着两个脸盆、两个带着绿色玫瑰花卉图案的水杯，还有一面镶金边的大镜子。我走近洗脸池，用脸盆接了点水，把毛巾的一角沾湿，拭净阿斯达利塔吻我时被他擦掉了口红的嘴唇和哭红了的眼睛。在那背面已被划坏且生锈的镜子里，反照出一个我痛苦的形象，我心里充满怜悯和惊愕，看着自己直出神。待清醒过来后，我随手理了理头发，就转身对着阿斯达利塔。他一直在房门口等着我，见我收拾好后，就避免看我，背过身去打开了房门。我关上了灯，跟着他出来了。

我们受到了吉赛拉和里卡尔多的热烈欢迎，他们还是像刚才那样一副兴高采烈又无所谓的样子。刚才他们不理解我的痛苦，现在也不理解我这种新的平静。吉赛拉叫嚷道："不过，你真够天真烂漫的，你呀……你一直说不愿意不愿意的，但看起来，你很快就适应了……再说，要是你本来就喜欢他，那你就做对了……不过，你原来实在不必那样忸忸怩怩的。"

我看了看她，觉得这太不公正了，因为正是她迫使我让步，甚至抓住我的胳膊以便阿斯达利塔更好地吻我，而现在她反倒责怪起我原来忸怩作态来了。里卡尔多还算通情达理，他提醒她说："不过，吉赛拉，你自己可是前后不一致呀……原先你曾那样竭力促成……现在你又说她做得不对了。"

"当然，"吉赛拉严厉地反驳道，"要是她本来不愿意，那她就不该那样做了……譬如我，要是我不愿意，即使你用武力，我也不会就范……但她是愿意的，"她又用不满而又厌恶的眼神打量着我，补充道，"她愿意，就像……我在来维泰尔博的路上看见了他们在汽车上的情景……正因为如此，所以我说，她不该那样装模作样。"

我一声不吭，我真佩服她，她竟那样残酷，那样无情，而又那样不自知。阿斯达利塔又挨近了我，还滑稽可笑地想拉住我的一只手。我推开了他，走到桌子的另一端坐下。"你们瞧阿斯达利塔那样，"里卡尔多哈哈大笑地叫喊道，"好像他刚刚送葬回来似的。"

而实际上，阿斯达利塔在以他那忧郁的和受了侮辱的严肃神情，显示出他比别人更能理解我，尽管是以他的方式。"你们总爱开玩笑。"他提醒道。

"怎么，难道我们得哭吗？"吉赛拉大声说道，"现在你得耐心点儿了，就像刚才我们那样……每人都得有份。里卡尔多，我们走吧。"

"多多包涵。"里卡尔多站起身来。当时他喝醉了，这很明显，他自己也不知道要别人包涵什么。

"我们走吧，我们走吧。"

他们就这样走进那个屋里去了，留下我与阿斯达利塔单独在一起。我坐在桌子的一头，阿斯达利塔坐在桌子的另一头。一缕阳光从窗口照射进来，饭桌上杯盘狼藉，瓜皮果壳乱扔一气，还有喝剩一半的酒杯和油污的餐具。阿斯达利塔脸上的表情始终那样阴沉、忧郁，尽管阳光已照到他脸上。他的欲望得到了满足，但他看我的那种目不转睛的视线还是与我们初相遇时一样折磨人。此时，我对他产生了一种怜悯，虽然他对不起我，我很清楚，他在占有我之前是很不愉快的，而现在他占有了我，仍然很不愉快。原来他为了占有我而感到痛苦，现在他仍然很痛苦，因为我没有回报他的爱。不过，怜悯是爱情的死敌。要是我曾恨过他，也许他还能盼望我有朝一日能爱他。但我不恨他，就像我说过的那样，我只是怜悯他，我觉得，我对于他只能有一种使人难以接近的冷漠和厌恶的感情。

我们在充满阳光的房间里默默地坐了很长时间，等着吉赛拉和里卡尔多出来。阿斯达利塔一支又一支地不间断地抽着烟，用快抽完的烟头点燃下一支。即使抽着烟，他也对着我看，我透过四周缭绕升腾的烟霭，从他的视线里猜出他似乎想说什么而又不敢说。我跷着二郎腿坐在桌旁，当时，我的全部愿望都集中在一点上：马上离开此地。我不觉得累，也不觉得羞耻。我只想单独一人待着，好好想想已发生了的一切。由于我迫不及待地想走，就傻呆呆地只注意那些无聊的琐事：阿斯达利塔领带上的那颗珍珠，墙纸上的图案，酒杯口沿爬着的一只苍蝇，我吃面条时不小心沾在衬衣上的西红柿酱汁；我为自己不能想点正经事而感到恼火。但这些无关紧要的琐事解了我的围，因为阿斯达利塔在长时间的沉默后，终于不那么胆怯了，他像被人掐着嗓子似的问我："你在想什么呢？"我稍事考虑之后，天真地回答道："我的一个指甲断了，刚才我正在问我自己是何时何地把它弄断的。"我真的是在这样想，但他的脸上现出痛苦和怀疑的神情，而从此以后，他似乎决定不再跟我说话了。

后来，吉赛拉和里卡尔多终于急匆匆地出来了，但他们还像原来那样快活和若无其事。他们看到我们那样严肃地一言不发，感到很诧异；不过，时候已经不早了，对他们来说，跟阿斯达利塔不同的是，爱情有一种能使他们变平静的效果。吉赛拉又变得对我那样亲切，不像刚才那样冲动和残酷无情；我似乎觉得，那天对于吉赛拉来说，那种讹诈为她与里卡尔多之间淡而无味的关系增添了一种新的色情的趣味。在楼梯上，她用一只手臂搂着我的腰，低声地对我说道："你干吗总板着个脸？……要是你担心吉诺会对你怎么样，这你尽管放心……我与里卡尔多绝不会对任何人说的。"

"我累了。"我说谎道。我是不会怨恨别人的，她那只胳膊在我腰间一搭，就足以消除我的怨恨了。

"我也累了，"她回答道，"脸上吹了一路的风。"过了一会儿，当男人们先朝汽车走去时，她停在饭馆的门槛上："你不会因为今天发生的事而生我的气吧？"

"哪儿能啊，"我回答道，"与你有何相干？"就这样，她不仅从她设下的圈套中得到她所期待的各种满足，还肯定地得知我并不记恨她。我对她太了解了。正因为如此，为了消除她的一切疑虑，我显得对她特别亲热，我生怕她知道我看透了她了，那样她会很生气。我转向她，吻了她的脸并说道："我干吗要跟你过意不去呢？你一直认为我应该放弃吉诺，应该跟阿斯达利塔在一起。"

"正是这样，"她加重语气赞同地说，"我现在还是这样想……但你不这样想，我怕你永远不会原谅我。"

她似乎十分焦虑不安。由于一种奇怪的传染性，我显得比她更加焦虑不安，我生怕她猜透我真实的想法。

"看得出来，你不了解我，"我天真地回答道，"我知道你希望我离开吉诺，因为你是为我好，我为吉诺不惜牺牲自己的利益，你为此而感到遗憾。"我最后又撒了个谎说："也许，你是有道理的。"

她感到放心以后，就挽着我的胳膊用一种亲切而又平静的口气对我说："你应该理解我的用心……你或者跟阿斯达利塔，或者跟另外一个什么人……但不要跟吉诺……你知道，看着像你这样漂亮的姑娘给如此糟蹋，我心里有多难受……你去问里卡尔多……我整天跟他谈你的事……"此时她与我说话时的神态同往常一样，没有任何畏惧心理。无论她说什么，我都表示赞同。我们就这样走到了小汽车那儿。我们各自坐在来时的位置上，车子出发了。

在回来的路上，我们四个人谁也不说话。阿斯达利塔还是看着我，尽管目光中屈辱的成分多于欲望；但这一回，他的视线不再使我局促不安了，跟来的路上一样，我没有与他说话的愿望，也不想对他有什么热情的表示。我愉快地呼吸着从打开的车窗迎面吹来的清新空气，看着标志公里数的一块块界石，机械地计算着到罗马的距离。但我忽然又感到阿斯达利塔的手在轻轻地抚摸着我的手，我发现他是想把什么东西塞在我的手心里，像是一张纸。我感到惊讶，我想他大概是因为没有勇气与我说话，想求助于字条向我传递信息。但后来我低下眼睛一看，只见是一张折成四折的钞票。

他盯着我看，想让我用手指抓住钞票，我当时真想把钱冲着他的脸扔过去。但同时，我发现自己这样做也只是出于一种模仿，做做样子而已，而心灵深处并不是真的想那样做。此时，我有一种颇使自己感到诧异的感情，以往每次我从男人手里接过钱，都没有如此明显而又强烈地感受过这种感情：一种同谋共犯的感情和色情上的默契，而刚才在饭馆的房间里时，无论他怎样亲昵地抚摸我，都不能唤起我这样的情感。可以说，这是一种无可奈何的从属于他人的感情，仅这一次就揭示了我性格中原先自己并不了解的另一个侧面。当然，我知道我应该拒绝那些钱；但同时我又感到自己又很想要那些钱。这并不是出于贪婪，而是因为这笔钱在我的心灵里唤起了我新的快乐。

虽然我已打算接受他的钱，但还是做了拒绝拿钱的动作，这动作也是下意识的，并没有权衡过。阿斯达利塔始终看着我，坚持要我把钱收下，于是我把那张钞票从右手放到左手上。我有一种奇异的激动心理，脸上火辣辣的，呼吸急促。要是阿斯达利塔能猜到我那时的思想感情的话，也许会觉得我爱上他了。现在事情就是这样，仅仅是钱，仅仅是他给钱的方式和动机就强烈地攫住了我的心灵。阿斯达利塔拉住了我的手，把它放在他的嘴唇上，我让他亲吻了一下，然后就把手缩了回来。此后，在回到罗马以前，我们一直没有再对视过。

到了罗马城里，我们几乎像逃跑似的匆匆地相互告别，好像我们每个人心里都明白犯了一桩大罪，恨不得能马上躲起来。而事实上，那天我们都有了某种类似犯罪的行为：里卡尔多是出于愚昧，吉赛拉是出于嫉妒，阿斯达利塔是出于淫欲，而我则是由于缺乏经验。吉赛拉约我第二天去做模特，里卡尔多祝我晚安，阿斯达利塔不知该对我说什么，只是默默地握了握我的手，神情严肃而又慌乱。他们一直陪我到家。尽管我很疲劳，心里很内疚，但我记得，在我家的大门口，我从漂亮的汽车里下来时，也是铁路员工的一家邻居正从一扇窗子看着我们，我的心灵深处一种感到满足的虚荣心不经油然而生。

我走进自己的房间，关上门第一件事就是看那给我的钱。我发现那不是一张钞票，而是三张一千里拉的钞票。我坐在床边，一刹那间，我似乎感到自己是个幸福的人。那些钱不仅足够付清我购买家具的几笔欠款，还可以添置一些我需要的其他物品。我从未有过那么多的钱，那几张钞票我摸了又摸，看了又看。由于家境贫困，看着那些钱，我不仅高兴，而且觉得难以置信。我像以前看着我买来的家具那样，久久地看着那几张钞票，以使自己最后确信那些钱真是属于我的。

第五章

　　那天夜里长时间的酣睡几乎使我忘却了维泰尔博的风流韵事，至少我是这样感觉的。第二天，我醒来后很平静，决心像以往那样坚定地为过一种正常的家庭生活而努力。那天早上，我见到了吉赛拉，也许是因为内疚，更可能是出于谨慎，她没再提那次去游玩的事，为此我很感激她。但我一想到与吉诺下一次的会面，心里就很忧虑。虽然我深信自己并没有什么过错，但一想到得对他撒谎，心里就不痛快，而且我没有把握能做到，因为那将是我第一次对他说谎，在此以前我对他一向是坦诚的。我曾背着他一再与吉赛拉见面，这是真的；但那样偷着见面是情有可原的，我从来不认为那是一种欺骗，最多只能算是一种权宜之计，是他对吉赛拉毫无道理的厌恶和反感逼得我不得不采取那种办法。

　　我是那样地忧虑，以致那天我们一见面，我就差点没哭出来，差点把一切都告诉他，请求他的宽恕。去维泰尔博游玩一事使我精神负担很重，我恨不得向他倾诉一切以解除我的精神重压。要是换另一个人，不是吉诺，要是我知道他不是那样嫉妒的话，我肯定会全对他说了的，然后，我将感受到他对我的保护，将有一种比爱情本身更强有力的东西把我与他紧紧地联结在一起。跟往常一样，我们一大早就坐小汽车出去了，车子还是停在近郊的那条林荫大道上。他注意到了我那很不自在的样子，问我道："你怎么啦？"

我想："现在我全说出来算了……哪怕他把我推出汽车，我步行走回罗马也认了。"但我没勇气这样做，反过来我问他："你爱我是吗？"

"这还用问吗？"他回答说。

"你永远爱我？"我又眼里满含泪水地问道。

"永远。"

"我们很快就结婚吗？"

对我这样的追问，他似乎感到不耐烦了。"我以名誉担保，"他说，"我认为你这是信不过我……我们不是已经决定了复活节结婚吗？"

"对……这是真的。"

"我不是给你钱去添置家当了吗？"

"是的。"

"那么……我敢打赌，这一定是你妈妈导演的戏。"

"不，不，这跟妈妈不相干，"我惊惶地回答道，"你说……我们今后将在一起生活吗？"

"这很明白。"

"我们会幸福吗？"

"这得看我们了。"

"我们将生活在一起吗？"我重又问道，我无法摆脱那忧惧的阴影。

"哎呀……你不是已经问过了吗？我不是已经回答你了吗？"

"请原谅我，"我对他说，"但有时候我总觉得不太可能。"我再也克制不住自己，哭了起来。他对我落泪感到惊异，心烦意躁，脸上似乎有一种充满内疚的不安神情，对此，在很长时间以后，我才明白其中的原因。"得了，得了，"他说道，"干吗哭呢？"

实际上，我是因为不能把发生的事情告诉他而感到痛苦和忧虑才哭的，才以此来排解因内疚而产生的心理重压。我之所以哭，还因为我深为自己配不上他而感到委屈，我觉得他是那样善良和完美。"你说得对，"我终于勉强地说道，"我是个傻瓜。"

"我不是说这个……但我不觉得有什么值得哭的。"

但那始终是我心灵上的一个沉重的负担。就在那天下午，我离开吉诺后就去教堂忏悔了。我差不多有一年没有忏悔了：在这将近一年的时间里，我总想我会来忏悔的，这对我来说已经不错了。在我与吉诺第一次亲吻后，我就没再忏悔过。我意识到，依宗教的观点来看，我与吉诺的关系是一种罪孽，但我知道我们是要结婚的，所以我并不感到内疚，我想在举行婚礼之前请求来一次总赦罪。

我到了市中心的一座小教堂，教堂位于一家影院和一家袜店的橱窗之间。教堂里除了大祭坛和供圣母像的小教堂有亮光外，几乎是一片漆黑。那个教堂又脏又破：草编的椅子横七竖八地乱放一气，是信徒们祈祷完毕时弄成那样子的，使人感觉他们像是开完某个烦人的会议巴不得赶紧松口气，而不是刚刚做完了弥撒。

从教堂顶部的玻璃天窗透进一缕微弱的光线，照射出地板上的尘埃和圆柱上泥灰脱落后露出的白色斑痕，表层用黄色和各种颜色的灰泥抹成的圆柱像是大理石制作的。无数做成心形的银质许愿物一层层悬挂在墙壁上，看上去像个冷冷清清的出售小摆设的商店，但空气中弥漫着的那种焚香味在我的脑海里勾起了童年的愉快回忆。于是，我觉得自己是在一个熟悉可亲的地方。虽然我是第一次进来，但觉得像是常来这里似的。

不过，在忏悔之前，我想先去旁边那个小教堂看看，刚才进来时见那儿有一尊圣母玛利亚的塑像。妈妈常说我脸长得端正，又有一对温柔乌黑的大眼睛，很像圣母玛利亚。我一向非常喜欢圣母玛利亚，因为她怀里抱着一个小男孩，还因为这个小男孩长大成人后被人杀害了。是她把这个男孩送到这个世界上来的，她像待亲生儿子一样爱这个孩子，后来看着自己的儿子被钉在十字架上时，她悲痛欲绝。我常常想，圣母玛利亚经受过那么多的痛苦，唯有她能理解我的痛苦，我从小只愿意向她祈祷，因为唯有她能理解我。此外，我之所以那么喜欢圣母玛利亚，还因为她与妈妈如此不同，她是那样安详和平静，身上穿得那么华贵，她的双眼总是亲切地看着我；我觉得她才是我真正的母亲，她不像妈妈那样老是高声大嗓，而且总是气急败坏，穿得又难看。

于是我在圣母像前跪了下来，用手捂着脸，低着头，单独对圣母玛利亚做了一次很长的祈祷，请求她饶恕我的所作所为，祈求她保佑我，保佑妈妈和吉诺。后来，我想到，我不应该怨恨任何人，我又祈求圣母也保佑吉赛拉，她是出于嫉妒才把我引入歧途的，也保佑里卡尔多，他是由于愚昧而附和吉赛拉的，最后我还祈求圣母保佑阿斯达利塔。我为阿斯达利塔祈祷的时间比别人都长，那是因为我曾厌恶过他，我这样做，是想消除对他的憎恨，像爱那几个人那样爱他，宽恕他，并完全忘却他对我的伤害。祈祷完后，我热泪盈眶。我抬起双眼望着祭台上的圣母玛利亚塑像，眼泪像一层薄薄的轻纱，塑像变得模糊了，好像在水底下摇曳着，塑像四周的烛光交相辉映，形成了无数金色的光斑，看起来很柔美，同时又使人感到惆怅，就像天上的星星那样，有时候明知它们离得很远，却还想去摸它们。我就这样久久地望着圣母玛利亚，却像没有看见她似的。后来，在一阵悲伤之下，眼泪夺眶而出，掉落在我的脸颊上，我见怀里抱着婴儿的圣母玛利亚在看着我，烛光映照着她的脸。我觉得她是以宽恕和同情的神态在看着我，我从心里感激她，我站起身来，心里感到踏实了以后，才去忏悔。

忏悔室都空着。正当我徘徊着寻找一位神父之际，有一个人从大祭台左边的一道小门里走了出来，只见他在祭台前跪下在胸前画了个十字，然后就朝另一边走去。他是个修士，我不清楚他是哪个等级的圣职人员，我鼓起了勇气小声地叫他。他转过身来很快向我迎面走来。当他走到我跟前时，我看清了他。他还年轻，个子高高的，体格健壮，脸色红润，精神饱满，颇有男子汉的气概，长有稀疏的金黄色的络腮胡子，有一对天蓝色的眼睛和白皙的高额头。我情不自禁地想，真是个美男子，不仅在教堂里难得碰见，在外面也少有，我很愿意向他忏悔。我低声地对他表达了自己的愿望，他微微点头示意我跟随他走，便带着我朝一个忏悔室走去。

他走进了神父倾听忏悔的隔间，我走到木栅栏格前面跪下。一块钉在忏悔室上面的搪瓷小牌子上写着神父厄里亚的名字；我很喜欢这个名字，它令我信赖。我跪在那里，他简短地做了祈祷，然后便问我："你是否很长时间没忏悔了？"

"快一年了。"我回答说。

"时间很长了……太长了……为什么呢？"

我注意到他的意大利语讲得不地道，像法国人那样，把卷舌音r发成了小舌音，法国口音很重，从他所犯的两三处错误中，我明白了他就是个法国人。对此，我也很高兴，也许是因为一个人在采取某个自认为相当重要的行动时，任何一件非同寻常的事情都预示着一种好兆头。

我对他解释道，他听完我要对他述说的事情，就可以了解我很久没有做忏悔的原因。他沉默片刻，就问我有什么要忏悔的。于是我激动而又坦诚地对他详述了我与吉诺的关系、与吉赛拉的友谊，还谈到了去维泰尔博游玩一事和阿斯达利塔对我的讹诈。我一边在说，一边却不由自主地问自己，我对他如此推心置腹，不知会有什么样的后果？他不同于其他的神父，外貌非同一般，像是上流社会的人。我不禁好奇，他是出于什么原因当的神父呢？说来也怪，刚才我向圣母玛利亚祈祷时心情格外地激动，而后来又对接受我忏悔的神父产生了好奇心；但我认为，这种好奇与那种激动的心情之间是没有矛盾的，它们都来自我的内心，而在我的内心深处，虔诚、风骚、痛苦和淫欲都错综复杂地交织在一起。

尽管像我说过的那样，我对他有过担心，但我说着说着，精神上轻松些了，恨不得再多说些，把一切都说出来以期得到宽恕。我如释重负，感到自己从一直压抑着我的沉重的忧郁的心情中解脱了出来，犹如一朵在闷热中快窒息的鲜花，终于获得雨露滋润一样。我开始说话时很吃力，也很犹豫，后来就越说越流畅了，忏悔到最后，我一片诚挚，并充满着希望。我无一遗漏地全忏悔了，连阿斯达利塔怎样给了我钱和钱在我思想上激起的涟漪，以及打算怎样使用这笔钱都说了。他听我忏悔时，不加任何评论；等我说完之后，他说："为了怕人家解除婚约，为了避免你考虑到的那种损失，结果你的所为却给自己带来了更大乃至数千倍的损失……"

"是的，真是这样。"我全身颤抖着说，我高兴他能那样体贴入微地开启我的心灵之窗。

"实际上，"他好像在对自己说话似的，"与你的婚约毫不相干……你委身于那个男人，无异于屈从他贪婪的情欲冲动。"

"是的，是的……"

"你宁可不结婚，也不能干出那种事。"

"是的，我也是这样想的。"

"光这样想还不行……现在你快要结婚了，这的确是真的，但你付出的是什么样的代价呀？你再也不能当一个好妻子了。"

他说话时的无情和坚定，深深地打动了我的心。我极为痛苦地大声喊道："啊，这不会的……对我来说，好像什么也没发生过一样……我肯定，我会是个好妻子的。"

我的诚挚似乎使他很高兴。他久久地一言不发，然后以一种更温和的声音说道："你真的后悔了？"

"真的。"我爽快地说道。我突然想到他可能会叫我把钱还给阿斯达利塔；虽然一想到要还钱，心里先是不高兴，但这是我所欣赏的并以一种非凡的方式影响了我的人嘱咐我的，我想我会愉快地服从。但他没有提钱的事，而是继续用那种冷淡的疏远的声音说下去，他那外国口音使他说话的声音变得格外亲切："现在你应该尽快结婚……你应该正常地生活……你得提醒你的未婚夫，你们的关系不能这样继续下去了。"

"我已经跟他说了。"

"那他说什么？"

一想到他这样一个金黄色头发的漂亮男子从阴暗的忏悔室里向我提这样的问题，我不禁微微一笑。我搪塞地回答道："他说我们复活节结婚。"

"那就好，"他考虑片刻后说道，我觉得他这次说话的口吻完全不像个神父，倒像个上流社会的男子，他彬彬有礼，但同时又对过问我的事而感到有些厌烦了，"但愿你能很快就结婚……复活节还早着呢……"

"我们不能再早……我得准备嫁妆……他得回家乡同他父母去谈此事。"

"不管怎样，"他继续说道，"你得尽快结婚……在结婚以前，你必须中止与你未婚夫的性关系……你懂吗？"

"我懂，我会这样做的。"

"你能做得到吗？"他又以怀疑的口吻说道，"无论如何，你得用祈祷来抵御一切诱惑……你尽可能多地祈祷吧。"

"好的……我会祈祷的。"

"至于那另一个男人，"他接着说道，"你不应该再与他见面了，不管是出于什么原因……这对你来说不难做到，因为你不爱他……要是他坚持来找你的话，你就把他撵走。"

我回答说，我一定会这样做的；他另外又嘱咐了我几句话，口气还是那样冷淡而又有些言不尽意，但听起来很悦耳，因为他说话带着那种外国腔调，斯文而有礼貌，他还关照我每天都得做祷告以悔罪赎过。他就这样赦免了我的罪。但在我离开教堂之前，他要我与他一起背诵了一段《天主经》。我欣然接受了，因为我实在不想离开他，我听不够他的声音。他领着我诵念："上主，我们的主。"

我重复道："上主，我们的主。"

"望你降福于世人。"

"望你降福于世人。"

"愿你的意志在上天和人间都能如愿。"

"愿你的意志在上天和人间都能如愿。"

"请赐予我们每天的食粮。"

"请赐予我们每天的食粮。"

"主赦免我们的债务，就像我们免去债务人欠我们的一样。"

"主赦免我们的债务，就像我们免去债务人欠我们的一样。"

"主保佑我们不受诱惑，使我们摆脱罪恶。"

"主保佑我们不受诱惑，使我们摆脱罪恶。"

"愿上主保佑。"

"愿上主保佑。"

我把祷词全部复述一遍，是为了重温一下当时我与他一起背诵时的心情。我好像还是个小孩子似的，还要他一句句地亲自带着我诵念。不过，当时我想着阿斯达利塔给我的钱，神父没有吩咐我把钱还给阿斯达利塔，对此我有些失望。说真的，我真希望他能这样命令我，因为我想用实际行动来证明我的愿望、我的从命和我的悔悟，我很想为他做出某种真正的牺牲。祈祷完毕后，我站起身来，他也从忏悔室出来，像是要走的样子，看也不看我，只是点头示意与我告别。于是，我未加考虑就不由自主地拉住了他的袖子。他站住了，用他那明亮、冷漠而又安详的目光看着我。

我觉得他漂亮极了，我脑子里产生了许多莫名其妙的念头。我想，我会爱上他的，并考虑着我该怎么让他知道我爱他。但我的良知却同时警告我说，这是在教堂里，他是个神父，而且是听我做忏悔的。所有这些想法和思绪都一股脑儿地同时向我袭来，我的心灵受到了极大的震动，一时我连话都说不出来了。他稍稍地等了我一会儿之后，问我："你还有什么事要对我说吗？"

"我想知道，"我说，"我是否应该把钱还给那个男人。"

他很快扫视了我一眼，目光是那样直截了当而又尖锐，像是看透了我心灵最深处似的，然后他简洁地说道："你确实需要这笔钱吗？"

"是的。"

"那你可以不还他……但你的行动无论如何要对得起你的良心。"

他说这些话时口气很异样，似乎是说我们的见面早该结束了。我结结巴巴地说道："谢谢。"脸上没一丝笑容，眼睛直盯着他看。那时，我真的晕头转向了，我几乎希望他用某种方式，哪怕是一种示意或一句话，能使我明白他对我不是无动于衷的。他肯定明白我那目光的含义，他的脸上掠过一丝略显惊异的神色。他微微点头，表示告别，然后转身走开了，只剩下我一人心慌意乱、局促不安地待在忏悔室旁。

我没对妈妈说起我忏悔的事，去维泰尔博游玩的事我也瞒着她。实际上我知道，她对神父和宗教的看法是很明确的。她常说那都是些冠冕堂皇的事，而有钱人依旧有钱，穷人照样受穷。"看来，有钱人比我们更会祈祷。"她说。她对宗教的看法与对家庭和婚姻的看法是一致的：尽管她从前是个虔诚的教徒，她笃信教义，但一切都不如她所愿，所以她就再也不信教了。有一次我对她说，我们来世会得到好报的，而她却冲我大发脾气，她说要马上就得到好报，在今世就要得到好报，若是不能及时得到好报，那一切都是谎言。不过，我是从她那里接受的宗教教育，这我已经说过，因为她从前也是信教的。只是在最近几年，厄运和逆境使她变得尖刻而无情，使她改变了想法。

第二天早上，我与吉诺上了汽车之后，他对我说，他的主人已经外出，说我们可以有几天在别墅里会面。我先是感到十分高兴，我已说过，我喜欢做爱，我喜欢与吉诺做爱。但我马上想起了我对听我忏悔的神父所做过的许诺，于是我说道："不，不行。"

"为什么？"

"因为不行。"

"那好吧，"他忍耐着叹了口气说道，"那么就明天吧……"

"不……明天也不行……永远不行。"

"啊，永远不行，"他假装惊异的样子低声重复道，"啊，当真如此？……永远也不行……你至少得给我解释一下。"

他脸上充满猜疑和嫉妒的神情。"吉诺，"我急忙说道，"我爱你，而且我从来没有像现在这样爱你……但正因为我爱你……我决定在我们结婚之前……我们两人之间最好不要有任何这方面的事……我指的是性关系。"

"噢，是这么回事，"他居心叵测地说道，"你是怕我不再想与你结婚了，是不是？"

"不……我肯定你会跟我结婚的……要是我怕这个，我就不筹备婚事了，我就不会把妈妈一辈子的积蓄都花了。"

"唔，你母亲这几个钱，你总是耿耿于怀地叨叨个没完。"他说。他变得十分令人厌恶，我简直都认不得他了。"那么，究竟是为什么呢？"

"我去忏悔了，听我忏悔的神父嘱咐我，在结婚之前不要再与你发生关系。"

他做了一个表示扫兴的动作，还非常感慨地冒出一句亵渎神明的话："那个神父有什么权力插手我们的事？"

我不想说什么。他坚持要我表态："你说说，为什么你不说话呀？"

"我没什么要说的了。"

他大概意识到我已拿定主意，因为他突然改变了态度，他说："那好吧……就这样……那你愿意我陪你进城吗？"

"随你便。"

应该说这是他第一次显得那样可恶，那样不礼貌。第二天，他似乎平静了下来，显得与平时一样亲切、热情而礼貌。我们像往常一样天天见面，但我们只在一起说说话，不再发生关系。尽管他出于自尊不主动要求与我接吻，我还是不时地吻他一下。

那时我觉得，吻吻他算不上什么罪过，况且我们都已订了婚，很快就要结婚了。现在回想起来，在那些日子里，吉诺之所以那样痛快地扮演一个尊重恋人的未婚夫的角色，是因为他希望逐步使我们的关系冷淡下来，让我不知不觉地疏远他。这样的事几乎是天天发生的，订了婚的姑娘们经历了漫长而耗精费神的备婚阶段，又稀里糊涂地自由了，只可惜大好的青春时光一去不复返。听我忏悔的那位神父的忠告，使我无意中向他提供了疏远我们之间关系的借口。他的性格懦弱又自私，而且他从我们的关系中享受到的欢乐远远超过了他想抛弃我的愿望，所以他自己是绝对没有勇气那样做的。神父的干预使他能采取一种表面看来无私而实际却很虚伪的解决办法。

过了一段时间以后，他开始不那样频繁地与我见面了，我们不再天天见面，而是隔天相见。而且我发现，我们坐汽车出去游览的时间也越来越短了，我与他谈到结婚一事时，他也越来越心不在焉了。不过，我没起什么疑心，尽管我隐约地感到了他态度上的变化，但那只是一些感情上的微不足道的变化，他对我还是像往常那样亲切和热情。终于有一天，他显出一副忏悔的神情对我宣布，由于家里有事，我们的婚期得推迟到夏天以后。

"这使你感到遗憾吗？"他见我对此不做任何评论就追问我，而我只是迷惘而痛苦地看着前方。

"没有，没有，"我摇摇头说，"没关系……再等一等吧……况且，这样我就有时间准备嫁妆了。"

"这不是真心话……其实，你心里是很不高兴的。"真怪，他竟那么在意我对推迟婚期的反应。

"我说了我没有不高兴。"

"要是你没有不高兴，那就是你真的不爱我了，说穿了吧，也许，即使我们不结婚，你也不在乎。"

"你别这样说，"我惊恐地说道，"对我来说，那简直是太可怕了……我连想都不敢想。"

他脸上显出的那种神情，我当时不理解。实际上，他是想试探一下我对他究竟眷恋到什么程度，他发现我还如此强烈地依恋着他，感到很扫兴。

婚期的推迟，虽然还不足以引起我对他的猜疑，却印证了妈妈和吉赛拉以前的论断。妈妈对此事没有立即发表什么评论，以往她有时候也这样（她这样的态度令人奇怪，因为她性格暴躁而又冲动）。但有一天晚上，她像平时那样一声不吭地站着陪我吃饭，我不知怎么提到了婚事，她便说道："你知道，在我们这一辈人里，像你这样一直期待着结婚而始终又结不了婚的姑娘，人们叫她们什么吗？"

我脸色煞白，神情紧张："叫什么？"

"被晾起来的姑娘，"妈妈平静地说道，"他把你像吃剩下的肉一样晾起来……肉老是晾着，有时候就变坏了，于是就得扔掉。"

我恼怒极了，说道："事情不是这样的……何况这才是第一次推迟婚期……而且只推迟几个月……你是与吉诺过不去，这是真的，因为他是个开车的，不是一个阔佬。"

"我没有跟谁过不去。"

"是的，你是与他过不去……因为你为布置我们的房间花了钱了……但你不用害怕。"

"我的女儿……爱情使你变傻了。"

"你不用害怕，"我说，"因为剩下的几笔分期付款由他来偿还……你已经付了的钱我们会还给你的……你瞧……"我当时激动万分，打开了手提包，把阿斯达利塔给我的几张钞票拿给她看。

"这就是他的钱，"我继续说道，越说越兴奋，不觉得自己是在说谎

108

话，好像自己说的都是真的一样，"这是他给我的钱……以后他还会给我的。"

她两眼直盯着钱看，脸上有某种悔恨和失望之意，使我深感内疚。这是我很长时间来第一次对她这样不好；再说我明知自己是在撒谎，那钱根本不是吉诺给的。妈妈一声不吭地收拾完桌子，端走碗碟出去了。我越想越窝火，就站起身也到厨房去了。我站在她背后，看着她微躬着双肩，低着脑袋，在水槽龙头前专心致志地洗刷碗碟，然后又将它们一一放在大理石台面上晾干。她那种样子激起我强烈的同情和怜悯。我突然感情冲动地用双臂勾住她的脖子，对她说道："原谅我刚才那样对你说话……我不是存心这样的……但你一说到吉诺，我就控制不住自己了。"

"行了，行了，你放开我。"她一面回答，一面假装挣脱我的拥抱。

"不过，你应该理解我，"我又激动地说道，"要是吉诺不娶我……那我要么自杀，要么去当妓女卖淫。"

吉赛拉知道我们婚期推迟的消息以后，反应与妈妈差不多。当时，我们在那间摆满家具的房间里，我穿得端端正正地坐在床边，她穿着睡衣正坐在梳妆台前打扮。她一直听我把话说完，其间没做任何评论，她扬扬得意地平静地说道："你瞧，原来我没说错吧？"

"为什么？"

"他不想与你结婚，也不会跟你结婚的……现在复活节早过了，然后是万神节……万神节以后，就是圣诞节……迟早有一天，你最终会识破他的真面目，你将主动离开他。"

我对她的这些话很恼火，也很生气。但我的怒气在妈妈身上早已发泄过了；何况，我懂得，我要是把我想的一切都说出来，那我就得中断与吉赛拉的关系，我可不愿意这样，且不说别的，就从她是我当时唯一的女朋友这一点来考虑，也不能这样做。我本想回答她说，她不愿意我结婚，是因为里卡尔多不会与她结婚，我真是那样想的。这是事实，但我要是这样说出来就未免太刻薄了。我觉得我不该伤吉赛拉的心，她无非是在跟我谈到吉诺时，有那么一种不怀好意的嫉妒和羡慕罢了，也许她并非有意如此。于是，我只是回答道："我们不谈这个了……好吗？反正我结不结婚与你无关……我不想再谈结婚的事了。"

她突然从梳妆台旁站起来，走近我，并挨着我坐在床上。"怎么跟我无关？"她强烈地反驳道。而后，她搂住我的腰说："看你让人这样牵着鼻子走，我心里很难受。"

"我没让人牵着鼻子走。"我低声说道。

"我希望能看到你幸福。"她接着说道。她沉默了片刻，然后，好像突然想起什么似的，说道："哦，对了……阿斯达利塔几次三番来找我，他还想见你……他说没有你，他活不下去……他真的爱上你了……你愿意约个时间吗？"

"请你以后别再提起阿斯达利塔了。"我回答说。

"他明白那天他在维泰尔博表现得不好，"她接着说道，"但实际上，他那样做是因为爱你……他随时可以弥补过失。"

"唯一的弥补办法就是不要再让我见到他。"我说道。

"算了，算了……不管怎样，他是个正经人，他真心爱你……他说无论如何他还想见你，跟你说话……为什么你们不能在一家咖啡馆见见面？我也可以一起。"

"不，"我坚定地说，"我不想见他。"

"你会后悔的。"

"你去跟阿斯达利塔好了。"

"我可以马上去跟他，我亲爱的……他是个慷慨的男人，他不在乎钱……但他要的是你，他对你简直着了迷了。"

"是的，但我不愿意跟他。"

她还是一个劲儿地帮阿斯达利塔说情，但我不听她那一套。当时我一心想的是结婚成家，我打定主意不被花言巧语和金钱所诱惑。我甚至忘却了当阿斯达利塔在从维泰尔博回来的路上强行把钱塞到我手里时，我心灵中曾出现过的那一瞬间的欢乐。事情往往是这样的，正因为我生怕妈妈和吉赛拉说得有理，生怕由于某种原因婚事难成，我就更强烈地死抱着结婚的希望不放。

第六章

与此同时，我把购置家具的钱款都付清了，为了再多挣些钱，为了再添置一些嫁妆，我拼命地工作。上午我去画室当模特，下午与妈妈一起关在大屋子里做活计，我一直工作到深夜。她坐在窗下蹬缝纫机，我坐在离她不远的桌子旁用手缝制。妈妈教会了我缝制内衣的本事，我总是缝得又快又好。总有那么多的锁眼和扣眼要缝制和加固，另外，每件衬衣都得绣上姓名的首字母，我绣得特别好，又清晰又结实，好像镶嵌在衣料上似的。我们专门缝制男式衬衣，但有时候也碰上几件女式衬衣、女式连衫裤或内裤，不过样式很一般，因为妈妈不会精工细作，况且那些会定做衣服的太太也不会找我妈妈。我一面缝制衣服，一面想自己的心事，我想到了吉诺，想到了与他的婚事，想到了那次维泰尔博的游玩，还想到了妈妈，想到了我的生活，我东想西想，时间过得特别快。但我始终不知道妈妈在想什么；她肯定是在想什么的，因为她在蹬缝纫机时，显得那样烦躁，我要是跟她说话，她多半没有好气。傍晚，天一黑，我就站起来掸掉身上的线头，穿上最好看的衣服，出门去找吉赛拉，要是吉诺有空，就去找吉诺。现在我常问我自己，当时我是否幸福。从某种意义上来说，我是幸福的，因为当时我强烈渴望的只有结婚一事，而且我认为那是一件即将实现的事。后来，我懂得了一个人失去了希望才是最不幸的；到那时，即使经济条件宽裕也是枉然，因为不再需要什么了。

那段时间里，我不止一次发现阿斯达利塔在街上跟踪我。往往是在我清早去画室的路上。他总是躲在马路对面的城墙凹处，等着我出门。他从不穿马路过来，当我紧挨着临街的房子急匆匆地朝广场走去时，他只是在马路对面沿着墙根慢慢地尾随着我。我想他是在注视着我，好像觉得这样就足够了——热恋中的男子就是这个样子的。当我走到广场，他就到无轨电车站台上待着，正好对着我等车的站台；但只要我把目光投到他的身上，他就马上慌了神，假装向着大街张望，看无轨电车是否来了。面对一种这样的爱，没有哪一个女人会无动于衷。我虽然已打定主意不再理他，但有时候，我对他有一种同情和怜悯。随后，不是吉诺先来，就是电车先到，每天情况不一；我上吉诺的汽车或者乘无轨电车，而阿斯达利塔则呆立在站台上目送我远离，慢慢地消失在他的视线之中。

一天晚上，我回家吃晚饭，当我走进大屋子时，看到阿斯达利塔站在那里，手里拿着帽子，身体靠着桌子，像是在跟妈妈聊天。我见他在我的家里，一想到他可能会对妈妈说些什么，好让妈妈帮他忙，原本对他的一切怜悯就完全消失了，我勃然大怒地问他："您到这里来干什么？"

他望着我，脸上又现出那种激动的神情，哆哆嗦嗦的，就像那次在去维泰尔博的路上他对我说他喜欢我时的表情一样。但这一次，他却连话也说不出来了。"这位先生说他认识你，"妈妈亲切地说道，"他是来看望你的……"她说话的口吻使我明白了，正如我所料，阿斯达利塔与我妈妈都说了，也许还给她钱了。"你走开，求你了。"我对妈妈说道。她被我那种骇人的声音吓呆了，于是悄悄地走去厨房了。"您待在这里干什么？……您给我滚。"我又说道。他看了看我，嘴唇似乎在动，但什么也没说出来。他吓得直翻白眼，我觉得他简直要昏厥了。"您给我滚，"我一面高声喊着，一面跺着脚，"要不然，我就去喊人来……我去叫一位住在楼下的朋友。"

后来，我多次思索，为什么阿斯达利塔当时没有再次讹诈我，没说要把维泰尔博的事告诉吉诺用以威胁我。当时他若是那样做，是会比第一次更可能成功的，因为他已得出结论，他第一次讹诈我，是因为渴望得到我，第二次他没再讹诈我，是因为他爱我。爱情从来不是一厢情愿的，阿斯达利塔既然爱我，他就该明白，他是无法征服我的，就像那天在维泰尔博那样，我在他面前就像个哑巴和毫无生气的死人。另外，这次我是豁出去了：要是吉诺爱我，他终究会理解我、原谅我的。我那种坚决的态度使阿斯达利塔懂得，再一次用讹诈的手段将是无济于事的。

我威胁说要喊人来，对此他不作任何回答。但是，他擦着桌沿拖着帽子快步朝门口走去。当他走到桌子尽头时，他又停住了脚步，低着脑袋沉思了片刻，似乎想说些什么；但当他抬起眼睛看我时，他翕动着嘴唇，似乎没有勇气说出来，只是默默地呆在那儿盯着我看。我觉得，这次他看的时间特别长。最后，他点头示意告辞，出去后还把门关上了。

我马上去厨房找妈妈，气势汹汹地问她："你对那个男人说了些什么？"

"我没说什么，"她很害怕，回答道，"他问我干什么活……他对我说，他也想让我替他做衬衣。"

"要是你去找他，我就杀了你。"我大声喊道。

她忧心忡忡地看了看我，回答道："谁去找他？……他完全可以找别人替他做衬衣的。"

"他没对你谈到我吗？"

"他问我你什么时候结婚。"

"你是怎样回答他的？"

"我说你十月份结婚。"

"他没有给你钱吗？"

"没有。为什么？"她装出惊讶的样子看着我，"他得给我钱？"

从她说话的口气可以推断，阿斯达利塔肯定给她钱了。我跑过去猛地抓住她的一只胳膊："你说实话……他给你钱了没有？"

"没有……他没给我什么。"

她把手插在围裙的衣兜里。我狂怒地一把抓住她的手腕，一张对折的钞票跟手一起从兜里跳了出来。尽管我还拽着她的手，她却躬下身子，贪婪又珍惜地把那张钞票捡了起来。我的怒气突然烟消云散，我想起了去维泰尔博游玩的那天，当阿斯达利塔塞给我钱时，曾在我心灵中激起过的那种不安和欢乐心情，我没有权利责备妈妈，因为她此时也有与我相同的感受，她同样也受钱的诱惑而让步。我要是什么也没问过她，或是根本没看见那张钞票该有多好！我用平淡的口气对她说："你看，他不是给你钱了吗？"我没再让她作任何解释就走出了厨房。晚餐时，她的几次暗示使我明白，她还想再谈谈阿斯达利塔和钱的事。但我岔开了话题，她也就不再提了。

第二天，吉赛拉来到我们常见面的咖啡馆，里卡尔多没跟着她。她刚坐下，就开门见山地对我说："今天我得对你谈一件非常重要的事。"

我满脸通红，似乎有一种预感。我有气无力地说："要是个坏消息，你就别说了。"

"既不是好消息，也不是坏消息，"她兴高采烈地回答说，"反正是个消息……我过去对你说过，阿斯达利塔是个什么样的人……"

"我不愿再听别人谈起阿斯达利塔。"

"但你得听着，别耍小孩子脾气……阿斯达利塔是一个重要的人物，是一个职位很高的人，这我已经对你说过……他是警察局保安部门的头面人物。"

听她这么一说，我打起点精神了，反正我又不是搞政治的。我强调道："阿斯达利塔是什么样的人与我无关，哪怕他是个部长……"

"嘿，瞧你多……"吉赛拉叹息道，"你别打断我，你听我说呀……阿斯达利塔告诉我，要你无论如何得去部里找他一下……他有话要对你说……但不是谈情说爱。"她见我已准备表示拒绝，就急忙补充道："他要跟你谈件十分重要的事……是跟你有关的。"

"跟我有关？"

"对……他是为你好……至少他是跟我这么说的。"

我曾多次拒绝阿斯达利塔，为什么这次我决定接受他的邀请了呢？连我自己也不知道。我没精打采地说道："好吧，我去找他。"

吉赛拉见我那样颓丧，感到很不安。她第一次发现我的脸色那么苍白，神色那么恐惧。"你怎么啦？"她问道，"因为他是保安部门的？但他不会与你过不去……你怕什么？他又不是要抓你……"

我站了起来，虽然感到很踌躇。"好吧，"我说道，"我去找他……那是哪里来着？"

"内务部……就在超级电影院对面……不过，你听我说……"

"几点钟去？"

"上午什么时候都行……不过，你听我说……"

"再见。"

那天夜里，我几乎彻夜不眠。我不明白，除了向我求爱，阿斯达利塔还要从我这里得到什么；但我有一种强烈的预感，觉得不会有什么好事。我推测着，既然他召我去部里找他，那一定多少是与保安局有关。我还知道，凡是有保安部门插手的事，多半没什么好事，所有的穷人都清楚这一点。我仔细反省了一下自己的行为和表现，最后我断定，阿斯达利塔是想利用他得到的有关吉诺的某些情报再次讹诈我。我不了解吉诺的生活，很可能他在政治上受到牵连了。我从来不过问政治，但我知道很多人不讨法西斯政府喜欢，像阿斯达利塔这样的人正是受命追捕这些政敌的，我还不至于愚蠢到连这也不懂。我设想着阿斯达利塔将怎样置我于进退两难的境地：要不，再次顺从他，要不，让吉诺蹲监狱。使我焦虑不安的是，我无论如何也不会屈从于阿斯达利塔，但我又不愿意让吉诺蹲监狱。想到这里，我对阿斯达利塔只有恨，一点也不可怜他了。他是个卑鄙无耻的人，他真该死，他该受到无情的惩罚。那天夜里，我想过很多种解决办法，脑海里还闪现过杀死阿斯达利塔的念头。不过，这说不上是什么办法，只是在不眠之夜产生的病态的幻想而已。实际上，幻想是永远不能变成客观而又坚定的决心的，但直到黎明之前，我始终抱有这样的幻想。我仿佛已把妈妈削土豆用的那把锋利的折叠刀放进手提包，我仿佛看到自己到了阿斯达利塔那里，听到我对自己下命令，我害怕极了，然后，我使出我全部的力气，用我那壮实的胳膊朝他的颈部猛扎一刀，那一刀就扎在他的耳朵和他那浆洗过的白色衬衣领子之间。我仿佛看到自己从他的房间出来，假装十分镇静，而后逃到吉赛拉或某个女朋友那里躲了起来。尽管我这样翻来覆去地想象着这些血淋淋的事，但我始终很清楚，自己是干不出这种事来的：我见到血就害怕，很怕做伤害别人的事；我生来就逆来顺受，做不出伤天害理的事。

将近黎明时分，我蒙蒙胧胧地入睡了，只睡了一小会儿，天就亮了。我起床后，照旧去与吉诺约会的地方。我们刚到那条近郊的林荫大道，还没说上几句话，我就竭力显得若无其事地问吉诺：

"你说说……你是不是搞过政治？"

"搞政治？……这是什么意思？"

"就是干什么反对政府的事。"

他像是已领会了似的看了看我，然后问道："你说，你觉得我是个傻瓜吗？"

"不是……不过……"

"你先说，你觉得我是不是个傻瓜？"

"不是，"我回答说，"你不是……不过……"

"那不就得了，"他最后又说，"你干吗要我过问政治呢？真见鬼。"

"我也说不清楚，很多次……"

"得了……谁要是对你暗示了什么，你就对他说，吉诺·莫里纳利不是个傻瓜。"

我在内务部附近溜达了足有一个小时，始终没能下决心进去，将近十一点了，我才去传达室打听阿斯达利塔。我先登上了宽敞的大理石楼梯，然后上了一段也不算窄的小楼梯，又穿过几条宽敞的走廊，而后我被带到了一间有三个门的接待室。以前我一听别人提警察局，脑海里就会浮现出街区警察分局那肮脏又狭小的办公室；所以，我见到阿斯达利塔的办公室那样豪华阔气，感到很惊讶。那间接待室是间很像样的客厅，有镶嵌拼花的地板，壁上挂着古画，就像在教堂里看到的那种；沿墙放着一排皮制的大靠背椅，中间放着一张大桌子。我被这样豪华的摆设吓住了，不由得想到吉赛拉说的是有道理的：阿斯达利塔是一个重要的人物。一件意想不到的事情向我证实了阿斯达利塔的这种重要性。我刚坐下来，接待室的一道门开了，从里面走出来一位漂亮的太太，她个子高高的，虽然已不年轻了，但她穿着的一身黑衣服显得很高雅，脸上蒙着一条薄薄的面纱，紧跟着后面出来的是阿斯达利塔。我站起身来，以为该轮到我了。但阿斯达利塔从远处对我做了个手势，像是告诉我，他已经看见我了，但还轮不到我。他继续与那位太太在门那儿说话。然后他一直陪她走到接待室中间，那位太太鞠了个躬，向他告辞，还吻了一下他的手，随后，阿斯达利塔又示意另一位跟我一起坐着等候的人进去。这是一位戴眼镜的老人，留着白色的小胡子，穿着黑色衣服，看上去像是个教授。阿斯达利塔一对他示意，他就立刻站起来，恭顺地气喘吁吁地朝阿斯达利塔走去。两人进了里间，我又独自一人等着。

使我更惊讶的是，这次在我面前短暂出现的阿斯达利塔，与我去维泰尔博游玩时认识的阿斯达利塔，简直判若两人。那回我见到他那样不自在，畏畏缩缩、沉默不语而又举措失度；可现在他是这样从容大度而有自制力，虽然有些谨言慎行，但充满一种让我难以言喻的优越感，显得既有权威又有分寸。他说话的声音也变了。那次游玩中，他跟我说话的声音是那么低沉，那么热切，像憋在嗓子眼儿里似的；而当他与那位戴面纱的太太说话时，声音却是那样清晰和冷淡，适度而平静。他像平时一样，穿着深灰色的衣服，高高的白色衣领像是把他的脑袋固定在那儿似的。这衣服，这领子，在那次游玩中我并没看出它们有什么特别的地方，可现在，它们与环境，与朴实庄重的家具，与那宽敞的客厅和那肃穆的气氛显得非常协调，像一套制服一样。我又想，吉赛拉说得对，他的确是个重要人物。以往他在我面前之所以那么不自在，总觉得低人一头，只能用爱情来解释。

这些思绪排除了我起初心头的烦恼，所以，几分钟之后，当门打开、老人出来时，我觉得自己相当平静。但这次，阿斯达利塔没再出现在门口传我进去。一阵铃声过后，一位传达员走进阿斯达利塔的办公室，随手关上了门，一会儿那人又出来走近我，低声地问了一下我的名字，说我可以进去了。我站起身，从容地走了进去。

阿斯达利塔办公的那个客厅比候客室略小一些。里面空荡荡的，一个角落里放着一张沙发和两把扶手椅，另一个角落里放着一张大桌子，阿斯达利塔就坐在桌子后。透过两扇窗的白色窗帘，寒风习习，没有阳光，令人感到寂寥和忧伤，使我不禁想起阿斯达利塔刚才与那位蒙着面纱的太太说话时的声音。地板上铺着柔软的大地毯，墙上挂着两三幅画。我还记得其中一幅画的是一片绿色的草地，地平线上是连绵不断的岩石和裸露的群山。

我已经说过了，阿斯达利塔就坐在那张大桌子后，当我进去时，他正在看一些文件材料，连眼皮也不曾抬一抬，至少是假装在看文件。我说他假装，因为我很快断定他完全是在演戏，目的是想吓唬我，让我感受到他的权威和他的重要性。事实上，当我靠近桌子时，他正专心致志地盯着看的那张纸上最多不超过三四行字，下面有潦草的签名。另外，他那只支撑着额头的手也在明显地抖动，两根手指夹着一支燃着的烟，显出他的局促不安。随着手的抖动，有少许烟灰撒落在那张他专注又矫揉造作地研究着的纸上。

我把两手放在桌沿上说："我来了。"

听到我的话，他像是听到一种信号，马上停止看文件，急忙站起来，走过来招呼我，拉着我的双手。但这一切都是在沉默无声中进行的，这与他竭力想保持的那种权威和从容自在的样子很不协调。说实在的，我马上明白了，我一说话就使他忘记了原来他准备扮演的角色了；他又无法抗拒地显出他那种窘困和不自在的老样子来。他吻我的手，先吻了一次，后来又吻了一次，他瞪着那双忧郁而贪婪的眼睛看着我，他想说话，但嘴唇抖动着，半响说不出话来。"你来啦。"他终于说出话来了，他那低沉的像是憋在嗓子眼里的声音，我是很熟悉的。

也许与他的态度正好相反，现在我倒是感到很自信。我说："是的，我来了……我真不该来的……您有什么要对我说吗？"

"来，你坐到这儿来。"他低声说道。他紧紧地抓住我的那只手不放，拉着我走到沙发那儿。我坐了下来；但他突然跪在我面前，用胳膊抱住我的双腿，用脑门顶着我的双膝。这一切都是在无声中进行的，他全身颤抖着。他的前额那么使劲地顶着我的双膝，压得我疼了，他那样长时间地一动不动，后来，他那秃顶的脑袋向上移动，像是要把脸靠在我的下腹部。于是我做出要站起来的动作，说道："您本来要对我说一件重要的事……您说吧……否则，我就走了。"

听我这么一说，他就费劲地站起来，坐在我身边，拉着我的手，轻声地说道："没什么事……我是想见到你。"我又做了要起身的动作，但他阻拦着我，并补充说道："对了……我想对你说，我们应该取得一致的意见。"

"怎么取得一致？"

"我爱你，"他急忙说道，"我太爱你了……你得跟我一起生活，住在我家里，你将是女主人……就像我的妻子一样……我将给你买衣服、买首饰，你要什么我都给你买……"

我似乎已控制不住自己了，他的话语像是从那歪斜着的不动的两片嘴唇间含糊吐出来似的。"就是为了这个，"我冷冷地问道，"您让我到这儿来的吗？"

"你不愿意？"

"您甭跟我谈这个。"

奇怪的是，我这样回答后他不吭气了。但他似乎想用死盯住我的那种发慌的眼神迷惑我，他举起一只手在我脸颊四周亲昵地抚摸着，好像是在辨认我脸部的轮廓似的。他的手指指腹在我脸上抚摩时，很轻很轻，我觉得它们似乎在颤抖着，他从太阳穴摸到面颊，从面颊摸到下巴，从下巴又摸回到面颊，又从面颊摸到太阳穴。那真是热恋中的男人才有的动作；爱情是有强大的说服力的，即使不愿意回报它，我觉得单是出于怜悯，似乎也应该对他说几句亲近些而又不令人最后失望的话语。但他没给我时间，因为他一停止抚摩便站起来，他呼吸急促，以一种奇怪的声调说道："你等一下……那是真的……我有件重要的事情要对你说。"他的声音中还杂有一种因情欲而引起的局促不安，并洋溢着一种新的难以言喻的热忱。与此同时，他走到桌子旁，从桌上拿起一个红色的卷宗。

现在该是我感到心慌意乱了，因为我见他正拿着那卷宗朝我走来。我小声地问他："这是什么？"

"是……是……"他那种半官方的带有权威性的声调中夹杂着一种激动情绪，听起来很异样，"是有关你未婚夫的情况。"

"啊。"我说道。我当时恐慌极了，闭上了眼睛。阿斯达利塔却没有发现我情绪上的变化，他翻阅着卷宗，由于激动，他把纸页都弄皱了。"他叫吉诺·莫里纳利，对不对？"

"对。"

"你十月份要与他结婚，是不是？"

"是的。"

"但我的调查结果得悉，吉诺·莫里纳利已经结过婚了，"他接着说道，"确切地说，他是安东尼耶塔·帕尔蒂妮的丈夫，他的原名叫艾米里奥，是迪奥米拉拉瓦涅亚人……结婚已经四年了……他们有一个女儿，名叫玛丽亚……他的妻子住在奥尔维托，在她母亲那儿……"

我一句话也没说，站起身就朝门口走去。阿斯达利塔手里拿着那个卷宗，直挺挺地站在房间中央。我打开门走了出去。

我记得那是个和煦的冬日，天气暖和、多云，当我走到大街上，行走在人群中时，感到一种难言的痛苦。我深深地意识到，我在经历了渴望结婚成家、筹办婚事的一番周折之后，现在依然如故，沿着认识吉诺以前的轨道走下去，就像一条人为偏离了河床的江流，现在重又沿着以往的走向流动着，没有任何变化。在茫然中，当我用已失去昔日自信的那种颓然的目光扫视周围的一切时，我发现街上的人群、商店、来往车辆，第一次显得那么平淡乏味，既不丑也不美，使人兴味索然，但也并非毫无意义，它们原来就是这个样子，就像一个醉鬼在酒醒过后，眼里看到的事物还跟原来没喝醉时一样。我之所以有这种感受，也许因为我觉察到我所设想的那种正常生活的蓝图并不是那样幸福美满，而恰好相反，一切都像存心与我作对似的，一切都是偶然的、不完美的，又是令人难以预料的，而且给人带来的往往是绝望和痛苦。毫无疑问，如果这是真的，我觉得，我好像在如醉如痴地生活了几个月之后，直到那天早晨才又重新开始生活了。

这是我发现吉诺虚伪的两面手法之后的唯一想法。但我并不想谴责他，似乎对他也没有什么真正的怨恨。我是上当受骗了，但我也不是那么清白无辜；我对在吉诺怀抱里享受到的那种欢乐至今还记忆犹新，我若不能为他的欺骗行径辩护，至少也得原谅宽恕他。我想他是被情欲冲昏头脑的。他感情上太软弱，人并不坏；实际上，若要说过错的话，那也应该归罪于我的美貌，是它使男人丧失了理智，使他们忘乎所以，忘却了自己要承担的责任。总之，吉诺不比阿斯达利塔有更大的罪过，他只是用欺骗的办法，而阿斯达利塔用的则是讹诈的手段。他们两人都如此爱我，要是有可能，他们肯定会用合法的手段来占有我，他们会向我保证，能使我得到起码的幸福，而我把这种幸福看作高于一切。但命运却捉弄我，让我这样一个漂亮姑娘偏偏碰上这两个不能给我带来那种幸福的男人。若是不好断定谁是真正有罪的人的话，那么牺牲品肯定是有的，毫无疑问，那就是我。

也许有人认为，吉诺那样欺骗我，我却这样考虑问题，未免太软弱了。每当我受到欺骗时，由于贫困、孤寂和幼稚，总是想原谅欺侮我的人，并竭力使自己忘记受到的委屈。在受到欺侮之后，如果说我身上有什么变化的话，那也不表现在我的举止和外表上，而在我那颗封闭紧锁的心灵深处，就像生机勃勃的肌肤在受到伤害之后，总想尽快地使伤口愈合。但伤疤总是留着的，而心灵深处这些未曾意识到的变化，永远是有决定性意义的。

那次与吉诺的事也是如此。我不怨恨他，也许连瞬间的怨恨都未曾产生过；但在我心灵深处，我觉得许多东西都已土崩瓦解，化为乌有：我对他的尊重，我结婚成家的希望，我不想对吉赛拉和妈妈认输的愿望，我对宗教的虔诚——至少是我迄今抱有过的那些信念，全都崩溃了。我把自己比作我小时候玩过的一个洋娃娃：一整天的玩耍、拍打和糟蹋之后，尽管洋娃娃红润的脸上还堆着微笑，但我感到它里面已经发出一种不妙的响声和碎裂声。我卸下洋娃娃的脑袋，从脖腔里掉下来的尽是些瓷片、绳头，使洋娃娃发声说话和转动眼睛的上弦螺丝及小五金片之类的东西，还有我从来搞不清做什么用的神秘的木片和布条。

我神情恍惚但平静地回到了家，那天下午，我像平时一样该干什么干什么，没对妈妈说起发生的事，当然更不会对她推心置腹地谈论这些，从而给我造成严重的后果。但我发现，自己怎么也做不到像往日那样神态自若地缝制那些嫁妆了：我收拾起已做好的衣物和那些尚待缝制的东西，把它们锁在我房间的衣柜里。我神情忧伤，这是逃不过妈妈的视线的，这在我来说十分反常，因为平日我总是高高兴兴、无忧无虑的；我对她说我累了，实际上，我也的确很累了。傍晚时分，当妈妈在那里蹬缝纫机时，我放下活计，回到自己房间，躺在了床上。我发现自己在看着那些已付清款的家具，那确确实实是我自己的家具，多亏阿斯达利塔给的钱，但我的目光完全不像过去那样得意、那样充满希望了。我似乎已没有痛苦，只是感到疲惫并有种麻木不仁的感觉，因为我尽了最大的努力，到头来却是一场空。另外，我也真是累极了，四肢像散了架似的，特别想好好休息一下。我模模糊糊地想着我的家具，想着如今我已不能像自己希望的那样使用它们了，一会儿就和衣睡着了。我带着忧郁、沉重的心情，足足睡了四个小时，醒来时已经很晚，四周一片漆黑，我大声喊妈妈。她马上跑来对我说，她不想叫醒我，因为她见我睡得那样安生、那样香甜。"晚饭一个小时之前就准备好了，"她站在那里看着我说道，"你干什么？……你不来吃饭吗？"

　　"我不想起来，"我用一只手臂挡住感到晃眼的双目，回答道，"你不能把饭给我端来吗？"

　　她走出去，过了会儿就端着托盘进来了，上面是我平时吃的晚饭。我把盘子放在床边，坐起来，用一只胳膊肘支撑着身子，开始漫不经心地吃起来。妈妈站在一旁看着我。我吃了几口就不吃了，重又倒在枕头上。"你怎么啦……不吃啦？"妈妈问道。

"我不饿。"

"你身体不舒服啦？"

"我身体很好。"

"那我端走了。"她咕哝道。她从床上端走托盘，把它放在窗户旁边的桌子上。"明天早上你别喊醒我。"我过了一会儿又说道。

"为什么？"

"因为我决心不再当模特，太累了，赚钱又少。"

"那你以后打算怎么办？"她不安地问道，"我可不能养着……现在你已经不是小姑娘了，你花费那么大……还有嫁妆……"她开始悲伤地恸哭起来。我没有把手臂从脸上挪开，慢吞吞地、吃力地说道："现在你别让我心烦……你放心好了，不会没有钱花的。"

接着是长时间的沉默。"你不要别的什么啦？"她最后委屈而又关切地问道，好像一个因行事随便而受到责备的女仆想请求宽恕一样。

"对了……求你做件事……帮我把衣服脱了……我累得不行，我还困着呢。"

她按照我的吩咐，坐在床上先替我脱去了鞋袜，把它们整整齐齐地放在床头的扶手椅上。然后又帮我脱去衣服和衬裙，给我穿上睡衣。我一直闭着眼睛，一钻进被窝，我就蜷缩成一团，用被单蒙住了脑袋。我听见妈妈关了灯，站在门口向我道了晚安，但我没回答她。很快我就睡着了，又睡了整整一宿，一直睡到天亮。

早晨，我本来应该如约去找吉诺的。但当我醒来时，又不想去见他了，我想自己得咀嚼一下蒙受的痛苦，得学会客观地、冷漠地看待他对我的欺骗，就当是发生在别人身上，而不是发生在我自己身上。当时，我对冲动之下的一些言语和举动都信不过，当然，此后我也从未相信过；尤其是对吉诺那种感情并非出于好感和钟爱的情况，我更是如此。当然，我已不再爱吉诺了；但我也绝不恨他，因为我想，要是那样的话，我除了被人欺骗而受到伤害外，更为严重的是，我在心灵上就会蒙受令人厌恶的情欲的亵渎，这对我来说，也并不光彩。

此外，那天早上，我感到有一种特殊的惰性，一种像是带有淫欲的惰性，我觉得自己不像头天晚上那样忧伤了。妈妈出去得很是时候，我想，她中午之前是不会回来的。我就这样懒洋洋地躺在被窝里赖着不起，这也许是我开始生活新阶段时所感受到的快乐，如今我只求生活能过得愉快。我向来一大清早就起床，能那样赖在床上无所事事地消磨时光，也真算得上是一种奢侈和享受了。我已经很长时间没这样过了，但现在只要我想赖着不起，就可以这样享受一番。以往只是因为穷，只是为了过一种正常的家庭生活，我才放弃了这种享受的。我想，我是喜欢爱情，喜欢金钱，也喜欢能用金钱获得的一切，于是我对自己说，今后，只要有机会，我就再也不拒绝爱情，不拒绝金钱，不拒绝金钱所能给予我的一切了。不过，千万别以为我这是赌气，是出于愤恨和报复心理。恰恰相反，我是怀着柔情这样想的，我撩拨着这些思绪，并细细地品味着其中的甜头。任何境况都有它的反面，不管人们高兴与否。结婚成家的梦想破灭了，至少暂时是如此，我所憧憬的那种幸福虽已不复存在，但换得的是我的自由。我内心深处的追求并未改变，这是真的；但我很乐意过那种放荡不羁的生活，闪烁在眼前的这种前景，意味着我须对生活做出新的抉择，这其中蕴含着多少心酸和屈辱呀！如今，妈妈和吉赛拉说过的那些话都开始应验了。尽管我过着贞洁的生活，但我始终很清楚，我的美貌能使我得到我渴望的东西，只要我愿意。那天早晨，我第一次把自己的身体看作实现自己目标的一种十分简易的工具，而用辛勤的劳动和严肃的生活态度是绝不可能达到这样的目标的。

　　这些思想，更确切地说，这些对今后生活的瞻望，使我觉得早晨的时光一晃就过去了。当我突然听到附近的教堂敲起午祷的钟声时，当我发现一缕长长的阳光穿过窗户洒在我躺着的床上时，我感到很异样。那钟声，那阳光，如同我那天早上赖在床上不起似的，对我来说，都是些非同寻常而又珍贵的东西，可以说是一种奢侈的享受。住在像吉诺女主人那样豪华别墅里的那些有钱的阔太太，也不过是像我一样躺在床上胡思乱想，在那同样的时刻里，也同样聆听着那教堂的钟声，惊讶地看着那缕阳光。我不再是昔日那个贫困而又终日忙碌的阿特里亚娜了，我完全变成了另一个阿特里亚娜。我这样一想，终于从床上起来，对着衣柜上的镜子脱去了睡衣。我光着身子照镜子，第一次弄明白，为什么我妈妈那么自豪地对画家说："您瞧，这胸脯……这屁股……这大腿……您到哪儿能找得到啊？"我想到了阿斯达利塔，他对那胸部、大腿和臀部的欲求扭曲了他的性格和风度，甚至连说话的声音都变了。我心想，我肯定能找到别的男人，他们为了从我身上得到享受，同样会给我那么多钱的，也许比他给的还要多。

　　我怀着这样一种新的心境，无精打采地穿上了衣服，喝了杯咖啡，就出去了。我到附近的一家酒吧，往别墅打电话给吉诺。记得他在给我这个电话号码时，曾卑微地关照我不要随便使用它，因为主人不喜欢用人使用电话。来接电话的是一个女的，可能是个用人，然后，吉诺立刻来接电话了。他第一句就问我身体怎么样，我听后不禁微笑起来，他对我这样关切，使我不得不承认，他向来是个无可挑剔的人，也许这种关心并不完全是假的，也正因为如此，我才会上当受骗。"我身体很好，"我说道，"我身体从来没有现在这样好过。"

"我们什么时候见面？"

"随你的便，"我回答说，"但我想要像从前那样见面……我的意思是在别墅里，在你的主人外出的时候。"

他很快就明白了我的意图，立即说道："他们十天以后外出……出去过圣诞节……这几天他们在家。"

"那我们就十天以后再见面吧。"我毫不在乎地回答说。

"怎么？"他惊异地问道，"我们为什么不能早些见面？"

"我有事。"

"你这是怎么啦？"他感到很吃惊，"你生我的气啦？"

"没有，"我回答道，"我要是生你的气，就不会约你在别墅里相见了。"我想到他可能出于嫉妒而找我麻烦，又说道："你放心……我始终爱你……只是我得帮妈妈缝制一件特别的衣服……因为快过节了……我得很晚才能从家里出来，太晚了你又没空，我宁愿等你的主人走了以后。"

"早上呢？"

"早上我要睡觉，"我回答道，"噢，对了，你知道吗？我已经不当模特了。"

"为什么？"

"我厌倦了……你一定很高兴，对不对？……好吧，我们十天以后再见了……我会给你打电话的。"

"好吧。"

他说这句"好吧"时，口气是将信将疑的；但我对他相当了解，我可以肯定，尽管他有怀疑，但他在约定的时间之前是不会露面的。尤其因为他有了疑心，才更不会露面了。他不是个胆大的人，要是他感觉到我对他的骗局已有所觉察，一定会惊慌失措和紧张不安的。我挂上了话筒，感到方才我与吉诺说话时的声音是平静的、温厚的，甚至是亲切的，我对自己很满意。我对他的感情也很快会是这样平静、温厚和亲切的；以后我见到他时，就可以不必担心我们之间的关系会陷入一种虚假的、令人厌烦的仇恨气氛之中了。

第七章

当天下午，我到吉赛拉那个摆满家具的房间里去找她。像往常一样，她刚刚起床，正穿衣服准备去跟里卡尔多会面。我在她那凌乱的床上坐下来，十分平静地对她讲述了自己怎样去找阿斯达利塔，以及阿斯达利塔怎样向我透露吉诺是个有妻室儿女的人，她在那半明半混、堆满衣物和家具的房间里徘徊着听我讲。听我讲完了以后，吉赛拉大声叫喊起来，我不知道她是高兴还是惊奇。她走过来坐在床上，面对着我，两手搭在我的双肩上，瞪大着眼睛说："不，我不能相信你说的……妻子和儿女……那是真的吗？"

"女儿名叫玛丽亚。"

很明显，她是想深入并充分地对此事加以评论，但我的平静态度使她很失望。"妻室和儿女……女儿名叫玛丽亚……出了这种事，你竟还这样说话？"

"我该怎么说？"

"你不觉得遗憾吗？"

"是的，我感到遗憾。"

"但他是怎么对你说的？说吉诺·莫里纳利已有妻室儿女……是这样吗？

"是的。"

"那你是怎么回答他的？"

"我什么也没说……我有什么可回答他的？"

"但你有什么感触？……你难道没想哭吗？……不管怎么说，这对你可是个天大的不幸呀。"

"不，我没想哭。"

"现在你再也不能与吉诺结婚了。"她若有所思而又有些高兴地大声说道，"不过，这算什么事啊……真没道德……像你这样一个可怜的穷姑娘，可以说就是为了他才活着的……男人们都是些混蛋。"

"吉诺还不知道我已经了解了他的底细。"我说道。

"我亲爱的，我要是处在你目前这种境地，"她激动地接着说，"我就跟他摊牌……怎么也得扇他两个耳光。"

"我与他约好十天以后再见面，"我回答说，"我想我们将会继续做爱的。"

她身子朝后一仰，瞪大着眼睛看了看："那是为什么？……你还爱他？……他干出这种事，你还爱他？"

"不，"我回答说，我不得不压低自己那激动的声音，"我不再那么爱他了……但是，"我犹豫了，然后不得不撒谎道，"扇耳光和大吵大闹并不一定是最好的报复办法。"

她眯缝起眼睛，身子后仰着，端详了我一会儿，就像画家们审视他们自己作的画一样。然后，她大声说道："你说得有道理……

133

这我倒没有想到过……但你知道要是我，会怎么干吗？我将任其自流，让他平静而又放心地……然后，有这么一天，我就突然跟他闹掰，把他甩掉。"

我什么也没说。过了一会儿她又接着说，声音虽已不如刚才那样激动，但始终热烈得像唱歌似的："不过，我还是不能相信……有妻子和儿女……他还跟你故作多情……他还让你买了家具和嫁妆……真不是玩意儿。"

我继续沉默不语。"我早就明白了……，"她得意地大声说道，"这你应该承认……我对你说什么来着？那个男人不真诚……可怜的阿特里亚娜。"她把胳膊搭在我的脖子上，并且吻了我。我任她吻我，然后我说道："是的，糟糕的是他让我花了妈妈的钱。"

"你母亲知道了吗？"

"现在还不知道。"

"钱的事你不用发愁，"她大声说道，"阿斯达利塔眷恋着你……只要你愿意，你需要的钱，他会给你的。"

"我可不愿意再看见他，"我回答道，"别的什么男人都行，就是不能跟阿斯达利塔。"

应该说吉赛拉并不傻。她马上意识到了，目前最好别跟我谈起他，她也明白我说"别的什么男人都行"那句话的含义。她假装思考了一会儿后，说道："你说得有道理，我能理解你，即使是我，自发生那样的事以后，要我跟阿斯达利塔在一起，也会受刺激的……当然，他是希望事情……他是出于报复心理才把吉诺的事告诉你的。"她又沉默了，然后她以庄重的口吻说道："我来替你安排……你想认识一个能帮助你的人吗？"

"是的。"

"由我来替你安排。"

"不过，"我补充道，"我不想再与任何人确定关系，我不愿意受约束。"

"由我来替你安排。"她第三次重复道。

"现在，"我接着说道，"我想把那笔钱还给妈妈……而且想买些自己要用的东西……"我最后说道，"我希望妈妈不用再干活了。"

此时，吉赛拉已经站起来，走到梳妆台跟前坐下。"你呀，"她一边说，一边急忙往脸上搽粉，"你总是太好心了，阿特里亚娜……现在你看见了吧，好人有什么好报呢？"

"你知道吗？"我说，"今天早上我没去当模特……我已决定不再当模特了。"

"你做得对，"她回答说，"我现在去当模特也只是为了……"她说了个画家的名字，"就是为了让他高兴……但等他画完后，我就不当了。"

现在我对吉赛拉有一种很亲切的感情，我觉得她给了我很大的安慰和鼓励。她一再说的"由我来替你安排"这句话，在我耳边回响着，使人感到很放心，她还那样热情而亲切地答应尽快替我购置我所需要的东西。我心里很清楚，她那样帮助我并不是真的对我有什么感情，而是像在阿斯达利塔的事情上一样，是想看到我也很快就落到她那样的地步，也许是无意识的；我们都心照不宣，因为在这种情况下，吉赛拉的嫉妒心理正好符合我的利益，我不能因为知道她帮我忙是另有意图，就拒绝她的帮助。

她急急忙忙要走，因为怕耽误了与未婚夫的约会。我们走出房间，摸着黑走下老房子又陡又狭小的楼梯。在楼梯上，吉赛拉由于激动，也许是想减轻我在绝望中的痛苦，她让我明白世上像我这样不幸的不止我一个，她说道："再说，你知道……我开始也感到里卡尔多像吉诺那样想与我开同样的玩笑。"

"他也结过婚？"我天真地问道。

"那倒不是，但他屡次搪塞我……我感到他想捉弄我……但我对他说过：'我亲爱的，我根本不需要你，你若愿意，就留在我身边，你若不愿意，就尽管走。'"

我没说什么，但我想，拿我与她之间，以及她与里卡尔多之间的那种关系和我与吉诺之间的关系相比，差别实在太大了。说实在的，她对里卡尔多从来没有寄予过什么幻想，她不时毫无顾忌地背叛他，这我是知道的；而我却毫无经验，用我的全部身心，期望着能成为吉诺的妻子，而且我对他始终是忠诚的；至于那次在维泰尔博，阿斯达利塔是用讹诈的手段在我身上得到满足的，称不上什么背叛。但是我想，要是我对吉赛拉说这些，她听了一定会很生气，所以我就不说了。走到大门口时，她约我晚上在点心铺见面，并关照我要准时，因为她很可能不是独自一人来。说完她就走了。

我觉得，我本该把一切都告诉妈妈。但我没有这个勇气。妈妈是真心对我好；她跟吉赛拉不一样，吉赛拉把吉诺对我的欺骗看作她那些思想的胜利，她并不想掩饰她那无情的心理上的满足，而妈妈看到自己说过的话最后都应验了，感到的更多会是痛苦，而不是欢乐。其实，妈妈只是希望我能幸福，至于通过什么样的途径能达到幸福，对她来说无关紧要；不过，她一直深信吉诺是不会给我带来幸福的。经过再三考虑，我最后决定什么也不告诉她。我知道第二天晚上，即使不对她说，她也会明白实情的。虽然我深知，以那样的方式让她知道我生活中如此重大的变化，是很残忍的，但一想到这样我可以免去很多的解释、议论和批评，心里也挺高兴；或者，至少可以不用像我把吉诺的欺骗行径告诉吉赛拉时那样，听她没完没了地解释、议论和批评了。

第二天，为了不让已有几分疑心的妈妈来惹我烦恼，我假装与吉诺有约会，整个下午都待在外面没回家。我为了婚礼曾专门让人做了一套新衣服，一套灰色女式西服，我本想在结婚仪式完毕后穿上它的。这是我最好的一身衣服，我那天下午穿它之前又犹豫了。但后来我想，迟早有一天我得穿，何况不会再有比这一天更纯净更幸福的了；另外，男人往往是从外表判断人的，为了挣更多的钱，我应该打扮得漂漂亮亮地出现在他们面前；于是我就不再犹豫了。我毫无内疚地穿上了那件最好看的衣服，现在回想起来，那套衣服跟我当时其他衣服一样，是那么难看，那么普通。我仔细地梳好头，脸上还描画了一番，但不比平时过分。关于往脸上涂脂抹粉一事，我想说的是，我始终弄不懂，为什么那么多干我这一行的女人，都在脸上那么乱涂乱抹地出去转悠，简直像是戴着狂欢节的假面具一样。也许是因为她们以卖淫为生，要是脸上不那样涂抹，就显得太苍白了；或者，也许是因为生怕不能引起男人们的注目，生怕男人们不明白她们是专供男人亲近的，才不得不这样乱涂一气的。但我不这样，尽管我也辛苦劳累，但我的气色一直很好，棕褐色的皮肤显得很健康，说句不够谦虚的话，我用不着过分地涂脂抹粉，走在大街上时，我的美貌足以使街上的男人倾倒。我并不用口红和画眉描眼的黛色，也不用金黄色的假发去吸引男人，而是凭我庄重的仪表（至少很多男人都对我这么说过），安详而又温柔的神态和微笑时露出的满口整齐的白牙，还有那一头浓密而又秀美的褐色卷发。那些头发已经灰白的女人和那些涂脂抹粉的女人也许不明白，男人们要是能预先判断出她们是娼妓，一开始就会感到扫兴。但我是那样自然、那样朴实，总使他们怀疑我不是干这一行的，这样，就使他们抱有一种意外艳遇的奢望，说实在的，这对他们来说，比纯粹的肉欲上的满足更为重要。

我穿着打扮完毕，就到一个电影院去了，上演的电影我都看过两遍了。我从电影院里出来时，已是半夜，我直接到了吉赛拉与我约定见面的点心铺。那是一家很豪华的点心铺，不像我们以往与里卡尔多常见面的地方那样，我还是第一次进这样的铺子。我心里明白，她选定这么一个地方约会，目的是很明确的，就是要抬高我的身价，提高我取悦于人的价格。我虽然年轻漂亮，又善于利用这些优越条件，但为了能有效地使我这类女人稳定地获得所有的女人都向往的那种优裕而又舒适的生活，吉赛拉采用这样的手段是很必要的，接下来我还将谈到其他的手法。不过，很少有人能过上富裕舒适的生活，我就始终不在此列。我是平民出身，所以与那些豪华阔绰的场所总是格格不入；在豪华的饭店、点心铺和咖啡馆里，我总感到很不自在，很不好意思微笑或是盯着男人们看，似乎那里明亮耀眼的灯光也在嘲笑戏弄我似的。相反，城市的大马路反倒始终在我看来有一种极大的魅力，它深深地吸引着我，大街上所有的大厦、教堂、历史建筑、商店和楼房的门面使它比任何饭店里的餐厅或是点心铺的大厅都更漂亮，更使人感到舒适、称心。傍晚，我总是喜欢到街上去散步，沿着灯火通明的商店橱窗慢慢地走着，看着夜幕徐徐降临。我总是喜欢在人群中转悠，头也不回地听着有些冒失的过往行人在一时冲动之下吐露出的求爱的悄悄话；我总喜欢在同一条街道上来回穿梭，直到最后精疲力竭为止；但我总是精神抖擞、兴致勃勃地看不够似的，就像是在集市上一样，那里总有永远看不完的新奇的东西。对于我来说，马路就是我的客厅、饭馆和咖啡馆。因为我生来贫穷，而穷人是买不起东西的，看看商店的橱窗就是一种享受，穷人住不进高楼大厦，能看看楼房的门面就是一种享受，这是穷人的一种廉价的消遣。出于同样的原因，我一直很喜欢教堂，罗马有那么多的教堂，谁都可以进去，人人都有权欣赏用大理石和金银装饰的精美的教堂建筑，那古老陈旧的气味有时压过了焚烧的香烛味。自然，有钱的阔佬不会在街上散步，也不会去教堂，他们多半乘着小汽车半躺在柔软的坐垫上，也许还读着报纸穿过城市。我就喜欢逛大街，我拒绝去其他地方约会，但吉赛拉却认为我应该不惜牺牲自己最大的乐趣去寻找那种约会。但我是不愿意这样牺牲自己的；在我与吉赛拉保持友情期间，我的这种喜好始终是我与她之间激烈争论的话题。吉赛拉不喜欢大街，更不喜欢教堂，街上的人群只能引起她的反感和蔑视。她总是向往豪华的饭馆，那儿有殷勤的招待员，他们几乎都是那样不安地窥视着顾客们哪怕是极小的举动。她头脑里想的是时髦的舞厅，那里有穿制服的演奏者和穿着晚礼服的男舞蹈演员，她还想去高雅的咖啡馆和赌场。她一到那些地方，就完全变成另一个人似的，动作、姿势，甚至说话的声音都变了。总之，她一举一动都像是位有身份的太太，这是她早已为自己确立的目标。后来，从某种程度上来说，她是达到这个目标了，我们以后会看到的。但她最后的成功很出奇，因为那位命里注定能满足她奢望的人，并不是在那些豪华的场所遇上的，恰恰是多亏了我，才在那条她最憎恶的马路上碰见的。

在点心铺里，我找到了吉赛拉，她正与一位中年男子在一起，她为我介绍说，他叫贾钦蒂，是个推销员。这个男人坐着时似乎个子一般，因为他的肩很宽；但当他站起来时，就像侏儒一样矮。他那过分宽的肩膀，使他显得比实际上还要矮些。他有一头浓密的白发，干干净净的，像银丝一般，他的头发都竖着，也许是为了能使自己显得稍高些。他红光满面，看上去很健康，面部的线条像雕像那样端正而高雅：漂亮安详的前额，大大的黑眼睛，挺直的鼻子，画出来一样好看的嘴巴。他的面容初看上去是那样诱人而又庄重，但他那种自负、虚荣和假仁假义的神情使他的面容变得令人讨厌。

我感到有点紧张，在自我介绍之后，我就一言不发地坐了下来。那天晚上，我的到场是关键，但贾钦蒂却把这看作一件无关紧要的事，他与吉赛拉继续着刚才的谈话。"你可不能埋怨我，吉赛拉，"他把一只手放在她的膝盖上，在与她整个谈话过程中，他的手始终那样放着，"我们之间的联盟，就权且称它为联盟吧，持续了多久啦？……六个月？你可以扪心自问，在这六个月当中，有哪一次是让你不满意走的？"他的声音清晰、缓慢，每个音节都分得很清楚；但很明显，他那样说话不光是为了让别人明白，而且是想让别人专注地听他说话，欣赏他说的每一个字。

"没有，没有。"吉赛拉低着头，厌烦地说道。

"阿特里亚娜，您让吉赛拉自己说好了，"贾钦蒂接着说，声音十分清楚而又间隔分明，"付劳务费，我向来很慷慨，我们姑且就称它为劳务吧，而且每次我从米兰回来，总是带礼物给她的……

譬如，你还记得吗？有一次我还给你带来了一瓶法国香水呢……还有一回，我不是还送给你一件用透明纱做的、带蕾丝的连体裤吗？……女人总认为男人对女人的内衣裤一窍不通……但我可是个例外，嘿嘿。"他笑得很有分寸，露出了满口整齐的白牙，但他的牙齿白得出奇，看上去像是假的。

"来，给支烟。"吉赛拉生硬地说道。"给你。"他殷勤得像是嘲弄人似的答道。他又递给我一支，自己也拿了一支，点了烟后又接着说道："你记得有一次我送给你的那个提包吗？……是真皮做的大提包，十分精巧别致……你怎么不用那个包啦？"

"那种包是白天提的。"吉赛拉说道。

"我喜欢送别人礼物，"他对我说道，"但不是出于感情，这得说清楚……"他一面摇晃着脑袋，一面从鼻子里喷出烟来，"原因有三个，很清楚，一是我喜欢听别人感谢我；二是送礼是让别人更好地伺候你的最好办法，谁接到一件礼物后，总希望以后还能再有；三是女人好幻想，一件礼物往往能给人留下一种有感情的印象，即使有时并没有感情。"

"你真狡猾。"吉赛拉冷漠地说道，连看也不看他。

他微笑着摇了摇头，又露出那一口白牙："不，我不是狡猾，我无非是个过来人，善于从切身经历中吸取教训……我知道对女人得有一套，对顾客也得有一套，对下属又得另有一套，等等……我的头脑好比一个有条不紊的档案柜……譬如，面对着我眼前的女人，就取出卷宗，直接翻阅，某些措施和办法能得到预期的效果，有些则行不通，我把卷宗放回原处，按适当的方法采取行动……无非就是这样。"他沉默了，重又微笑着。

吉赛拉神情厌烦地抽着烟，我什么也没说。"女人们都对我感恩戴德，"他接着说道，"因为她们马上明白，跟我在一起是不会失望的，她们知道我了解她们的需要、她们的弱点，能满足她们一时的兴致，就像那些反应敏捷的顾客一样，他们不尚空谈，知道自己要干什么，也明白我所要的，所以我感激他们……我在米兰的办公桌上有一只烟灰缸，上面写着：'愿上帝保佑不浪费别人时间的人。'"他扔掉了香烟，从袖口伸出手腕看了看表，又说道："我认为现在该去吃饭了。"

"几点啦？"

"八点……我去一下，马上就来。"他站起身，朝大厅深处走去。他个子真矮小，但肩膀很宽，有一头浓密而直立着的白发。吉赛拉把香烟掐灭在烟灰缸里，说道："他特讨厌，没完没了地总说他自己。"

"我已经发现了。"

"你就让他讲吧，你只管顺着他回答就是了，"她继续说道，"你看着，他会把心里话向你一股脑儿都倒出来的……我真不知道他有多少话要说……不过，他很慷慨大方，礼物他是真送的。"

"是的，但以后他却会责备你不感恩。"

她没说什么，但摇了摇头，好像是说："那你能怎么样？"我们沉默着待了一会儿，贾钦蒂回来了，他付了钱以后，我们就从点心铺出来了。"吉赛拉，"我们走在大街上时，贾钦蒂说，"今晚是招待阿特里亚娜的……你是否赏脸能与我们共进晚餐？"

"不了，不了，谢谢，"吉赛拉急忙说道，"我有个约会。"她告别了贾钦蒂和我之后就走了。等她走远了以后，我对贾钦蒂说：

"吉赛拉挺讨人喜欢。"

他撇了撇嘴回答说："是的，她挺不错，她体形漂亮。"

"她不讨您喜欢吗？"

"我这个人，"他说道，一面挨着我身边走着，一面紧紧地抓住我胳膊的最上端，都几乎在腋下了，"从来不要求别人得讨人喜欢，但我要求别人得把该做的事做好……譬如说，当打字员的，得打得又快又不出错……对吉赛拉这样的女人，我不要求她讨人喜欢，而是要求她干好她干的这一行，也就是说，能使我愉快地度过我花费在她身上的一个或两个小时……现在吉赛拉干不了这一行了。"

"为什么？"

"她总想着钱……她生怕人家不付钱或少付她钱……当然，我并不要求她爱我，但她得表现得像真爱我一样，并让我有这种幻觉，这是干她这一行的应尽的本分……我给她钱求的就是这个……而吉赛拉却做得太露骨了，她干这一行就是为了赚钱……她甚至连喘口气的时间都不给，马上张口要钱……唉，真见鬼。"

我们到了饭馆，那是一个十分喧闹而又拥挤的地方，我觉得里面都是和贾钦蒂一类的人：做买卖的推销员、证券经纪人、过路的商人和企业家。贾钦蒂走在前面，把大衣和帽子交给了饭馆的伙计，他问道："我平时的老位子空着吗？"

"空着，贾钦蒂先生。"

那个位置在一扇窗洞里。贾钦蒂坐了下来，一面高兴地搓着手，一面问道："你喜欢吃吗？"

"我想是的。"我尴尬地回答说。

"好，这让我很高兴，我吃饭时喜欢好好吃……像吉赛拉，她就从来不吃什么，她怕发胖，她总说……其实全是傻话。该做什么就做什么，饭桌上就是吃。"他对吉赛拉真是一肚子的不满。

"不过，吃得太多了，可真是要发胖的……"我腼腆地说道，"有的女人不愿意自己发胖。"

"你是那种女人吗？"

"我不是……不过，别人都说我长得太壮了。"

"你别听他们的，完全是嫉妒……像你这样正好，这方面我懂，我对你说吧。"他慈爱地抚摸着我的手，像是为了使我放心。

跑堂的伙计走了过来，贾钦蒂对他说："把这些花拿开，碍事得很……还是照老规矩……这你明白的，嗳，饭菜要快上。"

贾钦蒂对我说："他认识我，知道我喜欢吃什么，由他去安排，最后保你满意。"

事实上也确实让我很满意，连续端上桌来的每一盘都是美味佳肴，尽管菜做得并不精致，但量很多。贾钦蒂胃口很好，他低着头，显得吃得津津有味，两手紧抓刀叉，不看我也不说话，就像是他独自一人似的。他确实专心致志地吃着，显得那样贪婪，甚至失去了他引以为豪的沉着镇静，他吃东西的动作像是生怕来不及吃而要挨饿似的。他把一块肉放进嘴里后，左手马上急着去掰一小块面包塞到嘴里，另一只手又赶紧斟满一杯葡萄酒，没等嘴里的东西嚼完就喝。他咂吧着嘴，转动着眼珠，还不时地摇着脑袋，就像猫吃太大块的东西一样。而我一反常态，一点也不饿，因为那是我生平第一次要与一个我不爱甚至根本不认识的男人做爱。我一面注意地看着他，一面琢磨自己的感情，竭力想象着自己将如何应付局面。后来，我不再在乎我陪伴的男人的外表如何。也许是出于需要，我

144

很快学会了第一眼看到男的时，就从他的长相中寻找某些可爱或是诱人的地方，只要这能使我忍受他对我的亲昵就行了。可是那天晚上，我还没有学到职业上的这一手，没能一开始就发现对方讨人喜欢之处，使卖淫不致那样令人厌恶。可以这样说，我是本能地在寻找，连我自己也没有意识到这一点。我已经说过，贾钦蒂的脸长得并不难看，而且在他沉默不语时，在他没显露出占据他心灵的欲望时，看上去似乎还挺好看。这应该就足够了，因为性爱在很大程度上是肉体上的共享；而对我来说，这样还不够，因为我是不能只因生理和躯体上的特点而去爱一个男人并觉得这是可以忍受的。现在，饭已经吃完了，当然贾钦蒂也不再表现出那种过分狼吞虎咽的样子了。他打了一两个饱嗝后，就又开始说起话。我发现，在他身上我找不到任何使我觉得可爱的地方，哪怕是一点点。他总是不停地谈论他自己，正像吉赛拉说的那样，而且说话的方式也让人相当反感，还尽是虚荣地、令人厌烦地说那些根本不值得夸耀的事，这使我一开始就有的那种本能的厌恶感更加强烈。他身上没有一点讨我喜欢的地方，真是一点也没有。他自己满以为值得吹嘘的那些优点，在我看来，都是些可怕的缺点。后来，我还遇到过少数几个类似的男人，在他们身上，我也找不到任何使人产生好感的美好的东西。世界上竟有这样的人存在，这使我感到惊讶。我曾想这也许是我的过错，我竟然没有一见面就发现他们的优点，毫无疑问，每个人都会有优点。不过，随着时光的流逝，我已习惯了这些令人厌恶的伴侣，我强颜欢笑，与他们调情，总之，得顺着他们的意愿，讨他们的欢心。但那天晚上，这初次的发现勾起了我无数凄楚的思绪。当贾钦蒂用一根牙签剔着牙闲聊时，我心里想，我选择的职业太苦了，得假装对像贾钦蒂那样令人讨厌的男人们表示爱的激情。而唯有金钱才能补偿这种劳苦。人处在这种情况下，不可能不像吉赛拉那样，唯一想的就是钱，并且明显地表露出来。我还想到，那天晚上我得把令人如此讨厌的贾钦蒂带到我那间本应用作他途的可怜的房间里去；我想我是个不走运的人，我真不该抱什么幻想，吉赛拉偏偏第一次就让我遇上了贾钦蒂这样的人，而不是某个风流倜傥的年轻小伙子，或是某个没有任何要求的好人，这种男人有的是。我想，贾钦蒂出现在我的房间里，这就意味着我已正式放弃我原来那种要过体面、正常生活的梦想。

他一直不停地说话，我勉强地听着，脸上显得很不高兴，他并不是迟钝到连这一点也没发现。"小乖乖，"他突然问我，"你心里不痛快吗？"

"没有，没有。"我急忙掩饰道。不过，他那种迷惑人的亲切语调，差点使我想对他倾诉衷肠，对他也谈谈我的事，而在这以前那么长的时间中，我一直是听他说他自己。

他又说道："这就好……因为我不喜欢忧伤……何况我请你来不是为了使你伤心的……你有你伤心的道理，这我并不怀疑，但在你陪着我的时候，你就得把伤心的事留在家里……我不想知道你的事，也不想知道你是什么人、发生了什么事，以及其他什么的……我对那些事情不感兴趣……我们之间是有一种契约的，尽管没有写在纸面上……我保证付给你一笔钱，而你，作为交换，得保证使我愉快地度过这个夜晚……其他一切都无关紧要。"他说这些话时脸上没一丝笑容，也许是因为我在听他说话时显得不够专心，他对此似乎有些恼火。

我竭力不显出心灵深处的不安，回答道："但我没什么不痛快的……只是这儿有烟味……又那么喧闹……我觉得有点晕。"

"那我们走，好吗？"他立即问道。我表示同意。他马上叫服务员过来，付了账，我们就出来了。到了街上，他问道："我们去旅馆吗？"

"不，不，"我立即说道，一想到在旅馆我得出示证件心里就害怕，何况我早另有打算，"到我家里去吧。"

我们上了一辆出租车，我把住址告诉了司机。汽车刚一开动，他就趴在我身上，双手在我身上乱摸，还吻我的脖子。从他呼出的气息我知道他喝多了。他一再地叫我"小乖乖"，这通常是用来称呼小女孩的，他嘴里竟然说出这样可笑而又带有侮辱性的话语，我听了很生气。我任他摸我吻我，一会儿后，我指了指司机的后背对他说："等我们到家以后好不好？"

他没说什么，脸涨得通红，像是突然感到不舒服似的，一下子沉重地倒在汽车后座上。后来他恼火地嘟哝道："我付他钱，是为了让他把我送到目的地去，我们在车上干什么他管不着。"这是他惯有的一种思想，他认为金钱，尤其是他的钱，可以堵住任何人的嘴。我什么也没回答，在此后的一段路上，我们动也不动地并排挨着坐，谁也没碰谁。街道上的灯光从车窗照进来，不时地照亮我们的脸和手。我觉得真怪，自己竟坐在一个几小时之前还根本不认识的男人旁边，跟他一起回我的家去，并像情人一样地把自己的肉体献给他。我一路上这样想着，也不觉得路途遥远了。我见出租车在我家门前我熟悉的林荫道上停下来时，感到一阵惊悸。

摸着黑上楼梯时，我对贾钦蒂说："进去的时候请你别出声，因为我是跟妈妈住在一起的。"

他回答说："你放心，小乖乖。"

上了台阶后，我用钥匙打开家门，贾钦蒂走在我身后，我拉着他的手，没有开灯，穿过了前厅，我就把他带到我的房间门口，也就是左边第一个房门。我让他先进去，我拉开床头灯，从房门口扫视了一眼我买的新家具，这是一种永别的目光。房间又新又干净，贾钦蒂对此相当高兴，原来他担心我会把他带到一个陈设破旧又肮脏的地方去。他满意地松了口气，把脱下的外套扔在一把扶手椅上。我叫他等我一下，就从房间里出去了。

我直接走进大房间，见妈妈坐在中间那张大桌子旁缝纫。她一见到我，就把活计放到一边，想站起来，像往常一样给我准备晚饭。但我对她说："你不要动，我已经吃过饭了……而且……我带来了一个人，在那边……你千万不要来。"

"是个男的？"她露出惊讶的神色问道。"是的，是个男的，"我急忙说道，"但不是吉诺……是位先生。"我不等她再问我别的，就从大房间里出来了。

我重又走回我的房间，并锁上了门。贾钦蒂涨红着脸，迫不及待地向我迎来，并把我搂在他的怀里。他比我矮多了，为了让我的脸凑到他的嘴唇，他让我仰靠在床头护板上。我竭力不让他吻我的嘴，有时我像是害羞似的躲开，有时我把脸向后仰，好像陶醉在情欲的享受之中。我达到了我的目的。贾钦蒂做爱的方式与他吃饭的样子一样：贪婪、放肆、粗犷，一会儿摸摸这儿，一会儿抚弄那儿，生怕错过什么似的。我的肉体使他神魂颠倒，就像刚才饭馆里那精美的佳肴。他拥抱过我之后，想站着脱去我的衣服。他使我露

148

出了一个臂膀，我这样袒臂露肩的，使他更加晕头转向，又疯了一样地吻起我来。他的动作那样凶猛，我真怕他把我的衣服撕烂了，不过，我没有推开他，而是对他说："你去脱衣服吧。"

他马上放开了我，坐在床上开始脱衣服。我在床的另一边也开始脱衣服，他问道："你母亲知道吗？"

"知道。"

"她说什么？"

"什么也没说。"

"她反对你这样做吗？"

很明显，他打听这些情况，无非是想在风流韵事上再增添些趣味而已，这几乎是所有男人的共同特点：大多数男人都想把肉体的快感与另一种不同的情趣，哪怕是怜悯心，交织混合在一起。"她既不同意，也不反对，"我冷冷地回答说，一面站起来，从头上褪下衬裙，"我想干什么，这是我的自由。"我赤裸着身子，把衣服整整齐齐地放在一张扶手椅上，然后就仰躺在床上，将一只手臂垫在颈窝下，另一只手臂伸展着，用手捂着小腹。我也不知道为什么，我的姿势跟那个胖画家曾拿给我妈妈看的那幅彩色复印画上的女神一模一样。一想到我的生活从此就要发生巨变，我突然感到十分痛苦和烦恼。贾钦蒂看到我长得那么丰满健美，感到惊奇不已，我已经说过，我穿着衣服是看不出来的。他惊异地看着我，半张着嘴，瞪大眼睛，竟然连衣服都不脱了。"你动作快一点，"我对他说，"我冷。"

他脱光了衣服，趴在我身上。他做爱的方式，我已经说过，就跟他的为人一样；关于他的为人，我已详细描述过了。我只需补充一点，他是属于这样一种男人，他们付的钱，或是他们准备付的钱，使他们产生一种过分苛刻的要求，若是他们错过了他们认为自己有权得到的任何东西，就会觉得自己吃亏上当了。他十分贪婪，这我已经说过，他头脑里无时无刻不在想着他花的钱，并尽最大的可能发挥其效益。所以，我很快就发现他是想尽量拖延与我在一起的时间，竭力想从我身上得到最充分的享受。为此目的，他久久地抚弄着我，就像乐器演奏者那样，在正式登台演奏之前长时间地拨弄着乐器。他还挑逗我也像他那样，在他身上嬉戏玩耍。尽管我听任他摆布，但很快就厌烦了，并且冷冷地看着他，似乎他那些露骨的意图拉开了我与他之间的距离。我像是隔着一层冷漠的令人厌恶的玻璃板，远远地看到了他，也看到了我自己。那天晚上开始时，我出于本能想竭力对他产生好感的那种思想感情，这时全然没有了。我忽然冒出一种莫名的羞愧感，闭上了自己的眼睛。

最后他累了，我们挨着躺在床上。他用满意的口吻说道："你应该承认，我虽然已不年轻，但我是一个出色的情人。"

"是的，这是真的。"我言不由衷地回答说。

"所有的女人都这么说，"他继续说道，"你知道我在想什么吗？身材矮小的人内秀……有些比我高一倍的大个子往往是废物一个。"

我开始感到有点冷，于是坐起身来，把被子拉过来盖在我们身上。他把这一举动看作我对他的一种亲切的表示，他说道："你真好，现在我得睡一会儿。"他面对着我，蜷缩着，真的睡着了。

我仰卧着一动也不动，他那满头白发的脑袋挨着我的胸脯。被子盖到我们的腰部，我看着他，看着他那毛茸茸的上身，上面那些松软的褶皱表明他已是中年人了。从一开始，我就不止一次感到自己完全是与一个陌生人在一起。但他现在睡着了，正因如此，他不再说，不再看，也不再做什么手势。这么说吧，他的性格不讨人喜欢，只是在睡眠中才留下他最美好的东西，跟一个没有职业、没有名字、没有美德也没有缺点的抽象的人一样，他仅仅是一具呼吸的时候胸脯一起一伏的身体。说来也怪，我看着他，观察着他酣睡，似乎对他产生了一种亲切的感情。我是在小心翼翼生怕惊醒他的情况下体验到这种感情的。这以前，我曾竭力在他身上捕捉使我产生好感的成分，但那是徒劳的；而现在，因为我看到他那满头白发的脑袋沉重地靠在我丰腴的胸脯上，一种同情心油然而生。这种心情使我感到慰藉，我似乎不再感到冷了。我甚至在一瞬间有了一种爱恋之情，以至眼眶湿润。事实上，这是我当时的一种感情上的冲动，就像我现在还有一样。为了不致使那种感情无处宣泄，即便没有合适的对象可以倾注抒发，在遇上根本不相配的对象时，我也会毫不踌躇地奉献这种感情。

大约过了二十分钟，他醒来了，问道："我睡了很久了吗？"

"没有。"

"我感觉不错，"他一面从床上起来，一面搓着手说道，"我感到很舒服……我好像至少年轻了二十岁。"他一面穿衣服，一面不停地说自己怎么高兴，怎么舒畅。我也在默默地穿衣服。他穿好衣服后，问道："我还想见到你，小乖乖……怎么与你联系呢？"

"你给吉赛拉打电话，"我回答说，"我每天都会见到她。"

"你总是有空吗？"

"是的。"

"自由万岁。"

然后，他把手放在钱包上，又说道："你要多少钱？"

"随你给吧，"我回答道，接着又坦率地补充道，"如果你多给我，也算你做了件好事，因为我正需要钱。"

但他这样回答说："我要是多给你，不是为了做什么好事……我是从来不行善的……我多给你，是因为你是个漂亮的姑娘，因为你让我度过了一个愉快的夜晚。"

"随你的便。"我耸了耸肩膀说道。

"所有东西都有它相应的价值，而且一切都得按值论价，"他一面从钱包里抽票子，一面接着说道，"不存在什么做好事……打个比方吧，你所给予我的质量优于吉赛拉，所以你得到的钱理应比吉赛拉多，这跟做好事毫无关系……另外，我劝你以后永远别再说'随你给吧'，这话是小摊贩说的，谁要是对我说'随你给吧'，我就总想给得比他本应得到的要少些。"他做了一个意味深长的怪相，并把钱递给了我。

正如吉赛拉告诉过我的那样，他给钱是慷慨的；事实上，他给我的钱超过了我预想的数目。我接过钱时重又产生了那种同谋共犯和淫荡的愧悔心理，与那次去维泰尔博阿斯达利塔给我钱时曾激起的那种感情一样。我想，这正表明了我的志趣，表明了我生来就应当干这一行，尽管我心里渴求的是一种完全不同的东西。"谢谢。"我说道。我莫名其妙地在他脸上使劲吻了一下，以表示我的感激。

"谢谢你。"他起身要走时回答说。我拉着他的手，摸黑带他穿过前厅，朝门口走去。我房间的门已经关上，外边的大门又还没开，所以我们是在完全漆黑的环境里走动的。那天夜里，不知道出于一种什么样的肉体上的直觉，我觉得妈妈待在前厅的某个角落里，说不定就躲在门后或是碗橱和墙壁之间的什么角落里等着贾钦蒂走掉。我又回想起那次我与吉诺在他主人的别墅里幽会，那天夜里回来得很晚，我也有过那样的感觉。一回想起那次发生的事，我的神经就十分紧张，心想等贾钦蒂一走，她就会斥责我，会一把抓住我的头发，把我拖到大房间的长沙发上，在那里劈头盖脸地打我耳光。在黑暗中，我感到她就在一旁，我似乎已看到她；我感到背后有不适之感，好像她的手已高悬在我脑后，随时准备抓住我的头发。我一手拉着贾钦蒂，一手紧抓着钱。当时我想，要是她训斥我，我就把钱塞到她手里。这种无声的方式会使她意识到，是她迫使我去那样挣钱的；而且我知道她贪图金钱，这是堵住她嘴的一种办法。这时，我已打开了家门。"那么再见了……我会给吉赛拉打电话的。"贾钦蒂说道。

我看着他那宽宽的肩膀和满头直竖着的白发，目送他走下了楼梯，他头也不回地挥手表示告别。我关上了门。正如我所料，妈妈在黑暗中立即出现在我的身后。但她没有像我担心的那样抓住我的头发，她似乎想拥抱我，但方式很笨拙，开始我都不太明白。我按自己计划好的做法，摸到她的手，把钱塞到她的手心里。但她拒绝拿钱，钱掉在地上。第二天早晨，我从房间里出来，发现钱仍在地上，所发生的一切使我俩心里都很难受，但我们谁也没开口说话。

我们走进大房间，我靠着桌子坐下。妈妈坐在我跟前，看了看我。她似乎很焦虑不安，我感到极不自在。突然她说道："你知道吗？昨晚你在那边时，有一阵我感到害怕。"

"怕什么？"

"我不知道，"她说，"我首先感到孤独……我觉得特别冷……后来，我觉得我已经不是我自己了……周围的一切都在转……你知道，就像是喝醉酒的人一样……我觉得一切都那样怪……我想：那是桌子，那是椅子，那是缝纫机……不过，我并不相信那真是桌子、椅子和缝纫机……连我自己也似乎不再是我自己了……我对自己说：我是个做缝纫活的老太婆，我有个女儿叫阿特里亚娜……但我不能相信……为了使我自己放心，我开始想我过去的一些事，想起我小时候，想起我像你这么大的时候，想起我结婚的时候，想起你生下来的时候……我害怕极了，因为一切都好像是在一天之内发生的，我好像突然从一个年轻女人变成了一个老太婆，而我却没有觉察……等我死了，"她看着我，好不容易才把这话说出来，"就像我没在这个世界上存在过一样。"

　　"你干吗想这些事呢？"我慢慢地说道，"你还年轻……哪里谈得上死呢？"

　　她好像没听见我说的话似的，还是一个劲儿地说下去，说得我挺难受的，我觉得她说得有些过分。"我对你说吧，我真害怕过；而且我还想到：一个人要是不想活的话，是不是非得勉强地活下去呢？……我没说要去自杀，自杀是需要勇气的，不想活下去就跟不想吃东西、不想走路一样……我以你父亲的名义对你发誓……我真不想活了。"

　　她的两眼充满了泪水，嘴唇抖动着。我也想哭，虽然我不知道为什么要哭，我站起来拥抱她，与她一起坐到大房间里边的沙发上，我俩抱头痛哭了好一阵子。我感到茫然，因为我也累了，妈妈那毫不连贯、毫无条理和逻辑不清的谈话，更使我心烦意乱。不过，我先平静下来了，因为不管怎么说，我是出于同情才哭的。我已好久不为自己掉泪了。"别哭了。"我用手拍着她的肩膀说。

"我对你说，阿特里亚娜，我不想活了。"她重又哭着说道。我只是用手拍她的肩膀，没再说什么，让她哭个痛快。此时，我想，妈妈的那些话充分表达了她的悔恨和内疚。她以往一直规劝我应该学吉赛拉去卖身，这是真的。但说是说，做是做；当看见我带一个男人到家里来，手里接到我塞给她的钱，这对她来说，无异一种十分沉重的打击。现在她亲眼看到了她规劝的结果，她感到的只是恐惧。但同时，她又没有勇气承认自己错了，也许，她在痛苦地庆幸自己即使认错也于事无补。所以，她非但没有当面对我说："你做得太糟了……别再这样了。"反而说了些与我毫不相干的事，什么她过去如何如何，以及如何想一死了之。据我观察，很多人在理应受到责备时，都会竭力对自己或别人说一些高尚的道理，以表明自己的无私和崇高，借以减轻心理上的创伤，尽管他们的言与行相差十万八千里，妈妈就是这样一个人。只是很多人是有意识地那样干，而可怜的妈妈却是毫无意识的，完全是她的心灵和她的处境启示她那么做的。

不过，她说她不想再活下去，我是相信的。我想，当我得知吉诺欺骗我后，我也曾闪过不想活下去的念头。仅仅是我的躯体违背我的意愿继续活着；仅仅是那讨男人喜欢的胸脯、大腿和臀部继续活着；仅仅是那两腿间不断激起我情欲的器官继续活着，尽管我主观上并没有什么性的要求。我在床上傻躺着，决定不再活下去了，第二天早上也不想再醒来。但当我睡着时，我的躯体继续活着，我的血液还在血管里流动，我的肠胃仍在消化，我腋下的汗毛和手上的指甲在不断地生长，皮肤在不断沁出汗水，我的精力在恢复。在早晨某个时辰，我的眼皮将重新抬起，我的双眼将很不情愿地重又看到它们所憎恶的现实。总之，虽然我想死，但我发现，我还活着，而且还得继续活下去。总而言之，我得苟且偷生地活下去，别的什么也不用去想。

但我没有把这些想法告诉妈妈，因为我明白，这些思想比妈妈的一些想法还要令人伤心，根本不能宽慰她。当我觉得她似乎不再哭了时，我就走开了，并说道："我饿了。"那是真的，因为在饭馆里，我神经极度紧张，几乎没有吃什么东西。

"我给你留着晚饭呢。"妈妈说道。我这么一说，使她意识到自己是女儿用得着的人，她只需做每天晚上都做的事，因此她非常高兴。"我这就替你去准备。"她出去后，我独自待在屋里。

我坐在平时坐的位子上，等着妈妈从厨房出来。现在我的脑子里空空的，夜里的事，留给我的只剩手指上那种令人腻味的香水味和脸颊上咸涩的泪水风干后的泪痕。我一动不动地待着，默默地凝视着灯光在长而空旷的墙壁上所投下的身影。妈妈端着一盘肉和蔬菜回到屋子里，说道："我没替你热汤，因为一热就不好吃了……况且也没剩多少了。"

"没关系，这就够了。"

她替我斟了满满一杯葡萄酒，我吃饭时，她像往常一样站在我跟前，一动不动且非常注意地等待我的吩咐。"牛排好吃吗？"过了一会儿，她关切地问道。

"好吃。"

"我一再关照卖肉的得给我嫩一点的。"她重又打起精神，一切

156

如常，就像每天晚上一样。我慢慢吃完后，张开双臂伸着懒腰打了个哈欠。我忽然感到很舒服，这一打哈欠，我全身有一种快感，因为我觉得我年轻、健壮而又开朗。"我困极了。"我说道。

"你等一等，我去替你铺床。"妈妈殷勤地说道，她做出要出去的样子，但我拦住了她："不……不……我自己来。"

我站起身来，妈妈端起了空盘子。"明天上午你让我好好睡觉，"我对她说道，"不要叫我，我自己会醒的。"

她说行，我向她道了晚安，并亲了亲她，然后就回自己的房间去了。床被我与贾钦蒂搞得乱七八糟的。我只是把枕头和被子稍稍整理了一下，就脱下衣服钻被窝睡了。有那么一会儿，我在黑暗中把眼睛睁得大大的，什么也没想。"我是一个妓女。"后来我高声说道，想看看自己对此有什么反应。但我觉得似乎没有任何效果，于是我闭上眼睛，很快就睡着了。

第八章

之后的几天，我天天晚上与贾钦蒂见面。第二天早晨他打电话给吉赛拉，下午吉赛拉一见到我，就传话给我。在我与吉诺约定见面的前一天晚上，贾钦蒂得动身去米兰，所以，我才同意与他每晚见面。否则，我一定会拒绝他，因为我曾对自己发过誓，绝不与任何男子有持续的关系。我想，既然干上了这一行，就该每次换个伴侣，这比总自欺欺人地幻想不干这一行而让某个男人供养我要好得多；而且，一旦自己喜欢上了某个男人，或被人喜欢上了，就不仅有失去肉体上自由的危险，还有失去感情上自由的危险。更何况，我还一如既往地向往过正常的婚姻生活呢。我想，我真要结婚，也不会是跟一个只能供养我的情人结婚，或是跟一个最后只是使夫妇关系合法化而并不恪守夫妇间伦理道德的情人结婚，而是要跟一个与我般配、志趣相投、思想一致、爱我并被我所爱的年轻人结婚。总而言之，我希望，我的职业能与我原有的宿愿泾渭分明，不致玷污和损害我的宿愿。这样，就能使自己从某种程度上感到，尽管我在当妓女，但我仍然能当一个好妻子，绝不像吉赛拉那样妄想在两者之间走出一条稳妥又虚伪的中间道路。再说，要是算笔细账，从众多吝啬的男人身上捞取的，总比在一个慷慨的男人身上捞取的要多得多。

那几天晚上，贾钦蒂总带我去那家餐馆吃晚饭，然后陪我回家，与我一直待到很晚。事到如今，妈妈索性不再过问我的夜生活。早上，我起得很晚，她端着托盘给我送来咖啡时，只问我是否睡好了。以往，我总是一大早就去厨房，站在炉灶边喝这杯咖啡的，手与脸被冷水浸到冰凉；现在，妈妈却把咖啡端到我屋里来，我坐在床上喝咖啡时，她就替我打开百叶窗，并帮我整理屋子。以往我瞒着她的事，我一概不对她说；但她心里很清楚，我生活中的一切都变了，她用行动表明，她已十分清楚这种变化意味着什么。好像我与她之间有一种默契，她对我这样关心和体贴，像是在谦卑地请求我，在我们新的生活秩序中，能允许她像过去那样伺候我，能对我有用。应该说，那种把咖啡端到我房间里来的习惯，从某种意义上来说，可以使她心情平静些，因为有很多人，包括妈妈在内，认为习惯是有积极意义的，尽管在那种情况下习惯本身已经没有积极意义了。她还以同样的热忱，给我们的生活每天增添些花样，譬如，给我准备一大锅热水供我起身后洗澡，在我房间的花瓶里插上花，等等。

贾钦蒂总给我那么多的钱，我不告诉妈妈，而是悄悄地把钱放在抽屉里那只储蓄盒里，自己只留很少几个零钱。我想，她自己会发现我们这笔与日俱增的财富；但我们谁也不提此事。后来，我在生活中注意到，即使是那些赚钱来路正当的人，也不喜欢谈钱的事，而且不光不跟外人谈，跟亲近的人也不谈。也许一谈到钱，总令人觉得不光彩，或者，至少是出于一种清高的态度，不把它列入正常的话题之中，而把它放在那些不便谈及的、秘密的、无法供认的事物之列。似乎赚钱总是不正当的，不管它来路如何。不过，也许正因为谁都不喜欢流露出金钱在心灵中所唤起的那种十分强烈的感情，所以这种感情总是蒙上某种过失的阴影。

一天晚上，贾钦蒂表示想在我的卧室里过夜，我借口第二天早上他出去时邻居们会发现他而把他打发走了。事实上，我对他的感情，从认识的第一天晚上以后，没有任何发展，当然，这不是我的过错。他始终像第一天晚上那个样子，直到他动身去米兰。他实在是个令人乏味的男人，没有什么能耐，至少在感情关系上是这样的。我对他产生的全部感情，就是头天晚上他睡着时曾有过的那点；那只是一种朦胧的情感，也许跟他毫不相干。一想到跟这样一个男人睡觉，我就感到厌恶。我又怕他搅扰我，因为他会半宿半宿地不让我睡觉，对我说知心话，没完没了地谈他自己。但他没有察觉我对他的厌烦；他离开我时，还满以为在那短短的几天里他挺讨我喜欢的。

我与吉诺约定的日子到了，这十天之中发生了那么多事，使我觉得从我在去画室的路上结识吉诺，到了后来为了置办嫁妆而加紧干活，以为自己就要当新娘子，直到现在，像是过去了一百年。他十分准时地在约定的地方等着我，我上汽车时，发觉他脸色苍白，似乎有些精神恍惚。谁也不喜欢别人指责自己的背叛行为，即使是最大胆妄为的叛逆者也是如此。在这十天之中，我们中断了往常的关系，他可能想得很多，并已有所猜疑。但我没有流露出任何怨恨情绪，实际上，我也并不是假装，因为我觉得自己的心灵是平静的，而且在起先那种绝望中带有的辛酸过去之后，我心中滋生出某种宽恕和疑惑的情愫。不管怎样，我仍然爱着吉诺，从我投向他的第一个目光中，我就明显感觉到了这一点。

汽车朝别墅方向驶去，过了一阵，吉诺就问我道："听你忏悔的神父就这样改变主意啦？"

他话中略带讥讽的口吻，同时又显得很没把握。我直截了当地回答说："不……是我改变了主意。"

"你和你母亲的活都做完啦？"

"暂时算做完了。"

"真奇怪。"

他不知道自己在叨咕什么，但他显然是想激我说出真情，以证实他的猜疑是有道理的。

"有什么奇怪的？"

"我就这么说说而已。"

"你不信我前几天真有事？"

"我根本不相信。"

我本来决心要当面揭穿他，但我想按我的方式戏弄他一番，就像猫逗弄耗子那样，而不是像吉赛拉教我的那样采用粗暴的方式，再说，那样也不合乎我的性格。我撒娇地问他："怎么，你嫉妒啦？"

"我嫉妒？……没有的事。"

"是的，你嫉妒了……要是你坦率点的话，你就会承认的。"

突然，他上了我的钩，说道："谁处在我这个位置上都会嫉妒的。"

"为什么？"

"算了……算了……谁会相信你呢？……竟然有这样重要的活，连五分钟时间也挤不出来见我……得了吧。"

"可确实如此……我干了很多活。"我平静地说道。那是实话；实际上，那几天晚上，我天天跟贾钦蒂在一起，难道那不是活？而且是很辛苦的活。"我挣够了分期付款购置家具的钱，还有购置嫁妆的钱，"我自寻开心地补充道，"这样一来，我们可以不欠着债结婚了。"

他什么也没说，显然是在说服自己相信我说的一切，以消除他原先有过的猜疑。我做了个以往我常做的动作，他驾驶汽车时，我把胳膊搭在他的脖子上，在他的耳根使劲地吻，并低声地对他说："你为什么嫉妒了？……你知道，我生活中只有你，没有别人。"

我们到了别墅。吉诺把车开进了花园，关上了栅栏门，与我一起朝小门走去。已是傍晚，周围邻居家的窗口已有几盏点亮了的灯，在冬夜的蓝雾中发出红光。地下室的走廊里一片漆黑，有一股厨房泔水的污秽味和空气不流通的恶臭味。我停下脚步对他说："今天晚上，我不想到你的屋里去。"

"为什么？"

"我想到你女主人的房里去。"

"你疯了。"他生气地大声说道。以往，我们常待在上面的房间里，但做爱总是在那地下室里。

"是我一时的兴致，"我说，"这跟你有什么关系？"

"跟我大有关系……万一打碎了什么东西……这是保不住的事……要是让别人发觉了，我怎么交代？"

"嗳，有什么了不得的事，"我不以为然地回答道，"大不了把你撵走呗。"

"你怎么这样说话？"

"我该怎么说？……要是你真爱我，你就会毫不犹豫地答应我的。"

"我爱你，但这事不行，没商量的余地，我可不想惹麻烦。"

"我们当心些就是了……他们不会发现的。"

"不……不……"

这时候，我十分平静，还是怀着实际上我并没有的那种感情说道："我是你的未婚妻，我要你成全我的美意，而你却怕我的身子碰触你女主人睡的床，怕我的脑袋搁在她的枕头上，所以你拒绝我……你究竟是什么意思？你认为她比我更好，是不是？"

"不是，但……"

"我顶得上一千个她那样的女人，"我继续说道，"不过，算你倒霉了……今天你就跟你女主人的床褥做爱吧……我走了。"

正如我注意到的那样，他对女主人尊重和服从的意识非常强。他莫名其妙地为他的主人感到自豪，似乎主人的财产从某种程度上也是属于他的。但他见我那样说话，又那样气冲冲地要走，那样坚定和果断，这是他以往从未领略过的。于是，他不知所措了，在我后面追着跑："你等一下……你去哪儿？……我只是这么说说而已……要是你高兴，我们到上面去就是了。"

我装出生气的样子，又故意让他恳求了我一番。我答应了他的乞求，两人搂抱着上楼，在楼梯上还像第一次那样不时地停下来接吻，但思想感情却截然不同了，至少我是如此。进了女主人的卧室后，我径直走到床沿，掀开了被子。他害怕了，反对我这样做："你真的非要钻进被子里去？"

"为什么不？"我平静地回答说，"我可不愿意着凉。"

他用沉默表示反对。而我铺好了床就到浴室去点燃了煤气热水器，打开了热水，让它只流出一股细流，以免浴缸太快注满。吉诺不安又不满地跟着我到了浴室；他又抗议道："还用浴室？"

"他们做爱后都洗澡，不是吗？"

"他们干什么我哪里知道。"他耸着肩膀回答道。但我看得出来，我这些大胆的举动并没有真的令他不快，他勉强接受了我的做法。他是个怯懦的男人，做事循规蹈矩。但不合常规的行为对他很有吸引力，因为他很少擅自这么干。"不过，你是有道理的，"过了一会儿，他用手摸着被褥，带着一种勉强而又有些委屈的微笑说道，"这儿真舒适……比在我的房间里好。"

"我不早对你说了吗？"

我们一起坐在床边。"吉诺，"我用双臂勾住他的脖颈说道，"你想，我们两人要有一个家该多好……当然不会像这儿这么阔气……但是是我们自己的家。"

我不知道为什么自己要这样说。大概因为我当时已断定这一切都已经不可能实现了；我愿意触碰心中最痛的地方。他说："是的……是的。"并吻了吻我。

"我热爱生活，我深知这一点，"我继续那么无情地描绘着一件我已经永远失去的东西，"我并非追求这么豪华的家……只要有两间屋子和一个厨房就够了……不过，家里所有的东西都得是自己的……一切都光洁如镜……我们一起吃饭，一起睡觉……你想，吉诺，那该有多好呀！"

　　他什么也没说。说真的，我这么说时，一点也没有激动。我简直像个演员在舞台上扮演角色似的。然而，这使我更加痛苦；因为那个角色是那样冷漠，那样肤浅，以致没能在我心灵深处唤起一丝同情，而我扮演的角色只不过是十天前的我。在我说话的时候，吉诺迫不及待地脱去了我的衣服；而我不止一次地意识到自己还是那样喜欢他，就像我坐上他的汽车那一瞬间似的，我懊恼地想着，也许是我的身体随时都愿意享受情欲，并非我那颗已远离他的心使我变得那么温良恭顺而能这样宽恕他。他抚摸我，吻我，在他的抚摸和亲吻下，我的头脑模糊了，肉体的快感压倒了内心的不悦。"我真的受不了了。"我终于诚实地说道，身子往后倒在了床上。

　　后来，我把两腿伸进了被子里，他也这样做，我们就这样躺在一起，把华美精致的绣被一直拉到下巴。我们头顶上方挂着帐顶华盖，白色的轻纱柔幔从上方垂下，轻拢着床周。整个房间都是白色的，窗户上挂着轻飘的长帷幔，四周是漂亮的矮式家具、磨光的镜子，以及用玻璃、大理石和各种金属做成的陈设品。那精美轻柔的被单贴身盖着，像是在轻轻地抚摸着我，我悄悄动一下身子，褥垫就软塌下去，使我的四肢变得松软，并勾起我的睡意，使我想好好休憩一番。通向浴室的门开着，从那里传来水管往浴池注水的响声，那哗哗的细流平静而幽怨。我感到特别舒适，似乎不再对吉诺有什么怨恨了。我认为这是向他摊牌的最合适的时机；因为我肯定自己会很客气地向他说明这一切，不带丝毫恶意。"吉诺，"在长时间的沉默之后，我和蔼亲切地说道，"你的妻子名叫安东尼耶塔·帕尔蒂妮。"

当时他也许已快入睡了，因为他猛地惊醒了，似乎有人突然摇晃他的肩膀似的。"你说什么？"

"你的女儿叫玛丽亚……不是吗？"

他本来还想狡辩的，但他望着我的眼睛，深知这样做已是徒劳。我们共睡一枕，脸紧挨着，我几乎是对着他的嘴说的。"可怜的吉诺，"我接着说道，"你为什么对我编了那么多的谎言呢？"

他暴躁地回答道："因为我爱你。"

"如果你真爱我，你应该想到，一旦我了解事情的真相后，我将会多么痛苦……但你从未考虑过这一点，嗯，吉诺？"

"我爱你，"他说道，"我丧失了理智……而且……"

"别说了，"我打断了他，"刚一知道时，我十分难过……我没想到你能干出这种事……但如今事情已经过去了……我们不去谈它了……现在我去洗个澡。"我掀开了被子，从床上起来，走进了浴室。吉诺仍躺在床上。

浴盆里已注满了热水，水是浅蓝色的，在白色的饰花浴盆和闪光发亮的水龙头的映衬下，使人赏心悦目。我跳进了浴盆，悠然浸泡在热气腾腾的水中。我舒展开身子躺在里面，然后闭上了眼睛。旁边的房间里没有传来任何声音，吉诺肯定是在反复思考我揭露他的事，在搜刮肠肚地想应急的办法，使他不会失去我。一想到他听到我的揭露好像挨了一记响亮的耳光，茫然若失地躺在那张大双人床上的样子，我不禁微笑了。然而我的微笑中不怀丝毫恶意，好像我是在嘲笑一件与我毫无关系的滑稽可笑的事。我已不再恨他了，这我已经说过，而且，在了解了他的底细之后，我反而对他产生了一种亲切感。后来，我听见他在房间里来回走动，大概是在穿衣服。过了一会儿，他在浴室门口探头进来，像是一条挨了揍的狗那样看着我，似乎不太敢进来。

"那么，从此以后我们不会再见面了。"他在沉默了许久之后，低声地说道。

我知道他是真爱我，尽管是按他的方式，但这与他诓骗我并不矛盾。我又想起了阿斯达利塔，我想他也爱我，也是以他的方式爱我。我一面往一只胳膊上打肥皂，一面对他说："为什么我们不再见面了？我要是不想见你，今天我就不来了……我们要见面的，只是不能像从前那样经常就是了。"

听完我这些话，他似乎又振作了起来。他走进了浴室。"要我替你打肥皂吗？"他问道。

我不由得想起了妈妈，每当她放下了做母亲的架子时，总是无微不至地关怀和照料我。我冷淡地对他说："要是你愿意的话……背上我打不着肥皂。"我站起身来，吉诺拿起肥皂和毛巾，在我背上擦抹肥皂。我在正对着浴盆的那面长镜子里照自己，觉得自己好像就是那位女主人，这里的一切华贵之物都是属于我的。她洗澡时，也一定是那样站起来，由一个女用人，一个像我这样可怜的姑娘，探着身子轻轻地替她打肥皂，帮她搓洗，生怕碰破了她那细皮嫩肉。我想，人洗澡时自己不用动手，而且让别人替自己洗，一定挺舒服的：自己懒洋洋地一动也不动，让女用人顺从地在身边忙碌伺候着。此时，我脑海里又浮现出第一次到别墅来时萌生过的那种朴实的想法：要是我脱去破旧的衣衫，光着身子，我就与吉诺的女主人有着同样的身价。可我的命运并非如此，真不公道。我恼怒地对吉诺说："行了……行了……"

他拿来一件浴衣，我从浴盆里出来，他从肩后替我披上浴衣，我用它裹卷着身子。他想拥抱我，也许是想试探一下，看我是否拒绝他，而我却直挺挺的，整个身子全裹在白色的浴衣里，任他吻我的脖子。然后，他开始默默地擦拭我的全身，从脚踝一直擦到胸部，那样尽心，又那样灵巧，好像他生来就专干这个似的。我闭上眼睛，又想到我是女主人，而他则是女仆。他把我这种消极被动的状态看作一种默许和顺从，我突然发现，他已不再替我擦拭，而是在抚摩我。于是，我推开了他，浴衣从我擦干了的身上滑落下来，我踮着脚尖走到房间里去。吉诺留在浴室里，把浴盆里的水放掉。

我急忙穿好衣服，然后一边在房间里转悠，一边观赏着室内摆设。我在镶嵌着玳瑁和金子的梳妆台前停了下来。发现在摆放刷子和香水瓶的一个角落里，有一个带镜子的金粉盒。我把它拿在手里端详了一番。金粉盒颇有一些分量，似乎是实心的，是个正方形的盒子，上面刻有条纹，盒子的开关搭扣上还镶嵌着一颗挺大的红宝石。当时，这对我来说，与其说是一种诱惑，还不如说是一种发现：现在我什么事都干得出来，当然也能偷了。我打开了手提包，把金粉盒塞了进去，粉盒因它自身的重量很快就落在提包的底部，与硬币和钥匙混在一起了。我拿粉盒时，还感到一种情欲上的满足，这与我的情人给我钱时在我身上引起的感觉是一样的。说实在的，这么珍贵的粉盒同我的穿着打扮和我的生活太不相称了，我不知拿了它以后该怎么办。我永远用不着它，这一点是可以肯定的。但我既然偷了，就应该顺其自然，按照命运的逻辑去行事。我想，一不做，二不休，房子既然造好了，就应该把屋顶也盖起来。

吉诺回到房间里，以一种仆人般谨小慎微的态度重新铺好床，把一切他觉得没就位的东西都一一放回原处。"得了得了。"我见他这样，鄙夷地对他说道。因为他把一切都整理完毕后，又焦虑不安地向周围环顾着，生怕还有什么没放回原处。"得了……女主人不会发现什么的……这一次你是不会被撵走的了。"我注意到，吉诺听我说完这些话后，脸上似乎痛苦地抽搐了一下。我后悔自己说了这些话，因为很刻薄，也很不坦诚。

　　无论是在下楼梯时，还是在外面的花园里时，抑或是上汽车时，我们都没开口说话。已经夜深了。当汽车沿着豪华住宅区的崎岖道路开始行驶时，我暗暗地落泪了，似乎那一时刻正是我所期待的。我自己也不明白我为什么哭，不过，我的确十分痛苦。我生来不善于扮演绝望和大发雷霆的角色，但那整个下午，我的每句话和每个动作都流露出一种压抑着的绝望和愤怒，尽管我竭力使自己保持冷静。在我痛苦地流泪时，我第一次对吉诺产生了怨恨。因为他骗取了我的感情，我不喜欢这种被人愚弄的感觉，这与我的本性格格不入。我想，以往我对人总是那么温柔善良，也许以后我再也不会那样了，想到这里，我心里很绝望。我想痛心地责问吉诺："你为什么要这样做？……我怎能忘却这一切，又怎能不去想呢？"但我强忍着眼泪，一言不发；不时摇晃脑袋，使泪水从眼眶里掉下来，犹如摇动着果树的枝杈，使成熟的果子从树上掉落下来一样。我几乎没有察觉到我们正穿过整个城市。后来，汽车停住了，我从车上跳了下来，把手伸给吉诺说道："我会给你打电话的。"他看了看我，见我泪流满面，他那满怀希望的神态骤然变得惊愕异常，但是他没来得及说话，我就做了个告别的手势，带着勉强的微笑离去了。

第九章

　　于是，对我来说，生活就像我儿时从家里窗口望出去的那个露天游乐场里的旋转木马一样，总是往同一方向转动，游乐场光怪陆离的灯饰，给我心里带来的总是欢乐。

　　旋转木马的样式不多，总是那几种。当那刺耳、哀怨的音乐一响，天鹅、花猫、小汽车、马、国王宝座、龙和大鸡蛋就在眼前一一掠过，它们一次又一次地旋转，接着还是天鹅、花猫、小汽车、马、国王宝座、龙和大鸡蛋，通宵转个不停。我那些情人的模样也以这样的方式转起来，无论是我原先就熟悉的男人，还是新结识的男人，他们都一个样。贾钦蒂从米兰回来，赠送我一双丝袜，在随后的几天中，我每晚都与他会面。后来贾钦蒂又走了，我就跟吉诺，每周见他一两次。其他几个晚上，我就跟马路上招来的顾客或由吉赛拉介绍的男人。他们中有年轻人，有中年人，也有老年人；有些和蔼可亲，对我很客气，也有些人令人讨厌，他们把我看作一件商品。不过，因为我已下决心不再眷恋任何男人，所以，对我来说，实际上都是那么回事。在马路上或者在咖啡馆碰上一个男人以后，有时候先一起去吃晚饭，然后就上我家里。我们在屋子里做爱，聊了几句之后，男人付了钱就走，我便去起居室妈妈那里，她会在那儿等着我。要是我肚子饿了，就吃点东西，然后上床睡觉；要是时间还早，偶尔会再到街上找个男人。有时连续好几天一个客人也拉不到，我便无所事事地待在家里。我变得十分懒惰，那是一种可悲的纵情恣欲的怠惰，沉溺其中，似乎在同我妈妈和周围像我那样含辛茹苦的穷人们分享休憩和安宁。当我看到那储蓄盒空空如也时，我便走出家门到市中心大街上去招徕嫖客。但是，我怠惰成性，常常宁愿向吉赛拉借钱或者让妈妈出去赊账购物。

不过，我还真不能说自己不喜欢那种生活。不久我就发现，吉诺并不是唯一让我特别倾心的男人。实际上，几乎所有的男人都有某些讨我喜欢的地方。我不知道，是否所有干我这一行的女人都有这种感触，或者这恰恰表明了我在这方面有一种奇特的情趣。我只知道，每次我的好奇心和期待心理都能得到满足。我喜欢青年人瘦长的身材，稚嫩、笨拙的动作，羞怯的神态，亲切、温柔的目光，鲜嫩的嘴唇和滋润的头发；我喜欢壮年人肌肉发达的胳膊，宽厚的胸脯，他们的双肩、腹部和大腿蕴含着一种难以言喻的雄浑、刚毅的男子气概；此外，我也喜欢老年人，因为男人不怕年岁大，这一点不同于女人，即使已进入了老年，仍然能保持他们原有的魅力，或者另具一种特殊的魅力。每天都更换男人的事实，使我有一种凭经验才能获得的准确而敏锐的观察力，一眼就能看出每个男人的优缺点。再者，人体对我也是一种取之不竭的源泉，它给予我一种既神秘又永远难以满足的快乐。我常常或是用眼睛观赏，或是用指尖碰触与我过夜的客人的肢体，这连我自己也感到意外，好像我是想超越把我们联结在一起的表面关系，而深入探索他们魁梧健美的肢体的内涵，并对自己解释他们为什么能这样吸引我。不过，我总是竭力掩饰男人对我的这种迷惑力，因为男人们往往有永恒的虚荣心，他们会把我的受迷惑看作爱慕，以为我爱上他们了；而实际上，爱慕，至少是他们所理解的爱慕，与我对他们的感情毫不相干；这好比过去我上教堂参加某些宗教仪式时，曾经感受到的那种虔诚和焦虑不安的心理一样。

然而，我用这种方法挣来的钱，并不像别人所想象的那么多。再说，我又不像吉赛拉那样贪得无厌，那样能跟人讨价还价。当然，我让人家付钱给我，是因为我跟别人在一起并不是为了自己取乐；但出于天性，我在把肉体奉献给他人时，与其说为了挣钱，还不如说因为我体力充沛、精力旺盛，有这方面的需要。我等到最后让人付钱时，才想到了钱的重要，但为时已晚。我总有个模模糊糊的信念，最好可以奉献给男人一种不必付出代价也不必用金钱来偿付的物品；这样，在接受他人的金钱时，能有一种接受一件礼物而不是领受酬金的感觉。我认为爱情是不能用金钱来偿付的，用金钱也是付不清的。在谦卑和虚荣这两种情感的支配下，我实在难以确定我卖身的价格，怎么定价似乎都是武断的。所以，当别人给我很多钱时，我心里就特别感激；要是人家给的钱少，我也不觉得是上当受骗，当然，我也从未提出过异议。只是后来，在经过几次痛苦的经历之后，我才接受教训，决心效法吉赛拉，先讲好价钱再干；但起初我总觉得很难为情，总是支支吾吾的，难以启齿提个数目，所以弄得别人都听不明白，老得厚着脸皮重说一遍。

我挣的钱之所以不够花的另一个原因，是我花钱比以前随便多了，我买了好几套衣服，买香水、梳妆用品和干我这一行所需要的其他东西，当然，开销大大增加了，我从情人们那里拿到的钱不够用了。从前我一边当模特，一边帮妈妈做针线活的时候，挣来的钱都够花。于是，我并不觉得自己比从前有钱，尽管我败坏了自己的名声。跟以往比较，家里一个子儿也没有的情况更为常见了。我比以往更加担忧第二天的日子怎么过的问题。我生性无忧无虑，沉静而不好动感情，不像别的人那样精神上不平衡，遇事想不开而摆脱不了焦虑不安的状态。然而，这种忧虑的心绪深深地埋藏在我思想意识的最深处，就像藏在旧家具纤维中的蛀虫。它不断告诫我，自己是个一无所有的人，决不能忘记自己的处境而躺下不干了，它还时时提醒我，我选择的这一行是无法根本改善我的处境的。

唯有妈妈一点也不发愁，至少从表面上看起来是这样。我早先叫她不必再整天缝制衣服，把视力都毁了；她似乎毕生都在盼望这一天的到来，我一宣布，她就立刻放弃了大部分的活计，只接手不多几件定做的衣服，想做的时候做一会儿，与其说是为了挣钱，不如说是为了消磨时光。打从十几岁起，妈妈就在一个职员家里干活，这么多年来艰苦辛酸的生活，似乎突然崩溃了，没有留下任何痕迹，也没有任何补救的办法，犹如那些崩塌的老房子，全变成了一片废墟，走进里面一看，连一面立着的墙都没有了，看到的只是碎砖瓦砾。对于像妈妈这样的人来说，金钱首先意味着吃得好，且有充分的休息。她比以往吃得多了，她沉湎于舒适安逸的生活，她认为，能过上无忧无虑的舒适生活是区别富人和穷人的重要标志：早晨晚起床，吃完午饭睡一觉，偶尔出去溜达溜达。然而，这些新的生活习惯在她身上产生的结果却令我很不愉快。也许操劳惯了的人是不该歇下来的；悠闲舒适的生活使人堕落腐化，即使来路正当合法也是如此，更何况我们的经济来源并非正当。我们的生活一开始改善，妈妈就发胖了，或者，说得更确切些，是一种病态的浮肿，与原来她那种终日愁眉不展、心事重重的瘦弱的样子判若两人。她肥胖的样子是意味深长的，尽管我对其中的含义不甚了解。她以前瘦骨嶙峋的胯部变得圆鼓鼓的，塌陷的双肩变得圆润丰满，原来总是那样愁苦、似乎在期待着什么的面容，现在舒展多了，脸色也红润健康了。妈妈发福后，变化特别明显的部位是眼睛：过去她总是把那双大眼睛睁得大大的，显得十分机警而深沉；而今，她那双眼睛变小了，闪烁出一种令人难以琢磨的模棱两可的目光。她胖多了，但她既不比以前漂亮，也没显得更年轻。看来，我们生活的改善，明显地反映在她的身上和脸上，而不是在我身上。我看着她，心里不由得产生内疚、怜悯、厌恶的痛苦之情。她却不断流露出那种心满意足的神情，这就越发使我痛心。实际上，她并不是真的感到无所事事；她那种态度，很像是从未享过清福的人所持的态度：只想吃饱喝足和睡觉。

当然，我没有流露过这些看法，因为我不想让她感到不快，另一方面，我深深明白，有些事在责备她以前，先得好好责备自己才是。但我仍然时不时无意识地做出某些表示烦恼的动作。现在她那么胖，那么臃肿，走起路来上身摇摇晃晃的，过去她总是披头散发地终日奔跑忙碌，身子瘦削纤弱，还总是大喊大叫地抱怨着，但比较起来，我似乎更喜欢过去的她。于是我常常这样问自己："假如现在我的婚姻美满，过着富裕安逸的生活，妈妈会不会也这样发胖呢？"我想她会是这样的；从妈妈的发胖之中，我发现了某种难以言喻的令人厌恶的东西，这从我下意识地投向她的那种意味深长而又充满悔疚的目光中可以看出。

我新生活的境况并没有向吉诺隐瞒多久。可以说，我是很快就对他明说了，那次别墅幽会后十来天再次见到他时，我就直言相告了。一天早晨，妈妈来叫醒我，她以一种想保护我的口吻低声对我说："你知道谁在那里要与你说话吗？是吉诺。"

"让他进来吧。"我爽快地回答道。

妈妈对我如此简洁的回答颇感失望，她打开了房间的窗户，然后就出去了。过了一会儿，吉诺进来了，我立刻发现他怒气冲冲，神色不安。他也没向我问候，绕着床的四周转悠了一阵，而后就站在了我面前，我睡眼惺忪地躺在床上看着他。随后，他问道："你听我说……那天你从女主人的梳妆台上没有错拿过一件东西吧？"

"找上门来了。"我想。我觉得自己并没有什么过错，但吉诺那种奴颜婢膝而又惊慌失措的样子，却像过去那样令我怜悯。

我说道："怎么啦？"

"丢了一只贵重的粉盒……是金的，上面有一颗红宝石……太太在离别墅很远的地方另有个家……这幢别墅，实际上是托给我看管的，嘴上虽不说，但我明白人家怀疑是我偷的……幸好昨天才发现，太太回来一个星期了，所以也可能是女用人中有人偷了……否则他们早把我解雇了，或者控告我，把我抓起来，天知道会怎么样。"

我生怕因为我的过错而牵连无辜的人，就问道："他们没把女用人们怎么样吧？"

"没有，"他神情紧张地回答道，"但是来了一位警官，盘问了

175

我们，这两天大家都不得安宁。"

我迟疑了片刻，然后说："粉盒是我拿的。"

他瞪大了眼睛，气得整个脸都扭歪了："你拿的……亏你还说得出口？"

"我为什么说不出口？"

"这就叫偷。"

"偷了又怎么样！"

他看了看我，勃然大怒：也许他是担心我的行为会产生什么严重后果，也许他隐约地猜测到了最后我会把偷窃的责任全推在他身上。"你说说……你究竟是怎么回事？……哦，我想起来了，这就是你那天坚持要到太太的卧室里去的缘故……现在我明白了……不过，我亲爱的，我可不愿意受牵连……你想偷，愿意到哪儿去偷我管不着，但你不能在我干活的人家偷……女贼一个……要是娶了你，我就倒霉了……我差点儿娶个女贼当老婆……"

我观察着他，等他发泄完。使我感到惊异的是，那么长时间以来，我为何一直认为他完美无缺呢？实际上根本不是那么回事。当我觉得他已经骂够了以后，就说："为什么你要如此大发雷霆，吉诺？……他们并没有控告是你偷的……再议论几天后，他们也就不会再去想这件事了……这样的粉盒你女主人不知有多少个呢……"

"你到底为什么要偷它？"他问道。很明显，他是想让我说出来他隐约地感觉到的那种看法，这我已说过。我回答说："我就是想偷。"

"这算什么回答？"

"好吧，你要是真想知道我为什么偷，"我平静地说道，"我可以告诉你，我偷了粉盒，不是因为我有偷的愿望，也不是因为我需要它，而是因为我现在也能偷东西了。"

"这是什么意思？"他开始说起来。但我不等他说完，又说道："现在，我晚上在马路上拉个男人，把他带到这里来，完了他付我钱……既然我能干这个，当然也能偷喽，不是吗？"

他懂了，他对我这番话的反应是很有特色的："你竟干这个……好啊……幸亏没娶你，否则我就倒了霉了。"

"原来我不知道什么叫偷，"我说，"我是因为发现你有妻子和孩子才偷的。"

他就等我说这句话呢，他脱口反驳道："不！亲爱的，现在你不能把过错都推在我身上……要是你自己不想当娼妓和小偷，并不是非干不可的。"

"其实，我是在不知不觉中干的，"我回答说，"是你给了我做那种人的机会。"

他见我那么泰然自若，知道一切都已无济于事，于是改变了策略："好吧……你做什么人，干什么事，都不关我的事……但你得把那个粉盒还给我……否则，我迟早会丢了工作……你一定要把它还给我，我可以假装在什么地方找到它的。该说在什么地方找到的呢？就说在花园里找到的。"

我回答道："你为什么不早说呢？……要是你怕丢了你的工作，你把粉盒拿去就是了……粉盒在柜子的第一个抽屉里。"

他马上到衣柜那儿打开了抽屉，拿出了粉盒，着急的神情中夹杂着几分宽慰，他把粉盒放在衣服口袋里。他看了看我，这时他的目光已经变了，闪烁着一种既生气又想和解的神态。但我没有勇气正视他那种目光造成的尴尬局面，我问道："你的汽车在下面吗？"

"是的。"

"好吧，天不早了，你最好别耽搁。下次我们见面时再详谈。"

"你生我的气啦？"

"没有，我没生你的气。"

"不，你生我的气了。"

"我说没生气就没生气。"

他叹了口气，然后向我俯下身来，我让他吻了我一下。"你还给我打电话吗？"他走到门口时问道。

"你放心吧。"

就这样，吉诺知道了我已过上了一种新的生活。但后来再次见面时，我们根本不谈粉盒的事，也不再提及我的职业；好像那已是些不容争辩且毫无意思的往事了，它们的重要性就在于有没有新的消息上。总之，他的表现或多或少像我妈妈；但吉诺连一刹那的惊异神情都没有，而妈妈在我第一次把贾钦蒂带回家的那个晚上，却显出惊慌不安的神情；在她心满意足的背后，甚至在她那副发福的病态的外表中，也不难揣测到她心烦意乱的心理。吉诺性格上的主要特点就是目光短浅，无谓地耍手腕，我想，他在得知了我因他的欺骗而改变了自己的生活后，一定会耸起肩膀，喃喃自语道："好啊，一箭双雕……这样，她就没有什么可责备我的了，我照样还是她的情夫。"生活中有这样一种男人，他们认为保留着他们占有过的东西，包括金钱、女人和生活本身，是一种福气，即使以丧失他们的尊严为代价也无妨；吉诺就是这种男人。

我仍然与他不断地见面。这我已经说过了，不管怎样，我还是喜欢他的，没有人比他更讨我喜欢；而且，我想尽管我们之间的一切都已结束，但我不愿意结束得太突然，闹得不欢而散。我从不喜欢出其不意地与人中断关系、一刀两断。我认为生活中的任何事物，因愁闷、冷漠或习惯而产生，也因愁闷、冷漠或习惯而自生自灭；而习惯确实让人感到厌烦。而我喜欢事物能不因我的过错，也不因他人的过错而自然而然地消亡，慢慢地让位于其他事物。何况，毕竟生活中难得骤然发生变化；就算有人想仓促地改变生活，那些他原以为已根除的旧习惯也会出其不意地冒出来，而且还那样地强烈，那样地牢固。我希望自己对吉诺的抚摸，对他的甜蜜话语无动于衷，因为任其发展，我生怕他随时都有可能重新闯入我的生活，并迫使我违心地与他恢复过去的关系。

在那段时间里，另一个人也再次闯入了我的生活，那个人就是阿斯达利塔。我跟他的关系与跟吉诺的关系相比，要简单得多。吉赛拉偷偷地与他见面，我推测他与吉赛拉发生关系只是为了能有机会与她谈起我。总之，吉赛拉一直在等待有利的机会，与我谈论阿斯达利塔；当她认为时间差不多了，我的心情也比较平静了时，她便把我拉到一边，先拐弯抹角地寒暄几句，接着说她遇见了阿斯达利塔，他向她打听我的情况。"他没对我明确地说什么，"她接着说道，"但我明白，他一直眷恋着你……跟你说句实话，我看着他那样心里很不好受……他看上去很痛苦……我再对你说一遍：他并没对我说什么……但我照样能猜想得到，他特别想见你……何况现在……"

我打断了她的话，说道："听我说，你不必老是那样拐弯抹角地说话。"

"我说话怎么啦？"

"那样绕着弯子……你干脆直说得了，是他派你来的，他想见我，他在等着我的回音。"

"就算是这样吧，"她窘困地承认道，"那你的意思呢？"

"好吧，"我平静地回答道，"你就对他说，我不反对再与他见面……就像我跟其他男人不时地见见面一样，不承担什么义务的，这很明白……"

我的平静态度使她感到很惊异。她原以为我恨阿斯达利塔，以为我是绝不会答应再与他见面的。她不理解，对我来说，已经不存在什么恨和爱了；跟往常一样，她揣测着我可能抱有什么不可告人的目的。"这样就对了，"过了一会儿，她审慎而又狡黠地说道，"我要是处在你的地位，也会这样做的……对人有时候得宽容些，不能太刻薄……阿斯达利塔是真爱你，他也有可能解除婚约娶你的……不过，看来你还挺精的呢……我本以为你很傻呢……"

吉赛拉真是一点也不了解我。我的经验告诉我，想要让她睁开眼睛看清一切是白费力气的。所以我假装泰然自若地答应了她："一点也不错……"我有意让她既嫉妒我，又自愧不如。

她把我的回答转告给阿斯达利塔，我在与贾钦蒂第一次见面的那个点心铺里又见到了他。正如吉赛拉所说，他仍然那样疯狂地迷恋着我。真的是这样，他一见到我，脸马上就变得跟死人一样苍白，那种自负的神情一扫而光，而且闭口不说话。他对我的爱强烈到了不能自制的地步；我想，有些女子说得对，妈妈也曾那样说过，男人都会着魔似的被他们的情妇迷住。阿斯达利塔像是被我施了什么魔法似的，虽然我不愿意这样做，也丝毫没意识到这一点；

尽管他意识到了，并想竭力挣脱，但他也无能为力。我彻底使他处于劣势，永远从属于我，并受我的支配；我一下子解除了他的武装，使他处于麻木的状态，任凭我摆布。后来，他向我解释，有时候他自己会排练怎么在我面前扮演一个冷漠而又高傲的角色，甚至连台词都背下来了；然而，一见到了我，他马上就面无血色，陷入极度忧虑和焦急的状态，这种状态压得他透不过气来，脑子空空如也，舌头也僵硬得说不出话。他似乎没有勇气直视我的目光，昏头昏脑的，克制不住地想跪倒在我面前吻我的脚。

他的确不像其他男人：我想说的是他完全像着了魔似的。在我们相见的那天晚上，我们在紧张而又激动的气氛中默默地吃完了饭。到了我家以后，他恳求我把维泰尔博游玩回来到与吉诺关系破裂这段时间内的生活情况一五一十地告诉他，连一个细节也别遗漏。"为什么你如此感兴趣？"我惊讶地问道。

"我就是感兴趣，"他回答道，"没有什么原因……不过，你问这个干什么？……你不用有什么顾忌，只管说吧。"

"对我来说……"我耸了耸肩膀说道，"要是你乐意的话。"我按他的要求，详细地向他叙述了那次游玩后发生的一切：怎样跟吉诺摊牌，怎样听从了吉赛拉的建议，又怎样与贾钦蒂会面。只有偷粉盒的事我没说，连我自己也不知道为什么，也许因为他是干警察那一类工作的，我怕让他知道了使他为难。他向我提了很多问题，还特别问到我与贾钦蒂会面的事。他不厌其烦地追问每一个细节，与其说他是想了解情况，还不如说他是想目睹、触及并亲自体验这一切。不知道他有多少次用问话打断了我："那你是怎么干的？"或是："那他干什么了？"等我说完以后，他搂着我结结巴巴地说道："都是我的过错。"

"不，不，"我略显厌烦地说道，"谁也没有过错。"

"是的，是我的过错……是我把你毁了……要是那次在维泰尔博我不做出那样的举动，一切就会是另一个样子的。"

"这你可错了，"我连忙说道，"要说是谁的过错的话，那是吉诺的过错……跟你毫不相干……我亲爱的，我亲爱的，在维泰尔博你强制占有了我……凡是用强力得到的东西，都是毫无意义的……要是吉诺没有欺骗我，我就与他结婚，婚后，我就会把那件事告诉他，就像我从来不曾认识过你一样。"

"不，是我的过错……表面上也许是吉诺的过错……实质上是我的过错。"

他总在追究到底是谁的过错，似乎不能自拔。不过，在我看来，他并不是因为感到内疚才这样的，相反，他一想到是他腐蚀了我，并把我引入了歧路，倒有几分得意；而且远远不只是得意：这样他会感到很刺激，也许这就是他产生激情的原因。这一点，我是后来才明白的，因为我们会面时，他老要我详细叙述我与来去不定的情人之间的那些事不可。我讲这些事的时候，看到他那种局促、愁苦又一本正经的神情，我感到很不自在，羞愧不已。而后，他就扑在我的身上，在与我交媾时，他总是激动不已地反复对我说些让人无法复述的下流话，那么粗俗，又那么淫秽，即便是最堕落的女人听了也会觉得是一种侮辱。我始终百思不得其解的是，他这种奇怪的态度与他对我的顶礼膜拜不知是如何协调在一起的。我觉得，要是真心爱一个女人，就不可能不尊重她；但在阿斯达利塔身上，爱和残忍好像是混杂在一起的，它们相互润饰，又相互补充。有时候我想，他总喜欢把我的堕落归结于他，大概是他政治警察的职业启示他如此的；照我看来，干这一行的人就是想寻找被告的弱点，腐蚀并侮辱他，使他日后能变成一个无害的人。有一回，不知道是怎么谈起来的，他曾对我说，每当他成功让别人供认或让被告屈招时，都感到一种特殊的满足，近乎占有心爱人的肉体时感到的那种满足。"被告就像一个女人，"他向我解释道，"在她依从你之前，始终是难以驾驭的……但她一旦让了步，就变成了一块破布头似的，你什么时候想要占有她、要她或怎么样都行。"不过，也许他生来就有这种残忍而自鸣得意的性格，也许正因为他有那种性格，才使他选择那种职业，而不是他的职业使他产生那种性格。

阿斯达利塔是不幸福的，我从未见到过像他那样不幸福的男人，因为他的这种不幸福是绝对的，是无法弥补的，这并非由于外部因素，而是因为他那种难以言喻的无能和缺陷。在他不让我讲述卖淫的种种经历时，他常常跪在我跟前，把脑袋放在我的小腹部，就那样待着，有时候整整一个小时动也不动。我只得不时用手轻轻地抚摩他的脑袋，就像母亲抚慰孩子一样。他不时地抽泣着，也许是在哭。我从来没爱过阿斯达利塔，但在那种时刻，他往往能勾起我的同情和怜悯，因为我明白，他很痛苦，而且是一种无法减轻的痛苦。

他时常怀着十分痛苦的心情谈到他的家庭，他恨他的妻子，不喜欢他的两个女儿，他的双亲使他度过了艰难的童年，他们在他还未成年时，就逼着他答应这桩不幸的婚姻。然而，对他自己所干的那一行，他几乎闭口不谈。唯独有一次，他做了个鬼脸对我说："每户人家都有许多有用的东西，尽管有的不太干净……我就是那些东西中的一件……我是一只装废物的垃圾箱。"但总的来说，我感到他把自己的职业看得十分高尚。他有一种强烈的责任感，从那次我到部里去找他时所看到的，以及从他的言谈举止中，我看出他是个忠于职守的官员，工作热忱、严守秘密、眼光敏锐、廉洁奉公。尽管他是政治警察，但他声称自己对政治一窍不通。"我是一台机器上的一个轮子，跟别的轮子一起转动。"还有一次他对我说道："由他们指挥，我只负责执行。"

阿斯达利塔本想天天晚上与我见面，但我不想把自己拴在任何一个男人身上，这我已经说过；另外，他使我感到厌烦，他那种神经质的严肃样子，以及他那古怪的言行，总使我觉得很尴尬。所以，尽管我怜悯他，但每次离开他时，我都会不由得长舒一口气。因此，我竭力少与他见面，一星期不超过一次。由于关系疏淡，他对我的激情总是那么强烈，总感到那么新鲜；倘若我如他所愿与他一起生活的话，也许他对我的存在就司空见惯，最后无非觉得我是一个可怜的姑娘，而这样的姑娘比比皆是。他把部里办公桌上的电话号码告诉了我。那是个秘密号码，只有警察局局长、元首、内务部长和其他几个政府要员才知道。我给他打电话时，他总是立刻就回答；但一旦知道是我，他那本来清晰平静的声音马上就变得局促和含混不清了，而且还结巴。在我面前他真像奴隶那样驯服而温良。记得有一次，我在他没有恳求的情况下就下意识在他脸上轻轻抚摸了一下，他立即抓住了我的手，热烈地吻着。后来，有好几次他要我再那样主动抚摸他，但亲热和爱抚是不能强求的。

我说过，我经常想待在家里，不想到街上去拉客。我也不想与妈妈待在一起，因为尽管我们之间有一种默契，谁都不提及我干的这一行，但是谈话最后往往落到这上面去，拐弯抹角得让人觉得很尴尬。在那种时候，我真想直截了当地摊牌明说，不再遮遮掩掩的。于是，我干脆把自己关在房间里，叫妈妈不要来打扰我，我躺倒在床上。我的房间是朝向院子的，窗子关着，外面任何声音也传不进来。我稍稍打了个盹儿，然后就起来在房间里转悠，全神贯注地干些琐屑小事，如整理物件，或掸去家具上的尘土。干这类小事，是为了使我能开动思想的机器，目的在于创造出一种浓厚的遁世隐居的宁静气氛。我常常沉浸在思索之中。最后，我差不多不再考虑什么了，经过那么多的磨难和痛苦的煎熬之后，我感到自己还活着，这就够了。

在那寂寞、孤寂的时光里，我有时会感到茫然和迷惘。突然我似乎以冷漠而又敏锐的目光，从各个角度看透了我的一生和我自己。我所做的事情具有双重性，虽说它们已失去了实质意义，却又变成难以理解的荒谬的外壳。我常自言自语地说："我常把等着与我过夜的陌生男人带到这里来……我们紧紧搂在一起，就是在这张床上，我跟人家像不共戴天的仇敌那样撕扯、争斗……然后，人家就给我一张彩色印刷的纸票……第二天，我就用这张票去换取食品、衣服和其他物品。"但我说的这些只是我在迷茫的歧途上迈出的第一步。这些言语有助于我从精神上超脱世人对干我这一行的种种非议；这些倾诉说明了干我这一行无非是一系列无意义的动作的总和，而干其他行业也同样是其他一系列无意义的动作的总和。顷刻之间，远处传来了城市街道的喧闹声，或是房间里某件家具发出来的吱嘎声，这使我荒谬地、近乎神经质地感觉到自己的存在。我对自己说："现在我在这儿，也可以在别处……我可以已存在一千

185

年了，也可以在一千年以后再出现……我可以是个黑人妇女，或是一个老妇女，也可以是个金黄色头发的姑娘，或是个矮小的女人……"我想，我是从一个黑暗的深渊中出来，又将马上进入另一个同样没有尽头的黑暗中去，现今这些荒谬的偶然的行为仅仅标志着短暂的过渡。于是，我懂得了不应把苦恼和忧虑归咎于我所干的事，而应完全归咎于赤裸裸的现实生活，这种生活无所谓好与坏，但却令人痛苦而且毫无意义。

这种惊慌不安的沮丧情绪，有时候吓得我浑身起鸡皮疙瘩；好像我所有的头发都在蠕动，我的全身都在战栗。我突然觉得，家里的墙壁、整座城市，乃至整个世界都消失不见了，而我自己像是悬挂在一个空荡、漆黑、没有极限的空间之中；而我就是穿着那样的衣服，带着那些回忆，以那个名词和那种职业悬空吊在那里。一个名叫阿特里亚娜的姑娘悬挂在虚无之中。我认为虚无似乎是一种庄严、可怕又无法理解的东西，而整个问题最可悲的一面，正在于我是以那样的方式和面貌出现在虚无之中，吉赛拉约我在点心铺见面的那天晚上，我就是以那样的方式和面貌出现的。即使想到别人也以同样无聊和难堪的方式处在那种虚无之中，也同样在虚无的包围中从事种种活动和工作，也并未使我聊以自慰。我惊讶的是，他们居然从未曾觉察到这一点，就像许多人一起发现了同样的事实，相互却不通气，并且讳莫如深。

在那些时刻里，我常常跪下来祈祷，这与其说是出于某种明确的意愿或自觉的意识，不如说是出于我从幼年时就养成的一种习惯。但我没有用平时的祈祷词语，因为处在那种突然变化的精神状态之中，常用的那些祈祷词语似乎太冗长了。我经常猛地跪在地上，以致有时我的双腿得连续疼好几天，我总是简单地祈祷说："上帝呀，可怜可怜我吧。"我往往大声疾呼，几近绝望地喊着。对我来说，这简直不是祈祷，倒像是一帖奇妙的处方，它能驱除我的惊恐，使我重新正视现实。我感情冲动地使出全身力气大喊大叫之后，双手捂着脸久久地出神。最后，我觉察到头脑里一片空虚，我厌烦了，我发现我还是从前的阿特里亚娜，我仍旧在自己的房间里，我摸了摸自己的身体，简直令人难以相信地发现，它还是那样完整无缺地存在着。我起身上床，感到疲惫不堪，浑身酸痛，像山石崩裂从悬崖上摔下来似的。我很快就睡着了。

　　不过，这样的精神状态并没有干扰我日常生活的节奏。而且，我始终是昔日的阿特里亚娜——她为了赚钱谋生，把陌生的男人带到家里，与吉赛拉那样的女人结伴，与母亲和他人只谈论一些无关紧要的事情。有时使我颇感惊异的是，我的感觉在我孤身一人跟有人相伴时，在我对自己和同他人的关系中，是那么截然不同。但我不相信唯独我有这种强烈而又绝望的感情。我想，谁都会有这种时候，感到自己的生活已陷入无法形容的痛苦和荒唐的境地之中，只是他们没有那么明显地意识到罢了。他们像我一样，走出家门，周旋在这个世界上，真心实意地扮演着一个不诚实的角色。想到这儿，我对这一点更加确信无疑了：所有的人都别无例外地值得同情和怜悯，不是因为别的，是因为他们都生活着。

第二部

第一章

　　我与吉赛拉现在不光是朋友，而且是同行了。对于我们出入的地方，我与吉赛拉的意见总是不一致，吉赛拉爱去大饭店和豪华的场所，而我喜欢去朴素无华的咖啡馆或者干脆在大街上。也正因为我们趣味不同，所以索性达成了一个协议：轮流陪着对方去各自更喜欢的地方。一天晚上，我们一无所获地在饭馆里吃完了饭，在一起回家的路上，我发现有一辆小汽车跟着我们。我冒失地向吉赛拉提出，我们不妨上他们的车。可那天晚上，她的心情很不好，动不动就发火，因为那顿饭刚好该轮到她付账，她又没招徕到任何顾客，而很长一段时间以来，她的手头比较拮据。她粗暴地回答我说："要去你自己去……我呀，我可要去睡觉了。"此时，小汽车已靠近人行道，开始挨着我们缓缓行进。吉赛拉靠墙走着，我则靠着马路这边。我匆匆望了汽车一眼，看见里面有两个男人。我悄声地问吉赛拉："我们该怎么办？……你要是不去，我可不干。"

　　她也朝汽车斜瞥了一眼，迟疑了片刻，似乎心情特别不好。而后她说道："我不去。你自己去吧……怎么，你害怕？"

"不，你不去，我也不去。"

她摇摇头，又向仍然以步行的速度跟着我们的汽车扫了一眼，突然顺从地回答道："那好吧……不过，你得装着没事似的，我们再往前走些……我不喜欢就在这儿的大街上。"

我们又走了大约五十米，那小汽车一直跟着我们，吉赛拉在拐角处转弯了，我们走进一条幽暗狭窄的马路，沿着一条狭小的人行道，靠着一堵贴满了广告的破败的街墙走着。我们听见汽车也拐进了马路，大车灯发出一道白光，照在我们身上。在那道白光照射之下，我们像是一丝不挂地被钉在那潮湿的墙壁上和那些已被撕破并褪了色的广告上。我们停了下来。吉赛拉恼火地小声对我说："我们这是干什么？……在大街上他们难道还没看够吗？……我可真想回家去了……"

"别，别。"我急忙恳求道。连我自己也不知道为什么，我特别急于认识那辆汽车里的两个男人。"你干吗理他们？……他们都是这样干的。"

她耸了耸肩膀，此时车灯转动着，而后又熄灭了，汽车开到我们面前，在人行道旁停了下来。开车的人从车窗伸出脑袋，他头发是金黄色的，脸色红润。他声音洪亮地说："晚上好。"

"晚上好。"吉赛拉持重地回答道。

"你们两位这样孤单地上哪儿啊？"那人又继续说道，"我们可以陪陪你们吗？"

尽管他说话风趣诙谐，带着一种嘲讽的口吻，但说的都是那些客套话，我都听过几百次了。一直十分持重的吉赛拉说道："这得看情况……"她也总来那一套。

"得了吧，"汽车里的人追问道，"看什么情况啊？"

"你们打算出多少钱？"吉赛拉走近汽车，一手搭在车窗上问道。

"你们要多少？"

吉赛拉说了个数目。"你们要价太高了，"那人哼唧着说，"你们要价真够高的。"但看来他是准备接受了。他的那个同伴的脸我看不清，只见他弓着身子与金黄色头发的人耳语着，而金黄色头发的人耸了耸肩，然后又对我们说："好吧……你们上车吧。"

他的那位同伴打开车门走下车来，然后又坐到后排座位上；他从里面打开了我这边的后座车门，做个手势让我上车。吉赛拉上了车，坐在金黄色头发的男人旁边。那人转身朝她问道："我们去哪儿呢？"

"到阿特里亚娜家里去。"吉赛拉回答说。她说了我家的地址。

"好极了，"金黄色头发的男人说道，"我们到阿特里亚娜家里去。"

通常我与这些素不相识的男人在一起时，无论是在车上还是在别的什么地方，我总是一动不动，一言不发，等着他们跟我说话或对我动手动脚。我凭经验知道，他们都是迫不及待地主动进攻的，无须挑逗他们。那天晚上，我也是默不作声、动也不动地坐着，汽车沿着城市的街道疾驶着。按位置的坐法，我身边的那个人，那天晚上该是我的伴侣，可我只能看见他放在膝盖上的那双修长白皙的手。他既不说话，也不做动作，把头后仰着躲在阴影中。我想这人也许很腼腆，对他产生了一种好感。从前我也很腼腆，每当见到别人那种羞涩腼腆的样子，我都很激动，因为这使我想起了认识吉诺

193

以前的我。吉赛拉却一直在说话。她喜欢以既持重又显得很有教养的样子与人谈话，很像是一个常周旋在男人们中间的高贵的太太。忽然，我听见她问道："这辆汽车是你们自己的？"

"是的，"她的伴侣回答道，"但我还没正式买下来呢……你喜欢吗？"

"很舒适，"吉赛拉很得意地说道，"不过，我更喜欢兰恰牌小汽车……速度更快，弹性更好……我的未婚夫就有一辆兰恰牌小汽车。"

的确，里卡尔多是有一辆兰恰牌小汽车，只是里卡尔多从来不曾是吉赛拉的未婚夫，而且他与吉赛拉已好久不见面了。那位金黄色头发的男子笑了起来，他说："你未婚夫的兰恰车，大概是两个轮子的吧。"

吉赛拉性格执拗、好强，一点小事都不让步。她恼怒地问道："你们说吧，你们是替谁来接我们的？"

"我不知道……告诉我，你们是干什么的，"金黄色头发的男子回答说，"我可怕找错人了。"

吉赛拉总想让这两位偶然碰上的男人把她当成芭蕾舞演员、打字员或是有身份的太太。但她不想想，这种奢望与她那样轻率地让人拉上车的事实是多么矛盾，更何况她一张嘴就提钱的事呢。"我们是卡契尼歌舞团的舞蹈演员，"她高傲地说道，"我们可不是见到谁就上谁的车……歌舞团还未正式组成，所以今天晚上我们出来散散步……刚才我都不想上你们的车……但我的女朋友坚持要认识你们，她说你们是仪表庄重的人……要是我的未婚夫得知此事，我就倒霉了……"

金黄色头发的男子又笑了："我俩当然是高贵的人……而你们是两个妓女……那有什么不好的呢？"

坐在我旁边的那个人第一次开口说话了："贾卡罗，别说了。"他声音很平静。

我什么也没说。听到别人那样称呼我，心里的确不痛快，而且那人又那样不怀好意；不过，他说的毕竟是事实。吉赛拉说："首先，您说得不对……其次，您是个粗野无礼的人。"

金黄色头发的男人不再说什么了。但他很快放慢了车速，然后把车子停在了人行道旁边。我们停在一条行人寥寥、灯光幽暗的小街上，街道两边都是房子。金黄色头发的男人转身对吉赛拉说："你说吧……要是我把你推下车去，你又能怎么样？"

"您不妨试试看。"吉赛拉身子往后座背一靠，说道。她十分好斗，谁也不怕。

此时，我身旁的那个男人俯身到前排的座位，我这才看清了他的面容。他的头发是棕色的，宽宽的脑门，头发乱蓬蓬的，眼皮浮肿，深色的眼睛大而明亮，鼻子挺直，嘴角上垂，平直的下巴很难看。他很消瘦，脖子上的喉结突出。他对金黄色头发的男人说道："你究竟有完没完？"他说话声音有力，但没有发火，也没有动感情，至少我觉得是这样，就像在过问一件与他毫不相干且无关紧要的事情一样。他嗓音不大，也不是男声，大概很习惯于用假嗓子说话。

"关你什么事？"另一个人转过身来说道。不过，他是用一种特别的声调说着，似乎他对自己的粗暴行为有些后悔，对朋友的干涉也并不感到生气。坐在我身边的那个人又说道："你这是什么态度？……真见鬼……我们邀请她们上了车，人家信得过我们，跟着来了，而我们却对她们这样蛮横无理。"他转向吉赛拉补充说道，显得既有礼貌又令人信服："小姐，您别理他……他也许是喝多了……我向您保证，他并不是存心惹您生气的……"金黄色头发的男人做手势想表示不同意见，但那人用手按住了他的胳膊，并以一种不容置疑的口吻说："我看你是喝多了，并不是存心惹她生气的……现在我们走吧。"

"我可不是来让人奚落的。"吉赛拉以一种含混不清的声音开始说道。似乎她也很感激棕色头发男人从中干预。那人马上就肯定她说得有理："这很能理解……我们谁也不愿意受别人的气……这可以理解。"金黄色头发的男人以惊愕的神情望着他们。他满脸通红，脸上布满了大小不一的肿块，好像跌撞过似的，他那蓝色的眼睛圆圆的，那张红红的大嘴流露出一种贪婪而放荡不羁的神态。他看到朋友用手热情地拍着吉赛拉的肩膀，然后又看了看吉赛拉，突然哈哈大笑起来。"说句实话，我真不明白，"他大声说道，"我们这是在哪儿啊？……我们干吗要吵架呢？……我都记不得是怎样吵起来的了……我们不高高兴兴地待在一起，反倒吵起架来了……说真的，这样我们会变疯的……"他发自内心地笑着，还转过脸去对吉赛拉说道："得了，我的美人……你别把我看得那么坏……实际上，我们是天生的一对。"

吉赛拉勉强地微笑着说道："真的，我也觉得是这样……"

金黄色头发的男人一边放声大笑，一边用洪亮的声音接着说道："我的性格是世界上最好的了，你说对不对，贾科摩？我真是个饶舌的人……不过，得善于驾驭我才是……就是这么回事……那么，你不吻我一下吗？"他探出身子，用手臂搂住吉赛拉的腰。吉赛拉把脸稍往后一仰，说道："等一下。"说着，她从手提包里拿出一块手绢，抹掉嘴上的口红，然后内疚地猛地在他嘴上亲吻了一下。金黄色头发的男人在吉赛拉吻他时，假装用两手滑稽地胡乱挣扎，像是快要被憋死了似的。他们很快分开了，金黄色头发的男人以显得有些夸张的动作重又发动汽车。"太好了……我发誓，从现在起，不会再让你们以任何理由埋怨我……要是我表现不好，你们尽管揍我的脑袋。"汽车又出发了。

在余下的路程中，他继续一边说话，一边大声笑着，有时甚至把我们的安危置诸脑后，双手离开驾驶盘做手势比画着。而坐在我旁边的那个男人，在短暂的干预之后，重又回到阴影里，继续沉默着。我现在对他很有好感，一种强烈的好奇心吸引住了我。相隔那么长时间以后，现在回想起来，才明白那时我是爱上他了，或者说，至少他身上集中了我所爱的一切东西，而这些东西都是我过去没有的。何况，爱情应该是完美无缺的，不单是情欲上的满足；而我当时仍然在寻觅以往我在吉诺身上得到的那种完美的爱情。像贾科摩那样的人，以那样的方式待人接物，用那种声音说话，也许不仅是我从事卖淫后第一次遇见的，也是生平第一遇见的。第一次让我当模特的那位胖画家在某些方面也像他，真的，但那位画家对人比较冷淡，很自信，要是那位胖画家愿意，我也会爱上他的。尽管方式不同，但那声音和那待人接物的态度，在我心灵深处所激起的感情，与我第一次去吉诺主人的别墅时所感受到的完全一样。当时，我特别喜欢那所别墅的整齐、清洁和豪华，我觉得人要是不能在那样的房子里生活，活着就没意思。现在也是这样，他说话的声音，他的彬彬有礼和他的通情达理，对我有一种说不出来的动人又令人信服的诱惑力。同时，在肉欲上我也有一种强烈的渴求，恨不得他那双手能马上抚摸我，他那张嘴能马上亲吻我。我明白，原来在我身上的那种热望与眼前的心愿不知何时交织在一起了，是那样热烈又不可言喻。这种错综复杂的感情正是爱情，而它一开始萌发，就会显示出巨大的生命力。我担心他因没发现我的这些感情而回避我，在这种惶恐心理的驱使下，我向他伸过手去，并竭力想让他紧紧握住我的手。我可笑地想把手指插进他的指缝并勾住他的手指，而他的手指却始终一动不动。我感到窘极了，又不想抽回我的手，看着他那一动不动的样子，我又觉得应该把手缩回来。后来，汽车在一条马路的拐角处突然急转弯，把我们两人摔在一起了，我假装失去平衡，让前额触在他的双膝上。他惊了一下，但没有动。我闭上了眼睛，心里很高兴，感到汽车在奔驰，我像狗儿似的，把脸挤在他的双手之间，将其分开。我吻他的手，并尽力让它们在我脸上摩挲，期望他能亲切而又主动地抚摸我。我明白自己已失去了理智，我暗自感到惊讶的是，他那很少几句热情而又礼貌的话语，竟然让我如此心神不宁。他并不抚摸我，而我却如此谦卑地乞求着，过了一会儿，我就把手抽了回来。汽车也很快停了下来。

金黄色头发的男人跳下了车，他摆出一副殷勤滑稽的样子，搀扶着吉赛拉下车。我们也下了车。我打开了我家的大门，我们走进了门廊。上楼梯时，金黄色头发的男人与吉赛拉走在我们前面。他个子矮小，敦实粗壮，身上的衣服像要绷裂了似的，但他并不肥胖。吉赛拉的个子比他高。上到楼梯的一半时，他故意往后退下一个台阶，抓住了吉赛拉的一个衣角并往上掀起来，她那挂着吊袜带的雪白的大腿和又瘦又小的屁股都露出来了。"幕布拉开了。"他哈哈大笑地叫喊道。吉赛拉只是用手一撺，把衣服放了下来。我想，我的这位伴侣对这种粗俗的举动一定很生气，我想让他明白，我对此也感到遗憾。"您的朋友很活泼。"我说道。

"是的。"他简洁地回答道。

"看得出一切都如他所愿。"

我踮脚走进我的家，让他们直接到我的房间里去。我们关上门后，四个人都站着呆住了，因为房间不大，人似乎太多了。第一个打破僵局的是金黄色头发的男人，他一屁股坐到床上，就开始脱起衣服来了，好像房间里只有他一个人似的。他一面脱衣服，一面笑着，还一面不停地闲聊着。他谈到了旅馆的房间和私人的住宅，述说着他近来遇到的一件风流事："她说她是个堂堂正正的夫人……不想去旅馆……于是我对她说：'旅馆里全住着正派的太太'……她说她不愿意说出她的名字……我说：'我就让人把你当成我的妻子，反正多一个或少一个……算了，我们还是去旅馆吧'……我就把她当成我的妻子，我们上楼到了房间里……但当要言归正传时，她却来了这么一大套……她说，她后悔了，说她不愿意了，说她是个正经的女人……于是，我再也忍耐不住了，我采取了强硬的方式……我从未这样干过，她打开了窗子，威胁着要纵身跳到马路上去……我说，好吧，我明白了，把你带到这儿来是我的过错……她坐到床上，开始抽抽搭搭地哭了起来……她讲了一个十分伤心而又十分动人的故事，叫人听得心碎欲裂……但是我无法对你转述，因为我已经忘了……我只知道最后我变得十分温存善良，几乎要跪下来请求她原谅，我错把她当成那种女人了，她不是那种人……'我们一

199

言为定’，我说，‘我们什么也不干，就是说，我们躺下睡觉，各睡各的’……我说到做到，很快就睡着了……但半夜时，我醒来往床那边她睡的地方看了一眼：她不见了……于是我看了看我的衣服，发现被弄得乱七八糟的……我在衣服里搜寻翻找，发现钱包也丢了……唉，一位正经的太太。”他哈哈大笑起来，笑得那么开心，笑声像有传染性一样引得吉赛拉也笑了，我也微微笑了。他脱去了外套、衬衣和鞋袜，只穿着一件斑鸠色的紧身棉毛套衫，从脚踝一直到脖子，看上去像个平衡木运动员或是舞蹈演员。这种通常是上了岁数的男子才穿的衣服，使他的形象增添了某种喜剧性。当时，我忘记了此前他那粗俗的举止，对他似乎又产生了一种好感，因为我一向喜欢性格活泼开朗的人，我自己也生性活泼开朗，很少忧郁。他开始在房间里一边转悠，一边又笑又闹的，十分滑稽，他个子矮小，长着一身的浮肉，胸部很发达，他穿着那身棉毛衫裤很得意，好像穿着一身军服一样。后来，他从放五斗橱的角落出其不意地猛跳到床上，一头栽在吉赛拉身上，吉赛拉惊恐地大叫一声，他把吉赛拉翻过来，让她仰躺着，像是想拥抱她。但他好像突然想起了什么似的，可笑地抬起他那张通红贪婪的脸，用四肢撑着身子虚趴在吉赛拉身上，并扭过头来看看我们两个，猫在吃东西之前也是这个样子的，他问道：“嗳，你们俩还等什么？”

我瞧了瞧我的伴侣，问道：“你想要我脱去衣服吗？”

他还穿着大衣，领子还竖着呢，他惊愕地回答道：“不，不……让他们先来。”

“我们到那边去好吗？”

“好的。”

"你们乘车去兜兜风吧，"金黄色头发的男人喊道，他始终虚趴在吉赛拉身上，"钥匙挂在车上。"但他的伙伴假装没听见，从房间里走了出来。

我们走到了前屋。我对他示意，叫他等我一下。我走进了大房间，妈妈坐在屋子中间的大桌子旁，正在专心致志地玩单人纸牌。一见到我，还没等我说话，她就站起来走出房间，到厨房去了。我从房间探出头来示意他可以进来。

我关上了门，走到角落里窗口下的长沙发上坐下。我本希望他会走到我的身边并亲热地抚摸我，我跟别人都是如此。但他像没看见沙发似的，双手插在兜里，在大房间里绕着大桌子来回踱步。我想，他大概是不高兴等着，便说道："很抱歉，但我只有一间卧室能供使用。"

他停住步子，带着生气而亲切的神情回答道："难道我对你说了我想要一间房间吗？"

"没有，不过我以为……"

他又在房间里走了几步。我实在忍耐不下去了，指着我旁边的沙发座位说道："你为什么不来这里坐在我旁边？"

他看了看我，然后下不了决心似的坐下了，他问道："你叫什么名字？"

"阿特里亚娜。"

"我叫贾科摩。"他说道，并拉住我的手。那种方式很不寻常。我又想，他也许是个胆怯怕羞的人。我让他握着我的手，并对他微微一笑，以打消他的顾虑。但他说："那么，过一会儿我们就做爱吗？"

"是的。"

"要是我没有这种想法呢？"

"那就什么也不干。"我一边轻佻地回答着，一边想，他也许是在开玩笑。

"那太好了，"他特别强调地说道，"我没有这种欲望，我真没有这种欲望。"

"那好。"我说道。但事实上，他这种拒绝对我来说太新鲜了，我简直不明白是怎么回事。

"你没生气吧？因为女人是不喜欢被人鄙视的。"

我终于理解了，当时，我说不出话，只是摇头表示否认。他竟然不要我！我突然感到很失望，都快要哭出来了。"我真的没生气，"我结结巴巴地说道，"你没有欲望……我们等你的朋友完事后，你就走好了。"

"我不知道，"他执意说道，"我让你损失了一个晚上……跟另一个人你本来可以赚到钱的。"

我想他准是没有钱，而不是不愿意，于是我抱有几分希望地建议道："你要是没有钱，也可以照样……钱你可以下一次再给我。"

"你是个好心的姑娘，"他说道，"不过，钱我是有的……我们甚至可以这样……我把钱照样给你……这样，你就不会觉得白白浪费一个晚上了。"他把手伸进上衣口袋里，掏出了一小叠钞票，那钱好像是事先准备好的，他离开我走到大桌子跟前，把钱放在上面，他的动作笨拙，又出奇地高雅和傲慢。"不，不，"我对此表示反对，"这与钱无关……不必谈它了。"但我说话的语气很软，因为，实际上，我是很高兴得到那笔钱的：这总算是一种联系，而且，我欠着他的账，这样就有希望还清他的账。他把那种含糊的拒绝看作一种接受，实际上也就是接受；他没有拿走留在桌上的钱。他回到沙发上坐下。我伸手抓住他的手，感到自己的行为可笑又愚蠢。我们对视了片刻；然后，他用那又细又长的手指，突然使劲地拧我的小指头。"哎哟，"我有些恼火地说道，"你这是干什么？"

"请原谅。"他说道。他显得那么窘困慌乱，以致我都后悔自己刚才不该那样生硬地责备他，我补充道："你真把我弄疼了，你知道吗？"

"请原谅我。"他又说道。他激动不安地站起身来，在房间里来回踱步。后来，他在我面前停了下来，说道："我们出去好吗？我都等烦了。"

"你想去哪儿？"

"我不知道……我们乘着车子去兜兜风，你愿意吗？"

我立刻想起每次我与吉诺坐车的情景，急忙回答道："不，我不想乘车。"

"我们可以去咖啡馆……这一带有咖啡馆吗？"

"这儿附近没有……但一出城门好像有一家咖啡馆。"

"那我们就去那儿吧。"

我站起身，我们走出了大房间。在楼梯上，我设法开玩笑地说道："你可记住啊，你给了我钱，你就有权利随时来找我……我们就这么说定了，唔。"

"我们一言为定。"

那是一个温和湿润的冬夜，外面黑漆漆的。白天下了一整天的雨，石子路面上大大小小的水坑，反照着稀落的路灯发出的宁静微光。城墙上空，天气晴朗，但不见月亮，只有很少几颗被夜雾遮掩着的星星。有轨电车不时从城墙后面开过，虽看不见电车，但电线上迸发出来的紫色电光瞬间照亮了天空，映照着破残的塔楼和塔楼前种满蔬菜的斜坡。我走在街上，想起来我已有好几个月没从露天游乐场那边走了。平时，我总是靠右走，朝广场方向走去，吉诺在广场上等着我。我一直是不走游乐场那边的，我记得从小时候起，我就总是与妈妈一起散步。我们老是去城墙脚下的林荫大道，去观赏那节日的灯饰并聆听音乐，但因为没有钱，我们不敢走进围墙。林荫大道那一边还有带小阁楼的小别墅，从打开的窗户里，我曾见过团聚在一起吃饭的人家；那幢小别墅曾使我第一次梦想将来有一天能结婚，能有个家，过一种正常的家庭生活。我很想与我的伴侣谈谈往事，谈谈我的青春年代，谈谈那些宿愿；我一定得把它说出来，这不仅是出于一种感情冲动，而且也是出于一种打算。我真希望他不要从外表上来判断我，而是以另一种不同的眼光看我，我认为自己真的比他想象中的我要好一些。一般为了迎接贵客，姑娘们都穿上节日的盛装，打开家里最漂亮的房间。我也梦想过自己也能有节日的盛装，能有接待贵客们的房间。我何尝不想做那样的人，过那样的生活呢？为了使他改变看法，使他接近我，我借助对于往事的回忆，尽管这些回忆是那么可怜又毫无意思。

"马路的这边，"我们走在街上时，我说道，"往常是没有人走的……但到了夏天，全区的人都到这里来散步……我原来也常到这里散步……不过，那是很久以前的事了……没有你，我还真不会再到这儿来呢。"

他挽着我的胳膊，扶着我在被雨水冲刷过的街上走着。他问：

"从前你是跟谁来散步的？"

"跟妈妈。"

他笑了起来，笑得令人讨厌，这使我很吃惊。"妈妈，"他重复道，并故意在首字母上拖长声调，"妈妈……总是有一个妈妈……妈妈……妈妈会说什么呢？妈妈会怎么做呢？……妈妈，妈妈。"

我想，他一定是出于某种原因，才那样恨自己的母亲。我问道："怎么，你母亲做过什么对不起你的事吗？"

"她没做什么对不起我的事，"他回答道，"妈妈们是从来不做坏事的……谁没有一个妈妈？……你对你妈妈好吗？"

"那还用说，你为什么这样问？"

"没什么，"他急忙说道，"你不用管我……你接着说吧……噢，你以前常跟你妈妈来散步……"

从他说话的声调可以听出他是言不由衷的，而且似乎不太想听我的话；但我还继续向他倾诉心里话，一方面是因为我有我的打算，另一方面也是出于对他的好感。"是的，以前我们常在一起散步，特别是在夏天，因为我们家夏天热得叫人透不过气来……而且……你看，你看见那幢小别墅了吗？"

他停住步子，看了看。但小别墅的窗户都关着，没有人住似的。它被挤在两排狭长而又矮小的铁路工人住房中间，显得比我记忆中小多了，而且也相当丑陋和冷寂。"那么，那幢小别墅里原来有什么呢？"

现在我又不好意思说我想要说的事了。我勉强继续说道：

"每天晚上我都从那幢小别墅底下走过，原来窗户都是开着的，因为那是夏天，我已经说过了……我总看见有一家人在那时围坐在桌旁吃晚饭……"我突然停下了脚步，沉默不语，显得很尴尬。

"那怎么啦？"

"你对这些事情不会感兴趣的。"我怀着这种羞涩的心情说道，觉得自己又真挚又虚假。

"为什么……我对一切都感兴趣。"

"那好，"我急忙把话说完，"当时我总固执地这样想着，总有一天，我也会有这样的一幢别墅的，也能享受那种合家团聚的欢乐。"

"哦，我明白了，"他说道，"一幢这样的小别墅……你够容易知足的。"

"比起我们住的房子，"我说道，"这不算太差了……要知道，在那个年纪，脑子里想的事情可多啦。"

他拉着我的胳膊朝小别墅走去："我们去看看，那户人家是否还在。"

"你怎么啦？"我反驳道，"当然还在。"

"那太好了，我们去看看吧。"

我们已到了小别墅跟前。绿树成荫的狭小花园里漆黑一片，窗户和小阁楼也是黑洞洞的。他走近栅栏门，说道："这里还有一个信筒……我们按一下门铃，看里面有没有人……不过，看起来，你的小别墅没人住。"

"别按门铃了，"我笑着说，"算了……你这是怎么啦？"

"我们试试。"他举起胳膊按门铃的电钮。我生怕有人探出头来张望，就想溜走。"我们走吧……我们走吧……"我恳求道，"他们要探头出来看了，我们这算怎么回事呀？"

"妈妈会说什么呢？"他反复这样说，没完没了地念叨，"妈妈会怎样做呢？"

"好像你与妈妈真有什么过不去似的。"我急匆匆地一面走，一面说道。

我们来到了露天游乐场。我记得，我最后一次到这儿来时，到处是拥挤的人群，到处都张灯结彩；有电石灯照明的杂货摊，还有装点得光怪陆离的大帐篷；音乐声和人群的嘈杂声交织在一起。但现在什么都没有了，我有些失望。露天游乐场的栅栏冷冷清清的，很像一个废弃的堆放建筑材料的废料场。从栅栏上方，可以看见八个带着无数悬空座斗的大转轮半圆，那些座斗彷佛圆鼓鼓的昆虫，突然中止飞行瘫痪在空中似的。那低矮的大帐篷的尖顶上，没有灯光，一片荒凉，给人一种凄清的感觉。露天游乐场的前面，空无一人，到处是低洼的水坑，只有一盏孤零零的光线暗淡的路灯。

"这里夏天有露天游乐场，"我说道，"总是人山人海的……但冬天就没有了……你想到哪儿去？"

"不是到那家咖啡馆去吗？"

"那其实是一家酒馆。"

"那我们就去酒馆。"

我们从城门洞穿了过去。就在对面一排小房子的底层，有一扇玻璃门，里面灯火通明。我走到里面，才发现那是很久以前我与吉诺和妈妈一起来吃过饭的那家酒馆，那次吉诺还把那个不讲理的醉鬼好好收拾了一顿。大理石的小饭桌上坐着三四个人，他们吃着包在报纸里的东西，喝着老板的葡萄酒。酒馆里面比外面冷，散发着一股雨水味，还有葡萄酒味和烧过的锯末味，大概因为炉火已经灭了。我们坐在一个角落里，他要了一公升酒。"谁喝得了一公升酒呀？"我问道。

"为什么？你不喝？"

"我喝得很少。"

他给自己斟了满满一杯，猛地一口喝了下去，但很勉强，看得出他并不喜欢喝酒。不过，他这个动作向我证实了这样一点：他做什么事都出于一种来自外界的愿望，自己并没有分享到其中的乐趣，就像扮演一个角色似的。我们沉默了一会儿，他那明亮的眼睛热切地盯着我看，而我则环视四周。我重又想起很久以前的那个晚上，我与妈妈，还有吉诺曾来到这里，我说不出来心里是痛楚还是烦恼。那时候，我的确感到很幸福；但同时又觉得那样空虚。好比打开了多年一直关着的一只抽屉，发现里面根本没有自己期望得到的好东西，有的只是几块破布片、尘土和蛀虫，最后，我心里暗暗下定了决心，一切都完了，不仅是我对吉诺的爱情完了，我的青春，连同那青春时代的梦幻都完了。这一切都是真的，事实上，我也是有意识地想通过追忆往事来打动我这位伴侣的心。我随口说道："你的那位朋友开始时使我很反感……不过，现在我似乎对他有些好感了……他是那样快活。"

他生硬地回答道："他可不是我的朋友……再说他也不讨人喜欢。"

他那强烈的语气使我感到惊讶。我温柔地说道："你这样认为？"

他喝着酒，并继续说道："要像提防鼠疫那样提防幽默的人……诙谐的背后往往干瘪无物……你应当看他在单位里怎么样……在那里他就不风趣幽默了。"

"他在什么单位工作？"

"我不知道，大概是在一个办理专利权的机关。"

"他挣钱多吗？"

"多极了。"

"他真有福气。"

他替我倒了些葡萄酒，我问道："既然你对他那么反感，那为什么还跟他在一起呢？"

"他是我童年时代的一个朋友，"他做了个鬼脸回答道，"我们在一起上学……童年时候的朋友都是这样。"

他继续喝着酒，并补充说道："不过，从某种意义上来说，他比我强。"

"为什么？"

"他干什么都是一本正经的……我不是，开始愿意干，然后，"他的声音一下子变了，突然用起假嗓子，我惊异地震跳了一下，"然后我却又不想干了……譬如，今天晚上……他给我打了个电话，问我愿不愿意，这怎么说呢，去玩女人……我同意了，当我们遇见你们时，我真有过与你做爱的愿望……但后来，当我们到了你家时，我就没有任何欲望了……"

"你就没有任何欲望了。"我一面看着他，一面重复着他的话。

"是的，对我来说，你不再是个女人……而是一件物品，我也说不好，总之是一样东西……你还记得我拧过你的手指，把你弄疼了吗？"

"记得。"

"对了……我那样做，是为了使我自己明白你是个活生生的人……就是这样……尽管把你弄疼了。"

"是的，我是个活生生的人，"我微笑着说道，"你把我弄得太疼了。"我现在感到欣慰的是，明白了他不愿意跟我做爱不是因为讨厌我。的确，人没有什么可值得奇怪的地方。只要努力了解他们，就会发现他们的举止行为总有某些合乎情理的东西的，尽管很不寻常。"你那么不喜欢我吗？"

他摇头否认道："不完全是……不光是你，换一个别的女人也一样。"

我犹豫了一阵后，问道："你告诉我……莫非你身体有问题？"

"你胡说什么。"

我现在有一种与他成为知己的强烈的愿望，想跨越分隔我们的鸿沟，想爱他，并希望也得到他的爱。对于他的拒绝，我刚才没承认我生气了；但实际上，虽然没生气，可总有点不高兴，似乎伤了我的自尊心。我深信自己是个漂亮而有魅力的姑娘，他不愿意碰我，看来一定有什么重要的原因。我直截了当地建议道："你听我说……我们先把酒喝喽，然后去我家，我们玩玩儿。"

"不，不行。"

"那就是说，你在街上碰见我时，也并不喜欢我。"

"不……但你应该理解我……"

我知道，在有些事情上男人是抵挡不住的。我故意装出一副痛苦样子，又平静地说道："看得出来，你不喜欢我。"同时我伸出一只手，用手掌托着他的脸。我的手细长而又柔软。要是人的性格真能从手上看出来的话，那我的性格就是很柔和的，而吉赛拉的手又红又粗糙，所以她的性格粗俗。我充满爱恋地抚摸着他的脸颊、太阳穴和被头发遮着的前额，还情意绵绵地温柔地看着他。我记得阿斯达利塔在他的办公室里，也对我这样做过。我清楚地意识到自己是真的爱上这个年轻人了，因为毫无疑问，阿斯达利塔爱着我，那正是表示爱的一种动作。开初，他对我这种爱恋的表示毫无反应，无动于衷；然后，他的下巴开始抖动了。后来我发现，每逢他心情不平静的时候都是这样，而且会露出一种惊慌不安的神情，看上去显得格外年轻，跟小伙子似的。我怜悯他，我为自己能有这样的恻隐之心而感到高兴，因为这意味着我在接近他。"你干吗呢，"他像一个害羞的男孩子似的低声说道，"我们在公共场所。"

"那有什么关系？"我平静地回答道。

尽管酒店里很冷，甚至我们哈出的每一口气都能在我们嘴巴前形成一团团雾气，可我仍觉得脸上火辣辣的。"把你的手给我。"我说道。他勉强地把手伸给我，我一边把他的手放在我的脸颊上，一边又补充说道："你摸摸我脸上烧不烧？"

他什么也没说，只是看着我，下巴抖动着。这时进来了一个人，把玻璃门撞得咣当作响，我把手抽了回来。他轻舒了一口气，又给自己斟了杯酒。待那位顾客走过去后，我又把手伸过去并从他上衣的衣角边伸了进去，解开他衬衣的纽扣，我的手紧贴在他赤裸的胸部，正好是心脏的部位。"我想暖暖你，"我说道，"我要听听你的心脏是怎么跳动的。"我先用手背摸，然后又反过来用手掌心摸着。"你的手真凉。"他看看我说道。

"一会儿就会暖和过来的。"我微笑着答道。我伸着胳膊轻轻地用手抚摸着他的胸部和瘦削的肋骨。我感到特别高兴，因为我觉得他在我身边，我心里对他充满着爱，我是那么爱他，甚至觉得即使他不爱我也无关紧要。我看着他，半开玩笑地吓唬他道："过一会儿，我可要吻你了。"

"别，别，"他也竭力像开玩笑似的回答道，可实际上他是害怕了，"你得设法控制自己。"

"那我们就离开这儿吧。"

"你想走，那我们就走吧。"

他付了尚未喝完的那一公升酒钱，跟我一起走出了酒店。现在他似乎也很激动，但不像我那样是出于爱情，而是因为那天晚上发生的某些事在他脑海里产生的那股激情。后来，我对他更了解了，每当他由于某种原因发现了自己性格中未曾暴露的一面时，或是他这种未曾发现的性格得以证实时，他总是这样兴奋和激动。这是因为他很自私，尽管自私得很可爱；说得更确切些，他只关心他自己。"我总是这样，"他自言自语地说起话来，而我却几乎像是拉着他往家里跑似的，"当我特别想干一件什么事的时候，热情就特别高，似乎觉得一切都是那样完美，我认为自己一定会像自己打算的那样去行动，而一旦到了真要付诸行动时，一切就都崩溃了，我呢，可以说是停止存在了……变得冷漠、怠惰而又残酷……就像我拧你的手指时那样。"

他全神贯注地说着，像在说独白，也许还带有某种苦涩的得意神情。但我没听他说话，因为我心里充满了欢乐，我疾走如飞，连脚下的水坑都顾不得了。我高兴地回答说："这些事你都已经对我说过了……而我还没对你说说我在想什么呢……我想紧紧地拥抱你，让你贴着我的身子暖和暖和，我希望能感觉到你在我的身边，让你干你不愿意干的那种事……只有你干了以后我才会高兴。"

他什么也没说，把我说的那些话都当作耳边风，他还是那么凝神地想着他说过的那些话。我突然用胳膊搂住他的腰，对他说："使劲搂住我，好吗？"

他好像没听见似的；于是，我就攥着他的胳膊，让他搂着我的腰，那姿势就像在帮我披大衣。我们又继续往前走，行动很不方便，因为我们都穿着冬天的厚衣服，胳膊勉强能勾住对方的腰背。

当我们走到那有顶楼的小别墅前面时，我停下来对他说："吻我一下。"

"过一会儿。"

"吻我一下。"

他转过身来后，我双臂拢着他的脖子，使劲地吻了他一下。他抿住双唇，但我把舌头顶进他的唇间，然后挤过他的牙齿，最后他终于松开了双唇。他是否回我的吻，我没有很大把握，但我不在乎，这我已经说过了。接过吻后我们的嘴就分开了，我见他嘴唇四周有一大片歪斜的口红印痕，这印痕在他那张严肃的脸上显得古怪而滑稽。我高兴得哈哈大笑起来。他低声说道："你笑什么？"

我犹豫了，并不想对他说实话，因为我喜欢看他那样神情严肃地挨着我走，喜欢看他脸上始终带着口红的印痕而没有察觉。我说："没什么……因为我高兴……你别管我。"我兴奋到极点时，又匆匆在他唇上吻了一下。

可是，当我们到了我家的大门口时，发现汽车不见了。"贾卡罗已经走了，"他不满地说道，"我不知得走多久才能到家呢。"

对他这种不太客气的说话声调，我一点也没生气，因为如今我对什么都不生气了。人在恋爱时就是这样的，即使是他的缺点，在我看来也特别可爱。我耸了耸肩膀说："无轨电车通宵都有……再说，要是你愿意，你可以在我这里过夜。"

"不行，这可不行。"他急忙回答道。

我们进了家门，上了楼梯。到了衣帽间后，我就把他推进我的房间，然后我又探头看了看起居室，里面一片漆黑，只是在靠窗的地方，一缕路灯的光线照亮了缝纫机和扶手椅。妈妈大概已去睡觉了，不知道她是否见到了贾卡罗和吉赛拉，是否与他们说过话。我关上了起居室的门，走回了自己的房间，发现他在大床和五斗柜之间不安地徘徊着。

"你听我说，"他开始说话了，"我最好还是走吧。"

我假装没听见，脱去了外套，把它挂在衣帽架上。我感到特别高兴，情不自禁地以女主人的口气骄傲地说道："你觉得这房间怎么样？挺舒适的，对吧？"

他环顾了一下，做了一个鬼脸，我感到莫名其妙。我拉住他的手，让他坐在床上："现在你得听我的。"他后脖根儿的大衣领子还竖着，两手插在口袋里，望着我。我彬彬有礼地替他脱去了大衣，然后又替他脱去了上衣，并把大衣与上衣一起挂在衣帽架上。我不慌不忙地解开了他的领带结，而后又替他摘下领带，脱去衬衣，把它们放在一把扶手椅上。随后，我又蹲下身子，好像鞋匠一样，把他的脚放在我的小腹部，给他脱去了鞋袜，并吻了吻他的脚。我有条不紊、不慌不忙地做着这一切，我在给他脱衣服时，逐渐对他产生一种莫名的谦恭和崇敬的感情，这与我去教堂顶礼膜拜时产生的感情一样，但这是我生平第一次对一个男人有这种感情。因此，我

214

感到很幸福，因为我觉得，那是一种超脱一切情欲和邪念的真正的爱情。而后，我又站起身来，走到床后面，匆匆地脱光了，衣服都落在地上，踩在我脚下。他坐在床边，低垂着眼睛，很冷似的。我不知道是出于怎样一种激情，满怀喜悦地走到他的背后，猛地一把抓住了他，把他仰面按倒在床上，脑袋靠在枕头上。他身材瘦长，皮肤白皙。人的身躯与人的面容一样都有一种表情，他的身躯则显示出一种纯洁和朝气。我挨着他躺着，我的身躯与他的一般长，他是那样消瘦、单薄、冷漠和白皙，褐色的身躯是那样丰满而壮实，相比之下，我显得那样炽热。我非常冲动地紧紧抱住他，腹部顶着他的胯骨，双臂搂住他的胸部，把脸紧贴在他的脸上，双唇压在他的耳朵上。与其说我是想与他做爱，还不如说我把自己的身体当成一条暖和的被子想裹住他的全身，把我身上的热量全传导给他。他仰躺着，但把头抬得高高的，眼睛睁得老大，像是在观察我做的一切。他这种专注的目光扫得我脊梁骨一阵透心凉，使我有一种说不出的难受滋味；但在开初的激情驱使下，我并没怎么在意。我忽然低声对他说道："现在你感到好些了吗？"

"是的。"他以一种淡漠而又含糊的语调回答道。

"你等一下。"我说道。但在我以新的激情想再次紧紧搂住他时，我重又察觉到他那种冷漠的目光，它像一根冰凉的湿铁丝落在我的背脊上，使我突然心里一阵发慌，觉得无地自容。我的激情消失了，我慢慢地松开了他，离他远远地仰躺着。本来，我把过去在感情上受到的绝望和委屈都一股脑儿地倾注在对他的爱恋上了。当我突然感到这种努力已完全落空时，我眼睛里充满了泪水，为了不让他看见我在哭，我用手臂挡住脸。我似乎感到自己错了，因为我不能爱他，也不能被他所爱，而且我还想，随他怎样看待我是什么样的人，不必对我抱有什么幻想。现在，我为了不看到生活这面镜子里自己的良心，竟生活在自己布下的迷雾之中。而他用他的目光驱散了这层迷雾，重新又把镜子放在了我的眼前。我看到了自己的真实形象，更确切地说，是看到了在他心目中我是什么样的女人，因为我原来不了解我自己，也从不去考虑，就像我已经说过的那样，我甚至很难相信我本身是否存在。最后我说道："你走吧。"

"为什么？"他用肘关节支撑起身子，局促不安地看着我，"怎么啦？"

"你最好还是走吧，"我平静地说道，手臂一直放在脸上，"你别以为我与你过不去……不过，我觉得你对我一点意思都没有……那么……"我没能把话说完并摇了摇头。

他没回答，但我感到他在动，并从我身边起来了：他在穿衣服。当时我感到非常痛苦，像是有人曾深深地刺伤我，现在又用一根尖尖的细针扎在我伤口最疼的地方一样。听见他穿衣服，想到他过一会儿就要走了，不再来了，我再也见不到他了，心里就特别难受，我为自己竟然痛苦到这般地步而感到痛苦。

他慢慢地穿着衣服，也许是等着我阻拦他。我记得，当时我闪过这样一个念头，希望能激起他的欲望而能挽留住他。我盖着被子，全裸地仰躺着。我卖弄风情，忧伤而又绝望，伸动一条大腿想让被子从我身上滑落下去。过去，我从未那样主动地把自己献给别人过，当我把手臂放在眼睛上，赤条条地躺在那里时，我似乎有一种幻觉，感到他的双手就放在我的肩上，我的嘴巴似乎已感到了他的呼吸，但我很快就听见了房门关上的声音。

我还是一动不动地仰躺着。我已不知不觉地从痛苦转入了一种半睡眠的状态，所以一会儿就睡着了。深夜醒来时，我第一次意识到我是孤单一人。在入睡时，我虽然为他的离去而感到痛苦，但我仍觉得他就在我身边。我也不知道后来我怎么又睡着了。

第二章

第二天，我没想到自己会那样有气无力、忧郁伤感和心灰意冷，好像病了一个多月刚刚好转似的。我性格很开朗，这种开朗的性格来自健康的体魄和旺盛的精力，它使我在任何逆境和厄运面前都是强者，有时候发生令人十分恼怒的事情，我仍能泰然处之，即使环境很难容许我那么做。譬如，每天我一起床总是唱唱歌或对妈妈说几句开玩笑的话。但那天早晨，我完全没有这种兴味：我很伤心，神情呆板，白天十二小时的生活不再像平时那样有诱惑了。妈妈马上察觉到了我这种反常的状态，我对她说我只是夜里没睡好。

那是真的，贾科摩的拒绝深深地刺伤了我的心，我没睡好，说明他对我的羞辱产生了效果。我已经说过，长时间以来，我对自己是什么样的人早就不在乎了：我正视我自己，我只能那样做人。我从未希望过爱别人，也从未有过被别人爱的奢望。尽管贾科摩对我说了很多复杂的理由，但我觉得，他之所以拒绝我，归根结底是因为我干的这一行。由于这个原因，我的职业突然变得非常讨厌和无法容忍。

爱情犹如一种奇异的兽类，在受到最惨重的打击之后能沉沉入睡；相反，在只被轻轻划破时却好像遭受了致命的伤害，连觉也睡不着了。有件事尤其伤我的心，回想起来使我十分痛苦和羞涩：那就是昨晚我把大衣挂在衣帽架上时说过的那句话。当时我问他："你觉得这房间怎么样？挺舒适的，对吧？"

我记得他没有回答我，只是环顾了一下四周，做了个鬼脸。当时我不明白那是什么意思，现在我懂得了，那是一种因感到厌恶而做出的怪相。他肯定是这样想的："一个妓女的房间。"回想起这件事来时，使我特别恼怒的是，当时自己在说那句话时竟还那么得意。我本来应该想到，对一个像他那样文明而又敏感的人来说，那个房间简直是污秽的破屋陋室，而那些已被我用旧了的简陋家具则使那间屋子更加丑陋不堪。

我真希望自己没说过那句倒霉的话，但为时已晚。我觉得那句话就像把我关进了一个永远出不去的牢笼。而且那句话就像我本人一样，我心甘情愿成为这样的人，也就无法改弦易辙。我想要忘记这句话，或者自欺欺人地认为自己从未说过，就等于是想忘掉我自己，或是幻想自己不存在一样。

这些思虑就像慢性毒药一样使我逐渐中毒，并慢慢渗透进我血管里健康的血液。平日早晨，我常赖在床上不起来，但总有对被子感到厌烦的时候，在一种独立愿望的支配下，我的身体就能挣脱被子，从床上跳下来。但那天恰恰相反：整个上午过去了，我还赖在床上不起，到了吃中饭的时候，我催促自己起床，但身子并没有动。我觉得自己是那样茫然若失，心灰意懒，好像全身一点力气都没有，思绪乱极了；同时，我浑身酸痛，似乎连这样一动不动地躺着都很费劲。我觉得，我就像一只停泊在水湾沼泽中的腐烂了的小木船一样，船腹全是发黑的臭水，要是有人一上船，腐烂的船板就会马上塌陷，多年来一直停泊在那里的小木船，顿时也沉下去了。我身上随便裹着被子，眼神呆滞，床单一直拉到鼻子下面，就这样不知待了多长时间。正午的钟声过后，我又听见敲一点的，接着是两点的，再后是三点的和四点的钟声。我把屋子反锁上了，妈妈不时地来敲门，她十分焦虑不安。我回答她说，我很快就起来，请她让我独自安静待会儿。

太阳开始落山的时候，我鼓起了勇气，似乎在做了一番非凡的努力之后才把被子掀开起了床。

我感到四肢绵软无力，使不上劲儿。我漱洗完毕，穿好衣服，拖着步子从房间的这一头走到另一头。我什么也不想，我没用头脑思索，只凭我的身体就意识到，我真的不愿像平时那样去大街上接客了，至少那天是这样的。我穿好衣服走到妈妈那儿，我对她说，我将与她一起度过那个夜晚，我们可以一起去城里的大街上散步，然后再到一家咖啡馆去喝一杯开胃酒。

妈妈并不习惯我这种邀请，显示出一种高兴劲儿，这使我很恼火，连我自己也不知道是为什么。我反感得不止一次地观察她那浮肿的脸颊和那双假里假气又令人难以琢磨的小眼睛，但我竭力克制自己，不说任何会使她扫兴的刻薄话。我坐在半明半暗的大屋子中间的桌子旁，等着她穿好衣服。外面路灯的白光透过没有窗帘的玻璃窗照亮了缝纫机，还照到一面墙壁上。我低头朝桌子上看，在阴影中，我隐约看见了妈妈在玩单人纸牌游戏时排列好的纸牌轮廓，她为了度过漫长的夜晚，常以此消磨时光。于是，我突然产生了一种奇怪的感觉：似乎我就是妈妈，在那里等着女儿阿特里亚娜和过往的嫖客在房间里完事以后出来。大概是因为我坐在妈妈坐过的椅子上，待在她待过的桌子旁，眼前看到她玩过的纸牌，所以才有这样的感觉。有时候人会触景生情：譬如，在参观监狱时，就会感受到过去曾在那里受熬煎的犯人的那种绝望、孤立和冷漠的心理。不过，那间大屋子并不是监狱，妈妈也并不是犯人，却要忍受那么巨大的可以想象到的痛苦。她只是苟活着，况且她一直就是这样活下来的。但也许因为我刚才对她产生过一阵敌视的情绪，所以我觉得她这一生能生下酷似她的我就足以自慰了。有些好心人，为顶替某些该受到谴责的行为开脱，往往这样说："你设身处地为他想想。"当时，我就是把自己放在妈妈的位置上，甚至就把自己当成妈妈本人了。

我就是妈妈，我是有意识地把自己当成妈妈的，当然她不会意识到的，否则她就会以某种形式反抗。我突然感到自己憔悴了，满脸皱纹，疲惫不堪；我懂得了人老了意味着什么，不仅人的样子变了，而且身体也变得软弱无力。妈妈当时是什么样的呢？我有几次见过她脱光衣服的样子，我观察过她那干瘪的呈褐色的乳房和那松软的蜡黄的腹部，当时我并没有想过很多。现在我似乎觉得，那曾经哺育过我的乳房，那曾经生下过我的肚子，好像就长在我的身上一样，我能摸到它们，我似乎有着妈妈在看到自己的体态改变时感到的遗憾和无能为力。青春和美貌可以使生活变得可以忍受，并使生活变得愉快。但青春和美貌一旦不复存在了怎么办？想到这里，我不寒而栗，当我从那种噩梦中惊醒过来时，我为自己仍然是年轻漂亮的阿特里亚娜而感到高兴；永远不会再年轻漂亮的妈妈已不可能与我分享这一点，这也使我感到高兴。我脑海里的思绪像蚂蚁一样聚集在一起，我的头脑就像一时卡住的机械装置一样，慢慢又开始运转，而此时的妈妈却孤独一人等着我的到来。当然不难想象，像妈妈这样一个人，处在这样的境遇中究竟是怎么想的；但多数人只会感受到她对女儿的责备和鄙视；实际上，不光是感受，人们往往还会臆想出一个发泄自己的一切敌对情绪的对象。但我爱我的妈妈，我正是基于对她的爱，才把自己放在她的位置上。我知道，妈妈那时的思想，跟我的存在和我所干的一切没有任何联系，她既不感兴趣，也不害怕，更不感到羞耻。然而，我知道她的思想都是偶然产生的，是毫无意思的。她年岁大了，那么穷又那么无知，像她那样的人有那样的思想是无可非议的，她一生中从来没有连续两天相信过和想过同样的事情，因为不用两天，就被事实断然否定了。伟大的思想和崇高的感情，即使是忧伤和消极的，也需要时间，需要保护，就像娇嫩的幼苗需要很长一段时间才能变得茁壮，才能在土壤里扎根一样。但妈妈的头脑和心灵里只能孕育那些生命短暂的杂草，她头脑里的无非是瞬间即逝的杂念、一时的怨愤反感和日常生活琐事。就这样，我在我的房间里卖身赚钱，妈妈则在大屋子里玩她的单人纸牌游戏，她头脑里不断思索着她从孩童时期到现在那漫长的岁月里所经常操心的那些日常琐事：食品的价格，左邻右舍的闲话，房子的维修，对年老病疾的忧虑，要做的活计以及其他一些琐事。甚至，也许她还不时地竖起耳朵聆听附近教堂的钟声，并毫无在乎地想道："这次，阿特里亚娜花的时间比以往都长。"或许在听到我打开房门出来在前厅说话时，她会想道："阿特里亚娜完事了。"她还能再想些什么呢？现在，我带着这些想象，全身心地变成了妈妈；也正因为能使自己真正站在妈妈的位置上，我似乎又一次爱自己的妈妈了，而且比以往更爱她。

房门打开的响声使我从梦境中惊醒。妈妈打开灯问我："你这样一个人黑着灯干什么？"灯光照得我睁不开眼，我站起身来看了看她，一眼就发现她穿了一身新衣服。她没戴帽子，因为她从不戴帽子，但身上穿着一件做工非常考究的黑衣服。她手臂上挎着一个带黄色金属拉链的黑皮包，脖子上围着一条皮毛围脖。抿湿了的灰白色头发在头顶上仔细地梳成了一个小小的发髻，上面插满了发卡。她那以往消瘦而又干枯的面容现在显得红润健壮，居然还抹了点玫瑰色的香粉。看她一本正经地打扮成这副模样，我忍不住想笑。我站起身，像平时那样亲切地对她说："我们走吧。"

我知道妈妈喜欢在交通最拥挤的时候去最主要的街道上慢慢溜达，那些街道上有全城最漂亮的商店。我们乘无轨电车在民族大街的街口下了车。我小时候，妈妈常带我到那条街上闲逛。她从埃塞特拉广场开始，沿着右边的人行道，走两步停三步，专注地浏览着商店的橱窗，就这样一直走到威尼斯广场。到了那里，她又穿过马路，走到对面的人行道上往回走，还是那样仔细地浏览着橱窗，拉着我的手又回到了埃塞特拉广场。那时候，她总是什么东西也不买，街上那么多家咖啡馆她一个都不敢进，直到把走得又累又困的我带回家。我记得，我不喜欢跟她出去这样散步，妈妈似乎满足于仔细地观赏橱窗里陈列的各种商品，而我恰恰相反，很想走进商店去买东西，很想买几件陈列在五光十色的水晶玻璃后面的漂亮的新东西带回家。但后来我很快就懂得了我们很穷，所以我从来没有任何机会表达我的愿望。仅仅有过一次，我也不记得是为什么了，怎么说呢，我突然任性起来了。妈妈拉着我的胳膊在人群拥挤的大街上走了很长一段路后，我突然又喊又哭地不想走了。我闹得妈妈发火了，她不仅没买我想要的东西，还扇了我两个耳光；皮肉之苦使我忘记了没钱买东西的痛苦。

现在，我挽着妈妈的胳膊重又走在通向埃塞特拉广场的人行大道上，好像过去的岁月都白白流逝了，一切都依然如故。人行道的石板地上布满了密密麻麻的脚印，有的是女鞋的，有的是大号鞋的，有的是高帮皮鞋的，有的是低跟鞋的，有的是大靴子的，还有的是凉鞋的，看了令人头晕目眩；来来往往的过路行人，男女老少都有，或三三两两，或成群结队，或独自一人，有的漫步闲逛，有的疾走如飞。他们都是一样的，穿着一样的衣服，戴着一样的帽子，长着一样的脸，有着一样的眼睛和嘴巴，也许正因为他们越想显得与众不同，就越是一样。街道两旁还是那些皮具店、鞋店、文具店、金银首饰店、钟表店、书店、花店、呢绒绸布店、玩具店和日用杂品商店；还有时装店、袜店、手套店、咖啡馆、电影院和银行。透过那些灯光通明的窗户，可以看见大楼里的人，他们或是在房间里来回走动，或是在伏案工作；满街的五光十色的霓虹灯招牌还是老样子；在街道两旁的角落里，有卖报的，有卖炒栗子的，还有向行人推销亚美尼亚纸牌和雨伞上的橡皮圈的失业者；有流落街头的乞丐，还有个戴着黑眼镜、手里拿着便帽、面墙站着的瞎子，接着又看见了一位上了年纪的妇女，怀里的婴儿正叼着她那松弛的乳房吃奶；再走下去还看见一个白痴，他那残臂处的疤痕像膝盖一样发黄发亮。重又走在这条大街上，我面对那些我熟悉的事物，有一种静止的死气沉沉的感觉，这使我有些不寒而栗。我猛然感到，

224

好像自己全身赤裸着，在我的衣服和皮肤之间，又似乎吹入了一丝可怕的凉风。咖啡馆的收音机里播放着一位歌女的热情奔放而刺耳的歌声。那年埃塞俄比亚正在打仗，那个女人唱的是《黑色的小脸蛋儿》。

妈妈自然没有发现我的这些情绪；况且我也不会让她看出来。我已经说过，我看起来善良、温柔，不轻易动感情，别人很难猜测到我头脑里在想什么。但忽然间，我身不由己地感到激动，此时歌女唱起了一支感情丰富的小曲儿，我的嘴唇颤抖，我对妈妈说：“你从前领着我在这条街上来回走着，看商店的橱窗，你还记得吗？”

“记得，”她回答道，“但那个时候，什么东西都比现在便宜……譬如那个手提包……当时花三十里拉就可以买下来。”

我们从皮包商店又走到金街首饰店。妈妈停下来看首饰，她看得出神地说道：“你看那个戒指……不知要值多少钱……还有那个手镯，全是实心的金子做的……我不太喜欢戒指和手镯……但我特别喜欢项链……原来我有条珊瑚项链……但后来我不得不把它卖了。”

“什么时候？”

“唉，很多年前了。”

不知为什么，我此时想到，我干的这一行虽然赚钱，但连一只最寒酸的小戒指都没戴上。我对妈妈说：“你知道……我已决定，今后不再带任何人到家里来了……我不干了。”

这是我第一次这样明确地对妈妈提到我的职业。当时，她脸上带着一种我无法形容的表情说道：“我已经对你说过那么多次了……你愿意怎么干就怎么干……只要你高兴，我就高兴。”

不过，她似乎并不高兴。我继续说道："我们得重新过以往那样的生活……你还得替人剪裁和缝制衬衣。"

"我已经那样干了好多年了。"她说。

"我们不会有像现在这么多的钱，"我的确有些狠心地又坚持说下去，"最近我们都已经习惯了……至于我将来干什么，我也不知道。"

"你今后干什么呢？"妈妈怀着希望问道。

"我不知道，"我回答说，"我再去做模特吧……或者我帮你干活。"

"唉，你能帮我干什么呀。"她以一种泄气的语气说道。

"或者，"我接着说，"我去替人帮佣……你说干什么呢？"

现在妈妈脸上显出了一种痛苦而又忧伤的神情，好像她最近长的肥膘一下子就掉下来了似的，就像深秋的初寒使枯叶从树上掉落下来一样。但她充满信心地说道："你想干什么就干什么……我对你说了，只要你高兴就行。"

我知道，她有两种截然相反的矛盾感情：对我的爱和对舒适生活的依恋。这使我心里很难过，我希望她能有勇气舍弃这两种感情中的一种：要么是爱，要么是拿我当摇钱树。不过，这很难做到，在我们的生活中，往往是恶习战胜美德。我说道："过去我不高兴……现在我也不高兴……只是，再像现在这个样子下去我受不了。"

说了这些话后，我们就不再说什么了。妈妈耷拉着阴沉沉的脸，在她那壮实发福的体态中，似乎重又隐现出从前那种消瘦和愁苦的样子，她仍然像刚才那样久久地、仔细地浏览着商店的橱窗；不过，已不带任何喜悦和好奇心了，她只是机械地看着，好像在想什么别的事似的。也许，她虽然看着，却什么也没看见；或者说，她看的已不是商店橱窗里陈列的商品，而是她那台带有不知疲倦的踏脚板和缝纫机上疯了一样上下穿梭的缝衣针，还有工作台上那些乱成一堆的缝了一半的衬衣，以及那块黑色的包袱皮，它是用来包裹做好的成衣给城里的顾客送去的。然而，我的这些幻觉并不是出现在我的眼睛和橱窗之间。我看得很真切，想得也明白，水晶玻璃台后面的东西我都看得很清楚，上面有标着价格的小标签，我心想，我完全可以不干我这一行，其实，我本来就不想干；而事实上，我又不能不干。橱窗里陈列的小部分商品，应该说我现在买得起了，尽管是在一定的限度之内，但一旦我再去当模特或干其他类似的工作，我就得永远放弃这买东西的念头了。我与妈妈又得重新过以往那种拮据的不舒适的生活了，吃不到佳肴美味，要做出某些牺牲，也积攒不下什么钱了。现在要是遇上一个肯送我礼物的男人，我甚至可以得到一个戒指。但要是我重新回到从前的生活中去，那些珠宝首饰对我来说，就像天上的星星一样难以得到。一想起我那艰难并令人绝望的过去，我就有一种强烈的厌恶之感，同时，我又感到那些驱使我改变目前生活的动机是荒谬的。就因为我迷恋上了一个大学生，而他对我又根本不感兴趣；还因为我认为他鄙视我，总之，是因为我想改变原来的自我。我心里想，这只是出于一种自尊心，但我却不能简单地为了自尊心而把我，尤其是把妈妈重新推入过去那种贫困的生活中去。我像是突然看到了贾科摩的生活，它一下子靠近了我的生活并与我的生活搅和在一起，又岔向其他方向去了，而我却得沿袭原来已经走过的道路继续生活。"要是我真的遇上一个真心爱我并愿意与我结婚的男人，那我就改变目前的生活，即使他很穷，"我想，"但如果只因为一个离奇的想法就改变生活，那大可不必。"一想到这里，我平静下来，内心充满了一种自由而又甜蜜的感情。后来，每当我无法拒绝强加于我的命运而且还要去迎接这种命运时，我常常产生这种感情。我原来是怎样的人，现在就还怎样，而且我本就该是那样的人，没有其他选择。我可以做个贤妻良母，尽管这令人难以理解，或者是做一个卖身赚钱的女人；但我不能仅仅为了满足自己的自尊心而使自己变成一个为了生计而四处奔波和艰难挣扎的可怜女人。最后，我与自己和解了，我微笑了。

我们正站在一家女装商店跟前，那里也卖呢绒丝绸。妈妈说："你瞧，多漂亮的头巾呀……我正需要这样一条头巾呢。"

我平静而又安详地抬起眼睛，望着妈妈指的那条头巾。那条头巾的确漂亮：黑白两色相间，上面还有花鸟图案。商店的门开着，可以看见里面的柜台，柜台上有一个分成格的盒子，里面放着许多与那条的花色大致相仿的头巾。我对妈妈说："你喜欢那条头巾吗？"

"喜欢，怎么啦？"

"你马上就会得到它的……不过，你把你的包给我，你拿着我的包。"

她不明白我的意思，目瞪口呆地看了看我。我二话没说就拿过她那个黑色的大手提包，把我那个小得多的包塞在她的手里。我拉开她皮包的拉链，手指紧紧捏着拉锁，装着买东西的样子缓步走进了商店。妈妈还是不明白我究竟想干什么，但她什么也不敢问，只是跟在我后面。

"我们想看看头巾。"我一面对女店员说着，一面靠近那个分成好多格的盒子。

"这些是丝绸的……这些是羊绒的……这些是羊毛的……这些是棉的。"女售货员一边说，一边把头巾抖开给我看。

我挨柜台十分近，一只手把提包放在齐腹部的地方，另一只手开始挑选头巾，我一条条地打开，并提起来对着亮光仔细观察图案和颜色。那种黑白相间的头巾，盒子里至少有一打，都是一样的。我故意让其中的一条滑落在盒子的边缘上，头巾的一角耷拉在柜台外面。而后，我对女店员说："我真想买条颜色更鲜艳一些的……"

"有一种更精致一些的，"女店员说道，"但价钱比较贵。"

"您拿出来我看看。"

女店员转过身去想从货架上拿下一个盒子来，我动作敏捷，身子稍稍离开柜台，同时打开皮包。我扯着落在盒子边上的头巾的一角往下拉，然后用腹部紧贴住柜台，这一切都是一刹那之间发生的。

此时，女店员从货架上取下来一个盒子。她把盒子放在柜台上，拿出一些更大更漂亮的头巾给我看。我久久地察看着，镇静自若地评论着颜色和图案，还赞不绝口地让妈妈看这些头巾，我所干的一切，妈妈都看在了眼里，她吓得要死，只是以频频点头作答。

"多少钱？"最后我问道。

女店员说了个价格。我故作遗憾地回答说："刚才您说得对，是太贵了，至少对我来说……不过，谢谢了。"

我们从商店出来，我急忙朝不远的一座教堂走去，因为我害怕女店员一旦发现我偷了头巾，会穿过人群追上我们。妈妈拉着我的胳膊茫然而又疑惑地向四周张望着，就像是喝醉酒的人一样，觉得周围的一切东西都摇晃不定、模糊不清，她弄不清究竟是怎么回事了，看着她那种慌乱迷茫的样子，我真想发笑。我自己也不知道为什么要偷那条头巾；再说，这件事对我来说无足轻重，因为我在吉诺的女主人家已偷过金粉盒，干这类事情，第一次才是至关重要的。不过，我又一次体验到了第一次干这种事时的快感；我现在似乎懂得了为什么那么多人偷窃。我们没走几步，就到了一个坐落在横马路上的教堂，我对妈妈说："我们到教堂里去待一会儿好吗？"

"随便你。"她声音低低地说道。

我们走进了圆形的白色小教堂，那教堂像是个舞厅，四周都是廊柱。一缕微弱的光线穿过教堂顶部的玻璃天窗，照射在因年长日久而磨得发亮的两排长凳子上。我抬起双眼向上看，见教堂的天花板上画的都是带翅膀的小天使，我坚信那些健壮、美丽的小天使一定会保护我的，那个女店员在天黑之前一定不会发现失窃的。而且在躲开马路上的喧闹和刺眼的灯光之后，教堂的寂静、烧香烛的气味、阴森和肃穆的气氛使我惊魂稍定。刚才我急急忙忙地走进来，差一点撞在妈妈身上，但我很快就平静了下来，害怕的心理也消失了。妈妈手里还拿着我的包，她做了个掏东西的手势。我把她的提包递给了她，并小声对她说："你戴上头巾。"

她打开了提包，把偷来的头巾系在了头上。我们把手指伸进圣水池里蘸蘸，然后就坐在正对着大祭台的第一排凳子上。我双膝跪下，妈妈坐在那儿，双手放在小腹处，那条头巾太长了，把她的整个脸都挡住了。我知道，她心绪一定很乱；我的平静与她的不安形成了鲜明的对比。我感到自己的心境是坦然的、平和的，尽管我知道自己做的事应受宗教道义的谴责，但我毫无内疚，而且我觉得，比起过去为了生计咬着牙干活、从不做亏心事，我现在对宗教更为虔诚。我在那拥挤的街道上曾那样慌张和茫然，而现在我想到上帝能看清我的内心世界，他看到了我这样干并没有什么不好的，况且他知道我与其他人一样是无辜的，只是为了生活才这样干的。想到这里，我感到无比安慰。我知道这个上帝并不是在那儿判决并谴责我，而是为我的生存辩护，我不可能不是个好人，因为是上帝安排我到这个世界上来的，我望着祭台，机械地诵念着祷词，透过祭台上蜡烛的火光，我隐约地看到了圣母玛利亚的深色画像，我明白，现在的问题，不是我是否该在圣母玛利亚面前反省自己的表现，而是得估量一下自己是否有足够的勇气活下去。我突然觉得，祭台的蜡烛后面那深色的圣母像在鼓励我继续活下去，这种鼓励就像一股热流温暖着我的全身。是的，我有了活下去的勇气，尽管我根本不理解什么叫生活，也不明白人为什么要活着。

　　妈妈沮丧而麻木地坐在那里，头上的那条崭新的头巾在鼻子上方围成了鸟嘴形；我转过身去看她时，禁不住亲切地微笑了。"你祈祷一下吧……会对你有好处的。"我悄悄地对她说道。她深感吃惊，犹豫了一阵后，似乎有些勉强地合掌跪了下去。我知道她不想再信教了，宗教对她来说只是一种让她安分守己并忘记生活的艰辛的虚假的安慰。但当我看见她下意识地翕动嘴唇，脸上充满疑虑忧郁的神情时，我又笑了。我本想告诉她，我已改变了主意，好使她放心，不必担心又得像过去那样拼命干活了。妈妈那种忧郁的神情中，含有某种孩童般幼稚的东西，她像个小孩，像是大人答应要给一块甜食而后又不给了那么不高兴，我觉得，这是妈妈对我的态度中最重要的方面。否则我一定会想，她是想拿我当摇钱树，指望靠我当妓女使她自己过上舒适的生活；我知道实际上并非如此。

她祈祷完毕后就恼怒而冷淡地在胸前画了十字，像是向我说明，她这样做完全是为了使我高兴。我站起身来，示意让她出去，在教堂的门口，她摘下了头巾，重又仔细地折叠好，并把它放回手提包里。我们回到了民族大街，我朝一家点心铺走去。"现在我们去喝一杯苦艾酒。"我说道。妈妈马上回答说："不，不……因为……没有必要喝。"她的声音中隐含着高兴和忧虑。她总是这个样子，怕我花钱太多，这是她的老习惯。"那有什么呀，"我说道，"就是一杯苦艾酒。"她沉默不语，跟着我走进点心铺里。

　　那是一所老式房子，里面的柜台和护壁板都是用光亮的桃花心木制作的，橱窗里摆满了漂亮的点心盒。我们在一个角落里坐了下来，要了两杯苦艾酒。妈妈看到店里服务员时感到有些胆怯，我要苦艾酒时，她低下眼睛动也不动地坐着，显得很不自在。服务员端来了苦艾酒，她拿起小酒杯用嘴抿了抿，然后又把它放在小桌上，看着我一本正经地说："挺好喝的。"

　　"是苦艾酒。"我说道。服务员还端上来了一个用金属和玻璃做的点心盒子。我打开点心盒子对妈妈说："你吃块点心吧。"

　　"不，不……我不吃。"

　　"你就吃吧。"

　　"吃了胃不好受。"

　　"就吃一块不碍事。"我往盒子里瞧了瞧，选了一块奶油酥皮点心，把它递给妈妈，说，"你吃这块……不腻的。"

　　她接过点心，小口地咬着吃，并像舍不得吃似的，边咬边看咬过的地方。"真好吃。"她吃完了说道。

　　"你再吃一块。"我说。这回她可用不着我请了，自己又拿了一

232

块。喝完了苦艾酒，我们望着点心铺里来来往往的顾客沉默不语地待着。我知道，这样坐在一个角落里喝杯苦艾酒，吃两块点心，妈妈是很满意的，看着熙来攘往的人群她感到好奇和好玩儿，我知道她没什么要对我说的。她大概是第一次待在这种地方，所以感到很新鲜，别的什么都不考虑了。

此时，进来了一位年轻的太太，手里领着一个小姑娘，那小姑娘戴着一条毛茸茸的白裘皮围脖，穿着一件短小的套服，袜子和手套都镶有白边。年轻的太太在柜台的格橱里选了一块点心给小女孩。我对妈妈说："我小的时候，你从未带我到点心铺来过。"

她回答说："我哪里做得到呢？"

"可现在，"我平静地把话说完，"是我带你来了。"

她沉默了片刻之后，沮丧地说道："现在你倒责怪起我跟你到这里来了……我本来是不想来的。"

我把我的一只手放在她的手上说："我丝毫没有责怪你的意思……相反，我很高兴带你来这儿……姥姥也从未带你到点心铺来过吧？"

她摇摇头说："十八岁之前，我没走出过我们住的街区。"

"现在你看到了吧，"我说道，"在一个家庭里，迟早得有人干出一番事……你没能干出什么名堂，你母亲也没有，大概你母亲的母亲也没有……那么就由我来干……总不能永远这样下去。"

她什么也没说，我们就这样看着过往的人群，又待了一刻钟。然后，我打开手提包，取出烟盒，点了支香烟。像我这样的女人在公共场所里抽烟，往往是为了引起男人们的注意。不过，我当时并没有想招引男人，况且那天晚上我早就决定不再干什么了。我就是想抽烟，没有别的意图。我用两根手指夹着香烟，看着来往的人群，不时地把烟塞在嘴唇间，我把烟吸进后，再从嘴巴和鼻腔里吐出来。

　　但我的动作无意中一定有什么挑逗人的地方，因为我很快看见柜台旁有个男人手里端着一杯咖啡正准备喝，却又停住了，死盯着我看。那是个四十岁上下的男人，矮矮的个子，厚厚的前额，一头卷发，眼睛外凸，颌骨很大。他的后颈窝那么厚实，好像没有脖子似的。他举着咖啡杯一动也不动，就像斗牛场上的一头公牛，在见到了红绸布低下脑袋冲刺之前，一动也不动地待在那里一样。他的穿着虽说不上高雅，却很讲究，那件合身的外套使人明显地看出他那宽大的双肩。我低下眼睛，把香烟叼在嘴上，对那个男人的心理琢磨了好一阵，我深知他属于那种女人一送秋波就魂不附体，脖子上直暴青筋，脸呈绛紫色的男人；引他上钩是否会让我开心，我没多大把握。后来，我发现一种引诱他上钩的欲望使我全身发痒，迫使我一改持重的举止，这种欲望犹如一种神秘的汁液能使粗糙的树皮上长出无数绿枝嫩芽。可我决心不干我这一行才一个小时。我想我对此真是毫无办法，这种欲望比我更强有力。不过，我是很愉快地这样想的；因为打从教堂出来时起，我已决定屈服于我的命运，不管命运如何，我觉得，对于我来说，接受命运的安排比出于任何崇高的目的而加以拒绝都更为有利。我考虑片刻之后，就抬起眼睛朝那个人看。他还是虎视眈眈地待在那里，毛茸茸的粗手端着一杯咖啡，一对牛眼直盯着我看。于是，我开始冲刺了，可以说是使出了全部的拿手戏，我微笑着意味深长地向他亲昵地瞟了一眼。正像我预想的那样，他正面迎着我的目光，满脸通红。他喝完咖啡，把杯子放在柜台上，然后昂首挺胸地迈着小步走到付款处去交了账，那件贴身外套使他显得很精神。走到门口时，他回过头来，向我做了一个明确而又急切的动作，以示默契。我用眼睛回答表示同意。他出去后，我对妈妈说：

"我走了……不过，你待着吧，反正我不能跟你一起走了。"

这时，她正兴致勃勃地看着点心铺里热闹的情景；听我这么一说，她愣了一下："你去哪儿……为什么？"

"有人在外面等着我，"我站起来说道，"这是钱，你把账付了，然后你就回家……我先走一步……但不是我单独一个人。"

她惊慌地看着我，我觉得她似乎有点内疚，但她什么也没说，我告别了她就走了。那男人在街上等着我。我刚刚走出店门，他就一把抓住我，紧紧地攥着我的胳膊，"我们去哪儿？"

"到我家去。"

就这样，在痛苦了短短的几个小时之后，我就放弃了跟命运的搏斗，我甚至更加深情地拥抱着它，就像拥抱一个无法战胜的敌人一样；而且我感到自己超脱了。有人也许会想，接受一种卑微低贱但有利可图的命运总比拒绝它要合适得多。但我经常问自己，为什么那些遵循一定的生活准则或抱有一定理想的人，心灵深处总是充满着忧伤和烦恼？而那些生活空虚、心理阴暗、软弱无能的人却往往生活得那么快乐、无忧无虑呢？在上述两种情况下，每个人都凭自己的天性行事，并不是遵循什么准则，这才真正体现了人的命运。而我的命运，我已经说过了，就是不惜任何代价地做一个愉快、温柔而又恬静的女子。我就这样认命了。

第三章

我完全将贾科摩抛在脑后，决心不再去想上次的事了。我感到我是爱他的，要是他能回来，我一定会很高兴，而且会比以往更爱他。不过，我也感到我不能再受他的侮辱了，要是他回来，我将守在自己的生活圈子里，保持自己的固有本色，就像锁在一座坚不可摧、难以攻克的堡垒里一样，除非我自己愿意出来……我将对他说："我是娼妓……不是别的……你若是愿意跟我，你就得接受我这种妓女的身份。"我早已明白，我的力量在于接受我本来的存在，而不是奢望另一种本来不属于我的存在。贫穷，我干的这一行，妈妈，我那丑陋的家，我朴素的衣着，我卑贱的出身，我不幸的遭遇，以及使我能接受这一切的那种感情，就是我的力量所在，这种感情就像一块埋在泥土里的宝石，深深地埋藏在我的心灵中。不过，我确信自己不会再见到他了；但这样的想法又使我以一种新的方式爱他，那是一种软弱、伤感但不无温柔的方式。就像那些已经死去的或是永远不再回来的人之间的爱一样。

在那些日子里，我与吉诺彻底断绝了关系。我已经说过，我不喜欢突然中断关系，我希望事情的发生和终止能顺其自然。我在处理与吉诺的关系上，充分体现了我的这种偏好。我与他的关系中断了，因为孕育其中的生命已经终止了，这不是我的过错，从某种意义上来说，也不是他的过错。这样中断关系，我既不会感到惋惜，也不会感到悔恨。

我仍不时地继续与他见面，每个月两次或者三次。我说过，我爱他，虽然他已失去了我的尊重。有一天，他打电话约我在一家奶品店见面，我答应了他。

那家奶品店就在我住的街区里。吉诺在里面的一个小厅里等着我，那是一个没有窗户的小房间，墙壁是用带花饰的小瓷砖砌成的。我进去时，发现他不是独自一人。另有一个人背朝我与他坐在一起。那人穿着一件绿色的风雨衣，头发是金黄色的，留着平头。我走上前去，吉诺站起身来，他的那位伙伴却坐着不动。吉诺说："介绍一下，这是我的朋友松佐涅奥。"此时，那个人也站了起来，我一边看着他，一边向他伸过手去。但他握我手的时候，像一把钳子一样夹住我的手，疼得我直叫。他马上把手松开了，我坐下之后，微笑着说道："您弄得我真疼……您总这样握别人的手吗？"

他不说也不笑。他的脸色像纸一样苍白，结实坚硬的前额前凸，长着一对浅蓝色的小眼睛，一个塌鼻子和一张细得像刀痕的嘴巴。他那剪得很短的金黄色头发又粗又硬，颜色很浅，两鬓内陷；但脸盘底部宽大，颌骨又大又丑。他像是咬牙嚼什么东西似的。看上去，他面颊下像有根神经一直在抽搐。吉诺似乎对他的朋友很是敬重和钦佩，他笑着说道："这是小意思……你不知道他的劲儿有多大……他会一手禁拳。"

松佐涅奥似乎颇含敌意地看着他，然后用他低沉的声音说道："我可不会使禁拳……我要是能会一手禁拳……"

我问道："什么叫禁拳？"

松佐涅奥简单地回答说："就是一拳能置人于死地的……所以是禁止使用的……就像使用左轮手枪一样。"

"你不妨摸摸他有多壮实吧，"吉诺激动地坚持道，好像他想讨好松佐涅奥似的，"你试试……你让她摸摸胳膊。"

我有些犹豫，但吉诺非要我试试，他的那位朋友似乎也在等待着我那样做。于是，我伸出一只手，轻轻地摸他的胳膊。他曲起前臂以使肌肉隆起。不过，他那严肃的神情中似乎带着些忧郁。我的手指隔着他的衣袖摸到他那铁索一般的胳膊，这真出乎我的意料，因为他看上去似乎很瘦弱、单薄。不知道是因为惊异还是反感，我惊叫了一声，赶紧把手缩了回来，松佐涅奥却得意地望着我，嘴角掠过一丝微笑。吉诺说道："是老朋友了……帕里莫，我们认识已经好久了，是吧？……可以说，我们就跟亲兄弟一样。"他拍拍松佐涅奥的肩膀，补充道："老朋友帕里莫。"

但那位朋友却抬了抬肩膀像是想甩开吉诺的手，他回答道："我们既不是朋友，也不是兄弟，我们只不过是原来在同一个汽车修理库里干过活。"

吉诺心平气和地说道："嗳，我知道，你独来独往……无论男人还是女人你都不跟。"

松佐涅奥看着他。他两眼一眨不眨地死盯着吉诺看；在他那种目光的逼视下，吉诺避开了他的视线。松佐涅奥说："谁对你这么胡说八道的？……我想跟谁就跟谁……男的也好，女的也好。"

238

"我只是那么说说而已……"吉诺似乎已失去了他的自信,"我确实从来没看见你跟谁在一起过。"

"我的事情你当然不知道。"

"我以前一天到晚总见到你。"

"你天天都见到我……嗯?"

"可不是,"吉诺有些狼狈,"我老看见你独自一人,我想你大概是从来不与人约会的……一个男人要是有个女人或者朋友,大家很快就会都知道的。"

松佐涅奥粗暴地说:"你是个蠢驴。"

"你竟骂起我蠢驴来了。"吉诺满脸通红,装着只当松佐涅奥脾气不好,随便说说的。但看得出他是害怕了。

松佐涅奥又说道:"是的,你若再犯傻,我就抽你的脸。"

我突然意识到,他不仅会这样干,而且还真想这么干。我用一只手拉住他的胳膊说道:"你们要是想打架,请别当着我的面打……我看了受不了。"

"我把我的一位女友介绍给你,"吉诺有气无力地说道,"而你却把她吓成这样……她准会以为我们有仇呢。"

松佐涅奥转过身来,第一次向我露出了微笑。他微笑时眨巴着小眼睛,蹙着眉头,不仅露出了他那一嘴又小又难看的牙,而且还露出了齿龈。他说:"小姐没吓着吧?"

我冷冷地回答道:"我根本不怕……不过,我已经说过了,我讨厌打架。"

接着是一段长时间的沉默。松佐涅奥两手插在风雨衣的口袋里,一动也不动地待着,他颌骨的神经抽搐着,两眼发呆。吉诺低着头抽烟，从他嘴里喷吐出来的烟，顺着他的脸颊和绯红的耳朵袅袅上升。后来，松佐涅奥站起身来，说道："那么，我走了。"

吉诺猛地站起来，赶紧伸过手去，说道："没记恨我吧，嗳，帕里莫？"

"不记恨。"松佐涅奥咕哝道。他跟我握了握手，但这次没把我弄疼，随后就离开了。他长得很瘦小，真不知哪儿来那么大的力气。

他一走，我就开玩笑地对吉诺说："你们也许是朋友，甚至像兄弟……但他对你说的那些话真够呛。"

这时吉诺已完全恢复了平静，他摇摇头说："他就是这样子……但人并不坏……而且我得巴结着点他才行……他帮过我的忙。"

"怎么帮你的？"

我发现吉诺很激动，急着想告诉我什么事。突然，他喜形于色，十分得意而又迫不及待地对我说："你还记得我女主人的那个金粉盒吗？"

"记得……怎么啦？"

吉诺的眼里闪烁着喜悦的神采，他压低嗓音说道："你猜怎么着？后来我经过反复考虑，没把粉盒还回去。"

"没还回去？"

"没有……何况，我想太太有的是钱，这样的粉盒对她来说，多一个或少一个都无关紧要……再说，事情再丢人也已经干了，"他以一种特别神秘的口气补充道，"而且，实际上偷东西的窃贼又不是我。"

"东西是我偷的。"我平静地说道。

他假装没听见我的话，又继续说道："不过，后来我得设法卖掉它……那是件惹眼的东西，容易被人认出来，不好出手……我就一直放在口袋里放了好久……直到后来碰上了松佐涅奥，我把事情经过都对他说了……"

"你也谈到我了吗？"我打断他说。

"没有，没有谈到你……我对他说是我的一位女朋友送给我的，我没有指名道姓……而他……不到三天就脱手了，你想想，我真不知道他是怎么出手的，他把钱给我了……就像说好的那样，当然他也拿了他自己的一份。"他高兴得都颤抖起来了，他向四周扫视了一眼之后，就从口袋里抽出一叠票子。

我当时对他有一种强烈的厌恶感，我自己也不知道为什么。并不是我不同意他那么干，因为我没有这样的权利，但他那样自鸣得意的腔调使我厌烦；而且我凭直觉知道他没有把一切都告诉我，而他隐瞒着的部分一定会更糟糕。我生硬地说道："你干得好。"

"拿着吧，"他打开那卷钞票又接着说道，"这是给你的……我已经点过了。"

"不，不，"我马上说道，"我什么也不要，真的什么也不要。"

"为什么？"

"我不想要。"

"你是想惹我生气。"他说。他脸上掠过一丝猜疑和不快的阴影，我生怕真惹怒了他。我勉强地把手放在他的手上，对他说："要是你不给我钱，我即使不生气，也会感到惊讶的……但现在这样就挺好了，我不要钱，因为对我来说，这件事已经了了，就这么样了……不过，你有了这些钱，我为你高兴。"

他疑惑不解地看着我，仔细地打量着我，好像想从我的话音背后发现什么隐秘的动机似的。后来，我再次想到他时，发现他之所以不能理解我，是因为他生活的天地与我截然不同，他生活中所遵循的原则和思想也和我大不一样。我不知道他这个天地是比我的更坏抑或是更好，我只知道我对某些话含义的理解与他不一样，他的大部分行为在我看来都该受谴责，而他却认为都是合法的，甚至是应该的。他似乎特别看重聪明才智，不过他却解释为精明。他把人分为精明和不精明两类，他总是千方百计地想使自己属于第一类。我始终不明白，一种根本不能原谅的邪恶行为怎么能仅仅因为干得漂亮就被人赞赏呢？

使他担忧的疑团似乎突然消失了，他大声说道："我明白了，你不要钱，因为你害怕……你怕自己行窃一事被发现……不过你不必担心……一切都已解决了。"

我并不害怕，但我又不想否认，因为他说的后半句话使我琢磨不透。"这话什么意思？"我问道，"一切都已解决啦？"

他回答说："是的，一切已办妥了……我对你说过，在女主人家里，他们怀疑一个女用人的事，你还记得吧？"

"记得。"

"那好……我特别讨厌这个女用人，因为她背地里净说我的坏话……粉盒被盗后，我明白事情对我很不妙……警长来过两回，他们好像在监视我似的。请你注意：那时他们还没进我的房子搜查。于是，我灵机一动：索性再制造一起失窃事件，让他们来搜查，把老案新案都推到那个女用人身上。"

我什么也没说，他两眼睁得大大的，炯炯有神地看了看我，像是想知道我是否欣赏他的诡计，他继续说道："女主人的抽屉里有一些美元……我拿了那些美元，把它们藏在女用人房间里的一个旧手提箱里了。自然，这回警察局来人搜查了，美元被搜了出来，他们逮捕了女用人。当然，她现在赌咒发誓说自己是无辜的，但谁能相信呢？他们是在她的屋子里找到的美元。"

"现在那个女人在哪儿？"

"在监狱里蹲着呢，她死不承认……但你知道警长对女主人说什么吗？'您放心，太太，我们软的不行，来硬的，最后她总得供认。'你懂了吗，嗯？你知道什么叫来硬的吗？就是揍。"

我看着他，见他是那样兴奋而又得意，我觉得自己浑身冰凉，不知所措。我漫不经心地问道："这个女人叫什么名字？"

"路易莎·费里妮……那女人已经不年轻了，挺傲气的，她说自己不该是当女佣的，她说没有人比她再正派了。"他笑了，他对这样的巧合非常得意：最正派的女人居然还偷东西。

我深深地倒吸了口气，鼓起勇气说道："但你要知道，你是个十足的懦夫。"

"怎么，为什么？"他惊讶地问道。

在骂了他是懦夫以后，我感到更超脱了，更坚定了。我又气愤得皱起鼻子说道："你要我收那些钱……但我知道，那些钱我不该收。"

"不会把她怎么样的，"他竭力恢复平静地说道，"她不会承认的……他们会放了她的。"

"你自己说的，他们把她关在牢里，用棍棒打她。"

"我只是这么说说而已。"

"没关系……你让一个无辜的女子关进了牢房……然后竟还有脸对我说……你简直是个混蛋。"

他勃然大怒，脸色煞白，一把抓住了我的手："不许你骂我混蛋。"

"为什么？我认为你是混蛋，我就骂。"

他失去了理智，做了一个猛得出奇的动作。他反拧着我的手，像要把它扭断了似的，而后，他又突然低下头，狠命地咬了一口。我猛地推开他，把手挣脱了出来，并站起身："你疯了？"我说道，"你怎么回事？……咬人？……这一点用都没有，混蛋就是混蛋，你就是混蛋。"他没回答，双手捂着脑袋，恨不得要把头发扯掉似的。

我叫来服务员，把我的、他的和松佐涅奥的饮料费都付了。然后我对他说："我走了……我顺便说一下，我们之间的关系到此结束……你别再让我见到你，不要来找我，你别来啦……就当我不认识你。"他没说话，也没抬头；我走了出去。

奶品店就在大街的尽头，离我家很近。我沿着城墙对面的马路慢慢地走着。已经是夜里了，天空阴云密布，还下着毛毛细雨，几乎像是雨雾一般，天气温和，一点风也没有。城墙像平时一样黑漆漆的，只有稀稀落落的几盏相距很远的路灯。但我从奶品店出来后不久，就看见一个人从路灯下闪出来，沿着城墙根随着我朝一个方向走着。从那紧身的风雨衣和那金黄色的平顶头，我认出来是松佐涅奥。他在城墙下显得很矮小，他时而消失在阴影中，时而又出现在朦胧的路灯下。也许，我这是头一次讨厌男人，所有的男人都跟在后面追逐我，就像很多只公狗追逐一只母狗一样。我因刚才吉诺说的事还在气得浑身发抖；我一想到因吉诺使坏而被关入狱的那个女人，心里不禁感到内疚和悔恨，不管怎样，金粉盒是我偷的。不过，与其说是内疚和悔恨，还不如说是一种叛逆和恼怒。尽管我对这种不公正的做法深恶痛绝，我恨吉诺，但又不愿意这样恨他，也不愿意知道有人干出这种伤天害理的事。说真的，我不是干这种事的人。我心里难受极了，就像丢了魂一样。我急匆匆地走着，想在松佐涅奥靠近我之前赶到家，看得出他是想追上我的。后来，我听见背后有吉诺的声音，他气喘吁吁地在喊我："阿特里亚娜……阿特里亚娜。"

我装着没听见，加快了脚步。他抓住了我的胳膊："阿特里亚娜……过去我们一直相亲相爱……不能就这样分手。"

我推了他一下，挣脱了身子又继续朝前走着。城墙那边，松佐涅奥那矮小清晰的身影从阴暗处猛地闪出来，出现在一盏路灯下的光圈之中。吉诺又跑到我身边说："阿特里亚娜，我爱你。"

他那个样子使我既可怜他又憎恶他，这种复杂的感情使我有一种难言的痛楚。因此，我尽量去想别的事情。不知怎么，我好像突然脑袋开了窍。我想起了阿斯达利塔，因为他一直表示愿意帮我的忙。我想他肯定能设法让那个女人出狱的。这样一想，我马上振作起来了；心情不再像刚才那样沉重，甚至也不再恨吉诺了，我对他只是怜悯。我停住了脚步，并平静地对他说："吉诺，你干吗不走开？"

"我爱你。"

"我原来也爱过你……但现在一切都已经完了……你走吧。这样对我们两个人都更好些。"

我们正好站在大街的黑暗处，那里既没有路灯，也没有店铺。他搂住我的腰想吻我。我本来完全可以轻易挣脱开他的，因为我长得壮实，再说，一个女人若是不想让人亲吻，那谁也别想亲得成。但不知是一种什么邪念驱使我呼叫松佐涅奥，此时他正在马路那边的城墙下，两手插在风雨衣的兜里，一动也不动地看着我们。现在我想，当时我叫他，是因为我已经找到了弥补吉诺罪过的办法了，所以心里又泛起那种卖弄风情和对男人好奇的念头。我一连喊了两声："松佐涅奥，松佐涅奥。"他马上跑到马路这边来，吉诺局促不安地放开了我。

"您叫他别纠缠我，"待松佐涅奥一走近，我就平静地说道，"我不愿意跟他了……他不相信，也许他会听您的，因为您是他的朋友。"

松佐涅奥说道："你听见小姐说的话了吗？"

"可我……"吉诺又开始说道。

我想他会像通常那样纠缠一阵的；而最后，吉诺会走开的。不曾想，我见松佐涅奥突然做了个动作，我没看清他干了什么，只见吉诺惊愕地看了他一下，随后就无声地瘫软在地上，并从人行道上滚到路边的沟里去了。也许，当时我只看见吉诺倒下了，只是在他倒下之后，我才又想起松佐涅奥做的动作。因为他那动作非常迅速，又没有一点响声，我觉得像是我的一种幻觉似的。我摇了摇头，又看了看：松佐涅奥站在我的面前，两腿岔开，察看着自己仍握得紧紧的拳头。吉诺背朝着我们倒在那里，他苏醒过来之后，一面用肘关节支撑着斜倚在沟沿上，一面慢慢地抬起头来。但他好像并不想站起来似的。别人会以为他正盯着沟底污泥中的一张白色发亮的烂纸片。后来，松佐涅奥对我说："我们走吧。"我迷迷瞪瞪地跟着他朝我们家走去。

他紧挽着我的胳膊一声不响地走着。他个子比我矮，挽着我胳膊的那只手像是一把金属扳手。过了一会儿我对他说道："您真不该给吉诺那么一拳……您不来这一拳，他也同样会走的。"

他回答说："这样他就不会再找您麻烦了。"

我说："您是怎么打的那一拳？……我连看也没看见……我只看见吉诺倒下了。"

他回答说："是个习惯问题。"

他说话发音含混不清，支支吾吾的，像是把话先咀嚼一番然后再吐出来似的，或者说，他是紧咬住牙齿，在琢磨自己说的话硬度有多大似的，我想象他的牙齿一定是像猫儿的一样紧紧地错合在一起的。现在，我特想摸一摸他的胳膊，重新感受一下他那硬邦邦的肌肉。他使我产生了一种好奇心，而不是对我有什么吸引力；首先，他使我恐惧，但恐惧只要弄清楚原因，也可以是一种令人愉快的感情，而且，在某种程度上还具有刺激性。我对他说："你的胳膊里莫非有什么东西不成？……我真难以相信。"

"我不是让你摸过了吗？"他颇为严肃而又自负地回答道，听起来让人觉得挺阴险的。

"没好好摸过……当时吉诺在场……让我再摸摸。"

他停下步子，弯起胳膊，斜眼看着我，严肃的神情中带着几分天真。我伸出手，从肩膀顺着胳膊慢慢地摸他的肌肉。他的肌肉那么硬，那么有劲儿，使我产生了一种奇异的感觉。我稚声稚气地对他说："您真壮。"

他坦诚地说："是的，我是很壮。"声音阴沉而又自信。我们又继续往前走。

现在我真后悔喊他了。我不喜欢他；另外，他那副阴沉的神态和他的那些举动使我很害怕。我们就这样沉默无言地走到我家门口。我从包里取出钥匙，说道："那么，谢谢您把我送到了家。"我向他伸出了手。

他凑近我说："我跟您上去。"

我本想回绝他。但他盯着我看的那副样子和眼睛里流露出那种令人难以置信的固执劲儿却制服了我，使我晕头转向了。我说："要是你愿意的话。"说完以后，我才发现自己是用"你"称呼他了。

"你别怕，"他按他的想法来理解我那种惊慌不安，于是他接着又说道，"我有钱……别人给多少，我可以加倍给你。"

"不是钱的问题，"我说道，"我才不是为了钱呢。"但我见他脸上显出一种奇怪的神情，好像有一种可怕的猜疑掠过他的脑际。此时，我已打开了大门。我又补充道："只是我感到有些累了。"他跟着我走进了门厅。

他进了房间后，动作十分麻利地脱去了衣服，像是个做事很有条理的男子。他小心翼翼地把脖子上的围巾解下来，然后折叠好，把它放在风雨衣的口袋里。他把脱下来的夹克衫放在扶手椅的靠背上，裤子也放得十分整齐，生怕弄坏了裤线。他把鞋对齐放在扶手椅底下，袜子塞在鞋里。我发现他穿的衣服从头到脚都是新的，东西虽不精致，但都很结实，而且质地都是上乘的。他悄然无声地做着这一切，动作不紧不慢，井然有序，一丝不苟，根本不理会我。

那时我已脱光衣服赤条条地躺在床上了。就算他对我有欲望，他也并没有表现出来，唯有他下颌肌肉的不断抽搐暗示着他内心的激动和不安；但，这又是不可能的，因为之前，他的颌骨肌肉也抽搐过，那时候他似乎还没有想到过我。我曾说过，我特别喜欢整齐和干净，因为我觉得那是与内心世界的优点相对应的。但那天晚上，松佐涅奥的整齐与干净在我身上激起的感情却完全不同，使我介于惊恐和惧怕之间。他的那种动作，令人想起了医院里的外科大夫在做鲜血淋淋的手术之前所做的准备工作。或者说得更糟糕一些，就像是屠夫在小山羊乞怜的目光下准备动手宰杀一样。我软弱无力地躺在床上，像是一具准备接受试验的已经昏死过去的躯体。而他的沉默和那毫不在乎的样子，使我担心他一旦脱光衣服，不知会把我怎么样。此时，他全身赤裸着向床头靠近，用双手抓住我的肩膀，好像想把我固定住似的，我吓得情不自禁哆嗦起来。他发现我在发抖，就咕哝道："你怎么啦？"

我回答道："没什么……你的手冰凉冰凉的。"

"你不喜欢我，嗯？"他双手一直按住我的肩膀，直挺挺地站在床头，说道，"你更喜欢付你报酬的人，嗯？"他一面说，一面盯着我看，他那种目光实在叫人难以忍受。

"为什么？"我说道，"你与别的男人没什么两样……何况你自己说过，你要付我双倍的钱呢。"

"我明白，"他回答说，"你和你这一类的人都喜欢有钱的人，喜欢高贵的人……我是个与你一样低贱的人……而你们妓女则喜欢阔佬。"

我从他说话的腔调里辨认出争强好胜和喜欢寻衅的秉性，刚才他就是借着一点微不足道的因由把吉诺凌辱了一通。当时，我误以为他对吉诺有一种特殊的仇恨，但现在我明白了，他那种阴郁而暴戾的性格，使他总是疑神疑鬼的，一旦邪劲儿上来，对他怎么样都不行。我略带不满地回答道："现在你干吗惹我生气呢？我已经对你说过，对我来说，男人统统都一样。"

"要真是如此，你就不会摆出这副面孔了……你不喜欢我，嗯？"

"可我已对你说过了……"

"你不喜欢我，嗯，"他继续说道，"但我很遗憾，你不喜欢也得喜欢。"

"哎呀，你别烦人了。"我突然恼怒地喊起来。

"为了使你摆脱你的旧情人，我帮了你的忙，"他继续说着，"是你叫我来的……可你又想把我撵走……但我来了……你不喜欢我，嗯？"

现在我真害怕。他那咄咄逼人的言语，他那平静而又冷酷的口吻，他那死盯着人看的目光，似乎使他那天蓝色的眼睛变成了红色，这一切似乎会导致他干出什么骇人的事情来。我很清楚，要制止他，犹如要阻挡一块从陡峭的斜坡上滚落下去的巨石一样，是徒劳的。我只是耸了一下肩膀。他又说道："你不喜欢我，嗯……我碰你时，你脸上显出厌恶的样子……现在，我要叫你换一副面孔，我的美人儿。"他举起一只手，装作要打我耳光。我早就想到他会来这一手，竭力用一只胳膊抵挡着。但他还是打着了我，先打在一边脸上，后来，我脸一闪，他又打着了另一边，他下手特别重。我生平第一次遇上这样的事。虽然我脸上被打得火辣辣的，但当时我并不觉得疼，只是感到惊愕。我放下挡脸的手臂，对他说："你知道你是什么吗？是个很可悲的人。"

他似乎被这句话触动了。他在床沿上坐下，双手抓住褥垫，身子来回摇晃。而后，他避开我的目光说道："我们都是可悲的人。"

我又说道："要揍一个女人，可真需要有点勇气。"我突然说不下去了，眼睛充满了泪水。但我并不是因为挨了耳光而掉泪的，而是因为整个晚上发生了那么多令人不快又厌恶的事，我被搞得筋疲力尽了。我想起了被打倒在沟里的吉诺，我还记得自己怎样理也不理他，就与松佐涅奥兴高采烈地走开了，当时我一心只想摸摸他那异乎寻常的肌肉。想到这儿，我突然感到内疚，我同情吉诺，痛恨自己，我现在懂得了，我因为无动于衷和愚蠢受到了惩罚，他就是用打倒吉诺的手打我的耳光的。对于松佐涅奥用暴力制服吉诺，我曾那么得意，而现在，暴力以同样的方式回报我。我含着眼泪看着松佐涅奥。他全身赤裸地坐在床沿，白皙的皮肤上没有一根汗毛，弓着双肩，耷拉着双臂，怎么也看不出他竟有那么大的力气。我忽然产生一种想消除我们之间距离的愿望。我勉强地说道："至少你得让我明白，你为什么打我。"

"是刚才你的那副面孔。"他颌骨的肌肉抽搐着，好像在考虑着什么。

我懂得，要使他与我亲近，我首先得把我所想的告诉他，对他什么也不隐瞒才是。我回答道："你以为我不喜欢你……你错了。"

"也许是。"

"你错了……实际上，我是怕你，我不知道为什么……所以才有那样的脸色。"

听了我这些话，他突然转过身来，以一种疑惑的神情仔细打量我。但他很快就平静下来，不无自豪地问道："我使你害怕了？"

"是的。"

"现在你还怕我吗？"

"不，现在，哪怕你把我杀了……我也不会在乎的。"我说的是实话，在他打我的那一瞬间，我真希望他把我杀了，因为我突然连活都不想活了。不料他恼怒了，他说："谁说要杀你啦？……再说，我怎么会让你害怕了呢？"

"我怎么知道……你让我害怕……这种事是无法解释的。"

"吉诺使你害怕过吗？"

"他怎么会使我害怕呢？"

"那我为什么会使你害怕呢？"他已经丢掉了一切虚荣和自尊，声音中重又隐含着一种愠怒。

"唔，"为了使他平静下来，我说道，"你使人害怕，因为你使人觉得你什么事情都干得出来。"

他什么也没说，沉思了好一会儿。后来他转过身来以威胁的口吻问道："这是不是意味着我现在得穿上衣服走？"

我看着他，知道他又要大发雷霆。我要是拒绝他，就会继续遭到毒打。我只好顺从他了。但我一想起他那双浅蓝色的眼睛，一想到做爱时他盯着我看的样子，心里就感到厌恶。我有气无力说道："不……你要是愿意，就留在这儿……不过，你先把灯熄了。"

他站起身来，小小的个子，白皙的皮肤，除了脖子略显短些外，整体看来非常匀称，他踮着脚尖去关房门旁的开关。但我马上意识到，让他把灯熄了可不是个好主意，因为当房间漆黑一片时，我原以为已摆脱掉的那种难以抑制的恐惧心理重又向我袭来。我真觉得在房间里同我在一起的不是一个男人，而是一头豹子，或者一头别的猛兽，它蹲卧在房间的一角里，会向我扑来，把我撕成碎片的。也许是他得在扶手椅和其他家具之间摸黑走回到床边的缘故，也许是由于我的恐惧心理，我觉得他动作太磨蹭了。当时，我觉得他过了好长时间才走到我的床前，当我感到他把手放在我身上时，我又情不自禁地打了个寒噤。我希望他没发现，但他像动物一样，有一种本能的敏感，我几乎马上听见了他那凑近我的声音问道："你还害怕吗？"

在那样的黑暗中，保护我的小天使假定就在我的身边。他语气中的细微变化使我觉得他已举起胳膊，做好了打下来的准备，就看我怎么回答。我明白，他知道自己令人生畏，他就想能换一副面孔，巴望自己像其他所有的男人一样能得到别人的爱。可是，他除了引起别人新的更强烈的恐惧以外，不知道用其他办法来达到这样的目的。我抬起一只手，假装抚摸他的脖颈和右肩，我发现他的确是举着胳膊，就像我想象的那样，随时可以把拳头落下来，打在我的脸上。我竭力使自己的声音带上平时那种温柔而又平静的声调说道："不……这回是因为冷，真的……我钻到被窝里去吧。"

"这就对了。"他说道。他的回答隐含着一种威胁，如果说有什么作用的话，只是加深了我的恐惧心理。当他在被子底下紧紧地搂着我时，我们四周是一片漆黑，我经历着一生中最苦恼的时刻。我由于害怕，四肢都僵硬了，以致一接触他那像蛇一样滑溜溜的光滑躯体时，不禁缩起身子直打战；但同时，我心里想，在那种时刻我还怕他，实在是可笑，我使出浑身解数，竭力抑制自己的害怕，使自己毫无畏惧地倾心于他，像委身于一个亲爱的情人一样。我的害怕心理并不反映在我的四肢上，因为尽管我的四肢战栗，但还是能听我使唤的；我这种害怕的情绪隐秘地反映在我的阴部，它好像已关闭起来，恐惧地拒绝性交。最后他占有了我，我感到一种由于惧怕而变得痛楚而又难以忍受的快感，我不禁大叫了一声。在黑暗中，这叫喊声又悠长又哀怨，好像最后的一次交媾不是情爱的结果，而是死亡的来临，那叫喊声像是我失去生命时的呐喊，留下的只是一具已失去活力的被糟蹋的躯体。

而后，我们就在黑暗中默默地待着。当时我已经筋疲力尽，几乎立刻就睡着了。我很快感到胸部承受着一种巨大的压力，好像松佐涅奥就蹲伏在我胸口上似的，他全身蜷缩着，还像刚才那样赤裸着，他两臂抱膝，把脸靠在膝盖上，他坐在我的胸部上，结实而又光溜溜的屁股压在我的脖颈上，双脚放在我的腹部，随着我慢慢入睡，他的重量显得越来越大，我虽然睡着了，却不断左右挪动身子想摆脱他，至少是想让他挪挪位置。后来，我像是要憋死了，便想大声喊。但我喊不出声音，声音像是永远闷在我的胸部，后来我终于喊出声来了，大声呻吟着醒来了。

床头柜上的灯亮着，松佐涅奥头枕着一只手臂看着我。"我睡了很久了吗？"我问道。

"半个小时了。"他咕哝道。

我瞥了他一眼，目光中大概还带着做噩梦时的恐惧。他带着一种好奇的口吻，像是想谈话似的问我："现在你还害怕吗？"

"我不知道。"

"你要是知道我是谁，"他说，"你会比以前更怕我的。"

所有的男人在完事之后，都爱谈论他们自己，倾诉衷肠，吐露隐情。松佐涅奥似乎也不例外。他一反常态，说话的声调出人意料地绵软，可以说是温情脉脉，声音中还带有某种自负和得意的口吻。但我又怕得要命，心咚咚的，像是要跳出来似的。"为什么？"我问道，"你是什么人？"

他看着我，并不是因为犹豫，而是在掂量他的话对我有什么明显的效果。"我是帕莱斯特罗大街的那个人，"他最后慢悠悠地说道，"我就是那种人。"

他觉得用不着解释在帕莱斯特罗大街上所发生的事，这一次他的确没有夸张。那条大街的一幢房子里发生了一起可怕的凶杀案。那几天，所有的报纸都登载了这条消息，特别喜欢谈论这类事的卑贱小人对此议论纷纷。妈妈几乎每天都要花费很多时间吃力地阅读报上刊登的犯罪消息，是她第一个让我注意到那起凶杀案的。一个年轻的珠宝商，在他独身居住的套间里被人杀害了。如今我知道谁是杀人凶手了，据了解，松佐涅奥所用的凶器，是一把很重的青铜镇尺。警方没有找到任何有价值的线索。看来，珠宝商似乎也是个收购赃物的不法商人，而且人们推测，他可能是在进行非法交易时被杀的，正像后来人们看到的那样。

我经常注意到，当一个使人惊奇或害怕的消息传来时，我们的头脑就空空荡荡的，注意力就以一种特殊的方式停留在眼前看到的第一件事物上，似乎是想透过那事物的表象，弄清隐藏在其中的某种秘密似的。那天晚上，松佐涅奥向我透露此事之后，我就是这个样子。我眼睛睁得大大的，脑袋就像盛满液体或粉末的容器一下子被戳破漏光了似的；只是脑袋虽然空了，但它随时可以容纳别的物质，这是一种痛苦的感觉，因为我渴望填补那空白，但又做不到。这时，我凝视着松佐涅奥的手腕，他正支着一只胳膊肘，直着身子躺在我身旁。他的胳膊白净光滑，没有汗毛，圆圆胖胖的，根本看不出他有那样不寻常的肌肉。他的手腕也是白白的；手腕上系着一条大皮带，这是他赤裸的身上唯一没有摘除的东西，那很像是条表带，但上面没有表。这表带的深黑颜色，不仅映衬着他那白净的胳膊，也映衬他那白光光的裸体。我心不在焉地思索着其内在的含义，但始终未能对此做出解释。那阴沉的颜色令人联想起囚犯枷锁上的钩环。然而，那条小小的黑皮圈却也蕴含着某种优雅而又残忍的东西，它好像一件装饰品，点缀着生性凶残的松佐涅奥那种猫一样出其不意的性格。我就这样遐想了片刻。随后，我脑子里充斥着一片混乱的、使人心神不安的思绪，就像很多鸟儿关在一只狭小笼子里一样烦躁不安。我记得，我从一开始就惧怕松佐涅奥；我明白，我是在黑暗中与他交媾后才得知他瞒着我的一切的，当时我全身毛骨悚然，我那迟钝的脑子还没反应过来，所以我那样喊叫了。

我终于对他说出了我脑子里想到的第一件事："为什么你要那样干？"

他嘴唇几乎动也不动地回答我说："当时我有一件珍贵的东西要出手……我知道那个商人是个无赖，但我只认识他这个珠宝商……他说了个很低的价格……原来我就恨他，因为他以前骗过我一回……我说我要拿回我的东西，我还说他是个诈骗犯……他的回答使我难以忍受。"

"他说了什么？"我问道。当时我惊异地发现，当我这样听着松佐涅奥叙述事情发生的全部经过时，我的恐惧心理头一次减轻了，心中油然产生一种想与他分忧的感情。在我问他珠宝商说了些什么时，我几乎希望听到一串骇人听闻的使人难以忍受的话语，即使不是想以此来为他的罪行开脱，至少也是想借此予以宽恕。他简洁地说道："他说，要是我不走，他就要控告我……于是，我想：现在豁出去了……当他转过身去时……"他没把话说完，只是死死地盯着我看。

我问道："他长得什么样？"他立即感到我的这种好奇心是没有道理的，也是没有目的的。他确切地回答道："秃头……个子矮小……一张像野兔一样机警的脸。"他对我说这些话时带着委实厌恶的语气，这就使那个长着野兔般脸孔的赃物收购商浮现在我面前，他正带着猜疑而虚伪的神情掂量着松佐涅奥给他的东西，让我也恨他。现在我什么也不怕了，我似乎觉得，松佐涅奥已经把他对被杀者的仇恨传染给了我，我不知道自己是否该谴责他。事实上，我觉得自己完全能理解所发生的一切，我认为要是我，当时也会犯下那种罪行的。我非常理解他这句话："他的回答使我难以忍受。"他第一次对吉诺也是不能容忍的，第二次对我也是如此；只是我与吉诺没被杀死而已。我是这样理解他，我已深入他的心灵深处，我不仅不再怕他，还对他产生了一种令人恐惧的好感。而在我得知他这谋杀行为之前，却没对他有过任何好感，他只是我的很多嫖客当中的一个而已。"那你不后悔吗？"我还问道，"你不悔恨吗？"

"事情已经这样了。"他说道。

我紧张地望着他。对他这样的回答，我竟出乎意料地点头表示赞同。我想起了吉诺，他也是个无赖，就像松佐涅奥说的那样，但他是个男子汉，他曾爱过我，我也曾爱过他。我想，有朝一日我也会以那样的方式赞同把吉诺杀了的。我想，那位珠宝商不比吉诺好，也不比吉诺坏，区别仅仅在于我不认识他，我只凭人家带着那种语气说他长着一张野兔似的脸，就觉得他活该被杀死；我心里充满了内疚和恐惧。我并不惧怕松佐涅奥，因为他天生就是这样的人，很清楚，我是惧怕我自己，尽管我并不是松佐涅奥那号人，但也被仇恨和血腥残杀感染了。我激动不安地从床上坐起来，"啊，天哪！"我重复道，"啊，天哪，你为什么那样干呢？……你干吗要对我说呢？"

"你原来那么怕我，"他简单地回答说，"而你却什么也不了解……我觉得很奇怪，所以就对你说了……幸亏，"他觉得自己的想法很有趣，于是又补充道，"别人都不像你那样……否则，他们早就抓住我了。"

我对他说："你最好走吧，让我独自待一会儿……走吧。"

他回答道："你又怎么啦？"

我从他的声调中听出他火气又上来了。但我觉得他是因为发现自己竟是孤家寡人一个而有一种难言的痛苦，连片刻之前曾委身于他的我居然也谴责起他来了。我急忙补充说："你别以为我怕你……我没什么怕的……但我总得习惯过来……我得好好想想……你以后再来时，我就不会这样了。"

他说道："你想干什么？……总不会去告发我吧？"

我听他这么说时，又有一种在听吉诺说他坑害女仆时曾有的那种感触：好像他与我是生活在截然不同的两个世界里的人。我竭力克制着自己，回答道："但我告诉你，你可以再回来……你知道，要是换个女人会对你说什么吗？'我再也不理你了，我不想再见到你了……'她一定会这样对你说的。"

"但你却要我走。"

"我认为你是想走的……只不过是多待一会儿或是少待一会儿的问题……不过，要是你愿意待在这儿，就待着吧……你想在这里过夜吗？要是你愿意，你可以与我一起睡，明天早晨你再走……愿意吗？"说真的，我这样向他建议时，声音是那样微弱、忧郁和茫然；我的眼神里也一定有一种迷惘的神情。不过，我还是那样向他建议了，而且我对自己这样做感到很满意。从他向我投来的目光中，我似乎隐约地看到一丝近乎感激的神情。后来，他摇摇头说："我只是这样说说而已……我该走了。"他站起身来，向放着他衣服的扶手椅走去。

"随你的便，"我答道，"但要是你愿意，只管留下好了……如果，"我勉强地补充道，"你这几天要是需要睡在这里，你就只管来。"

他什么也没说，穿着衣服。我也站起身，披上了一件室内晨服。我在做这些时，感到精神错乱了似的，似乎房间里充满了各种声音，像是有人在我耳边紧张而又疯狂地絮絮低语。也许正是这种荒唐的感觉，驱使我做了一件事，我自己当时也不明白为什么要那样做。当我在房间里缓慢又神经质地来回走动时，见他俯身在系鞋带。于是，我就在他面前跪下说道："我来替你系上。"他似乎感到惊讶，但并未拒绝。我提起他的右脚，搁在我的小腹部，替他打了个双结，左脚也是这样。他没谢我，也没说什么，大概房间里的我们俩，谁都不明白我为什么那样做。他穿上了外套，从口袋里掏出钱包，像是要给我钱。

"不，不，"我脱口说道，"不，什么也别给我……没关系。"

"为什么？……我的钱不如别人的香吗？"他问道，由于愤怒声音都变了。

我感到奇怪的是，他居然不理解，我是对那也许是从刚死去的人身上弄来的钱感到厌恶。或许他理解这一点，但他想把我牵连在一种同谋的关系之中，同时，他也是想了解我对他的真实感情。我反驳道："不……但是……我喊你的时候可没想到过要钱……算了吧。"

他似乎平静下来了，说："那好吧……不过，你至少得接受一件礼物。"他从口袋里掏出一样东西，把它放在大理石制作的床头桌面上。

我朝那东西看了一眼，没去拿，我认出那是几个月以前我在吉诺女主人家里偷来的金粉盒。我结结巴巴地说道："这是什么东西？"

"是吉诺给我的，就是我想出手的那件东西……那人想从我这里白白地拿走……不过，我想那东西是相当值钱的……是金子的。"

我恢复了平静以后说道："谢谢。"

"不客气。"他回答道。他穿上了风雨衣以后，又系上了腰带。"那么，再见了。"他在门口说道。过了一会儿，我听见前厅房门关上的声音。

只剩我独自一人以后，我就走近床头桌，拿起粉盒。我感到慌张而又惊讶。粉盒在我的手心里闪闪发光，镶嵌在搭钩上的红宝石好像突然变大了，那又圆又红的宝石，在我的手里变得越来越大，几乎快把金子都盖住了似的。我的手心里是一摊圆形发光的血迹，跟那粉盒的重量一样。我摇晃了一下脑袋，红色血迹消失了，我重又看到了搭钩上镶着红宝石的金粉盒。于是，我把粉盒放回床头桌上，裹着晨服躺在床上，熄了灯，陷入了沉思。

我想，要是有人对我讲述这粉盒的故事，我一定会像听人叙述一件离奇的案子一样，感到挺有意思的。这样的故事谁听了都会发出这样的惊叹："瞧，多凑巧哇！"也许像我妈妈那样出身低微的平民女子，会据此去抽彩票的号码：某某号码代表死人，某某号码代表金子，某某号码代表窃贼。这回可轮到我头上了。我惊异地意识到，被牵连在内和仅仅是个局外人是大不一样的。实际上，我身上发生的这一切，就好像是一个人把一粒种子埋在土里以后，就把它忘了，但过了很长时间以后，发现它已长成了枝叶茂盛、挂满花蕾、含苞欲放的树木了。问题是播下的是什么种子，长出的是什么树木，滋长出的是什么花蕾。我一直追溯到遥远的往事，一件又一件的，但找不到头。我曾委身于吉诺，因为我希望他娶我为妻，但他欺骗了我，我一气之下偷了金粉盒。后来，我把偷窃的事泄露给他，他害怕了，为了使他不被解雇，我就把东西还给了他，让他把粉盒归还给女主人。但他却没有归还，自己留下了，因为怕自己被指控，他让一个女用人蹲了监狱，女用人是无辜的，在狱中她挨了打。与此同时，吉诺又把粉盒给了松佐涅奥，让他去出手卖掉。于是松佐涅奥就去找珠宝商，想把东西卖给他，但那人惹怒了松佐涅奥，松佐涅奥在盛怒之下就把他杀了，珠宝商死了，松佐涅奥就成了杀人犯。我明白，我不能把罪责归结到自己头上；否则我不得不认为，我那种想结婚的宿愿成了那一连串灾难的根源；但我仍然摆脱不了悔恨和惊恐的心理。我经过反复思索，终于归结到这样一点，错就错在我那双妈妈如此引以为豪的大腿，那丰腴的胸部和臀部，以及那漂亮的外貌，虽然它们本身就像大自然赋予我们的一切事物一样，没有任何过错。不过，我这样想，完全是由于恼怒和绝望，就像是以一种荒谬的逻辑去解决一系列比它要荒谬好几百倍的事情一样。我深知谁也没有过错；一切都像是应该发生似的，尽管一切都似乎是难以容忍的；而倘若真要分辨出谁有罪谁无辜的话，那么，所有的人都同时既有罪又无辜。

此时，我慢慢被黑暗吞没，就像泛滥的洪水从楼房底层逐渐漫上来似的。首先被淹没的是我的判断能力，最后，我的整个神魂都沉醉于对松佐涅奥凶杀案的想象中了。但他的罪行像是一种不受到任何谴责、没引起任何恐惧的无法理解的行为似的，而且还奇怪地给人带来了某种乐趣。我似乎看到了松佐涅奥双手揣在风雨衣的口袋里，在帕莱斯特罗大街上走着，然后他走进了那所房子，在珠宝商家的小客厅里站着等。我似乎看见珠宝商进来了，还跟松佐涅奥握了握手。他坐在写字台后面，松佐涅奥拿出粉盒并递了过去，珠宝商仔细察看了一番，摇摇头，装出一副看不上的样子。他抬起那野兔似的脸，说了一个极低的数目。松佐涅奥盯着他看，两眼充满了怒火。他从珠宝商手里猛地夺过粉盒，接着，就指责珠宝商想诈骗人，珠宝商威胁说要揭发他，叫他马上滚蛋。于是，松佐涅奥像是不想再扯皮似的转过身去，或是弯下身子，拿起青铜镇尺朝他的头部猛击了一下。珠宝商想逃跑，于是松佐涅奥扑到他的身上又猛击数下，直到把他打死才作罢。然后，松佐涅奥就把他推倒在地，打开抽屉拿了钱后就逃之夭夭了。但是，正像我从报纸上读到的那样，松佐涅奥在逃走之前，又怒不可遏地用鞋跟在倒在地上的死人脸上猛踢。

　　我着迷似的凝神想象着凶杀的所有细节。我几乎是身临其境地体验着松佐涅奥所做的一系列动作，我似乎成了他那只递交粉盒并抓住镇尺猛击珠宝商头部的手，成了他最后狂怒地在死人脸上猛踢的那只脚。我这样想象时，并没有任何恐怖的心理或谴责他的意思，但也绝没有任何赞同的意思。这很像我小时候饶有兴味地听妈妈讲童话故事时一样：孩子们激动地围坐在妈妈身边，童话故事中英雄们的奇遇使我们心醉神迷，幻想翩翩。只是，我的这个故事是忧郁的，而且是血淋淋的，其中的英雄就是松佐涅奥，我的乐趣中交织着一种无能为力而又令人惊愕的忧伤。我似乎重又开始哑摸童话故事的隐秘含义，重又一一回想凶杀案的整个过程，重又回味那种难以言喻的乐趣，并重又面对着这种神秘。我像是一个从悬崖峭壁的一边跳到另一边去时，没有估量好距离而跌落到万丈深渊中的人。我就这样一件又一件地回首着往事入睡了。

　　我睡了约摸两个小时就醒来了，或者说得更确切些，是我的身体醒来了，由于受到某种惊吓，我的思想仍然熟睡着。我开始苏醒了，像一个瞎子那样在黑暗中伸出双手，但我无法辨认自己在什么地方。我刚才是躺在床上睡着了；而现在我却直立在一个十分狭小的地方，四周是光滑密封的垂直的墙壁。我头脑里立即浮现出监狱里的一间牢房，同时还浮现出因吉诺伪造现场而入狱的女用人。我仿佛成了那个女用人，我内心为遭受到的不平而感到痛苦。这种痛苦使我自然地产生一种感觉，仿佛我已不再是我，而是那个女用人，我觉得这种痛苦在改造着我，把我关在她的躯体之中，迫使我换上她的面容，做着她的动作。我双手捂脸痛哭着，并想着自己含冤关在狱中怎么也出不来了。但同时，我又觉得自己仍然是没有遭受不白之冤的阿特里亚娜，没有被关进监牢，我明白，只要我动一下，就可以得到解脱，而不再是那个女用人了。但我猜想不出那是个什么样的动作；尽管我有一种难言的痛苦，想使自己从这种怜悯和焦虑的困扰之中挣脱出来。后来，阿斯达利塔的名字突然在我脑际闪过，像是一只眼睛被人猛击过后，疼得直冒金花一样。"我去找阿斯达利塔，我要把她救出来。"我这样想着。我又伸出双手，发现监狱四周的墙壁裂开了，形成了一条狭小的直缝，我可以从里面出去了。我摸黑走了几步，手指触到了开关，我歇斯底里地急忙把它打开，房间里亮了。我站在门旁，上气不接下气的，全身赤裸着，身上和脸上直流冷汗。我刚才觉得自己被关在里面的那间牢房，原来是大衣柜、房间的一角和五屉柜之间的那一小块地方；实际上，是墙壁和那两件家具围成的一块狭小的空间。我是在睡梦中爬起来走到那里出不来了。

我又关上灯，数着步子摸回床上。我在入睡之前想到，我当然不能使珠宝商起死回生，但我能够救出女用人，至少是能够设法解救她，这是唯一紧要的事情。而且既然我现在已发现自己并非像自己一贯认为的那样善良，现在就该去这样做。或者至少是，我那种善良仁慈的心肠并不排斥对血腥事件的玩味、对暴行的赞赏，和对谋杀罪行的迁就。

第四章

　　第二天早晨，我仔细打扮了一番，把粉盒放在手提包里，就出去给阿斯达利塔打电话。我感到出奇地轻快；头天晚上松佐涅奥透露的事情给我带来的烦恼完全消失了。我后来在自己的生活中多次体验到，虚荣心是仁慈、博爱和道义所谴责的最可恶的敌人。我在恐惧之余，还感到有一种虚荣心理，因为我想我是全城唯一知道这件凶杀案实情的人，而且知道凶手是谁。我自言自语道："我知道谁杀死了珠宝商。"我觉得我对人对事的看法也与昨天大不相同了。甚至感到我的外貌也有了某些变化，我几乎害怕别人会从我的脸部表情看出松佐涅奥的秘密。同时，我又怀有一种难以克制的喜悦心情，特别想把我知道的一切告诉某个人。秘密像是在一个狭小的瓶子里装得过满的水似的，快要从我的脑海里溢出来了，好像总有什么东西在诱惑我把秘密倾诉给别人。我想，许多罪犯之所以把他们所干的坏事泄露给他们的妻子或情妇，原因就在于此，而他们的情妇或妻子又把事情告诉了某个知心朋友，就这样一传二，二传三，消息传到了警察局，大家全遭殃。不过，我也想过，罪犯把他们的罪行告诉别人，是想让别人分担那难以承受的精神重压。罪责像是可以由很多人分着承受的重担，这样能使罪责减轻，而变得微不足道。而实际上，罪责是一种不能转让的重负，其负荷也绝不会因为承担的人多了而减轻，相反，愿意分担的人越多，负荷就越重。

我在街上寻找公用电话的时候，买了两张报纸，在新闻栏里寻找有关帕莱斯特罗大街凶杀案的消息。不过，事情已经过去好几天了。我只在《凶杀珠宝商一案尚无任何线索》的标题下看到了令人失望的几行字。我明白，松佐涅奥要是不出重大的差错，是绝不会被发现的。被害者所从事的交易本身的非法性，使警方的调查陷入困境。据报纸上说，那个珠宝商出于不可告人的目的经常秘密地接近各个阶层各种不同的人；杀人凶手很可能是一个他以前从未见过的人，而且也不是蓄意谋杀。这种假设同真实情况十分接近。但正因为这是一种非常合乎情理的推断，所以使人感到现在警方已经放弃追寻杀人犯了。

我在一家饭馆找到了公用电话，拨打了阿斯达利塔给我的电话号码。我至少有六七个星期没有给他打电话了，他毫无思想准备，开始没有听出我的声音，仍用办公室里惯用的那种腔调同我交谈。霎时间，我甚至觉得他对我已不感兴趣了。说句实话，想到被关在牢房里的女用人，想到阿斯达利塔在我正需要他出面帮助搭救那可怜的女人时却偏偏不再爱我了，我不禁心里一怔。但我也为自己有这种惊慌失措的心理而感到高兴，因为我朦胧地感到自己仍具有善良的天性，始终把解救那个女人的事放在心里，尽管我与松佐涅奥有过那种关系，但我毕竟还是从前那个温柔而又富有同情心的阿特里亚娜。

我提心吊胆地对阿斯达利塔说出了我的名字，当我听到他马上改变了语调，又那样局促而殷勤地结巴着说话时，我感到欣慰。应该承认，当时我几乎是立刻对他产生了一种亲切之感；那种总是想赢得一个女人欢心的爱情，使我顿时打消了疑虑，心里充满了对他的感激之情。我声音亲切温柔地与他约定了时间，他答应一定赴约，于是我就从饭馆里走了出来。

我整夜做噩梦的那天夜里，下着倾盆大雨；睡梦中，我多次听见哗哗的雨声和呼啸的风声，这该死的天气像是在房子四周形成了一堵围墙，更加重了我孤寂和阴暗的心理，使我难以挣脱。但将近黎明时分，雨停了，最后的几阵狂风赶跑了云雾，天空晴朗明澈，空气清新，没有一丝风。给阿斯达利塔打过电话之后，我沐浴着晨光，在种满梧桐树的林荫大道上漫步。夜里那曾多次中断的噩梦使我微微感到晕眩，而那清凉的空气又使我清醒过来。看到这样的好天气，我心胸开阔，眼睛所看到的一切似乎都富有一种魅力，使我赏心悦目。我赞赏那已风干的长条铺路石四周湿润的缝隙；我赞赏梧桐树干上那重重叠叠的鱼鳞状的树皮，有白的、绿的、黄的、棕的，从远处看过去像是金色的；我赞赏那楼房门面上还残留着夜雨冲刷后显出的大片痕迹；我赞赏那清晨的行人，男人急匆匆赶着去上班，女用人挎着篮筐去采购，男孩和女孩在家长或兄长的带领下，背着书包去上学。我停下脚步，施舍一个上了岁数的乞丐，我在手提包里摸钱时，发现自己在亲切地打量着他身上穿着的那件旧军大衣，钦慕地看着膝盖处和脖领上打着的补丁。那些补丁有灰色的、棕色的、黄色的，还有稍稍有些褪色的绿色。我知道，我喜欢观察那些补丁的颜色，发现它们都是用显眼的大针脚黑线仔细缝起来的，我设想着他定是在某一天早晨，剪去衣服破损的地方，从某一块旧布片上弄个补丁，把它对准破洞，小心翼翼地缝补在上面。我看到那些补丁特别高兴，就像久饿的人看到了刚出炉的面包一样；当我离开他时，仍情不自禁地多次回过头来看那些补丁。当时，我忽然想到，要是生活能像那天早晨那样清彻、洁净和令人愉快，那该有多好。那将是洗濯掉一切污泥浊水的生活，处在那样生活中的人，将怀着深情观察一切事物，哪怕是最卑微的东西。想到这里，那长时间来已被压抑下去的向往正常生活的愿望，向往能与一个男人生活在一个整齐、明亮而又洁净的新房子里的那种愿望，又在我头脑里滋生出来了。我发现，我真不喜欢我干的这一行；尽管由于一种特殊的矛盾，我本能地干上了。我想那不是一种干净的职业。我的四周，身上、手指上和床上似乎总有那种臭汗和精液味，还有热气味和分泌出来的黏液味，不管我怎么洗澡，怎么重新整理房间，好像总有那种味道。我也想，我几乎每天在不同男人的目光下脱光身子后又穿上衣服，使我在观赏自己所喜欢的躯体时，再也没有那种得意和亲昵的感情了；我记得那种感情是我少女时代对着镜子或在浴室洗澡看到自己身体时常有过的。看自己的躯体就像看一件新的陌生的东西似的，看着它生长、发育、壮大和自我完美，是很惬意的事；但我为了能使自己的伴侣们每次都有一种新鲜的感觉，永远剥夺了自己体验那种心理的权利。

我在这样的考虑之下，似乎觉得，松佐涅奥的凶杀罪行，吉诺的恶毒用心，女用人的不幸遭遇，都是我那种生活所造成的后果。不过，这些并没有特殊的意义，后果并没有使我有任何犯罪的感觉，一旦我实现了过上正常生活的宿愿，诸如此类的后果就能消除了。我渴望自己各方面都合乎常规。按道德标准来说，我是不该干那一行的；照自然规律来说，像我这样年龄的女子该生儿育女了；按我的心愿来说，我该生活在美好的事物之中，穿上好看的新衣服，住在窗明几净的舒适宽敞的房子里。但事物都是互相排斥的：我若按道德标准行事，就不能再按我的天性行事；我的心愿也同样与道德标准和天性相矛盾。想到这里，我愤怒至极，因为我知道自己始终不能摆脱贫困，我只能牺牲自己美好的愿望，否则就无法满足生活上的需求，但这种长期郁积的愤慨情绪跟我的生活一样，我已经习以为常了。但我又一次发觉，自己还没有完全听天由命，这给了我某种信心，因为一旦有机遇改变我的生活，我就不会手足无措，我将会坚定而又明智地抓住时机。

我与阿斯达利塔约定他中午一下班就见面。离中午还有几个小时，我不知道干什么好，于是决定去找吉赛拉。我已有好些时候没见到她了；我猜想，大概又有某个男人闯进了她的生活，取代了既像是未婚夫又像是情人的里卡尔多。吉赛拉也像我一样希望有朝一日能按常规生活，我想这也是所有我这一类女人共同的希望。而我这样希望完全是出于一种天性；一贯注重世俗观念的吉赛拉，却把它视作是一种体面的装潢。她常常因为别人把她看成是那种女人而感到羞耻，虽然她干这一行比我更在行；而我却没有任何耻辱感，只是某些时候，有一种受奴役和变态的感觉。

到了吉赛拉家，我正准备上楼时，门房叫住了我："你是找吉赛拉小姐吗？她已不住在这里了。"

"她去哪儿啦？"

"她住在卡萨勃兰卡大街七号。"

卡萨勃兰卡是一个新住宅区的一条大街。"来了一位金黄色头发的先生，他是开车来的，他们拿了东西就走了。"

我马上明白了，我来这里找她，是为了知道这个：她跟着某个男人走了。不知为什么，当时我突然感到很疲惫，两条腿都站不住了，为了不使自己跌倒，我不得不靠在大门的门框上。但我恢复过来了，考虑了一下之后，决定按新的地址去找吉赛拉。我坐上了一辆出租车，叫司机把我送到卡萨勃兰卡大街。

出租车奔驰着，我们逐渐远离了市中心和狭小街道两旁的老房子。街道变宽了，前面的广场把马路分成两条岔道，过了广场之后，道路变得越来越宽，两旁都是新房子，穿过楼房之间的空隙，不时能看到田野上绿色的庄稼。我心里明白，我这次旅行有一种隐秘的而又令人痛苦的意义，我变得越来越伤心了。我忽然回想起吉赛拉是怎样千方百计地使我失去了贞洁，使我落得与她一样的地步的；我像是身上挨了一刀般情不自禁地哭了起来。

出租车开到了目的地，我下车时，双眼泪水晶莹，脸颊上挂满了泪珠。"小姐，不要哭。"司机说道。我只是摇摇头，朝吉赛拉的家门走去。

那是一幢全白色的现代风格的带庭园的小楼房，光秃秃的花园里还堆放着一些木桶、房梁木和铁锹，栅栏门的铁条上还有溅上的石灰斑点，可见这是一栋刚建成不久的房子。我走进了空无一物的白色的门厅，楼梯也是白色的，透过那乳白色的窗玻璃，射进来一道恬静的光线。看门的是一个穿着工作服的长有一头红发的年轻小伙儿，而不像一般门房通常都是上了年纪的脏老头，那年轻人让我走进了电梯，我按动电钮，电梯就开始上升。电梯里有一股用酒精擦抹过的新木头的香味，挺好闻的。电梯开动时发出的嗡嗡声就像刚刚启动的马达一样，给人以一种新鲜的感觉。电梯升到了最高一层楼，楼层越高光线就显得越明亮，好像顶上没有天花板，电梯直接升到天上了似的。随后，电梯停了下来，我走出电梯，处在一片耀眼的亮光之下，站在白得发亮的楼梯平台上，面前就是浅色木质的漂亮的房门，门把手是锃亮的黄铜做的。我按了门铃，来开门的是一个褐色头发的瘦小的女仆，她态度和蔼，头戴一顶钩针编织的童式宽边女帽，系着一条绣花围裙。"我找德桑蒂斯小姐，"我说道，"请您告诉她，阿特里亚娜来了。"

她撇下我，径自朝走廊尽头的一个乳白色的玻璃门走去，那玻璃与楼梯上窗玻璃的颜色一模一样。走廊与楼里别的地方一样，也是白色的，没有任何装饰。我判断那个套间一定很小，里面不会多于四个房间。房子里很暖和，暖气的热度使新涂抹的石灰和油漆味更刺鼻。接着，走廊尽头的玻璃门打开了，那位瘦小的女仆重又出现，她说我可以进去了。

我进去后，起初什么也没看见，对着房门的整面墙壁都是玻璃的。冬天的阳光照射进来，十分晃眼。她的套间在最后面，透过那面玻璃板壁，看到的只是蔚蓝的天空和灿烂的阳光。在那一瞬间，我竟忘记了自己是来访者，半眯缝着眼睛，在那犹如一种多年醇酒一样令人陶醉的金色的温暖的阳光下，感到特别舒适。但吉赛拉的声音使我惊跳了一下。她就坐在玻璃板壁前面，她把手指放在一张摆满了各种小瓶子的小桌上，跟前的一个灰头发的小个子女人正在给她修指甲。她装出一副泰然自若的样子说道："噢，阿特里亚娜……你坐……你稍等我一下。"

我坐在门旁。环顾着四周。房间是朝着玻璃板壁的方向延伸的，又长又窄。说实在的，里面没什么家具，只有一张桌子、一个餐具柜，还有几把浅色木质的椅子；但一切都是新的，而且还有充足的阳光。享受这样的阳光真算得上是奢侈；我很自然地想到，只有富裕人家，才有这样的阳光。在那温暖的阳光照耀下，我贪婪地闭上了眼睛，霎时间我什么也不想了。后来，我觉得有一样柔软的东西沉甸甸地落在我的双膝上，睁眼一看，是一只大猫。我从未见过这种猫，毛长长的，柔软得像丝绸一样，毛色灰得近乎蓝色，宽宽的脸，显出一副怒气冲冲的严肃样子，很不讨我喜欢。那只猫开始在我身上磨蹭身子，毛茸茸的尾巴往上翘着，嘶哑地喵喵叫着。它蜷缩在我的怀里，一会儿就发出呼噜声来了。"多漂亮的猫哇！"我说道，"是什么品种的？"

"波斯猫，"吉赛拉自豪地回答说，"是一种十分珍贵的品种……这种猫一只得卖一千里拉。"

"我从未见过这样的猫。"我一边说着，一边用手轻抚着猫的脊背。

"您知道还有谁有这样的猫吗？"修指甲的女人说道，"拉达爱丽太太……您没看见她对那猫有多好……比待人都好……前天，她甚至在它全身喷香水……要不要我替您修剪一下脚指甲？"

"不……不必了，马尔塔……今天就这样了。"吉赛拉说道。修指甲的女人把她的修剪工具和她的小香水瓶收在一个小提箱里，接着就向我们告别，从房间里出去了。

房间里只留下我们两人时，我们对视了一眼。我发现吉赛拉全

272

身上下都是新的，就像她的家一样。她穿着一件漂亮的安哥拉毛的红毛衣和一件棕色的裙子，都是我从未见到过的。她胖了，毛衣下的胸部挺得高高的，裙子把臀部箍得紧紧的，我估计不出她比原来胖了多少。我还注意到，她的眼泡也肿了，像那些昏吃闷睡的无忧无虑的人一样。她那浮肿的眼皮使她的神色带上几分阴险。她看了看自己的指甲，然后就随便地问道："你觉得如何？你喜欢我的家吗？"

我生性不好嫉妒。但在那种时刻，我却感到了嫉妒的痛苦，也许那是我生平的第一次。有人在心灵深处终生都潜伏着这种嫉妒的感情，这使我很吃惊，因为那是令人极其不快、极其痛苦的一种感情。我本该微笑着对吉赛拉说几句热情的话语，我那似乎一下子变得消瘦的脸部牵动了一下，但我笑不出来，也说不出来。对于吉赛拉，我有一种强烈的憎恶情绪。我本想用刻薄的语言刺激她，羞辱她，使她生气，总之，也要使她难受难受。"我这是怎么啦？"我茫然地想道，一面仍不停地抚摸着猫的脊背。"我难道不再是我了吗？"幸好我这样的感情持续的时间不长。我心灵深处的一切仁慈善良的东西都聚集起来向嫉妒开火。我想，吉赛拉是我的朋友，我应该为她感到高兴。可以想象，吉赛拉第一次走进她的新居时，一定高兴得拍起手来了。此时，因嫉妒而产生的冷漠和脸部那种木然的表情消失了，那和煦的阳光重又使我感到温暖，而且是非常亲切地照进了我的心田。我说："这还用问吗？一个这么漂亮、这么令人满意的家……但你这是怎么回事啊？"

我觉得自己这些话说得很诚挚。我微笑了，与其说是对吉赛拉微笑，还不如说是为嘉奖自己，在对自己微笑。她煞有介事地对我吐露了真情："你还记得贾卡罗吗？还记得那天晚上跟我争吵起来的那个金黄色头发的男人吗？唉，后来他又来找我了……他比我初见他时要好得多……后来，我们就经常见面……有好多次……几天前他对我说：'你跟我去，我要让你大吃一惊……'你知道，我原以为他无非是想送我一件什么礼物，充其量不过是一只手提包、一瓶香水什么的……但他却开车把我带到这里，让我进来……那时候房子里还空无一物……我以为这是他的家……他问我喜欢不喜欢……我说喜欢，但当时我并没有任何别的想法，这很清楚……而他对我说：'这所房子我是为你弄的……'你可以想象得出我当时的心情。"

她环顾着四周，持重而又得意地微笑着。突然，我站了起来，走过去拥抱她，并说："这使我太高兴了……真的……我真为你高兴。"

我这一举动最终驱散了我心灵中的一切敌对情绪。我把脸凑近玻璃板壁，向外面遥望。楼房耸立在五陵地的一个岬角上，下面是一片广阔的秀丽景色。那真是一马平川，一条河流蜿蜒曲折地流经那里，到处是葱翠的小树林、鳞次栉比的农舍和岩石裸露的高地。从那里已看不到城里的房子了，仅仅能看到近郊边缘上很少几幢白色的住宅，它们是整个视野中和谐的一角。在蔚蓝色天空的衬托下，远处地平线上是轮廓清晰的青青的群山。我转过身去对吉赛拉说："你知道吗？这里的景色真是美极了。"

"不错吧？"她回答道。她走到餐具柜前，从里面拿出两个酒杯和一个大肚的酒瓶，她把它们都放在桌上。"喝点烈性酒吗？"她漫不经心地问道。显然，她能以房主人的身份招待她的女朋友，使她感到很得意。

我们坐在桌子旁，默默地喝着烈酒。我明白吉赛拉为什么显出很不自在的样子，我想把它挑明了。我温柔地对她说道："不过，你用不着对我那样……你不应该瞒着我。"

"我没时间，"她急忙说道，"你知道，搬家……再说，我要做的事情太多了，得购置必要的东西，家具呀，换洗用的床单桌布呀，餐具呀……我连喘口气的工夫都没有……安一个家可真不容易。"她说话时抿着个嘴唇，很像那些有教养的太太。

"我理解你，"我不带丝毫恶意和抱怨地说道，好像那是一件与我毫不相干的事情，"现在你有了个家，你过得不错，你不想见我了……你为有我这样的女朋友而感到羞耻了。"

"我一点也没感到羞耻，"她略带几分恼怨地回答说，看来我那通情达理的说话口气，比我那些话本身更使她生气，"你要是这样想，那你就是个地道的傻瓜……我们只是不能像以往那样见面了……我是说，我们不能一起出去了，另外……不能让他知道，否则我就会倒霉。"

"你放心吧，"我温柔地说道，"你再也见不到我了……今天我是来看一看，想知道你究竟发生什么事了。"

她居然装着没听见，这就证实了我的猜测。有那么一会儿，我们两个谁也没说话。随后，她以一种假惺惺的关切神情问道："你呢？"

我当时立即很自然地就想到了贾科摩，这连我自己也感到惊讶。我瓮声瓮气地回答道："我？什么也没有……一切如常。"

"阿斯达利塔呢？"

"我见过他几回。"

“吉诺呢？”

“我与他断了。”

一想起贾科摩，我的心就揪了起来。但吉赛拉以她的理解来解释我脸上那种怏怏不乐的神情；她想，我大概是嫉妒她走运，不满意她对我的骄慢态度。她考虑片刻后，强装出关心我的样子说道：“我始终认为，只要你愿意，阿斯达利塔也一定会给你搞一个家的。”

“但我不愿意，”我平静地回答道，“我既不要阿斯达利塔，也不要别人。”

我见她脸上显出一种困惑不解的神情：“怎么？你不喜欢有这样一个漂亮的家吗？”

“房子是漂亮，”我回答说，“但我首先要自由。”

“我是自由的，”她不满地说，“比你自由……我整天都是自由的。”

“我说的不是这种自由。”

“那是哪种自由？”

我明白我使她生气了，至少是因为她看出我并不怎么欣赏她如此引以为豪的家。但我要是向她解释说，我并不是蔑视她，而是我不想与一个我不爱的男人结合在一起的话，那将更糟，会更加得罪她。于是，我就急忙转换了话题，说道：“还是让我看看你的家吧……你有几间屋子？”

“没什么可看的，”她以一种天真而又扫兴的语气说道，“你不是说，你不稀罕这样的房子嘛。”

“我没这样说，”我平静地说道，“你的家很漂亮……但愿我也能有这样一个家。"

她没再说什么，耷拉着眼皮，一脸的不高兴。"那么，"过了一会儿，我又有气无力地说道，"你不想让我看看你的家啦？"

她抬起了眼睛，我惊异地看到她眼里噙着泪水。"你不是我的朋友，你不像我原先认为的那样。"她突然大声地说道，"你……你……那么嫉妒别人……你故意贬低我的家，让我不高兴。"她泪流满面，像是在对空气说话。那是恼怒的泪水。这次是她出于一种莫名的嫉妒心理而生气了，她不知道我对贾科摩那种令人绝望的爱和那种痛苦的超脱。不过，尽管我对她是这样了解，也正因为我对她这样了解，所以我怜悯她。我站起身，走到她的身边，一只手搭在她的肩上。

"你干吗这样说话……我不是好嫉妒的人……我喜欢别的东西……没有别的意思……但我是为你高兴的……那么，"我搂着她最后说道，"你让我看看别的房间吧。"

她擤了一下鼻涕，带着顺从的神情说道："一共是四个房间……里面差不多都是空的。"

"走，我们看看去。"

她站起身来，在前面领着我，她在走廊里一个房间一个房间地打开门，让我看了一间里面只有一张床的卧室，床跟前有一把扶手椅，还领我看了一间空屋子，她打算在里面另放一张床以"接待客人"，还有一间女用人住的小间，简直就是个贮藏室。她让我看这三间屋子时，始终带着一种愠怨的神情，同时只简单地讲了一下用途，没有显出丝毫得意的样子。但当她让我看浴室和厨房时，她不再快快不乐了，又流露出一种自负的得意神情，浴室和厨房的墙壁都是用带花饰的瓷砖砌成的，厨房里新购置的炊具都是电气化的，开关龙头都明光锃亮。她对我解释怎样使用那些装置，怎么比煤气优越，又怎么干净，怎么省事。虽然我的心思根本不在这上，但这回我装出极感兴趣的样子，在应该表示赞赏或惊讶的时候，及时地应答着。我这种态度使她很高兴，看完后，她对我说："现在我们回到那边去……我们再喝一小杯。"

"不了……不了，"我回答道，"我该走了。"

"唉，急什么……再待会儿。"

"我不能再待了。"

我们来到走廊里。她犹豫了一阵后说道："可惜你得回去了……你知道，我们可以怎么着？他常常不在罗马……我最近这几天里设法让你知道他什么时候不在，你带两个朋友来这儿……我们可以尽兴地玩玩……"

"要是他以后知道了呢？"

"干吗非得让他知道呢？"

我说道："那好吧……我们一言为定。"这次我犹豫了一下，鼓起勇气说道："对了，你说说……他向你谈起过那天晚上跟他一起的那位朋友吗？"

"是那个大学生吗？为什么？你对他感兴趣吗？"

"不是，我不过随便问问。"

"昨晚我们还见到了他呢。"

我无法掩饰我那种局促不安的神情，以一种模棱两可的口气说道："你听着……要是你见到他……叫他来找我……不过，不用太挂在心上。"

"好吧，我会对他说的。"她回答道。但她颇有几分疑心地打量着我；而在她那种目光的扫视下，我着实有些局促不安，因为我觉得，我对贾科摩的爱情像是白纸黑字一样，清楚地写在我的脸上。我从她回答的语气中，断定她是不会替我传话的。我失望地打开了大门，向她告了别，头也不回地急匆匆地下了楼梯。在下到第二个楼梯口时，我停住了脚步，身子靠在墙壁上往楼上看。"我干吗对她说那些呢？"我想，"我这是怎么啦？"我低着头又接着往下走。

我与阿斯达利塔约好在我家见面，到家时我已筋疲力尽了。我已不习惯早上出门，在那种阳光下，在熙熙攘攘的人群中行走，我感到很疲惫。但我并不伤心，因为我在去她新居的路上，在出租汽车里哭够了，提前发泄了走访吉赛拉带来的不快。是妈妈开的门，她对我说，有人在我房间里等了快一个小时了。我径直走到自己的房间，一屁股坐在了床上，并没理会直挺挺地站在窗前的阿斯达利塔，他似乎是在朝院子里看什么。我把手放在胸口，一动也不动地待了一会儿，一面还喘着气，因为刚才上楼梯时走得太急了。我背对着阿斯达利塔，心不在焉地看着房门。他对我道了日安，但我没回答他。而后，他就坐到我的身边，一只胳膊搂住我的腰，眼睛直盯着我看。

我心里烦恼，竟忘了他一见到了我就会神魂颠倒，抑制不住他那种疯狂的欲望。一见他那样，我骤然反感极了："你怎么总想着玩儿？"我往后退缩着身子，带着一种厌恶的口吻缓缓地说道。

但他不作声，拉着我的手放在嘴边，并从下往上打量着我。我挣脱了他的手，像要发疯了似的。"你怎么总想着玩儿？"我又问道，"大白天的也要？……你整整工作了一个上午，竟还想？……就这样饿着肚子？……还没吃中饭呢？……不过，你知道，你这个人也太特别了。"

我见他的双唇在发抖，眼睛睁得大大的："但是我爱你。"

"但做爱也得有个时候，干什么都是有时候的……我约你一点钟来，就是为了让你知道我不是要与你做爱……而你倒好……你真是太出格了……你怎么一点都不害臊？"

他什么也不说，只是盯着我看。我突然觉得自己对他太了解了。他热恋着我，他不知等了多少天才盼到这么一次约会。当我在那么困苦的境遇中挣扎时，他就只想着我的大腿，我的胸部，我的臀部和我的嘴。我稍稍平静下来后又说道："如此说来，要是我现在就脱衣服……"

他表示赞同地点了点头。我真想笑，但毫无恶意，尽管我很恼火。"难道你就不想一想，我会伤心，或是我的心根本不在这上面？……你难道就不想想我肚子饿了，或是累了？……或许我有什么别的心事？……难道这些事你连想都没想吗？嗯？"

他看着我，随后猛然扑在我的身上，紧紧地搂住了我，把脸埋在我的肩头和颈窝里。他不吻我，只是把脸贴紧我，像是在感受我身上的温暖。他呼吸急促，并不时地叹口气。现在我已不生他的气了，我只是感到伤心，他的这些动作唤起了我对他惯有的一种令人沮丧的怜悯。当我觉得他已经叹息够了，就推开了他，我对他说："我叫你来是为了一桩正经事。"

他看着我，随后又抓住我的手，抚摸着。他这个人，真叫人没办法，对他来说，除了性欲，没有别的。"你是警察局的，对不对？"

"是的。"

"那好，你让人来逮捕我，把我送到监狱里去吧。"我说这些话时口气非常坚决。当时，我真希望他能这样做。

"那是为什么？发生什么事啦？"

"我是个女贼，"我强调说，"我偷了东西，但另一个无辜的女人却顶替了我，被抓起来了……所以，你让人逮捕我吧……我情愿去蹲监狱……这就是我想求你做的。"

他似乎并不感到惊讶，只是有点厌烦。他做了个鬼脸说道："先别着急……发生了什么事？……你对我说清楚了。"

"我不是说了嘛，我是个女贼。"于是，我对他简单地叙述了一下那桩偷窃案，又说了那女用人怎样替我顶了罪被抓起来。我还说了吉诺使用的诡计，但我没说出他的名字，只是笼统地说是个用人。我当时特别想把松佐涅奥犯案的事统统告诉他，但我尽力克制住了。我最后说道："现在由你选择……要不你把那个女人从牢里放出来……要不我今天就去警察局自首。"

"别着急，"他一面举起一只手，一面重复道，"你着什么急呀？……何况那个女人只是关在监狱里，还没判她的罪呢……我们等等。"

"不……我不能等……她在监狱里，好像他们用棍棒打她了……我不能等……你现在就得决定。"

他从我说话的语气明白我不是在开玩笑。他一脸不高兴地站了起来，在房间里来回踱步。随后，他好像自言自语似的说道："同时还有美元的事。"

"但她从未曾承认过……美元后来找着了……我们可以说，是某个与她过意不去的人想报复她。"

"粉盒在你手里吗？"

"就是这个。"我说着从手提包里掏出粉盒给了他。

但他不接。"不……不……你不该把它交给我。"他像是犹豫了一下，然后又补充道，"我可以设法让那个女人出狱……不过，与此同时，警察局应能得到她无罪的证据……这粉盒正好就是证据。"

"那么……你把粉盒拿去，把它还给女主人吧。"

他令人厌恶地笑了："看得出来，你对这种事一点没经验……要是我接受了你交给我的粉盒……从道义上来说，我就必须得让人把你逮起来……否则，他们就会说：阿斯达利塔怎么拿到的赃物呢？他是从谁那里得到的，怎么得到的？等等，等等……不……你应该设法让警察局得到粉盒……不过，不能暴露你自己。"

"我从邮局寄去。"

"从邮局寄不行。"

他在房间里又走了几步，然后就坐在我的身边，说道："你得那么办……你认识什么教会的人吗？"

我想起从维泰尔博回来后去教堂忏悔时遇见的那个法国修士："有，有个听过我忏悔的神父。"

"你现在还忏悔吗？"

"我从前一直忏悔的。"

"好……你就去找听过你忏悔的神父，把事情的一切经过全告诉他……就像你对我说的那样……你请求他收下粉盒，把它交给警察局……哪个神父都不能拒绝这样做的……他没有义务提供任何情况，因为他必须替忏悔者保守秘密……过一两天之后，我就打电话，我将……总之，你为之操心的女用人将重获自由。"

我真是太高兴了，禁不住用双臂搂住他的脖子亲吻他。他用一种充满情欲的颤抖声调继续说道："不过你不该做这种事……你要花钱，只管问我要，我……"

"我今天就可以去找神父吗？"

"当然可以。"

我手里拿着粉盒，眼睛看着前方，一动不动。我感到轻松多了，好像那个女用人就是我自己一样；真的，一想到她重获自由时会比我还要感到宽慰，我似乎就是她。我不再感到伤感，也不再感到疲惫和厌恶了。此时，阿斯达利塔用手指摸我的手腕，想伸进袖子顺着胳膊往上摸。我转过脸去，温柔地看着他，并亲昵地对他说："你真的那么想做吗？"

他只是微微点头表示默认，没能说出话来。"难道你不累吗？"我又以娇滴滴的声音刻薄地说道，"你不想想都什么时候了……最好改天再来，行吗？"

我见他摇头表示反对。"你真的那么爱我吗？"我问道。

"你知道我爱你。"他低声回答道。他做出想拥抱我的样子。我挣脱开身子说："等一下。"

他马上不吭声了，因为他明白我是同意了。我站起身，慢慢走到房门口，在锁眼里转动了一下钥匙。然后，我又走到窗子那儿，打开窗子，半掩外面的百叶窗，再关上玻璃窗。我颇有几分得意，在我慵懒而又庄重地做着这一切时，我感到他始终在盯着我看，对我这种出乎意料的温顺，他不知该有多么高兴，这我明白。我关上百叶窗后，就轻轻地哼着曲子，声音欢快而又亲切，我哼着曲子，打开衣柜，脱去了外套，把它挂在里面。我一边低声地哼着曲子，一边照着镜子。我觉得自己从来没有这样漂亮过。炯炯有神的眼睛那么亲切、那么甜美，鼻翼微微翕动着，半张着的嘴露出整齐洁白的牙齿。我知道，当时我觉得自己特别漂亮，因为我对自己很满意，觉得自己是善良的。我又稍稍提高些嗓门儿唱着，同时，从下至上解开上衣的纽扣。我哼的是一首当时的流行歌曲，内容毫无意思，歌词是："我唱一首我最喜欢的小曲儿，嘟嘟，嘟嘟，嘟嘟，嘟嘟。"我觉得，那首歌就像生活本身一样荒谬和无聊，但在某些时候，却又是那样甜美而富有魅力。当我脱光了上身时，突然听见有人敲门。

"现在不行，"我平静地说道，"等一会儿。"

"有紧急的事。"是妈妈的声音。

我顿时有些生疑，走到房门口，打开门把头伸出门外。

妈妈示意我出去，叫我关上门。然后，在一片漆黑中悄悄地对我说："那边有个人，他非要与你谈话。"

"谁？"

"我不知道，是个棕色头发的年轻人。"

我慢慢地推开大房间的门朝里看。只见一个男人背对着我倚靠在桌子旁。我从他的后颈背立即认出是贾科摩，于是我急忙关上了门。我对妈妈说："你对他说，我马上就来……别让他从房间里出来。"

她说一定照我说的办，我重又走进我的房间。阿斯达利塔仍像刚才那样坐在床上。"快，快，"我对他说，"快走……很对不起，我马上得走。"

他显得很尴尬，结结巴巴地不知道在叨咕些什么。但我没让他说话，又接着说道："我姨妈在半路上感到不舒服……妈妈与我得马上去医院……快点，快。"这谎言我编得太笨拙了，但我一时想不到更合适的。他痴痴地看着我，简直不相信自己的厄运。我发现他已脱了鞋，脚踩在地上，穿着带条纹的袜子。"快点……你干吗还看着我？你得快走。"我恼怒地催促着他。他说："好吧……我走。"他弯下身子重新把鞋穿上。我已替他把大衣拿好了，站在他面前。不过，我又想，我若希望他能出力帮助那个女用人出狱，就得答应他点什么才是。我一面帮他把胳膊伸进大衣袖子里，一面说道："你听着……我也很过意不去，就这样叫你走……你明天晚上来吧……吃过晚饭以后……那时我们可以安安稳稳地待在一起……今天，我实在没办法……不得不让你马上走。"

他什么也没说，我拉着他的手一直送他到门口，好像他是第一次到我家似的，因为我生怕他走到大房间去，碰上贾科摩。我在门槛上叮嘱了他一句："嗳，我今天就去找听过我忏悔的那个神父。"他点点头，似乎是说，他明白了。他一脸的不高兴，显出一副茫然的样子。我因为着急，没等他告别就"砰"的一声关上了门。

第五章

当我走近房门，手一碰到门把手，就突然意识到，除非出现奇迹，否则我与贾科摩之间即将建立的关系，会与我跟阿斯达利塔之间的关系一样不幸。我现在发现，自己对贾科摩的感情，就像阿斯达利塔对我一样，是那样顺从、畏惧，并带有一种失去理智的欲念。虽然我心里明白，如果我想让别人爱我，就应该以另一种方式表现，但我难以克制住自己，在他面前总是显得那样顺从，那样焦急热切，那样俯首听命。我说不出是什么原因使我把自己置于那种卑微的地位；因为要是我知道，我就会设法改变的。我只是本能地感觉到我们三个人的品性不一样，我生性比阿斯达利塔坚强，但又比贾科摩脆弱。似乎有一种什么东西阻碍着我去爱贾科摩，就像有什么东西阻碍阿斯达利塔爱我一样；我以阿斯达利塔爱我的方式去爱贾科摩，但一开始就不顺利，结果当然就会更糟。我还没见到他，心就怦怦直跳，气也接不上来，我生怕自己做错了什么，或是让他看出我那种焦急热切地想讨他喜欢的心理，我生怕又失去他，而导致永远地失去他。当然这是我对爱情的最刻薄的诅咒。爱情往往是单方面的，爱别人的人不被爱，被爱的人不爱人。在爱情中，双方的感情和欲望往往不对等；尽管理想的爱情，在感情和欲望上应该是双方等同的，每个人都以各自不同的方式追求着爱的理想境界。我可以肯定地说，正因为我爱上了贾科摩，所以他才不爱我。而且，我也明白，不管我怎么做，都不能使他对我产生爱慕之情，虽然我不想承认这一点。我心烦意乱地站在大屋子门口迟疑着时，头脑里尽是这些想法。我茫然不知所措，好像会干出什么蠢事来似的，这使我恼怒极了。我终于鼓足勇气走进去了。

他仍像刚才我从门缝里看到他的那样，身子倚靠着桌子，背对着房门。当听见我进屋时，就转过身来，以一种忧虑的审视的目光看着我说道："刚才我从楼下经过，我想来看看你……也许我不该这样贸然地来。"我发现他说得很慢，似乎得先好好打量我一番，再决定怎么对我说话似的。而我却在惴惴不安地想着，我应该怎样出现在他的面前，也许他记忆中的我对他更有魅力，以致过了那么长时间又驱使他来找我。但我一想起刚才镜子里的我是那么漂亮，我就重又鼓起了勇气。我上气不接下气地说道："那有什么呀……你来得正好……我正准备出去吃午饭……我们可以一起去。"

"你还认得我吗？"他带着几分讥讽的口吻问道，"你知道我是什么人吗？"

"你就像我认识你的那样。"我傻乎乎地说道。我来不及想别的，就拉起他的手，把它放在我的唇边，并爱恋地看着他。他显得有些窘，这使我很高兴。我问他："为什么后来你不再露面了，你真坏。"我的声音急切而又温柔。他摇了摇头，回答说："我事情太多了。"

我完全控制不住自己了。我把他的手从嘴唇上放下来，按在乳房下面的心口处，并对他说："你听，我的心跳得多厉害。"；不过，我同时又骂自己太愚蠢了，因为我想不该有那样的举动，也不该说那些话。他很不自在地做了个鬼脸，把我吓坏了，我急忙又说："我去穿件上衣，马上就来……你等着我。"

　　我非常忐忑不安，生怕失去了他，以致我竟又走到前厅，仓促地把大门的钥匙又锁了一道，并把钥匙从锁孔里拔了下来。这样一来，在我穿衣服时，他要走，也出不去了。于是，我走进房间，对着衣柜镜用手绢的一角抹去原来在眼上和嘴上涂的颜色。而后，我拿出胭脂，重又在嘴上淡淡地抹上点红。我走到衣帽架旁寻找外套，但没找到，心里有些发慌，后又想起来是自己挂在衣柜里了，便从衣柜里取出外套穿在身上。我又在镜子里照了照自己，觉得发型太显眼了。于是，我拿起梳子急忙把头发梳平，重新把发型弄得跟我当吉诺的未婚妻那个时候一样。我一面梳头，一面庄重地对自己发誓，今后一定要控制自己的激情，说话做事都得有分寸。我终于打扮好了。我走到前厅，把头伸进大屋子里叫贾科摩。

　　但在我们要出家门时，我忘了刚才我把门锁上了，还得拿钥匙打开，这就使他发现了我的花招。"你是怕我逃走。"我慌乱地在手提包里找钥匙时，他低声说道。他从我手里接过钥匙，自己一面开门，一面亲切而又严肃地看了看我，并摇了摇头。我心里充满了欢乐，我拉着他的胳膊，跟在他后面下了楼梯，并上气不接下气地问他道："你不会见怪的，对不对？"他没回答我。

　　在阳光照耀下，我们手挽着手沿着大街上的住家和店铺走着。我在他的身边走，又高兴得忘记了自己的誓言了。我们在那幢带

288

有亭楼的小别墅面前走过时，好像有人抓住我的手，并把它与他的手紧紧地攥在一起。同时，我发现自己向前探着身子，想从正面好好看看他，我说道："我见到你特别高兴，你知道吗？"

他像往常一样，尴尬地做了一个鬼脸，回答说："我也高兴。"但从他说话的那种语气可以知道，他并不是那么高兴。

我都快把嘴唇咬出血来了，我把手指从他的手指缝中挣脱了出来。他似乎没有发现，心不在焉地环顾着四周。但当我们走到城门口时，他犹豫地停下了脚步，以一种言不尽意的口吻说道："你听着，我要对你说件事。"

"你说吧。"

"我真的是偶然到你这里来的……我毫无思想准备，身无分文……我们最好还是分开吧。"他一面这样说着，一面把手伸给了我。

我起初感到特别害怕。我想："他要丢下我。"在心慌意乱中，我想不出什么别的法子，我心想，只有紧紧地攀住他的脖子哭着恳求他。但后来，我从他提出的借口中隐约地发现了一种容易解脱的好办法，我的心情好些了。我想，我可以付午饭的账，一想到过去那么多男人替我付账，这次由我替他付账，心里挺高兴的。就是以前我说过的每次我从别人手里接到酬金时所感到的那种欢乐。而现在，我在替他掏钱付账时，也同样有那种欢喜的心情。爱情与金钱交融在一起了，无论是接到钱还是付钱都一样，这不是单纯的一种经济上吃亏还是占便宜的问题。我急忙大声地说道："你不用考虑这个……我来付钱……你瞧我这里有钱。"我打开手提包给他看了几张我头天晚上放进去的钞票。

他颇感失望地说道:"但不能这样做。"

"那有什么关系,你回来了,我应该欢迎你。"

"不……不……最好别这样。"他重又把手伸给我,想与我告别。这次我抓住他的一个胳膊说道:"得了,我们走吧,不谈这些了。"然后便拉着他朝饭馆走去。

我们坐在上次坐过的那张桌子旁,一切都与当初一样,不同的只是有一缕冬日的阳光透过玻璃门照射在饭桌和墙壁上。饭馆老板把菜单递给了我们,我学着过去的情人们为我点菜时的那种很有把握和保护人似的口气点了菜。在我点菜时,他低垂着目光一言不发。我忘了要葡萄酒了,因为我向来不喝;后来,我想起了他上一次曾喝过酒,于是我又叫来饭馆老板,要了一公升葡萄酒。

等饭馆老板一走远,我就打开手提包,从里面取出一张一百里拉的钞票,并把它折成四摺,我一面环顾着四周,一面把钞票从桌子底下塞给他。

他疑惑不解地看了看我。

"是钱,"我低声地说道,"这样,待会儿你好付账。"

"哦,是钱。"他慢慢地说道。他接过钱,把它摊开放在桌上看了看,然后他又把它照原样折好,打开我的提包,把钱放在了里面。他神情严肃而又带有几分嘲讽。"你是想让我付吗?"我窘困地问道。

"不,我来付钱。"他平静地回答道。

"那刚才你为什么说没钱?"

他犹豫片刻后,痛楚而又诚挚地回答道:"我并不是偶然来找你的……实际上,近一个月以来,我几乎总想来找你……但我一走

290

到你家门前，就又想走开了……于是我就索性对你说我没钱，希望这样一来，你就会把我撵走了。"他一只手摸了摸下巴微笑着说："看来，我错了。"

他就这样试探了我一番。他对我不感兴趣；确切地说，我对他的吸引和他对我的厌恶在他的心灵中进行着较量。后来，我不得不承认，他为了达到试探的目的而扮演不真诚的角色的那种能力是他性格的主要方面。但当时我完全给搞糊涂了，对他的先欺骗后认输的做法，我不知道究竟是应该感到高兴还是应该感到痛苦。我下意识地问道："不过，你为什么要走呢？"

"因为我发现我对你没有任何感情……或者说，只是有像我的那位朋友对你的那位女朋友所产生的那样一种欲望。"

"他们同居了，你知道吗？"我说道。

"知道，"他鄙夷地回答道，"他们真是天生的一对。"

"你对我没有任何感情，"我又说道，"你不想来找我……不过，你还是来了。"我在那种早已意料到的对爱情的绝望之中，能提醒他注意自己的言行有先后不一致的地方，这使我很高兴。

"对，"他回答说，"因为我是通常所说的那种性格软弱的人。"

"你来找我了，这对我来说就够了。"我无情地说道。我把一只手伸到桌子底下，放在他的膝盖上。同时我看着他，见他一接触我的手就显出窘困不安的样子，而且我还注意到他的下巴在颤动。见他这个样子，我感到很高兴；我明白，他虽然承认他对我很有欲望，近一个月来一直想来找我，但他在某个方面对我是完全敌视的；我得竭尽全力与之抗争，挫败并摧毁他那敌视我的一面。我想起来，我们第一次在一起时，他那种看得我脊背透心凉的目光，我心想，那天我不该被他那种目光给弄蒙了，要是我坚持诱惑他，那么，他的那种目光就会像现在这样消失的，而且他脸上那种一本正经的严肃样也会消失的。

我俯身靠在桌子上，好像想悄声对他说话似的，我轻轻地抚摸着他的面庞，同时很专心地看着他，我高兴而又得意地察觉到了我抚摸的效果。他带着一种生气而又疑惑的神情望着我，他的睫毛长得像女人似的，大而乌黑的眼睛炯炯有神。最后他说道："要是你满足于以这种方式讨我喜欢，你就这样做好了……"

我立即恢复到原来的样子坐好。几乎与此同时，饭店老板上了菜和餐具。我们默默不语地吃起东西来，好像两个人都没有什么胃口，后来他说道："我若处在你的地位，一定会设法把我灌醉的。"

"那是为什么？"

"因为我喝醉时，就容易答应别人的要求。"

但刚才他说的"要是你满足于以这种方式讨我喜欢，你就这样做好了"那句话刺伤了我。他说的关于灌酒的那番话使我更加深信，我的努力全然是徒劳的。我绝望地说道："我希望你想怎样就怎样……要是你想走，你就只管走好了……门就在那里。"

"走不走，"他以戏谑的口吻回答道，"那得看我愿意不愿意。"

"你是不是想让我走？"

我们对视了一下。我在痛苦中态度坚定果断；而这种果断的态度和刚才我对他的亲昵一样使他感到局促不安。他勉强地说道："不，你别走。"

我们又沉默不语地吃着。随后，我见他斟满了一大杯葡萄酒一饮而尽。"你看，"他说道，"我真喝。"

“我看到了。”

“过一会儿，我就醉了，那时候，也许我还会向你求爱呢。”

他的话伤透了我的心。我觉得，不能再继续这样忍受痛苦。我谦卑地对他说：“别这样，你别这样折磨我了。”

“我在折磨你吗？”

“是的，你在捉弄我……现在我只求你不要再管我了……我对你只是产生过一时的爱恋……我会想开的……不过，你别再折磨我。”

他什么也没说，又喝了第二杯。我生怕他不高兴，就问他：“怎么啦？你生我的气啦？”

“我？刚好相反。”

“要是你喜欢拿我开心，那就随你的便……我就是那么说说而已。”

“但我并没有拿你开心。”

“要是你想用恶语中伤我，你也只管说……”我不要耍手腕，也不指望什么，只是有一种莫名的屈从的心理支配着我，甚至还低三下四地说，“我将同样爱你，而且会更爱你……要是你揍我，我将会吻你那只揍我的手……”

他注意地看着我，显得特别尴尬，我的激情明显使他感到困惑不安。随后，他说：“我们走吧？”

“去哪儿？”

“上你家。”

我绝望得几乎忘记了自己为什么那样绝望；可是，他这种出人意料的邀请使我感到的是惊异，而不是高兴，我们刚吃完第一道菜，瓶里的酒还有一半没喝。我理智地意识到，我的那番话非但没勾起他的爱，反而使他感到窘困，以至使他不想再吃这顿午餐。我说："你是恨不得早些丢下我，对不对？"

"你这是从何说起呢？"他问道。他这回答不知怎么又使我鼓起了勇气，他要是真像我所说的那样，那他就太残酷了。我低下眼睛回答道："就是这样，有些事情是明摆着的……我们还是先吃完饭……然后再走。"

"随你的便……但我会喝醉的。"

"醉就醉吧……我不在乎。"

"但我会醉得不省人事的……那时候，你不仅丢掉一个值得爱的情人，还添了一个需要照顾的病人。"

我当时天真得很，真担心他喝多了。我用手按住酒瓶说道："那你就别喝了。"他放声大笑起来，不停地说道："你上当了。"

"我怎么上当了？"

"别担心……我不是那么容易醉倒的。"

"我还不是为了你。"我委屈地说道。

"为了我……哦，哦。"

看得出他还是在嘲弄我。但他的取笑和嘲弄隐含着一种亲切和热情。我一点也没生他的气。他又说道："你为什么不喝呢？"

"我不喜欢喝酒……只要喝上一杯我就会马上醉。"

"那有什么？要醉，我们就一起醉。"

"但女人喝醉酒那该多丢人哪……我不愿意让你看到我醉了。"

"为什么……有什么丢人的？"

"我不知道……一个女人喝醉了酒，摇摇晃晃地嘴里胡言乱语，多难看呐……还会做出粗俗的举动……看了让人难受……我已经够不幸的了，这我知道，你也认为我是个不幸的女人……要是我再喝醉酒，让你看到我烂醉的样子，你就更不理睬我了。"

"但要是我命令你喝呢？"

"你真想看我无地自容吗？"我审慎地说道，"我不是个讨人嫌的人，这是我唯一的长处……难道你愿意我把这个优点也丢掉吗？"

"是的，我就要你这样。"他强调地说道。

"我不知道这样做你能得到什么乐趣，但要是你非要我这样，你就给我斟上。"我把酒杯递了过去。

他看了看杯子，又看了看我，然后就哈哈大笑起来。"我只是开个玩笑。"他说。

"你老开玩笑。"

"你不讨人嫌，是不是？"过了一会儿，他又很注意地看着我说道。

"至少别人是这样说的。"

"你以为我也这样认为？"

"你怎么想，我怎么知道？"

"我们试试……你以为我对你是怎么想的？"

"我不知道，"我心里十分害怕地慢慢说道，"当然，你对我不如我对你那么好……也许我像一个长得不难看的女人讨一个男人喜欢一样，也同样讨你喜欢。"

"噢，那么，你以为你长得并不丑啦？"

"是的，"我自豪地说，"而且，我知道我长得漂亮……但我的美貌又有什么用呢？"

"美貌是不该有什么用的。"

此时，我们已吃完了饭，两瓶酒几乎都空了。"你看，"他说道，"我喝了不少，但并没有喝醉。"但我觉得他那发亮的眼睛和不停挥动着的双手却说明他已经醉了。我似乎是带着某种希望看了看他。他又说道："你想回家去，噢……维纳斯全身心地扑在她的猎获物上。"

"你在说什么？"

"没说什么，是我即兴翻译了一句诗……喂，老板，请过来一下。"

他说话总是带点夸张，但很诙谐。他开玩笑似的问老板该付多少钱，并把钱在老板面前晃了晃，还添加了一份优厚的小费，说道："这是给您的。"他一仰脖喝光了剩下的葡萄酒，然后跟上我走出了饭馆。

我急匆匆地在路上走着，恨不得马上能到家。我知道他是很不情愿回到我那里去的；而且，我知道是不屑和厌恶驱使他又勉强回到我家去的。但我深信自己的美貌和我对他的爱，我迫不及待地想用我这些武器来迎战他的敌意。我重又感到自己是那样高兴和充满挑衅性，我还想到，我的爱情会战胜他对我的厌恶心理的，我这种火一般的激情最终一定能熔化他那令人讨厌的铁石心肠，而且他终究会爱上我的。

刚过正午，街上空无一人，我在他身旁慢慢地走着，我对他说："不过，你得答应我，一旦我们到了家，你可别又溜掉了。"

"我答应你。"

"你还得答应我另一件事。"

"什么事？"

我稍稍犹豫了一下，但还是说了："上一次，你突然以那样的方式看得我怪不好意思的，否则一切都将会是很如意的……你得答应我不再那样看我。"

"哪样啊？"

"我不知道……反正不好。"

"谁也无法控制自己的目光，"过了一会儿他说道，"不过，要是你愿意，我索性就不再看你……我将闭上眼睛……这总行了吧。"

"不……不行。"我固执地说道。

"那你要我怎么看你呢？"

"像我看你那样。"我回答说。我托住他的下巴，尽管一边走着，我一边还做给他看，让他知道应该怎样看我才对："要这样……得温柔点。"

"噢，噢……得温柔点。"

当我们走上我家那冷落肮脏的楼梯时，我不禁想起了吉赛拉住的那幢带庭院的光洁明亮的白色小楼。我自言自语似的说道："要是我不住在这样破烂的地方，要是我不是这样一个不幸的女人，就一定会更讨你喜欢。"

他出乎我意料地停住了步子，用双手搂住我的腰，诚恳地对我说道："你要是这样想的话……你尽管放心，事情并不是这样的。"从他的眼睛里我看出来他是动心了。与此同时，他弯下了身子，用他的嘴在寻找我的嘴。他呼出的气息中有一股强烈的酒味。我向来无法忍受别人身上的臭酒味；但在那种时刻，我觉得那种味道是那么醇美好闻，像是从一个不谙世事的婴孩的嘴里喷出来的，似乎还很动人呢。我还感觉到，我无意中说的那些话触动了他最敏感的地方。正像我说过的那样，我觉得我已唤起了他心灵中爱情的火花。后来，我意识到这可能就是一种爱情的天职；而且，与其说他是出于一种情欲的冲动，还不如说他是以他的方式接受某种道德上的解救才拥抱我的。后来，我也多次以同样的方式解救了他；我谴责他鄙视我的贫穷和我的职业；而且，我总是能使自己的愿望得到满足并获得对我有利的结果，同时，这样也增进了我对他的了解，他这人特别喜欢损人，总让人扫兴。

但那天我还没有像后来那样了解他。他的亲吻使我感到极大的快乐，这对我来说像是一个决定性的胜利。我满足于那吻的价值，只要轻轻碰触一下他的嘴唇，我就觉得心满意足了，我拉住他的手说道："来，来，我们快上楼去。"我满心欢喜地怀着火一般炽热的感情拉着他走上最后一级楼梯。他默默无言地任凭着我拉他上了楼。

我几乎是小跑着走进自己的房间，致使他像个木偶似的碰撞在过厅的墙壁上了。我进去时是那样猛，一冲进去就把他摔在床上。这时，我才发现，他不仅像我预料的那样醉了，而且像是醉得很难受似的，他脸色煞白，把一只手放在额头上，神情恍惚，眼睛里有一种混浊而凝滞的目光。这一切都是我在一瞬间注意到的；我立即产生了一种恐惧的感情，怕他真的病了，那样一来，我们第二次幽会又落空了。当我一面宽衣，一面在房间里来回踱步时，我突然特别悔恨自己没有劝阻他别喝那么多，几乎都绝望了。不过，有一点很清楚，我头脑里并没放弃他的爱，这是我一直渴求着的。而且恰恰相反，当时我只希望一件事：希望他别不舒服得连与我做爱的力气都没有了；要是他真病了，希望他以后再病倒，不要正好在我的愿望得到满足以前。我真的爱上了他，但又那么害怕失去他，以致这种爱情仍不能超越自私的范畴。

于是，我装着没有发现他喝醉，我脱光了衣服后就挨着他坐在床边。他还跟进来时一样，身上穿着大衣。我动手帮他脱衣服。为了不让他想到要走，我竭力分散他的注意力，一面帮他脱衣服，一面跟他说着话。

"你还没有告诉我你多大了。"我对他说。此时，我正脱着他的大衣，他驯服地举起双臂让我把大衣脱下来。

他过了一会儿回答道："我十九岁。"

"你比我小两岁。"

"你已经二十一岁啦？"

"是的，而且很快就二十二岁了。"

我的手在胡乱地解着他的领带结。他像是挺费劲似的慢慢推开我，自己解开了领带结。他放下双臂，让我帮他抽下领带。"这领带都坏了，"我说道，"我以后替你买一条……你喜欢什么颜色的？"

他笑了起来，我很喜欢看他笑，因为他笑得非常和蔼可亲。"看来你真打算供养我……先是要替我付午餐的账……现在又要送我领带。"

"你真傻，"我一片深情地说，"这有什么呢？我很高兴送你一条领带……你也不会不高兴的。"此时，我已脱去了他的上装和西服背心，现在他是穿着衬衣坐在床边。

"我像是十九岁的人吗？"他问道。他老喜欢谈论他自己，我很快发现了这一点。

"也像也不像，"我犹豫了一下后说道，我知道这样会使他高兴，"从你的头发看得出来像是十九岁，"我抚摸着他的脑袋，又补充道，"一个成人的头发没有那样光润……但从脸上看不像。"

"你看我多大了？"

"二十五岁。"

他沉默不语，我见他闭上了眼睛，像是醉得不行了。我又怕他觉得不舒服，赶紧脱去了他的衬衣，并说道："你再谈谈你自己……你是大学生吗？"

"是的。"

"你学什么？"

"法律。"

"你住在家里？"

"不……我家在 S. 省城里。"

"你住公寓楼？"

"不，住一间备有家具的房间，"他闭着眼睛机械地回答着，"在科拉·迪·利恩佐大街二十八号室，房东太太是个寡妇，叫梅多拉吉……阿玛丽亚·梅多拉吉。"

现在他的上身光着。我忍不住用手贪婪地抚摸着他的胸脯和脖子，并说道："你干吗这样待着？不冷吗？"

他抬起头看了看我。然后他笑了，并以一种稍稍有点刺耳的声音说道："你以为我没发觉吗？"

"发觉什么啦？"

"你脱光了我的衣服，又让我不知不觉……我是喝醉了，但并没醉到你想象的那种地步。"

"好啊，"我困惑地回答道，"就算是这样，那又有什么不好的呢？你本来该自己脱才是……我刚才看你不脱衣服，所以才帮你的。"

他好像没听见我说话。"我喝醉了，"他摇晃着脑袋继续说道，"但我很清楚自己在干什么，为什么在这里……我不需要帮助，不信，你瞧。"突然，他猛地解开了皮带，把裤子脱掉，把身上的一切都脱掉，那细瘦的胳膊像木偶似的摆动着。"我知道你要从我身上得到什么。"他两手抓住我又补充说道。他用那有力而又神经质的双手使劲地捏我，他眼睛里的醉意已被一种强烈的戏弄人的恶意所代替。即使后来他沉醉在情欲的冲动中，我也不难辨认出他这种捉弄人的恶意。这充分表明，他不管做什么事，都保持着清醒的意识，而且后来我还痛苦地发现，正是这种意识妨碍着他与别人沟通思想并真正地爱别人。

"你就要这个，不是吗？"他一面补充说道，一面使劲地搂紧我，把指甲深深地掐在我的肉里。"就要这个，这个，这个。"他每说一句"这个"，就吻我，咬我，并用手狠狠地在我想不到的部位拧我，扭我。我笑着，躲着，挣扎着，我为他的这种觉醒感到高兴极了，以至于没有注意观察他这种举动中带有多少勉强和不情愿的成分。我被他弄得真疼，我的躯体几乎成了他发泄仇恨的目标，而不是他表达爱恋的对象。他眼睛里闪烁着的是一种怒火，而不是一种欲望。而后，他那种疯狂的举动像开始那样突然停止了。他以一种奇特的难以解释的方式仰天倒在床上，伸直了身子，闭上了眼睛，像是又醉倒了似的，而我却怀着一种奇怪的心理挨在他身边，好像他从来没有动过，从来没有说过话，从来没有抚摸过我、搂抱过我一样。好像一切都得从头开始。

我久久地一动也不动地跪在床上，散乱的头发披在我的眼前，我一边看着他，一边不时胆怯地用指尖轻轻抚摸他那瘦长、漂亮而又洁白的身躯。他皮肤洁白，瘦骨嶙峋，双肩又宽又单薄，臀部瘦小，两腿修长，身上只是胸部有几根毛。他绷着肚子仰卧着。我不喜欢勉强别人，所以，我认为我们之间不会发生关系了，一切还得从头开始。在他那矫揉造作而又颇含嘲讽意味的激情过后，我们之间又恢复了平静和沉默。当我觉得自己在精神上逐渐平静下来并处于情深意浓的状态时，我就慢慢地躺在他的身边，像是人在闷热的天气里，徐徐潜入那清凉爽身的平静海水之中，我双腿缠着他的双腿，双臂搂住他的脖子，把身子紧紧贴在他的身上。这次他始终一动也不动，一句话也不说。我亲昵地呼唤着他的名字，对着他的脸喘粗气，并不停地热烈地抚摸着他，而他却像死人似的，一动也不动地仰躺着。后来我懂得了，他这样被动，这样不愿分享爱的欢乐，正是他所能表现出来的最大的爱。

到了后半夜，我用肘关节支撑起身子，深情地凝视着他，在这以后的很长一段时间里，一回想起来，我仍感到痛苦。他侧卧着，脸深埋在枕头里，他竭力想保持的那种踌躇而又矜持的神情消逝了。睡眠中他那种清晰的线条轮廓显示出他旺盛的青春，他身上洋溢出一种难以描绘的活力和天真无邪的气息，而并未反映出他某种特别的气质和倾向。但我已慢慢了解了他是个心怀恶意、有敌对情绪的人，是个冷漠刻薄而又充满欲望的人，这一点我记得很清楚，他的那种不仁、那种敌意、那种冷漠、那种欲望，所有这一切就构成了他这个人，这一切使他区别于我和其他所有人，这一切都来自一个对我来说是十分遥远而又神秘深邃的中心。我不愿意他就此用语言对我解释，就像拆卸并查看一台机器的部件那样；相反，我是想通过做爱来体察它们的根须末梢，可惜我没有成功。我没能抓到的东西虽然很多，却是无关紧要的。对我来说，无任何意义。吉诺、阿斯达利塔，甚至松佐涅奥都比他更接近我，我对他们比对他更了解。我看着他，因我们最隐秘的深处不能像我们的身躯那样结合而感到痛苦。这最隐秘的深处形单影只，因失去了良机而痛感惋惜。也许，在我们相爱时，他有一瞬间打开了，只需一个举动或是一句话，我就能踏进他的心扉，并一直逗留在里面。但我没能抓住那一瞬间，而现在又为时已晚，他睡了，远远地离开了我。

当我这样凝视着他时，他睁开了眼睛，但是他还是一动也不动地侧着脑袋深陷在枕头里，他问道："你也睡着了？"

我觉得他的声音变得比较自信和亲切了。我忽然希望睡眠能以神秘的方式使我们之间的关系变得更亲密些。

他沉默片刻后，又说道："我得求你一件事……不过，你靠得住吗？"

"这叫什么话。"

"我想交给你一个包，在你家放几天……以后我再来取走它，以后，说不定我还得再给你带个包来呢。"

在别的时候，我说不定会对这个包表示好奇的。但当时，我首先关心的是他以及我们之间的关系。我想，这样一来，我们就有更多的机会见面了，我就更有可能赢得他的欢心；我要是向他提出些问题，他就会后悔，会收回他的建议。我轻声地回答道："这有什么呀。"

他又沉默了很久，像是在思考什么，而后又追问道："那么你同意啦？"

"我说了我同意。"

"你难道不想知道包里面有什么东西吗？"

"要是你不想对我说，"我尽量显得与他保持着一定的距离，回答道，"肯定有你不说的理由……我也就不问了。"

"但也可能是些危险品……你怎么知道呢？"

"那也没什么。"

"兴许就是，"他仰躺着，眼里闪烁着一种天真而又得意的目光，又说道，"兴许是赃物……我也许是个贼。"

我想起了松佐涅奥，他不仅是个窃贼，还是个杀人犯；我也想起了我偷粉盒和头巾的事；我觉得，这是一种奇怪的巧合，他竟在我这样一个货真价实的女贼面前，在一个生活在窃贼之中的人面前，把自己说成贼。我轻轻地抚摸了他一下，温柔地对他说道："不，你肯定不是个贼。"

他沉下了脸，他的自尊心随时都会冒出来，会莫名其妙地突然发火："为什么？我也可能是个贼。"

"你的脸不像……说你是什么别的人都可以……但谁也不会相信你是个贼。"

"为什么？我的脸怎么啦？"

"你的脸说明了你是个什么样的人……一个大户人家的少爷，一个大学生。"

"是我自己对你说我是个大学生……但我也可以是别的什么

人……就像我实际上是个什么人一样。"

现在我不再留心听他的了。我想，我也没长着一副女贼的脸，但我却是个贼；我当时真想告诉他。是他那种奇怪的态度使我想告诉他。我原来一直认为偷窃是一件该受到谴责的行为；现在却有人不仅不觉得这种行为不该受谴责，反而还觉得值得肯定，这令我感到很费解。我犹豫了一下，说道："你说的有道理……我想，你不是个贼，因为我相信你不是贼……但从脸的长相来看，你可能就是个贼……一个人究竟怎样，从脸上是看不出来的……譬如我，我的脸长得像女贼吗？"

"不像。"他连我看也不看地回答道。

"但是，"我平静地说，"我是个贼。"

"你是贼？"

"是的。"

"你偷什么啦？"

刚才我把手提包放在床头桌上了，我拿过来手提包，从里面取出金粉盒给他看："你看这个，是我在去过的一家人家里偷的……还有一天，我在一家商店偷了一块丝绸头巾，把它给了妈妈。"

千万别以为我这样泄露自己的偷窃行为是出于虚荣心。实际上，是我在感情上想与他接近，在思想上想与他沟通的欲望驱使我这样做的：在没有别的更好的办法时，即使供认一桩罪行也能使人相互接近和相爱的。我见他变得严肃，并全神贯注地看着我；我突然又怕他把我看得很坏，并会因此而决定不再见我。我急忙补充说："不过，你别认为我偷了东西很高兴……相反，我已决定把粉盒还给人家……今天我就去还给人家……头巾不能还了……不过，我已经后悔了，而且我决心今后再也不干这种事了。"

听完我说的话，他眼睛像往常一样闪烁出那种狡黠的目光。他看了看我，突然哈哈大笑起来。而后，他又抓住我的肩膀，把我推倒在床上，开始使劲地拧我，抓我，嘴里还不断地说着："女贼……你是个女贼……你是女贼……女窃贼……小偷……小偷。"话语中带着一种讽刺挖苦的亲切感情，对此，我不知道该生气还是该高兴。但是他那种激烈的冲动，从某种程度上使我兴奋和高兴。这总比平时他那种令人难以忍受的消极被动好得多。因此，我笑着，我的身体还在床上辗转翻滚，因为我怕痒，而他却调皮地在我的胳肢窝下抓挠。但是就在我翻滚着笑得流出了眼泪时，我见他神色冷酷地逼近我，脸拉得长长的，像是在沉思什么。后来，他又突然停住不抓我了，身子往后一仰躺在床上，说道："我可不是个贼……我真的不是贼……那些包里没有任何赃物。"

我发现他很想说出那些包里是什么东西；我明白，他与我恰恰相反，主要是虚荣心促使他想对我说。实际上，松佐涅奥向我泄露他所犯的凶杀罪也是被一种类似的虚荣心所驱使的。男人们尽管各有不同，但他们有不少共同点；他们对自己所爱的女子，或是对一个和自己有过性关系的女子，总要显示一番他们的男子气概，吹嘘吹嘘自己所做的或打算要做的惊人之举。我温柔地说道："实际上，你是想告诉我那些包里有什么东西。"

他生气了"你是个笨蛋……我根本不在乎这事……不过，我应该让你知道包里面有什么东西，这样你就能决定是不是愿意帮忙……对你说了吧，包里面全是宣传品。"

"什么意思？"

"我是一个小组织里的人，"他慢慢地解释说，"这么说吧，那些人不喜欢现今的政府……而且仇恨它，希望它尽快倒台……那些包里装的就是秘密印刷的材料，它们向人们宣传为什么这个政府不好，并指出要用什么方式推翻它。"

　　我从来不过问政治。对于我来说，我想，对于很多其他人来说也是一样，我们从未以任何方式提出过有关政府的问题。但我想起了阿斯达利塔，想到他曾不时地隐约地谈到过这方面的事。于是，我惊惶不安地大声说道："这是违禁的……这很危险。"

　　他带着一种明显的得意神情看着我。我终于说了一些使他高兴又迎合他自尊心的话。他以一种过分庄重又略为夸张的语气说道："这的确是很危险的……现在由你决定是不是愿意帮我的忙。"

　　"我不是为我自己这么说的，"我急忙反驳道，"我是为你着想……要光是我，我就答应。"

　　"你可要当心，"他又告诫说，"真的是很危险的……要是他们从你这里发现了这些东西，你就得蹲监狱。"

　　我看着他，突然不知是为了他还是为了某种难以言喻的东西，我的感情像洪水一般无法抑制。我两眼含着泪水，结结巴巴地说道："你难道不知道我对什么危险都不在乎吗？我乐意去蹲监狱……那又怎么样？"我摇了摇头，泪水从眼睛里掉落在脸颊上。他惊愕地问道："现在你为什么哭啦？"

　　"请原谅，"我说，"我是个愚蠢的女人……我自己也不知道我为什么哭……也许是为了使你明白我爱你，我为了你可以做一切。"

　　当时，我还没意识到自己不该谈我对他的爱。听了我的话以后，他脸上现出一种令人难以琢磨的冷漠、尴尬的神情，以后，我又多次见他显出那样的神态。他避开了我的视线，急忙说道："那好吧……过两天我把包捎来给你，一言为定……现在我该走了，时间已经不早了。"他说着就从床上跳下来，开始匆匆地穿衣服。我光着身子躺在床上不动，神情激动，脸上挂着泪水，我感到有几分羞涩，不知是因为我赤身裸体，还是因为我哭泣了。

他从地上拿起衣服穿上，又走到衣帽架取下大衣披上，然后走近了我。他天真而又亲切地微笑着，我很喜欢他这样微笑，他说："你摸我这儿。"

我看了看他，只见他指着大衣上的一个口袋。他挨近了床，使我能不费力气地伸手摸到口袋。我隔着一层兜布，触到一样硬邦邦的东西。"是什么呀？"我不解地问道。

他得意地笑着，一只手插进口袋里，眼睛盯着我看，慢慢地取出一把黑色的大左轮手枪。"一把左轮手枪，"我惊呼道，"你拿它干什么用？"

"这就难说了，"他回答道，"总是用得着的。"

我有些茫然，不知道在想什么，他也不给我时间去想。他把手枪放回口袋，俯下身，用嘴唇轻轻地碰触我的嘴唇，说道："就这样说定了，嗳……我过两天再来。"还未等我从惊异的神情中恢复过来，他已经出去了。

后来，我多次回想起我们这第一次幽会，每次我都会严厉地责备自己竟没有预料到他会出于政治上的激情而去铤而走险。说真的，我对他没有任何影响，也从未施加过任何影响；但是，我当时如果能明白很多我后来才明白的事情的话，我就可以替他出点主意，即使出主意没用，我还可以充分自觉而又坚定地与他站在一起。这肯定是我的过错，或者说过错应归咎于我的无知，但无知并不是我的过错，是我所处的生活环境造成的。我已经说过，我从未过问过政治，对政治一窍不通，我觉得政治与我的命运毫不相干，那些政治好像不是发生在我的身边，而像是发生在另一个星球上似的。我读报时，第一版上的政治新闻我不感兴趣，总是跳过去不看，我常常浏览报道犯罪消息的版面，某些事件和凶杀案令我深思。我好比生活在海底的微生物，据说它们几乎生活在黑暗之中，对光天化日之下的海面上所发生的事情一无所知。男人们那么看重的政治和别的许多事情，对于我来说，像是从一个陌生的超级世界里传来似的，是那样的微妙和不可思议，就像生活在幽深海底里的微生物眼中的白日阳光一样。

不过，这不只是我的过错，也不能只归之于我的愚蠢，还应该怪他的轻率和虚荣。要是我发现他身上除了虚荣心之外还有别的什么的话，也许就会有不同的反应，我将努力去理解和认识那些我原来不知道的一切，不管结果如何。说到这里，我想提及另外一件事，是它使我采取了一种毫不在乎的态度：事实上他总是半开玩笑地在扮演着一个角色，而不是认真地在行动。似乎他理想中的角色是一部分一部分地塑造成功的，而对这个角色本身，他只相信到一定的程度；似乎他始终是在下意识地竭力使自己的行为合乎这个角色的设定。这持续上演的喜剧像是一种游戏，从某种程度上来说，他是占上风的，但游戏在进行过程中往往并不那么顺利，常常会使人产生一种错觉，以为自己绝不会处于不可挽回的败局，以为到了最后的时刻，即使在他已处于失败的情况下，他仍奢望对手会让他一步，使他反败为胜。也许他像小男孩似的出于一种难以控制的本性，把什么都当成儿戏，现在他就是在玩游戏；但他的对手却严阵以待不开玩笑，这在以后会看到的。在比赛结束时，他处于措手不及、束手待毙的境地，根本就走投无路了。

后来，我重新一件一件地回想这些事情，反复回顾了另外许多令人伤心而又不合情理的事。但我根本没怀疑过藏包的事会在某种程度上影响到我们的关系，这一点似乎我已经说过了。我很高兴他回来找我了，也很高兴自己能帮他的忙，更高兴今后还肯定会有机会再见到他，我沉浸在这双重的欢乐中，没有更多地去想别的。我记得，当我偶然朦胧地想到他向我提出的这个奇特的要求时，我仿佛是在梦中一样，忽然摇摇头说："完全是孩子式的恶作剧。"接着我就去想别的了。另外，在那样幸福欢乐的精神状态之下，即使我愿意，也绝不会注意考虑一个令人不安的问题。

第六章

　　看来，一切都在向好的方向发展：贾科摩回来了，同时那个被诬告入狱的女用人也有可能获释，而且我也用不着去顶替她。那天，贾科摩走后，足足有两个小时，我沉醉在幸福之中，回味着我的欢乐，就像欣赏一件刚到手的珍贵首饰或是一件珍宝似的，那样迷茫、愕然和呆愣，尽兴地玩赏。晚祷的钟声使我从沉思中惊醒过来。我想起了阿斯达利塔的劝告，想到得赶紧设法救出那尚在狱中的可怜女人。我穿好衣服，急匆匆地走出家门。

　　冬天夜长昼短，整个上午和午后的前几个小时，独自在家里遐想，或是在车水马龙、行人熙攘的大街上溜达，穿行在商店灯火通明的市中心是很惬意的。在一片喧闹声中，在那熙攘的人群中，在那令人眼花缭乱的灯光之下，我贪婪地呼吸着那清新的空气，顿时头脑清新，心情豁然开朗，感到由衷的高兴，狂喜的醉意，似乎一切困难都已冰解冻释了，于是我无所事事地在大街上闲逛，懒洋洋地观赏着变幻不定的街头景象，从而产生了转瞬即逝的感受。在那瞬间，似乎一切过失真的得到了宽恕，就像天主教祷文中所说的那样，不论我们的功过报应，只凭着一种神秘的慈悲心。人只有处在比较愉快或至少是比较满意的精神状态下才会有这种感触；在相反的情况下，城市生活往往给人带来一种荒谬、空虚的动乱之感，使人烦躁不安。那天，我心里特别高兴，这我已经说过；尤其当我到了市中心，走在熙来攘往的人行道上时，我发现自己真的很高兴。

我知道我得照说好的那样去教堂忏悔。也许是因为我事先就抱有这样的目的，而且我对自己想出的这个办法很满意，所以我胸有成竹，不急不忙，好像根本不放在心上。我就这样慢悠悠地从一条街走到另一条街，还不时停下来观看柜窗里陈列的商品。要是认识我的人见了我，肯定会以为我是想勾引来往的过路人呢。但实际上，我也并非一点没想。要是有个男子讨我喜欢，我会设法使他停下步子，但不是为了钱，而是出于一时的高兴和情感冲动。有几个男人让我非常讨厌，一见到我站在橱窗前看商品，就挨近我来那老一套，一开口就出价，要我陪伴他们。我没答理他们，连看也不看，便迈着庄重的步伐懒洋洋地继续在人行道上行走，就像他们根本不存在一样。

我满怀喜悦，心不在焉地走着，从维泰尔博回来后去忏悔过的那个教堂突然映入我的眼帘。那教堂大门正面的装饰是巴洛克式的，刚好耸立在一个五光十色的电影广告牌和一家袜店的橱窗之间、弧线形的街面旁，那门面装饰仿佛是隐现在黑暗中的一道屏风，那高高的三角墙顶上的两个吹着喇叭的小天使在附近一家商店招牌灯光的映照下，泛出淡紫色的光；教堂正门看上去像是一位布满皱纹的满面愁容的老妇人，戴着一条黑色的旧披巾，站在灯火通明的大街旁，在川流不息的行人之中，像是亲切地向我招手致意。

我想起了那位听过我忏悔的漂亮的法国神父厄里亚，想起了我对他曾一时有过的那种爱慕之情；他是个见过世面的人，年轻、聪明，与别的神父截然不同，我想，要完成归还粉盒的使命，没有任何人比他更合适了。再说，从某种意义上来说，厄里亚神父已经认识我了，所以，向他忏悔那桩始终压在我心头的令我羞愧又害怕的事情，困难就少得多了。

我上了门前的大台阶，掀开了挡门的厚帘子，头上顶着一条小手绢走了进去。当我正用手指蘸圣水时，被圣水钵壁上的一幅雕塑小像吸引住了：一位裸体女人，高举着双臂在奔跑，头发披散，迎风飘拂，后面有一条狰狞的长着鹦鹉嘴的巨龙在追逐她，那条龙像人一样直着身子。从这个女人身上，我似乎看到了我自己，我想，我也是在逃避这样一条恶龙；只是，我似乎是在绕着圈子跑，有时候，与其说是在逃跑，还不如说是在追寻一种欲望，是在满心喜悦地追赶一条丑态百出的恶龙。我背对圣水钵转过身去，面对教堂祭台画了个十字，我觉得那教堂还像我最后一次见到的那样零乱、阴暗和凄凉。跟当初一样，教堂里一片昏暗，但大祭台上耶稣受难像四周的蜡烛都亮着，一层一层的，黄铜材质的亮铮铮的枝形大烛台、银制的圣器与烛光交相辉映。供奉圣母的小教堂也有灯光照明，我曾在那儿虔诚而又徒然地祈祷过，两个保管祭器的堂守正站在梯子上，往窗沿上悬挂带有金色边饰的红色帷帘。我发现厄里亚神父的那个忏悔室已有人占了，就跪在大祭台前的一个草垫椅上，心里没有丝毫激动，只想迫不及待地处理完粉盒的事。那种心情很不寻常，是一种夹杂着快乐、急躁、满意和不无自负的心情，是一种一个人打算做一件已酝酿很久的善事的心情；但我多次察觉到，这种由于发自内心的迫切而失去理智的做法，最终往往会把事情搞糟，不如经过深思熟虑再处置，危害要小得多。

当我见到有人从那个忏悔室里出来时，就径直朝那里走去，我跪了下来，还未等听我忏悔的神父说话，就急忙开口说道："厄里亚神父，我不是来做一般的忏悔的……我是来告诉您一件十分严重的事，我想求您帮个忙，我肯定您是不会拒绝我的。"

小格栅的那一头传来了神父低沉的声音，他叫我说话。我深信格栅那边肯定是厄里亚神父，我似乎看到了他那漂亮的脸颊紧贴着凿有小孔的黑色栅隔板。我顿时产生一种信仰和虔诚之感，那是我进教堂以后第一次感受到的。我魂不附体，仿佛带着一具污斑的赤裸躯体跪在格栅前的台阶上，霎时间，我又觉得自己像是一个没有肉体的灵魂，一个逍遥自在的幽灵，由气和光组成。听人说，人死了以后就是那样的。我觉得厄里亚神父也是这样的，他的灵魂比我的灵魂要光辉明亮得多，它从肉体的束缚中解脱出来，使忏悔室的格栅、隔板以及四周的黑暗消逝不见了，似乎他本人就站在我的面前，是那样光彩夺目，那样令人欣慰。也许，每当人们跪下来忏悔时，都应该有这种感受。不过，在此以前，我从来没有如此强烈地感受到过。

我闭着眼睛，前额靠在格栅上，开始忏悔起来；我把一切都说了。我说到了我干的那一行，说到了吉诺、阿斯达利塔和松佐涅奥；我说了偷窃一事，说到了凶杀案。我告诉了神父我的名字、吉诺的名字，以及阿斯达利塔和松佐涅奥的名字。我说了我行窃的地方，说了凶杀案发生的地点，还有我的住址。我还描述了这些人的外貌特征。我自己也不知道是什么东西支配着我这样做的。就像长时间不搞清洁卫生的家庭主妇，在最后下决心重新清扫屋子的时候，非要把最后一颗尘土扫净才罢休，连留在家具底下或角落里的灰尘绒球也不放过。我就这样一五一十地叙述着，说完后，似乎卸掉了思想包袱，觉得轻松多了，心灵也更纯净了。

我自始至终以一种平静的语调叙说着，说得入情入理。神父一言不发地一直听我说完，中间也没打断我。我说完后，出现一片寂静。随后，传来了一个可怖的声音，这声音缓慢、温柔而又油滑："我的姑娘，你对我说的事太可怕了，骇人听闻，简直令人难以置信……但你来忏悔了，这就很好……现在我将尽力帮助你。"

上次是我生平第一次来这个教堂忏悔，也是唯一的一次，到现在已经过了很长时间了。我怀着充满自豪的恻隐之心，在仁慈的感情的激励下，几乎忘了厄里亚神父那令人感到亲切的独特的细节，他说话时带着法国音。而现在与我说话的神父，却没有任何明显的外乡口音，他说的是标准的意大利语，乃是许多神父发出的那种特有的、呆板而又单调的声调。我突然醒悟过来，立即一阵颤抖，我怎么迷糊了？好像人怀着喜悦和亲切的心情去采摘一朵美丽的鲜花，指尖碰触到的却是冰凉蠕动着的蛇身一样。我发现，听自己忏悔的神父不是自己想象中的那个，这使我感到意外和扫兴，再加上那人阴阳怪气的说话声调，更使我的心灵蒙上一层恐怖之感。但我还是鼓起勇气结结巴巴地说道："不过，您真是厄里亚神父吗？"

"正是，"那陌生的神父回答说，"怎么，莫非你以前来过这里？"

"来过一次。"

神父沉默了片刻之后，又说道："我得把你说的一切逐条考虑一番……这里面牵涉的事情很多，有些与你有关，有些与你无关……在那些与你有关的事情中，你不感到自己犯下了十分严重的过错吗？"

"是的，这我知道。"我低声地说道。

"你悔恨吗？"

"我想是的。"

"如果你真心悔过，"他以慈父般的声音语重心长地说道，"你就一定有希望得到赦免……可惜不光是你一个人……还牵涉别人，其中还有别人的过失和罪孽……你是一件骇人的凶杀案的知情人……有人被别人以恐怖的手段杀害了……你从良心上不觉得应该揭发那个罪犯，说出他的名字，使他受到应有的惩罚吗？"

他是启发我揭发松佐涅奥。作为神父，我不能说他不该那么做。但他以那种方式，用那种声音，在那种时刻，又如此拐弯抹角地提出那样的建议，这就增加了我的猜疑和恐惧。"要是我说出是谁干的，"我结结巴巴地说，"我也得去坐牢。"

"人与上帝一样，"他立刻回答道，"他们会考虑到你的牺牲和你的忏悔的……法律不仅是用来治罪的，法律同时也是宽恕的……但需要以忍受某种痛苦作为交换条件，那种痛苦比死者在临终时所受的痛苦要轻得多，你为了伸张已被可怕践踏的正义，将做出你的贡献……哦，难道你没有听见死者在绝望地哀求凶手饶命时发出的惨叫声吗？"

他又继续劝导我，小心翼翼又不无得意地从神职人员惯用的术语中，选择符合他身份的词语。但现在我只想赶紧走，近乎歇斯底里。我急忙说道："真要揭发，我也得好好想一想……我明天再来告诉您我的打算……明天我能找到您吗？”

“当然，什么时候都行。”

“那好吧，”我心慌意乱地说道，“……眼下，我只求您帮我把这东西交上去。”说完我就沉默不语了，神父在简短地祈祷后，又问我是否真的悔罪，是否真的下决心改变生活了，在得到我肯定的回答后，他就赦了我的罪。我画了一下十字，从忏悔室里出来。此时，他也打开了忏悔室的小门，站在了我面前。他的外貌比他的声音更使我害怕。他小小的个子，大脑袋像睡落枕了似的朝一边歪着。我当时急着想走，心里怕得要命，都没来得及好好看他。我隐约记得，他有一张黄褐色的脸，高高的前额很苍白，眼睛深陷在眼眶里，鼻子很塌，鼻孔奇大，不成形的大嘴巴上的两片弯弯的嘴唇呈紫色。他并不老，但看不出他有多大年纪。他双手合拢在胸口，一边摇着头，一边用痛心的语气说道：“可是，亲爱的姑娘，你为什么不早来呢？为什么？要是你早些来，可以避免多少可怕的事情啊。”

我本想按我想的回答，是上帝不愿意我早来；但我克制住没说出来，我从手提包取出粉盒放在他的手里，诚挚地说道，“请您赶紧去办……一想起那可怜的女人为了我的过错而被关在牢里，我心里有说不出来的难受。”

“我今天就办。”他回答说。他把粉盒紧按在胸口，带着无奈和痛苦的神情摇晃着脑袋。

我低声向他道了谢，点头示意告别之后，就急忙走出教堂。他仍站在那忏悔室旁边，双手紧捂着胸口，摇晃着脑袋。

我到了大街上，竭力使自己冷静下来，以便思考一下所发生的一切。我不像当初那样焦虑和惊慌了，我明白，现在我是在担心神父是否会保守我忏悔的秘密；我力图给自己分析一下这种担心的根据何在。我明白，谁都知道接受忏悔是神父的事情，作为圣事礼仪，是不可侵犯的。我也知道，任何一个神父，即使再堕落，似乎也不可能这样亵渎神灵。但从另一方面看，他那样规劝我揭发松佐涅奥，使我很担心，要是我不去揭发，他就会向警察报告，说出帕莱斯特罗大街凶杀案的罪犯的名字的。他的声音和外貌使我特别害怕，我担心会发生更糟糕的事情。我性格敏感，行动又欠考虑，就像某些动物一样，对危险有一种本能的嗅觉。我头脑里想到的所有能安慰自己的理由，在这种天生的嗅觉和预感面前，似乎都站不住脚了。忏悔的秘密神圣不可侵犯，这是千真万确的，我想："不过，除非出现什么奇迹，否则，就不能阻止那个神父去揭发松佐涅奥、我和其他人。"

另外，还有一件事使我感到大难临头，那就是第一个听我忏悔的神父被第二个所替代了。很明显，那个法国修士不是厄里亚神父，尽管他上次是在挂着厄里亚名牌的忏悔室里听了我的忏悔。那么他是谁呢？我后悔没有向真正的厄里亚神父打听一下。但我又担心那丑陋的神父会说他一无所知，因为这样会加深那位年轻的法国修士在我脑海中出现过的形象。那位法国修士真像是某种幽灵一样，不仅与其他神父很不一样，而且在我生活中出现和消失的方式，也使我觉得他确实是个幽灵。我甚至怀疑自己究竟是否见过他，或者是否见到他本人。我想，那兴许是我的一种幻觉，因为现在我发现，他与圣像中的耶稣很相像。要是这是真的，要是基督真是在我痛苦的时刻出现过，听到了我的忏悔，那么，现在那个肮脏丑陋的神父取代了他，显然是一种不祥之兆。这就是说，在我极度痛苦的时刻里，宗教在精神上背弃了我。就像人在非常紧急的情况下打开了贮藏金币的保险箱，结果发现里面尽是些尘土、蜘蛛网和耗子屎之类，而不是金币了。

我预感到忏悔后必将大祸临头，我怀着这种心情回到了家，没吃晚饭就上了床，心想，那是我被捕之前在家里度过的最后一个夜晚了。不过，应该说，我不感到害怕了，也不想逃避自己的命运。我起初的惧怕心理，是女人精神上共有的软弱性导致的，现在我不害怕了，这不仅是对这种命运安排的顺从，而且是心甘情愿地接受这威胁着我的厄运。我甚至还有一种欲望，索性让自己掉入深渊的最底处。我似乎觉得，一个人若是不幸到了顶点，反倒不以为然了；我想，大不了就是一死，而死对我来说也没有什么可怕的，这样一想，心里倒感到有些安慰。

第二天，我白等了一整天，警察局没来人查访。过了一整天，接着又是第二天，没有任何迹象表明我有什么可忧虑的。我始终未出家门，甚至连自己的屋门也没跨出，我不再担心我的轻率从事究竟会带来什么后果了。我又想起了贾科摩，认为在神父告发我之前，务必见他一面。到了第三天的傍晚时分，我没有多想就起了床，仔细穿好衣服，走出了家门。

我知道贾科摩的住址，约摸二十分钟之后我就到了他家。我正想跨进大门时，突然想到没有事先告知他我要来，顿时感到有几分胆怯。我生怕他不欢迎我，或者干脆把我撵出来。我把原来急切的步子放慢了，后来我停在一家商店前，心里无限惆怅，不知是否该回家，等着他下决心来找我。我懂得，在我们的关系刚刚建立起来时，尤其应该慎重和明智，千万别让他知道我眷恋他、没有他似乎我都活不成。可是，从另一方面看，就这样回去，似乎太叫人扫兴了，况且，我正为忏悔一事而深感不安，我需要见到他，哪怕只是为了排解我心头的烦忧。我的视线落在面前的商店橱窗上，那里摆着衬衫和领带，我突然想起，我曾答应过给他买一条新领带，换下他那条破成丝缕的旧领带。人在恋爱时，头脑就无法保持理智。我对自己说，就以送领带为名去看他；殊不知，我送这礼物本身就证实了我对他的爱意，不仅主动，而且是急不可耐的。我走进商店，挑选了好一阵，最后才买了一条带红条的灰色领带，那是最漂亮的、价钱最贵的一种。售货员总想对顾客购物施加自己的影响，卖领带的人冒昧而又带有几分殷勤地问我，戴领带的人头发是金黄色的还是棕色的。"是棕色的。"我慢吞吞地答道，同时我发觉自己在说"棕色的"时，声音中充满着柔情，我不禁满脸绯红，心想也许售货员注意到我的声调了。

寡妇梅多拉吉住在一幢阴暗的旧楼的五层，窗户朝向台伯河岸。我一口气爬了八级楼梯，未等喘口气就去按门铃，那扇门开在一个阴暗的角落里。门很快就开了，贾科摩出现在门口。"哦，是你。"他惊讶地说道。显然他像是在等什么人。

"可以进来吗？"

"当然可以……从这儿走。"

他领我穿过黑漆漆的前厅，走进了一间客厅。客厅也很暗，窗上安着圆形的红色铅框玻璃，跟教堂里一样；我隐约看见许多镶嵌着珍珠贝母的黑色家具。客厅中间有一张圆桌子，桌上放着深蓝色水晶玻璃做的老式酒具。里面铺着好几块地毯，还有一张掉了不少毛的白熊皮。客厅里的一切陈设都是旧的，但干净整齐，似乎这里自古以来就笼罩着一片寂静。我走到客厅的尽头，坐在一张长沙发上，我问道："你是在等什么人吧？"

"没有……你来干什么？"他说话很不客气。但我觉得他并没生气，只是感到意外。

"我是来向你告别的，"我微笑着回答道，"因为我想这是我们最后一次见面了。"

"为什么？"

"我肯定，最迟明天他们就得来抓我，把我关进监狱。"

"进监狱……你胡说什么呀？"

他的声音和脸色都变了，我懂得他是为自己担心，也许他以为我告发了他，或是我把他的政治活动泄露给了什么人，把他牵连在内了。"别担心，"我又微笑着说道，"这与你毫无关系，一点关系都没有。"

"我不担心，"他赶忙纠正说，"我是弄不明白，没有别的……你要进监狱？为什么？"

"你关上门，坐到这儿来。"我指着长沙发，叫他坐到我旁边。

他去关上了门，然后就坐在了我身边。于是，我十分平静地对他叙述了有关金粉盒的全部真相，还告诉他我去教堂忏悔的事。他低着头听着，看也不看我一眼，一面还啃着手指甲，这表明他对此事颇感兴趣。我最后说道："我敢肯定，那个神父一定会搞什么名堂……你说呢？"

他摇摇头，眼睛不望着我，只看着面前那些铅框窗玻璃："他不该这样……我根本不相信他会这样做……不能因为神父长得丑陋就……"

"你要是亲眼见到他就知道了。"我敏捷地打断了他。

"你因为他长得像个丑八怪，就认为他一定会干出这一类事来……当然，什么事都可能发生，的确如此。"他急忙笑着补充道。

"照你这么说，我用不着害怕啦？"

"是的，反正你也毫无办法……不取决于你。"

"你真能说……人家的确是因为害怕才感到害怕的……这由不得自己。"

突然他做了个亲昵的动作。他把一只手放在我的脖子上，笑着摇了摇我，并说道："不过，你不害怕……不是吗？"

"我没说过我害怕。"

"你不害怕，你是个勇敢的女子。"

"老实对你说，我曾经害怕极了……我吓得躺在床上，整整两天都没起来。"

"是啊……但后来你就来找我，平静地告诉了我这一切……你不知道害怕是怎么回事。"

"那我该怎么办？"我勉强地微笑着说道，"我可不能因为害怕就大喊大叫的。"

"你并不害怕。"

一阵沉默以后，他以一种使我颇感吃惊的异样口吻问我："你的那位朋友松佐涅奥，我暂且把他称作你的朋友，他是个什么样的人？"

"像他那个样子的人很多。"我笼统地说道。关于松佐涅奥，当时我觉得没什么好说的。

"可他是什么样子？你不妨形容一下嘛。"

"怎么？你想叫人逮捕他？"我笑着说，"你别忘了，那样一来我也得去蹲监狱。"然后，我又接着说道："他金黄色的头发……矮矮的个子，宽宽的肩膀……苍白的脸，天蓝色的眼睛……总之，没有什么特别的……他唯一的特点，就是力大无穷。"

"力大无穷？"

"从外表看不出他有这么大的力气……不过，要是你摸摸他的胳膊，就知道跟铁打的一样。"我见米诺[1]听得很带劲，就把松佐涅奥与吉诺斗殴一事也告诉他。他对此未加任何评论，但最后他问道："你认为松佐涅奥是有预谋的吗？……我是说，他是否事先有所考虑，然后才下毒手的？"

"怎么可能呢，"我回答说，"他从来不会算计什么……他一拳把吉诺打趴在地之前，大概连想也没想到过要这样做……对珠宝商也是如此。"

"那他干吗要那样干？"

"他就那样干了……因为他控制不住自己……就像一只猛虎……时而驯服，时而张牙舞爪地向你扑来，谁知道是怎么回事。"接着，我把自己与松佐涅奥的关系一五一十地告诉了他，说他怎样揍我，在黑暗中又怎样威胁要杀死我。我最后说道："他干什么事，向来不考虑后果……一种强烈的冲动会使他突然控制不住自己……那时候，最好离他远一点……我相信，他到珠宝商那里的确是想出手金粉盒的……是珠宝商触怒了他，他才把人杀了。"

---

1 米诺为贾科摩的昵称。——编者注

"不过，他是个凶残的人。"

"你愿意怎么说他就怎么说吧。"我竭力想搞清松佐涅奥杀人时的那种狂怒情绪在我思想上激起的感情，补充道，"一种类似驱使我爱你的那股冲动……为什么我爱你？只有上帝知道……那么为什么松佐涅奥会一时动了杀机呢？也只有上帝知道……我觉得这类事情是无法加以解释的。"

他在思考着。然后，他抬起头来问我道："那你觉得，我对你有一种什么冲动呢？你以为我对你有爱的冲动吗？"

我生怕他说不爱我。我用手捂住他的嘴央求道："求求你……请你别说你对我有什么感觉。"

"为什么？"

"因为我不想知道……我不知道你是怎么看我的，我也不想知道……我爱你，这对我已经足够了。"

他摇摇头说道："你不该爱我……你应该爱松佐涅奥那样的男人。"

我惊愕不已："你说什么？一个罪犯？"

"就算他是个罪犯吧……但他有你说的那种情感冲动……松佐涅奥既然有那种杀人的冲动，我肯定，他也一定会有爱情的冲动……这是十分简单的道理，无须多加解释……可是我……"

我没等他说下去，就争辩说："你不能把自己与松佐涅奥相提并论……你是你；他是个罪犯，是个魔鬼……而且他不可能有什么爱情的冲动，这样的男人不可能有什么爱……对他来说，仅仅是肉欲上的满足……我对他来说，与别的什么女人没什么两样。"

他似乎并不信服，但他没说什么。我利用这片刻的沉默，伸出一只手，顺着他的手腕，插进他的衣袖里，想摸摸他的胳膊。"米诺。"我说道。

我见他一怔。"你怎么叫我米诺？"

"这是你的名字贾科摩的昵称……我不能这样叫你吗？"

"能，能……你可以这样叫我……只是我家里的亲人才这样叫我的……就是如此。"

"你母亲是这样叫你的吗？"我放开他的手腕问道，同时把手伸到他领带底下，并从他的衬衫对襟中间插进去，摸着他的胸脯。

"对，我母亲就是这样称呼我的。"他带着颇有几分不耐烦的神情说道。过了一会儿，他又以一种既傲慢又嘲讽的特别口吻说道："不光是这件事上，还有好多方面你与我母亲的说法一模一样……实际上，你们对一切都几乎有同样的看法。"

"你能举个例子吗？"我问道。我心情很激动，几乎不再听他说话了。我解开了他衬衣的纽扣，想用手去摸他那孩子般娇弱俊美的肩膀。

"譬如说吧，"他回答道，"当我对你谈到我热心于搞政治时，你马上怕得要命，大声嚷道：'那可是犯法的……太危险了……'我母亲也一定会以同样的口气那么说的。"

想到我竟像他的母亲，我心里很高兴，首先因为那是他的母亲，其次是因为我知道他母亲是个阔太太。"你真傻，"我温柔多情地说道，"这有什么不好的呢？这就是说，你母亲爱你，就像我爱你一样……搞政治的确是很危险的嘛……我还认识一个青年，他们把他抓起来了，他在牢里已待了两年了……再说又有什么用处呢？不管怎么说，那些人势力大，他们动不动就把人抓进监狱……我觉

325

得，没有政治也能生活得挺好。"

"真像我的母亲，"他又高兴又嘲弄挖苦地大声说道，"跟我母亲说的一模一样。"

"我可不知道你母亲是怎么说的，"我回答说，"但是我相信，无论她怎么说，都是为了你好……你应该把政治搁在一边才对……你又不是个政治家……你是大学生……大学生应该念好书才是。"

"读书，得个学位，谋个职位。"他喃喃地像是在自言自语。

我没有搭腔，只是把脸凑近他，把嘴唇伸过去。我们亲吻了一下，然后又分开了，而他似乎后悔吻了我，以一种屈辱和敌视的神情看着我。我用亲吻中断了那有关政治的一席谈话，生怕惹怒了他，我又补充说道："不过，你愿意怎么干就怎么干，我管不着……而且，我既然已经来了，要是你愿意……你可以把那包东西交给我……就像我们说定的那样，我会把它保存好的。"

"不，不，"他赶忙回答说，"现在可不行……你与阿斯达利塔有那种关系……以后要是让他发现了那就麻烦了。"

"什么？阿斯达利塔那么危险吗？"

"他坏透了。"米诺严肃地回答道。

我突然心血来潮，想故意刺一刺他的自尊心。然而我并不带什么恶意，几乎是很亲切的。"其实啊，"我温柔地说道，"你根本就没打算把那个包托付给我。"

"我要是不想交给你，干吗对你谈到它呢？"

"你可别生气，请你原谅我……我想你对我谈到了那个包，无非是想让我觉得你很了不起……让我知道你是认真地在从事某些非法的危险活动。"

他发火了，我心里明白，我是打中了他的要害了。"一派胡言，"他大声嚷道，"你是个大笨蛋。"但他在平静下来之后，却又疑惑地问道："不过……你怎么会这样想呢？"

　　"我也不知道，"我微笑道，"是你办事的那种方式……也许你自己没有意识到，你给人一种并不是认真搞政治的印象。"

　　他做了一个滑稽的动作，好像是冲着他自己似的。"然而，这可是些十分严肃的事情。"他说道。他站起身来，伸出纤瘦的手臂，以一种假嗓音慷慨激昂地背诵道：

　　"我的刀剑，给我刀和剑：

　　我将孤军奋战，

　　我将独自倒下死去。"

　　他像个木偶似的手舞足蹈，显得特别滑稽可笑。我问他："是什么意思？"

　　"没什么意思，"他回答道，"是句诗。"令人奇怪的是，他忽而由激昂慷慨变得那么灰心丧气了，忧郁地沉思着。他重又坐下来诚挚地说道："可是……你看……我的确是认真干的……我真希望自己被捕……到那时，我将向大家表明我是真干还是假干。"

　　我什么也没说，只在他的脸上轻轻地摸了一下，然后又用手掌托住他的脸，说道："你的眼睛真漂亮。"那是真的，他的眼睛的确很漂亮，又大又温柔，显得那么热切和天真。他又窘迫不安起来，下巴开始颤抖。我悄声说道："我们干吗不到你的房间里去呢？"

　　"你想也甭想……我的房间紧挨着寡妇住的屋子……她待在屋子里，开着房门，窥视着走廊……"

　　"那就到我家去吧。"

"太晚了……你住得又远……过一会儿，我有几位朋友要来。"

"那我们就在这里。"

"你疯啦！"

"还不如说你是害怕了，"我坚持道，"你不怕搞政治宣传……至少你是这么说的……但你却怕别人看见你在客厅里与一个爱你的女人在一起……这有什么了不起的？大不了让寡妇把你撵走……你另外再去找间房子住。"

我知道，只要一触及他的自尊心，你要他怎么样都行。实际上，他似乎也被说服了。说实在的，他现在也有一种与我一样的强烈欲望。"你疯了！"他重复道，"不过，让人把我从这里撵走比被人抓起来更麻烦……而且，我们躺在哪儿呢？"

"就在地上，"我充满柔情地轻声说道，"我告诉你怎么来。"他现在似乎也心慌意乱得连话都说不出来了。我从长沙发上站起来，不慌不忙地躺在地上。地上铺着很厚的地毯，房间中央是一张桌子，上面放着一套酒具。我把头和上身伸进桌子底下，躺在地毯上；我拉着米诺的一只胳膊让他压在我身上，他显得有点勉强。我头往后一仰，闭上了眼睛，我闻着地毯上长年累月积攒的尘埃和绒毛味，觉得是那么香，那么令人陶醉，就像躺在春天的田野里，闻到的是花草的芳香，而不是脏地毯的臭味。米诺压在我身上，在他身体重量的压力下，我感到了地板的硬度，但我很高兴，因为我的身体成了他的褥垫了，他不会被地板硌到。接着，我感到他在吻我的颈脖和脸颊，我欣喜万分，因为以前他从未这样吻过我。我重又睁开眼睛，脸歪向一边，脸颊贴在粗糙的地毯上，我看到了地毯外面的一大片涂蜡的拼花地板和门口那两扇房门的底部。我深深地舒了口气，闭上了眼睛。

米诺先站起来了，可我还仰躺在那儿，一只胳膊放在脸上，衣服往上掀着，两腿叉开着，我很快活，好像自己已消融在幸福之中，我的脊背贴着硬地，鼻腔充斥着尘埃绒毛味，可以就这样躺很久不起来。我似乎已心醉神迷地入睡了一会儿，似乎梦见自己在鲜花怒放的田野里，躺在草地上，头上是阳光明媚的蓝天，而不是一张桌子。米诺肯定以为我感到不舒服了，因为我感到他在推我，并小声地说道："你怎么啦？你躺着干什么？快，快点起来。"

我费劲地把手臂从脸上挪开，慢慢地从桌子底下钻出来，站立起来。我高兴地微笑着。米诺靠在餐具柜上，躬着背默默地看着我，他气喘吁吁，带着一副茫然而怨愤的神情。"我不想再见到你了。"他最后说道。这时，他躬着的身子下意识地抖动了一下，像断了发条的木偶似的。

我微笑着回答道："为什么？……我们彼此相爱……我们应该再见面。"我挨近他，柔情地抚摸他。但他慌忙转开那白净的脸，又说道："我不想再见到你了。"

我知道，他之所以如此敌视我，是因为他后悔自己向我让步了。他从来不甘心就这样痛痛快快地毫无反悔地爱我，就像一个人决心做一件自己不愿意而且又不知道该不该做的事情一样。但我相信，他这样不高兴是暂时的，而且无论他怎样克制和怎么恼恨，他对我的欲望终究会战胜他那种奇怪的禁欲的意念。所以，我对他说的话毫不在意；我想起了我给他买的领带，朝墙上的托架走去，刚才我把手提包和手套都放在那里了。同时，我说："得了，别那样不高兴……我以后再也不来这里了……这样行了吧？"

他没有回答。此时，客厅的门"砰"的一声打开了，一个上了年纪的女用人带进来两个男人。第一个进来的人用又低又粗的声音说："你好，贾科摩。"

我意识到这两个人准是他政治上的同伴，就好奇地看着他们。那个说话的人个子真高，他比米诺高，宽宽的肩膀，看上去像个职业拳击家。他有一头蓬乱的金黄色的头发，天蓝色的眼睛，塌鼻子和红红的不成形的嘴巴。不过他的神情诚挚坦率，羞涩中夹杂着一种纯朴憨厚，这使我对他颇有好感。尽管已是冬天，但他没穿大衣，他外套里面穿了一件白色的厚绒衣，领子高高的，使他显出一副运动员的气派。毛衣的袖子翻卷着，露出一双红红的大手，他手腕很粗，给我留下很深的印象。他一定很年轻，大概与贾科摩是同龄人。另一个人约有四十岁，从他的衣着打扮和神态看，像个普通公民，而那位年轻人，看上去却像是工人或是农民。那个中年人个子很矮小，站在他那大高个子的同伴旁边显得过分瘦小。他黑黝黝的，一副镶着玳瑁边的大厚眼镜把他的整张脸都快遮住了。眼镜下长着塌鼻子和一张又宽又大的嘴巴，笑起来时嘴角都快到耳朵根了。瘦削的脸颊上长着一脸黑胡子，衣领都已磨损，一身破旧的衣服上油迹斑斑，使他那瘦小的身躯显得晃晃荡荡的。他总体给人一种大大咧咧、满不在乎的感觉，似乎穷也有穷的快乐。说实在的，这两个人的样子使我感到惊讶，因为米诺的穿着打扮无形中显得高雅，他从很多方面表明自己跟他们是属于不同的社会阶层。要是我没看见他们问候米诺，或是米诺没向他们打招呼的话，我怎么也不能相信他们会是他的朋友。但我对大个子有一种本能的好感，而对小个子却又有一种本能的反感。大个子尴尬地笑着问道："我们也许来得太早了吧？"

"不，不，"米诺不安地说，他晕晕乎乎，好像很难恢复过来似的，"你们挺准时。"

"准时是国王宫廷里的礼节。"小个子搓着双手说道。突然，他出人意料地发出一阵哈哈大笑，好像那句话说得很妙。然后，他又同样出人意料地收敛起笑容，变得十分严肃，使人简直怀疑他刚才是否笑过。

"阿特里亚娜，"米诺吃力地说道，"我介绍一下这两位朋友……这是杜里奥，"他先指着小个子说，"这是托马索。"

我注意到他没介绍他们的姓，我想他说的名字也可能是假的。我微笑着把手伸给他们。大个子紧握了一下我的手，把我的手指都捏疼了；那小个子的湿漉漉的汗手，把我的手都沾湿了。小个子说："非常高兴认识你。"他说话的那种郑重其事的口气，令人觉得滑稽可笑；那大个儿只是简单地说："你好。"而我却觉得很亲切。我还注意到他说话略带些口音。

我们默默地相互看了一阵。"贾科摩，"大个子说道，"要是你愿意的话，我们可以走……要是你现在有事，我们明天再来。"

我望着米诺，只见他一怔；我意识到他是想叫他们留下，让我走。我现在对他太了解了，知道他不会有别的做法。几分钟之前我曾委身于他：我的脖子上还有他双唇亲吻过的印记，肉体上还有他双手紧搂过的感觉。我有顺从忍让的秉性，但我那做过奉献的美丽的身躯却不愿意受到亏待。我朝前走了一步，不客气地说道："对，你们最好走吧，你们可以明天再见面……我还有好多话要同米诺说。"

米诺惊讶地表示反对，很不高兴地说："可是我得与他们谈谈。"

"你明天再跟他们谈吧。"

"好吧，"托马索温厚地说道，"你们决定吧……你要是想叫我们留下，你们尽管说……如果想要我们走……"

"我们不问更多的。"杜里奥说完，就像刚刚那样哈哈大笑起来。

米诺还是犹豫不决。我的躯体又不由自主地冲动起来，我提高了嗓门，挑衅地说道："你们听着，几分钟之前，我与贾科摩在这儿的地上亲热了，就在这块地毯上……要是你们是他，你们会赶走我吗？"

我看米诺似乎脸红了。他肯定慌了神，他恼怒地背过身去，朝窗口走去。托马索匆匆看了我一眼，然后面无笑容地说："我明白了……我们走吧……贾科摩，我们明天还是这个时候见面。"

可是，我的话好像使小个儿杜里奥心神不定了。他张着嘴，深度近视眼镜下的双眼睁得大大的。他肯定从来没有听见过说话这么放肆、脸皮这么厚的女人，在这一瞬间，他头脑里不知会闪过多少淫秽猥亵的念头。不过，大个子从门口叫他："杜里奥，我们走吧。"小个子尽管没有把他那傻呆又贪婪的目光从我身上移开，但还是倒退着步子走到门口出去了。

我等他们走后，就走到米诺跟前，他正背对着屋站在窗口那儿，我用一只手臂搂住他的脖子："现在你一定无法容忍我了。"

他慢慢地转过身来，看着我。他目光中带有几分怒火；但当他看到我那温柔而又含情脉脉的脸容时，他的目光也变得天真无邪了，他以一种理智而近乎忧伤的语气说道："现在你得意了吧？你如愿以偿了。"

"是的，我很高兴。"我紧紧地拥抱着他说道。他由着我这样拥抱他，然后问道："你想跟我说什么事？"

"没什么事，"我回答道，"我就想今晚能与你在一起。"

"可我过一会儿就得吃晚饭了……"他说道，"我在这里吃晚饭……在梅多拉吉寡妇家里。"

"那好啊，你请我一起吃晚饭吧。"

他看了看我，对我的这种胆量报以微笑。"那好吧，"他无奈地说道，"我现在去告诉她一下……我怎样介绍你呢？"

"随便你……就说我是你的亲戚。"

"不……我就说你是我的未婚妻……你说呢？"

听到他这么说，我真不敢流露出我有多么高兴。我假装无动于衷地说道："我无所谓……只要我们能待在一起……说我是未婚妻或是别的什么都行。"

"你等一下，我马上就来。"

他出去后，我走到客厅的一角，把衣服往上提了提，匆匆地扣好衬裙的搭扣，刚才做爱时匆匆忙忙的，加上他的朋友们突然来访，衬裙都让我弄皱了。我在对面墙上的镜子里，看到了绸裙下好看的大腿，它在那些旧家具中，在那寂静沉闷的氛围中，使我产生了一种奇特的感觉。我想起了如何与吉诺在他女主人卧室里做爱，如何偷盗了粉盒，我情不自禁地把我生活中那遥远的一幕幕与眼下的情景比较。当时我感到空虚，感到痛苦，有一种报复心理，即使不是直接向吉诺报复，至少是向这个世界报复，是它通过吉诺残害了我。而现在，我却这么高兴、自由和轻松。我又一次意识到，自己是真的爱着米诺，即使他不爱我，我也不在乎。

我整了整衣服，走到镜子跟前又理了理头发。门在我背后开了，米诺走了进来。

我希望他在我照镜子的时候，靠近我，并拥抱我。但他却走到客厅尽头，坐在一张沙发上。"已经说好了，"他点燃了一支烟，说道，"她们加了一套餐具……过一会儿我们就去吃饭。"

我离开镜子，走过去坐在他身边，用胳膊挎住他的胳膊，紧紧地依偎在他身上。"刚才那两个人，"我随口说道，"是搞政治的吧，是不是？"

"是的。"

"他们不会很有钱的。"

"为什么？"

"至少从他们的穿着上能判断出来。"

"托马索是我管家的儿子，"他说道，"另一个是小学教师。"

"我不喜欢那个人。"

"谁？"

"那个小学老师……那位有点龌龊，当我说我与你做了爱时，他那样看我。"

"看得出他喜欢你。"

我们沉默了好一会儿。然后，我说道："你不好意思介绍我是你的未婚妻……要是你想，我这就走。"

我明白，唯有用这样的办法，才能迫使他对我做些亲昵的动作，讹诈他说，他是因为我而感到羞耻。果然，他马上用一只手臂搂住我的腰说道："把你当成我的未婚妻，这是我建议的……我干吗要为你感到羞耻？"

"我也不知道……我见你情绪不好。"

"我不是情绪不好，我是晕乎了，"他几乎是用合乎科学的逻辑口吻说道，"是因为我们刚亲热过……你得给我时间恢复过来。"

我注意到他的脸色仍很苍白，烦恼地抽着烟。我说："你说得对……对不起……但你总是那么冷淡，老是避着我，我都要疯了……要是你换个样子，刚才我也就不会赖着不走了。"

他扔掉了香烟，说道："我并不是冷漠，也不是不好交往。"

"但是……"

"我很喜欢你，"他专心地看着我，继续说道，"其实，刚才我是违心地顺从了你。"

我听他这么一说，心里很得意，一声不吭地低下了眼睛："但是我想，你说得很有道理……这不能说是爱。"

我的心像是被揪住了似的，情不自禁地低声说道："那么，对你来说，什么是爱情呢？"

他回答说："要是我爱过你，刚才我就不会想叫你走……而当你不想走的时候，我也不会那样发怒的。"

"你发火了？"

"是的……而现在我就会跟你轻松愉快地聊天，从容自在而又诙谐风趣地闲聊……我将会与你亲热，恭维你，亲吻你……我将与你谈到未来的一些打算……爱情难道不就是这样吗？"

"是的，"我轻声说道，"至少，这是爱情的表现。"

他沉默了许久，然后很不高兴地谦卑地说道："我干什么都是这样……不喜欢做这些事，也不用心去体察……但我心里很清楚该怎么做，有时候看上去也很沉着地在做……我就是这个样子，看来，我似乎改不了。"

我竭力克制自己，回答道："我就喜欢你这样的……你别担心。"说罢，我激动地拥抱他。几乎是在同一瞬间，门打开了，上了年岁的女用人探头进来告诉我们，晚饭已准备好了。

我们从客厅出来，沿着走廊向餐厅走去。对那间屋子和屋子里的人以及其他一切细节，至今我仍记忆犹新。当时，我就像相机的感光片一样敏感。与其说是我自己在行动，还不如说，我是睁大着眼睛忧郁地注视着自己的行动。也许这是一种逆反情绪支配着我的结果。它使我们看到了非我所愿的令人痛苦的现实。

不知为什么，我看着梅多拉吉寡妇，觉得她像客厅里的那些乌木家具，上面镶嵌着白色珍珠贝母。她是个成年妇女，身材高大，胸部丰满，臀部厚实。她穿着一身黑色的绸衣，面容憔悴，苍白得像白色珠母一样，毫无血色，黑色的头发像是染的，眼圈又黑又宽。她站在一个上面绘有花卉图案的大汤盆前，带着一种轻蔑的神情给人盛汤。桌子上方的那盏枝形长臂灯照亮了她的胸脯，看上去，她真像是个乌黑发光的大口袋，灯光把她的脸笼罩在阴影之中。她那又黑又宽的眼圈，在阴影中，在苍白的脸庞衬托下，像是狂欢节时人们戴的绸子面具。饭桌很小，每边都放了一套餐具。太太的女儿已经入席了，见我们进来也没有站起来。

"请小姐坐在那边，"梅多拉吉太太说，"小姐叫什么？"

"阿特里亚娜。"

"真巧，跟我女儿一样，"太太不加考虑地说道，"我们有两个阿特里亚娜了。"她说话时仪态庄重，看也不看我们。她显然不喜欢有我在场。我已经说过了，我脸上没有涂脂抹粉，也没把头发染成金黄色，我没有露出任何迹象让人看出我干的职业。不过谁都看得出我是个普通的未受过任何教育的平民女子，我也不想掩饰这一点。"他把什么人带到我家里来啦！"此时，梅多拉吉太太肯定这样想，"一个平民姑娘。"

我坐了下来，看着那个与我同名的姑娘。她整个身躯的各部分，脑袋、臀部、胸脯，都只有我的一半。她瘦骨伶仃，头发稀疏，长着一张椭圆形的脸，倒也清秀，一双呆滞的大眼睛带着惊恐的神情。我望着她，我的目光使她垂下眼睛，低下了头。我想她大概生性胆怯，为了打破僵局，我说道："您知道，我觉得挺奇怪，居然有人的名字跟我一样，但长得却跟我完全不一样。"

我是为了找话题随便说说的。我这句话说得很笨，但没人答理我，这出乎我的意料。姑娘睁大眼睛看了看我，然后默默地低着脑袋开始吃饭。我恍然大悟：她不是胆怯，而是惊愕，我是使她感到惊愕的原因。我突然出现在那空气龌龊而又积满灰尘的寓所里，就像一朵美丽的玫瑰花落在一张蜘蛛网上，我活泼开朗的性格即使在我沉默不语或是一动不动时，也会被人注意，另外，我还是个平民女子，这使她们尤其感到震惊。富人当然不喜欢穷人，但也不怕穷人，他们高傲而自命不凡地冷淡穷人。但那些受过教育，或是由于血统关系而获得了富人的思想精神的穷人，却最怕一个地地道道的穷人，就像谁容易感染某种疾病，就特别害怕已经感染了那种病的人一样。梅多拉吉母女俩肯定不富裕，否则她们就不会出租房子了；由于感到自己穷，而又不愿意承认，所以我这样一个毫不掩饰自己穷困的姑娘的出现，对她们来说，是一种威胁和凌辱。我对那个姑娘说话时，她心里也许在想：这个姑娘在这里对我说话，是想与我交往，我将无法摆脱她。我霎时明白了这一切，决心不再开口说话了，直到吃完饭为止。

不过，她的母亲还比较大方，也许是因为比较好奇，她不愿意放弃说几句话的机会。"我原来不知道您已有未婚妻了。"

她对米诺说道："是什么时候订的婚？"

她说话的声音颇有些做作，是从那宽大的胸腔里发出来的，像是从一道防御敌人的壕堑发出来的。"一个月了。"米诺说道。那是真的，我们相互认识才一个月。

"小姐是罗马人？"

"当然喽，祖祖辈辈都是罗马人。"

"你们什么时候结婚？"

"快啦……我们要住的房子腾出来后就结婚。"

"哦……你们已经有了房子啦？"

"是的，一幢小别墅，带花园的……还有小亭楼……挺优雅的。"

他这是以挖苦嘲弄的语气描绘着我以前曾指给他看的那幢小别墅，它就在离我家不远的大街上。我勉强地说道："我们要是等那幢房子……我担心我们就结不成婚了。"

"别瞎说八道。"米诺高兴地说道。他似乎已恢复过来了，脸上甚至有点红润了："你知道，房子在说定的那天会腾出来的。"

我不喜欢开玩笑，所以我不再说话了。女仆换了盘子。"迪奥达蒂先生，"梅多拉吉太太说道，"别墅有很多优点，但就是不方便……你得雇很多用人。"

"为什么？"米诺说，"没有必要雇用人……阿特里亚娜既是厨师，又是女仆，也是女管家……是不是，阿特里亚娜？"

梅多拉吉太太用目光打量我一下，说道："说真的，一位太太除了下厨房，打扫房间，整理床铺之外，还有许多别的事要操心……不过，要是阿特里亚娜小姐已经习惯那样做……那样的话……"她没把话说完，目光转向了女用人端给我的盘子，"我们不知道您要来……我们只是加了几个鸡蛋。"

我特别生米诺的气，也生那个女人的气，差一点忍不住想回答说："不……我习惯于卖淫当娼妓。"可是米诺却挺高兴，他高兴得有点出格了，他给自己斟了酒，也给我斟了一杯（梅多拉吉太太不安地盯着酒瓶看），然后继续说道："不过，阿特里亚娜不是太太……而且永远不是太太……她总是自己铺床，打扫房间……阿特里亚娜是个平民女子。"

梅多拉吉太太像是第一次见到我似的端详着我。然后，她以一种侮辱性的斯文口气确认道："就是嘛……我刚才不是说了吗，要是她已经习惯了的话……"她女儿一直在闷头吃东西。"是的，她习惯了，"米诺继续说下去，"当然，我不能让她改变那么有用的好习惯……阿特里亚娜的妈妈是替人缝制衬衣的，她自己也会缝衬衣……是吧，阿特里亚娜？"他将一只手臂伸过桌子抓住我的手，并把我的手翻过来，掌心朝上。"我知道她涂指甲油了，但这是一双女工的手，又大又结实，也很朴实……她的头发也是这样，不错，她有一头卷发，但头发又硬又粗。"他放下我的手，使劲地扯了扯我的头发，像是扯牲畜的毛似的，"总而言之，阿特里亚娜不愧为我们善良、健壮而又生气勃勃的人民的代表。"

他的言语中饱含着一种讽刺性的挑战意味，但谁也没有接受他的挑战。寡妇的女儿直对着我看，好像我是透明的，而她是在观察我身后的一件什么东西似的。梅多拉吉太太吩咐女仆换盘子，接着她转身朝向米诺，以一种完全意料不到的方式问道："对了，迪奥达蒂先生，您去看了那出喜剧啦？"

我见她以如此可笑的方式改变话题，差点笑了出来。但米诺不动声色地说道："别提了……太糟糕了。"

"我们明天去看……不过，听说演员都很出色。"

米诺回答说，演员也并不像报纸上说的那么好；女主人对报纸竟然也会胡说八道感到很惊讶；米诺平静地回答说，报纸从头至尾都是谎话连篇；从那以后，他们的话题都是类似的内容。而梅多拉吉太太常常未等一个老生常谈的话题说完，就又转到了另一个话题，简直掩饰不住她那种急切的心情。米诺觉得这样似乎挺逗乐的，始终机敏地应答着。他们谈到了罗马的夜生活，谈到了咖啡馆、电影院、剧院、旅馆和其他类似的话题。他们像是两个用鼓形球拍打球的运动员，总是小心翼翼地把对方打过来的球还击过去，不让它落地。不过，米诺这样做是因为他一贯喜欢打趣逗乐，所以他侃侃而谈，而梅多拉吉太太则是出于对我和一切与我有关的事的惧怕和厌恶。她那种纯属礼节性的平庸的谈话，像是想让别人明白这样一点："我就是想用这种方式告诉你，娶一个平民女子为妻是很不体面的，所以，你把这样的姑娘带到政府官员梅多拉吉寡妇家里来也是不体面的。"她女儿没吭气，但她很不安，显然，她巴不得我们早些吃完晚饭，盼着我尽早离开。我有一阵子觉得他们这样唇枪舌剑很有意思，后来我腻烦了，完全被埋在心里的那种忧郁哀伤的感情所支配。我明白，米诺不爱我，我痛苦地意识到了这一点。我还注意到了米诺利用我和他的密切关系，编出了一出订婚的闹剧；我搞不清他是想拿我开心，还是拿他自己开心，或是拿那两个女人开心。也许，他是拿所有的人开心，首先是拿他自己开心。他似乎与我一样，但出于与我不同的原因，他从未指望能过正常的生活。另外，我心里明白，他那样赞赏平民姑娘，并不是恭维我和平民百姓，这只是他想使那两个女人生气的一种办法，仅此而已。通过这些观察，我承认他刚才说过的那些话是真实的，他是一个不会用心灵去爱别人的人。那时，我比以往任何时候都更理解了爱情就是一切，一切都取决于爱。问题就在于有没有这种爱。谁如果有这种爱，就不仅会爱自己的情人，还会爱一切人和事物，就像我一样；谁如果没有这种爱，就不会与情人相爱，也就不爱自己，也不爱任何别人，就像他一样。一个人缺乏爱的能力，最终将会导致对一切都无能为力。

现在，饭桌上的餐具都已收拾完端走了，在撒满面包屑的桌面上，在吊灯投下的圆形光圈中，有四只咖啡杯，一只郁金香形状的陶制烟灰缸和一只布满褐色斑点的白净的手，手指上夹着一支冒着烟的香烟，上面佩戴着很多廉价的戒指：这是梅多拉吉太太的手。我突然感到难以容忍，就站起来说道："很抱歉，米诺，"我故意带着罗马口音，"我还有些事要办……我得走了。"

米诺在烟灰缸里掐灭了烟，也站了起来。我像平民女子那样爽朗地说了声："再见。"而且还微微弯腰鞠了个躬，梅多拉吉太太傲慢地答了一声，而她的女儿根本不搭腔，这样，我就从客厅出来了。走到过厅，我对米诺说："我担心过了今天晚上，梅多拉吉太太就要你另去找房子住的。"

他耸了耸肩膀说道："我想不会……我付给她不少钱，而且我总是按时付房租。"

"我走了，"我说道，"这顿饭吃得我很伤心。"

"为什么？"

"因为我确信你不懂得爱。"

我说这些话时很伤感，连看也没看他。然后，我抬起眼睛，看见他似乎快快不乐。也许是门厅的阴暗笼罩了他那苍白的脸的原因。我忽然觉得很后悔。"你生气啦？"我问道。

"没有，"他勉强地说道，"何况这是事实……"

我的心里充满了激情，我猛地搂住了他，说道："这不是真的……我是故意这样说的……而且，我仍然十分爱你……你瞧……我给你带来了这条领带。"我打开了手提包，拿出领带递给他。他瞧着领带，问道："你这是偷来的吗？"

他这是开玩笑，但我后来想到，对他来说，这比任何表示感谢的话语都更亲切。但当时我的心一下子就被刺疼了："不，我是买来的……就在这楼下的一家商店里买的。"

他发现我感到很委屈，就抱住我说道："傻瓜……我是开个玩笑……再说，即使你是偷来的，我也同样喜欢……甚至比你买来的还喜欢呢。"

我感到几分欣慰地说道："等一下，我替你戴上。"他仰起下巴，我替他摘下了旧领带，翻起他的衣领，给他系上了新领带。

"这破得不成样的领带，"我说道，"我把它带走……你不要再戴它了。"实际上，我是想留下一样他的东西作纪念，只要是一件他曾戴在身上的东西就行。

"我们很快就会再见面的。"他说。

"什么时候？"

"明天晚饭以后。"

"好吧。"

我抓起他的手，想要吻它。他放低了手，但没能阻止我的嘴唇轻轻地亲吻它。我头也不回，急匆匆地走下了楼梯。

第七章

打从那天以后，我仍像以往一样过日子。我真心爱着米诺，我曾不止一次想不干这一行了，因为它与真正的爱情是对立的。虽然我心中充满了爱，但我的生活境况并没有任何改变，我还是像过去那样手头拮据，我若不干那一行，就赚不到钱。我不想要米诺的钱，况且他也只有家里寄给他的那点有限的钱，只够他维持个人的生活。这里须提及一下，我们无论是到咖啡馆，还是下饭馆，或是去什么别的地方，我总是情不自禁地想付钱。他经常反对我这样做；每次我都感到很失望，也很痛苦。当他没有钱花时，就带我到公园里去，我们就可怜巴巴地坐在一张长板凳上说话，看着来往的过路行人。有一天，我对他说："你没有钱，我们照样可以去咖啡馆……我来付钱……这对你又有何妨？"

"这不行。"

"那是为什么？我想到咖啡馆喝点东西。"

"那你一个人去吧。"

其实，对我来说，去不去咖啡馆倒无所谓，我主要是想为他付钱，这种愿望是那样强烈，那样恳切和那样固执；我不光是想为他付钱，还想把自己陆陆续续地从接待过的人那里得到的钱全部给他，并且直接交给他。我觉得，只有以这种方式，才能向他表示我的爱。不过，我还想，要是我能供养他，就能以一种比一般的感情更坚实的纽带把我与他联结在一起。另有一次，我对他说："我将很高兴能给你钱……你肯定也会高兴接受的。"

他笑了起来，回答说："我们之间的关系不是建立在高兴不高兴的基础上的，至少从我这方面来说是这样。"

"那建立在什么上面？"

他犹豫了，然后回答道："建立在你爱我的强烈愿望和我在这种愿望面前所表现出来的软弱之上……不过，这并不是说，我的这种软弱性是没有限度的。"

"这话是什么意思？"

"这很简单，"他平静地回答道，"我已多次对你解释过……因为是你想要我们在一起……而我并不想这样，至少在理论上来说，现在我仍然不愿意……"

"行了，行了，"我打断他说，"我们不谈我们的爱了……我真不该同你谈这个。"

我在揣度他的性格时，曾多次痛苦地得出这样的结论：他根本不爱我，对他来说，我只不过是某种试验品而已。实际上，他只考虑他自己；在这个范畴之内，他的性格显得十分复杂。我明白，他是省城内一个富裕人家的少爷，娇弱、聪颖，有教养，懂礼貌，文雅而又稳重。他不爱谈论他的家庭，但从他的片言只语中我知道，他的家庭正是我幻想和追求的那种。他出生在一个传统的旧式家庭，父亲是医生，有土地，母亲很年轻，整天待在家里，是个典型的贤妻良母，他有三个小妹妹，一个哥哥。他父亲是当地的知名人士，是个大忙人，他母亲是个非常虔诚的女子，妹妹们都很轻佻，哥哥是个浪荡公子，就像他的朋友贾卡罗那样。尽管他们有这样的不足，但对我这样一个完全不同的环境条件下成长起来的人来说，是完全可以忍受的，这些简直算不上是什么缺点。况且他们家里很团结，无论是他父母亲，还是他的兄弟姐妹，对米诺都很有感情。

在我看来，能出生在那样一个家庭里是很幸运的。但是他对他的家庭却很憎恶，很反感，很厌烦，这使我费解。他对他自己，对他的存在和他所做的事也同样有这种憎恶、反感和厌烦的情绪，但他对自己的这种憎恶，似乎只是他对家庭憎恶的一种反映。换一句话说，他是痛恨家庭在他身上所留下的一切印记，或者是家庭环境所给予他的影响。我说过，他受过教育，有教养，聪颖、文雅而又庄重，但他却鄙夷这种聪明，这种教育，这种修养，这种高雅和这种庄重，只是因为他怀疑这一切都出自他诞生和成长的家庭和环境。"但你究竟想要成为什么样的人呢？"有一次，我对他说，"这都是美好的品德……你具有这些美德应该感谢上帝。"

"嘻，"他轻声地回答说，"就因为这些美德对我是有用的……而我却宁愿做个像松佐涅奥那样的人。"

我不知道是什么原因，松佐涅奥给他留下了那么深的印象。"多可怕呀，"我惊讶地喊道，"他是个魔鬼，你还想做一个魔鬼那样的人。"

"我不想完全像松佐涅奥那样，"他平静地回答道，"我提起他的名字只是为了说明我的意思……不管怎样，松佐涅奥适合生活在这个世界上，而我却不适合。"

"你想知道我想做一个什么样的人吗？"我接着说道。

"你说吧。"

我慢慢地说着，像是品味着每句话的内在含义似的，因为我觉得我的字字句句都饱含着我长期来寄托的美梦：

"我就想做一个像你这样的人，而你却为此感到遗憾……我就想出身在一个像你家那样富裕的家庭里，一个能给予我良好教育的家庭里……我愿意生活在一个像你家那样漂亮、干净的房子里……我愿意像你一样有好老师和外国家庭教师，我想像你一样，夏天去海滨或是山上避暑……有漂亮的衣服穿，被人邀请去赴宴，在家里接待贵客……我还想跟一个爱我的人结婚，他应该是一个有工作的正经人，最终也是个富裕的人……我就想与这样的人一起生活，并为他生儿育女。"

我们躺在床上说着话。突然他像平时那样跳起来趴在我的身上，一面使劲地搂着我，撕扯着我，一面不断地说着："好啊，好啊……总而言之，你是想像罗比安科太太那样生活。"

"谁是罗比安科太太？"我困惑不解而又气愤地问道。

"她是个凶恶可怕的女人，常常请我到她家去赴宴，希望我能爱上她那几位令人憎恶的女儿中的某一个，并娶她为妻……因为用上流社会的话来说，我是一个乘龙快婿。"

"我根本不想像罗比安科太太那样。"

"但如果你有了你所说的这一切以后，你就一定会变成她那样的……罗比安科太太出生在一个富裕的家庭，受过良好的教育，有过好的老师和外国家庭教师，还被送去上过学，我想她说不定还上过大学呢……她也是在一个漂亮而又干净的房子里长大的……每年夏天，她也都到海边或山上避暑……她也有很多漂亮的衣服，经常赴宴或招待宾客……她也是与一个能干的男人结了婚，罗比安科先生是位工程师，他有工作，给家里很多钱……她始终忠诚于这个丈夫，后来，她与这个丈夫生了很多儿女……确切地说，是三个女儿，一个儿子……尽管这样，正像我说的那样，她却是个凶恶可怕的女人。"

"她也许是个凶恶可怕的女人……但这与她生活的环境无关。"

"不，她就是个凶恶可怕的女人，她的女友们也同她一样，她的女友的女友们也是这样。"

"也许吧，"我不赞同他那样说，并竭力从他那种嘲笑式的拥抱中挣脱出来，"不过，每个人都有自己的性格……罗比安科太太也许是一个可恶的女人……但我肯定，我要是在那样的条件下生活，一定比我现在这样生活要好得多。"

"那样，你就不会比罗比安科太太好多少。"

"为什么？"

"不为什么。"

"但我们分析一下……你觉得你的家很可怕吗？"

"当然可怕……可怕极了。"

"而你呢，你自己也可怕吗？"

"家庭在我身上打下的一切烙印都是可怕的。"

"那是为什么？你告诉我，那是为什么？"

"不为什么。"

"这不是回答。"

"要是你问罗比安科太太一些问题，"他说道，"她也会这样回答你的。"

　　"哪些问题？"

　　"别提这些了，"他以温柔的声调说道，"是些令人难以启齿的问题……她自信地说句'不为什么'，就连最好奇的人的嘴巴也被封上了……'不为什么'……没有别的任何理由……不为什么。"

　　"我不懂你说的。"

　　"我们彼此不理解又有何妨？我们不是相爱着吗？对不对？"他结束了这席谈话，此时，他又以那种嘲弄的方式，实际上是没有爱情的方式拥抱着我。由于他从来不会完全沉溺在感情之中，总保留着一部分，也许是最重要的一部分，以否定他那很少有过的感情冲动的价值，所以他从来没有对我敞开过他的思想，每当我感到已快抓住他的思想核心时，他总是要么开个玩笑，要么做个滑稽可笑的动作，转移我的注意力，使我无法深入了解他。从各方面来看，他的确是个令人不可琢磨的人。他把我当作下等人，几乎是一种试验品，一种研究的对象，但也许正因为这样，我才这样爱他，才在他的面前如此驯服，如此不知所措。

　　另外，有时候，我觉得他不仅憎恨他的家庭和他所生活的环境，还憎恨所有人。有一天，他议论说："有钱人很可怕……但穷人也不比富人好多少，尽管动机不尽相同。"

　　"你干脆痛快地承认，你是不加区别地憎恨所有的人，谁你都恨。"

　　他笑了起来，回答道："抽象地说，当我不生活在他们之中时，我不恨他们……至少是很少恨他们，因为我相信他们会变好的……

我若是不相信这一点，我就不搞政治了……但当我生活在他们之中时，我就觉得他们太可怕了……真的。"他突然痛苦地补充道："人都是卑微的。"

"我们也都是人，"我说道，"因此我们也是卑微的……所以我们没有权利这样评判。"

他又笑着回答道："我没有评判他们……我是感觉到他们……或者说得更确切些，我是嗅到了他们……就像一只狗嗅到了一只山鹬或是一只野兔的踪迹一样……狗难道会评判吗？我嗅到了他们的邪恶、愚蠢、自私、狭隘、庸俗、虚假、卑鄙下流、肮脏污秽……我嗅到他们了。这是一种感情……难道你能取消一种感情吗？"

我不知道该怎么回答，只是提出异议道："我可没有这种感情。"

又有一次，他对我说道："我不知道人是好是坏……但我肯定人都是无用的，多余的。"

"这话是什么意思？"

"我是想说人类完全可以不存在……它只不过是地球表面的一个丑陋的瘤子……一个肉赘……没有人类，没有他们的城市，没有他们的街道，没有他们的港口，没有他们小小的整理和安排，整个世界将会更美好……你想一想，世界上要是只有天空、海洋、树木、大地和动物，那该有多美呀。"

我情不自禁地笑了起来，惊讶地说道："你的想法真怪。"

"人类是没头没尾的东西，"他接着说道，"是完全消极的东西，不过……人类的历史只不过像是在困倦中打了个大哈欠……何必非要有人类存在呢？对于我来说，完全可以不要人类。"

"可你也是人类之中的一员，"我反驳道，"那你连你自己也不要啦？"

"我首先就不要我自己。"

他还有一种更加特别而又固执的思想，那就是禁欲，但他从没有付诸实践，这种思想只是妨碍他享受情欲，他不时地赞扬禁欲，尤其是在我们做完爱后，就像是故意作对似的。他常常说，爱情只是寻求超脱一切的一种最愚笨而又最省事的方法，是悄悄地以不让人察觉的方式解决问题，就像让不便见人的客人从后门出去一样。"何况，做爱完毕后，就与自己的同谋出去溜达，这同谋可以是妻子，也可以是情妇，奇迹般地面对现实的世界……哪怕是一个糟糕透顶的世界。"

"我不明白你说的。"我说道。

"但是，这一点你至少是应该懂得的……"他回答道，"这不是你的专长吗？"

我被触怒了，说道："你说是我的专长，那我的专长就是爱你……但要是你愿意，我们再也不做爱了……不做爱，我照样爱你。"

他笑了，问道："你真那么肯定吗？"那天，我们没有再谈下去。但他又多次谈及同样的问题。后来，他怎么说，我都不在乎了，只把这看作他充满矛盾的性格特征的一种表现。

除了偶尔提到几句外，他从不对我谈论政治。至今我依然不明白他想达到什么目标，究竟有何种思想，属于哪个派别。我之所以对他这样不了解，一方面是因为他始终对我保密他生活的这个方面，另一方面是因为我对政治一窍不通；由于胆怯的心理和对政治的麻木不仁，我没有要求他作更多的解释，没有让他开导开导我。

我真不该这样；天知道我后来对此是多么后悔。但当时，我认为不插手与我无关的事情，一心只想着爱情，这样做是有益的。总之，我就像很多别的女人一样，不管是妻子还是情妇，有时候连对她们的男人给家里的钱是怎么挣来的也不清楚。我多次碰见过他的两个朋友，他们几乎天天见面。但他们当着我的面从不谈政治，不是开玩笑，就是谈论一些无关紧要的事。

但我心里总有一种焦虑和不安的情绪，因为我知道，密谋反对政府是危险的。我生怕米诺会采取暴力行动，由于无知，我不明白密谋与暴力流血有什么差别。说到这方面，我想起了一桩事，它充分表明了我是怎样隐约感到有义务过问他的事，以使他躲避开面临着的危险。我知道，政府规定携带武器是非法的；有人就是因为非法携带武器而被判刑的。另外，人在某种时刻是很容易失去理智的，使用武器会使本来能够免于一死的人送命。基于这些考虑，我想到了米诺那支引以为豪的勃朗宁手枪，他自以为有用，实际上不仅根本不必要，而且十分危险，因为他一旦遇到了不得不使用它的情况，或者是别人在他身上发现了它，那就麻烦了。但是我不敢对他说，因为我知道说了也没用。最后，我决定悄悄地采取行动。他曾有一次对我讲解过怎么使用这支手枪。有一天，趁他睡着了，我就从他的裤兜里掏出手枪，拔下弹夹，取出子弹，然后又关上枪匣子，把手枪重新放回裤兜里。我把子弹藏在抽屉里内衣的下面。我在很短时间内做完这一切。然后，我又睡回他身边。两天后，我把子弹放进手提包里，到了台伯河岸边，把子弹都扔到河里去了。

就在那几天当中，有一次阿斯达利塔来找我。我几乎都快把他忘记了。至于那女用人的事，我认为自己尽了我的一切责任，不愿再去想它了。阿斯达利塔告诉我，神父已把粉盒交给了警察局，物归原主后，女主人在警察局的建议下，撤回了起诉，被确认是无辜的女仆也已获释。应该承认，我听到这个消息后，心里很高兴，首先是因为它驱散了自上次忏悔后一直盘旋在我脑际的那种不祥的阴云。那位女用人已经获释，我不用再惦记着她了，现在我考虑的是米诺，我心想，今后再也不用担心我和他被人控告了。在激动之下，我不禁拥抱起阿斯达利塔来了。

"你真是那么迫切希望那个女人出狱吗？"他做了个鬼脸表示怀疑地说。

"像你这样的人，对我这样做是会感到奇怪的，因为你们每天不知轻率地把多少无辜者投进监狱呢……但对于我来说，那曾是一种真正的痛苦。"

"我没有把任何人关进监狱，"他喃喃地说道，"我只是尽我的责任。"

我问道："你见到了神父啦？"

"没有……我没有见到他……我打过电话……他们对我说，那个粉盒是一位神父送来的，他是从一个忏悔者手里得到的……于是我就吩咐释放那个女人。"

我陷入了沉思，我自己也不知道为什么。后来，我说道："你真爱我吗？"

我这么一问，他马上显得很激动，紧紧地搂着我，结结巴巴地说道："这还用得着问吗？事到如今，你应该知道。"

他想吻我，但我躲开了他，说道："我这样问你，是想知道你今后能否一直愿意帮我的忙……以后每次我有求于你的时候……就像这次那样帮助我。"

"永远。"他全身颤抖着，说罢，他把脸凑近我，说道，"不过，往后你会对我好吗？"

自从米诺回到我身边后，我已决心不跟阿斯达利塔发生关系了。他与我平时那些来去匆匆的情人不一样；虽然我不爱他，而且有时的确厌恶他，但正因为如此，我觉得再委身于他就等于背叛了米诺，我真想对他说实话："不，我永远不会对你好的。"但我突然改变了想法，话到嘴边又咽回去了。我想，他是个有权势的人，贾科摩天天都有被捕的危险，我要是想让阿斯达利塔设法搭救他，就不能与他弄僵了。于是，我耐着性子，小声地说道：

"是的……我会对你好的。"

"那么你告诉我，"他得寸进尺地说道，"你告诉我……你有点爱我吧？"

"不，我不爱你，"我断然回答道，"这你知道……我已经对你说过多次了。"

"难道你永远不会爱我吗？"

"我想不会。"

"那是为什么？"

"没有为什么。"

"你爱另一个人？"

"这你就不必过问了。"

"但我需要你的爱，"他用他那发怒的目光绝望地看着我说道，"为什么……为什么你不愿意给我几分爱呢？"

那天，我允许他跟我一起待到深夜。我对他没有丝毫爱的表示，他对此感到十分沮丧，他一直不相信我说的是真话。"但我并不比别的男人差，"他不停地说道，"为什么你可以爱别人而不能爱我呢？"我的确可怜他，因为他总这样固执地问我对他的感情如何，并极力想从我的言谈之中找到几分希望的支柱。他对此看得太重了，我真想编些假话来哄骗他，哪怕是给予他某种幻想也好。我发现，那天晚上，他比平时更显得伤感和烦恼。他像是想用外在的动作和姿势勾起我心里没有的那种爱。至今我还记得，他忽然要我光着身子坐在扶手椅上。他跪在我面前，把头放在我的小腹部，脸顶住我的肚子，就这样一动也不动地待着。此时，我用一只手轻轻地抚摸着他的头部。他这样迫使我做出爱恋的举动，已不是第一次了；不过，那天他比以往几次都更疯狂。他使劲地用脸顶住我的小腹，恨不得想把脑袋钻进我的肚子里去，把它吞噬掉似的，嘴里还不时地呜咽着。在那种时候，他好像不再是我的情人，而像一个想在母亲的怀里寻求黑暗和温暖的婴孩。我想，大概很多男人都不希望自己被生出来；他这种动作下意识地表达了那种想重新钻进母亲子宫里去的一种模糊的愿望，他出生时就是痛苦地从那里被挤出来的。

那天晚上，他就那样久久地跪着，一直弄得我都困倦了，以致脑袋倒在扶手椅的靠背上，手放在他的头上就睡着了。我不知道睡了多久，忽然醒了过来，似乎看见了阿斯达利塔，他不再跪在我的脚下，而是已经穿好衣服坐在了我的面前，用他那发怒而又忧郁的眼睛看着我。但也许那是个梦，或者是一种幻觉。后来，我突然真的醒来了，发现阿斯达利塔已经走了，就在他的脸顶靠过的小腹上，留下了一笔通常数目的钱款。

约摸又过去了两个星期,那两个星期是我一生中最幸福的日子。那些天我几乎天天见到米诺,虽然我们的关系没有出现什么变化,但我对这种已形成的习惯感到很满意,我们似乎从中找到了一个共同的基点。他不爱我,而且永远不会爱我,在任何情况下,他喜欢的是禁欲而不是爱,对此我们都心照不宣。我爱他,而且永远爱他,尽管他是那样冷漠,在任何情况下,我情愿要那样一种不完整且不稳定的爱情,也不愿意要别人的爱,对此我们同样心照不宣。我生来不像阿斯达利塔那样;尽管对方不爱我,但我认了,因为我在对别人的爱中同样能得到极大的欢乐。我不能发誓说,我心灵深处没指望自己有朝一日能凭借一再的顺从、耐心和钟情赢得他的爱。但我没有这种奢望;对于那些勉强争来而又琢磨不定的甜蜜的温情来说,这种奢望只不过是一种稍带苦涩的调味品罢了。

我设法悄悄闯进他的生活;不能从正面进去,就想方设法从后门进去。尽管他宣称自己憎恶人类,但我同时相信,出于一种奇怪的矛盾心理,他又会以一种难以抑制的激情,为人们的利益宣传和做有益的事情。但这种激情几乎总是被突然产生的后悔情绪和嘲弄人的情感冲淡,这的确是真的,不过,这种激情倒是很诚挚。在那种时候,他对此像是着了迷似的,还不无幽默地把它说成是对我的教育。我已经说过,我极力想将他与我拴在一起,所以我就对他这种倾向采取支持的态度。但是,这场试验很快就结束了,其结束的方式很值得回顾一下。连续好几个晚上,他都随身带着一些书来找我。他在简述了一下书的内容之后,就东一段西一段地念给我听。他念得很好,根据题材不同,念的时候采用的语调也不同,他激动得满脸通红,这就使他的神情显出一种非同寻常的生气和活力。

但他念的多半我都听不懂，尽管我已经努力去理解了；我很快就不听他念了，只看着他朗诵时脸上的种种表情，我永远听不腻似的高兴地听着他念。他念的时候，完全倾注在书本之中，不再胆怯，也不再嘲弄，就像一个人重新回到了自己的天地，不再害怕流露自己真情实感一样。这件事给我留下了极为深刻的印象，因为在这以前，我一直以为爱情是打开人类心灵的最有力的工具，而不是阅读书籍。看来，对米诺来说，正好相反。以前，我从未见过他那样兴奋，那样纯真，即使在他难得对我情深意浓的时刻里，也没见过他那种神情，他忽而提高嗓门，瓮声瓮气的，忽而又压低嗓门，像是娓娓跟人谈话似的朗读着他最喜欢的作家的作品片段。这时，他那种装腔作势的演戏般的诙谐神情消逝了，这种神情，即使在最严峻的时刻他也始终没有舍弃过，使人感到他总是在扮演一个预先选定好的角色。在他朗读的时候，我甚至多次看到他的眼里充满了泪水。后来，他合上了书本，突然问我道："你喜欢吗？"

一般来说，我总是回答说我喜欢，但不解释我为什么喜欢，当然我也解释不了，因为已经说过，几乎一开始我就没想弄懂那些晦涩而又难以理解的内容。但是有一天，他执意问我道："你倒说说看，你为什么喜欢……你解释一下。"

"说实话，"我迟疑一下，而后回答道，"我解释不了，因为我什么也没听懂。"

"那你为什么不对我说？"

"你读的东西，我一点也不懂……或者说只懂了很少一点。"

"你也不告诉我……还让我念下去。"

"我看你挺喜欢念的，我不想扫你的兴……何况，我又从未感到过厌烦呢……看着你念书，挺有意思。"

他恼火了，猛地站了起来："真见鬼……你是个傻子……你是白痴……我都念得口干舌燥了……你这个呆子。"他像是想用书打我的脑袋，不过，他还是克制住了自己，又继续那样数落我好半天。我任凭他发泄够了，然后辩解说："你说是要教育我……但要是真想教育我，就应该使我不必用你所知道的那种方式去谋生……引诱男人，用不着朗读诗歌或是进行道德说教……即使我目不识丁，他们也同样付钱给我。"

他挖苦地回答道："你想要一幢漂亮的房子，有丈夫、儿女、衣服、汽车，唔……糟糕的是，罗比安科太太她们也不读书……虽说原因不同，但看来并不是不能原谅的。"

"我不知道我想要什么，"我颇为生气地回答说，"但你读的那些书，对我这样的人不合适……好比你把一顶价格昂贵的帽子送给一个女叫花子，叫她穿着破衣烂衫戴上那顶漂亮的帽子一样。"

"也许是这样，"他说道，"但这是我最后一次读给你听了。"

我之所以讲述这场争论，是因为我觉得这特别能说明他思想言行的特点。不过，即使我不对他承认我不理解他读的东西，我也怀疑他是不是会继续花工夫教育我。这不是因为他没有恒心，而是因为他无能为力，也许这是身体上的原因所致，他做什么都不能持之以恒，特别是对那些需要持续又真挚地保持热情的事情上。他从未以明确的方式对我谈论过这一点，但他言谈中流露出的那种开玩笑似的神情，说明了他真正的思想，这一点我是清楚的。当他有了某种意向时，常常兴奋异常，只要他见得到具体实现这种意向的可能性，这种激情就能持续着。而后，这火一般的热情突然熄灭了，他除了感到烦恼和厌恶，还有一种特别荒谬的思想感情。于是，他要么完全变得呆板冷漠、毫无活力，要么假装仍像往常一样行动，仿佛他那激情之火从未熄灭过。我很难解释，在那种状况下，他究竟是怎么回事。大概是他的生命力突然停止了，好像突然从他的脑子里抽出了热血，只留下一片干涸的空白。这是一种骤然的中断，一种预料不到的彻底的中止，就好比突然停电了一样，使一个在一分钟之前还灯火辉煌的豪华住宅，瞬息之间就陷入了一片黑暗。又像是发动机，因电源突然切断，轮子转了两圈后就停下来了。我首先从他身上那种兴奋、激动与冷漠、迟钝的频繁的交替中，发现了生命活力的最大的间歇；随后，我又发现了一件奇怪而又意外的事情，当时，我并没怎么在意，但后来，我却觉得很有意义。

一天，他以一种意想不到的方式问我："你愿意为我们做点事吗？"

"'我们'指的是谁？"

"我们的小组织……譬如，帮我们发些传单。"

只要能使我接近他，只要能加强我们之间的关系，什么我都愿意做。我诚挚地回答道："当然愿意……告诉我该怎么做，我马上就干。"

"你不怕吗？"

"我干吗要害怕？你也是这样干的……"

"好，不过，"他说道，"先得对你解释一下，是怎么回事……你先应该明白，为什么你得去冒这样的风险。"

"那你就对我解释吧。"

"不过，你是不会感兴趣的。"

"为什么？首先，我是一定会感兴趣的……其次，你做的一切我都感兴趣，不为别的，仅仅因为是你做的。"

他看着我，眼睛闪闪发亮，面颊激动得通红通红，简直出乎我的意料。"好，"他急忙说，"今天已经太晚了……明天我把一切都告诉你……我就口头给你说说，因为你讨厌念书……不过请你注意，说来话长……但你得听我说，而且得耐心地听下去……即使有时候你听不懂。"

"我将尽力去领会。"我说道。

"你应该能理解。"他像是在对自己说话似的回答道。而后，他就离开了我。

第二天，我等着他，而他却没有来。过了两天他才来，在走进了我的房间之后，他一言不发地坐在了床脚边的扶手椅上。"嗳，"我高兴地说道，"我准备好了……我听你说。"

我注意到了他那灰心丧气的面容，呆板迟钝的目光和那萎靡不振、无精打采的样子；但我不想考虑到底是由于什么原因。最后，他回答道："你听也没有用，因为你什么也听不着了。"

"为什么？"

"不为什么。"

"你说实话，"我抗议道，"你认为我太笨、太愚昧，有些事根本不懂……谢谢。"

"不，你错了。"他严肃地回答道。

"那又是为什么？"

我们就这样扯着皮，我执意想知道为什么，而他却始终避而不谈。最后他终于说道："你想知道为什么吗？是因为今天我自己也说不清那些思想。"

"那是怎么搞的，你是一直在考虑这些问题的。"

"是的，我是一直在考虑这些问题，但从昨天起，我却弄不清楚了，而且简直是什么也不明白了，我不知这样会延续多长时间。"

"唉，算了吧。"

"你应该尽量理解我，"他说道，"两天以前，当我提议要你为我们做点工作时，要是我马上陈述这些思想观点，我敢肯定，我不仅会说得很有分量，很清楚明了而又能使人信服，而且你也会完全理解……今天，也许我也能动动嘴舌说出些词语来……但那将是一种机械的动作，我怎么说都会是言不由衷的……今天，"他吐字清晰地最后说道，"我简直对什么都不清楚了。"

"你对什么都不清楚了？"

"是的，我对什么都不清楚了。思想、概念、事实、回忆、信念，一切的一切，都变得像一种糊状物……我的脑子里充满了这种糊状物，"他用手指敲打着前额，"整个脑袋……像是臭屎一堆，使我恶心。"

我忧虑而又迷惑不解地看着他。他当时对此很恼火。

"你得尽量理解我，"他重复地说道，"今天对我来说，不仅是思想，一切写下来的、说过的或是想过的事，都变得无法理解……都显得那么荒谬……比如说……你知道《天主赞》这篇祷文吗？"

"知道。"

"你背诵一下。"

"天主在上，"我开始背诵起来，"你在天堂……"

"行了，"他打断了我，"现在你想想，这篇祷文多少世纪以来不知被人们背诵多少遍了……各人都怀着各自不同的感情……而我却一点也不懂……不管用什么方式……这篇祷文也许你能倒背如流了……但我还是一点也不懂。"

他沉默了一会儿，接着说道："不仅是言语在我身上产生这样的效果……事物也是这样……还有人……你挨着我坐在这扶手椅的把手上，你以为我看得见你……但是我却没看你，因为我不理解你……我也可以触摸你，但我仍不理解你……我这就触摸你，"说着，他发狂般撕开了我的晨服，使我的胸脯袒露着，"我摸你的乳房……我感到了它的形状，它的温暖，它的轮廓，看到了它的颜色，它的突起……但我仍不知道它究竟是什么东西……我对自己说，这是一个圆圆的，热乎乎的，柔软的，白白的，鼓起来的东西，中间有一个小球，圆圆的，深褐色的……它用来哺乳，轻轻地抚摸时，让人感到很舒服……但我什么也不懂……我对自己说，它很美，它会勾起我的肉欲……但我还是什么也不懂……现在你理解了吗？"他一面气势汹汹地重复着，一面使劲地捏我的乳房，我疼得忍不住喊出声来。他马上放开了我，过了一会儿，他带着一种沉思的神情说道："大概正是这种不理解，才导致那么多的人采取残暴的行为……他们试图通过他人的痛苦，重新建立与现实的关系。"

又是片刻的沉默。然后，我说道："如果这是真的，那么当你必须去干某件事的时候，你是怎么对待的呢？"

"干什么事情？"

"我也不知道……你对我说过，你散发传单……你说你自己也写传单……要是你没有某种信念，你怎么写得出来，又怎么还去散发呢？"

他讥讽地哈哈大笑起来："我会像真有那种信念似的去干。"

"这不可能。"

"怎么不可能？几乎所有的人都是这样的，除了吃、喝、睡和做爱之外。几乎所有的人都做那些他们自己也不相信的事……难道你没有发现吗？"

他神经质地笑着。我回答道："我没有发现。"

"你不会发现的，"他近乎是以一种侮辱人的口吻说道，"因为你活着，就是吃、喝、睡，你愿意时就做爱……干这一切，看来是不必作假的……这些已经够了……但同时又未免太少了。"他笑着，同时在我的大腿上猛拍一下，而后，就像往常一样，把我搂在他的怀里，紧紧地抱着我，一面摇晃着身子，一面不停地说道："啊，你不知道？这就是不可琢磨的世界。你不知道，在这个世界上，从国王到要饭的叫花子，都那么不可琢磨，不可琢磨，不可琢磨，不可琢磨的世界……"

我任凭他这样做，因为我知道，在那种时刻，最好不生气，也不抗议，而是等他发泄完……但最后，我坚定地说："我爱你……我就知道这个，这对我来说就够了。"他突然平静下来，简单地答道："你说得对。"那天晚上像往常那样过去，我们没有谈论政治，也没有谈论他对谈论政治的无能为力。

当我独自一人时，我左思右想，得出了这样一个结论：事情也许就像他说的那样，他不愿意与我谈论政治，很可能是因为他认为我理解不了，还因为他怕我做出什么冒失的行为连累他。我不以为他是说谎，但我凭经验领悟到，谁都会有一天觉得整个世界在分崩离析，或者就像他说的那样，在这个世界上，人对一切都不理解了，连《天主赞》祷文也不知道了。我也是这样，当我感到不舒服时，或者因为什么缘故心情不好时，也有过类似烦恼、厌恶和迟钝的感情。他这样拒绝我了解他生活中最隐秘的部分，显然是有什么原因的。就像我已经说过的那样，他是不相信我的智慧，或者不相信我的谨慎。后来，我明白我错了，但已经为时太晚；他那幼稚和懦弱的病态心理才是他的致命弱点。

但在那种时刻，我想我应该退避几分，不能用自己的好奇心去打扰他。我就这样做了。

第八章

不知为什么，我连那些日子里的天气怎样都记得十分清楚。二月份是在寒冷阴雨中度过的，到了三月份，天气才开始暖和。薄如轻纱的白天像是撒向晴空的一张轻网，从黑洞洞的家里猛然走到大街上，明亮的光线照得人睁不开眼。天气暖和了，但仍使人感到几分冬天的寒意。我迎着那熹微而慵懒的亮光，茫然又带有几分喜悦地行走在大街上，我不时放慢脚步，闭上眼睛；或者停下脚步，愕然凝视着那些微不足道的事物：一只蹲在大门口用舌头舔着自己的黑白相间的花猫；一根被风刮断后耷拉下来的夹竹桃树枝，不过，它以后也许照样能开出花来；从人行道的石板缝里长出来的一簇绿草。连续几个月的阴雨使房基柱石底部都长出苔藓来了，它赋予我一种信心，使我内心平静下来。我想，那碧绿的丝绒般的苔藓能挤在石板和砖块之间的泥土缝里扎根、生长，那么我的生命也是如此，它的根基也像苔藓那样浅露，也是靠摄取最低的养分维持着的，我的生命就像那房基柱石底部的苔藓一样，也许还有继续存在和生长的可能性。我深信，近来发生的一系列令人不快的事情终究会得到解决的。我不会再见到松佐涅奥了，也不会再听到他人谈及他的罪行了；今后我可以平静地享受我与米诺之间的那种恋情了。伴随着这种意念，我似乎觉得自己第一次品尝到了生活的真正滋味，尽管它使你感到某些烦恼，但是它听凭你驾驭，又赋予你某种希望。

我甚至开始为自己设计着改变生活方式的蓝图了。对米诺真挚的爱情，使我疏远了与别的男人的关系，因此，我在与他人的邂逅中，也不再受好奇心和淫欲的驱使。但我也想，什么样的生活都有它自身的意义，无须白费力气勉强加以改变，等我适应了新的习惯，寻觅到新的感情和新的兴趣，发现自己与过去已判若两人时，我再去改变它。不能一时心血来潮突然中断原来的生活，而是要看事物的发展情况。我找不到改变自己生活的办法，因为眼下还没有那种使自己在物质上顿然富裕起来的奢望；即使改变了生活，我也不觉得能改变我自身。

有一天，我把这些想法告诉了米诺。他专心致志地听我说完后说道："我想你是处在矛盾之中……你不是总说想做个很有钱的人，有一幢漂亮的房子，有一个丈夫和孩子吗？你应该有这一切，而且最终你也是会有的……不过，你要是这样考虑问题，那你就永远也得不到这一切。"

我回答说："我没说现在就想得到……我曾这样希望……或者就是说，在我出世之前，要是能由我自己选择生活道路，那我肯定不会选择我现在这样的生活……但我是出生在这样的人家，由这样的母亲生下来，又生长在这样的环境之中，而且我又是这样的一个人。"

"那就是说……"

"就是说，我觉得自己想变成另一种女人是荒谬的……我期望自己能变成另一种人，但只在我还保留往日的自我的条件下，我才愿意变成另一种人……或是我的确能享受到改变以后的乐趣……但若是纯粹为了做另一种人而使自己变成另一种人，那就不值得了。"

"总是值得的，"他轻声说道，"即使不是为了你自己，也得为别人。"

"何况，"我没在意他的插话，继续说道，"最重要的是事实……你是不是以为我不能像吉赛拉那样找一个有钱的情人，甚至结婚？我之所以没有那样做，是因为我不想那样做，尽管我嘴上老那么说。"

"我娶你，"他顽皮地搂着我说，"我有钱……我祖母活不了多久了，她死后我将继承很多很多公顷田地，还有一幢乡下的别墅，一套城里的房子……我们把房子好好安置一番，约定一个日子，请左邻右舍的太太们来我们家作客，我们会有厨师、女用人、轻便双轮马车或者小汽车……有朝一日，我们会发现自己也成为高贵的人物，只要我们有这种良好的愿望，人们甚至会称我们公爵、侯爵什么的……"

"跟你从来没法说正经的，"我推开他说道，"你老是开玩笑。"

一天下午，我与米诺去看电影。回来的路上，我们登上了一辆拥挤不堪的无轨电车。米诺陪我一起回家，我们将去靠城墙的一家饭馆里共进晚餐。他打了车票，在水泄不通的电车过道里往前挤。我本想紧跟着他，但乘客们挤得我寸步难移，一会儿就不见了他的人影。正当我被挤在一个座位旁，用目光寻觅米诺之际，有人碰了一下我的手。我低头一看，坐在我下面座位上的竟是松佐涅奥。

我屏住了呼吸，脸色煞白，神态都变了。他仍然以那种令人难受的目光死盯着我。然后，他欠起身子咕哝着说道："你想坐下吗？"

我结结巴巴地说道："一会儿我就下车了。"

"坐下吧。"

"谢谢。"我再次说道，然后坐了下来。当时我倘若不坐下来，也许会昏晕过去的。

他挨着我站着，似乎在监护我，他一只手抓住我座位的靠背，另一只手搭在我前面座位的椅背上。他身上一点也没变化：依然穿着那件束腰的风雨衣，颌骨下意识地抽搐着。我闭上眼睛，竭力想在那一瞬间理清自己的思想。真的，他总是以那样的方式看着我，但这次我觉得他的目光显得格外冷酷。我记起了我的忏悔，要是神父把事情泄露出去了，松佐涅奥一旦得知了此事，我的命也就不值钱了，想到这儿我不寒而栗。

但我并不惧怕。只是他那样直挺挺地站在我旁边，确实怪吓人的，更确切地说是令我灵魂出窍，咄咄逼人地制服着我。我觉得自己无法拒绝他任何要求；因为我与他之间结成的那种纽带，是比联结我和米诺的纽带更加强劲有力的，尽管那绝不是爱情的纽带。想必他自己也本能地意识到了这一点，他确实在主宰着我。过了一会儿，他说道："到你家去。"我毫不犹豫地驯服地答道："随你的便。"

米诺费了九牛二虎之力从乘客中间挤了过来，他悄然站在松佐涅奥的旁边，他的手正好也抓在同一张座位靠背上，他那纤细瘦长的手指轻轻地碰着了松佐涅奥那又粗又短的手指。无轨电车猛地一颠簸，把他俩撞在一块儿去了，米诺彬彬有礼地请求松佐涅奥原谅撞着了他。我看着他俩挨得那么近站着，相互又不认识，心里很不是滋味。我突然对米诺说："你瞧，我刚想起来，今晚我有一个约会……我只好告辞了。"说时，我故意把脸朝向米诺，以使松佐涅奥明白我不是跟他说话。

"要是你愿意，我送你回家。"

"不用了……那个人来电车站接我。"

这对米诺并不是什么新鲜事。我仍然还往家里带嫖客，米诺是知道的……他平静地说道："随你的便……那我们明天再见。"我点点头表示赞同，他就挤过人群远去了。

我望着他在人群中为自己开路，霎时间感到极度绝望。我心想那也是我最后一次见到他了，连我自己也不知道为什么我会这样想。"永别了，"我小声地自语道，一直目送着他的背影，"永别了，我亲爱的。"我真想叫住他，叫他回来，但我的嘴却喊不出声来。电车停了，我似乎看见他下了车。电车重又开动了。

一路上，我与松佐涅奥都沉默不语，现在我镇定一些了，我琢磨着神父是不可能把我的忏悔泄露出去的。另外，我把事情前前后后细想了一阵之后，觉得遇着松佐涅奥并不是一件令人懊丧的事，这样一来，我可以彻底排除我对忏悔后果所持的疑虑。

电车到站了，我从座位上站起来，下了车，头也不回地朝前走了一段。松佐涅奥走在我旁边，我稍一扭头就能见到他。我终于问他道："你找我干吗？你干吗又回来啦？"

他以近乎诧异的口吻回答道："是你自己说过叫我再来的。"

这的确是真的，但我由于恐惧而忘了自己说过的话。他靠近了我，拽住了我的手臂，紧紧地搂住我，差点要把我举起来了似的。我不禁全身哆嗦起来。他问我："刚才那人是谁？"

"是我的一位朋友。"

"后来你见到过吉诺没有？"

"再也没见过他。"

他匆匆地扫视了四周："不知为什么，好长一段时间以来，我老觉得有人跟踪我……只有两个人有可能出卖我，那就是你，还有吉诺。"

"吉诺？为什么？"我悄声问道。我的心怦怦直跳。

"他知道是我把东西送到珠宝商那儿去的……我还把名字告诉了他……他不能断定是我杀的，但他完全可以猜测到。"

"吉诺告发你对他并没有什么好处……这等于告发他自己了。"

"我也这么想。"他咕哝着说道。

"至于我，"我用十分平静的语气说下去，"你尽可放心，我什么也没说。我又不是傻瓜……我那样做，自己也得给抓走。"

"为了你自己，但愿如此。"他用一种威胁的口吻回答道。接着他又补充道："我见过吉诺一回，他开玩笑地对我说，他知道很多情况……我对他很不放心……他是个无赖。"

"那天晚上你待他太粗暴了，他现在肯定恨你。"我这样说的时候，发现我几乎希望吉诺真的告发了他。

"那一拳打得真不轻，"他十分自负地说道，"后来我的手疼了两天。"

"吉诺不会告发你的，"我断言道，"这样对他不利……况且他又特别怕你。"

370

我们挨着身子边说边往前走，谁也不看谁，声音压得很低。已是黄昏时分，一层蓝色的雾霭像轻纱般笼罩着深褐色的城墙，朦胧中隐约可以看到白色的梧桐树枝条、深黄色的房子和远处的大街。当我们走到家门口时，我第一次感到自己是在背叛米诺。我本可以自欺欺人地把松佐涅奥当成随便一个男人，但我深知这不是真的。我走进了门廊，随手把大门关上，我在漆黑的门洞里停下了脚步，掉转了脸对松佐涅奥说道："我看，你最好还是走吧。"

"为什么？"

虽然我心里着实害怕，但还是想把全部实情都告诉他："因为我爱着另一个男人，我不想背叛他。"

"谁？是电车上跟你在一起的那个人？"我为米诺担心，急忙回答说："不……是另一个人，你不认识他……我求你，请走吧。"

"如果我不想走呢？"

"世界上有些东西是不能用强制的手段得到的，这你难道不明白吗？"我说了个头，但没能把话说完。在黑暗里我既看不到他的人，也看不见他的动作，不知怎么我脸上猛地挨了一记耳光。然后他说："走。"

我低着头急忙往楼梯走去。他抓住我的胳膊扶着我上一级一级的台阶，似乎是把我从地上托起来，我好像是腾空飞起来了似的。我的脸颊还火辣辣地疼。因为有一种不祥的预感，我当时有些惊慌失措了。这一记耳光是个不祥之兆，它将中断我近日的那种幸福欢快的节律，而等待我的又将是苦难和恐惧。我绝望极了，恨不能立刻摆脱这预感到的厄运。我决心当天就从家里出走，躲到一个什么地方去，到吉赛拉的家或者是去另租一间备有家具的房间。

我精神高度集中地想着这些事，以致竟未发现已不知不觉地走进了家门，穿过了前厅，进到了我自己的卧室。我坐在床沿上，像是刚刚从沉思中苏醒过来似的，此时，松佐涅奥却一件一件地在脱光他的衣服，并得意扬扬地把它们整整齐齐地放在一张扶手椅上。他的动作是那么准确，那样有条不紊，真是个干净利落的人。这时，他怒气已消，平静地对我说道："我早就想来找你的……但我来不了……不过，我一直想着你。"

　　"你是怎么想我的？"我下意识地问道。

　　"我想我们很般配，"他站在那儿，手里拿着西服背心，并以一种特别的语气补充说道，"我早就想来跟你说个事的。"

　　"什么事？"

　　"我弄到了点钱……我们一起去米兰，那儿有我不少朋友……我想搞个汽车修理厂……而且，我们可以在米兰结婚。"

　　我觉得浑身像散了架，软瘫了似的闭上了眼睛。我跟吉诺断了以后，这是第一次有人向我求婚，而又恰恰是松佐涅奥。我曾经如此渴望能过一种正常的生活，有一个丈夫，有几个孩子，现在有了实现这种愿望的机会了。但这种生活徒有正常的外壳，实际上却是极端不正常的，并且是令人恐惧的。我有气无力地说道："那是干什么？我们刚刚认识，你只见过我一回……"

　　他坐到我身边，搂住我的腰回答道："没有人比你更了解我……你知道了我的一切。"

　　我寻思着，他也许是感情过分冲动，想对我表示他的爱慕之情，也想让我爱上他。但这只是一种想象，因为他的举动丝毫没表露出这种感情。"可我其实对你一无所知，"我低声说道，"我只知道你杀了那个人。"

"另外，"他像是自言自语地继续说道，"我独身一人腻了……总是一个人生活着，迟早会干出蠢事来的。"

沉默片刻之后，我说道："我不能就这样马上答复你同意还是不同意……你得给我时间，让我考虑一下。"

他出乎我意料地勉强回答道："那你就考虑考虑吧……反正不着急。"接着，他从我身边站起来，又继续脱衣服。

"我们很般配"这句话确实打动了我，当时我心里想，不管怎么样，他说的有道理。事到如今，除了委身于他这样的男人之外，还能有什么别的奢望呢？再说我与他之间不是已经有了一种为之胆惊害怕的默契了吗？我发觉自己心里在不停地叨咕着"逃跑，逃跑"，一面伤感地摇着脑袋。我咽了一下口水，以一种清晰的声音说道："去米兰……难道你不怕他们找到你吗？"

"我只是这么说说而已……其实他们都不知道有我这么个人。"

我突然感到自己变得坚强而又有信心了，刚才四肢软瘫的那种感觉消失了。我站起身，脱去大衣，走到衣帽架前把它挂好。像往常一来，我转动了一下插在房门锁眼里的钥匙，然后，就缓步走到窗口掩上百叶窗。随后，我直挺挺地站在镜子跟前，开始自上而下地解开上衣纽扣。但我立刻又停下来不脱了，转过身去看松佐涅奥。他坐在床沿上，正俯着身子在解鞋带。我假装突然想起什么似的说："等一等……有个人要来，最好让我去告诉一下妈妈，把他支走。"他没来得及回答什么。我从房间里出来，随手带上了门，走进了大屋子。

妈妈正坐在窗口旁边蹬缝纫机，为了消遣解闷，她又干起活来了，这样已有好长一段时间了。我急匆匆地小声对她说："你打电话到吉赛拉或泽林达家找我……明儿早上。"泽林达是个住在市中心出租房子的女人，我曾有几次带着客人去过她那儿，妈妈认识她。

"为什么？"

"我得走，"我说道，"那个人要是问起我……你就对他说，你什么也不知道。"

妈妈目瞪口呆地看着我，我从衣帽架衣钩上取下一件她的短上衣，那件上衣的毛都快掉光了，几年前是我穿着的。"你千万别告诉他我的去向，"我补充道，"他会把我杀了的。"

"可是……"

"钱放在老地方……你千万注意……什么也别说，明早你给我打个电话。"我急忙走了出去，踮着脚尖走到前厅，随后就下了楼梯。

我一上大街，就跑了起来。我知道这时候米诺肯定在家，我打算在他吃完饭与朋友们一起出去之前赶到他那儿。我一口气跑到广场上，上了一辆出租汽车，吩咐司机直奔米诺家。汽车在街上疾驶着，我恍然大悟，我那样逃跑并不是为了躲开松佐涅奥，而是想逃避我自己，因为我隐约觉察到，自己已被他那种强暴和疯狂的举动诱惑住了。我记得，他第一次也是唯一的一次占有我时，我既恐惧又欢畅，以至发出一声尖叫，我认为，那天他一下子就完全制服了我，那是任何别的男人始终没有能做到的，连米诺也没有。是的，我不能不得出这样的结论：我们真是天生的一对。但人的躯体就像是悬崖峭壁一样，令人望而生畏，头晕目眩，最终使人堕入万丈

374

深渊。

我三步并作两步地登上了楼梯，气喘吁吁地到了米诺家，是一位上了年纪的女用人来开的门，我迫不及待地问她米诺在不在家。

她神色恐惧地看了看我，什么也不说，把我撂在门口就匆匆地溜进去了。

我想她是去禀告米诺了。于是，我走进前厅，关上了门。

此时，从隔在前厅和走廊之间的布帘后面传来了一阵低语声，接着，布帘掀开了，出现了梅多拉吉寡妇。我在第一次也是唯一的那次见过她之后，已把她忘了。她那粗壮结实的体态，她那一身黑色的装束，死人般苍白的脸上衬着一双黑眼圈。她仿佛是一个可怕的幽灵，突然出现在我的面前，把我吓得魂飞魄散。她停住步子，离我远远地就问我道："你找迪奥达蒂先生吗？"

"是的。"

"他们把他抓走了。"

我不明白是怎么回事，但不知为什么，我立刻联想到他的被捕可能是与松佐涅奥的凶杀罪有关，我结结巴巴地说道："给抓走了？……可是那事与他毫不相干。"

"我可什么都不知道，"她说道，"我就知道他们到这儿来进行搜查，然后就把他抓走了。"从她脸上那种厌烦的神色看出，她是什么也不会对我说的。但我还是硬着头皮问道："究竟是为什么？"

"小姐，我已经对您说了，我什么也不知道。"

"他们把他抓到什么地方去啦？"

"我可什么也不知道。"

"不过，请您至少告诉我，他是不是留下过什么话。"

这一回她干脆不搭理我了，像是被触怒了似的显出一副威严的神情，扭转身去大声喊道："黛奥米拉！"

神色惊恐的老女仆又出现了。女主人向她指了指门，又撩起布帘，示意让我走，她说道："送小姐走。"布帘重又落下。

我下了楼梯，走到街上后，才终于明白过来了，米诺的被捕与松佐涅奥的凶杀案毫不相干。我是由于害怕，才把它们联系在一起的。在这几乎是同时突发的一连串的不幸事件中，我感到命运对我真是太慷慨了，它一下子把所有不祥的礼品都施舍给我了，就像各种各样的水果都同时在夏季一起成熟一样。正像俗话所说，祸不单行，我不光是这样想，而且是真的感受到了。我低着头，缩着肩，从一条街走入另一条街，像是有无数小冰雹向我劈头盖脸地打来一样。

我首先想到要去求助的人，自然是阿斯达利塔。他办公室的号码我记得很清楚，我碰上第一家咖啡馆就进去了，在公用的电话机上拨号。电话立刻就通了，但没有人接。我又打了好多次，最后我确信阿斯达利塔不在。他大概是去吃晚饭了，要过好一会儿才能回来。这我本来是知道的，但我希望这次是个例外，能在办公室找到他。

我看了看表。已是晚上八点钟了，十点钟以前，阿斯达利塔是不会回办公室的。我站在马路的拐角上，前面是一座桥，拱形桥面上的过往行人，或三三两两，或成群结队，一个个黑乎乎、急匆匆地不停向我涌来，就像被暴风雨吹打下来的落叶一样。但在桥的另一边，那成排的楼房却给人安宁的感觉，所有窗户都灯火通明，屋子里的人在桌子和其他家具之间来回走动。我心想，现在我离警察总署不远，他们准是把米诺带到那里去了，于是，我决定直接到那里去打听消息。虽然明知那是冒险的举动，我也清楚地知道他们是不会告诉我任何情况的，但我不管这些，我就是想为他做些什么。

我沿着城墙疾走如飞，穿过了几条横马路，很快就到了警察总署，我登上几级台阶就进去了。从进去的转门，我瞥见门房里有个看守躺在一张靠背椅上读报，脚搁在另一张椅子上，帽子放在桌上，他问我去哪里。"外事处。"我回答道。这是警察局许多办事机构中的一个，有一次，我听阿斯达利塔提到过，不记得是怎么谈到的了。

我不知道该往哪儿走，就随意上了肮脏而又幽暗的楼梯。迎面不断碰见公职人员或者是穿制服的警察，他们手里拿着文件上上下下，而我却低着头，贴着墙，在光线最暗的那边走。在每一层的楼梯口，都可隐约地看见那低矮、肮脏而又阴暗的走廊，人们在走廊里来来往往，光线微弱，走廊两旁的房间一个接着一个，门都敞开着。警察总署真像是个忙碌不停的蜂窝，但住在里面的蜜蜂当然不是采花酿蜜的，里面的人所酿的是又臭又黑的苦汁，我是第一次尝到了这样的滋味。到了四层楼，我绝望地随意走进了一条过道。没有人看见我，也没有任何人盘问我。走廊两旁都是成排的办公室，门都开着，守在门口穿着制服的警察坐在铺有草垫的椅子上抽烟聊天。房间里面的陈设千篇一律：除了书架还是书架，上面都排满了档案簿册，还有一张桌子，一位手里拿着钢笔的警察坐在桌子后面。过道像迷宫似的弯曲着，我一时不知道自己走到哪儿了。那过道有时还通往下一层过道，所以我得往下走三四级台阶；几条过道相互交叉着，它们几乎一模一样，两旁都有一排排的房门，也有看守坐在椅子上，也都亮着灯。我不知所措，忽然，我觉得自己又在走回头路，我在顺着原先走过的过道走呢。此时，有个传达员打我身边走过，我便对他说："我找警察局副局长。"他没吭声，只是指着一个灰暗的过道，在两个房间那头不远的地方。我朝那过道走去，迈下四个台阶，走进了一个十分狭窄低矮的小过道。此时，在那条小过道的尽头形成的直角拐弯处，一道门打开了，出来了两个男人，他们背朝我向角落里走去。其中一人抓住另一个人的手腕，我立时觉得后面那个人像是米诺。"米诺！"我边喊边冲过去。

还没等我追上他们，就有人抓住了我的胳膊。那是一位十分年轻的警察，褐色的脸庞又尖又瘦，歪戴着的帽子下露着浓密乌黑的卷发。"您找谁？您想找谁？"他问道。

前面那两个人听到我的喊声就扭过头来看我，我看清楚他们，知道是自己搞错了。我气喘吁吁地说："他们抓走了我的一位朋友……我想知道是否把他带到这里来了。"

"他叫什么名字？"那个警察不放开我，摆出一副不容置辩的权威神气问道。

"贾科摩·迪奥达蒂。"

"他是干什么的？"

"大学生。"

"什么时候被捕的？"

我突然意识到他这样问我是为了摆摆他的架子，其实，他什么也不知道。我恼怒地说："你问了我那么多的问题……你倒是告诉我，他究竟关在哪儿啊。"

过道里就我与他两人；他向四周看了看，然后紧挨着我，以一种商量的口气傻呆呆地悄声对我说道："那个大学生由我们负责关照……不过，你得吻我一下。"

"你放开我……别浪费我的时间。"我愤怒地喊道。我猛地推了他一下就跑掉了，我穿进了另一条过道，看见有一扇门开着，门里的房间比其他房间要宽敞些，房间深处的一张写字台后面坐着一位中年男子。我进去后，一口气就把话说完了："我想打听一下那个姓迪奥达蒂的大学生给带到什么地方去了……今天下午他们把他抓走了。"

那人从摊着一张报纸的写字桌上抬起头来，惊愕地看着我："您是想知道……"

"是的，我想知道他们把那个下午抓来的大学生带到哪儿去了。"

"可您是谁……您是怎么擅自进来的？"

"这您就甭管了……您只需告诉我他关在哪儿。"

"您究竟是谁？"他大声吼道，一面用拳头猛击桌面，"您胆敢擅自进来，您知道这是什么地方吗？"

我突然醒悟到，我这样是什么情况也探听不到的；相反，倒有连我自己也被抓起来的危险。那样一来，我就没法跟阿斯达利塔谈了，而米诺就将无法获释。"没什么要紧事，"我一面退出去，一面说道，"我搞错了……请您原谅。"

我的道歉比刚才我的提问更惹他恼怒。但我已经退到门口了。"进来出去得行法西斯礼！"他指着挂在他脑袋上方的一块牌子大声吼道。我赞同地点了点头，进出都得行法西斯礼，这是真的。我倒退着走出了房间。我走完了整个过道，又转了好大一会儿，最后找到了楼梯，就急忙下了楼。我重又经过门房，到了外面大街上。

我闯入警察局大楼的唯一成果便是消磨了一些时光。我计算了一下，要是我慢慢地朝阿斯达利塔所在的内务部大楼走去，得花四十五分钟到一个小时。我可以坐在他的办公室附近的咖啡馆里，过二十分钟再给阿斯达利塔打电话，兴许能找到他。

我一边走一边思量着，我想，逮捕米诺也很可能是阿斯达利塔的一种报复。他在主管政治犯的部门里身居要职，米诺就是他们逮捕的；也许他们长期以来都在监视着米诺，他们知道我与他的关系；说不定那些档案材料转到了阿斯达利塔的手里，而他出于嫉妒，就下令逮捕了米诺。一想到这里，我恨透了阿斯达利塔。我知道他仍爱着我，一旦我发现自己的怀疑是有根据的话，我就一定会让他为自己的罪恶行径付出痛苦的代价。但同时，我又惊恐地意识到，事情也许并不像我所想的那样简单，我准备手无寸铁地与一个面目不清的无名对手拼搏，他支配着的是一架精密的机器装置，而不是一个敏感而富有情欲的男人。

我到了他的办公室面前时，打消了到咖啡馆去坐一会儿的念头，就直接去打电话。这一回，电话铃一响，就有人拿起话筒，回答我的是阿斯达利塔的声音。

"我是阿特里亚娜，"我心急火燎地说道，"我想见你。"

"马上吗？"

"是的，马上……事情很紧急……我就在你办公楼底下。"

他似乎考虑了片刻，而后才说我可以去找他。我这是第二次登上阿斯达利塔办公楼的楼梯，但我的心情与第一次大不一样。第一次我害怕阿斯达利塔讹诈我，害怕他会破坏我与吉诺的婚姻，害怕受到一种莫名的威胁，所有的穷苦人在与警方打交道时都会感到这种威胁。那次我是胆战心惊地去找他的。而今天，我是带着挑衅的心理，抱着敲诈阿斯达利塔的目的去的，我决心不择手段，只要能重新得到米诺就行。我这种挑衅心理是不能单单用我对米诺的爱来解释的。其中也包含着我对阿斯达利塔的鄙视，米诺同样也搞政治，所以我也鄙视米诺。我对政治一窍不透，但也许正是由于这种无知，我觉得，政治与我对米诺的爱情相比，似乎是一种可笑的无足轻重的东西。我想起了阿斯达利塔每次见到我时的那种结结巴巴、语无伦次的样子，我得意地想道，就算他站在他的一个顶头上司面前，即使是墨索里尼本人，他也绝不会那样结巴的。我一面这样想着，一面急匆匆地在大楼宽敞的过道里行走着，我发现自己是蔑视地看着那些迎面走来的公职人员的。我真想把他们夹在腋下的那些红红绿绿的文件夹子夺过来，把它们扔向空中，让那些写满了禁令戒律和记载着他们所干的那些伤天害理的勾当的破纸片统统随风飘散。在前厅，我对向我迎面走来的一位传达员说道："我要跟阿斯达利塔先生谈话……快……我与他约好了……我不能等。"他惊愕地看了看我，二话没说就去替我通报了。

阿斯达利塔见到我以后，就向我迎来，他吻了我的手，把我引向房间深处的一张大沙发。第一次他也是以这样的方式迎接我的，我想，无论哪个女人来找他，他都会这样做。我竭力压抑着满腔怒火，说道："如果是你授意把米诺抓起来的话……那就马上把他放出去……否则你再也别想见到我。"

我见他的脸上显出一种惊异而又为难的样子，我当即明白了他对此事一无所知。"等一下，真见鬼，哪个米诺？"他结结巴巴地说道。

"我还以为你知道了呢。"我说道。我尽量简明扼要地讲述了我与米诺相爱的经过，并说了那天下午他在住所被人抓走的事。当我谈到我爱米诺时，我见他脸色都变了，但我宁可对他说实话，除了因为我怕说谎会对米诺很不利，还因为我有一种想对所有的人宣告我的爱的强烈愿望。现在，当我发现米诺被捕与阿斯达利塔没有任何关系后，我原先的怒气消了，重新感到自己是那样束手无策和软弱无力。因此，我的声音由开始时的坚定和激动，转而变成怨声怨气的了。我焦虑地说道："况且又不知他们会把他怎么样呢……据说还会用棍棒打呢。"此时，我两眼含满了泪水。

阿斯达利塔立即打断我说："你放心……不过，要是他是个工人就好了……可他是个大学生……"

"但我不愿意……我不愿意他被人关起来……"我哭喊道。

接着，我们谁都不说话。我竭力控制着自己的感情，阿斯达利塔看着我。看来，他是第一次不想帮我的忙。他深知我爱上了别的男人而不是他，这使他十分扫兴，所以不愿意答应我的请求。我把一只手放在他的手上，补充说道："你要是能设法放他出来……我答应你今后要我怎么样我都依你。"

他迟疑地盯着我看，尽管我根本没这种心绪，但我向他凑过身子去，把嘴唇伸给他，并对他说："那么……你肯帮我这个忙吗？"

他看了看我，想吻我，又知道我这样泪痕满面地献给他的吻，纯粹是一种奉承讨好，是含有明显的侮辱性的。于是，他推开了我，猛地站起来，叫我等着，接着就不见了。

此时，我已能肯定阿斯达利塔一定会设法让人释放米诺的。我对那类事情毫无经验，我想象着阿斯达利塔怎样怒气冲冲地打电话给一位奴性十足的警官，并命令他立即把大学生贾科摩·迪奥达蒂释放。我焦躁地计算着时间，当阿斯达利塔重新出现时，我站了起来，同时想着该怎样感谢他，然后赶紧离开这里去找米诺。

但是阿斯达利塔脸上的表情很异样，显得非常不高兴，失望中还夹杂着愠怒。"你说他们把他抓走了，"他生气地说道，"事实上是他向警察开了枪，然后就逃走了……其中一名警察躺在医院里生命垂危……现在他们正到处抓他，他们肯定会抓到他的，我无法为他做什么了。"

我惊愕得几乎连气都喘不过来了。我想起，我曾把米诺手枪里的子弹卸下来，但他完全可以背着我重新上好子弹。但同时，我又感到很高兴，我很快发现，这种喜悦的心情是很复杂的。我知道米诺还逍遥自在，所以很高兴；此外，还听说他开枪打死了一名警察，这更使我高兴，因为我原以为他是干不出这种事的。这一来，可就大大改变了他在我心目中的形象。使我感到惊异的是，一贯反对暴力行为的我，竟也赞赏起米诺这种拼死的行为来了，这完全是是给逼出来的。以前，在我想象松佐涅奥的犯罪经过时，也曾有过这种难以抑制的得意心情。但这一次，这种心情是伴随着一种道德上的正义感。而且我想，我很快就会找到他的，然后我们可以一起逃走，躲藏起来；甚至可以逃到国外去，我知道政治避难者在国外是受到欢迎的；我心里充满了希望。我还想，也许对我来说，一种新的生活将真正开始，我对自己说，我的新生应归功于米诺和他的大无畏精神，我既感激他，又对他充满了爱。此时，阿斯达利塔怒气冲冲地在房间里来回走着，不时停下来挪动桌上的某样东西。我平静地说:"看来,他是在被警察抓起来之后,才鼓起勇气开了枪,然后逃跑的。"

阿斯达利塔停了下来,看了看我,他整个脸部都扭歪了,非常丑陋:"你挺高兴,嗯?"

"他杀死了警察,他干得好,"我直言不讳地说道,"那警察要把他抓到监狱里去……要是你,也一定会这么干的。"

他反感地回答道:"我不是搞政治的……那个警察只是履行他的职责……他有妻子儿女。"

"米诺搞政治肯定有他的理由,"我回答道,"警察应该想象得到,一个人为了使自己不被捕蹲监狱,什么事情都干得出来……那个警察活该。"

我心里很平静,因为我仿佛看到了米诺正自由自在地走在城内的大街上,我似乎隐约听到他在藏身之处呼唤着我,感受到我又见到了他时的那种欢乐。我的镇定自若似乎使阿斯达利塔不能自制了。"不过我们一定会找到他的,"他突然大声说道,"你以为我们找不到他吗?"

"我可什么也不知道……他逃走了,我很高兴,就这么回事。"

"我们会找到他的,那时候,我们一定饶不了他。"

过了一会儿,我对他说:"你知道自己为什么那样恼火吗?"

"我根本没有恼火。"

"因为原来你希望他们抓住了他,那样一来,你就可以对我对他显示你的宽容大度……可惜他逃走了……你就是为这个恼火的。"

我见他愤愤地耸了耸肩膀。接着,电话铃响了,阿斯达利塔拿起听筒,他感到松了口气,像是为中断一场令人尴尬的争论而终于找到了借口一样。刚听了几句话，我见他的脸从原来的那种恼怒阴沉忽而转变为安详明朗了，就像在暴风雨的天空里，突然出现了一缕明亮的阳光。不知为什么，我立刻预感到了这是一种不祥之兆。电话打了很长时间，但是阿斯达利塔只是回答着"是"或者"不是"，使我弄不清他们说的究竟是什么。他挂上了听筒，说道："我深感遗憾，关于逮捕那个大学生的第一次通报不属实……为了搞清情况，警察局派人去你家和他的住处搜捕……他们想方设法逮住他……其实，他们是在出租房间的那个寡妇家逮住他的……而在你的家里，警察却见到了一个小个子的男人，金黄色的头发，带北方口音，他一见到警察，不仅不出示证件，还开枪逃走了……当时，他们以为那人就是米诺……显然，那个逃走的人是司法部门挂了号的。"

我双腿发软。米诺真的被抓进了监狱；而松佐涅奥肯定会认为是我告发了他。他发现我不见了，随后警察就到了，谁都会那样想的。米诺蹲在监狱里，松佐涅奥要伺机报复我。我像失去知觉般只说了一句："我真倒霉。"并朝门口挪动了一步。

当时我的脸色一定煞白得可怕，因为阿斯达利塔脸上那种胜利者的得意神情突然消失了，他走近了我，并焦虑地对我说道："现在你坐下……我们好好谈谈……并不是无可挽回的。"

我摇摇头，把手搭在门上。阿斯达利塔叫住了我，并结结巴巴地说道："你听着……我答应你会尽我最大的努力……我亲自审问他……然后，要是没有什么严重的问题，我就尽快地释放他……这样行吗？"

"好吧，"我声音微弱地回答道，然后又吃力地补充道，"对于你为我做的一切，我会感恩的。"

当时我知道，阿斯达利塔会像他应允的那样去做，释放米诺是他职权范围内的事。现在我唯一的愿望，就是赶快走，赶快离开他那可怖的办公楼，越快越好。但他出于职业上的考虑，又焦虑地关照我说："对了……他们在你家遇上的那个家伙，如果你害怕他……你就把名字告诉我……这样，就容易逮住他。"

"我不知道他的名字。"我回答道，并做出要走的样子。

"无论怎么样，"他坚持地说道，"你最好自己去一趟警察局……把你知道的都说喽……那里的人会告诉你该怎么办，然后会放你走的……要是你不去跑一趟，对你会很不利。"

我答应他去一趟，而后就告辞了。他没有立即关上门，而是站在门口看着我朝前厅走去。

第九章

我走出内务部大楼，匆匆走到附近的一个广场上，像逃跑似的。到了广场中央，我才意识到自己不知该上哪儿，这才开始考虑该在何处藏身。起初，我先想到了吉赛拉；但她的家太远，当时我已精疲力竭，两腿都站不稳了。另外，吉赛拉是否愿意接待我，我不是很有把握。唯一的去处是到出租房间的女人泽林达那里，我从家里逃出来时对妈妈提到过她。泽林达是我的朋友，再说，她的家又离得近，于是我决定上她那里。

泽林达住在一幢黄色的公寓里，楼房面向车站的广场，周围有很多类似的楼房。泽林达的这幢公寓楼有许多特别之处，楼梯总是黑洞洞的，即使在上午也是这样。没有电梯，没有窗户，几乎得摸黑上楼，经常会与靠着同一边楼梯扶手从上面下来的人撞上。楼里总弥漫着一股厨房的油腻味；但是厨房也许不开火多年了，油腻味已经渗透在那阴冷的空气之中。我拖曳着疲惫不堪的双腿登上了楼梯，不禁泛起一种恶心之感，以往我曾多少次被迫不及待的情人搂抱着上过那个楼梯呀。我对前来开门的泽林达说："我要一个房间……今晚我在这里过夜。"

泽林达是一个肥胖的女人，还未到中年，也许是因为过分肥胖，她显得比实际年龄要大。她患有足痛风病，满脸都是病态的红斑点，天蓝色的眼睛已失去神采，总是眼泪汪汪的，稀疏的金黄色头发乱蓬蓬的，有几绺就像亚麻绳似的耷拉着，但她仍有几分姿色，就像夕阳西下时分照射在一池死水中的一缕阳光一样。"房间有，"她问道，"你独自一人？"

"是的，一个人。"

我走进屋子后，她把门关上了，摇摇晃晃地走在我前面，她穿着一件旧晨服，显得又矮又胖，半松散的发髻耷拉在肩上，发卡都松了。房间里像楼梯上一样又冷又黑。厨房里似乎正在烧新鲜可口的饭菜。"我正在准备晚饭。"她转过身来，微笑着对我解释道。泽林达出租房间是按钟点算的，她对我很好，我也不知道为什么。往日我接完客以后，她常留我聊天，还请我吃糕点、喝酒。她没有结婚，因为她从小就胖得走形，从来没有人爱过她：从她询问我那些风流事时显出的那种羞涩、好奇和愣傻的样子，就可以看出她还是个处女。我对她没有任何嫉妒和恶意，我想，她一定为自己从未干过别人在她的那些房间里所干的事而暗感遗憾。她以出租房间为生，与其说是为了个人经济上的收益，还不如说是出于一种下意识的愿望，想使自己觉得并非完全被排斥在男女艳情的乐园之外。

走廊的尽头有两扇我很熟悉的门。泽林达打开了左边的门，把我带进了房间。她打开了那盏郁金香形状的白色玻璃吊灯，灯罩分成三枝杈，随后又去关百叶窗。屋子又大又干净，而正因为干净就更显出家具的陈旧和简陋：床前破旧的小地毯，补过的棉被，长有锈斑的镜子，外壳剥落的水壶和脸盆。她迎着我走来，望着我问道："你觉得不舒服吗？"

"我觉得挺好。"

"那你干吗不在家睡？"

"不乐意。"

"瞧我是不是能猜中，"她带着狡黠而又亲切的神情说道，"你遇上了一件使你扫兴的事……你等着一个人，但他没来。"

"也许是这样。"

"让我瞧瞧我是否说对了……那人是长着一头棕色头发的军官，你上次带他上这儿来过。"

泽林达不是第一次向我提类似的问题了。我漫不经心地回答着她，因为焦虑不安，嗓子眼有些发紧："你说得对……还有呢？"

"没有了……不过，你看，我一下子就看出来了……我一眼就猜到你是怎么回事了……但你不必动气……要是他没来，准是有什么理由的……要知道，军人是很不自由的。"

我什么也没说。她看了我一阵，然后含糊、亲热地哄着我说道："你愿意陪我吃饭吗？……有一顿美味的晚餐。"

"不了，谢谢，"我急忙回答说，"我已经吃了。"

她又看了看我，还轻轻在我脸上拍了一下。然后，像那些上了年纪的姑姑对年轻的侄女说话那样，带着要兑现某种允诺的神秘表情说："现在，我要给你一样东西，你肯定不会不要的。"她从衣兜里掏出一把钥匙，走到放内衣的五斗柜那里，转身打开了一个抽屉。

我解开了上衣，一手插在腰间，身子靠在桌子边上，看着泽林达在抽屉底部翻找着。这时我想起来，吉赛拉从前常常带她的情人到这个房间里来，我记得泽林达不喜欢她。泽林达并不是对所有的人都好，她只对我好，因为我讨她喜欢。为此我甚感欣慰。我想，世界上不光存在警察、官府、监狱一类冷酷而又令人痛苦的沮丧的事物。此时，泽林达已翻完了她的抽屉。她小心地关上它，朝我走来，嘴上又重复道："这你肯定不会不要的。"随后，她把一件东西放在桌面的一块垫布上。我一瞧，原来是五支好烟，带金色过滤嘴的，还有一把五颜六色的糖果，四块彩蛋形状的杏仁点心。"怎么样？"她又轻轻地拍了拍我的脸颊说道。

我不好意思地结结巴巴说道："好的，谢谢。"

"别客气，别客气……你需要什么，尽管叫我好了，不必客气。"

我独自一人留在房间里，身上特别冷，心里一片惆怅。我毫无倦意，不想上床睡觉；另外，那房间冰凉冰凉的，仿佛多年来冬天的寒气都贮存在这儿，使屋子里冷得跟教堂和地窖一样，冻得人什么都干不了。以往几次上这里来，似乎没有这些问题：我与陪同我前来的男人只想钻进被窝搂在一起相互暖暖身子。尽管我对那些贪婪的男人没有任何感情，但我沉浸在性爱的魅力的诱惑之中。而现在，我觉得在如此简陋而又冰凉的房间里纵情欢娱简直令人难以相信。当然，情欲之火每次都令我和我的情人销魂，使那些怪诞陌生的事物也变得可亲可爱。我不禁想到，要是我再也见不到米诺，那我今后的生活也将跟这间屋子差不多。我若是客观且不带任何幻想地正视一下我的生活，那它真是没有任何令我感到欣慰和美好的东西了，就像泽林达屋子里的东西一样，全是破旧不堪、肮脏和冷漠。

被褥冰凉无比，像是在水里浸泡过，我则像是躺在湿土上一样。当被窝慢慢暖和过来时，我久久地陷入了沉思。松佐涅奥的事使我很不安，我困惑地分析着那件不可思议的事情的前因后果。现在松佐涅奥肯定认为是我告发了他，从各方面情况来看，对我极为不利，这是毫无疑问的。但只有这些表面现象吗？我想起他说过的那句话："我觉得有人跟踪我。"我心想，会不会是神父把事情说出去了？看起来可能性不大，但也无法完全排除这种可能。

我始终想着松佐涅奥，想象着自我从家里逃出来后，家里可能发生的一切情况：一直等着我的松佐涅奥在房里等得不耐烦了，就穿好衣服，突然来了两名警察，松佐涅奥掏出手枪，出其不意地开枪后就逃走了。就像以前模拟松佐涅奥杀人作案的经过一样，我又一次想象着他开枪时的情景，一种含糊的难以满足的得意心理再次出现。我就这样毫无根据地臆测着，一次又一次兴致勃勃地想象着他开枪的场面，怀着爱恋的心情琢磨着当时的种种细节；毫无疑问，在警察与松佐涅奥的这次交锋中，我完全站在松佐涅奥这一边。我似乎看到了被打伤的警察倒在地上，我高兴得直战栗，见到松佐涅奥逃走后，我又长长地舒了口气，焦急地跟着他下了楼梯，在见他远远地消失在昏暗的大街上，我才放下了心。后来，对这一系列电影镜头似的想象，我感到厌倦了，便熄了灯。

我曾几次注意到，屋子里的床靠着一道门，门的隔壁是另一间屋子。我刚一熄灯，就发现那两扇门合得不严，一道光线从门缝里垂直地透过来。我用肘关节撑着枕头，抬起身子，脑袋挤在床头靠背的铁条之间，对着门缝往里面看。这样做并非出于好奇，因为我可以想象，透过那道缝隙会看到和听到什么，我只是怕自己胡思乱想，怕寂寞孤独，是这种恐惧的心理驱使我窥视隔壁的房间，以缓解那种孤寂。但看了半天，我没见到有什么人，门缝跟前只有一张圆桌子；吊灯的光线洒泻在桌面上，在桌子的那一头，我隐约看见了一面衣柜镜在阴影中的反光。忽然，我听见有人在说话。这是我十分熟悉的老一套对话，无非是问出生的地点、年龄和姓名什么的。那女的声音平静而持重，那男的声音却显得急促不安。他们在房间的一个角落里说话，也许他们已上床了。我使劲往里看，可又什么也看不见。我看得后颈背都有些疼了，正要缩回身子时，只见那女人走到桌子阴影下的穿衣镜跟前。她背朝我，全身赤裸地直立着，那张桌子挡住了我的视线，所以我只看见她的上半身。她看上去相当年轻，披着又长又浓密的卷发，光滑而硬实的脊背白得毫无血色，体态也并不优美。我想她大概不到二十岁，但乳房松弛，也许已生过孩子了。我想，她准是那些饥肠辘辘的姑娘中的一个，她们常在车站附近的小树丛里转悠，不戴帽子，也不穿大衣，脸上胡乱涂抹一气，衣衫褴褛，脚穿大号的坡跟鞋。我想，她笑起来一定会露出牙龈的。我很自然地就想到了这一切，因为那姑娘赤裸的脊背可怜巴巴的，不由得让人产生一种恻隐之心。对于她在照镜子时的心情，我太能理解了。但那个男人却蛮横地说道："你在干什么呀？"那女子离开了镜子。这时，我才看清了她的侧影，她弓着背，胸脯扁平，正如我想象的那样。

因那位姑娘而产生的恻隐之心随后也消逝了，我又孤独一人待在黑暗之中，我躺在冰凉的床上，四周都是些破破烂烂的令人寒心的东西。我想象到隔壁那一男一女，过一会儿就将抱在一起睡觉了，女的躺在男的身后，下巴靠在男的肩上，两腿缠绕在他的腿上，手臂搂住他的腰，手放在他的腹股沟上，手指抓在他腹部的褶皱之间，就像树木的根须扎到肥沃的黑土深处寻求生命之源一样，而我却突然感到自己像一棵断了根的植物，被人扔在光滑的石板地上，坐等着枯萎死亡。我十分想念米诺；我孤独无援，四周是一片荒凉孤寂的空间，我蜷缩其间，无人保护，也无人陪伴。我凄楚万分地伸出双臂想拥抱他，但他不在，我似乎成了个寡妇，我哭了，我把胳膊放在被子底下，好像是在拥抱着他。最后，我在不知不觉间睡着了。

　　我向来睡得很好，跟吃饭一样，胃口很容易得到满足，并能不间断地从中获取所需的养分。第二天早晨，我一醒来，就惊异地发现自己是在泽林达的房子里，躺在她那张床上，一缕阳光透过百叶窗的缝隙照在枕头和墙壁上。我还没有明白过来是怎么回事，就听见走廊里的电话铃响了。泽林达在接电话，我听见了我的名字，接着她来敲门。我从床上跳起来，穿着睡衣，光着脚丫子，跑到了门口。

　　走廊里空无一人，电话的听筒放在隔壁的搁架上，泽林达已到厨房里去了。电话里是妈妈的声音，她问道：

　　"阿特里亚娜，是你吗？"

　　"是我。"

　　"你干吗走掉啦？……家里发生了一些事……你至少应事先告诉我一下……太吓人啦！"

　　"是的，我全知道了，"我急忙说道，"说这些没用。"

　　"我真为你担心，"她接着说，"还有迪奥达蒂先生。"

"迪奥达蒂先生？"

"是的，他今天一大早就来了……他无论如何都要见你……他说他在这儿等你。"

"你告诉他，我马上就来……你对他说，我马上就到。"

我挂上了电话，跑到房间里，急忙穿上衣服。我万万没想到米诺这么快就被释放了，要是等上几天或是一个星期他才被释放，我会更高兴些。他这么快就获释，这让我很生疑，不禁有一种隐约的不祥之感。什么事都有它隐藏的含义，他那么快就被释放究竟意味着什么，我却搞不清。但我一想到，可能是阿斯达利塔遵照诺言立即设法释放了他，就镇静下来了。何况我迫不及待地想见到他，这种急迫的心情是令人愉快的，尽管带有几分焦虑。

我穿好了衣服，把头天晚上没有碰过的香烟、糖果和点心都放进手提包里，这样做是为了不使泽林达生气。随后，我又到厨房去向她道别。"现在你高兴了吧，嗯？"她说道，"你情绪好些啦？"

"昨天我太累了……那么，再见了。"

"走吧，你以为我没听见你打电话啊……迪奥达蒂先生……不过，你稍等一下……喝杯咖啡再走。"没等她说完话，我就已经走出去了。

我蜷缩着身子，坐在出租汽车座位的边沿上，双手拿着手提包，准备一停车就跳下车去。因为松佐涅奥对警察开过枪，我担心家门口会碰上什么人。我还考虑了我回家是否合适：松佐涅奥肯定会来报复的；但我觉得这对我无关紧要。要是他想报复，就让他报复好了，我只想见到米诺，我并没有去告发松佐涅奥，没必要躲起来。

在楼前，我没遇见什么人，在楼梯上也没有。我一到家就急忙冲到大屋子里，只见妈妈坐在窗口那儿蹬缝纫机。阳光透过肮脏的玻璃窗照进屋子，猫蹲在桌上舔爪子。妈妈立即停下活计，对我说："你可回来了……不过，你去叫警察至少也得跟我说一声啊。"

　　"什么警察不警察的！你在说些什么呀？"

　　"本来我可以跟你一起去的……把我吓得够呛。"

　　"但我出去并不是去叫警察的，"我恼怒地说道，"我就是出去了，没别的……警察找的是另一个人……看来这个人是做过什么亏心事。"

　　"你对我都不说实话。"她用责备的目光看着我。

　　"对你说什么？"

　　"我又不会去对别人说的……我不信你是无缘无故就跑的……事实上，你走后没过几分钟警察就来了。"

　　"不是这么回事，我……"

　　"不过，你做得对……到处都有坏人……你知道有个警察是怎么说的吗？他说那个人的脸并不陌生。"

　　我知道没法使她信服，她认定我出去是去告发松佐涅奥的，真没办法。"好了，好了，"我突然打断了她的话，"那个受伤的人……他们是怎么把他弄走的？"

　　"哪个受伤的人？"

　　"他们告诉我有一个人被打伤了，都快死了。"

　　"他们说的并不属实……有一个警察的一只胳膊被子弹擦破了皮……是我亲自替他包扎的伤口……他是自己走出去的……不过，我还听到了好几声枪响……他们是在楼梯上开的枪……家里给翻了个底朝天……后来，他们还盘问了我……我说，我什么也不知道。"

"迪奥达蒂先生在哪儿？"

"在那儿……你的房间里。"

我与妈妈待了一会儿，因为我现在并不想到米诺那里去，好像我已预感到会有什么不测。我从大屋子出来，朝我的房里走去。房间里很黑，但还未等我摸着开关，就从黑暗里传来了米诺说话的声音："请你不要开灯。"

他说话的声调很特别，听上去不怎么高兴，这使我很惊异。我关上门，摸黑走到床边，坐在床沿上。我觉得他是侧身朝我这边躺着。"你不舒服吗？"我问道。

"我很好。"

"那你是累了，对吧？"

"没有，我不累。"

我期盼的会面情景根本不是这样的。不过欢乐与光明的确是无法分割的。在那样的黑暗之中，我觉得我两眼无光，嗓子发不出充满喜悦的呼唤，无力伸手触摸他那可人的面庞。我久久地坐在那里。后来，我俯下身子凑近他小声说道："你想做什么？你想睡觉吗？"

"不。"

"你愿意我走吗？"

"不。"

"你愿意我待在你身边吗？"

"是的。"

"你愿意我躺在床上吗？"

"是的。"

"你想做爱吗？"我随便问了一句。

"是的。"

我对他这样的回答感到惊讶，因为我已经说过，他从来没有真正地爱过我。我突然感到心情激动，又温柔地问他："你喜欢与我做爱吗？"

"是的。"

"今后你总那样喜欢与我做爱吗？"

"是的。"

"我们将永远在一起，对吗？"

"是的。"

"你不愿意我开灯吗？"

"不愿意。"

"没关系，我摸黑脱衣服好了。"

我沉醉在获得彻底胜利的喜悦之中，动手脱起衣服来。我想，大概他在监狱中度过的那个夜晚里，突然发现他爱我，需要我。但我错了，这在以后我才明白。虽然他的被捕与他突然变得这么顺从之间有一定的联系，这一点我确实猜对了，但我却没意识到他这种态度的变化不仅不值得我飘飘然，甚至也没什么值得我高兴的。何况，在那种时刻，我是很难有那种洞察力的。我的身躯像是一匹被勒得过久的脱缰的马儿一样，猛地贴在他身上；我急切地对他表示我的热忱和满心的喜悦，这是我刚才无法做到的，是黑暗和他的冷漠阻止了我。

然而，当我挨近他，准备俯身躺在他身边时，突然感到他用双臂抱住了我的双膝，还狠命地咬我半边臀部。我感到一阵剧痛，同时，又隐约意识到，他这样咬我，是他那难言的绝望的表露，我们简直不是两个情人，而是在仇恨、狂怒和忧伤的情感驱使下，被赶到地狱深处的两个冤家，相互厮杀对抗着。他咬我的时间颇久，像是真想从我身上咬下一块肉来似的。虽然我愿意让他咬我，虽然我也觉得这并不是什么爱的流露，虽然他这么咬我我心里很高兴，但我疼得受不了，就推开了他，我若断若续地低声说道："别这样……你这是干吗呀？……你咬得人家好疼呀。"

我那种赢得他的胜利的虚幻感就此消失了。而且，在整个做爱的过程中，我们都缄默不语；但从他的举动中，我隐约地猜到了他如此纵欲的实际含义，后来他自己也向我作了详细解释。我明白，在此以前，他不是对我没有欲望，而是他身上的那部分对我没有欲望；而现在，出于某种原因，他想让一直压抑着的欲望充分发泄出来：这就是事情的一切。这跟我毫不相干，现在他仍像以前那样并不爱我。我，或者一个别的女人，对他来说都一样；我对他来说，只是他用来奖赏和惩罚自己的一种工具，过去是这样，现在还是这样。这一切是我在黑暗中与他躺在一起时，用我的血肉感觉到的，而不是通过思索察觉出的，就像我以前曾以同样的方式感觉到松佐涅奥是个魔鬼一样，尽管那时我对他杀人一事还一无所知。但是我爱米诺，我对他的爱远远超过了我对他的认识。

但他欲望上的强烈和贪婪使我感到惊讶，原来他是很节制的。我一直以为他那样节制是由于健康上的原因，因为他体质单薄虚弱。因此，当他从我身上得到快感后，接着又想来第三次时，我不得不悄声对他说："我倒没什么，你愿意怎么样都行……只是你当心别搞坏了身子。"

我似乎感到他在笑，只听见他对我耳语道："事到如今，我对一切都不在乎了。"

那"事到如今"一词我听了很心酸，所以他抱着我时，我所感到的欢娱也几乎都消失殆尽了，我急不可耐地等着能与他谈谈，想知道究竟发生什么事了。做完爱后，他好像已昏昏入睡了，但也许没睡着。我明智地等了一会儿，随后鼓足了勇气，心脏好像都已停止了跳动似的低声问道："现在你总可以告诉我，出什么事了？"

"没出什么事。"

"一定出了什么事了。"

他沉默了片刻，好像是在对他自己说话似的："不管怎样，我想你应该对此事略知一二的，事情是这样的：从昨天夜里十一点钟以后，我成了一个叛徒了。"

他这句话，吓得我浑身冰凉，倒不是因为他说这些话的本身，而是他说话时的那种声调。我结结巴巴地说道："一个叛徒？那是为什么？"

他带着那种冷漠、忧郁而又有几分诙谐的语气回答我说："在那些与他抱有同样政治信念的同伴之中，米诺先生一直被看作一个观点坚定、疾恶如仇的人……他们简直把米诺先生视为未来的首领……米诺先生曾坚信自己在任何情况下都将为自己争光，甚至还巴不得自己能被捕入狱以经受考验……是的，因为米诺先生想，一个搞政治的人，他的一生应该经历被捕、入狱，以及其他磨难，就像一名水手，他一生须远渡重洋，须接受暴风雨的洗礼，须经受惊涛骇浪和各种风险……但当他第一次在海上遇到风暴时，却像是最没出息的女人一样，经受不住了……米诺先生刚被带到一名警察面前，还未等别人威胁和用刑，就一股脑儿什么都说了……总之，他是背叛了……就这样，米诺先生自昨天起，就告别了他的政治生涯，步入了那告密者的行列——就权且说他是告密者吧。"

"你当时是害怕了。"我大声说道。

他立刻平静地回答道："不，也许我都没害怕过……只不过是跟那天晚上与你在一起时发生的情形一样，你要我解释一下我的思想……我突然觉得什么也说不出来了……我对审问我的那个人几乎产生了一种好感……他很想知道某些事情……而我在那种时刻却没想隐瞒，把什么都告诉他了……就这样……事情很简单……或者确切地说……"他考虑了一会儿又说道："也并非那么简单……我当时是那么急切，几乎可以说是极端热忱和虔诚……他反倒是有点想节制我想要坦白的热忱。"

我想到了阿斯达利塔，我觉得奇怪的是，他竟能使米诺对他产生好感："谁审问你的？"

"我不认识他……一个年轻人，蜡黄的面孔，秃头，黑眼睛……衣服穿得很讲究……大概是一位高级官员。"

"你还对他有好感？"我不禁大声说道，因为从米诺描述的形象，我辨认出那个人就是阿斯达利塔。

黑暗中，米诺凑在我耳边笑了起来："别慌……不是他本人……是他的职务……是啊，当一个人放弃做某一种人，或不知道自己该怎么做那种人时，往往会暴露自己的本来面貌……我不是富裕人家的阔少爷吗？……而那个人不正是以他的职务维护着我的利益吗？……我们认识到我们属于同类人……我们在事业上是一致的……你以为是什么？是我对他本人有好感？不，不……是我对他的职务有好感……我感到是我在付他钱，他在维护着我，尽管我在他面前是被告，但我其实是他的后台老板。"

他笑着，或者说得更确切些，他是咳嗽着笑的，我听了十分刺耳。我只知道发生了令人十分伤心的事，我的整个生活重又出现了问题。过了一会儿，他又说道："不过，也许我是冤枉了自己……很简单，我招认了，因为我没有必要不说……因为我突然觉得一切都是那么荒谬，那么毫无意义，而且我对本来我应该相信的事也全然难以理解了。"

"你难以理解了？"我机械地重复说道。

"对……或者说，我只是从言语上理解，就像我现在从言语上仍然还理解一样……但我不理解言语所表示的内涵……我想，我怎么仅仅为那些言语就去受罪呢？言语就是声音，就好像我为了驴叫或为了车轮的刺耳响声而去蹲监狱一样……言语对我已没有任何价值，我觉得一切都那么荒谬，那么千篇一律。他要的是我的言语，于是，我就给他言语，他要多少，我就给他多少。"

"那么，"我不禁反驳道，"既然是言语……那与你有什么关系？"

"是没什么关系，但是，当我一说出来后，那些言语就不光是言语，而都成了事实了。"

"为什么？"

"因为我开始感到痛苦……因为我后悔说了那些话……因为我明白，我说出了那些话，我就成了人家所说的那种叛徒了……"

"那你为什么要说呢？"

他慢吞吞地回答："人为什么会说梦话呢？也许那时我睡着了……而现在我醒了。"

就这样，他说来说去，总是回到老问题上。我心如刀割，只好勉强说道："也许你弄错了……你觉得自己好像说了什么似的，然而你什么也没说。"

"不，我没有弄错。"他简洁地回答道。

我沉默了片刻，然后我问道："你的朋友们呢？"

"哪些朋友？"

"杜里奥和托马索。"

"我什么也不知道，"他故意用一种冷漠的神情回答道，"他们会被捕的。"

"不会，他们不会被捕的。"我大声说道。我想，阿斯达利塔绝对不会利用米诺一时的软弱。但一想到两个朋友可能被捕，我开始意识到了事情的严重性。"怎么不会？"他说道，"我说出了他们的名字……他们没有理由不逮捕他们。"

"啊，米诺，"我不禁焦虑地大声说道，"你为什么这样做？"

"我也正要问我自己呢。"

"不过，要是他们没被捕，"过了一会儿，我抱着一线希望回答说，"就并不是无法挽回的……他们就永远不会知道你……"

他打断我说："是的，但我自己却知道……我永远知道……我知道自己再也不是从前的我，而是另一个人，就在我招认的时候，我生下了另一个我，就像母亲生下儿子似的……但现在，我不喜欢那个我……糟就糟在这里……有些丈夫把自己的妻子杀了，因为再也无法忍受在一起的生活……现在你想象一下，在同一个躯体里生活着两个人，其中一个恨透了另一个……至于我的朋友们，他们肯定会被捕的。"

我再也按捺不住地说道："要是你不说，他们也照样会放了你的……那样，你的朋友们就不会有任何危险。"于是，我急忙对他说了我与阿斯达利塔的关系，说了我如何插手帮他的忙，以及阿斯达利塔对我的许诺。他默默地听我说着，然后说道："这就更妙了……原来我的释放不仅是因为我的招认，还多亏了你与一个警察的微妙关系。"

"米诺，你别这样说。"

"不过，"过了一会儿，他又说道，"我的朋友们能摆脱困境，对此我很高兴……至少我在良心上没有另一种内疚。"

"你看，"我急忙说道，"现在你的朋友们与你还有什么区别？他们多亏了我，多亏了阿斯达利塔对我的爱，才没有进监狱。"

"对不起……有一个区别……他们没有招认。"

"谁对你说的？"

"是我希望他们没有招认……总之在这种情况下，应该一人做事一人当。"

"不过，你就当没有发生过什么一样，"我仍坚持自己的意见，"你再遇上他们时，什么也别说……那有什么关系呢？谁都有软弱的时候。"

"是的，"他回答道，"但不是所有的人死了还仍然活得下去……你知道，我招认的时候是怎么回事吗？我当时是死了……真是死了……永远死了。"

我再也忍受不了那揪心的痛楚，放声大哭起来。"你干吗哭呀？"他问道。

"为了你说的这些话，"我抽泣得更厉害了，回答道，"你说你死了……我真害怕。"

"你不喜欢与一个死人在一起吗？"他开玩笑地问道，"这并非像人想象的那样可怕……根本没有什么可怕的……我是以一种特别的方式死的……我的身躯还活得好好的……你摸摸我，看我是否还活着。"他抓起我的手，让我在他身上摸。"我活着，你感觉到了。"他拉住我的手，非要我去抚摸他，最后把我的手按在他的腹股沟上，"我全身哪一部分都活着……对你来说，我比以往任何时候都更有活力了……你别害怕，我从前活着的时候我们做爱不多，现在我死了，我们可以多多加以补偿。"他以一种极端鄙视的神情，狂怒地猛然甩开了我那只手。我双手捂着脸，放声大哭，以发泄内心的痛苦。我真想就这样一直不停地哭下去，因为我害怕一旦停止哭泣，就会感到空虚和茫然，使我不得不重新面对令我失声痛哭的现实。然而，我终于还是停止了，我用床单拭干了泪水，睁大眼睛，凝视着面前的黑暗。这时，我听见他用温柔亲切的声音问我："依你看，我应该怎么办？"

我猛地转过身去，紧紧地搂住他，对着他的嘴说道："不要再去想这件事了……不要再为此事烦恼了……过去的已经过去了……你就这样做吧。"

"往后呢？"

"往后你重新开始学习……争取大学毕业……大学毕业之后，你就回到你的省城去……我见不到你不要紧，只要知道你是幸福的……你以后去工作，到了适当的时候，在那儿娶一位真心对你好的门当户对的姑娘……政治与你有何相干？你不是搞政治的人，你本来就不该去过问政治……那是一个过错，但谁都会有过错的……总有一天，你会对自己竟然曾经搞过政治而感到诧异的……我真心爱你，米诺，要是别的女人，是不愿意与你分开的……不过，要是有必要，你也可以明天就动身……要是有必要，我们可以不再见面……只要你幸福。"

"但是，"他用清晰而低沉的声音说道，"我不会再感到幸福了……我是个告密者。"

"这不是真的，"我生气地回答道，"你根本不是什么告密者……即使你告过密，你也同样可以高高兴兴地生活……有人甚至犯了罪，还照样生活得十分愉快……就以我为例，人们在谈到妓女时，指不定会怎么说呢……而我却跟寻常女子没有什么两样。我常常是幸福的……这些天来，"我痛苦地说道，"我是这样幸福。"

"你幸福吗？"

"是的，很幸福……但我知道这种幸福不会持续很久的……事实上……"说到这里，我又想哭了，但我克制住了，我又说道："你原来对自己的看法与你的实际为人差距很大……但事情已经过去了……事过境迁，你将看到一切都会好起来的……说穿了，你之所以为发生的事情感到痛苦，是因为你感到羞愧，你害怕别人议论你，害怕你的朋友议论你……你可以中断与他们的来往，你可以结识别的人。世界那么大，要是他们对你不好，不能理解你这只是一时的软弱，你就与我在一起，我爱你，我理解你，我不指责你……真的，"说到这里，我大声说道，"哪怕你干了比这坏一千倍的事，对于我来说，你也永远是我的米诺。"

他什么也没说。我又继续说道："我是一个可怜而又无知的姑娘，这我知道，但有些事情我比你的朋友们、比你懂得多……我也曾有过你现在这种感情……我们第一次见面时，你碰也不碰我，我想，你那样做是因为你鄙视我……我突然失去了生活的乐趣……我是那样痛苦……我真想使自己成为另一种女人，但同时，我又意识到这是不可能的，如今我还得依然故我地生活下去……我感到羞耻、烦恼、绝望……全身麻木僵硬，冰凉冰凉的，像让人捆绑起来了似的……有时候，我真想死了算了……后来，有一天，我与妈妈偶然走进了教堂，我在那里祈祷时，似乎明白了自己没有什么可羞愧的，即使我成了那样的人，也是上帝安排的。我不该抗拒我的命运，人应该顺从地、满怀信心地接受命运的安排才是。如果你鄙视我，那是你的过错，而不是我的过错……总之，我想到了很多事，最后一切委屈的心理都没有了，我重又感到轻松愉快。"

他笑了起来，他的那种笑令人浑身发冷，随后他说道："这实际上就是要我接受我所干的一切，我不该拒绝……任凭我变成什么样的人都认了，从而不审判我自己……但有些事也许在教堂里会发生……然而，在教堂外面……"

"你去教堂吧。"我对教堂寄寓了新的希望，就向米诺提议说。

"不，我不去……我不信教，在教堂里我会感到厌烦……况且，怎么能这样胡说八道呢？"他又一次笑了起来，但又突然停止不笑了，他抓住我的双肩，使劲地摇着，并喊道，"你难道不明白我干了些什么吗？你不明白吗？你不明白吗？"他一把抓住我的双肩，使劲地摇我的身子，使我都喘不过气来了，最后他又用力地摇晃了我一下，把我往后一推，随后我听见他从床上跳起来，摸黑穿衣服。"你别开灯，"他以威胁的口吻说道，"我得慢慢习惯让别人正视我……但现在还为时过早……你要是开灯，当心你会倒霉的。"

我连气也不敢出。不过，最后我问道："你要走吗？"

"是的……但我会回来的，"他说，我觉得他又笑了，"你别害怕，我会回来的……我还告诉你一个好消息……我来你这儿住。"

"住在我这儿？"

"是的，但我不会给你添麻烦的……你可以继续你以往的生活……另外，"他又说道，"我们用我家里寄给我的钱一起生活……我原来住的是膳宿全包的公寓……不过，足够我们俩在家里过日子的。"

对他的这种打算，我特别高兴，但更觉得奇怪。不过，我不敢说什么。他默默地在黑暗中穿好了衣服。"我今晚回来。"他随后说道。我听见他开了门出去，并关上了门。我睁大眼睛躺在床上，四周一片黑暗。

第十章

当天下午，我照阿斯达利塔说的那样，到区警察分局去为松佐涅奥的罪行作证。我是带着十分抵触的情绪去的，因为自从米诺出事之后，凡是与警察局以及警察有关的一切都使我反感透了。但事到如今，我一切都听天由命了。我明白，在今后一段时间里，生活对我来说将是索然无味的。

"今天上午我们就一直在等你来。"我刚说明来意，警察局局长就这样说道。他为人非常好，我早就认识他了。尽管他已年过五十，是个当父亲的人了，但长时间以来，我心里明白，他对我不止是一种简单的好感。他那像海绵一样的大鼻子和他那副忧郁伤感的神情，很惹人注目。他的头发总是乱蓬蓬的，眼睛眯着，像是刚从床上起来似的。他的眼睛呈蔚蓝色，眼窝很深，像是套上面具从后面往外望一样，脸上橘红色的皮肤又皱又厚，令人想起了过了时令的橙子皮，橙子的个头挺大，但里面只有干巴无味的瓤心。

我说我没能早些来报告。他那双好似藏在橙子皮后面的蔚蓝色的眼睛，盯着我看了一阵，然后带着一种会意的神情问道："唔，他叫什么名字？"

"我怎么知道？"

"得了，你肯定知道。"

"我以名誉担保，"我把一只手放在胸口说道，"他在大街上叫住了我……我觉得他的举止行动有点古怪，真的……但我没在意。"

"那怎么他一个人在家，而你却不在呢？"

"当时我有一件急事要办，所以离开了他。"

"但他却以为你是出去叫警察了……这你知道吗？他狂叫着说你去告密了。"

"对，这我知道。"

"他还说要报复你。"

"随他的便。"

"但你难道不知道那个人是个危险分子？"他斜视着问我道，"由于他以为是你告的密，为了报复，说不定哪天他会开枪打你的，就像他向警察开枪一样。"

"这我当然明白。"

"那你为什么不愿意说出他的名字呢？……等我们把他抓起来后，你就不用担心了。"

"我对您说了我不知道……啊，真见鬼……我带到家里来的男人，难道我都得知道他们的名字不成？"

"可我们知道他的名字。"他突然提高了嗓门，像演戏一样把身子往前一倾，斩钉截铁地说道。

我知道他在说谎，平静地回答说："既然你们知道，何必还这样为难我呢？你们把他抓起来就好，今后别再谈论他了。"

他沉默不语地看了我片刻。我注意到他的眼睛里流露出一种困惑不安的神情，他盯着看的是我这个人，而不是我的脸。我突然明白了，他旧时的欲望情不自禁地取代了他职业上的热忱。"我们很清楚，"他继续说道，"要是他开了枪，然后又逃走了，他这样做一定是有他的理由的。"

"唔，对此我也深信不疑。"

"但是，你是知道其中的缘故的。"

"我什么也不知道……既然我连他的名字都不知道，别的我怎么会知道呢？"

"我们对全部事实一清二楚。"他说道。他似乎在想着别的什么事，只是机械地说着话。我肯定他过一会儿就会站起身走到我的身边来的。"我们对他很了解，我们会逮住他的……只要几天工夫……也许只是几个小时的事。"

"这样对你们就更好了。"

就像我预见到的那样，他站了起来，围着桌子转了个圈，走到了我的身边，用手掌托住了我的下巴，说道："好了，好了……你什么都知道，就是不愿意对我们说……你怕什么呢？"

"我什么也不怕，"我回答道，"我确实什么也不知道……不过，请您把手放回去。"

"得了，得了。"他重复说着。但他又回到桌子后面坐下，接着说道："你很走运，因为我对你有好感，我知道你是个好姑娘……你要知道，要是换个别人，会怎样设法逼你说出来吗？他们会把你关进拘留所……得关好长时间……或者把你送到圣加利卡诺去。"

我站起身来，说道："好吧，我还有事……要是您没有别的事要对我说的话……"

"你走吧……但你得留神与你经常来往的人……搞政治的或者是别的什么人。"

我假装没听见他后半截意味深长的话，急急忙忙从那肮脏的小屋里走了出来。

一路上，我又琢磨着松佐涅奥的事。警察说的话进一步证实了我原来的猜测：松佐涅奥以为我告发了他，他要报复我。我十分害怕；我不是担心自己，而是担心米诺。松佐涅奥是个暴性子，要是他发现米诺与我在一起，一定会毫不迟疑地把他杀了。说来也怪，一想到能与米诺死在一起，我心里就感到很高兴。我似乎看到了这样的场面：松佐涅奥开枪了，为了保护米诺，我扑了过去，横在他和米诺之间，替他挡了子弹。就算米诺也中弹了，我也不遗憾，这样我们就死在一起了，我们的血也流在了一起。但我想，我俩同时被一个凶手杀死，还不如一起自杀。我觉得双双死去，是爱得强烈的必然结果。就好比在花儿凋谢之前就把它剪下来一样，又好比听完了一段绝妙的音乐之后沉浸在寂静之中似的。我常常琢磨这种自杀的方式，它能在爱情受到损害和腐蚀之前，使时间停下来，导致自杀的原因是极度欢乐，而不是痛苦不堪。我对米诺爱得太强烈了，我担心今后都不能再那样爱他了。我这种双双自杀的想法是自然而然产生的，但我从未对他说过这一点，因为我知道，要一起自杀，需要两人相互爱得一样深切。但米诺并不爱我；或者说，他爱我，但没有爱到不想活的程度。

我昏昏然沉溺在这些思虑之中，低着头朝家里走去。突然，我一阵头晕，随之而来的是一阵恶心，全身都很不舒服。我勉强支撑着走进了一家奶品店。离家只有几步路了，但我四肢无力，像是要倒在地上似的，连那短短的路都走不完了。

我坐在玻璃门后面的一张小桌子旁，难受得闭上了眼睛。我仍然很恶心，头也晕得厉害，煮咖啡的蒸汽壶喷出的雾气更令我难受，那雾气喷得出奇地远，令人心烦意乱。我的双手和脸颊都暖烘烘的，因为咖啡厅关得严严实实，暖气又开得很足，但我身上还是感到冰凉冰凉的。店里的伙计跟我很熟，他从柜台后面招呼我道："阿特里亚娜小姐，喝杯咖啡吗？"我没睁开眼睛，点点头表示同意。

我呷着那人放在小桌子上的咖啡，终于慢慢恢复过来了。其实，这不是我近来第一次这样了，但并不觉得很厉害，只稍稍有些感觉。我一直没怎么在意，加上又发生了一连串非同寻常的伤心事，使我无法去考虑它。可是现在我前前后后仔细想了想，把出现的恶心现象与那个月生理上发生的不正常现象联系起来考虑，我深信，我近来有过的某种疑虑是有根据的，这种怀疑曾不断地被我驱散，但它却始终滞留在我意识中的最隐秘之处。"没有什么可怀疑的了，"我突然想道，"我肯定是怀孕了。"

我付了咖啡钱，就从奶品店走出来。我的感受很复杂，直到现在，哪怕相隔那么长时间了，我还是说不清我当时的感觉。我早说过，人总是祸不单行的。在别的时候，在别的条件下，发现自己有了身孕我会很高兴的，而在当时的情况下，我只能把它看作是一种不幸。但从另一个角度来看，我生性开朗，即便碰上了令人很不愉快的事，在一种神秘的、难以抗拒的天性的支配下，我总能发掘令人鼓舞的一面。这回也不例外，那是所有女人在自己有了身孕后都会感受到的充满希望和喜悦的心情。的确，我的孩子今后将出生在十分不利的环境之中；但他毕竟是我的孩子，是我把他生下来的，我要抚养他，让他享受天伦之乐。我想，无论生活如何贫困，环境如何恶劣，前途如何暗淡，孩子总是孩子，一个女人一想到能生一个孩子，心里总是美滋滋的。

想到这里，我就平静下来了。一时的忧虑和沮丧过后，我又像平时那样安详而充满信心。很久以前，我妈妈曾拽着我到一家夜间营业的药房里，让人检查我是否与人发生过关系，替我做过检查的那位年轻大夫的诊所离奶品店不远。我决定到他那里去，让他替我检查一下。时间还早，候诊室里没有别人。那位大夫跟我很熟，他热情地接待了我。等他一关上门，我就平静地告诉他："大夫，我怀孕了，我几乎可以肯定。"

他笑了起来，因为他知道我干的那一行，他问我："你感到遗憾吗？"

"没有丝毫遗憾，相反，我很高兴。"

"我看看吧。"

他问我怎么不舒服，提了几个问题之后，就叫我躺在铺有油布的小床上，替我做了一番检查，然后高兴地说："这回你说对了。"

我的猜测被证实了，我很高兴，丝毫没有愁眉苦脸的样子，心情也十分平静。我说："我早已知道自己怀孕了……我来这里是为了确定一下。"

"绝对可以确定。"

他快乐地搓着双手，好像他就是那孩子的父亲似的，他晃动着身子，两只脚不时轮换着支撑身子，他十分高兴，对我和蔼可亲。

现在尚有一个疑点，令我忧烦，想确实弄清楚。我问道："我怀孕多久了？"

"差不多两个月了……两个月多一点，或者不到两个月……为什么？你是想知道孩子是谁的？"

"我已经知道是谁的了。"

我往诊所门口走去。"要是你需要我帮什么忙，你就只管来找我好了。"他打开门对我说道，"到了分娩的时候……孩子会很顺利出生的。"跟警察局局长一样，他也特别喜欢我。但他又与警察局长不一样，因为我也喜欢他。我已经描述过他的样子，他是个漂亮的小伙子，深褐色的皮肤，健壮而又精力充沛，黑黑的髭须，明亮的眼睛，洁白的牙齿，像猎狗一样生气勃勃。我经常去找他给我检查身体，至少两个星期一次，因为他从来不收我的钱。出于感激，我与他有过一两次关系，就在刚才他叫我躺在那里检查的那张小床上。但他是个谨慎的人，除了跟我亲切地开几句玩笑之外，从来不把他的愿望强加于人。他常常劝慰我，我想他是以他的方式在爱着我。

我对大夫说，我知道谁是孩子的爸爸。其实那时我只是凭着一种本能的猜测，并没有具体地计算过日子。而当我一走到街上，仔细地计算了日子后，回顾着最近这一段时间，我这种猜测就变成了确切的事实。我记起来了，差不多正好在两个月之前，就是在我的那个黑漆漆的房间里，我对他怀着惊恐和爱恋交织着的感情，痛苦中夹杂着欢畅，被折腾得长声号叫，于是我确信，孩子肯定就是松佐涅奥的，不可能是别人的。当你知道自己身上怀着的孩子，是与一个像魔鬼一样残忍冷酷的杀人犯生的，当然是太可怕了，尤其令人担心的是孩子会像他的父亲，会继承他父亲的天性。可另一方面，我又不能不为松佐涅奥辩护，他当孩子的父亲是当之无愧的，因为在所有爱恋过我的男人当中，松佐涅奥是唯一真正占有了我的人，撇开爱情不谈，唯有他深入了我肉体最幽暗最隐秘的深处。尽管他使我感到害怕甚至恐惧，但我又情不自禁地委身于他，这正好从事实上说明并印证了他占有我的深度和彻底性。不管是吉诺，或是阿斯达利塔，还是我对之怀有非同寻常感情的米诺，都没有在我身上激起过这种被合法占有的感觉，尽管我憎恶这种占有感。这一切令我感到奇怪，也使我感到害怕；但事实又确实如此，感情是唯一既不能拒绝，又不能否认，在某种意义上也无法分析的东西。最后我得出的结论是：谈情说爱需要某些男人，生儿育女则需要另一些男人；如果我与松佐涅奥生个孩子是应该的话，那么我憎恶他，摒弃他，实际上却爱着米诺也是无可非议的。

我缓步走上我家的楼梯时，感受到了肚子里所承受的小生命的重量。我走进门厅，听到起居室里有人说话。我探头进去看，惊讶地见到米诺坐在桌子的一端。妈妈坐在他身边忙着缝制衣服，他在跟妈妈平静地说话。屋子里一片阴影，只有中间那盏可以调节的长臂灯开着。

"晚上好。"我走上前去，有气无力地说着。

"晚上好，晚上好。"米诺以一种难听的声调迟疑地说道。我看了看他的脸，发现他目光明亮，便断定他是喝醉了。桌子的一端铺着一块桌布，上面放着两个人用的餐具，我知道妈妈总是独自在厨房里吃饭，所以那另一套餐具肯定是为米诺准备的。"晚上好，"他重复道，"我把手提箱带来了……在那边……我还与你的母亲交上了朋友……我们很谈得来，是不是，太太？"

听到他那种讽刺挖苦和令人伤感的声调，我的心都碎了。我倒在一把扶手椅上，闭了一会儿眼睛。我听见妈妈回答说："是您说的我们很谈得来……要是您往后说阿特里亚娜的坏话，那我们就永远也说不到一块儿去了。"

"我说什么啦？"米诺假装十分惊异地大声说道，"我说阿特里亚娜天生就得过她那种生活……我说阿特里亚娜生活得很不错……这有什么不对呢？"

"但这不对，"我听见妈妈反驳他说，"阿特里亚娜不是生来就得这样生活……她长得那么漂亮，应该生活得更好，应该过比这要好的生活……您知道吗？她说不上是全罗马最漂亮的姑娘，但在这一带她算得上是最漂亮的了。我看到许多长相比她差得多的姑娘都很走运……而阿特里亚娜尽管长得跟王后一样美丽诱人，可是总出不了头……不过，我知道原因何在。"

"原因何在？"

"因为她太善良了……这就是原因……因为她既漂亮又善良……如果她漂亮而又狠心的话，您看到的情况就会大不相同了。"

"行了，行了，"我对这场争执很厌烦，尤其是米诺说话的声调让我很恼火，他好像在拿妈妈寻开心似的，"我饿了……能吃饭了吗？"

"马上就可以吃。"妈妈把手头的活计撂在桌上，急忙走了出去。我站起来，跟着她去了厨房。

"我们这里成了膳宿公寓了？"我一走近妈妈，她就唠叨了起来，"他一来……就好像是这里的主人似的……他把手提箱往你的屋里一放……还给我钱要我去买东西。"

"难道你不情愿？"

"我宁愿跟以前那样。"

"唉，你就当我们已经订婚了……何况这只是临时的安排，就是几天的事，他不会总待在这里的。"为了使她平静下来，我又说了些其他类似的话。我拥抱了她一会儿，然后就回到了起居室。

我始终忘不了米诺在我家跟我和我妈妈这第一次吃晚饭时的情景。米诺吃得很香，还不停地开着玩笑。但在我听来，他的那些玩笑比冰块还凉，比柠檬还酸。显然，他头脑里只想着一件事，而这件事在他心中就像一根刺扎在肉里一样，他的那些玩笑，只是使那根刺扎得更深，刺得人更疼。他老是想着自己对阿斯达利塔交代过的事。真的，我从未见过谁对自己犯下的过错如此悔恨的。我小时候听过神父的教诲，他们说忏悔能洗刷过错，但米诺的忏悔是没有终结的，既没有出路，也没有任何好的效果。我知道，他深陷于极端的痛苦之中，我看他这样痛苦，心里感到同样痛苦，也许我比他还要痛苦，因为我不仅为他的痛苦而痛苦，而且还为我自己无力解除或至少减轻他的痛苦而痛苦。

我们默默地吃完了第一道饭菜。妈妈一面站着伺候我们，一面不知怎么谈到了肉的价格，于是米诺抬起头来说道："别担心，太太……从今以后，由我来养你们……我很快就会有一份好差使了。"

我听到他这样宣布，觉得似乎有了一种希望。妈妈问道："什么差使？"

"警察局里的差使，"他带着十分严肃的神情痛苦地回答道，"是阿特里亚娜的一位朋友给我安置的……就是阿斯达利塔先生。"

我放下刀叉，目不转睛地看着他。但他继续说道："他们发现我在警察局里干事很合适。"

　　"也许是吧，"妈妈说道，"但我向来不喜欢警察……住在这楼下的洗衣女工的儿子也当了警察……您知道，在隔壁的水泥厂干活的那些小伙子对他说什么吗？'走开，我们不认识你……'何况，警察挣的钱很少。"她撇了撇嘴，替我们换了盘子，然后把盛肉的盘子递给了他。

　　"不是那么回事，"米诺边吃饭边反驳道，"我说的是一份重要的工作……很微妙……很神秘……唉，真见鬼！……我白上了那么多年的学啦……我都快大学毕业了……我懂外语……可怜虫才该去当警察，而不是我这样的人。"

　　"也许是。"妈妈重复了一声。"给你这块。"她把最大的一片肉塞在我的盘子里说道。

　　"不是也许……就是如此。"米诺说道。

　　他沉默了片刻之后，又说道："当局知道国内到处都有反对的人……不仅在穷苦的阶层中，富有的阶层里也有……为了监视有钱人中的不安分者，就需要有教养的人去干，谈吐、穿着和待人接物都得像他们一样，才能赢得他们的信任……我干的就是这个……我将得到很高的报酬，将住在一流的旅馆里，乘卧铺车厢旅行，上最好的饭馆用餐，由裁缝高手替我制作衣服，出入豪华的海滨浴场，上风景秀丽的山庄避暑……真见鬼……你们把我看成什么人啦？"

　　妈妈瞠目结舌地看着他。这些荣华富贵使她垂涎三尺了。"要是那样，"她终于说道，"那我没说的了。"

　　我吃完了饭。突然我觉得，这出悲凉的喜剧实在叫人再也看不下去了。"我累了，"我骤然说道，"我到那边待一会儿。"我站起身，从起居室出去了。

我坐在自己房里的大床上，蜷缩着身子，叉开手指捂着脸默默地哭了起来。我想到了米诺的痛苦，想到了要生下来的孩子，痛苦与腹中的孩子一样都在各自生长，由不得我，我无法控制它们。它们都是活生生的事实，我对它们毫无办法。过了一会儿，他进来了，我立刻站起来，为了不让他看见我的泪眼，我及时擦干泪水，在房间里转了半圈。他点了一支香烟，并躺倒在床上。我坐在他的身边说道："米诺，我求你……别对妈妈那样说话。"

"为什么？"

"因为她什么也不懂……可是我懂，对我来说，你的每句话都像一根针似的扎在我的心里。"

他什么也不说，继续默默地抽烟。我从抽屉里拿出一件衬衣、一根针和一个丝线轴，坐在床上靠近灯，一句话也不说地开始缝衣服。我不愿意说话，因为我担心一说话，他又会谈到那件事上去，我希望沉默能使他分心去想些别的事情。缝制衣服时，人的眼睛得十分专注地看着活计，而思想却是自由的，干这一行的女人都知道这一点。我尽管手里在缝衬衣，脑子里的思想却很激烈，我飞快地来回过线，像是在缝补我脑子里的破洞和折边一样。现在我跟米诺一样，着魔似的摆脱不了那桩事，总想着因此可能带来的后果。但我不愿意去想它，因为我担心自己老想着这件事，会对米诺产生一种莫名的影响，致使他也去想，陷在痛苦之中而不能自拔，这是非我所愿的。因此，我愿意去想一些明快、轻松的事，我集聚了全部思想力量，竭力使思绪转向要出世的孩子。在经历过那么多坎坷之后，现在孩子是唯一使我高兴的因素。我想象着他到两三岁时会长得怎么样，那时候孩子最惹人喜爱了，活泼而又可爱，我还想象着孩子将来的举止动作和言谈话语；我想到今后我会怎样把他抚养成人。我这样想着想着，感到自己真像希望的那样重又高兴起来了，一时忘记了米诺和他的痛苦。当我缝完了那件衬衣又拿起另一件活计时，心里琢磨着，以后我就以缝制婴儿的衣物来缓和与米诺长时期待在一起的紧张气氛。只是我不能让他发现我做的是什么，我得找一个借口。我想，我可以对他说，是为我的一个邻居做的，刚好，她也快生孩子了，我想这个借口不错，何况我对米诺也曾经谈起过那个女人，说过她很穷呢。想到这些，我开心多了，竟不知不觉地轻轻哼起歌来了。我唱歌从不走调，尽管我嗓音不大；我的声音很柔和，跟我讲话的声音一样。我唱起了一首当时的流行歌曲《凄凉的别墅》。我用牙齿咬断了线，抬起眼睛时，正好遇上了米诺的视线。我想他一定会责备我，在他处在那样严峻的时刻，我竟唱起歌来了，所以我就停下不唱了。

"你再唱一支。"他望着我说。

"你喜欢听我唱歌？"

"喜欢。"

"我唱得不好。"

"没关系。"

我又拿起针线缝衣服，并给他唱歌。像世上所有的姑娘一样，我会唱好些歌，而且曲目相当丰富，因为我的记性特别好，连我小时候学的歌我都记得。我唱了一支又一支，几乎把所有我会唱的歌都唱了。开始，我轻声地唱着，后来，唱得来劲了，我就放开嗓子唱起来，而且声情并茂。我一支接着一支地唱着歌，每支歌都不相同，我在唱上一支歌的同时，心里已想着下面接着要唱的另一支了。他听我唱着歌，脸上现出了几分安详的神情，我为自己能转移他的注意力而感到很高兴。这时，我想起孩童时的一件事来，有一天，我丢失了一件我特别喜欢的玩具，伤心得哭个不停，妈妈为了安慰我，就坐在我的床上唱起歌来，她只会唱那么几句。虽然她唱得并不好，总走调，但她一唱我就不哭了，我听着她唱歌，就像米诺听我唱歌一样。但后来，丢失玩具的念头又占据了我的心，妈妈的歌声只是一时使我忘却失去心爱之物的痛苦，而且一旦清醒过来，那杯苦酒就变得更令人难以下咽。于是，我又突然放声大哭起来，妈妈发脾气了，她把灯关上就走，让我一人在黑暗中哭个够。我相信，等我那哄人的甜蜜歌声消逝之后，米诺又会感到原有的痛苦，而且那将是一种更加强烈、更加令人心碎的痛苦，因为这种痛苦是那么深切，与我歌声中那种浅薄的伤感情调形成了鲜明的对比。我唱了将近一个小时了，他突然打断我说："行了，你唱得我都烦了。"说完，他就背朝着我，缩着身子，像是想睡觉。

我预见到他会这样粗暴无礼，所以我没怎么太难受。何况当时等待我的都是些令人不愉快的事呢，要是遇上了什么高兴的事，反倒会使我感到意外。我从床上起来，去把缝好的衣服放好。我始终一言不发，默默地脱去衣服，掀起了被子，钻在米诺留出的那空着的一边躺了下去。我们就这样默默地背对着背躺着。我知道他没睡，还在想那件事；正因为我知道他在想些什么，又强烈地意识到自己的无能为力，所以思绪紊乱，感到十分绝望。我侧身躺着，一边想，一边凝视着房间的一角。我瞥见了米诺从梅多拉吉寡妇那里取来的两只提箱中的一个，那是个黄色的旧皮箱，上面贴满了五颜六色的旅馆标签。其中一个上面印有四方的天蓝色的大海和一块红色的巨石，上面写着：卡普里。那片蓝色的小方块在阴影下，处在那些暗淡而毫无光泽的家具中间，是那么灿烂，看上去不光是个斑点，而像是个洞孔，透过它我仿佛看见了遥远的海之一隅。突然，我想念起大海来，它是那么欢快，又是那么生机勃勃，在大海中，一切最污浊、最畸形的物体都能被净化、磨圆、变尖，直至化成美丽而洁净的物体。我一向喜欢大海，即使是人们常去的拥挤不堪的奥斯蒂亚那样的海滨，我也喜欢。见到大海，我有一种自由洒脱之感，不仅是眼睛，就连耳朵也陶醉在其中，海浪似乎在向人们不断地弹奏一种魔幻般永恒的音符。我思恋起大海，强烈地向往着它那清澈透明的海浪，这波浪不仅冲洗着人的躯体，似乎还冲刷着人的灵魂，人们一碰触那清澈的海水，就变得轻松欢快。我心里想，要是我能把米诺带到海边去，也许，大海的浩渺和它永恒的汹涌澎湃，将会产生单靠我的爱恋所无法达到的效果。我突然问他："你到过卡普里吗？"

"去过。"他答道，但没转过身来。

"卡普里很美吗？"

"是的……美极了。"

"你听着，"我在床上向他转过身去，用一只手臂搂住他的脖子对他说，"为什么我们不去卡普里，或者到别的海滨呢？……你留在罗马，除了总想那些令人不快的事情，什么也干不下去……你要是出去换换环境，我肯定你将以另一种目光去看待一切……许多你眼下看不到的东西将会出现在你的面前……这对你肯定会很有好处。"

他没有马上回答我，似乎在考虑什么。然后他说："我不需要去海边……在这里我也可以像你所说的那样，以另一种目光去看待事物……只要像你所说的那样，对自己的所作所为采取服从的态度，我很快就会感到天空、大地、你以及一切事物都是那么美好……你以为我不知道世界是美好的吗？"

"那么，"我急切地说道，"你就认了吧……能把你怎么样呢？"他笑了起来："我早该这样想了……应该像你一样……从一开始就认了的……连坐在教堂台阶上晒太阳的叫花子也是从一开始就认命的……但对我来说已经太晚了。"

"为什么？"

"有人认命，有人不认命……很明显，我是属于第二类人……"

我沉默不语，不知该说什么才好。过了一会儿，他又说道：

"现在你把灯关掉……我想摸黑脱衣服……该睡觉了。"

我听从了，他摸黑脱去衣服，上了床，躺在我身边。我朝他转过身去，想拥抱他。但他一声不响地推开了我，蜷缩着身子躺在床沿上背对着我。他这一举动使我感到很伤心，我也缩着身子，沮丧地期待进入梦乡。可是我重又想起了大海，我真想淹死在海里算了。我想，死只是一瞬间的痛苦，而后，我那失去生命的躯体将随着阵阵海浪，久久地在晴空下漂浮着。海鸟将啄食我的双眼，太阳将晒焦我的胸部和腹部，鱼儿将啃食我的脊背。而后我将脑袋朝下沉下去，被卷入那冰凉的蓝色激流之中，长年累月地穿行在海底的岩石、海鱼和海藻之间，那清澈咸涩的海水将在我的额头、胸膛、腹部和腿上流过，缓慢地磨耗我的身躯，侵袭我的肌肤。最后，有那么一天，一个浪头会将我剩下的一副脆弱的白骨抛在某个海滩上。想到自己被海水的激流拖拽着头发沉入海底，想到我有朝一日会变成一堆无法辨认的白骨，杂陈在海滩上白净的卵石中间，我心里很高兴。但愿有人不知不觉地踩踏在我的骨头上，把它压碾成白色的粉末。我沉浸在这些伤感的思绪之中想入非非。

第十一章

　　第二天，无论我怎样竭力幻想用休息和睡眠来改善米诺的情绪，都会很快发现他没有丝毫的变化。我感到他的心情反而更坏了。他像头天那样，时而长时间地郁闷而又持续地沉默不语，时而又挖苦嘲弄地侃侃而谈，海阔天空地说一些无关紧要的事。不过，从他的言谈之中，可以看出，支配他的那种思想感情就像纸币上水印的图案一样，一清二楚。从他那种怠惰、漠然和毫不在乎的精神状态，可以看出他心情的恶劣。他一向是充满活力、精力充沛的，从来没有这样过。这似乎意味着他在逐步摆脱他做过一切。我打开了手提箱，把他的衣服和别的物品放进我的大衣柜里。我建议他把常读的那些书，暂时摆放在五屉柜镜座的大理石台面上，但他却说："书就留在手提箱里吧……反正，这些书再也用不着了。"

　　"啊，为什么？"我问道，"你不是要攻读学位吗？"

　　"我不攻读什么学位了。"

　　"你想放弃学业吗？"

　　"我不想学了。"

我没再继续说什么，生怕他又谈起那些使他苦恼的事，于是我把书都放在手提箱里了。我还注意到，他不洗脸，也不刮胡子。原来他一向是干干净净很注意仪表的。第二天，他在我的房间里待了一整天，他时而躺在床上抽烟，时而双手插兜在房间里来回踱步沉思。但在吃午饭时，他像答应过我的那样没再跟妈妈说话。到了晚上，他说想一个人出去到外面吃饭，我不敢提出要陪他去。我不知道他去哪儿了，等他回来时，我正要躺下睡觉，我一下子就发现他喝醉了。他既放肆又滑稽地拥抱了我，并想占有我，我只得依从他。虽然我明白，如今对他来说，女人就如同他喝酒一样，是硬逼着自己做的一件不愉快的事，目的是消耗自己，为的是消愁。我道破了这一点，还加了一句："你还是去跟别的女人玩儿吧。"他笑了，并回答道："是该去找别的女人……不过，不是有你嘛，唾手可得。"听了他这番话之后，我生气了；而且不仅仅是生气，而是感到很痛心，因为这些话表明他对我很少有什么感情，或根本没有感情。

　　随后，我豁然开窍了似的，转身对他说道："你看……我知道我只是一个可怜的姑娘……不过，你应该爱我……我是为你好才这样求你的……要是你爱我，我敢肯定，最终你也会爱你自己的。"他看了看我，而后又开玩笑地大声重复道："爱情，爱情。"便熄了灯。我痛苦而迷惑地待在黑暗中，眼睛睁得大大的，不知道自己究竟该想些什么。

　　在而后的几天里，事情没有什么变化，一切还是老样子。他只不过是用新习惯取代了旧习惯罢了。以前他念书上大学，在咖啡馆里会朋友，看看书什么的。现在，他躺在床上抽烟，在房间里来回蹩步，说话总是怪声怪气、含沙射影，又酗酒又纵欲。到了第四天，我真的开始绝望了。我很清楚，他的痛苦没有丝毫减轻，我觉得，不能继续在痛苦中生活下去了。我的房间里总是烟雾腾腾的，像是一座日夜开工制造痛苦的工厂；对我来说，呼吸的空气也成了一种黏稠的胶状物，充斥着忧伤和惆怅。在这种时刻，我往往咒骂自己思想的贫乏和无知，还有那比我更无知、更无能的妈妈。人处在困境中时，首先想到的是去求教见多识广的长者。但这样的人我一个也不认识，而去求助于妈妈，犹如求助于一个在院子里玩耍的孩子一样。另外，我始终未能深入了解他的痛苦，很多事情都被我忽略了。我逐渐相信了这一点，他之所以苦恼，主要是他认为自己向阿斯达利塔所供认的一切都已写在内务部的卷宗里了，并存放在档案之中，成了他软弱屈从的永恒见证。他说过的某些话证实了我的看法。于是，有一天下午，我对他说："要是你担心自己对阿斯达利塔说过的一切都已记录下来……我要阿斯达利塔干什么他都乐意……我担保，只要我向他提出来，他肯定会把审讯记录全部销毁的。"

他看了看我，并以一种异样的语气问道："你怎么会产生这种念头呢？"

"那天你自己那么说的……我对你说，你应该尽量忘记那件事，而你却回答我说，即使你忘了，警察当局也不会忘的。"

"可你怎么要求他这样做呢？"

"这很简单……我给他打了电话，然后就到部里去找他。"

他既没说同意，也没说不同意。我追问他说："你究竟愿意不愿意我去求他这么做呢？"

“对我来说，怎么都行。”

我们一道出去，并到奶品店去打电话。我很快就找到了阿斯达利塔，我说，我有话对他说。我问他是不是可以去内务部找他。他以一种特别的口吻结结巴巴地回答说："除非在你家见面，否则就算了。"

我心里明白，求他帮忙，得让他得到报偿。我竭力支吾搪塞着，提议说："那就到一家咖啡馆吧。"

“不行，要么在你家，否则就拉倒。”

“那好吧，”我说道，“就在我家。”我又补充说，我当天下午晚些时候在家等他。

“我知道他想干什么，”当我们走在回家的路上时，我对米诺说，“他是想与我做爱……但谁也不能强迫一个女人违心地去做爱……他曾经讹诈过我一次，当时我没有经验，可他以后再也别想得逞了。”

“你为什么不愿与他做爱呢？”他漫不经心地问道。

“因为我爱你。”

“不过，如果你不满足他，”他还是那样漫不经心地说道，“他也许会拒绝销毁审讯记录的……那怎么办？”

“他会销毁的，你不必担心。”

“但要是他非要你顺从他，否则他不干呢？”

这时，我们已经走在楼梯上，我停住脚步说："我听你的。"

他搂住我的腰，慢吞吞地说道："那好，我想这么干：你让阿斯达利塔来，你借口与他做爱，把他带到你的房间里……我等在门后，当他进来时，我就开枪打死他……然后，我就把他塞在床底

428

下，我俩做爱，玩上个通宵。"

他两眼闪烁发光，第一次驱散了连日来一直遮挡着视线的层层迷雾。我感到害怕极了，首先因为我觉得他的建议中蕴含着某种逻辑；其次是因为事到如今，等待着我的总归是越来越可怕的致命的灾难，而那一场凶杀是完全可能发生。"发发慈悲吧，米诺，"我大声说道，"即使是开玩笑，你也别这么说。"

可是我想，也许他并不是在开玩笑；不过，我一想到他用的那把手枪里已没有子弹了，我就很放心，我说过子弹让我偷偷地给卸掉了。"你放心，"我接着说道，"阿斯达利塔会照我说的去办的……你别再那么说了……我真让你给吓坏了。"

"唉，如今连玩笑也不许开了。"他走进家门时，悄声地说道。

当我们走进起居室时，我注意到他突然显得十分焦虑不安。像往常一样，他把双手插在口袋里来回踱步。但他走路的步子比往常更有力，从他脸上的表情可以看出来，他是在冷静地深思，往常那种厌烦和冷漠的神情不见了。我把他情绪上的这种变化归结于他清醒地知道，对他构成威胁的那些材料很快就会被销毁了。我心里又一次充满了希望，我说："你将看到一切都会过去的。"

他十分震惊，看了我一眼，像是不认识我了，而后，他机械地重复道："是的，当然喽……一切都会过去的。"

我把妈妈打发走了，借口叫她去买晚饭要吃的东西。我突然变得乐观起来。我想一切都真的会过去的，也许比我希望的要好得多。阿斯达利塔会按照我要求的那样去做的，假如他还没有这样做的话；米诺将逐渐摆脱自己内疚的心理，将重新感到生活的乐趣，将重新开始信心百倍地展望未来。人在处于极端困难的境况下，能幸存下来就满足了；但一旦境况改变了，就又会雄心勃勃地设想长远的蓝图。两天之前，我曾想过，只要米诺幸福，我可以放弃他；但现在，我却幻想自己能使米诺很快获得这种幸福，我不仅不想离开他了，而且还在琢磨着采取什么手段能将他与我联结得更紧。我觉得，我并不是权衡了利弊得失之后才这样打算的，而是出于一种莫名的冲动，我心里始终充满希望，不愿长久蒙受羞辱和痛苦。我觉得，事到如今，我们只有两种抉择：要么分手，要么一辈子在一起。由于我不想去考虑那第一种解决办法，所以我就不得不寻思，通过什么手段可以加快第二种办法的实施。我不喜欢谎言，我认为我不多的优点中，诚实可以算得上是其中的一个，有时甚至都有些过分了。要是当时我对米诺撒了谎，那是因为我觉得自己并没有在说谎，而是在说实话。那比真话本身还要真实，因为那是发自心灵深处的话语，而不是按具体事实说的话。何况，我并没有经过什么考虑，那只不过是我的一闪之念。

他像平时那样来回踱步，我坐在桌子的一端。我突然对他说道："你听着……你别来回走了，我得跟你说一件事。"

"什么事？"

"近来，我感到不太舒服……几天前我去找医生看了……我怀孕了。"

他停住了脚步，看了看我，又重复说道："你怀孕啦？"

"是的……而且我绝对肯定是你的。"

他很聪明，虽然他不能察觉到我在撒谎，但马上明白了我这样宣布的真实意图。他端来一把扶手椅，坐在我的身边，在我的脸上亲切地抚摸了一下，说道："这样我就更有理由忘记发生过的一切而继续活下去了，而且是一种特别的理由……不是吗？"

"你这话是什么意思？"我假装不明白地问道。

"我快当父亲了，"他接着说道，"照你们女人家说的，看在这小生命的分上，我现在得去做原来为了你的爱不愿做的事。"

"你想怎么做就怎么做，"我耸了一下肩膀说道，"我之所以告诉你，因为这是真的。仅仅是如此而已。"

"不管怎么样，"接着他用那种审慎的口吻若有所思地大声说道，"孩子是叫人生活下去的理由……许多人别无更多的要求，有个孩子就行了……为了孩子，有人甚至可以去偷窃，去杀人。"

"谁让你去偷窃，去杀人啦？"我愤愤地打断了他，"我只是想让你高兴……如果你不高兴，那就算了。"

他看了看我，抚摸着我的脸颊亲切地说道："要是你高兴，我也高兴……你高兴吗？"

"我高兴，"我自豪而又肯定地回答道，"首先是因为我喜欢孩子，其次是因为跟你有的这个孩子。"他笑了，并说道："你真能耍花招，你呀……"

"我怎么耍花招……怀孕是耍花招？"

"不是什么耍花招……但你得承认，在目前这种情况下，处在这种时候，这一招很灵……你怀孕了，那么……"

"那么怎么样？"

"那么你对自己做过的一切就认了，"他突然猛地跳起来，挥动着胳膊，扯着嗓子大声喊道，"那么你得活下去，得活下去，得活下去！"

他说话的那种声调令人难以言喻。我两眼充满了泪水，心里难受极了。我结结巴巴地说道："你愿意怎么样就怎么样……如果你想离开我，就尽管离开我好了……我……我走。"

他对自己突然那样发怒似乎后悔了，他一面靠近我，一面亲切地抚摸着我，并对我说："原谅我……你别在意我说的话……多想想你的孩子，别管我。"

我拉过他的手，把它贴在我脸上，我的眼泪润湿了他的手，我哽咽着说道："啊，米诺……我怎么能不管你呢？"

我们就这样久久地沉默着。他站在我的身边，我把他的手紧紧地贴在我的面颊上，我吻着他的手哭着。然后，大门的门铃响了。

他挣脱了我，我似乎看到他脸色变得十分苍白；但当时我不知道是为什么，也没顾得上问这个。我猛地站起身说道："快走……阿斯达利塔来了……快！……你快出去！"

他往厨房那边走去，把门虚掩上了。我赶忙擦干了眼泪，把扶手椅放回原处，然后就到了前厅。我重又恢复了平静，对自己充满了信心。在一片漆黑的前厅里，我甚至想到得对阿斯达利塔说我怀孕了。这样，他就会放过我，即使不是出于爱情，也会出于怜悯而答应帮我忙的。

我一开门，不由得往后倒退了一步：站在门口的不是阿斯达利塔，而是松佐涅奥。

他两手插在口袋里，我几乎是下意识地想把他拒之门外，可他用肩膀轻轻地顶开门走了进来。我跟着他走进起居室。他站在靠窗户那边的桌子旁。他跟往常一样没戴帽子，我一进屋就立刻感到他那咄咄逼人的目光。我关上门，装作若无其事的样子问道："你来干什么？"

"你把我告发了，是不是？"

我耸了耸肩，坐在桌子的一端说道："我没告发你。"

"那天你撇下了我，下楼去叫便衣警察了。"

我很平静。如果说我当时有什么反应的话，那就是愤怒，而不是惧怕。他不再使我感到惧怕了，我心头涌起一股对他的愤恨，对所有不让我过那种幸福生活的男人的愤恨。我说道："是的，我撇下了你，因为我爱另一个男人，而且我不想与你再有什么关系……但我并没有去叫警察……我不是告密者……是警察他们自己来的……他们是来搜捕另一个人的。"

他走近我，用两只手指托起我的脸腮，玩命地拧我，疼得我龇牙咧嘴的，他把我的脸扭向他那边。他说道："你应该感谢上帝，多亏你是个女人。"

他拧住我的脸不放，把我的脸扭成一副又难看又可笑的怪样子。我疼得要命，恼怒之极，猛地站了起来，推开他喊道："你给我滚，你这个蠢货！"

他又把双手插在口袋里，挨得我更近了，像平时那样盯着我看。我又大声喊道："你这个蠢货……瞧你那一身筋肉……瞧你那双小贼眼……瞧你那秃头……你滚开，你给我滚开……白痴。"

我看他一声不吭地站在那里，歪斜的薄嘴唇上露出一丝微笑，两手插在口袋里，眼睛死死地盯着我，向我逼近。我心想，真是个十足的蠢货。我跑到桌子的另一端，抄起了一个沉甸甸的裁缝熨斗，喊道："你滚开，白痴……否则我就用这个砸你的脸。"

他迟疑了一下，停住了脚步。就在这时，我背后的起居室的门打开了，阿斯达利塔出现在门口。显然，他发现大门开着就进来了。我转身朝他喊道："你叫这个人立刻滚出去……我不知道他想干什么……你叫他出去。"

我看到阿斯达利塔这次穿得那么衣冠楚楚的，心里特别高兴，我也不知是为什么。他穿着一件双排扣的灰色大衣，像是新的。白底红条的衬衣是绸子的，一条漂亮的银灰色的斜纹领带系在那深蓝色的套服翻领里。他先看了看我，当时我正挥舞着大熨斗，又看了看松佐涅奥，然后用一种平静的语气说道："小姐要你走……嗳，你还等什么？"

"我与小姐有事要谈，"松佐涅奥用一种十分低沉的声音说道，"您最好还是走开。"

阿斯达利塔走了进来，摘下了丝绸镶边的黑色毡帽。他不慌不忙地把帽子搁在桌上，然后，就朝松佐涅奥走过去。他那种神态使我惊异。他那平时忧郁伤感而又乌黑的眼睛变得那么明朗，闪烁着一种咄咄逼人的光芒，咧着的大嘴巴向上翘着，露出一丝得意而又挑衅的微笑。他咬牙切齿，一字一句地说道："唔，这么说，你不愿意走喽……你听着点，我可是在叫你走……而且叫你立刻就走。"

松佐涅奥摇摇头拒不从命，但使我惊讶的是，他竟后退了一步。霎时间，我想到松佐涅奥是什么事都干得出来的。我害怕极了，我是为阿斯达利塔担心，不是为了我，可他是那么毫无畏惧地向松佐涅奥挑衅。小时候，我在马戏团里看见一位小个子驯狮人，他拿着鞭子挑逗一头咆哮的巨狮，当时我那种焦虑心情与现在一样。"当心！"我真想大声喊叫，"他是个杀人犯，是恶棍！"但我没勇气那么说。阿斯达利塔又说道："那么，你想不想走？……你究竟走不走？"

松佐涅奥还是摇头表示不走，并又往后退了一步。阿斯达利塔向前紧逼一步。现在他们是鼻子对着鼻子了，两个人个子一般高。"你到底是什么人？"阿斯达利塔脸上依然带着狞笑，问道，"你叫什么名字？……快说！"

松佐涅奥什么也不说。"看来，你是不想说喽，嗯？"似乎松佐涅奥的沉默使阿斯达利塔感到很得意，他几乎带着某种淫威说道："你不想说，又不想走……是不是？"

他稍等片刻之后，就举起一只手，狠狠地扇了松佐涅奥两记耳光，一边扇了一下。我咬住了捂着嘴的拳头。我闭上眼睛，想道："现在松佐涅奥会把他打死的。"但我听见阿斯达利塔的声音在说："现在你走吧……快，快走！"我重又睁开眼睛，只见阿斯达利塔揪着松佐涅奥的大衣领子，把他拖到房门口。松佐涅奥的脸上还有被打过耳光后留下的红印，但他似乎并不反抗。他任凭阿斯达利塔拖拽着，好像在想别的什么。阿斯达利塔把他推出门房，然后，我听见大门砰的一声关上了，阿斯达利塔又出现在房门口。

"他是谁？"他一面问，一面下意识地从大衣的翻领上取下一根绒毛，并仔细地在自己身上打量了一番，像是生怕刚才用力过猛，有损于他端庄的仪表似的。

"我始终不知道他叫什么……我只知道他叫卡洛。"我撒了个谎。

"卡洛。"他冷笑地重复道，并摇摇头。接着他走近了我。我依然站在窗口那儿，透过玻璃看着窗外。阿斯达利塔用一只手臂搂住我的腰，此时，他的表情和声音又都变了，他问我道："你好吗？"

"我挺好。"我看也不看他，说道。他两眼盯着我看，然后默默地把我紧紧搂在他怀里。我轻轻地推开了他："你对我真好……我给你打电话是求你再帮个忙。"

"你说吧。"他说道。他仍然盯住我看，似乎没在听我说话。

"你审问过的那个年轻人……"我开始说。

"噢，是的，"他沉下脸，打断了我的话，"还是他呀……他并不是个好人。"

我十分好奇地想知道审问米诺的全部情况。我问道："为什么？……他害怕啦？"

他摇摇头回答道："我不知道他是否害怕了……但我刚开始提第一个问题，他就什么都说了……要是他矢口否认，我是不能把他怎么样的，我手头没有证据。"

于是我想，事情果然像米诺说的那样。那是偶尔的失态，是一种莫名其妙的精神上的崩溃，既没有人要求他，也没有人威胁他这样做。"那么，"我接着说道，"我想你们一定记录了他全部的招供……我要你把记录全部销毁。"

"是他的主意，嗯？"他狞笑道。

"不，是我的主意。"我回答道。"我要是骗你，宁愿即刻就去死。"我发誓道。

"他们都想销毁自己的材料……"他说道，"保安局里的档案使他们心有余悸……材料销毁了，他们就不再悔恨了。"

"也许是如此，"我想起了米诺，就回答道，"不过，这回你兴许搞错了。"

他又让我贴在他身上，我的腹部顶着他的肚子，他窘困而又结巴地说道："你用什么来报答我呢？"

"没什么可报答你的，"我回答得很干脆，"这回我可真没什么可报答你的。"

"要是我拒绝销毁呢？"

"那你就使我太痛苦了，因为我爱那个人……他身上发生的一切就像发生在我身上一样。"

"可你对我说过，你会对我好的。"

"我是这样说过……但现在我改变了想法。"

"为什么？"

"就是这样……没有为什么。"

他又紧紧地搂住我，结结巴巴地在我耳边絮叨着，他恳求我至少最后一次满足他的欲望。他对我说的话，我无法重复，他一边恳求着，一边说着淫秽不堪、难以下笔的言语，都是些男人对我这样的女人，或者是我这样的女人对情人说的那些下流话。我不知道他怎么把这些话说得那样细腻入微；但他不像往日那样带有一种粗犷的欣喜以发泄其情欲，而是带有一种忧郁的近乎癫狂的得意神情。有一次，在疯人病院里，我见过一个神经错乱的杀人犯对护士描述说，要是护士落在他手里，他将如何如何加以折磨，那个疯子说话的口吻与阿斯达利塔对我悄声说那些猥亵言语时的口吻一模一样，那么寡廉鲜耻，那么肆无忌惮。实际上，他就是以这种方式在表述他的爱，那乃是一种淫荡而又悲戚的爱，别人一定会认为这纯粹是一种淫欲，但我却认为它像其他的爱一样深沉、完全和纯真。他像以往一样，引起了我的爱怜，因为透过那一大堆猥亵的话语，我看得出他的孤寂，而且深知他根本无法摆脱这种孤寂。我任凭他倾诉衷情，然后对他说："我本来不想对你说……但你迫使我不得不说了……你想怎么样都行……但我不能像过去那样了……我怀孕了。"

他并不感到惊诧，还是那样固执着迷，一时一刻都不改变他的顽念："哦……那又怎么了？"

"这样一来，我将改变我的生活……我想马上就结婚。"

我之所以对他直言相告，是想解释我为什么拒绝他。但我发现，自己说着说着，把真实的想法都说出来了，那些话都发自我的肺腑。我叹了口气，又补充道："你最初认识我的时候，我就想结婚……后来，我没有结婚，也并不是我的过错。"

他仍然用双臂搂着我的腰，不过不再像原先那样搂得那么紧了；听我这么一说，他就完全放开了我。他说："我诅咒我遇见你的那个日子。"

"为什么？你那天对我很好。"

他吐了口唾沫，又说道："我诅咒我遇见你的那个日子，我诅咒我出生的那个日子。"他没有大声叫喊，似乎也没有显露出任何愤激的情绪。他坦然而又自信地说着。他又说道："你的朋友不必害怕什么……审问没作任何记录……他提供的情况也不足为凭……但在档案材料上仍然写着他是个危险的政治人物……再见，阿特里亚娜。"

我还是站在窗口那儿，他走的时候，我远远地看着他，向他致意告别。他从桌上拿起帽子，便头也不回地出去了。

通向厨房的门打开了，米诺手持勃朗宁手枪进来了。我吓呆了，木然地看着他，一句话都没说。

"我本来想杀死阿斯达利塔的，"他带着微笑说道，"你以为我对销毁材料真那么在乎吗？"

"那你为什么没把他杀了？"我惊奇地问道。

他摇了摇头，说道："他那样诅咒他出生的日子……就让他再诅咒几年吧。"

我总觉得有什么东西使我焦虑不安，但我怎么也想不出来究竟是什么事情。"不管怎么样，"我说道，"我得到了我想要的东西……档案材料里什么也没有。"

"我听到了，我听到了，"他打断了我，"我一切都听见了……我一直在门背后，门虚掩着……我都看见了……他刚才挺勇敢的，"他心不在焉地补充说道，"你的阿斯达利塔……啪，他扇了松佐涅奥两记响亮的耳光……瞧他打别人耳光的那副神气……上级对下级才那样子的……是主子或自以为是主子的人打仆人才那样子……松佐涅奥就是那样忍气吞声地挨了他的耳光子……他连气儿都没吭。"他笑了，把手枪放回了口袋。

他对阿斯达利塔非同寻常的夸奖，使我觉得困惑不解。我没有把握地问道："你认为松佐涅奥会怎么做？"

"谁知道啊？"

天快黑了，起居室沉浸在半明半暗之中。他倚着桌子打开了长臂灯，灯伞四周围一片黑暗。桌子上有妈妈的眼镜和她平时玩的纸牌。米诺坐下来，拿起纸牌把它们摊开，然后说道："你想打一局牌吗？……趁着我们等开晚饭的工夫。"

"你真有闲心！"我大声说道，"还打一局牌？"

"对……玩'打主牌'……来。"

我依从了他，坐在他跟前，机械地拿着他发的牌。不知为什么，我头脑很乱，手也直发颤。我开始玩起牌来了。纸牌上的图像似乎都不怀好意地令人惴惴不安：黑桃 J 瞪着黑眼睛，显得那么凶狠，手里拿着黑花；红桃皇后贪欲、兴奋而又憔悴；还有那大腹便便的方块 K，是那样冷漠，那样冷酷无情。我觉得我们玩牌是下了一笔重要的赌注，但我不知道是一种什么赌注。我伤感极了，一边玩牌，一边轻轻地叹气，想摸清那压抑在我胸口的负荷是否还在。我感到，那重负不仅没有消除，而且变得越来越沉重了。

他赢了第一局，后来又赢了第二局。"你怎么啦？"他一边洗牌，一边问道，"你打得太糟了。"

我扔掉牌，说道："别这么折磨我，米诺……我真没有心思打牌。"

"为什么？"

"我也不知道。"

我站了起来，在屋子里来回走了几步，悄悄地绞拧着双手。"我们到那边去好吗？"我提议道。

"好吧。"

我们走到了前厅，在黑暗中他搂住了我的腰，亲吻我的颈脖。当时也许我是生平第一次感受到爱情就是他认为的那样：是一种排遣的方式，一种麻木自己的方式，然而它并不比任何别的方式更重要、更令人愉快。我双手捧住他的脑袋，疯狂地吻着他。我们就这样搂抱着走进了我的房间。房间里一片漆黑，但我并没有意识到。一道血一样耀眼的红光充斥着我的眼睛。我们的每个动作都像是一股激情的火苗，是那样炽热，那样强烈，烧得我们火辣辣的。有时候，遍及我全身的第六感官似乎使我看到了一切，对黑暗像对光明一样习以为常。但这只是一种幻觉，并没有超越躯体接触的界限；

而我所看到的，只是我们俩的身躯在夜间的投影，犹如两个淹死了的人的躯体，被一个黑色的回头浪抛到了海滩上一样。

突然，我发现自己躺在床上，灯光反照在我赤裸的腹部上。不知是因为冷还是出于羞涩，我并拢大腿，用双手捂住小腹部。米诺看着我。"你的肚子会越来越大……"他说道，"一个月比一个月大……现在你把双腿并拢着，总有一天你会疼得把腿叉开……毛茸茸的小脑袋会露到外面来，你会使劲地把他挤出来，他们把他接生出来，让你把孩子抱在怀里……你将会喜笑颜开……世界上将会多一个人……希望他不会像阿斯达利塔那样说。"

"说什么？"

"我诅咒我出生的那个日子。"

"阿斯达利塔是个不幸的人，"我回答道，"但我肯定，我的孩子会生活得愉快和幸福的。"

随后，我用被子裹住了身子，我想我是睡着了。但阿斯达利塔的名字重又勾起了我的忧虑，自他离开之后我一直有一种不祥之感。突然，我听见一个陌生的声音在我耳边大声喊道："砰，砰！"像是有人模仿勃朗宁手枪发射的枪声；我又急又怕，猛地从床上坐了起来。灯还亮着，我急忙下了床朝门口走去，看看门是否关好了。但我撞上了米诺，他已穿好衣服站在门旁抽烟。我慌乱窘困地回到床边，坐在床沿上。"你说说，"我问道，"松佐涅奥会怎么干？"

他看了看我，回答道："我怎么知道呢？"

"我了解他，"我终于说出了那压抑在我心头的焦虑，"他无可奈何地被推出门外，并不是说就没事了……他会把阿斯达利塔杀了的……你说呢？"

"完全有可能。"

"你认为他会去杀死他吗？"

"他真那么干，我也不会感到惊讶的。"

"得提醒他一下，"我大声喊道，一面从床上起来，一面开始穿衣服，"我肯定他会杀死他的……啊，我怎么早没想到这一点呢？"

我急急忙忙穿好衣服，嘴里还不停地叨咕着我的担忧和不祥的预感。米诺沉默不语，他抽着烟，在我身边来回走动着。最后我对他说："我到阿斯达利塔家去……这个时候他肯定在家的……你在这里等我。"

"我也去。"

我没有坚持自己的意见，其实，我很愿意他陪我去，因为我当时太激动，我真担心自己会急出病来。我穿上大衣说道："得乘一辆出租汽车去……快。"米诺也穿上了大衣，我们一起走出了家门。

我急匆匆地在街上走，几乎是在小跑，米诺跨着大步，挽着我的胳膊跟着我。不一会儿，我们找到了一辆出租车，我急忙上了车，朝司机喊了一下阿斯达利塔家的地址。我知道他家离司法大楼不远，是在通往帕拉蒂方向的一条大街上，我从来没去过。

出租汽车在街上疾驰，我似乎失去了知觉般注视着汽车行驶的方向，我的身子向前倾着，我越过司机的肩膀，望着前面的马路。忽然，我听见米诺好像在自言自语地说："杀了他又有什么？一条蛇吞噬另一条蛇。"我没答理他。到了司法大楼跟前，我让司机停车，我下了车，米诺付了车钱。我们在街心花园的长凳和树林之间的石子路上小跑着，穿过了花园。阿斯达利塔家所在的那条大街突现出现在我眼前，那条街又长又直，犹如一把长剑，在白色的路灯照耀下一眼望不到尽头。那条街的两旁都是整齐高大的公寓房子，没有商店，街上似乎空无一人。阿斯达利塔住的房子门牌号数很大，该是在大街的尽头。街上一片寂静，我情不自禁地说道："也许完全是我的一种想象……不过，我不能不这样做。"

我们走过了三四幢楼房，越过了三四条横马路，后来米诺镇静地说道："不过，一定发生了什么事……你瞧。"我抬眼一望，看见远处黑压压的有一群人聚集在一座楼房的大门口。楼房对面的人行道上也站着一排人，他们仰头望着黑漆漆的夜空。我立时断定那就是阿斯达利塔的家门口，我便跑了起来，我发现米诺也在跑。"这是怎么啦？……发生了什么事啦？"我上气不接下气地询问挤在楼门口最外围的一些人。

"搞不太清楚。"我问的那个人回答道，那是个金黄色头发的小伙子，没戴帽子，没穿大衣，两手扶在自行车把上，"有人掉在楼梯天井里了……或者是别人把他推下来的……警察爬上了屋顶，正在搜寻什么人。"

我用胳膊肘在人群中挤出一条道来，我走进了宽敞明亮的过道，那里已挤得水泄不通。越过众人头顶，只见一道用锻铁做扶手的白色楼梯绕了个大弯盘旋而上。我使劲挤到前面，凭一股子冲劲挤上了楼梯，从人群的脑袋与肩膀之间的空隙，我看见楼梯下面地板上的一片空地。一根白色的大理石圆柱顶端有一尊紫铜镀金裸体人像，带着翅翼，一手高擎着一盏毛玻璃做的火炬灯，里面亮着一个灯泡。就在那圆柱下面，横着一具尸体，上面盖着一张床单。我随着大家的视线朝一个方向看，发现人们都在看那只露在床单外面的脚，脚上穿着黑皮鞋。这时，有人以权威的语气喊道："往后退……往后退……"我与别的围观的人一起都被猛地推到楼房外面的大街上。楼房正面的两扇大门立刻关上了。

我虚弱无力地对站在我身后的一个人说道："米诺，我们回家吧。"而后，我扭过头去，只见一张陌生的脸孔正诧异地看着我。人们在用拳头猛砸紧闭的大门大声抗议一番之后，就四散在大街上交头接耳地议论着。人们从四面八方跑着赶来；两个开小汽车的人和好几个骑自行车的人都停下来询问情况。我越来越焦虑不安，急得在人群中团团转，我望着那一张张面孔，不敢说什么。有些人的后颈脖和肩膀看上去像米诺，我挤在三五成群的人堆里急得不知如何是好，我发现很多陌生的面孔在惊异地看着我。但大门口周围仍然聚集着不少人，他们知道楼内有一具尸体，想进去看看。他们像是在一家剧院门口排队买票似的紧紧挤在一起，脸上的神情那么耐心、坚毅而又严肃。我在人群里不停地转悠，发现遇到的所有人都似曾相识，看来看去都是那些人。似乎人群中有人提到了阿斯达利塔的名字，但我觉得他与自己已毫无关系了，我的全部忧虑都集中在米诺身上了。最后，我相信他已不在那里了。准是在我往门厅里挤的时候，他走掉了。不知为什么，我似乎觉得他的逃跑是我意料之中的；使我奇怪的是，我竟没有想到这一点。我用尽我全部的力气艰难地走到广场上，登上一辆出租车，对司机说了声我家的地址。我想米诺也许因为找不着我，自己先回家了。但我几乎肯定，事情不可能是这样的。

他果然不在我家，那天晚上他没来，第二天也不见他的人影。我把自己关在屋里，感到无比焦虑不安，全身都不由自主地瑟缩着。我没发烧，只觉得自己已离开了躯体，生活在反常而又极度不安的气氛之中，我看到的、听到的和接触到的一切，都使我难过，使我心痛欲裂。我头脑里只想着米诺，妈妈送来的那份报纸上详细报道了松佐涅奥犯下的新罪行，连这个骇人听闻的消息也没能转移我的思绪。很明显，那桩凶杀案是松佐涅奥干的：他们也许在阿斯达利塔住的套间门外搏斗过一阵，然后，松佐涅奥把阿斯达利塔按倒在楼梯的扶手栏杆上，把他举起来，扔下楼梯天井了。这样残忍的杀人手段清楚地表明，除了松佐涅奥，没有任何人能这么干。但我已经说过了，当时我头脑里只想着一个人，连后来报纸的文章中报道的松佐涅奥被开枪打死的消息也丝毫引不起我的兴趣，据说当时他像只猫似的从楼顶上准备逃跑。无论什么事，什么好玩的娱乐，或是什么意念，凡是与米诺无关的，都使我感到厌烦，而一想到米诺，我心里就充满着难以抑制的痛楚和焦虑。有两三次，我偶尔也想到阿斯达利塔，想起了他对我的爱和他那忧郁的心情，于是，我对他产生了一种强烈的而又无可奈何的怜悯心。我心想，要是我不为米诺那样担忧的话，肯定会为阿斯达利塔哭泣的，为他那从未闪烁过任何光辉的灵魂祈祷，那灵魂过早地被人以如此野蛮的手段与其躯体分离了。

我就这样度过了第一个白天，又熬过了一整夜，第二天的整日整夜也是这样。我躺在床上或坐在床脚边的扶手椅上，手里紧紧地抓住从衣帽架上找到的米诺的外套，我不时地带着激情吻着它，或者咬着它，以此来克制内心的焦虑和不安。即使妈妈强迫我吃点东西，我也是一只手吃着，另一只手仍神经质地攥着那件上衣。第二天晚上，妈妈想帮我躺在床上睡觉，我麻木地由着她替我脱去衣服。但当她要从我手里抽掉那件上衣时，我突然尖声地叫喊起来，把妈妈吓坏了。妈妈什么事都不明白，但她多少猜出来一点，我是因为找不到米诺而感到绝望。

第三天，我终于有了个念头，整个上午我都这样想着，尽管我也隐约地感到那样想是完全没有根据的。我想米诺也许是害怕我怀孕了，为了逃避他对我应负的责任，便悄悄回到他在乡下的家里去了。这是一种可怕的推测，但我宁愿把他想象得这么卑鄙，也不愿意对他的消失作别的推测。把我失踪前后的情况联系起来看，除此以外的一些推测都是非常令人忧伤的。

就在那同一天，将近中午时分，妈妈走进了我的房间，把一封信扔在我的床上，我认出是米诺的笔迹，我顿时喜出望外。我等候妈妈走出去，然后，又等自己那激动的情绪平静下来。我打开了信。信的全文如下：

最最亲爱的阿特里亚娜：

你接到这封信时，我大概已不在人世了。当我打开手枪，发现里面没有子弹时，我马上明白是你把子弹卸去的，我怀着深情想到你。可怜的阿特里亚娜，你对枪支性能不熟悉，你不知道枪膛里还有一颗子弹。你没有发现还留有一颗子弹，这一事本身坚定了我的意向。

我曾对你说过，我无法忍受自己所做过的事。近些日子以来，我发现了自己爱你；要是我有逻辑头脑的话，我真该恨你；因为我对自己身上的恨和我在被审讯时所暴露的一切，都最大限度地体现在你身上。实际上，我当时是丧失了我应有的人格，我还是原来的我。这不是卑鄙无耻，也不是背叛变节，而是一种意志力神秘的中断。而且，也许，并不是那么神秘；但这似乎扯得太远了。我只是以自杀恢复了事物应有的面目。

你别害怕，我不恨你，相反，我是那样地爱你，只要一想起你，我就能重新面对生活。若是可能的话，我就会生活下去了，与你结婚，我们将非常愉快地相处在一起，就像你常说的那样。可是确实没有这种可能。

我想到了那将诞生的孩子，为此，我写了两封信，一封是给我家里的，一封是给我的一位当律师的朋友的。不管怎样，他们都是好人，即使我不指望他们对你有什么感情，但我深信，他们是会履行自己的职责的。万一他们拒绝，你就应毫不犹豫地求助于法律。我的那位当律师的朋友会来找你的，你可以信赖他。

望你有时候想到我。拥抱你。

你的米诺

又及：我的那位当律师的朋友名叫弗朗切斯科·拉乌罗。他的住址是，科拉·达利耶佐大街三号。

我看完这封信后，钻到被窝里，用被单蒙住头号啕大哭。我说不准究竟哭了多长时间。每次似乎哭完了，不料心里又一阵撕心裂肺的悲痛，我重又哭泣起来。我不能尽情地大哭大喊，因为我怕引起妈妈注意。我无声地哭泣着，觉得这乃是我今生今世最后一次哭泣了。我为米诺哭泣，为我自己哭泣，为我的过去和我的未来哭泣。

最后，我从床上起来，一边还哭着，两眼茫然若失，傻呆呆的，泪水使我的视线变模糊了，我匆匆忙忙地穿好了衣服。然后，我又用冷水冲洗眼睛，勉强把哭得红肿的脸化妆一番，没告诉妈妈就悄悄地走出了家门。

我来到区警察分局，求局长接见我。他听我叙述了一切之后，带着怀疑的神情说道："我们确实没有得到任何消息……你看着吧，也许他会改变想法的。"

我巴不得事情真像他说的那样。但不知为什么，我又十分生他的气。"您这么说话，是因为您不了解他，"我很不客气地说道，"您以为别人都跟您一样。"

"不过，"他问道，"你究竟希望他还活着还是希望他已死了？"

"我想要他活着，"我大声喊道，"我希望他还活着……但我真怕他已经死了。"

他考虑了一阵，而后说道："你平静点……他在写信的时候，也许真想自杀……但后来也许他后悔了……人难免会这样……谁都会发生这种事。"

"对，人难免会这样。"我结结巴巴地说道。我都不知道自己在说什么。

"不管情况怎么样，你今晚再来一趟，"最后他说道，"到今天晚上，我可以告诉你一些情况。"

我从警察局出来后，就直接奔教堂去了。在这座教堂里我受过洗礼，行过坚信礼，还领过第一次圣餐。那是一座十分古老的教堂，狭长又空荡，里面竖着两行粗糙的石柱，灰色石板铺成的地板上积满了尘埃。但在两排石柱旁边的黑洞洞的侧殿里，却有金碧辉煌的小圣坛，活像是堆满财宝的幽深的岩洞。其中一个圣坛上供着圣母像。在黑暗中，我跪在祭台周围青铜屏风前面的地板上。圣母的形象展现在深色的巨幅画面上，前面摆着很多插满鲜花的花瓶。圣母怀里抱着婴儿，一位穿着修士衣服的圣人合掌跪在她的脚下，朝她顶礼膜拜。我俯身屈首在地，把额头碰在条石地板上。我频频地吻着石板，在尘埃上画着十字，然后乞灵圣母玛利亚，在心里许了愿。我许诺这一辈子不再挨近任何男人，包括米诺在内。由于过去我活在世间，唯一看重和喜欢的就是爱情，我觉得唯有做出这最大的牺牲，米诺才能得救。然后，我弓着身子，前额贴地，就这样默默无言地专心致志地祈祷着，不带任何杂念。可当我站起来时，觉得有些眼花缭乱，那黑漆漆的小圣坛突然大放异彩，在光照之下，我清楚地看到了圣母玛利亚，她是那么温柔而又和蔼地看着我，但她摇摇头，好像在说她不能接受我的祈祷。这一切都是在一瞬间发生的，然后，我又站在青铜屏风旁边，面对着圣坛。我半死不活地在胸前画了十字，便回家了。

我一分一秒地数着，在家里等了整整一天。傍晚时，我又去了警察分局。警察局局长以异样的目光看着我，我觉得自己快晕过去了似的，我声音微弱地问道："那么说，他真的是自杀了？"

警察局局长从桌子上拿起一张照片递给我，他说："有个人在车站附近的一家旅馆自杀了，还未查清是谁……你看看，是不是他。"

我拿起照片，马上认出了米诺。照片拍的是他的上身，他像是躺在床上。他满脸都淌着污黑的血，血是顺着太阳穴上枪打的伤口流出来的，然而，他那带有血痕的脸上的表情是安详的，他在世时，我从未见他如此安详过。

我轻声地说了声"是他"，然后就站起身。警察局局长还想说什么，也许是想安慰我，但我不想听他说话，头也不回地走出去了。

我回到了家，这回，我扑倒在妈妈的怀里，但没有哭。我知道她很愚昧无知，她什么都不懂，但她毕竟是我唯一能推心置腹的人。我把米诺的自杀，我们的恋情，我已有了身孕，一股脑儿都对她说了，但我没告诉她孩子的父亲是松佐涅奥。我还对她说我已许了愿，我说我决心改变生活，我将重新跟她一起缝制衬衣，或者去给人帮佣。妈妈为了安慰我，先是说了一大串傻话，尽管说得很真挚；后来她又劝我不要草率从事，得看看那家人会采取什么做法。

"这是件关系到我孩子的事，"我回答道，"而不是我个人的事。"

第二天早上，米诺的两位朋友杜里奥和托马索意外地来了。他们也收到了一封信，米诺在信中先宣布他要自杀，然后对他们说了他称之为叛变的行为，叫他们多加小心，以防不测。

"你们不用害怕，"我严肃地说道，"你们尽管放心，用不着害怕……你们不会发生意外的。"我对他们谈到了阿斯达利塔，告诉他们阿斯达利塔是唯一知道内情的人，他已经死了，而审讯时又没有作记录，没有人会指控他们。看上去，托马索似乎真为米诺之死感到悲痛；但是杜里奥被吓得魂不附体。过了一会儿，杜里奥说道：
"不过，他把我们都害了……警察能信得过吗？说不定……这真是
十足的背叛。"他一面说，一面搓着双手，又像平时那样冷笑起来，
仿佛那是一件什么逗乐的事情似的。

我愤怒地站起身来，说道："什么背叛，这说得上是什么背叛
吗？……他都把自己打死了，你们还要怎么样？要换成你们，谁也
没有勇气这样做……我还要说明的一点是：你们俩虽然不是叛徒，
但也没有任何功劳……因为你们是两个不幸的人，两个可怜虫，两
个身无分文的穷光蛋，你们的家人也都是时运不济的可怜虫和穷光
蛋，要是事业成功了，你们就会得到你们以往所从未有过的东西，
你们和你们的家人就会过上好日子……但他是有钱的人，他出生在
一个富裕的家庭，他是个阔少爷，他那样干是因为他相信他的事
业，而不是让人们白白地期待……与你们恰恰相反，他为此将失去
一切，而你们将从中赢得一切……这就是我要说的……你们真不害
臊，居然还来这里跟我谈什么背叛。"

小个子杜里奥张开大嘴像是要分辩什么；托马索理解了我的意
思，做手势阻止了他，并说道："你说得有道理……不过，你尽管
放心……我至少会永远记住他的好的。"他似乎很激动，我对他也
很有好感，因为看得出来，他对米诺确实很好。随后，他们向我告
辞了。

屋里留下了我独自一人，我对那两个人说了一通之后，似乎觉
得痛苦减轻了些。我想到米诺，想到我的孩子。我想，他是由一个
杀人凶手跟一个妓女所生；但为了钱，所有的男人都可能杀人，所
有的女人都可能卖淫；重要的是，孩子能好好地生下来，能健康苗

壮地成长。若是个男孩，就取名贾科摩，借以寄托我对米诺的哀思。若是个女孩，就取名莱蒂齐亚[1]，因为我希望她今后能过上愉快幸福的生活，不再像我那样。而且我坚信，在米诺一家的帮助下，她一定会过上愉快幸福的生活的。

1　意大利文的意思是欢乐。